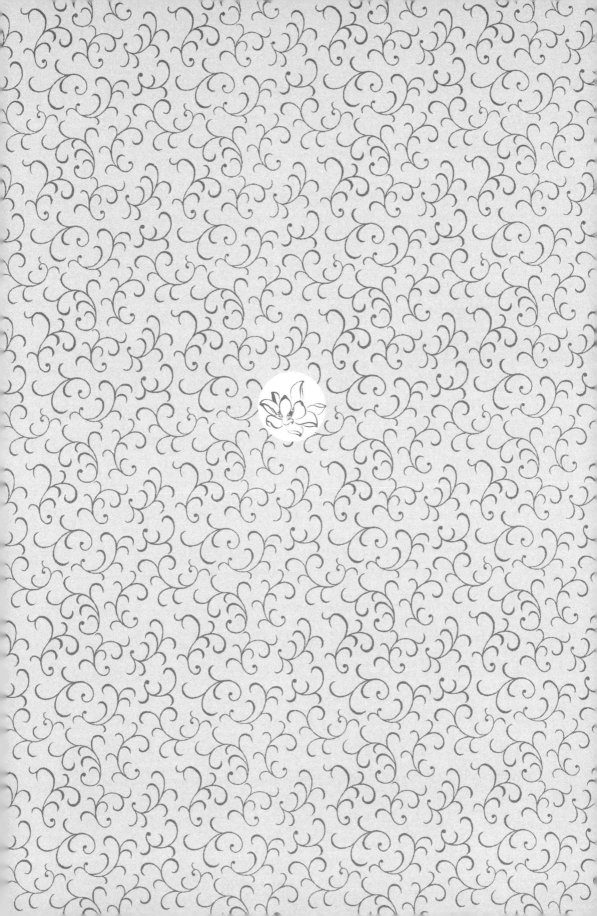

一生最爱纳兰词

（清）纳兰容若/著

聂小晴/主编

中国华侨出版社

北京

图书在版编目（CIP）数据

一生最爱纳兰词 /（清）纳兰容若著；聂小晴主编 . —北京：中国华侨出版社，2015.5（2019.8 重印）

ISBN 978-7-5113-5448-8

Ⅰ.①一… Ⅱ.①纳… ②聂… Ⅲ.①纳兰性德（1654~1685）—词（文学）—诗歌欣赏 Ⅳ.① I207.23

中国版本图书馆 CIP 数据核字（2015）第 117740 号

一生最爱纳兰词

著　　者：（清）纳兰容若
主　　编：聂小晴
责任编辑：青　格
封面设计：韩立强
文字编辑：黎　娜　李翠香
美术编辑：刘欣梅
经　　销：新华书店
开　　本：720mm×1020mm　1/16　印张：29　字数：690 千字
印　　刷：北京鑫海达印刷有限公司
版　　次：2015 年 9 月第 1 版　2019 年 8 月第 3 次印刷
书　　号：ISBN 978-7-5113-5448-8
定　　价：68.00 元

中国华侨出版社　北京市朝阳区静安里 26 号通成达大厦 3 层　邮编：100028
法律顾问：陈鹰律师事务所
发 行 部：（010）58815874　　　传　真：（010）58815857
网　　址：www.oveaschin.com　　E-mail：oveaschin@sina.com

如果发现印装质量问题，影响阅读，请与印刷厂联系调换。

纳兰容若其人其词

纳兰性德，原名纳兰成德，清顺治十一年（1654年）甲午农历腊月十二日生于京师，是日为公历1655年1月19日。在此之前，清朝圣祖玄烨出生于1954年农历三月，如果以旧历计，与成德同龄。二人日后的亲密关系，冥冥中似乎早已有了定数。

成德之父明珠是年二十岁，任銮仪卫云麾使。成德之母觉罗氏，英亲王阿济格正妃第五女，她是在顺治八年（1651年）嫁与明珠的，后被封为一品诰命夫人。纳兰家族十分显赫，隶属满洲正黄旗，是清朝初年满族中八大姓氏里最风光、最有权势的家族，也就是后世所称的"叶赫那拉氏"。

追溯纳兰家的兴盛起源，要说到成德的曾祖父。成德的曾祖父名叫金台石，是叶赫部贝勒，其妹孟古，于明万历十六年（1588年）嫁努尔哈赤为妃，生皇子皇太极。这之间的关系令之后的纳兰家族与皇室有了紧密的联系。这场联姻使得纳兰家族的势力节节攀升，当到了纳兰成德出生的时候，纳兰家族在清王朝已经是权贵之家了。可以说，纳兰成德一出生就被命运安排到了一个天生贵胄的家族中，他是衔着金汤匙出生的富贵公子，注定了一生荣华富贵，锦衣玉食。但命运弄人，这样一个贵公子，却偏偏是"虽履盛处丰，抑然不自多。于世无所芬华，若戚戚于富贵而以贫贱为可安者。身在高门广厦，常有山泽鱼鸟之思"。

成德在21岁的时候，皇子保成被立为太子。因为与东宫太子名讳相重，为了避嫌，便将成德改为了性德。性德，字容若，号楞伽山人。下文为了方便阐述，一概以容若相称。容若的才思敏捷，文采斐然，这似乎是天生就带来的灵气。他

从小聪明过人，读书过目不忘，数岁时即习骑射，17岁入太学读书，为国子监祭酒徐文元赏识，推荐给其兄内阁学士、礼部侍郎徐乾学。后容若18岁参加了顺天府的乡试，考中举人，19岁又准备参加会试，本来是信心满满、十拿九稳的事情，但却因为自身突然犯病，身体不适，而无法上场考试作罢。

容若的悲剧命运也似乎是与他的天生富贵一起注定的，上天总是公平的，他给予你一样东西，必然也会收回一样。容若拥有令全天下男子都艳羡的财富与门第，但却有着一个孱弱的身体，他自幼身患寒疾，这难以根治的疾病总是会时不时爆发，折磨容若。

所以，容若性情中忧郁淡漠、伤感悲情的一面也是可以理解的。因为自身的疾病原因，容若在青春大好的年华，有相当一段时间是在病榻上度过的，所以，容若的词作中，总是充满了无聊悲凉，甚至有些戚戚然的情绪。

不过这些都无法遮掩容若在清朝词坛的光芒，作为一个后起之秀，容若在词的造诣上渐渐无人可及。清朝初年的词坛景象较为不景气，好的词作者并不多，词坛一片寂寂无声之景象，容若犹如一颗新星，在清初词坛掀起轩然大波。在当时词坛中兴的局面下，他与阳羡派代表陈维崧、浙西派掌门朱彝尊鼎足而立，并称"清词三大家"。年纪轻轻就可以鼎立词坛，容若的才华不容小觑。更主要的是，容若是满族显贵，他并没有接受过系统的汉文化，但却能够将汉文化掌握，并且运用得如此精深灵动，这才是容若最让人称奇的地方。

容若的词清新隽秀、哀感顽艳，颇近南唐后主。纵观容若的词风，清新淡雅间又不乏真情实意，虽然多是哀婉抒情之词，但却并不艳俗，反倒是清新脱俗，不流于坊间一些低俗之作，有着自己独特的风格和特色。

作为一个满族人，容若对汉文化的学习不遗余力，他早年就勤读诗书，为汉文化与满文化的融会贯通打下了很好的基础。之后，在容若的青年时期，他发奋研读，并拜徐乾学为师。在名师的指导下，容若的文化功力日渐深厚，而且，在拜师学习的这几年期间，他还主持编纂了一部1792卷编的儒学汇编——《通志堂经解》，受到了皇帝的赏识。这一举动为容若日后在朝廷的发展赢得了一个头彩。不但如此，容若还熟读经史子集，并且还把读书过程中的见闻和学友传述记录整理成文，用三四年时间，编成四卷集《渌水亭杂识》，其中包含历史、地理、天文、历算、佛学、音乐、文学、考证等方面知识。可见容若有着相当广博的学识，爱好也十分广泛。

在容若22岁的时候，他再次参加进士考试，并以优异成绩考中二甲第七名。这次的成绩让容若得到了康熙皇帝的赞赏和青睐，康熙皇帝后来授他三等侍卫的官职，之后不久升为二等，再升为一等。御前侍卫是很风光的，可以常伴帝王身边，容若相貌堂堂，文才武略都很了得，而他当了御前侍卫后，更是经常随着康熙一起南巡北狩，游历四方，遍访大江南北，走访塞外山河要塞。他时常与康熙皇帝一同参与重要的战略侦察，或者陪同皇帝唱和诗词，译制著述，这样的生活简直是羡煞人了。

可是容若却并不满足，他虽然有着奇才，却并不留恋官场，作为诗文艺术的奇才，他在内心深处是厌倦官场庸俗和侍从生活的，他无心功名利禄，只想获得自由，过饮酒作诗、无拘无束的生活。

可惜世事难两全，多次受到恩赏的容若难逃圣恩，纵使他有归隐之心，家族也难以成全他的心愿，为了自己家族的荣耀和发展，他也只有做自己并不愿意做的事情，留在自己并不愿意留的地方。所幸的是，上天还是眷顾容若的，在他20岁的时候，娶两广总督卢兴祖之女为妻，赐淑人。是年卢氏年方十八，"生而婉变，性本端庄"。成婚后，二人夫妻恩爱，感情笃深，美满的婚后生活给容若的人生多少带来一些安慰。

他在此期间的词作也大多风格明亮，偏于柔美温情。可惜好景不长，婚后三年，卢氏死于难产。爱妻的离去，给容若精神上带来了巨大的伤痛，从此他"悼亡之吟不少，知己之恨尤深"。作为情深义重的男子，容若很长一段时间都无法从卢氏的死亡阴影中挣扎出来，这段时间写下了大量的悼亡诗，祭奠他和卢氏之间的情感。古时男子当以事业为重，儿女情长并不是很被看重，所以，容若的这番悲情，无人能懂。

这一腔的愁绪，容若无处可诉，只有倾诉于诗词之中，高产的词作还有高质量的诗词，让容若著称于世。24岁时，他把自己的词作编选成集，名为《侧帽集》。后来因参透世事，又改名为《饮水集》。他的词作非常之多，后人在他原有词作的基础上，进行增遗补缺，共342首，编辑一处，名为《纳兰词》。

流传后世的《纳兰词》可以说是容若短暂一生的心理写照，期间悼亡词中不乏传世之作，一首《采桑子》就是范例。

谢家庭院残更立，燕宿雕梁。月度银墙，不辨花丛那辨香。

此情已自成追忆，零落鸳鸯。雨歇微凉，十一年前梦一场。

张任政的《饮水词·丛录》中写道："后之读此词者，无不疑及与悼亡有关，并引以推证其悼亡年月。余近读梁汾《弹指词》有和前韵一首，词云：'分明抹丽开时候，琴静东厢。天样红墙，只隔花枝不隔香。檀痕约枕双心字，睡损鸳鸯。孤负新凉，淡月疏棂梦一场。'观上二首，咏事则一，句意又多相似，如谓容若词为悼亡妻作，则闺阁中事，岂梁汾所得而言之。"

沉重的精神打击使得容若在悼亡词中一再流露出哀婉凄楚的不尽相思之情和怅然若失的怀念心绪。后来容若又续娶官氏，此前又有侧室颜氏，都与她们感情平和，虽然没有太多的深情，倒也是举案齐眉，相敬如宾。

关于容若的爱情，值得一提的还有两个人，一人是容若从小定情、青梅竹马的表妹，二人成婚之前，表妹被选入宫，成为皇妃，这段初恋的夭折，也令容若一度萎靡不振，伤心欲绝，不过这段历史在史书中并无太多记载，更多还是出现在野史上，所以，难以断定真伪，仅能作为一个参考。还有一个人便是江南才女沈宛，此人字御蝉，浙江乌程人，著有《选梦词》。容若三十岁时，在好友顾贞观的帮助下，结识江南才女沈宛。此女美丽聪慧，知书达理，更重要的是她与容若有着惺惺相惜之情感，容若对她十分珍爱。

不过美好的爱情总是不能长久，容若是满族贵胄，而沈宛只是一个民间普通汉女，门第的悬殊令二人无法最终结合。沈宛随同容若在京城共同生活一段时间后，容若迫于家庭压力，一直不能将沈宛接入家中，而沈宛也因为懂得容若的难处，便忍痛离去，回归江南。二人之间这段有始无终的爱情故事，成为千古绝唱，令人哀婉。

作为才子，容若的爱情生活一直是人们津津乐道的话题，但由于历史记载偏少，许多史料都是以讹传讹，终不可考。

除了对爱情执着外，容若对友情也是十分执着，在交友上，容若最突出的特点是其所交"皆一时俊异，于世所称落落难合者"。容若不流于俗世，他的朋友不论门第，不论出身，也不论功名，只要是有才气的有志之士，与容若志同道合之人，都被容若视为好友，看作今生知己对待。他的许多朋友都是不肯落俗之人，多为江南汉族布衣文人，如顾贞观、严绳孙、朱彝尊、陈维崧、姜宸英，等等。容若对待朋友十分真诚，感情真挚，从无虚假。他真诚地对待每一份友情，为朋友两肋插刀，不仅仗义疏财，而且敬重他们的品格和才华，不会小看和低视他们。

这使得容若拥有许多朋友，当时无数的名士才子都追随在他身边，而容若也对他们十分礼遇，照顾有加。当时容若居住的渌水亭（现宋庆龄故居内恩波亭），就因为文人骚客雅聚而著名，容若招徕文人雅士的这一举动，在无形之中也促进了康乾盛世的文化繁荣。

容若作为一个年纪轻轻的满族人，能够令诸多满腹才学的汉人都为之钦佩，他是有着自己的过人之处的。容若的词作有着汉文化的底蕴，还有满族人自身所带着的不羁、无拘无束的风格，令词风清新自由，不拘于一格。容若对李煜十分赞赏，他曾说："花间之词如古玉器，贵重而不适用；宋词适用而少贵重，李后

主兼而有其美，更饶烟水迷离之致。"此外，他的词也受《花间集》和晏几道的影响。

在诸多词风的影响之下，容若写出了自己的词风，并被万千人效仿。究其原因，无非也就是上面谈到的那几点。容若出身于主流上层社会，却是一生都在躲避上流社会，这让他自身充满了矛盾的焦点。

容若的一生，无不是后人关注与研究的。他落拓无羁的性格，以及天生超逸脱俗的禀赋，加之才华出众，功名轻取的潇洒，都与他出身豪门、从小锦衣玉食、功名利禄轻而易举得到手成了鲜明的对比。一些男子苦苦追寻的东西，容若嗤之以鼻。而寻常男子毫不在乎，或者说是稀松平常的自由与感情，却是容若求之不得之物。世间之事就是如此奇特，想要的不会给你，不想要的却无法逃避。

这样的情形，构成了容若内心一种让常人无法体察的矛盾感受，他承受着巨大的心理压力和压抑情愫。爱情的来了又散、家庭的不理解，还有挚友们纷纷生离死别的这些境况，让容若本就脆弱的内心，受到了一次又一次的伤害。而原本就孱弱的他，也终于在不公的世道面前妥协了，他的寒疾再次乘虚而入，在容若对人生几乎了无希望的时候，侵入他的体内。容若病倒了，而他这一病却是再也没能够从病榻上起来。

抱病的容若于康熙二十四年（1685年）暮春，在病榻上与好友一聚，一醉，一咏三叹，然后便一病不起，七日后于五月三十日溘然而逝。度过短短三十一载的岁月，生命在容若这里如此之轻，又如此之重。

一生挣扎于富贵与自由、家族与爱情之间的容若，历经悲观心态，走完了人生之路。纳兰词内容涉及广泛，包括婚姻爱情、友谊分离、家庭思索、边塞江南、咏物咏史及杂感等方面。虽然词作本身的眼界并不算很开阔，高度上也无法与唐宋那些大词人相比，但他的每一首词都是缘情而旖旎，道出了极为真挚的情感。这让后人沉浸在他的词作中，无法自拔，近代著名的学者王国维就给其极高赞扬："纳兰容若以自然之眼观物，以自然之舌言情。此由初入中原未染汉人风气，故能真切如此。北宋以来，一人而已。"况周颐也在《蕙风词话》中誉其为"国初第一词手"。

可见容若词作的影响力之大。不过，后人虽然热捧纳兰词，但却未必能够真懂纳兰词中的真含义。容若好友曹寅在《题楝亭夜话图》中就哀叹道："家家争唱饮水词，纳兰心事几曾知？"

是的，纳兰词虽然流传天下，容若的词名虽然遍及天下，可是人们在争相诵读纳兰词的时候，容若那"如鱼饮水，冷暖自知"的心事究竟又有几人懂得？容

若这位相府的贵公子，皇帝身边的大红人，写入词中的点点斑驳心情和刻骨铭心的愁苦，谁人又能真的懂得？只怕是容若的亲生父亲明珠，也难以懂得。

容若享尽了别人眼中的快乐，而他自己内心，却是无法体会到快乐的真谛。容若死后，纳兰家族似乎也失去了生机，随后便日渐衰落，政治间的权力争斗无声无息，却是无比凌厉，纳兰家族最终落没在了这场争斗中，所幸的是，容若早逝，没有看到自己的家族落入尘土中，被人遗忘。这也算是不幸中的幸事了。后多年过去，乾隆晚年，和珅为了博得圣上龙颜一悦，献上了一部《红楼梦》，乾隆读罢后良久，掩卷长叹一声："书中所写，不正是明珠的家事吗？"世事无常，容若最终还是逃离了最残忍的惩罚，没有目睹家族中道衰败，不然那时，他又该何去何从呢？

本书收录的纳兰容若的词，是对他一生情感的真实写照。书中所附原文、注释、赏析等栏目，从多角度将词作的主题思想、创作背景、词人境况以及词作的意境、情感全面地展示出来。轻轻翻开这本书，透过三百多首婉丽隽秀、明净清婉、感人肺腑的小令长调，仿佛能看到那个拥有着绝世才华、出众容貌、高洁品行的人站在那里，散发着一股遗世独立、浪漫凄苦的气息，华美至极，多情至极，深沉至极，孤独至极。一个才华横溢、欲报效国家而不能如愿，一个因爱而陷入爱的旋涡中挣扎的多情男子，都尘封在这本《一生最爱纳兰词》里。

目录

卷 一

临江仙（点滴芭蕉心欲碎） 02

少年游（算来好景只如斯） 04

茶瓶儿（杨花糁径樱桃落） 06

忆王孙（暗怜双绁郁金香） 08

忆王孙（刺桐花底是儿家） 10

忆王孙（西风一夜剪芭蕉） 11

调笑令（明月） 13

河传（春浅） 15

蝶恋花 散花楼送客（城上清笳城下杵） 17

虞美人（绿阴帘外梧桐影） 19

虞美人（曲阑深处重相见） 21

虞美人（高峰独石当头起） 23

采桑子（彤云久绝飞琼字） 24

采桑子（谁翻乐府凄凉曲） 27

采桑子（而今才道当时错） 28

采桑子（严宵拥絮频惊起） 30

采桑子（冷香萦遍红桥梦） 32

采桑子（桃花羞作无情死） 34

采桑子（拨灯书尽红笺也） 36

采桑子（谢家庭院残更立） 38

采桑子（明月多情应笑我）…………………… 40

谒金门（风丝袅）………………………………… 42

菩萨蛮 寄顾梁汾苕中（知君此际情萧索）………… 43

忆江南（昏鸦尽）………………………………… 45

忆江南（江南好）………………………………… 47

忆江南（江南好）………………………………… 49

忆江南（江南好）………………………………… 51

忆江南（江南好）………………………………… 52

忆江南（新来好）………………………………… 54

赤枣子（惊晓漏）………………………………… 56

玉连环影（何处）………………………………… 58

遐方怨（欹角枕）………………………………… 59

浪淘沙 望海（蜃阙半模糊）…………………… 61

浪淘沙（双燕又飞还）…………………………… 63

诉衷情（冷落绣衾谁与伴）……………………… 65

如梦令（正是辘轳金井）………………………… 66

如梦令（木叶纷纷归路）………………………… 68

浣溪沙 寄严荪友（藕荡桥边理钓筒）…………… 70

浣溪沙（十里湖光载酒游）……………………… 72

浣溪沙 大觉寺（燕垒空梁画壁寒）……………… 73

浣溪沙（抛却无端恨转长）……………………… 75

浣溪沙 姜女祠（海色残阳影断霓）……………… 76

天仙子（好在软绡红泪积）……………………… 78

天仙子 渌水亭秋夜（水浴凉蟾风入袂）…………… 79

好事近（帘外五更风）…………………………… 81

好事近（何路向家园）…………………………… 83

江城子（湿云全压数峰低）……………………… 84

长相思（山一程）………………………………… 86

相见欢（微云一抹遥峰）………………………… 87

相见欢（落花如梦凄迷）………………………… 89

昭君怨（深禁好春谁惜）………………………… 90

昭君怨（暮雨丝丝吹湿）………………………… 92

清平乐（青陵蝶梦）……………………………… 93

卷 二

水调歌头 题西山秋爽图（空山梵呗静）……………… 96

水调歌头 题岳阳楼图（落日与湖水）……………… 97

凤凰台上忆吹箫（荔粉初装）……………… 99

凤凰台上忆吹箫 守岁（锦瑟何年）……………… 101

金菊对芙蓉 上元（金鸭消香）……………… 103

琵琶仙 中秋（碧海年年）……………… 105

御带花 重九夜（晚秋却胜春天好）……………… 107

酒泉子（谢却荼蘼）……………… 109

生查子（东风不解愁）……………… 110

生查子（鞭影落春堤）……………… 112

生查子（散帙坐凝尘）……………… 113

生查子（惆怅彩云飞）……………… 115

忆秦娥 龙潭口（山重叠）……………… 117

忆秦娥（长飘泊）……………… 119

阮郎归（斜风细雨正霏霏）……………… 121

画堂春（一生一代一双人）……………… 122

点绛唇 咏风兰（别样幽芬）……………… 124

点绛唇 对月（一种蛾眉）……………… 126

点绛唇（小院新凉）……………… 128

浣溪沙（伏雨朝寒愁不胜）……………… 129

浣溪沙（谁念西风独自凉）……………… 132

浣溪沙（莲漏三声烛半条）……………… 134

浣溪沙（雨歇梧桐泪乍收）……………… 136

浣溪沙（谁道飘零不可怜）……………… 137

浣溪沙（酒醒香销愁不胜）……………… 139

浣溪沙（欲问江梅瘦几分）……………… 141

眼儿媚（独倚春寒掩夕霏）……………… 142

眼儿媚（重见星娥碧海槎）……………… 144

眼儿媚 咏梅（莫把琼花比淡妆）……………… 146

朝中措（蜀弦秦柱不关情）……………… 147

摊破浣溪沙（林下荒苔道韫家）……………… 149

摊破浣溪沙（风絮飘残已化萍）……………… 151

摊破浣溪沙（欲语心情梦已阑）……………… 152

摊破浣溪沙（小立红桥柳半垂）……………………154

摊破浣溪沙（一霎灯前醉不醒）……………………156

摊破浣溪沙（昨夜浓香分外宜）……………………157

霜天晓角（重来对酒）………………………………159

减字木兰花 新月（晚妆欲罢）……………………160

减字木兰花（烛花摇影）……………………………162

减字木兰花（相逢不语）……………………………163

减字木兰花（花丛冷眼）……………………………165

一络索 长城（野火拂云微绿）……………………167

一络索（过尽遥山如画）……………………………168

一络索 雪（密洒征鞍无数）………………………170

卜算子 新柳（娇软不胜垂）………………………172

卜算子 塞梦（塞草晚才青）………………………173

卜算子 午日（村静午鸡啼）………………………175

雨中花 送徐艺初归昆山（天外孤帆云外树）…………177

鹧鸪天（独背残阳上小楼）…………………………178

鹧鸪天（别绪如丝睡不成）…………………………180

鹧鸪天（冷露无声夜欲阑）…………………………182

鹧鸪天（握手西风泪不干）…………………………183

鹧鸪天（尘满疏帘素带飘）…………………………185

卷 三

青衫湿 悼亡（近来无限伤心事）…………………188

落花时（夕阳谁唤下楼梯）…………………………189

锦堂春 秋海棠（帘外淡烟一缕）…………………191

海棠春（落红片片浑如雾）…………………………193

河渎神（风紧雁行高）………………………………195

太常引 自题小照（西风乍起峭寒生）……………196

太常引（晚来风起撼花铃）…………………………198

四犯令（麦浪翻晴风飐柳）…………………………200

添字采桑子（闲愁似与斜阳约）……………………201

荷叶杯（帘卷落花如雪）……………………………203

荷叶杯（知己一人谁是）……………………………205

寻芳草 萧寺纪梦（客夜怎生过）…………………207

菊花新 送张见阳令江华（愁绝行人天易暮）..........208

南歌子（翠袖凝寒薄）..........210

南歌子 古戍（古戍饥乌集）..........211

秋千索 渌水亭春望（药阑携手销魂侣）..........213

秋千索（游丝断续东风弱）..........215

秋千索（垆边换酒双鬟亚）..........216

忆江南 宿双林禅院有感（心灰尽）..........218

忆江南（挑灯坐）..........220

浪淘沙（红影湿幽窗）..........222

浪淘沙（眉谱待全删）..........224

浪淘沙（夜雨做成秋）..........226

浪淘沙（野店近荒城）..........227

浪淘沙（闷自剔残灯）..........229

浪淘沙（清镜上朝云）..........231

菩萨蛮（梦回酒醒三通鼓）..........232

菩萨蛮（新寒中酒敲窗雨）..........234

菩萨蛮（淡花瘦玉轻妆束）..........236

菩萨蛮（催花未歇花奴鼓）..........237

菩萨蛮 早春（晓寒瘦着西南月）..........239

菩萨蛮（窗前桃蕊娇如倦）..........241

木兰花（人生若只如初见）..........242

虞美人（春情只到梨花薄）..........244

虞美人（彩云易向秋空散）..........246

虞美人（银床淅沥青梧老）..........248

虞美人 为梁汾赋（凭君料理花间课）..........249

虞美人（残灯风灭炉烟冷）..........251

浣溪沙（一半残阳下小楼）..........253

浣溪沙（五月江南麦已稀）..........255

浣溪沙（残雪凝辉冷画屏）..........257

浣溪沙（五字诗中目乍成）..........259

浣溪沙（记绾长条欲别难）..........260

浣溪沙 古北口（杨柳千条送马蹄）..........262

鹊桥仙（倦收缃帙）..........263

鹊桥仙（梦来双倚）..........265

鹊桥仙 七夕（乞巧楼空）..........267

南乡子 御沟晓发（灯影伴鸣梭）..........269

南乡子（烟暖雨初收）..........271

卷四

一斛珠 元夜月蚀（星球映彻） 274

临江仙（丝雨如尘云着水） 276

临江仙（长记碧纱窗外语） 277

临江仙（六曲阑干三夜雨） 279

临江仙 卢龙大树（雨打风吹都似此） 281

临江仙（独客单衾谁念我） 283

临江仙 谢饷樱桃（绿叶成阴春尽也） 284

临江仙（夜来带得些儿雪） 286

临江仙 孤雁（霜冷离鸿惊失伴） 288

红窗月（燕归花谢） 289

踏莎行（春水鸭头） 291

踏莎行 寄见阳（倚柳题笺） 292

蝶恋花（辛苦最怜天上月） 294

蝶恋花（眼底风光留不住） 295

蝶恋花（又到绿杨曾折处） 297

蝶恋花（萧瑟兰成看老去） 298

蝶恋花 夏夜（露下庭柯蝉响歇） 300

蝶恋花 出塞（今古河山无定据） 302

蝶恋花（尽日惊风吹木叶） 303

唐多令 雨夜（丝雨织红茵） 305

唐多令（金液镇心惊） 306

唐多令 塞外重九（古木向人秋） 308

踏莎美人 清明（拾翠归迟） 309

苏幕遮（枕函香） 311

苏幕遮 咏浴（鬓云松） 313

淡黄柳 咏柳（三眠未歇） 314

青玉案 辛酉人日（东风七日蚕芽软） 316

青玉案 宿乌龙江（东风卷地飘榆荚） 317

月上海棠 中元塞外（原头野火烧残碣） 319

月上海棠 瓶梅（重檐淡月浑如水） 321

一丛花 咏并蒂莲（阑珊玉佩罢霓裳） 322

金人捧露盘 净业寺观莲有怀荪友（藕风轻） 324

洞仙歌 咏黄葵（铅华不御） 326

剪湘云 送友（险韵慵拈）..............327

念奴娇（人生能几）..............329

念奴娇（绿杨飞絮）..............330

念奴娇 废园有感（片红飞减）..............332

念奴娇 宿汉儿村（无情野火）..............333

东风第一枝 桃花（薄劣东风）..............335

秋水 听雨（谁道破愁须仗酒）..............337

木兰花慢（盼银河迢递）..............339

水龙吟 题文姬图（须知名士倾城）..............341

水龙吟 再送荪友南还（人生南北真如梦）..............343

齐天乐 上元（阑珊火树鱼龙舞）..............345

齐天乐 洗妆台怀旧（六宫佳丽谁曾见）..............347

齐天乐 塞外七夕（白狼河北秋偏早）..............349

雨霖铃 种柳（横塘如练）..............351

疏影 芭蕉（湘帘卷处）..............353

潇湘雨 送西溟归慈溪（长安一夜雨）..............355

卷 五

金缕曲 赠梁汾（德也狂生耳）..............358

金缕曲（酒涴青衫卷）..............360

金缕曲 慰西溟（何事添凄咽）..............362

金缕曲 寄梁汾（木落吴江矣）..............364

金缕曲 亡妇忌日有感（此恨何时已）..............366

金缕曲（未得长无谓）..............368

金缕曲 再用秋水轩旧韵（疏影临书卷）..............370

河渎神（凉月转雕阑）..............372

浣溪沙（身向云山那畔行）..............374

浣溪沙 庚申除夜（收取闲心冷处浓）..............375

浣溪沙（凤髻抛残秋草生）..............377

浣溪沙（旋拂轻容写洛神）..............379

浣溪沙（十二红帘窣地深）..............380

浣溪沙（容易浓香近画屏）..............382

浣溪沙（十八年来堕世间）..............383

浣溪沙（欲寄愁心朔雁边）..............385

沁园春（试望阴山）...............................387

沁园春（瞬息浮生）...............................389

沁园春（梦冷蘅芜）...............................391

摸鱼儿 午日雨眺（涨痕添）.......................393

摸鱼儿 送座主德清蔡先生（问人生）...............394

青衫湿遍 悼亡（青衫湿遍）.......................397

忆桃源慢（斜倚熏笼）...........................399

大酺 寄梁汾（怎一炉烟）.........................401

菩萨蛮（问君何事轻离别）.......................403

菩萨蛮 为陈其年题照（《乌丝》曲倩红儿谱）......404

菩萨蛮 宿滦河（玉绳斜转疑清晓）.................407

菩萨蛮（荒鸡再咽天难晓）.......................408

菩萨蛮（榛荆满眼山城路）.......................410

菩萨蛮（黄云紫塞三千里）.......................411

菩萨蛮（萧萧几叶风兼雨）.......................413

菩萨蛮（为春憔悴留春住）.......................415

菩萨蛮（晶帘一片伤心白）.......................416

菩萨蛮（乌丝画作回文纸）.......................418

菩萨蛮（春云吹散湘帘雨）.......................419

菩萨蛮 回文（客中愁损催寒夕）.................421

菩萨蛮 回文（研笺银粉残煤画）.................422

菩萨蛮（飘蓬只逐惊飙转）.......................424

点绛唇 寄南海梁药亭（一帽征尘）...............425

采桑子（那能寂寞芳菲节）.......................427

采桑子 九日（深秋绝塞谁相忆）.................429

采桑子（海天谁放冰轮满）.......................430

采桑子（白衣裳凭朱阑立）.......................432

清平乐（麝烟深漾）...............................434

眼儿媚 咏红姑娘（骚屑西风弄晚寒）.............436

眼儿媚 中元夜有感（手写香台金字经）...........437

满宫花（盼天涯）...................................439

鹧鸪天（谁道阴山行路难）.......................440

鹧鸪天（小构园林寂不哗）.......................442

鹊桥仙（月华如水）...............................444

卷一

临江仙

　　点滴芭蕉心欲碎，声声催忆当初。欲眠还展旧时书。鸳鸯小字①，犹记手生疏②。

　　倦眼乍低缃帙乱③，重看一半模糊。幽窗冷雨一灯孤。料应情尽，还道有情无？

[注释]

①鸳鸯小字：指相思爱恋的文辞。《全元散曲·水仙子·冬》："意悬悬诉不尽相思，谩写下鸳鸯字，空吟就花月词，凭何人付与娇姿。"②生疏：不熟练。③缃帙：浅黄色书套。亦泛指书籍、书卷。

[赏析]

　　那是另一个时空雨打芭蕉的夜晚。

　　心欲碎，不知是芭蕉心碎，还是纳兰心碎。"早也潇潇，晚也潇潇"，古往今来的诗词中，芭蕉似乎总喜欢同雨相伴出现。雨滴芭蕉，入梦，美酒半酣有唐汪遵心恋江湖；入画，王摩诘《雪打芭蕉》令人忘却寒暑，白石老人大叶泼墨酣畅淋漓；入乐声，《雨打芭蕉》淅淅沥沥，似雨滴蕉叶比兴唱和，急雨嘈嘈，私语切切，诉尽人间相思意。

　　至于这芭蕉心，正如易安所言，"舒卷有余情"。禅语云"修行如剥芭蕉"，如果我们的心已被世间种种欲念所裹，那么修行便是将层层伪装脱去，"觅心"找回纯真的自我，"明心"则是彻悟尘世的一切杂念，方可见性。

　　纳兰心中，芭蕉心在其不展吧？因其不展，枝枝叶叶才藏得住纳兰梦萦半生的回忆，层层叠叠容得下纳兰多愁又敏感的心。其实何止善感的纳兰，"此夜芭蕉雨，何人枕上闻"，纵是梅妻鹤子的林逋也难掩芭蕉雨下那些撩人的情思。

"忆当初",短短三字便如一把利剑斩断今生。今生已作永隔,窗外雨声风声入耳,曾有多少夜晚流逝于情意缠绵的呢喃?未来又将有多少不眠的孤夜,唯有旧忆聊以回味?所幸,过去的日子并未消逝于流年,在那发黄的红笺之上仍可略窥一二。

"鸳鸯小字,犹记手生疏",怕是纳兰也在怀念把笔浅笑的她吧。此语原出王次回《湘灵》:

> 戏仿曹娥把笔初,描花手法未生疏。
>
> 沉吟欲作鸳鸯字,羞被郎窥不肯书。

纳兰与这位明末的才子是颇有渊源的。王次回出身金坛望族,仕宦之家,连他的女儿王朗也是著名的词人。与他的祖上相比,王次回的仕途之路一生不得志,仅在晚年做了松江府华亭县训导,不过是个无名无实的小官。然而他的作品上承李义山,下启清初词坛,对近代的鸳鸯蝴蝶派也颇有影响。纳兰诗词中常见王次回《凝雨集》的影踪,可又有多少人知道,王次回也如纳兰一般,爱妻早丧,不过薄凉人世一孤伶人。若可同世而立,纳兰与王次回或许也能成惺惺相惜的知己吧。

当年的娇俏语长萦耳畔,那副欲语还休的羞涩模样犹在心头,鸳鸯小字里,似可见这位解语花的身姿若隐若现。然而,以为是一生一世的一双人,所托竟几页满蘸相思意的旧时书。南宋蔡伸曾慨叹,"看尽旧时书,洒尽今生泪"。蔡伸是书法家蔡襄之孙,官至左中大夫。名门之后,位高权重又如何?三更夜,霜满窗,月照鸳鸯被,孤人和衣睡。

旧时书一页页翻过,过去的岁月一寸寸在心头回放。缃帙乱,似纳兰的碎心散落冷雨中,再看时已泪眼婆娑。"胭脂泪,留人醉",就让眼前这一半清醒一半迷蒙交错,梦中或有那人相偎。

又是一窗冷雨,纳兰看到了半世浮萍随水而逝,如记忆中挥之不去的她,"一宵冷雨葬名花"。还是纳兰身边这盏灯,只是不再高烛红妆,唯有寒月残照,灯影三人。太白对孤灯空长叹,"美人如花隔云端"。故人入梦,又渐行渐远,"是邪?非邪?立而望之,偏何姗姗来迟"。汉武帝为李夫人招魂,灯影明灭处,留得千古一帝不得见的叹息。

罢了,一梦似千年,从来是"人生长恨水长东"。刘禹锡一句"东边日出西边雨",留多少痴念在人间。已道无情,而情至深处难自己。这般深情厚谊,在纳兰心中恐怕已不是简单的有情,而是人生难得的知心人。如果说情是前生五百次的回眸,爱是百年修得之缘,那么知心便是三生石畔日日心血的倾注。

有情无？

纳兰笃定不念今生，料想今生情已尽。一心待来生，愿来生再续未了缘，可有来生？

少年游

算来好景只如斯，惟许有情知。寻常风月①，等闲谈笑，称意即相宜②。

十年青鸟音尘断③，往事不胜思。一钩残照④，半帘飞絮，总是恼人时。

[注释]

①寻常：普通，一般。风月：本指清风明月，后代指男女情爱。②称意：合乎心意。相宜：合适，符合。③青鸟：神话传说中为西王母取食传信的神鸟。《山海经·西山经》："又西二百二十里，曰三危之山，三青鸟居之。"郭璞注："三青鸟主为西王母取食者，别自栖息于此山也。"又，汉班固《汉武故事》云："七月七日，上于承华殿斋，正中，忽有一青鸟从西方来，集殿前。上问东方朔，朔曰：'此西王母欲来也。'有顷，王母至，有两青鸟如乌，侠侍王母傍。"后遂以"青鸟"为信使的代称。④残照：指月亮的余晖。

[赏析]

想来纳兰应是掰着手指写这首词的吧。

细细数来，好景不过只那些时日，翻来覆去地搜寻也不再多。常说人生如戏，其实又何尝不是一种全新的尝试？只是这些尝试不可以倒带、定格或重复，更没有机会再次完善，只有眼睁睁地看错误客观地存在，走过的路难再回首。几千年前，子在川上曰："逝者如斯夫！不舍昼夜。"

是啊，逝者如斯！我们可以征服自然，天堑变通途；可以改造世界，高峡出平湖。而面对奔流不复回的岁月，不见古人，不见来者，悠悠天地间只一句逝者如斯，昼夜间便越过几千年。

好景不长，这是千百年流传的古训。墨菲定理告诉我们，越害怕的事情便越会发生。越渴望，越难求；越珍惜，便越易失去。相知相伴，最是难求。若为友人，"海内存知己，天涯若比邻"；若为爱人，万两黄金容易得，知己一个也难求。如当年的钟子期与俞伯牙，管仲与鲍叔牙，苏东坡与黄庭坚，可唱和，可调笑，甚至可以意见相左。知己，是求同存异，即使并不赞同也可以理解。

这里的知己，不是纳兰的那些好友，而是她——"寻常风月，等闲谈笑"。她能与他共剪西窗烛，与他同赏夜雨芭蕉，与他依偎着听残荷雨声。她或许没有咏絮才，抑或谈不上停机德。但她懂他，懂他的浅唱低吟，懂他的眉尖心上。只一个"懂"字——芳心重，即使离去，也沉沉地压在纳兰心头。从与纳兰相知相许开始，她便像一棵树深深地植于纳兰心头，狠狠地扎下根去，发芽，长大，平平淡淡的岁月里成长着他们的记忆，而后便永久地定格成一幅画。也有落叶，也有花开，那是三分谈笑，二分思念，一分微嗔，剩下的是半生相忘于江湖。

那些日子虽无大喜，回忆起来却总是沁着丁香一般若有若无的甘甜。何谓幸福？这是人世间无法量化衡量的参数。身处名利场，纳兰集权势、财富、地位、才情和皇帝的宠信于一身，却久久难以感到幸福。知己不在，五瓣丁香已伴斯人远去，唯余悠悠清香轻浮人间。这位令他念念难忘的知己，定是如丁香一般的女子吧：

她默默地走近 / 走近 / 又投出 / 太息一般的眼光。

她飘过 / 像梦一般地 / 像梦一般地凄婉迷茫。

像梦中飘过 / 一枝丁香地 / 我身旁飘过这个女郎；

她默默地远了 / 远了 / 到了颓圮的篱墙 / 走尽这雨巷。

这般女子，比之西湖，比之西子，"淡妆浓抹总相宜"。相宜，陆游曾吟《梨花》，"开向春残不恨迟，绿杨窣地最相宜"。无论是在人生的春秋还是晴雨，遇到她，孤单消弭，一切未知便立刻有了答案——那不是参考，而是确定，是唯一。她随风而过，不似斯佳丽那般疯狂固执的爱，却如一杯陈年女儿红，令人沉溺于往事中久久不愿醒转。可惜，可叹，十年音尘断，连送信的青鸟也无影无踪！

青鸟又名三青鸟，传说女神西王母的使者，"赤首黑目"，一名曰大鵹，一名曰少鵹，一名曰青鸟。古时的"鵹"即"鹂"，听名字便知是三只亮丽轻快的小鸟。其实这三青鸟本是凤凰的前身，为多力健飞的猛禽，后来才转变为一代玲珑小鸟。

三青鸟是有三足的神鸟，只有在蓬莱仙山可见。传说西王母驾临前，总有青鸟先来报信。"青鸟不传云外信，丁香空结雨中愁传说"，可见青鸟也常作为传递幸福佳音的使者出现在诗页中。

　　送信的青鸟不见，那些陈年往事日日温习，愈思量愈清晰，愈清晰愈徒增烦恼。本是"花有清香月有阴"之时，本应与爱人尽享"春宵一刻值千金"，那千古同月落下的清辉在人间划出一道铜墙铁壁，一边"琴瑟在御，莫不静好"，另一边只剩"一钩残照，半帘飞絮"。所谓"世上本无事，庸人自扰之"，不过未到伤情处。那一份执着的念想，那些共同走过的细细碎碎的日子，她的一颦一笑，他的一言一语，打碎了，搅匀了，和一团泥。捏一个你呀塑一个我，生当同衾，死亦同椁，成就一生的承诺。

茶瓶儿

　　杨花糁径樱桃落①。绿阴下晴波燕掠②。好景成担阁。秋千背倚，风态宛如昨③。

　　可惜春来总萧索。人瘦损纸鸢风恶④。多少芳笺约⑤，青鸾去也⑥，谁与劝孤酌。

[注释]

①糁径：撒落在小路上。糁，煮熟的米粒，这里是散落的意思。②晴波：阳光下的水波。唐杨炯《浮沤赋》："状若初莲出浦，映晴波而未开。"③风态：犹风姿。宛如：好像，仿佛。④瘦损：消瘦。纸鸢：风筝。⑤芳笺：带有芳香的信笺。⑥青鸾：即青鸟或指女子。唐王昌龄《萧驸马宅花烛》诗："青鸾飞入合欢宫，紫凤衔花出禁中。"

[赏析]

　　三四点青苔浮于波上，一两声莺啼鸣于树下。已暮春时节，樱桃散漫，柳絮飘扬，风日晴和不够，须要人意好才算得好景。一句"成担阁"，人意便隐身于旧梦中。此去经年，斯人不在，便是良辰好景虚设。

同是花开莺啼、草长鹭飞的时节，因着这"担阁"二字，都黯然失了颜色。困酣娇眼的杨花，飘飘摇摇，萦损柔肠；看樱桃空坠，也无人惜。燕双飞，犹得呢喃低语，"为怜流去落红香，衔将归画梁"，竟是黛玉葬花的心境一般。庭院深深处，小园香径下，唯有幽人独往来。

遥想当年，也似公瑾雄姿英发，也着两重心字罗衣。恍惚间，纳兰似又回到初见时刻。他的她，背倚秋千，姣花照水般低头不语，伤春的秀眉微蹙，东风吹乱云鬟。小山犹可闻琵琶弦上相思意，纳兰呢？相思不知说与谁人听。寸心间思绪万千，可容得下这咫尺天涯的天上人间？宛如昨，昨日已弃纳兰而去不可留，今日之日落花独立多烦忧。

去年昨日此门中，人约黄昏后；今年花依旧，不见去年人。纳兰斜倚秋千，抚着冰凉的秋千索，追忆那些朝朝暮暮。往事淌过心头，斯人何在？他望向春雁回彩云归，望向细雨过桃花落，望向角声寒夜阑珊，只望得一怀愁绪空握。天涯一隅，不知她在那一方可也凭栏忆？泪眼望花，花亦无语，"乱红飞过秋千去"。

"春如旧，人空瘦。"也似当年陆游与唐婉痛作生离，十年邂逅，或许无只言片语，一瞥竟成死别。相思相望终难相守，然而秋千索上的斑斑痕迹，竟抵过了人世间最难挽回的疏离与淡忘。

纸鸢，便是我们现在说的风筝，南方叫鹞，北方称鸢，因此也有"南鹞北鸢"之说。很多地方都有清明前后放风筝的旧俗。清代高鼎有诗为证，"草长莺飞二月天，拂堤杨柳醉春烟。儿童散学归来早，忙趁东风放纸鸢。"这里的"二月天"便是阴历二月。放风筝，更确切的意思是"放晦气"，《红楼梦》中曹公对这一习俗也颇费了一番笔墨。人们将自己的名字写在放飞的风筝上，剪断牵线，便认为是放走了"晦气"。当然，人家剪断的风筝不能再捡，否则便会染上"晦气"。

东风恶，纸鸢飘摇，如纳兰那颗摇摇欲坠的心，堪比黄花瘦。想他们也曾芳笺成约，执手一生吧？如今山盟犹在而锦书难托，斯人已去而此情空待，伤情处，"红笺为无色"。

青鸾何在？怕这世上无人曾见。传说青鸾有着世间无人听过的天籁之声，因为它只为爱情而歌；它亦为爱情而生，一生只为找寻另一只青鸾偕老相伴。它踏遍万水千山，仍是形单影只，因为这世上只有一只青鸾。当它偶然望向镜中的自己，竟以为此生如愿，一曲绝美的歌声响彻云霄。从此，青鸾便成为世间坚贞不渝的爱。

东方的青鸾，西方的纳西索斯，他们终其一生追寻着"知我心者"。纳兰又何尝不是？待友人，他不以贫贱富贵为念；待爱人，终生执着于心间。鸿雁不归，

青鸾去也，那一份黯然销魂的痴念，叫他与谁人说？孤酌，对影三人，才知好景难常在，过眼韶华似箭流。

"清樽满酌谁为伴？花下提壶劝：何妨醉卧花底，愁容不上春风面。"先于纳兰一千多年的晁补之，自号归来子，心向东篱却身陷朝野，怕是早存了归去的心思，也看清楚了这繁华尘世间的过眼云烟。"多情总被无情恼"，纳兰也想放下那些恼人的多情吧？同是花间杯盏，月下独酌，太白笑饮"永结无情游，相期邈云汉"，纳兰却敛眉低喟"谁与劝孤酌"。

忆王孙

暗怜双绁郁金香①。欲梦天涯思转长。几夜东风昨夜霜，减容光②。莫为繁花又断肠。

[注释]

①绁：拴、缚，此处谓两花相并。郁金香：供观赏的多年生草本植物，叶阔披针形，有白粉，花色艳丽，花瓣倒卵形，结蒴果。②容光：脸上的光彩。

[赏析]

郁金香，冠郁香于花名，只是对这舶来之物一种美好的愿望，却是彻头彻尾的名不副实。郁金香非本土花卉，据说是唐贞观年间王玄策作为官方代表出使天竺，也就是今天的印度时，天竺国王遣使回访将郁金香传入中国，一同带来的还有象征着佛语的菩提树和菠菜。至清康熙初年，郁金香在中国已有一千多年的历史了。历经了漫漫唐、宋、元、明，诗词曲和传奇的背后只在美人、美酒或罗衣绣纹边偶见郁金香情影。比之花中君子或纳兰所爱清荷，郁金香的确难堪伤怀之情。这首词何故独以郁金香作引？这就不得不提到"双绁"之义。

"双绁"二字历来说法颇多，最常见的便是作双枝之解——成双成对的郁金香，大约有连理枝、并蒂花的意思在其中，以此反衬出纳兰对影成三人时的那些孤寂。还有一种比较有趣的说法是以"双绁"指代女子的袜子。据说，古代有一种女袜有丝带与衣着相连，"绁"本指那起连接作用的丝绳，在此借指整个袜子，而"郁金香"

则是袜子上的图案。故而此处"双缀郁金香"应是指女子之物。仔细思量，后者之解似更符合此词中的情思，故而耐人寻味。纳兰对双缀郁金香的感情似乎并不只借花伤怀那么单薄无力，前者"暗怜"，后至"天涯"，怕是纳兰情系之人所遗。一句暗怜，多少陈年旧事，编入西风流年之中，静静地藏于这金织玉绣的罗衣之中。岁月尘封的魔咒被瞬间的一个恍惚打破，只一瞥，便想起了前世今世种种，思如暗流汩汩，终是意难平，欲静又不止。暗怜，不禁有问，这对郁金香的背后凝结着什么样的情思，让纳兰犹抱琵琶，欲语还休，只将这一份无法排解的"怜"深深地埋入一笔"暗"处？

古来文人墨客皆寄情于梦，而庄周的蝶梦则更是梦到了物我两忘的空明境地。"重醒后，梦景皆虚寥，庄周化蝶，蝶化庄周"。至少有片刻，庄周可以一种俗事难缨的不羁之态纵情迷梦，可以置身事外笑叹红尘种种。而纳兰呢？纵心向天涯，却好梦难酣，抑或连梦的影子也未曾挨着，便不得不打起精神费尽种种思量。纳兰所思何事，如今已不得而知，或许他为着燕子犹可双飞，为着去岁人面桃花，为着不得不承担的前途而思转，这些都使他难入梦。或者他亦想将这一切羁绊都斩断，理还乱的怕是还有一触即发的"双缀郁金香"。

不知纳兰此调作于何时，竟是几夜东风后忽而霜至。身处乍暖还寒时候，或是另有所指？东风亦作春风，多写生发之象，主风调雨顺的和气之色。这里的东风当然可以理解为"郁金香"的春天。而值得深思的是，纳兰为何以几夜形容东风而非几日？按常理，东风多生于白昼，见尽百花齐放的繁华景象。或者说，郁金香若作花之解，也非昙花般夜间开放，那么这"几夜"又作何理解呢？由此看去，"双缀郁金香"所指大有可能是纳兰情系之人。

曾有高烛照红妆，室内春意益然。一朝好景终散尽，昨夜霜过，任凭雨打风吹去，只是朱颜改。辗转反侧之下自是容光减，心如冷灰，自言不要再为春尽而伤心落泪。又，是条分缕析的理智与纳兰那颗敏感的心在较量着，几番思忖着莫为繁花过后的残春之景而伤感，内心却挣扎着偏向了诗意的感情。如同前些年，前些日子，前几次一样，断肠人天涯，又徘徊于感情的婉语低喃中。

在那金碧辉煌的栖居中，有几人还能在名利场看清自己不断追逐的心，有几人还能借着东风将灵魂荡涤得如初生般清澈？对自由的向往便是这样，愈是压抑，便愈是渴望。心愈飘愈远，终萦魂于繁花之中，无论花开花谢都为之喜，为之泪，返璞纯真的感情，追寻本真的自我。

忆王孙

刺桐花底是儿家^①。已拆秋千未采茶。睡起重寻好梦赊^②。忆交加^③，倚着闲窗数落花。

[注释]

①刺桐：树名。亦称海桐、木芙蓉。落叶乔木，花、叶可供观赏，因枝干间有圆锥形棘刺，故名。儿家：古代年轻女子对其家的自称，犹言我家。②赊：渺茫、稀少。③交加：交错、错杂。此处谓男女相偎，亲密无间。

[赏析]

这是一首洋溢着田园气息的小令。区区三十几字便是一个富于生活情趣的小故事，可谓是迷你。

词一开篇，便告诉我们，这是一件花下事，发生在水乡火红的刺桐花下。下一句则是明明白白地点出了时间。过去常有拆秋千的习俗，大约在春城飞花杨柳斜的寒食节之前即农历二月初时，逐渐繁忙起来的农家一般会拆掉小孩子们的秋千。孩子们这时也便不能再优哉游哉地荡着秋千，嬉戏于乡间，而是要随大人一起做些力所能及的农活。而采茶则大约是每年的农历三月左右，想来这首词应作于这春种与采花的短暂间歇之中。怡红快绿，茶香若兰之农闲时刻，才有闲情逸致有此醺然一梦。梦到什么了呢？细思量，忆交加，原来是梦到与心上人相厮守，浓情蜜意，情意缱绻。常言道，日有所思，夜有所梦，想必是相思成久才得以双双入梦，然而醒转之后呢？不过一枕黄粱，梦醒才知万事空，唯余一片相思在心头。由此看来，这首《忆王孙》分明是怀人之作，却不知纳兰心上之人此时身在何方？

陷入了这般无计可消除的相思之中，身倚闲窗，心却如浮云飘向了心上人身边。相思相望难相见，只得默默细数窗外一地落花。宋赵师秀感言"有约不来过夜半，闲敲棋子落灯花"。看似一池春水的闲情下，灯花震落，那是隐不住的失落与焦躁。今斯人入梦，梦而不得，古今同孤寂，只是今人数落花，古人落灯花而已。值得思量的是，花自飘零水自流，落花本是无情物，为何纳兰不以盛开的刺桐花作数，而闲情专指飘零一地的落花？回答这个问题，恐怕要从这刺桐花探个究竟了。

　　一说到刺桐花，不由得让人想起刺桐城泉州。刺桐原产于印度、马来西亚一带，我国台湾、福建、广东、浙江、江苏等地均有栽培，应该说典型的是南国风物。在一些地方的旧俗里，人们还曾以刺桐开花的情况来预测年成，如头年花期偏晚，且花势繁盛，那么就认为来年一定会五谷丰登，六畜兴旺。历史上还留下了丁渭与王十朋关于这刺桐兆年的一段诗话。耐人寻味的是，这南国宠儿的刺桐缘何闯入了纳兰的梦乡，引得梦中交加，还被亲切地称为"是儿家"？

　　有史可考，纳兰的妻子卢氏本生长于广东，她的父亲卢兴祖被革职后，按八旗的惯例需进京听宣，卢氏自然随家眷从广州北上京城，可见卢氏本是"南国素婵娟"。而纳兰生命中的另一红颜江南才女沈宛，则是乌程（今浙江湖州）人士。因此，无论是卢氏还是沈宛，都与这刺桐一般，是生长于南国的佳人知己，与北国才子纳兰的相知相伴，尽管一份尘缘短暂得令人扼腕，却是可遇不可求的一段佳话。纳兰看到佳人故乡风物，怀人之心油然而生，便拟小女子口吻写怀春之事，这一副白日里睡懒觉、思盼情郎的娇酣模样令人忍俊不禁。

　　纳兰专情于落花，怕是答了唐五代严恽的落花之问："尽日问花花不语，为谁零落为谁开？"纳兰心头所系之花自有公论，但这多情公子必是故事中的王子。思及匆匆的现代人，纵是没有这般花谢花飞满天的才思，类似地，也须作"花儿为什么这样红"之问罢。

忆王孙

　　西风一夜剪芭蕉。倦眼经秋耐寂寥？强把心情付浊醪①。读《离骚》②。愁似湘江日夜潮。

[注释]

①浊醪：即浊酒。醪，带糟的酒。②《离骚》：中国古代最长的抒情诗。屈原的代表作，也是《楚辞》中的名篇。

[赏析]

时维三秋，天气转凉。昨夜又是一夜难入眠，只听得西风萧萧，足足吹了一夜。园中芭蕉林，本是绿肥青葱苍翠可爱，岂忍得了这一夜的摧残，尽是遍地皆狼藉。"悲哉，秋之为气兮，肃杀也！"满目望去，没有尽头，所见皆秋色，顿时胸中无限凄凉，人岂能经受如此寂寥？取来一壶浊酒，对窗独自低饮，强将这无限的寂寥倒进杯里，化作无奈，一饮而下，灌入愁肠。岂料"抽刀断水水更流，举杯消愁愁更愁"，这心中苦闷何由才得排遣？随手捡起一本《离骚》，漫目读去，字字尽愁语，篇篇有千结。报国有心，立功无门，心怀天下，书生意气，三藩之乱的刀兵战火未息，我的心中愁闷，如那日夜奔不息腾翻滚的三湘江水一般。

这首词主要是写一种"愁"，先不谈这"愁"到底是为何而愁，先看看纳兰的写法。这首词只短短三十一字，而其中直接间接言及"愁"的，全篇皆是。直接写"愁"的如"倦眼经秋耐寂寥""强把心情付浊醪""愁似湘江日夜潮"，而第一句"西风一夜剪芭蕉"虽未直接说出情绪，可也能根据传统，理解到词人正要表达一种愁闷。短短三十一字，可谓字字皆愁，孔子说《关雎》"哀而不伤"，这也似乎成为后世对于诗歌写情中对抒情进行节制的理论依据。然而纳兰这首词明显没有节制抒情，不仅如此，他的词的一个特点就是情感流露不受阻碍，无论是那些他写得委婉动人的，如"一往情深深几许？深山夕照深秋雨"（《蝶恋花·出塞》）"多情终古似无情，莫问醉耶醒"（《荷叶杯》），还是狂放的，如"德也狂生耳"这样的词句。

可以说纳兰的词在用情方面有些纵情的倾向，特别是那些表现细腻的女性化情感的词。这首词就能体现这样的风格，写愁就全篇写愁，如江水滔滔不绝。西风引起人伤时，第一愁；西风毁坏芭蕉，第二愁；奋力遣愁，借酒浇愁愁更愁，第三愁；停杯读《离骚》，所读尽愁，第四愁；悲于人生山山，第五愁。这样的写法，在读者方面感受起来，确实是感觉一重又一重地压来，颇为压抑。

这首词有考据认为是三藩之乱期间，纳兰因报国有心，立功无门，有感而作。当然可备一说。

三藩之乱期间，纳兰正作为康熙的御前侍卫，因职责所在，虽有立功之心而无立功之门。这首词虽可见得一种同屈原般的忧国忧民的惆怅，却仍可见纳兰自己一贯的细腻情感。在对于主题的理解上，可能难免有不同看法，这些看法多半源于对词人自身的理解，不过正如梁羽生所说，也许因为纳兰容若太善于言愁了，因此一般人对他有个误解，以为他是个消极颓废的词人。

调笑令

明月，明月。曾照个人离别。玉壶红泪相偎①，还似当年夜来。来夜，来夜，肯把清辉重借②？

[注释]

①玉壶红泪：晋王嘉《拾遗记》卷七："（魏）文帝所爱美人，姓薛名灵芸，常山人也……时文帝选良家子女以入六宫，（谷）习以千金宝赂聘之，既得，乃以献文帝。灵芸闻别父母，嘘唏累日，泪下沾衣。至升车就路之时，以玉唾壶承泪，壶则红色。既发常山，及至京师，壶中泪凝如血矣。"后因以"玉壶红泪"称美人泪。②清辉：清澈明亮的光辉，多指日月之光，这里指月光。

[赏析]

其实，这首《调笑令》满含自嘲之意。

调笑令又名转应曲、三台令。关于这词牌名，在胡适《词选》中有一段解释："[调笑]之名，可见此调原本是一种游戏的歌词；[转应]之名，可见此词的转折，似是起于和答的歌词。"纳兰以调笑之名写彼时的红妆相偎，是嘲弄命运无常，也是在自讽西风独自凉。

开篇直呼明月，似谪仙般的邀月？举杯邀明月，对影成三人。不知一向谨慎的他，会不会也拍着玉板月下长歌，对酒当歌，人生几何？明月，明月，纳兰是想劝慰吧？海内存知己，自然天涯共此时，何必以身形羁绊？或者也是在祝福，既不得相守，便不如放开心胸祈祷，但愿人长久，千里共婵娟。

然而那一片月明中，纳兰好似又眼睁睁地看见那个人由远及近渐渐走向了他，咫心之距时，又远远地推开了他，狠狠地退出了他的视野。他们心意相交，却终天各一方。

永远，相守时难以实现的诺言；遥遥，离别时执手相看泪眼，一个转身便耗尽了一生的时间。

"玉壶红泪"一说，来自三国时期魏文帝曹丕宠妃薛灵芸。灵芸本是当时东吴

浙西常山赞乡人。怀着对父母兄弟和家乡风物的恋恋之情，怀着对那宫廷生活的陌生和恐慌，灵芸从江南远赴洛阳。这一路灵芸泪如泉涌，随从便用玉唾壶给她承接泪水，只见流进壶中的泪水都带着血红。等到抵达洛阳，玉唾壶中已盛满了血泪，因称后世称女子的眼泪为"红泪"。

"夜来"之意还是取自薛灵芸。为了迎接灵芸，曹丕在洛阳城外筑土台，高三十丈，直入云间；在台下四周布满蜡烛，唤名"烛台"，蜡烛沿灵云入城的路线从烛台一路绵延至洛阳城郊。魏文帝在烛台静候佳人之时，远远望见车马滚滚，尘埃翻腾，宛如云雾弥漫，不由感叹："古人云，朝为行云，暮为行雨，今非云非雨，非朝非暮。"因而改薛灵芸的名字为"夜来"。

到这里，词意也豁然开朗，这个被纳兰以自嘲的笔触留在诗行间的女子，多半应是纳兰思之念之而终不得相守的表妹。不似纳兰发妻卢氏离去时的痛彻心扉，直问"天为谁春"；不似沈宛不告而别返回故乡时，他叹息"等闲变却故人心，却道故人心易变"。他久久珍藏于追忆中的这份情，不似烈火般的热情，却因为凄清更惹人疼惜。不知纳兰回忆起了表妹的哪般，只一句玉壶红泪诉尽相思意。玉壶红泪，盛着互诉衷肠的甜蜜，家族的殷殷期望，对未知前途的恐慌，还有那伴君千日、终须一别的结局。

行至下片，纳兰低叹，来夜，来夜，以轻不可闻的声音，简单得不能再缩略的呢喃，重温那个已经冷却的旧梦，就像东坡轻言"作个归期天定许"。或许纳兰也是怀着几许期待的吧，虽明知好景已逝，却依旧忍不住希望；虽然到头来只落得往事如风信子的花瓣一般，散落一地，唯余"缥缈孤鸿影"。

纳兰希冀的来夜，更多的怕是在追寻那些终成回忆的昨夜，春风拂面灯火阑珊的昨夜，与表妹相知相伴的昨夜，逝去的情意缱绻的昨夜。这一段往事像是中了岁月的魔咒被封在心底，既没有结果，也难以诉说，唯有叹息悠悠时常回荡于心间。多少年过去后，才终于明白，那时光的封印唤为"此情可待成追忆"。

罢了，借一缕清辉，想佳人旧影，凭栏凝望，还是那一轮明月，却是年年新月照旧人。连月色都已变换，谁又能回到过去？没有过不去的，只有回不去的，纵使相逢应不识吧。

河传

春浅①，红怨②，掩双环③，微雨花间昼闲。无言暗将红泪弹。阑珊④，香销轻梦还。

斜倚画屏思往事⑤，皆不是，空作相思字。记当时，垂柳丝，花枝⑥，满庭蝴蝶儿。

[注释]

①春浅：谓春意浅淡。②红怨：为花落伤感。③掩双环：掩门，关起门。④阑珊：精神低落。⑤画屏：有画饰的屏风。⑥花枝：开有花的枝条。

[赏析]

平心而论，这一首《河传》算不得纳兰词中的精品。大抵是春浅花落、微雨拂面时一捧湿漉漉的清愁，又不过是相思梦醒后几番萦绕不去的哀怨感伤。但择一风和日暖的安静午后诵读出声，耳边却乍响清脆的断裂之音。

这断裂的声音像厚厚的积雪压断干枯的藤枝，又像剔透的美玉坠落在青石板上。韵律之跳跃、意象之翩跹、记忆之转换，让人不由得掩卷沉思，微微叹息。

这是一首节奏感极强的小令，"春浅，红怨，掩双环"，文字婉约如斯，读来却字字皆有生机；句式富于变化，韵脚也未耽于一致，带着些清爽曼妙的灵动，在三三两两的字句间跃动，格律的鲜明感就像江心里、秋月下那一首令白居易过耳难忘的琵琶曲——"嘈嘈切切错杂弹，大珠小珠落玉盘"。

若你沉迷于节奏的明快，便由此期冀品鉴出易安居士早期作品的明媚和单纯，那可就错了。"争渡、争渡，惊起一滩鸥鹭"的简单快乐向来是留不住的，就像最美的人间四月天终会随芳菲陨落而到尽头一样，纳兰词里更多的仍是绵长的感伤和抽丝剥茧般的追忆。

人生就是这样，越是"当时只道是寻常"，"当时"之后便更加五味杂陈。和韶华一起逝去的还有追不回、讨不得的境遇，这种沧桑与无奈便是成长的代价。

当代诗人张枣在他的《镜中》里写道："只要想起一生中后悔的事,梅花便落了下来。"谁人一生之中没有一些只要想起就会感伤的往事呢?

垂柳丝、花枝、满庭蝴蝶儿,既是昔日欢愉景象的见证,也是今日萧索情状的旁观者。往事如向下的流水一般执拗,不肯回头,离开的人也是如此,再难相见。"思往事,皆不是"。人不是,景不是,连心情都不是,斜倚画屏,也就只剩下一个"空"字了吧!

心境虽"空",脑海中的景象却被纳兰安排得满满当当。我们大抵都有过这样的体验:明明心里空空荡荡,却又像被堵得不留缝隙,想深吸一口气,张开嘴后却是一声止不住的叹息。这斜倚着屏风的人儿也是这样,她所思所想都是伤感的往事,而且是追不回来的往事,明明是一触碰就会心疼的记忆,却又忍不住不想。梦也醒了,春要尽了,相聚的短短数日虽恍如隔世,心里的思念却不知要延续到何日何时。

是啊,春雨渐歇,门扉掩闭,细雨凉风惹恼了庭院里的群花,幽幽小径上尽是缤纷落英,此景之下,怎能不起伤情? 这一阕画面感极强的小令,就像一部沉默的纸上影像剧,你看那掩着眉目从一地落花中走过的女子轻叹连连,手掩门环,就连背影都带着清冷。

《河传》这个词牌并不多见,据说这个词牌是由隋炀帝杨广首创,由唐朝才子温庭筠完善,纳兰的《饮水词》有三百四十九首之多,用这个词牌的也仅此一阕。就用这短短的五十余字,纳兰写了一个完整的故事,他没有像大多数词人那样以秋天的黄叶、雁飞、冷风来写悲欢,而是用春愁带伤情,在时间、空间的转换中完成了自己的叙述。

这首词从表到里都是矛盾的,表层的矛盾在于节奏之明朗与内蕴之哀伤,里层的矛盾则是主人公内心的一番纠结,盼归总不能,相思终不得,欲罢又不忍,在纳兰的信笔点染中,词中主人公的满怀思念仿佛要从笔墨间溢出来,这大概也点破了词人自己的心事吧!

只是不知这词中的矛盾是否会引来今人的共鸣,那些倔强地抱着回忆取暖的人啊,是否总觉得四季都是冬天呢?

蝶恋花 散花楼送客

　　城上清笳城下杵①。秋尽离人，此际心偏苦。刀尺又催天又暮，一声吹冷蒹葭浦②。

　　把酒留君君不住。莫被寒云③，遮断君行处。行宿黄茅山店路④，夕阳村社迎神鼓⑤。

[注释]

①清笳：谓凄清的胡笳声。唐杜甫《洛阳》诗："清笳去宫阙，翠盖出关山。"城下杵：指捣衣之声。杵，捣衣所用的棒槌。②蒹葭：蒹和葭都是水草，本指在水边怀念故人，后以"蒹葭"泛指思念异地友人。语出《诗经·秦风·蒹葭》："蒹葭苍苍，白露为霜。所谓伊人，在水一方。"③寒云：寒天的云。④黄茅山店：指荒村野店。黄茅，茅草名。唐白居易《代书诗一百韵寄微之》："官舍黄茅屋，人家苦竹篱。"⑤村社：旧时农村祭祀社神的日子或盛会，《旧唐书·文苑传下·司空图》："岁时村社零祭祠祷，鼓舞会集，图必造之，与野老同席，曾无傲色。"

[赏析]

　　这是一首送别诗。

　　散花楼，单听名字便引得无数遐想。天女散花，也是有来历的。据说在维摩诘住处有一位天女，每听到有人说法的时候就会现身，把天花撒向众菩萨和佛的大弟子身上。花落到菩萨身上时便都会坠落，但是落到那些大弟子身上时却不会掉下来。那些大弟子用神力也不能将花拂去。舍利弗说：此花不如法。就是说存有分别心是不如法，说明大弟子们还有畏惧花离死别之心。等修行完成后，五欲不再有，"结习尽者，花不着身"。

　　在离别心不当存的散花楼送别，或许不只是巧合吧。"天若有情天亦老"，好友间若无别绪，又何来离愁呢？纳兰所送之人，正是张见阳。张见阳字子敏，名纯修，本为内务府包衣，进士及第后先授江华县令，官至庐州知府。张见阳与纳兰结为异姓兄弟，是纳兰的知心故交。这首词即是在张见阳出任湖南江华县令离京时所作。

秋花惨淡的时节，本就易惹人伤感。张见阳此时奔赴千里之外，话别时酒入愁肠，更着凄凉。散花楼上，听得远处胡笳轻唱，城下捣衣声一下接一下单调地重复着，回荡在这清冷的蒹葭浦，在离人的心中挥之不去。

"刀尺"二字历来说法不一，比较普遍的说法是制衣，那么"刀尺又催"便是赶制衣物之义了。古时士兵武器和粮食由朝廷供应，衣物往往是自备。每到秋冬交替时，家人便要为远方的征夫或游子准备寒衣。因此便有了这"万户捣衣声"。宋贺铸也曾在他的词中提到，"砧面莹，杵声齐，捣就征衣泪墨题"。瑟瑟秋风中的捣衣声藏于游子密密缝的身上衣，藏着远征游子对故土的眷恋，藏着故园亲友的不舍和思念。

文行至此，不过是一首普通的送别诗。而纳兰之于张见阳，岂是泛泛之交可比？留君不住，临别定有金玉之言相赠，"莫被寒云，遮断君行处"。江华曾一度为吴世璠所占据，清军刚收复江华不久后张见阳即被派去任职。纳兰深知此时的江华战火未息，民生艰难，且江华历来是多民族交汇地区，冲突时有发生，张见阳所得并非美差。然而作为朋友，纳兰不断勉励张见阳要莫惧寒云，要在满目疮痍中成就一番大业。他在与张见阳的书信中写道："古来名士多以百里起家者，愿足下勿薄一官，他日循吏传中，籍君姓名，增我光宠。"纳兰年轻时也有建功立业的宏图大志，而他囿于皇宫中难以施展拳脚，便将自己的目标寄托于好友。

纳兰对张见阳不仅有着殷切的期望，也像兄弟一般深情地关怀着他。他曾作五律遗友人：

楚国连烽火，深知作吏难。

吾怜张仲蔚，临别劝加餐。

江华属楚地，故诗中言"楚国连烽火"。彼时，江华时局不稳，纳兰对友人颇为牵挂。临别不赘言"一片冰心在玉壶"，无"天下谁人不识君"的豪情，也没有"天涯若比邻"的宽慰，而像是至亲一般希望他保重身体，二人的友情由此也可见一斑。

古时官员到各地赴任，往往要经历一段时间的长途跋涉。纵使比不得昭君出塞、文成公主进藏，但翻山越岭在所难免，"鸡声茅店月，人迹板桥霜"，个中酸楚不需多言。而纳兰似对行宿黄茅山店这般羁旅生活有着别样的期待。

词中所说的村社应该是指秋社日。古有春秋二社，秋社日是立秋后第五个戊日，大约在秋分前后。此时的农家已经完成了收获，所以立社祭祀土地神。秋社祭神的习俗最早始于汉代，宋代的村社有食糕、饮酒、女归宁的习俗，至今一些地方还有"做社""敬社神""煮社粥"等传统纪念活动。

纳兰从小便生活在政治斗争的旋涡中，官场的黑暗、人性的扭曲和金钱权力间血淋淋的勾当让他压抑已久，这也使得他更加渴望自由，向往人与人之间真挚的感情，向往朴实的田园生活。"开轩面场圃，把酒话桑麻"，村社神鼓在他眼里便成了自由惬意生活的写照。

"夕阳村社迎神鼓"，是他劝慰友人以豁达之心迎接未来的漫漫长路，"竹杖芒鞋轻胜马，谁怕？一蓑烟雨任平生"；又似他给自己的一个期许，"云无心以出岫，鸟倦飞而知还"。可惜，纳兰的归去来兮终究只是个没有见过阳光的期许。

虞美人

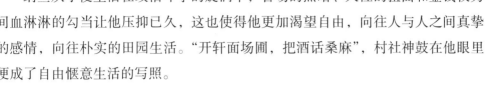

绿阴帘外梧桐影，玉虎牵金井[1]。怕听啼鴂出帘迟[2]，恰到年年今日两相思。

凄凉满地红心草[3]，此恨谁知道。待将幽忆寄新词，分付芭蕉风定月斜时。

[注释]

①玉虎：井上的辘轳。金井：栏上有雕饰的水井，一般用以指宫廷园林里的井。②啼鴂：啼鸣的杜鹃鸟。③红心草：草名，一说为红心灰之俗称。相传唐王炎梦侍吴王，久之，闻宫中出葬，鸣箫击鼓，言葬西施。吴王悲悼不已，立诏词客作挽歌。炎应教作了《西施挽歌》，有"满地红心草，三层碧玉阶"之句。后以"红心草"作为美人遗恨的典故。

[赏析]

提到虞美人，脑海中总躲不过后主的绝笔，"春花秋月何时了，往事知多少"。才忆起故国月明，便有项王一曲悲歌回响耳畔"虞兮虞兮奈若何"。战场上的争斗虞美人无奈，却愿为连理枝再续前缘。传说"一战"后受到战争蹂躏的土地遍开虞美人，那如鲜血般浓艳的色彩是地下安眠人的呓语。后主也罢，虞姬也罢，那些长眠的精魂也罢，花开艳丽的虞美人背后站立的竟是无情的决绝与分离。

这应是作于春末夏初的一首词吧。

帘外树已成荫，不似那只得遥看的朦胧草色。若是糊上松绿色的软烟罗作为窗纱，更应是春意盎然。说到这号称"百树之王"的梧桐，民间盛传其知时知令，"梧桐一叶落，天下皆知秋"便是知秋的写照。《魏书·王肃传》中曾有言"凤凰非梧桐不栖"，说的便是这百鸟避之的青桐。不同于人们印象中的法国梧桐——那些写在张爱玲笔下秋风里那簌簌的梧桐，那些遍布衡山路淮海路的老树——这绿阴帘外的梧桐，正是"一株青玉立，千叶绿云委"的青桐。

玉虎金井，极尽巴洛克式的奢华，可再精美的雕饰也不过是深井和缠于深井之上用以汲水的辘轳。"玉虎牵金井"的描摹下，看到的是"雕栏玉砌应犹在"的背影，只为等待那宿命般的"朱颜改"。抑或，我们也可以换一个角度思量：纳兰日思夜想的那人今已栖于梧桐枝上，她的命运犹如那看似繁华的辘轳，被紧紧牵于皇家金井之上。今生能让纳兰做此隐晦叹息的，除了他的表妹还能有谁呢？"虞美人"之曲不负其名。

"郎骑竹马来，绕床弄青梅"，纳兰当时或许并不知他的人生中相思相望不相亲的人，不只是他的表妹。梧桐雨，长恨歌，纳兰短暂的生命中几度春秋，"春风桃李花开日，秋雨梧桐叶落时"，竟像是偈语一般，划过他的人生。纳兰与表妹此时虽是生离，却难言再见。思之而不得之，纳兰的周遭似有着一层离情别怨。连那窗外杜鹃之声，似也在用自然的语言诉说着，预言着，让人不忍听闻。

杜鹃，亦花亦鸟，传说是望帝杜宇所化。相传岷江恶龙为害人间，当地的少女龙妹为了解救百姓迎战恶龙，却被恶龙囚禁于五虎山铁笼中。又一个英雄美人的开端，结果也是顺理成章。少年杜宇得仙翁相助救出龙妹，大败恶龙，受拥戴为蜀地王。然而传说到了这里却峰回路转。杜宇被篡位贼臣囚禁，龙妹因不愿为贼人妻也被锁入牢笼。传说杜宇惨死山中，化作一只小鸟，飞到龙妹身边，啼叫"归汶阳！归汶阳！"。龙妹知丈夫已去，芳魂化作杜鹃鸟，从此同丈夫比翼于天地间。

鸟鸣无心，听者有意。听不得杜鹃的啼血声声，它最勾人伤怀。"山无棱，江水为竭，冬雷阵阵夏雨雪，天地合，乃敢与君绝"，纵然没有鸟鸣，年年今日，两人异地相对同相思。此恨谁知？天知，空中划过啼血杜鹃；地知，便开出了似红泪般的红心草。那红心草开于飘过淡淡柳絮的湖畔，开于光影错落的月下荷塘，开于花径绿篱畔。它吐露着新叶，新叶也泛着红晕；它羞涩地绽开小花，小花也羞赧地顶着深红的小帽。低头，不语，晴空过处，只那么寂静地，婷婷而立。

"自在飞花轻似梦"，携红心草梦回春秋，便有一曲《西施挽歌》。相传南宋时湖州太守夜梦侍吴王，闻言西施已香消玉殒，应诏作此诗。"满地红心草，三层碧玉阶。"从此，红心草如那逝去的美人，在"春风无处所"的季节，娉娉婷婷地摇曳于浮云飘过的微风中，微叹"凄恨不胜怀"。

即使是这样凉薄的一叹也难容于尘世。李清照对芭蕉，叹"阴满中庭，叶叶心心舒卷有舍情"。这无端的情愫抑郁于胸中，剪不断，亦载不动；不能大声哭，也不能放声笑。"何处合成愁？离人心上秋。"梦窗以芭蕉说文解字，"不雨也飕飕。"红樱桃，绿芭蕉，云破月来的良宵，漏断人静的春夜，这纠缠于胸的幽幽往事只得寄存于诗行中。风飘飘，雨潇潇，月子弯弯千年同照九州；离人魂，昨夜梦，年年今日，但见流光无情把人抛。

虞美人

曲阑深处重相见，匀泪偎人颤。凄凉别后两应同，最是不胜清怨月明中①。

半生已分孤眠过，山枕檀痕涴②。忆来何事最销魂，第一折枝花样画罗裙③。

[注释]

①不胜：受不住，承担不了。清怨：凄清幽怨。②山枕：枕头，古代枕头多用木、瓷等制作，中凹两端突起，其形如山，故名。檀痕：带有香粉的泪痕。涴：浸渍、染上。③折枝：中国花卉画的画法之一，不画全株，只画连枝折下的部分。花样：供仿制的式样。罗裙：丝罗织成的裙子，多泛指妇女的衣裙。

[赏析]

词本为"艳科"，以婉约为主，多写艳情，这是人们对早期词作品的印象。翻开古代词集，男女情爱、风花雪月乃是其中最重要的主题之一，这其中又不乏着重描写妇女的妖娆容貌、娇羞情态、华美服饰的作品。我国文学史上第一部文人词总集《花间词》中便有很多这样的词，所以后人常将其作为"艳词"的早期标本。

词的产生主要是为了表达文人心里那些诗歌所不能承载的细腻情愫，因而内容上自然会打上情感化的烙印，再加上早期词与乐曲相伴而生，其音乐基础为艳乐，多数时候都是由歌姬、妓女在倚红偎翠的环境下吟唱，因而便免不了绵软之气、柔靡之风。

由于作者的气质与秉性使然，所以即使内容同为艳情，词作也往往会呈现出迥异的风格。纳兰的这一首《虞美人》虽然也写男女幽会，却在暧昧、风流之外多了几分清朗与凉薄。

发端二句"曲阑深处重相见，匀泪偎人颤"很明显出自李煜在《菩萨蛮》中的"画堂南畔见，一向偎人颤"。小周后背着姐姐与后主在画堂南畔幽会，见面便相依相偎在一起，紧张、激动、兴奋之余难免娇躯微颤；纳兰词中的女子与情郎私会于"曲阑深处"，见面也拭泪啼哭。但是细细品味，后主所用的"颤"字更多展现的是小周后的娇态万种、俏皮可人，而纳兰这一"颤"字，写出的更多是女子的用情之深、悲戚之深，同用一字而欲表之情相异，不可谓不妙。

李煜前期词作多写宫廷享乐生活，其"冶艳"风格在多首词中都可窥见，比如他的《一斛珠》："晓妆初过，沉檀轻注些儿个。向人微露丁香颗。一曲清歌，暂引樱桃破。罗袖裛残殷色可，杯深旋被香醪涴。绣床斜凭娇无那，烂嚼红茸，笑向檀郎唾。"这首词上阕写女子之美，下阕写女子与"檀郎"的调笑，几乎用一种白描的手法来写男女嬉戏、玩笑，但用词的精准和情状描摹之细腻却令整首词都笼罩着一股美艳之色。

与很多花间词相比，李煜的艳词大多做到了艳而不俗，能将男女偷情幽会之词写得生动而不放荡。纳兰的这一首《虞美人》又在李煜之上。

曲阑深处终于见到恋人，二人相偎而颤，四目相对竟不由得"执手相看泪眼"，但接下来纳兰笔锋一转，这一幕原来只是回忆中的景象，现实中两个人早已"凄凉"作别，只能在月夜中彼此思念，忍受难耐的凄清与幽怨。夜里孤枕难眠，只能暗自垂泪，忆往昔最令人销魂心荡的，莫属相伴之时，以折枝之法，依娇花之姿容，画罗裙之情事。

这首词首尾两句都是追忆，首句写相会之景，尾句借物（罗裙）映人，中间皆作情语，如此有情有景有物，又有尽而不尽之意，于凄凉清怨的氛围中叹流水落花易逝，孤清岁月无情，真是含婉动人，情真意切。

虞美人

高峰独石当头起，冻合双溪水①。马嘶人语各西东，行到断崖无路小桥通。

朔鸿过尽归期杳②，客里年华悄。又将丝泪湿斜阳③，回首十三陵树乱云黄。

[注释]
①双溪：此处指北京昌平境内的一条小溪。②朔鸿：从北方向南飞的大雁。③丝泪：微细如丝的眼泪。

[赏析]
清康熙十五年（1676 年），纳兰随圣上巡视昌平，这首词就是在此间完成。此时的纳兰是康熙皇帝的御前侍卫，并常以武官身份参与风流斯文的诗文之事，以过人的文才武略而备受康熙赏识，所以皇帝无论南巡北狩，还是四方游历，纳兰都常伴其左右。

作为屡受皇帝恩赏、人人羡慕不已的年少英才，纳兰理应得意才对，况且此时他与妻子卢氏伉俪情深，感情甚笃，这段岁月当是他一生中最明媚、最快乐的时光。但是我们几乎很难从《饮水词》中找到写于这段时期的明朗快活的作品。

古人有"发愤著书""不平则鸣"等说法，这似乎是文艺创作中最为普遍的心理规律。一般来说，人在困境中会更加敏感，当忧思郁积时不吐不快，唯有诉诸文字才能在现实和梦想间寻到平衡，韩愈就曾说过诸多古代先贤和文学奇才的经历都是"不平则鸣说"的例证，如屈原、司马迁、杜甫、孟郊等人；若是居安，人们在舒适闲逸的生活中就很难思危，无愁苦之思、愤懑之情，写出来的东西就少了岁月的积淀和时光的镀色。

显然，我们无法用这个普遍规律来解释纳兰的一生。卢氏夭亡后，或许我们可以把亡妻之痛作为纳兰一系列悼亡词的源头，但纳兰早期词作中巨大的痛苦与难以名状的哀伤又是从何而来？

作为叶赫那拉氏的后人，他一出生就被安排到了天皇贵胄的家庭，注定富贵荣华，但他偏偏不爱锦衣玉食的生活，更是从内心深处厌倦了官场庸碌与俗气，无心功名利禄。"身在高门广厦，常有山泽鱼鸟之思"，这或许也是他常感悲伤的原因之一。

这一首写于1676年的《虞美人》中尽是萧索之景、悲戚之情，而当时纳兰的仕途情路无不平顺，一番反差与对比在无形中印证着命运的乖谬与无常，这也是纳兰悲剧性格中的浓重一笔。

双溪是北京昌平境内的一条小溪，天寒地冻的时节，眼前尽是一派肃杀的景象，高峰兀立，巨石挡路。骏马在空旷的原野中嘶鸣，行人相遇来不及说上几句话就又各奔西东。正感叹旅途的艰辛与孤独，偏偏又行到了断崖处，只有小桥为路。天空中有鸿雁飞过，却不能代为传书，这一番遭遇令人心生感慨，思归之情油然而生。行走在异乡，最好的年华早已如逝水一般悄然没了踪迹，想着想着，就不知不觉淌下了眼泪，泪眼模糊中回首眺望，只见十三陵附近亭亭如盖的大树和被夕阳染黄的暮云。

这首词所写的本是一个常见的题材，无非人在行役途中的一番感慨长叹，但纳兰所展现出了一片更加情深意远的境界。以羁旅行役为主题的词并不少见，"移舟泊烟渚，日暮客愁新"（孟浩然《宿建德江》）所展现的是一种清愁，"夕阳西下，断肠人在天涯"（马致远《天净沙·秋思》）更多的是一种惆怅，纳兰的《虞美人》则是一股锥心的悲切之感。这种痛不是歇斯底里的，而是绵长蕴藉的。

采桑子

彤云久绝飞琼字①，人在谁边？人在谁边？今夜玉清眠不眠②？

香销被冷残灯灭，静数秋天，静数秋天，又误心期到下弦③。

[注释]

①飞琼：指许飞琼，传说中的仙女，西王母身边的侍女，后泛指仙女。②玉清：原指仙人。陈士元《名疑》卷四引唐李冗《独异志》谓："梁玉清，织女星侍儿也。秦始皇时，太白星窃玉清逃入衙城小仙洞，十六日不出，天帝怒谪玉清于北斗下。"这里指所思念的人。③心期：心愿、心意。

[赏析]

这首《采桑子》，看似写景，实则写心。讲的是纳兰思念表妹，夜深难寐的凄苦心境。史书上对这位表妹并未做过多的记载。只有在一些清朝人笔记、小说中略有提及。纳兰与表妹青梅竹马，两小无猜，想来二人之间的那份情谊堪比青天绿湖，清澈可鉴。

但世间之事往往如此，难以圆满，就在纳兰准备迎娶表妹之时，表妹却依照满族人的规矩，被选入宫中做了秀女。人皆道一入侯门深似海，岂不知宫门更似有进无回，从此后，表妹便与纳兰一墙之隔，就此天长地久地离别开来。

即便纳兰再爱表妹，这个悲剧已经是注定无法挽回，自古天子大于天，纳兰的爱再多，也无法与天子权力相抗衡。其实仔细想来，这个悲剧似乎是一开始就要注定的，纳兰出身豪门，表妹应当也是名门闺秀，属于优雅贤德的女子。这样的女子，如何能够逃脱帝王的涉猎，优厚的家世，再得到帝王的恩宠，这样相得益彰的好机会，表妹的家族自然不会放过。

只是苦了纳兰，一番痴心从此后皆付诸流水，本来只是想与爱人恩爱长久，哪料得却成了宫墙永隔，正如他词中开篇所写的那样："彤云久绝飞琼字"，一句话便点出了仙家的况味，古时候有个传说，神仙居住的地方有着云彩环绕，于是彤云便成了仙家天府的代称。而纳兰也正是以此来隐喻表妹身居后宫，犹如身处仙境，令他无从相见。

而飞琼则是指仙女，飞琼本是说的一名叫许飞琼的仙女，住在瑶台，是西王母的侍女。她在某个人神相通的梦境中不小心泄露了自己的姓名，那个凡人梦醒之后便在墙壁上题诗一首：

晓入瑶台露气清，座中唯有许飞琼。

尘心未尽俗缘在，十里下山空月明。

写完后，许飞琼再次托梦于他，让他将自己的名字改掉，于是，第二天，这个人又起来，将第二句诗改为了"天风飞下步虚声"。许飞琼的典故就此流传下来，代之可望而不可即的人，纳兰在此，用典代指自己所爱女子。

而"字"指书信，这句是说他已经很久没有收到表妹的来信了。接下来便是很自然地过渡到了下文的猜测：人在谁边？人在谁边？叠句充分地展露了纳兰内心的不安与骄躁，还淋漓地表现出了他不可包藏的忧伤。

至于关于这个表妹后来如何，历史上再也找不到确切的记载，有人说她成了

贵妃，也有人说她做了公主的老师，后来孤独一生，病死宫中。无论如何，这都是一个凄婉的悲剧，也难怪纳兰在上片最后一句哀婉地抒情道："今夜玉清眠不眠？"

"玉清"也是仙家语，指仙人居住的仙境。玉清由大罗而来，大罗天生出玄、元、始三气，分别化为三清天。《宝太乙经》载，"四人天外曰三清境，玉清、太清、上清，亦名三天。"这里的玉清则是指代皇宫，在无言的深夜，夜不能寐的纳兰披衣于浓重的夜色中，捂心相问：很久都没有收到你从宫中的来信了，没有我在你身边，你在宫中，过得还好吗？是否如同我思念你一样，也在思念我呢？

悠悠岁月，情思难断，纳兰这首词充分将这种剪不断理还乱的情感抒发出来，在上片的天上描写，可以看出一片虚无的空虚之感，让人在读这首词时，无时无刻不为纳兰为情所困的愁绪所感染。

而到了下片，纳兰也从天上落到了人间，"香销被冷残灯灭"引起开篇，烧完的香，冰冷的被子，还有那即将熄灭的灯火，这一切都是真真实实的身边事。而这一切也在提醒着纳兰，梦已经过去，现实依然凄冷，所爱的人早就远离这里，你在这里思念她的一颦一笑，而她说不定正在宫中，躺在另一个男人的怀抱里，强颜欢笑。

"静数秋天，静数秋天"，在这清冷的秋日，纳兰能看到的只有自己无尽而又无望的思念，回转头去，屋里那番清冷的景象，更是提醒他，誓言已去，美好的往昔早已随着夏日而去，在这个秋日，留下的除了揪心的疼痛，别无其他。

所以，纳兰只能最后感慨："又误心期到下弦"。再也不能同心爱的表妹在一起，再也不能见到表妹温婉的笑容，即便拥着回忆入睡，醒来时，身边还是秋水般清冷的空气，令人禁不住泪流满面。

"心期"是指心愿，愿望，而"下弦"是指下弦月的时光，纳兰认为相聚的期限总会到来，但日子一天天过去，始终遥遥无期。看来人生相逢这件事情，就如同月圆月缺一样，此事古难全。

人生总是有着无数的期盼，渴望与爱人团圆，但如同月亮有圆有缺一样，有些事情，一旦错过，就不可能再拥有。那曾经的盟誓，此生注定是无法相守了，所爱的人就好像天上的仙女，一去仙宫，便再也不返。想着那曾经翩跹的身影，从此形单影只地过着春夏秋冬，看不到曾经熟悉的脸庞，只能靠着回忆，用心思念，梦想着相聚团圆的，但其实自己也清楚，什么也没有，什么都抓不住。

纳兰这首词，写尽了思念之苦，相爱之苦，相守之苦，离别之苦。

采桑子

谁翻乐府凄凉曲①？风也萧萧，雨也萧萧，瘦尽灯花又一宵。
不知何事萦怀抱②，醒也无聊，醉也无聊，梦也何曾到谢桥③。

[注释]

①翻：演唱或演奏之意。乐府：诗体名，初指乐府官署所采制的诗歌，后将魏晋至唐可以入乐的诗歌，以及仿乐府古题的作品统称乐府，宋以后的词、散曲、剧曲，因配乐，有时也称乐府。②怀抱：心胸。③谢桥：谢娘桥，古时称所爱的女子（或妓女）为"谢娘"，称其所居处为"谢桥"。

[赏析]

这是一首爱情词，抒写对情人的深深怀念：是谁在翻唱着那凄凉幽怨的乐曲，伴着这潇潇雨夜，听着这风声、雨声，望着灯花一点一点地烧尽，让人寂寞难耐、彻夜不眠。在这不眠之夜，不知道是什么事情萦绕在心头，让人或睡或醒都如此无聊，梦中追求的欢乐也完全幻灭了。

纳兰的词有个特点，虽然读起来平淡无奇，但回味心头时，却是百味杂陈。正如梁启超所说的那样，纳兰的词是"眼界大而感慨深"。的确如此，纳兰深谙词之大义，他熟练地用一个一个汉字串成最美丽的章篇。

"谁翻乐府凄凉曲？"算是纳兰词中的名句，看似平白易懂，却于深处暗含波涛汹涌的愁绪。谁在唱着那些凄美的歌曲，歌声萧索，居然令"风也萧萧，雨也萧萧"了，而且还凄凉到彻夜无眠，"瘦尽灯花又一宵"了。古人的烛火一般是用羊油做成的，烛芯烧着的时候，有时候会发出小小的爆裂的声音，像烟火一样。

所以，在这里纳兰会用"灯花"来描写，美丽的词汇既能增加词的美感，又能写出意境。这相思也有分类，纳兰的相思就如同燃烧的灯芯，模模糊糊，道不清真切，却是持续不断，烧不尽相思。

上片写完相思的凄凉，下片便转而写无聊的现状。"不知何事萦怀抱"，思念到深处，依然觉察不出什么事情才是牵绊自己思绪的"罪魁祸首"。凄凉的心境令

自己整夜无眠，而无眠之夜里，无谓的相思，更是令自己"醒也无聊，醉也无聊"。

词写到这里，意境接近尾声，只是令读词的人还是不甚明了，令纳兰凄苦而又无聊的女子究竟为何人？可能是为了解决读者心中的疑惑，也或许是为了回答自己这一整夜无聊的思索，纳兰最后一句便交代为"梦也何曾到谢桥"。

收笔之句似乎在字里行间悄悄透露了这位不知名的女子的倩影。末尾处的"谢桥"是说谢娘桥，古人用"谢娘"来指代心仪的女子，而"谢桥"便是由谢娘衍生出来的美丽词汇，指代佳人所住的地方。

夜阑更深，夜晚的静谧代替了白日的喧嚣，相思便也蠢蠢欲动，从心底涌上脑海，虽然整首词看不出任何山盟海誓、海枯石烂的决绝，反倒是处处透着几分"聚散无妨，由他去吧"的淡然。纳兰的心在词句中若隐若现，似乎在对这份感情喃喃自语：随风去吧，相思本无期，但凡有一日我不再想起你，那么我们就无须再痛苦了。

戛然而止的诗词并没有隔断纳兰多情多思的思恋，曾几何时，晏几道"梦魂惯得无拘检，又踏杨花过谢桥"，道出了相思的轻薄与随意。而相同的词境，在纳兰的词里，却是透着几分清爽的纯情与率真。这是一种无法言说的情愫，思念中带着自嘲，冷淡中带着自责，想说爱一个人真的不容易，但停止思念一个已经远去的爱人更是不容易。

采桑子

而今才道当时错，心绪凄迷。红泪偷垂，满眼春风百事非。

情知此后来无计①，强说欢期②。一别如斯，落尽梨花月又西。

[注释]

①无计：无法。②欢期：佳期，欢聚的日子。

[赏析]

词人作词，多是有感而发，意由心生，纳兰的词总是那么精致，读后你说不清楚他想要表达的具体感情是什么，也说不清楚这首词究竟想要写什么，但每个词、每个字都能让你体会到灵魂深处的战栗，那是一种幸福的忧伤。

在纳兰的词里，这种幸福与忧伤相得益彰的表现形式十分多见，而这首《采桑子》中，更是运用得出神入化。几个词语的铺陈，看上去犹如一幅水墨丹青，清爽宜人，但细细品味，却是能够看出一些意象堆砌出来的情怀。

正如纳兰的另一名句"人生若只如初见"一样，直抒胸臆却不让人感到唐突，脱口而出也不让人觉得造作，不加雕饰，反而更显得纯真无邪，平淡之中，透着几分灵性。

"而今才道当时错，心绪凄迷。"开篇道来，犹如当头一棒，让人灵台一片清明，但细细想来，这句话平淡无奇，现在才知道自己错了，心里迷惘万分。这样的话语实在没有什么值得推敲的地方，如果这句话用在别处，可能就如同脚下的石头，被人们忽视了，但放在纳兰的词里，却又是不一样的。

有些诗词是要历经岁月淘洗的，历久弥新，经过反复的吟诵，才能琢磨出其中的味道，要知道最好的菜肴，往往是那些最简单的菜式，平淡出真章，纳兰的平淡，往往是在第一眼就把人打动，从此让人欲罢不能。

纳兰的词如同纳兰的人生，"当时错"，现在才明白了，才后悔了，可是，当时错的究竟在哪里？错在什么地方呢？古诗有云："人生自是有情痴，此恨不关风与月。"爱情最是难以讲究对错的，爱了就是爱了，没有对错。

无论纳兰探究当初是不该爱，还是不该走得太近，总之那段得到又失去的爱情令纳兰内心忐忑不安。一个"错"字，令人百转千回，牵肠挂肚。正因为有了之前的"错"，才有了下面的"泪"——"红泪偷垂，满眼春风百事非。"

前文我们已经讲过"红泪"这个典故，它一般是指女子伤心，纳兰将典故用于此，不知道是否有更加具象的所指。有情人无奈离别，这里的有情人是指他入宫的表妹，还是指江南的沈宛，后人不得而知，也说不清楚。

不过这已经不重要了，下一句"满眼春风百事非"，在春意盎然的时刻，有着悲伤的心绪，实在是更加令人感到凄凉。纳兰之所以受到人们的喜爱与推崇，就是因为他总是能明明白白地直指人心，轻易地说中每个在情场中辗转的男女心事。

这首词抒写词人凄迷的心绪：如今才知道当时自己是错了，不觉心绪凄迷。春光灿烂，人事全非，怎不叫人暗自垂泪！明知道以后的事情难以预料，却偏偏硬说可以再次欢聚。一别之后果然遥遥无期，如今梨花又落尽了，月亮也已偏西，相思的人唯有在这痛苦中饱受煎熬。

在上片的凄迷心情之后，下片则开始写出无可奈何的心境，在不知所以中还希望着能够相见。"情知此后来无计，强说欢期。"回想当时的分别，就已经知道了今生无缘，无法再相见，但偏偏还要告诉自己，来日方长，或许他日能够重逢。

这里的"欢期"是相见、欢聚的意思，而"强说"一词让这份期待中的欢期变得难以预见。明知道不能相见，却偏偏想要相见的矛盾心情，令这首词充满欲哭无泪、欲诉无言的悲凉。

纳兰自己或许也感觉到了自己的悲怆，他转笔结尾，写道"一别如斯，落尽梨花月又西。"人生或许就是这样，月圆月缺，这都是无可避免的，或许这就是应了那句"欲说还休，却道天凉好个秋"。

纳兰几笔淡淡的勾勒，整首词跃然纸上，令人读罢忍不住放手，这些千古名句如同一轮圆月，在漆黑的夜空，闪着清冷的光芒。

采桑子

严宵拥絮频惊起，扑面霜空①。斜汉朦胧②，冷逼毡帷火不红。
香篝翠被浑闲事③，回首西风。数盏残钟④，一穟灯花似梦中。

[注释]

①霜空：秋冬的晴空。②斜汉：指秋天向西南方偏斜的银河。③香篝：熏笼。古代室内焚香所用之器。④残钟：稀疏的钟声。

[赏析]

纳兰的才华，肆意绽放，无法遮掩，就连康熙皇帝也忍不住欣赏，这个男子的文采华丽在清朝的时空中开出艳丽的花朵。纳兰性德二十多岁便开始担任三等侍卫，守在康熙身边，已经过去了好几个年头，康熙之所以欣赏身边的这个男子，并非因为他是忠臣纳兰明珠的爱子，也不是因为他王公大臣的身份，而是看重纳兰性德身上这份独一无二的气度与谈吐。

纳兰做人，进退有度，从不逾越，作为侍卫的他无论是在宫里值勤还是陪伴皇帝出游，始终举止得体，谈吐不凡，吃苦耐劳，无任何怨言，这份与他身份不符的城府为他赢得了君王的赏识。

但随着恩宠越来越浓，纳兰却越来越不开心，他似乎并不满意眼前的生活，在所填写的词中，常有丝丝的抑郁流露出来。那份难解的孤独不是所有人都能明白的，也正是因为如此，纳兰在偌大的人世间显得越发孤寂，无人能懂的心情，他只有寄于诗词之中，聊表慰藉。

这首词作于何年何月何地，已经难以考究，从词中所描写的情景来看，大约是写于扈驾巡幸途中，还有一种说法是这首词写于纳兰妻子卢氏病殁之后，本就心情孤寂，偏又逢爱妻离去，来到塞外，看着那片苦寒之地，自然是有感而发。

这片孤苦之词的背景已经无从推断，但从词的内容可以看出，纳兰当时作这首词的心境并不平静。

这首词写塞外的苦寒、孤寂：霜气卷扬着雪花阵阵飞起，扑面而来的是冬日寒冷的天空。天空的银河迷蒙昏惑、模糊不清，寒气袭来，连帐篷中的炉火都不再暖和。在家中时那熏香缭绕枕衾温暖的往事，真是让人不堪回首。面对"一穗灯花"，耳边几许"残钟"，一切都好似在梦中一般。

整篇词围绕着边塞的寒夜进行描写，上片用的全是景语，用"严宵""拥絮"来透露塞上寒夜的寒冷，也从中透露出自己的凄苦心境。频频地惊起，拥着被子，能感受的除了满面的寒气，只有塞外无际的空寂。

这里的"絮"也作两个解释，一个就是上文中所写到的棉被，意思便是半夜用被子裹着身体。还有一个是指柳絮般的雪花。整句话的意思便是严寒的霜气卷起雪花，令其如柳絮般飞舞在空中。不过从"频惊起"这三个字来推敲，这里的絮当是作棉被来解。

因为夜里太过寒冷，几次从睡梦中被冻醒，屋内尚且如此，屋外的旷野上更是不用说了，"扑面霜空。斜汉朦胧，冷逼毡帷火不红"。天空寒雾迷漫，银河仿佛横亘在夜空上的河流，被寒气所笼罩，在这样的天气下，军营里的炉火，再怎么添加柴火，也是烧不旺的。

既然在清冷的夜里清醒过来，想要再睡着也不是那么容易的事情，万籁俱寂，一人独行，这样的时刻，最容易胡思乱想了。于是纳兰的下片便峰回路转，从景转心，开始了联想、回忆、幻境相结合的心理描写。

"香篝翠被浑闲事"，一段似梦非梦的描述，仿佛让读词的人与他一同回到了温暖的家中，守着暖炉，怀拥翠被，温暖舒适。这里的描述并非完全是身体上向

往的舒适，更多的则是表达心理上的一种向往，向往轻松自由、宽松舒适的环境。

"香篝"是古人在室内焚香所用的器具，而"翠被"则是被面艳丽柔软的被子，这两样事物看似是纳兰对家的渴望，实则是纳兰在思念家中的某位人，很可能就是他的妻子。不过身在塞外毕竟是现实，纳兰也知道这一切都是"浑闲事"，他"回首西风"，一切不过是想象出来的美梦一场罢了。

在寒冷的毡帐里，词人听到稀疏的钟声，而此时毡帐里一点微弱的灯光提醒他，家在很远的地方，自己现在身处的是不知何处的塞外，一时之间，孤凄情怀，不免难以忍耐。只能以词写心，托物言志。

采桑子

冷香萦遍红桥梦①，梦觉城笳。月上桃花，雨歇春寒燕子家。　筝笛别后谁能鼓②，肠断天涯③。暗损韶华④，一缕茶烟透碧纱⑤。

[注释]

①冷香：清香。红桥：桥名，在江苏扬州，明崇祯时建，为扬州游览胜地之一。②筝笛：古代拨弦乐器名，有竖式和卧式两种。③肠断：形容极度悲痛。④韶华：美好的光阴，比喻青年时期。⑤碧纱：绿纱灯罩。

[赏析]

那一夜，你宿在红桥。

梦中开满了清香四溢的花朵，这本是完美的约会。

却在梦外，听到孤寂的胡笳声，醒来时，身边一切成空。

月光洒向花枝，桃花如画，人更如画。

风雨过后，春寒料峭。

离别之后，万物皆空，天地悠悠，佳人离去，从此断肠人在天涯。

韶华不再，芳踪难觅，岁月如同一缕茶烟，就这样飘然远去。

这首词叙述的是所爱的女子离去后的苦闷心情。情景交融，时而虚，时而实，现实与梦境的交汇，描绘出一副脱离于现实的画面。

上景下情，抒情之中带有景物的唯美描写，写景之中又直中见曲，写出情思的黯然神伤之意。全词的宗旨在伤离念远，如同上文所写到的那样，梦中与她相会在红桥之上，那时清香弥漫，忽而梦醒，听到的却是城头传来的胡笛呜咽的悲鸣。家中月光照在桃花枝上，洒下一片疏影，犹是风雨初歇，春寒料峭。自从离别之后，断肠人如今已在天涯之外了，谁会再来弹奏筌篌呢？美好的青春年华就这样暗暗地消耗，就像那一缕轻烟透过碧纱一般让人难以觉察。

"冷香萦遍红桥梦，梦觉城笳。"上片一开始就从描写春天的夜晚入手，"冷香""萦遍"，销魂动人，值得一提的是，这里所说的红桥并非指扬州的红桥，红桥指红色栏杆的桥。纳兰虽然伴随康熙去过江南，但时间是在清康熙二十三年（1684年）十月至十一月间，与这首词写的时令不相吻合，所以，可以推断出，这里所提到的红桥并非扬州的红桥，而是作为夜宿地点的红桥，纳兰在那里做了一个冷香四溢的美梦。

在这里之所以用"冷香"，与下面"雨歇春寒"有关。雨水一向是词人们热衷的事物，表达黯然的哀愁最为妥帖。纳兰也不例外，他钟情于一切能够让内心潮湿的事物，虽然梦中有着一个芬芳的天地，但梦外却是春寒料峭，景象的描绘由虚到实，虽然没有言愁而愁却能自见。虽然没有抒情，但其情又在景语中显露无遗。

月色最是伤人，月下桃花，雨后春寒，纳兰所选取的这些意境更是令人伤怀，他用"萦遍"二字，描写桃花的香气浓郁，在梦中也能闻到，而在下片，他则是用"筌篌别后谁能鼓，肠断天涯。"一句，承接扭转，从景色过渡到怀念。

一别之后，筌篌空悬，看着无人弹奏的乐器，不免睹物思人，令人肠断。辛弃疾在《满江红》中也写道："人去后，吹箫声断，倚楼人独。"失去了知己，就算能够弹奏出再美妙的音乐，也是无人欣赏，更显得内心空荡了。

在等待中度日，最是劳神伤心，所以韶华不再，岁月已经如同一缕轻烟，飘散在时空的浩瀚中。

纳兰用白描的手法，写着春夜的景色，简练不失贴切，又用直抒胸臆的手法，写出夜色正浓时，无法逃避的怀念，烘托出春夜寂寥，人心寂寥的词意。

王国维在《人间词话》中说："大家之作，其言情也，必沁人心脾。其写景也，必豁人耳目。其辞脱口而出，无矫揉妆束之态，以其所见者真，所知者深也。"此番话用于纳兰身上，真是再恰当不过了。

采桑子

桃花羞作无情死，感激东风。吹落娇红①，飞入窗间伴懊侬②。
谁怜辛苦东阳瘦③，也为春慵④。不及芙蓉，一片幽情冷处浓。

[注释]

①娇红：嫩红，鲜艳的红色。这里指花。②懊侬：烦闷。这里指烦闷的人。③东阳：指南朝梁沈约。因其曾为东阳太守，故称。④春慵：春天的懒散情绪。

[赏析]

纳兰的心，时刻都像晶莹剔透的水晶，迎着阳光，透着忧郁的光芒。在这首小令中，纳兰淡淡地写出了伤春自怜的哀伤。这表面上看是一首伤春伤离之作：桃花并非无情地死去，在这春阑花残之际，艳丽的桃花被东风吹落，飞入窗棂，陪伴着伤情的人共度残留的春光。有谁来怜惜我这像沈约般飘零殆尽、日渐消瘦的身影，为春残而懊恼，感到慵懒无聊。虽比不上芙蓉花，但它的一片幽香在清冷处却显得更加浓重。

但事实上却是接着伤春抒写伤怀之情，黄天骥曾在《纳兰性德和他的词》中这样评价道："这词表现一种莫名其妙的心情，诗人在风雨中听到凄凉的曲调，不知怎的，变得坐立不安，寂寞、凄凉、失望、空虚的情绪，笼罩着他的心头。他患的是时代的忧郁症。"

上天有时真的很无情，纳兰在写这首词的时候年纪尚轻，早先他拜在名师门下，熟读四书五经，中了举人后纳兰在积极地备考，科举考试最后一关的殿试时，却突然得了风寒，失去了参加由皇帝亲自主持考试的机会。在床榻上无聊躺着的纳兰有感而发，写下了这首《采桑子》，他想如果桃花是有情的，在春天过去的时候，就这样被东风无情地吹落，实在是悲凉。正如同自己，要想等到下一次的殿试，便是三年之后了，此时在别的学子与皇帝侃侃而谈的时候，本是踌躇满志的他，只能守着病榻，看着飘零的桃花，与这残春一起度过。

所以，纳兰在词的上片写到的"懊侬"，正是为了这件事情。花开花落有时，但零落总是让人不甘心的，桃花本是要零落成泥碾作尘的，却正巧一阵东风，吹入了纳兰的小窗，为这个陷入烦闷的才子，聊以慰藉。

看到桃花无可奈何的命运，纳兰也感伤起了自己，从下片开始，"谁怜辛苦东阳瘦"，便是纳兰的自况。

所谓"东阳瘦"说的是南朝梁沈约的典故，纳兰性德以沈约自况，形容自己像沈约一样病容憔悴、抑郁多疾。

沈约，字休文，吴兴武康人，南朝齐、梁时期著名的诗人，他对近体诗谐韵的发展做出了巨大贡献，他和当时著名诗人谢朓开创了在诗歌发展历史上值得一书的著名诗体——"永明体"，是近体诗派的先声。502 年，萧衍逼迫齐和帝禅位，改国号为梁，这就是历史上著名的僧侣皇帝梁武帝，沈约在灭齐的过程中立功，被任命为尚书仆射，受到武帝的宠信。513 年，这位诗坛的一代宗师忧惧辞世。死后，被武帝谥为"隐"，世称沈隐侯。沈约在一次书信中谈到自己日渐清减，腰围瘦损，此事便成一个典故，习见的用法是"沈腰"或"沈郎腰"。

唐朝初期，著名的史学家姚思廉和他的父亲姚察在所著史籍《梁书·沈约传》中，高度赞誉了他的人品和文品，评价他"高才博洽、一代英伟。"姚思廉在《梁书·沈约传》中记载："沈约，永明末出守东阳……百日数旬革带常应移孔，以手握臂率计月小半分。"沈约操劳过度，日渐消瘦后，被世人以"东阳消瘦""东阳瘦体"称之。

沈约和纳兰是一样的美男子，有才有德，纳兰以沈约自比，即是说自己风流才俊，更是感伤自己身体单薄。这个典故用得十分贴切自然，交代了心境，也写出了实情。而后所接之句"也为春慵"，更是说出自己的身心之所以如此慵懒，并非是为其他闲杂之事所累，只是春天就要结束了。

为了一个季节的逝去，为了一片桃花的凋零，甚至为了一阵风、一场雨就感伤，这是纳兰词中一贯表达的情绪。这个俊雅的男子用他一颗敏锐多情的心，无时无刻不在感受着这个世界美好的事物。

"不及芙蓉，一片幽情冷处浓。"虽然纳兰认为桃花妖艳，却还是比不上芙蓉的清幽芬芳。芙蓉究竟是指的何花？有着不同的版本，但一般而言，都被看作是指荷花，荷花在诗词中被用到的次数最多，名字也不同，比如菡萏，李璟的名句有"菡萏香销翠叶残"；而在苏曼殊的诗中则是写道"笑指芙蕖寂寞红"，荷花被称为芙蕖。

不过，纳兰这里所指的芙蓉并不是荷花，传说唐朝李固在考试落第之后游览蜀地，遇见一名老妇人，这个老妇人对他说，他明年会在芙蓉镜下科举及第，再过二十年还有拜相之命。于是心灰意冷的李固再次去参加考试，果然中第，而且

榜上正好有"人镜芙蓉"一语，正应了那老妇的预言。

纳兰也是因病失去殿试的机会，和落第等同，所以，在这个背景下，他所说的芙蓉应当是指"芙蓉镜"的典故了。于是，自然而然的，接下去的一句"一片幽情冷处浓"，正是写了自己懊恼的"幽情"。

最重要的机会就这样被命运捉弄，白白错过，纳兰的内心苦闷可想而知，但上苍似乎也是眷顾这个才华横溢的年轻人。在他病好之后，翌年便让他拥有了自己人生中的第二个红颜知己——卢氏。

大概这就是命运的奇妙之处吧。

采桑子

拨灯书尽红笺也①，依旧无聊。玉漏迢迢②，梦里寒花隔玉箫③。
几竿修竹三更雨④，叶叶萧萧。分付秋潮⑤，莫误双鱼到谢桥⑥。

[注释]

①红笺：红色笺纸，多用以题写诗词或做名片等。②玉漏：古代计时漏壶的美称。③寒花：寒冷时节开放的花，多指菊花。玉箫：人名。传说唐韦皋未仕时，寓江夏姜使君门馆，与侍婢玉箫有情，约为夫妇。韦归省，愆期不至，箫绝食而卒，玉箫转世，终为韦侍妾。事见唐范摅《云溪友议》卷三，多借指姬妾。亦称玉箫侣约。④修竹：长长的竹子。⑤秋潮：秋季的潮水。⑥双鱼：指书信。谢桥：这里指情人所居之处。

[赏析]

在灯下给她写信，即使写满了信纸仍是意犹未尽，心里依旧惆怅无聊。偏又漏声迢迢相伴，不但添加愁绪，而且令人如醉如痴，仿佛在梦中与她相见，却又朦朦胧胧不甚分明。室外秋雨敲竹，滴在树叶上，点点声声，淅淅沥沥。将这孤独寂寞的苦情都付与此时的秋声秋雨中，不要忘了将书信寄给她才好。

纳兰将一首小词写得情谊融融，求而不得的爱情让他感到为难与痛苦时，也令他心中充盈着忽明忽暗的希望。

这首《采桑子》，一开篇便是无聊，写过信后，依旧无聊，虽然词中并未提及信的内容，信是写给谁的，但从"依旧无聊"这四个字中，就已经可以猜到一二了。纳兰总是有这样的本事，看似在自说自话，讲着不着边际的胡话，却总能营造出引人入胜的氛围，令读词的人不知不觉地沉沦。

纳兰将自己日常生活中的小事变为一台表演，读者成为观众，与他一起沉思爱恋。词中的"红笺"二字透露出纳兰所记挂的人定是一名令他着迷的女子，红笺是美女亲手制作，专门用来让文人雅客们吟诗作对用的。

不过，诗词中红笺多是用来指相思之情，只要写出红笺，一切便都在不言之中了。下接一句"玉漏迢迢，梦里寒花隔玉箫"，引自秦少游的词句"玉漏迢迢尽，银河淡淡横"。漏是古时候计时的一种器具，不过用到古诗词中，为了美观，常被叫作玉漏、银漏、春漏、寒漏，等等。

诗词中，"漏"一向是寂寥、落寞、时间漫长的意象，在这里也不例外。以"玉漏"表达长夜漫漫、时空横亘的无奈之情，时间是相思最大的敌人，纳兰大概在这首词中是想表达自己爱着一个人，却无法接近。在接下来一句"梦里寒花隔玉箫"中，揭晓了纳兰感慨时光的缘由。

"玉箫"并非是指乐器，而是一个典故，是一个人名，宋词里有"算玉箫、犹逢韦郎"，玉箫和韦郎并称，讲的是一段郎情妾意的凄美爱情。玉箫是唐代韦皋的侍女，二人日久生情，定下终生。后来韦皋因事离开，和玉箫约定：少则五年，多则七年，一定会回来将玉箫接走，却没料到他一走之后便杳无音信。苦等了七年的玉箫想着情郎是不会回来了，便绝食而死，为这段无疾而终的情感殉葬。旁人可怜这个女子，便将韦皋留下的玉指环戴在了玉箫的中指上，然后下葬，在玉箫死后不久，当了大官的韦皋回来了，看到玉箫的坟墓，他十分悲痛。其情感动了一位方士，施法术让玉箫的魂魄重新投胎，二十年后，一名女子来找韦皋，看她的中指，隐隐有一个环形的凸起，正是当年那个玉指环的形状。这名女子便做了韦皋的侍妾，弥补了上辈子的遗憾。

这个故事从此也令"玉箫"这个词成为情人誓言的典故，在纳兰这首词里，"玉箫"一词为心头所思念的情人。而"寒花"又为何物？

顾名思义，就是寒冷季节里开放的花，寒冷季节开放的花有梅花、菊花，纳兰在这里到底是指什么呢？其实根据上面的分析已经可以知晓，纳兰是在思念一位女子，这女子必然是他所钟爱的人，此刻他们距离两地，纳兰在梦中想要与她相见，但梦境毕竟不是现实，所以，就算再怎么思念，二人还是无法牵手相望。

所以，纳兰所谓的"寒花"大概也不过是借了一个"寒"字，来表达内心凄冷的感觉吧？下片不再写心情，转而写窗外的景色，既然无法入睡，那干脆看着外面的景色，来缓解内心的惆怅吧！

"几竿修竹三更雨，叶叶萧萧"，雨后的夜景，树木萧萧，好比自己的心情，无奈之中透着几分茫然。最后结尾"分付秋潮，莫误双鱼到谢桥"，呼应了开篇的那一句"拨灯书尽红笺也"，也算是一种心意的表达，希望能够凡事完满结束。

要交代一下的是，"分付秋潮"中的"秋潮"是有来历的，秋潮的意象表示：有信。潮水涨落是有一定时期和规律的。人们便将潮水涨落的时期定为约定之期限，在潮水涨落几番之后，要回来的人便要如约回归。

这是诗词中的一个主要意象，诸如唐诗名句"早知潮有信，嫁与弄潮儿"。"秋潮"在这里也是如此意境，上片一开始便是说词人正在写信，在词的结尾，词人写的这句"分付秋潮，莫误双鱼到谢桥"，便是说信要寄出去了。要将信托付给秋潮，告诉那个收信的人，自己的心意是怎样的。

整首词全是词人的比喻和典故，基本上没有真实场景的出现，但通读全词，每一句都是浑然天成，与下一句连接得十分巧妙。一首爱情小词能够写到如此的境界，纳兰的手笔，不愧为才子之法。

采桑子

谢家庭院残更立①，燕宿雕梁②。月度银墙③，不辨花丛那辨香。
此情已自成追忆，零落鸳鸯。雨歇微凉，十一年前梦一场。

[注释]

①谢家庭院：指南朝宋谢灵运家，灵运于会稽始宁县有依山傍水的庄园，后因用以代称贵族家园，亦指闺房。晋谢奕之女谢道蕴及唐李德裕之妾谢秋娘等都负有盛名，故后人多以"谢家"代指闺中女子。残更：旧时将一夜分为五更，第五更时称残更。②雕梁：刻绘文采的屋梁。③银墙：月光下泛着银白颜色的墙壁。

[赏析]

　　在纳兰的词中，这首《采桑子》的所写背景最为难以考究，有人说这首词是纳兰在凭吊一个知己，也有人说这是纳兰追忆往昔所写，议论种种，难下定论，但不管如何，这难解的词虽然扑朔迷离，却还是让后人沉浸在词的美好情境中。

　　开篇所写到的谢家庭院，也是在隐喻这是在写当下的实景，谢家庭院指南朝宋谢灵运家。谢灵运在会稽始宁县有依山傍水的庄园，后来常用谢家庭院代称贵族家园，也指闺房。所以可以看出，这是纳兰在怀念一段情缘。

　　下片开始的那句"此情已自成追忆"，更是证明上片是属于追忆往昔的情感了，而最后一句更是点明了这段情感的时间，是发生在十一年前，如梦一场的时光令这段情感逐渐模糊，但并没有被遗忘。纳兰的这首《采桑子》虽然没有指明他所怀念的女子为何人，但从词面的字句来看，应当不是他的妻子，就是表妹。

　　不管是谁，"谢家庭院残更立，燕宿雕梁"，开篇这句的意象，是纳兰常用的，尤其是"谢家"，所以，后人推断纳兰爱恋的这名女子一定是姓谢。不过真相是否果真如此，也只能留待猜测了。

　　从词句的字面来看，这首词写得十分华美动人，有种浓郁之美，在华丽的雕梁上，燕子熟睡着。夜深人静之时，无论是人还是动物，都已经进入了梦想，只有月光悄悄安抚着大地。而此时，却还有一个人无法入眠，任凭月光洒落一身，他只是独立中庭，孑然影孤。

　　短短十数字，就将思念者孤独寂寥的心态描写出来，而且还让人仿佛分辨不出，这个月光下的人，到底是被相思所苦的纳兰，还是偶尔神伤的自己。王维开创了"诗中有画，画中有诗"的一例，而纳兰的词中更是将诗画艺术发挥到了一个巅峰，对一个具体情境的描摹已经到了入木三分的境地。

　　而后一句"月度银墙，不辨花丛那辨香"，则是纳兰从元稹的《杂忆》中所改出的一句，虽然只是简单改过一个字，但整首词还是相得益彰的。元稹的诗是这样的：

寒轻夜浅绕回廊，不辨花丛暗辨香。

忆得双文胧月下，小楼前后捉迷藏。

　　元稹是悼亡诗的高手，他的悼亡诗成就不在纳兰之下，而元稹本人也是多情之人，他在婚前和一个女子有过一段热恋，虽然没有结果，但元稹对那名女子很是看重。这首词便是为那名女子所做。

上片先是写景色，后又引用前人怀念的旧文，无非都是要烘托自己内心的怀念。而到了下片，第一句便是"此情已自成追忆"，纳兰自己也明白，这份感情只可追忆，无法挽回，所以这句词既道出了纳兰的悲伤，也道出了世事的无常。这句话化自李商隐的名句"此情可待成追忆"，而后接着一句"零落鸳鸯"，则是引出了最后的结局"雨歇微凉，十一年前梦一场"。

往事已如烟散去，回忆空空，纳兰沉吟至此，才忽然觉出了雨夜后的微凉，他也觉察出，这十一年前的梦，早就该醒了吧！

作为一首爱情词，这首《采桑子》的意境有些清冷：残更冷夜独自伫立在你家的庭院里，看着燕子双宿双栖在画梁之上。月光洒下来，照在白色的墙壁上，清辉之下分辨不清园中的鲜花。物是人非，此情此景也只能成为回忆，你我从此劳燕分飞、天各一方。这新雨过后的夜里透着丝丝凉意，你我之间的相依相恋如同十一年前的一场梦一样，不堪回首。

张任政的《饮水词·丛录》中写道："后之读此词者，无不疑及与悼亡有关，并引以推证其悼亡年月。余近读梁汾《弹指词》有和前韵一首，词云：'分明抹丽开时候，琴静东厢。天样红墙，只隔花枝不隔香。檀痕约枕双心字，睡损鸳鸯。孤负新凉，淡月疏棂梦一场。'观上二首，咏事则一，句意又多相似，如谓纳兰词为悼亡妻作，则闺阁中事，岂梁汾所得而言之。"

采桑子

明月多情应笑我，笑我如今。辜负春心①，独自闲行独自吟。
近来怕说当时事，结遍兰襟②。月浅灯深，梦里云归何处寻？

[注释]

①春心：春景所引发的意兴或情怀。②兰襟：芬芳的衣襟。比喻知己之友。《易·系辞上》："二人同心，其利断金；同心之言，其臭如兰。"襟，连襟，彼此心连心。

[赏析]

　　这首词的写作背景有两种，一是怀友之作，纳兰是极重友情的人，他的座师徐乾学之弟徐元文在《挽诗》中对他赞美道："子之亲师，服善不倦。子之求友，照古有烂。寒暑则移，金石无变。非俗是循，繁义是恋。"

　　这番赞美绝非虚假奉承之意，纳兰之友确是"在贵不骄，处富能贫"。纳兰喜欢交朋友，他也善于交朋友，在纳兰短暂的一生中，他有许多志同道合的朋友，所以，词中所写的"结遍兰襟"，并不是夸张的修饰之语。

　　而纳兰本人也正因为爱交友，善交友，体现出了他性格中多情、重情义的一面。不过，重情又往往成了他的负担。正如词中所写，"近来怕说当时事"，在而今的事是人非面前，纳兰害怕回忆起往昔美好的一切。他将头埋进沙子里，犹如鸵鸟一般，自欺欺人地躲避着一切。但他终是无法逃脱的。

　　纳兰在词中感伤：明月如果有感情，一定会笑我，笑我到现在都春心未结，独自在这春色中徘徊沉吟。最近很怕说起当年的那些往事，当时高朋满座，彼此惺惺相惜。如今月夜幽独寂寞，只有在梦里寻找往日的美好时光！

　　他希望不美好的尽快过去，往日的朋友依然能够惺惺相惜，如同他在词中所写的最后一句一样："梦里云归何处寻？"这一切都仿佛梦一样，难以寻觅，难道，真的只有在云归深处，才能找到当日的美好？

　　还有一说是，这首词是纳兰为沈宛而写，当日纳兰娶江南艺妓沈宛为妾侍，后来因为家庭的压力，二人被迫分离。这首词就是纳兰在离别之后，思念沈宛的佳作。

　　纳兰曾在一方闲章里刻有"自伤多情"四字，可见他自己也在为自己的多情而苦恼，在纳兰看来，就连天上的那一轮明月，也在嘲笑他的多情，嘲笑他在如此美好的春光下，却暗自苦恼，不解风情。

　　这首《采桑子》做得非常细腻，上片写出纳兰低沉黯然的心情，同时还烘托出纳兰怅然若失的心态。"辜负""闲行""独自"从这些词语中，能够体会到纳兰内心的寂寞和无聊，只有自己吟唱自己的孤独，因为他人无人能懂。

　　而到了下片的时候，他便解释为什么自己会有如此沉郁的心情，首先是害怕回首往昔，他害怕提起当日的事情。因为往事不堪回首，一切过去的都将不再重来，纳兰面对的回忆不过是空城一座，而他自己，只有在城外兴叹。

　　这也就是为何纳兰会在月光下愁苦，在灯光下，午夜梦回，依然能够温习往日的岁月。不论这首词是纳兰做给朋友的，还是沈宛的。都是他发自内心的感慨，细腻单纯，干净得几乎透明。

谒金门

风丝袅，水浸碧天清晓。一镜湿云青未了①，雨晴春草草②。

梦里轻螺谁扫③，帘外落花红小。独睡起来情悄悄，寄愁何处好？

[注释]

①一镜：指像一面明镜的平水。青未了：青色一望无际。②草草：忧虑劳神的样子。③轻螺：指黛眉。螺，螺黛，古人用以画眉的青黑色颜料。扫：描画。

[赏析]

这首词以乐景写哀情，凸显了伤春意绪：柔风细细，水面上映出一望无际的云朵。雨过天晴后这春色反而令人增添愁怨。梦中曾与伊人相守，轻轻地为她描画眉毛。梦醒则唯见帘外落花，这一怀愁绪该向何处排解呢？

"风丝袅，水浸碧天清晓。"寥寥数字便写出了春日的美好景色，纳兰写景，一向是如同淡淡的山水画一样，柔风阵阵，水面上倒映出天空的云朵，水清云淡，风和日丽，这是多么美好的春日，纳兰也是沉浸在这春日中，格外享受。

但接下来，纳兰便从这景色中看到了愁绪，他写道："一镜湿云青未了，雨晴春草草。"所谓"一镜"就是指像一面明镜的平水。水波静止无痕，仿佛一面透亮的镜子，折射出天空美丽的云彩。

"湿云"是一个很好的意象，这要与后面一句联系起来，"雨晴春草草"，刚下过雨的晴天显得湿润怡人，纳兰将仿佛还没干透的天气写入词中，令人读后别有韵味。而这里的"草草"二字，则是忧虑劳神的样子。

虽然这美好的雨后春日令人神清气爽，但是纳兰依然感到疲惫怠倦，这是因为春思扰人，纳兰在思念中，自然无法做到一心去欣赏春日的美景。上片独独写景，写出春日的景物，与别的写景不同，纳兰写景，只是简单的几笔，便能刻画得深入人心。

而在下片，纳兰则是开始写心，既然春光无心欣赏，那便是心中藏着事情，"梦里轻螺谁扫”一句疑问打开下片的开端，也写出纳兰为何事而烦忧。他在担忧一个人，惦念着一位佳人。

词中所写的“轻螺”指黛眉。梦里谁为佳人描眉，当外面落红开始，梦境醒来便飘逝而去，现实依然是孤独一人，这真是让人忧伤的事情，一腔的闲情该如何寄托，只能是付与诗词之中，聊以慰藉。

“帘外落花红小。独睡起来情悄悄，寄愁何处好？”纳兰以反问结束整首词，他自己也不知道，这一腔的幽思该如何化解，提笔像是自问，又好像是寻求答案。这种矛盾的心情让人看后不由得心疼，爱一个人，真的就如此纠结吗？

这百年前的情感，已经由不得后人去妄自揣测了，只能从词的字里行间，去体会词人当时的心境了。

菩萨蛮 寄顾梁汾苕中①

知君此际情萧索②，黄芦苦竹孤舟泊③。烟白酒旗青，水村鱼市晴④。

柁楼今夕梦⑤，脉脉春寒送。直过画眉桥⑥，钱塘江上潮。

[注释]

①梁汾：顾贞观，字华峰（一作“封”），号梁汾。江苏无锡人，清康熙十一年（1672年）举人，著有《积书岩集》及《弹指词》。苕中：一名苕水，有二源，一曰东苕，出浙江天目山之阳，东流经临安、余杭、杭县，又东北经德清县为余石溪，北至吴兴县为霅溪，一曰西苕，出天目山之阴，东北流经孝丰县，又北经安吉县，又东经长兴县，至吴兴县城中，两溪合流，由小梅、大浅两湖口入于太湖，相传夹岸多苕花，秋时飘散水上如飞雪，故名。顾梁汾南归后曾寓居苏州此地。②萧索：萧条，凄凉。③黄芦：落叶灌木，叶子秋季变红。苦竹：又名伞柄竹，笋有苦味，不能食用。④水村：水边的村落。鱼市：卖鱼的市场。⑤柁楼：船上操舵之室，亦指后舱室。因高起如楼，故称，这里借指乘船之人。⑥画眉：指汉张敞为妻子画眉之故事，喻夫妻和美。

[赏析]

细看古来情缘，这缘分千百种，伯牙和子期的高山流水是一种，霸王别姬的

生死情缘是一种，嵇康与山涛的挚友决裂是一种，甄妃与曹植的相思相望不相亲是一种，秦叔宝与朋友的两肋插刀是一种。

古人形容知己，用高山流水以喻之。纳兰一生重情，也重知音。纳兰的知己之求，一种神交于千里的相知相悯。顾贞观则是纳兰此生不得不提的知己挚友。中国文化中的知己之情，往往体现于患难之时，离别之际。此词作于顾贞观回无锡为母亲丁忧之时。纳兰全词词眼即在一个"知"字。无此"知"何以纳兰仿佛随顾贞观一路同行？无此"知"，何以字字写景，却句句入情呢？"知君此际情萧索"，纳兰与顾贞观的交契之深，便在这一句——"我知你"。最最平易的一句，却最是显得难得，可贵……"黄芦苦竹孤舟泊"一句，化用白居易《琵琶行》的"黄芦苦竹绕宅生"之句。一语双关，既是写顾贞观于孤舟之景，亦有暗指他同白居易一样是千古的伤心人，如《琵琶行》中所说"同是天涯沦落人"。

转笔一写"烟白酒旗青，水村鱼市晴"。陈廷焯在《云韶集》中评此句："画景"明明是纳兰所幻想的景物，却最是真实可信，最是云淡风轻。那是一幅淡泊明朗的风景，祥和安宁的停泊之所。名为写景，却是在以安宁的景物安抚挚友的情绪。在你失意的时候，却可停泊在此温柔宁静之所。这一番平抚挚友的心意是不言自明的。

纳兰全词以所幻想之景入句，然而所包含的一路相随慰藉之情，却是在字里行间流动的华彩。"柁楼今夕梦，脉脉春寒送。"柁楼乃船尾舵工庇身之楼。今夕夜里，我身处柁楼之中，我就是那舵工，为你掌舵护航，为你送走这春季寒冷的风。这一具有幻境色彩的叙述之下，不言而喻的深情便是：你我知己，一旦倾心认可，便为你千寻万顾……

"直过画眉桥，钱塘江上潮。"意谓梁汾归去心切，得享和美的家庭快乐和安闲隐居钱塘江畔的生活。直为，犹言只为。画眉桥，梁汾有咏六桥之自度曲《踏莎美人》，谓自删后所留"其二"中有句云："双鱼好记夜来潮，此信拆看，应傍画眉桥。"自注："桥在平望，俗传画眉鸟过其下即不能巧啭，舟人至此，必携以登陆云。"

但平望在湖州东北，并不与苕溪相通，而此处却用了画眉桥，则其暗含用汉张敞为妻画眉之故事，喻其家庭美满的用心是很明显的。其中那风趣的宽解和祝愿，却是让人感到朋友之间那肆意而轻松的相互打趣。然而心愿却是美好而纯净的，心意是坚定而明确的，念出来，亦是掷地有声的——"直过画眉桥，钱塘江上潮"。有什么比得上那即将到来的宁静生活呢？过去的终会过去，大悲过后，终究是那一片祥和宁静之所，犹如那水村鱼市，犹如那孤舟夜泊，犹如那钱塘江上。

《饮水词》中的唱和之作，常常与顾贞观有关。纳兰对友情的标准与真挚，对此的执着与追求，是一种心灵的相契。可见此词虽是幻想而写，却如此亲切，如此真实。没有心灵的相同，又怎能做到这样的心相知，就如纳兰在《金缕曲·寄梁汾》中写的："一日心期千劫在"。这也体现了纳兰与友人相交于"慧业"，慧业是佛教的词汇，意为灵魂方面的事业。他确定地告诉梁汾，我们的心灵与我们所追求的是一样的，不可分割的。既有神交，也有事业。因为我们的灵魂在一起，我们的追求是一致的，我懂你的心意，也明白你的心绪，就如你明白我此词所赠予你时，所表达的慰藉与祝福。求取知音，珍惜知音，那种精神相伴的快乐和恬然，到头来还是只有一个"知"字。"知君此际情萧索"，再回头细细读来，那是恍若叹息的庄重。

就是这一种清澈干净、不舍不弃的千秋情怀；以性命相托，寄身于自然天地的文化内质，成为文海之中泛着光芒的恒久宝藏。

忆江南

昏鸦尽^①，小立恨因谁？急雪乍翻香阁絮^②，轻风吹到胆瓶梅^③。心字已成灰^④。

[注释]

①昏鸦：黄昏时天空飞过的乌鸦群。②香阁：古代青年女子居住的内室。③胆瓶：长颈大腹的花瓶，因形如悬胆而得名。④心字：即心字香，一种炉香名。明杨慎《词品·心字香》："范石湖《骖鸾录》云：'番禺人作心字香，用素馨茉莉半开者着净器中，以沉香薄劈层层相间，密封之，日一易，不待花萎，花过香成。'所谓心字香者，以香末萦篆成心字也。"

[赏析]

彤云密布的冬日黄昏，隐约一只瘦小的乌鸦，越飞越远，身影也越来越小，直到融进那一望无垠、萧瑟的旷野尽头。旷野中，是谁惆怅无尽，若有所思？天宇间，

是谁独立寒秋，无言有思？又何事令她难更思量？又何人令她爱恨交加？罢了罢了，"往事休堪惆怅，前欢休要思量"；罢了罢了，"人心情绪自无端，莫思量，休退悔"。

熏香如心，飘起袅袅的青烟，暖香熏透她的闺阁；急雪翻飞，缕缕纷纷，柳絮因风吹般地飘飞而起。雪白色的胆瓶中刚插上的梅花，冬风吹进暖暖的闺房，化作清风，卷起阵阵幽香。这本闲极雅极的适意景致，奈何她的心中竟如何也卷不起一丝快乐的涟漪。冬风益发强劲，心形的盘香燃烧殆尽，地上只留下一道心形的香灰。周体转凉，心中凄凉寂寞，次第已如燃尽的熏香一般，化成死灰。

这首词营造了两种不同而又互相联系的场景。"昏鸦尽，小立恨因谁"，是第一个场景；"急雪乍翻香阁絮，轻风吹到胆瓶梅。心字已成灰"，是第二个场景。前一个场景是在冬天黄昏的野外，从意象上看，"昏鸦尽"和情感主体"小立恨因谁"都能够看出来。第二个场景则在少女的闺房中。也可从意象上看出来，如天气情况是"急雪"，所在地方是"香阁"，感觉上为"轻风吹到胆瓶梅"。当然，情感上也有明显变化，且与环境的变化一致。开始是"小立恨因谁"，后来变为"心字已成灰"，明显感觉情感在承接前面的同时，变得深多了。回头来看，从旷野到香阁，从大环境到小空间，从"小立恨因谁"到"心字已成灰"，在各个层面都能看到这一种变化。而这中间也有一个转变的标志，就是"急雪乍翻"，交代了词中情感变化的时空转换的交点。前面或许是"秋凉"罢了，而后面明显可以感觉到"凄冷"的环境氛围。

诗词中有种不成文的划分，便是依据字数多少进行的划分。长篇且不必多说，即便是一篇名篇，也未必不允许其中有些败笔赘言。但是所谓的"短篇""小制"就不行了，若是名篇，是绝不会允许的，不仅仅是败笔赘言，就算平庸的句子也是不允许的，因为这样一来，就浪费了诗歌给人营造惊奇的"可能性"。诗歌给人以好的感觉，是离不开这种"可能性"的。这首《忆江南》字数极少，是小令中的单调，在诸多词牌名中，也是字数最少之一。这一词牌写得好的，如：温庭筠的"梳洗罢，独倚望江楼。过尽千帆皆不是，斜晖脉脉水悠悠，肠断白蘋洲"。用字上讲求自然少造作，无赘言败笔。

纳兰这首词中"心字已成灰"巧妙而自然地用了双关的修辞手法。一方面在意象上指的是心形的熏香燃烧完后，在地面上留下的心形的灰烬；另一方面又可以来指词中人物的情感上的"心如死灰"。在黄天骥的《纳兰性德和他的词》中，他说这首词"语带双关，耐人寻味，但情调过于灰暗"，似乎觉得不合先贤的"哀而不伤"，可这样真挚的情感表现方式，也正是纳兰的词令人感动的根本。

事实上这里还透露了词人的另一重心境。纳兰出身贵胄，然而他自己受到十分鲜明的汉族文化熏陶，具有极强的归隐意识，这在他内心一直存在。他自己是帝王身边的一等侍卫，父亲是当朝权臣。这些高贵的身份几乎就是被命运安排的，不可更改。一方面有遁世淡薄，另一方面身在朝阙，处在与自己性格极为不协调的名利中，内心的痛苦与努力的挣扎是多么惨烈。纳兰一语双关的"心字已成灰"一语，是对他所描绘的女子情感的完结，也无意透露出了自己的心态。

忆江南

江南好，城阙尚嵯峨①。故物陵前惟石马②，遗踪陌上有铜驼③。玉树夜深歌④。

[注释]

①城阙：城市，特指京城的城郭宫阙。嵯峨：形容山势高峻。②故物：旧物，前人遗物。石马：石雕的马，古时多列于帝王及贵官墓前，这里指前代帝王陵墓前的石刻。③遗踪：旧址，陈迹。陌上：路上。铜驼：铜铸的骆驼，多置于宫门寝殿之前。这里指铜驼街，在今河南洛阳古城中，以道旁曾有汉铸铜驼两尊相对而得名，为古代著名的繁华区域，后以之代指游冶之地或指繁华之地。④玉树：乐府吴声歌曲名，南朝陈后主所作歌曲《玉树后庭花》的简称，被视作亡国之音，这里泛指柔美的曲调。

[赏析]

历史古城自有它的风韵。

纳兰这一回江南之游历，看到南京城这一派繁华，自然是有了些许的感叹，却又不由得担忧惆怅起来。纳兰就是纳兰，心思太过细腻敏感，才致使他活得那样苦痛，却也只有那样一颗愁肠万千的心，才有了让人读起来也备感痛心的千古词句。

看看南京城，城墙巍峨，历史沧桑变化万千，反倒是这巍峨，让人怀念起故物了。

杜甫在《玉华宫》有道："当时侍金舆，故物独石马。"这石马，指的便是前代陵墓前的石刻。传说唐太宗嗜马如命，善驾驭，善识别，因而其死后便有了"昭

陵六骏"，即是六块浮雕石刻。多年后高宗为其修建纪念祠堂，神道两旁石雕之一，便是那杜诗之中的"石马"。

又有晋陆机于《洛阳记》中道："洛阳有铜驼街，汉铸铜驼三枚，在宫西，四会道相对。俗语云：'金马门外集众贤，铜驼陌上集少年。'言人物之盛也。"这洛阳铜驼陌（街）原是繁华的地方，风流少年多会于此，故后以之代指游冶之地或指繁华之地。

前人的遗物前还有石马仍在，前人的繁华的遗踪旧址也还似在眼前，只可惜当下之景已不是当年之景了，当下的王朝已不是当年的王朝。江山易主，当下的时代已不再是从前的时代。一番对旧物的怀念，可见王朝兴盛衰落。回头凭吊，实在是太过于迅疾的事情。"人们面前拥有一切，人们面前一无所有"（狄更斯）这样的惆怅迷茫，大概是不会少的。谁知何时一个动荡的年代会随新城池的产生而消逝，谁知何时一个兴盛的王朝会随城墙倒塌而沉沦，谁知何时我们亦会成为今后这里人们眼中之故物，谁又知当下拥有的一切景致是由何衍生而来？雕栏玉砌犹在，却只是朱颜已改，历史兴亡，各带有各自的注脚，只是回头望去觉得尤其迅疾。这"恰似一江春水向东流"的愁绪，是触景而伤情。

游着看着想着，夜深之时竟也许是深陷其中，好似听见了那陈后主所作的《玉树后庭花》，那宫女们不断吟唱：丽宇芳林对高阁，新装艳质本倾城；映户凝娇乍不进，出帷含态笑相迎。妖姬脸似花含露，玉树流光照后庭；花开花落不长久，落红满地归寂中！

花开花落不长久，落红满地都归于乐寂中，陈后主沉醉在他温柔的美梦里，听着听着，最后果真是不长久地归于沉寂，一朝盛世因这一阕好曲有了声名，同时因这一阕好曲丢了盛世本可继续延续的命运。这落红可是如此之美，只惜昙花一现，并不长久，落地无声，花开易见，花落难寻。可惜，可叹，可悲啊！

不知纳兰写这《玉树》，是不是也怀有"商女不知亡国恨，隔江犹唱《后庭花》"的心情呢？是否有那感时伤怀的痛楚呢？是否有无边的忧虑呢？

反复吟这词，便不再觉得这"尚"字有些许别扭了。城阙尚在，故物已不见踪迹了，令人想起刘禹锡的"山围故国周遭在，潮打空城寂寞回"。这石头城，也不过是目睹了时代变化万千，一轮一轮，都是让人感叹物是人非的惆怅之处。故国周遭仍在，空城啊，从前已不过只是从前了。在人们的笑靥中，在喧嚣的集市里，在那巍峨的城墙下，原本昌盛的城池，在那热闹繁华的景象之后，早已没落不见痕迹了。此时的盛景，与没落的年代对比，顿时令人想要逃遁这思潮暗涌的沉重。

此时"尚在"的城池，谁知何时就会成为"惟有"的旧物？

也难怪李易安会感叹："物是人非事事休，欲语泪先流。"纳兰亦如是吧。

忆江南

江南好，虎阜晚秋天①。山水总归诗格秀②，笙箫恰称语音圆③。谁在木兰船④。

[注释]

①虎阜：即虎丘，山名。在江苏苏州市西北，亦名海涌山，唐时因避讳曾改称武丘或兽丘，后复旧称，相传吴王阖闾葬此。汉袁康《越绝书·外传记·吴地传》："阖闾冢在阊门外，名虎丘……筑三日而白虎居上，故号为虎丘。"其上有虎丘塔、云岩寺、剑池、千人石等名胜古迹。②诗格：诗的风格，此处指山水极富诗情画意。③笙箫：笙和箫，泛指管乐器。④木兰船：木兰舟。南朝梁刘孝威《采莲曲》："金桨木兰船，戏采江南莲。"

[赏析]

秋天，到了苏州水边的柔美之地。山山水水，总归要比热闹的城要来得更多。离自然愈近，愈是能够感受到江南独有的水汽氤氲和秀美如画。更有江南之地吴侬软语和那江上雾里的笙箫之声，应和得别有情趣，煞是动听。

对于纳兰这样的词人来说，诗情画意大概是形容柔美景致最美的词。山水秀丽，铺陈在眼前，水墨画无法画出它立体的环绕的惬意，墨汁也书写不出那淋漓而精致的洒脱。人在这山水之中，只想要吟诗作赋一通，淋漓地念它几阕。江南之秀，果然与这词人的气质契合得恰到好处。许是命里注定是与那山水，会有千丝万缕的联系。

此时一叶轻舟划过，纳兰自问：那木兰船里不知渐行渐远的，是何人呢？是被沈宛一并带走的江南风韵，还是自己对这江南女子的惆怅的思念呢？景致柔美，一叶小舟却就让纤细之心又敏感起来。江南之景，总少不了发生些感情之事，历朝历代的诗文里都有所体现。人与自然本就为一体，两者互相影响牵动。因而有了纤细柔和的景色，也便有了柔软细致的心绪。

关于沈宛和纳兰的相遇，典故传说甚多，各有不一，可以肯定的是江南女子确实曾攫取了纳兰之心、之情。为这女子，纳兰苦苦思念，为了那两情可以久长时，深情守候。可因他生于名家的身世，不得不接受很多无可奈何的条规限制，满汉之恋，如何能被接受？大概他从爱上她的那时起，就预料到想要执其手会背负很多的艰辛了吧？不断地错过，时间空间，不知道下一秒两人会分别处在何地，分别多远。"自古多情伤离别"，更何况是朝朝暮暮都难以相见。在思念之中维持的爱恋，也不知道会不会随这木兰船远去。

惆怅之中，纳兰望着水上小舟，轻诵刘孝威的采莲之曲：金桨木兰船，戏采江南莲。莲香隔浦渡，荷叶满江鲜。房垂易入手，柄曲自临盘。露花时湿钏，风茎乍拂钿。

木兰船要将你带往哪里去呢？

惆怅虽然能读出几分，但总的还是欢愉。纳兰描写的所有景致，措辞融情，都让人感觉到他的喜爱和洒脱。面对江南美景，那时的纳兰对官场已然厌倦无力，疲惫不堪，还是年轻才俊就如同看破红尘确实是有违常情。但纳兰想必注定与官场抵触，功名利禄的追求之心，他并无期冀；人际上淡薄相交，也不至于树敌。可是他对官场生活那般抵触，已演变为无法抑制的逃离之心。决心退离官场隐归田园的纳兰，此时应是充满着期待和向往之心，在山水之间尽享着人间自然之乐。只需在那茶楼酒水之中笑看世间百态，只需在那石桥小屋里静听小桥流水，如此足矣，又何必追求无尽的繁华富贵呢？无尽欲望吞噬了人间乐事，官途再平坦，对于纳兰而言，那仍旧是让他感受到压抑的，不属于他的另一个人间。

于是终究还是下定了决心，重返京城以后，辞官隐退，迎娶沈宛，同心爱之人共同安宁生活，享受人间最淳朴诚挚的生活，木屋，石凳，竹椅，诗书，茶酒，佳人，足矣。想想，都会觉得有所期盼了。也就带着这么一个美好的念想，游历江南的景色，规划着未来新的平淡的生活，难怪那些景色都着上了欢愉的色彩。只是那一叶小舟，却禁不住勾起了忧虑和遐思。

木兰船上渐远的娇媚，是否会同这江南的风一样？爱人，是否仍旧在那里？皇命难违，只得再次与那纤细的身躯娇柔的身影错过，小舟或许带去他无边的相思之苦和勾勒起的小桥流水人家，又或许带来他对未来的期许，但沉醉着，无边地深思着，不禁想唤它，可否慢一些驶离？

忆江南

江南好，真个到梁溪①。一幅云林高士画②，数行泉石故人题③。还似梦游非？

[注释]

①真个：的确，真的。梁溪：水名，在江苏无锡西，源出惠山，流入太湖。古时此水极窄，梁时疏浚，故名。②云林：元代画家倪瓒的别号。纳兰性德好友严绳孙擅长画山水，此处借指严绳孙。高士：品行高尚的人，超脱世俗的人，多指隐士。③泉石：指山水。

[赏析]

纳兰的词，两个最让人称道的主题，一为爱情，二为友情。一代才子纳兰是个极重友情之人，这词便是他到了好友顾贞观的故乡无锡所作。

见到了梁溪，就知无锡宝地已抵达，环顾四周，江南水乡果真像是倪瓒的山水画一般，浓淡动静，结合得天衣无缝。高傲隐逸的气概，也的确像是再见好友一般亲切。行走此间，见泉石之上所作之诗，题字都是好友的笔迹，纳兰此时，是悲喜交加——故友难遇一回，如今竟以这种方式再聚，还似梦游！

纳兰其人，生于名门身份显贵，却是个温婉谦和之人，官场中不显棱角，但却是"冠盖满京华，斯人独憔悴"，连连感叹知己难求，备感无奈。直至读到顾贞观两阕《金缕曲》，顿时为此人的情谊所动，亦与这江南君子结为终生友人。两人感情深厚，患难共当，多年来是有关友情这一主题盛传的佳话之一。只是纳兰与贞观，因地域和地位、脾性的关系，总是离多聚少，难于会面。顾贞观生性风流倜傥，洒脱淡泊，广交朋友，恣意享受人生。而纳兰却是个忙忙碌碌的三等侍卫，在官场上奔波操劳，少有享受生活的闲暇。每每二人道别分离，纳兰都忍不住伤怀一阵，宫中都是为功名利禄追求争斗之人，少有志趣相投的知己，能坐下饮酒填词，好好地谈天说地一阵，也甚是寂寥。而这敏感细腻的词人之心，是那样希望与投缘的友人诉诉衷肠，聊聊心事。顾贞观在一定程度上，应该是纳兰那痛断柔肠的心事中，一个坚定的支柱。如何叫他不想念这般淡如水的君子之交？

好不容易到了江南又见梁溪，纳兰想要与朋友相聚的念头尤其热切，却只能见到泉石的题字，这样的相见了，重聚了。不知是什么样的心情呢？欣喜、遗憾、熟悉、失落、亲切、无奈？罢了，罢了，多少算是于此重逢了，见词如见人，字在如人在，也当作是已见过了。即便是没能执手互相问候一声，关怀几句，也能够触及友人身上带着的水汽，闻到友人指尖流淌的清香了。就在这里，那样的水汽，那样的清香，就在这梁溪边上，如此缭绕全身，对故友的怀念和深厚情谊，都是让人心里安定的。

然而"别时容易见时难"（李煜《浪淘沙》），遗憾的是终究是没能见上一面，不知友人面容如何，身体是否安好，可惜了没能有机会谈天说地，学识可否又有长进？京城的纳兰，没有挚交交心，心有如浮萍飘摇，没有归属之处。而来到此处，山水之间到处可见熟悉的知己的题词，归属感突然萌生，梁溪显得尤其生动可爱。是梦游吗？即便是梦，也是个美梦吧。

这般情谊，难怪初见梁溪，纳兰惊道："真个"到梁溪！故人故乡就如自己的故乡一般，这深厚情谊，真是让人钦佩和艳羡。实际上纳兰是发自内心地喜爱这个地方的，他每每描写江南之景，都用尽典故和褒赞之辞，好似要把江南的美景写成最深情的赞歌，丝毫不吝啬任何的措辞。他渴望着闲适的田园生活，而顾贞观这个好友，除去志趣相投，惺惺相惜，对于纳兰来说，他应该同样是自己向往的一个角色——没有官僚等级，没有俸禄之别，没有服从和不服从。生活倘若可以这样自由支配，该是多好。

忆江南

江南好，水是二泉清①。味永出山那得浊，名高有锡更谁争②，何必让中泠③。

[注释]

①二泉：指无锡惠山泉，又名"陆子泉"，因其有天下第二泉之称，故名。②名高：崇高的声誉，名声显赫。③中泠：泉名，即中泠泉。在今江苏镇江西北金山下的长江中。今江岸沙涨，泉已没沙中。相传其水烹茶最佳，有"天下第一泉"之称。

[赏析]

说到二泉，不得不想到《二泉映月》一曲，也就不得不想到盲人阿炳，好似见他右胁夹着小竹竿，背上背着一把琵琶，二胡挂在左肩，就这么咿咿呜呜地拉着，在飞雪中，发出凄厉欲绝的袅袅之音。二泉边上的这支曲子，便是这样来的。好曲有映衬之景，也不难想象二泉动人的景致，这才使着可怜可敬的身残者日日夜夜演奏不止。

这二泉，便是如今无锡的惠山泉，又被叫作"陆子泉"，被唐人称为"天下第二泉"，在那个时候，二泉在无锡被人熟知，也因泉水清澈适合煎茶而远近闻名。而无锡曾为"有锡"，也是有典故的。当年无锡近处有一座山峰，在周秦时代盛产铅锡，因此得名锡山。到汉代，锡山之锡渐渐被采尽，山边之县于是得名为无锡。待到新莽时代，锡山锡矿复出，传为奇迹，故此县名改为有锡。后至东汉，光武年间锡矿再次枯竭，有锡自此被唤为"无锡"。

纳兰对二泉心怀眷恋，咏起杜甫的"在山泉水清，出山泉水浊"，引的是反意，说二泉之水，不论在山抑或出山，都是清澈的，不受污染，不变浑浊。纳兰以为，二泉之水已然天下无双，更有谁争？又何必让给中泠"天下第一泉"的称号呢？不服气的一个"让"字，巧而不显地做了一个隐藏的对比。

"天下第一泉""中泠"一名出自苏东坡诗句："中泠南畔石盘陀，古来出没随涛波。"江岸沙涨，如此天下第一，已然埋没于沙中留下永久的遗憾了。出水而浊，难怪纳兰要不服气。

看似只是写第一第二之别的泉，实则是将人和物再次巧妙地结合起来了。"出淤泥而不染，濯清涟而不妖"，实际上与"在山泉水清，出山泉水浊"，探讨同一个问题。两者反意行之，纳兰的心思确实明显。在山水清，出山如是。

身浮宦海，纳兰写这小词，写的是自己不愿被俗世之欲吞噬的决心和意愿。如此顽固的"不服气"，真是其顽固不服从于俗世条框的唠叨之言。听上去，反倒让这才子显得更为可爱。"举世皆浊我独清，众人皆醉我独醒"的人一定是寂寥的。毕竟身在其中，身不由己，看着众人醉，唯独自己不醉，痛楚难耐。但就是不愿与人们一同醉去，因这尘世也需清醒之人啊！此时的纳兰已经下了辞官隐退的决心，官场清浊，古往今来论述甚多，文人辞官的亦有不少。不愿与人同醉，只能放下金樽，不与人共饮就罢。

从另一个方面也有不同的理解。此时欣然期待回京娶得佳人归的纳兰日夜思念着北方的沈宛，这个江南的女子已将他的心牢牢俘获，却奈何总是离多聚少，

心怀亏欠。"相见时难别亦难"，这时，纳兰急切地想要对爱人表明他坚定的决心和距离阻隔的思念。不知她可能听见？缱绻之情，金石可鉴。任凭时空如何变幻，这思念都是连绵不可断的。

在山水清，出山如是。

忆江南

新来好，唱得虎头词①。一片冷香惟有梦②，十分清瘦更无诗。标格早梅知③。

[注释]

①新来：新近，近来。虎头词：指好友顾贞观客居苏州时所填之词。虎头，晋代画家顾恺之小字虎头，顾贞观与之同姓，这里借指顾贞观。②冷香：指清香的花，这里指梅花的清香。③标格：风范，品格。

[赏析]

古时文人互通书信，留下不少传世的佳作。这词便是纳兰与顾贞观惺惺相惜的最好证明。

纳兰这阕词，答的是顾贞观的《浣溪沙·梅》：

物外幽情世外姿，冻云深护最高枝。小楼风月独醒时。

一片冷香惟有梦，十分清瘦更无诗。待他移影说相思。

写的是梅，咏的是品格，思的是人。

贞观赞梅是那最高枝，赞梅的冷艳不俗，也是写人该出尘而不染，高洁正直。小楼风月，一人独醒时，更是一语双关，不知独醒于风月的，是梅还是人。待他说尽相思，思的又是谁呢？有人疑问，这"相思"二字，不是从来就是为爱人所造的吗？其实这词更像是为友人而写。

纳兰读懂了此中深意，因而立即回复好友，告知新来甚好。所谓"虎头词"，指的便是顾贞观之辞，虎头实为晋代画家顾恺之的小字，由于顾贞观与其同姓，因而借虎头指代贞观。一句话开门见山表达收到故友诗词的新来之好，足见纳兰下笔时满心的欢愉。常年难见几回，知己诉诉衷肠只有纸笔相助，读到熟悉的文风句法，不禁要觉得尤其亲切。

"一片冷香惟有梦，十分清瘦更无诗"是贞观词里的精华，"标格早梅知"是纳兰答词之中的点睛。挚交之间，默契最是令人感动，所谓知己，是知其所思，晓其所虑者。纳兰读出了顾词梅之深意，知晓那顽强盎然的植物，并非仅仅"疏影横斜水清浅，暗香浮动月黄昏"的赞叹，意会那短句之中说的相思也并非林逋以梅为妻的暧昧。

冷香喻梅，恰能写尽梅的冷艳高洁，好似唯有梦中才可亲历那撩人的芳香。清瘦的世外之态，更是没有诗词能够轻易言出那清雅脱俗的姿色。如此描述，对梅的挚爱，事实上正是对高洁脱俗的坚持。寄予友人，要将那清雅的姿态与其共勉，于是纳兰写道：标格早梅知。知己之高风亮节，超凡脱俗的秉性，不就正是这梅散发的清香缕缕吗？这五个字的精妙，全在这两人的默契，不得不令人感叹：挚交，该是如此。况周颐在《蕙风词话》道："以梁汾咏梅句喻梁汾词。赏会若斯，岂易得之并世。"这一首答词，情深义重，心意相通。

尘世缘来缘去，如鲁迅先生赠予瞿秋白的对联所言："人生能得一知己足矣，斯世当以同怀视之。"纳兰虽命途寂寥，能遇如此挚交，也当属幸运之至。

顾贞观有一好友叫吴兆骞，含冤被流放黑龙江十多年之久，顾贞观悲痛仗义，为好友作《金缕曲》两首，纳兰偶然读到，感动不已，不惜一切代价营救吴兆骞。日后两人相识，深觉相见恨晚，从此就成为知己。关于其情谊，还有一首纳兰所作的《金缕曲》：

德也狂生耳。偶然间、缁尘京国，乌衣门第。有酒惟浇赵州土，谁会成生此意。不信道、遂成知己。青眼高歌俱未老，向尊前、拭尽英雄泪。君不见，月如水。

共君此夜须沉醉。且由他、蛾眉谣诼，古今同忌。身世悠悠何足问，冷笑置之而已。寻思起、从头翻悔。一日心期千劫在，后身缘、恐结他生里。然诺重，君须记。

这阕是为跨越两人之间因身份悬殊造成的困扰所作，一句"诺重君须记"，读得贞观清泪涟涟，感动不已，更是笃定了今生二人情谊，不可分割。

不得不感叹，果真是缘分如此。

看那顾贞观以相思来思纳兰，友情同似爱情需要等待和磨合，缘起缘灭，都是默契，相知相携，才得以延续。有知己若此，夫复何求！

赤枣子

惊晓漏，护春眠。格外娇慵只自怜。寄语酿花风日好[①]，绿窗来与上琴弦。

[注释]

①酿花：催花绽放。

[赏析]

这是一首从少女的角度来描写春日心绪的词作。

才是微微破晓天，漏壶却已滴答作响将好梦惊扰。古代没有钟表，只能以漏壶来计时。唐李肇《国史补》："初，惠远以山中不知更漏，乃取铜叶制器，状如莲花，置盆水之上，底孔漏水，半之则沉。每昼夜十二沉，为行道之节，虽冬夏短长，云阴月黑，亦无差也。"漏壶是中国最古老的计时器。根据史书记载，周代时已有漏壶，到春秋时期，漏壶的使用已相当普遍。初期的漏壶只有一只壶，人们在壶中装上一枝有刻度的木箭。当水从壶底的小孔漏出时，壶中水位下降，木箭会随之下沉，观测刻箭上的水位，便知道是什么时间了。因此，数更漏就是计数水下降到漏壶中箭的哪一个刻度，也就是计数夜晚的时刻的意思，以滴水的多少来判断时辰。

"惊晓漏，护春眠。"开端一个"惊"字，巧妙地把少女酣睡正香时恰被扰醒的嗔怒刻画了出来，民间有一说法"下床气"，指的就是好梦正香时被无端吵醒抑或刚刚睡醒时的人情绪总是不稳定且容易发脾气。此刻被惊醒的少女正好将怒未怒，似嗔未嗔，只被那浓浓的睡意压了下去，辗转翻了几个身，却是一心想把这让自己无比眷恋的好梦继续。此处"护"字婉约写出了少女对于这场春眠的珍惜与依恋，是为："护春眠"。

俗话说"春困秋乏冬无力，夏日炎炎正好眠。"也刚好是这个早春让人容易感到疲乏的季节，怎料那一声更漏滴答，思绪便在心中缠绵缱绻，愈发辗转便愈发清醒，少女才起得身来，眼前就邂逅了一幅早春之色，王昌龄《闺怨》："闺中少妇不知愁，春日凝妆上翠楼，忽见陌头杨柳色，悔教夫婿觅封侯。"如此看来，女子总是由骨子里带了些伤春悲秋、触景伤情的情愫的。虽然少女不比少妇，却也感叹于自己只身无人怜惜，于是只得"格外姣慵只自怜"。

唐李贺《美人梳头歌》中就有"春风烂熳恼娇慵，十八鬟多无气力"的句子，姣慵，即柔弱倦怠的样子，想来这两位女子也有几分相似，都被那春日暖阳熏软了骨头，抵挡不住浓浓睡意，辗转反侧，反而别有一番风韵。而此处"格外"一词，更是把这位少女的慵懒模样渲染得楚楚动人，仿若千种风情，也尽在此中。诚然，春日恰逢万物复苏，百废待兴之时，也正是女子们春愁暗滋、风情难抑的时候，少女们面对着春日美景而暗自生怜，也是十分自然的事情。林黛玉亦有诗作："瘦影正临春水照，卿须怜我我怜卿"，也表形影相吊自怜自惜之情。

道是少女情怀总是诗，词作的最后两句"寄语酿花风日好，绿窗来与上琴弦"为点睛之句。少女醒来后看到满园鲜花含苞未放，于是便"寄语酿花"，此处"酿花"意指催花开放，就是指少女对着那满园的花蕾幽幽地说开了话：你们怎还眷恋梦境旖旎，却不知再不醒来就错过了这大好天日了吗，阳光如此明媚，要知春日渐短，休要错过之后方才后悔不迭，醒来吧，都开放吧，让这春天也领略一番"草树知春不久归，百般红紫斗芳菲"的明艳。

这一句便将女子年少的姿态描写得灵动了起来，一个怀愁又不懂愁，盼美又不遇美，对好事好物好景充满期待的少女形象跃然纸上。下一句转而写少女回身抚琴，纱窗轻启，琴声悠扬而去，云青青处似环佩微鸣，水潺潺时若绿绸初展，总是将一片情怀托付琴弦。词到此处，已转得悠远朦胧，一切零碎的小思绪随着琴声就长长地漫开了去，便是她如孩童般催花开放的姿态也沾染了些许愁思，似雾非雾，亦真亦幻，可谓言尽意不尽，留白深广，让人生起遐思无限。

这首词简短耐读，字斟句酌，以少女的形象、口吻写春愁春感，写其春晓护眠，娇慵倦怠，又暗生自怜的情态与心理。整首词意境悠长，画面清秀灵动，将少女一片春愁情怀渲染得婉约而又真切，那种淡愁缠绕、将散未散的意境就这么萦绕在心，使得整首词亲切自然，那一片早春之景，怀愁少女宛然在目。

玉连环影

（按此调《谱》《律》不载，或亦自度曲①。）

何处②？几叶萧萧雨。湿尽檐花③，花底人无语。掩屏山④，玉炉寒。谁见两眉愁聚倚阑干⑤。

[注释]

①自度曲：谓在旧有曲调外，自行谱制新曲，或指在旧词调之外自己新创作的词调。②何处：何时。古诗文中表示询问时间的用语。③檐花：屋檐之下的鲜花。④屏山：屏风，因屏风曲折若重山叠嶂，或屏风上绘有山水图画等而得名。⑤阑干：同"栏干"。

[赏析]

据考证，纳兰这首《玉连环影》是其自度所作，自姜白石之后，词人自度词作已属平常，但姜白石留下其自度曲谱则是我国重要的历史文献。想必后人自度词作，大都不再以歌咏为重，较多自由了。

这首小词的写作手法是纳兰一贯擅长的，比如景深跨度，都是"一山遮过一山"。此作景物搭配，从屋外写起，直至屋内，再写到屋内之人，显出十分明显的层次感。

这首词，开篇即无端发问：何处？这是古诗文中常常表示询问时间的语句。如李白《秋浦歌》"不知明镜里，何处得秋霜"、晏几道《醉落魄》"若问相思何处歇？相逢便是相思彻"等都有此种表达。何时，下起了几许潇潇细雨。此处几叶想必是以后面"檐花"联想得来。再加上落叶飘飘的神态自然类似于细雨飘零之状，故有此语。

纳兰本是多情而又痴情之人，往往对所爱之人用情很深。"何处？几叶萧萧雨。湿尽檐花，花底人无语。"寥寥数笔就勾勒出一幅凄清哀怨的外景，想那雨无端下起，打湿檐花。那雨不过是花的泪，打湿了自己。想到此处，纳兰自然把笔触写到了伊人身上。"花底人无语"，伊人默默望着细雨垂打的檐下之花，檐花也是默默无语地接受着这被雨打的命运，表现出极凄苦寒凉的意味。

纳兰与妻子卢氏恩爱情深，可是天妒红颜，卢氏双十年华便香消玉殒。此作想必是纳兰描摹回忆之作，写女子其实也自况其身。

接下来便描屋内之境。"掩屏山，玉炉寒"此二句，意思是将屏风掩紧，玉炉中所焚之香也已燃尽。张元干《兰陵王》有"屏山掩，沉水倦熏，中酒心情怯杯勺"之句，李贺《神弦》则有"女巫教酒云满空。玉炉炭火香咚咚"之语，纳兰自幼读书颇多，信手拈来，意象纷呈，不费半点功夫。写完屏山、玉炉，最后安排了一个倦妇之形，"谁见两眉愁聚倚阑干"，愁聚眉梢，独自凭栏，显现出一片寂寞无助之态。黄天骥在其《纳兰性德和他的词》中说：这词描写的是一个人孤独无聊的神态。在零星细雨中，屋内炉香燃尽，他也懒得再点，默默地靠着栏杆，不知所想为何？

黄天骥自然深知纳兰行年轶事，想必是作文严谨的原因才不一语道破。想必此处纳兰感境怀人，凑巧遇上雨打檐花，想起了与妻子卢氏那种"曾经沧海难为水，除却巫山不是云"的深厚情感，情发怎会无端？但又有谁能理解他这满怀的凄楚与旷世的寂寞呢？

遐方怨

欹角枕①，掩红窗。梦到江南伊家，博山沉水香②。湔裙归晚坐思量③。轻烟笼翠黛④，月茫茫。

[注释]

①欹角枕：斜靠着枕头。欹，通"倚"，斜倚、斜靠。角枕，角制或用角装饰的枕头。②博山：博山炉的简称，一种香炉。因炉盖上的造型似传闻中的海中名山博山而得名。一说像华山，因秦昭王与天神博于此，故名。通常作为名贵香炉的代称。沉水香：即沉香，指以沉香制作的香。③湔裙：即浣衣，洗衣。④翠黛：用青黛淡画的眉毛。黛，古代女子用以画眉的青黑色颜料。

[赏析]

"遐方怨"属于唐教坊曲名。这种词牌有两体式，单调者始于温庭筠，双调者始于顾夐、孙光宪，只有《花间集》有这种词调，宋代词人没有用过此调填词。

这首词写梦，有一种凭吊的色彩，在基本的构局上和苏东坡的《江城子·十年生死两茫茫》有相同的地方：

十年生死两茫茫，不思量，自难忘。千里孤坟，无处话凄凉。纵使相逢应不识，尘满面，鬓如霜。

夜来幽梦忽还乡，小轩窗，正梳妆。相顾无言，惟有泪千行。料得年年肠断处，明月夜，短松冈。

两首词都是写梦然后梦回，主题基本具有相似性。然而两首的情感轨迹却是不一样的，苏东坡词是透透彻彻的凄凉，不仅现实生活中形单影只，孤独凄凉，甚至在梦中仍旧"纵使相逢应不识""小轩窗，正梳妆。相顾无言，惟有泪千行"。而纳兰的写法上则倾向于利用现实与梦境的对比，来突出身处现实中的独自痛苦的强烈。王国维所谓"以乐景写哀，倍增其哀"。

这首词写到江南和女子，很容易让人想起纳兰和汉族的江南才女沈宛之间的传言。纳兰一生婚姻也是极为不幸的。他在二十岁时就娶两广总督卢光祖之女淑人为妻，贤惠的卢氏却在三年后就病故，真是红颜薄命，这给纳兰性德极大的触动，他在日后短短的六七年中，写下了大量的怀念妻子的辞章。后纳兰又娶妻官氏。也有人说纳兰在他三十岁时，经好友顾贞观的介绍，又娶了江南才女沈宛。沈宛著有《选梦词》集，王国维在谈纳兰时也曾谈到过这个女子。因为二人都爱诗词，如此一来，二人既为夫妻又为诗友，只可惜纳兰一年后就病故了。沈宛字御蝉，浙江乌程人，《众香词》录其五首，今录二首，以管窥其风格：

惆怅凄凄秋暮天。萧条离别后，已经年。乌丝旧咏细生怜。梦魂飞故国、不能前。无穷幽怨类啼鹃。总教多血泪，亦徒然。枝分连理绝姻缘。独窥天上月、几回圆。

——《朝玉阶·秋月有感》

难驻青皇归去驾，飘零粉白脂红。今朝不比锦香丛。画梁双燕子，应也恨匆匆。迟日纱窗人自静，檐前铁马丁冬。无情芳草唤愁浓，闲吟佳句，怪杀雨兼风。

——《临江仙·春去》

也有资料说在纳兰死后，沈宛生了个遗腹子之后就不知去向。也有说沈宛只是纳兰的红颜知己，二人虽互相爱慕，却也并没有结为伉俪。因为沈宛是汉女，且不在旗，那时的法律是反对满汉通婚，所以沈宛要和纳兰结合，就会受到了许多封建礼教的干涉，而且纳兰本是显贵，更会注重自家"清誉"，家里的态度显然也是很难会同意的，所以她的确与纳兰分离了，但是到底是纳兰生前就离开了，还是死后离开，也是有不同说法的，似乎认为死后的说法更多一些。一般也有认为纳兰的三个儿子里，最小的富森就是沈宛生的，因史载其为"遗腹子"，所以才有这样的论断，但这一切都为后人猜测，也为纳兰的词的解读留下更为开放的想象空间，就这一方面来说，是有百利的。

《纳兰性德词新释辑评》上说："小词而能婉而深，自是妙品。"这倒可以当成是纳兰绝大多数短词的评价。就这一首来说，虽较为清新自然，读来也颇为动人，并非纳兰词中可谓绝妙的。文学上有所谓历史阻拒，也就是说由于历史向前走，社会发生着不断的变化，这导致原来社会条件下的产物变得具有陌生感，这些陌生多产生于词自身使用的意象上。如"博山""湔裙"，这些在后代的读者看来，就颇为费解。这种阻拒一定程度上伤害了古代艺术作品的自然感。

浪淘沙 望海

蜃阙半模糊①，踏浪惊呼。任将蠡测笑江湖②。沐日光华还浴月，我欲乘桴③。

钓得六鳌无④？竿拂珊瑚⑤。桑田清浅问麻姑⑥。水气浮天天接水，那是蓬壶⑦？

[注释]

①蜃阙：即蜃楼。古人谓蜃气变幻成的楼阁。②蠡测：即蠡酌，以瓠瓢测量海水。比喻见识短浅，以浅见量度人，"以蠡测海"的略语。③乘桴：乘坐竹木小筏。《论语》云："道不行，乘桴浮于海。"④六鳌：神话中负载五座仙山的六只大龟。相传渤海之东，有一深壑，中有岱舆、员峤、方壶、瀛洲、蓬莱五山，乃仙圣所居之地。然五山皆浮于海，

常随潮波上下往还。《列子·汤问》："帝恐流于西极，失群仙圣之居，乃命禺强使巨鳌十五，举首而戴之。迭为三番，六万岁一交焉。五山始峙而不动。而龙伯之国有大人，举足不盈数步而暨五山之所，一钓而连六鳌，合负而趣归其国，灼其骨以数焉。于是岱舆、员峤二山流于北极，沉于大海，仙圣之播迁者巨亿计。"⑤珊瑚：许多珊瑚虫的骨骼聚集物，树状，供玩赏。⑥麻姑：中国神话人物。东汉时应召降临蔡经家，能掷米成珠，相传在绛珠河畔以灵芝酿酒以备蟠桃会上为西王母祝寿，故旧时为妇女祝寿多绘麻姑像以赠，称麻姑献寿。⑦蓬壶：即蓬莱。古代传说中的海中仙山。

[赏析]

清康熙二十一年（1682年），纳兰随皇帝东巡，时年二月驻扎于蚌山海关。登澄海楼面朝大海，见天之苍茫，海之茫茫，可见纳兰小心翼翼隐匿于胸的豪迈。纳兰作词，向来明白如话。可当他面朝大海时，这些凝结于胸长长短短的诗句竟难抒胸臆。一首浪淘沙，短短五十四个字，六次用典，这在纳兰毕生的作品中也并不多见的。

纳兰这首词，大约是东临碣石的新篇。东汉建安十二年（207年）秋，曹操彻底消灭了袁绍残部班师途中，曾于此地作《观沧海》歌以咏志。千载白云悠然过尽，一千四百多年后的纳兰面对着难得一见的海市蜃楼，那若隐若现的繁华，像极了天上宫阙，似恍然一梦，误入仙境。

这便是海。波涛汹涌的狂暴过后有海市蜃楼的妩媚，水天无边的缥缈背后总惹人追寻流传千年却无人见过的仙人去处。"以管窥天，以蠡测海"，身后入仙境的东方朔不知在嘲讽武帝不识千里马，还是自讽一介书生妄测天威，都是管窥蠡测之事，终见笑于大方之家。《秋水》中的河伯观天上来的黄河之水自诩尽天下之美，行至北海才明白什么是大方之家。河伯望洋兴叹的感慨犹在耳畔，庄生在一片汪洋不见中闻道神语，转录如许仙人事于人间，方才有了纳兰笑江湖的想象。未免惋惜，本应在仙家击水三千的庄子，却囿于尘世结无情游，似又一谪仙屈生人世。

"日月之行，若出其中；星汉灿烂，若出其里。"孟德慨而慷的感叹，满溢踌躇壮志；纳兰也出英雄略同之语。如众生灵一般，大海"集日月之精华，会天地之灵气"，方能纳百川，生万物。"道不行，乘桴浮于海"，孔子的政治理想偏废后也想过散发弄扁舟的吧，连赌气之语都说得诗意盎然。"我欲乘桴"，纳兰以手写心时似也露出了"道不行"的隐痛吧。

海上洪波涌起，似有仙山涌动，似闻踏浪高歌。现代人的思维浪漫早已被剥离，那些令古人充满遐思的潮起潮落被理智与科技分析后仅得一句简明而冰冷的"天体引潮力"。"六鳖骨已霜，三山流安在？"从来语出惊人的太白远望沧海时也不禁有问三山六鳖踪迹何觅。传说渤海之东的仙山竟以巨鳖为载。巨鳖迭三层，六万年轮岗一次，古人的时空观显然要放松缓慢许多。正如桃花源一般，仙人之所难免有凡人闯入。不知何处的龙伯人士不知以什么作饵，竟钓得修炼成神的六鳖。自此岱舆、员峤两山无所依托，"流于北极，沉于大海"，便剩下传统意义上的蓬莱三山。千年前的《列子·汤问》某种意义上是正宗的中国神话，毫不逊于希腊引以为傲的奥林匹斯山。

斗柄转回，人间寒暑屈指可数的几遍，年华便悄悄离去，不带走一片云彩。文人墨客常感慨岁月蹉跎，言沧海桑田却多为夸大之语。凡夫俗子怎敌得道仙人？古有麻姑亲见东海三为桑田。东汉时麻姑应王方平之邀作客人间，点米成珠，仙酒为乐，宴于蔡经家。麻姑言蓬莱之水已减半，"海中复扬尘"。莫不是沧海桑田之事再现？此问始于东汉，千百年来高悬于明月酒杯间没有答案，直到现在沧海依旧水澹澹。

白浪滔天，一片迷蒙中，哪得见蓬壶？纳兰在这万里一色中岂能仅仅赞叹海之壮阔，望而无思？非也，非也。纳兰那颗敏感的心早已澎湃，只是没有一个淋漓的出口释放那些心底隐着的言语吧。"挥手谢人境，吾将从此辞"，千年的穿越也不过一瞬，蓬壶杳然，人间轻换，还有什么值得久久留恋于这真真假假的尘世间？

浪淘沙

　　双燕又飞还，好景阑珊①。东风那惜小眉弯②。芳草绿波吹不尽③，只隔遥山。

　　花雨忆前番④，粉泪偷弹⑤。倚楼谁与话春闲？数到今朝三月二⑥，梦见犹难。

[注释]

①阑珊：残，将尽。②那惜：不顾惜，不管。小眉弯：皱眉。③芳草：香草。④花雨：落花如雨，形容彩花纷飞。⑤粉泪：旧称女子之泪。⑥三月二：古代"上巳"节，汉

以前以农历三月上旬巳日为"上巳"，是游春之日，这天人们到水边洗濯、饮酒、欢聚等，以为驱邪避祸，消除不祥。故王季桥《上巳》诗："曲水湔裙三月二。"

[赏析]

双燕又飞还，告诉我们这是在一个静听梁间燕语呢喃的融融春日。燕子斜飞，上下翻覆，嬉戏于杏花烟雨中，如两个不安分的音符，轻掠怀春的心弦，激起一串低语涟漪。又是一年春好处，又是一年伤春时。然而再明媚的春日，一旦钻入了并不完整的梦境，多少会氤氲些伤春的气息。

梨香院落或红杏枝头，流连戏蝶或自在娇莺，都是好景。春一来，驱散了冬日的瑟缩和阴霾，纵使偶然阴雨，也是沁人心脾的润物细无声。纳兰那些缠绕于心的惋惜太难琢磨，是为着易逝的春光，还是为着轻易把人抛的韶华？几百年后著作《人间词话》的王国维似道出了纳兰噙在齿间的叹息，"最是人间留不住，朱颜辞镜花辞树"。无论什么清景，都敌不过这留春不住的决绝。

小眉弯，似面纱遮住了羞涩的容颜，掩住了那挂在唇边的些许情思。眉展，如远山横，想来应是静花照水的美人图；眉蹙，似山峰聚，眉尖心上惹人怜。花开错，东风不解语，怎惜得那新月般的眉眼？怪只怪，东风太泛泛，撩拨得柳絮轻飏，撩拨得繁花似锦，撩拨得酣梦依旧微醺。

吹皱的不应只是一池春水，还有香山居士于冬日残雪未融时看到的芳草萋萋的影踪。除了青青芳草，还有什么能借一缕春风、几滴春雨燎原呢？芳草绿波，一路铺遍蜿蜒小路，绿过大江两岸，却不敌遥山难越。遥山，仅仅是物理尺度上的遥远，纵是魂梦相见终须有期；怕只怕，遥山架在两颗离别的心间。"枝上柳绵吹又少，天涯何处无芳草"，东坡作狂放之态，是真正的豁达，还是自欺欺人地慰藉那颗习惯被愚弄的心？

旧地重游，微雨中的双飞燕似曾相识，如今零落花下只剩伊人独立。小楼又东风，一片春心却泛着凉凉秋意。高楼望断，花雨纷飞中思忆前世今生——不得相守，便信相遇即是缘尽。

痴儿遥望云中，盼得鸿雁归，却盼不得锦书来。独自倚高楼，去岁离别时的酒香微微可闻，送别时的一曲至今余音绕梁，只是当时离情今成别怨。

数到三月二，即是古时的上巳节。"二月二，龙抬头；三月三，生轩辕"，上巳节本是纪念轩辕生辰的日子。同是炎黄子孙，九州内各民族都有独特的上巳节习俗。能歌善舞的壮族在这一天蒸五色糯米饭，办歌会；侗族的上巳节又名花炮节，抢花炮、斗牛、对歌，亦是欢乐海洋。而一向矜持的汉族男女也会在上巳节这一天光明正大地相会河畔，互诉衷肠。沉郁顿挫如杜甫也曾有艳语，"三月三日气象新，长安水边多丽人"，可想上巳节的鲜艳明媚。

只是，一个人的三月二，隐在心底的歌如涓涓溪流淌过时，谁能听到那汩汩呜咽？那是纳兰与她相约的日子吧，决计执手相伴的日子，或誓将相忘于江湖的日子？那人负他而去，酒入愁肠后似闻小山言，"梦魂纵有也成虚，那堪和梦无"。

诉衷情

冷落绣衾谁与伴？倚香篝①。春睡起，斜日照梳头。欲写两眉愁，休休②。远山残翠收③，莫登楼。

[注释]

①香篝：古代室内焚香所用的熏笼。②"欲写"二句：意思是本来想要画眉，然而却双眉愁锁，算了还是不画了。休休，不要、不用，表示禁止或劝阻。③"远山"句：意为远处山峦的翠色消散了。收，消失、消散。

[赏析]

《诉衷情》原为唐教坊曲，为温庭筠所创，后用为词牌名。温庭筠创制此调时取《离骚》诗句"众不可说兮，孰云察余之中情"之意。后来，毛文锡词有"桃花流水漾纵横"句，故又名为《桃花水》。纳兰这首词秉承温词一脉，描写思妇春日无聊的情状。

"冷落绣衾谁与伴？"首句发问其实也是设问，自问自答。因无人相伴，看那绣衾衣裳，就算华美艳丽，也只让人觉得了无思绪。因为无人相伴，此情此景自然易解了。后两句："倚香篝。春睡起，斜日照梳头。"香篝本是古代室内焚香所用的熏笼。一般来说，古代官宦人家，或者大家闺秀闺房中才有能力燃此香笼，因此，倚香篝则再次点到此女子的身份。"春睡起，斜日照梳头"则点到时间，初日迟迟，已经倾斜到满屋子，"睡起晚梳头"，毫无心绪。一副慵懒形象跃然纸上。如果在此处还描写到女子动态特征呈现慵懒姿态的话，"欲写"二句则把这种慵懒之态又向前推进一步，说那女子本想画眉，却看到自己双眉愁锁，算了还是不描了，

描来有谁看呢？"休休"则是这种心语的集中体现。

可想此场景：春日迟迟，少妇因幽枝独依，显得百无聊赖，则赖床度日，迟睡起，斜阳已至，更算是薄暮，因此无心打扮，只有深锁愁眉，无奈中更不知怎么排遣寂寞之念。因此想起温词倚楼断肠之句，更不敢登楼了。

自然，此处"远山残翠收"是实景虚写之笔。也由此可以看出，景色已经极熟悉，不必登楼就已知晓，想那断肠处自然是不宜多去的。

这首词纳兰承袭花间词风，因为他温文尔雅，少年风流而又擅长小令，此种词类自是写法娴熟，笔墨点至，形象刻画往往呼之欲出，细腻生动。但比之温飞卿《望江南》则有不足之处。

想来，温飞卿此词中摘取瞬间和纳兰自有时间延续上的联系，但飞卿词则更契合情感最浓郁的部分，那登高望远思人之境，自然是描写此种风情形象的绝时。虽都是斜晖残翠，纳兰自然无所突破，况飞卿断肠句一出，已经极其简洁而深刻地写尽了人物内心，纳兰描写的思妇心理之笔却不如这一个词力量深厚。而花间词集更写尽了思妇孤独伤春念远之情。

总之，纳兰为清词人，写思妇自然与自身身世之境相连。若非如此，则不过是磨炼前人之笔，亦无创新罢了。

如梦令

正是辘轳金井①，满砌落花红冷。蓦地一相逢，心事眼波难定。谁省？谁省？从此簟纹灯影②。

[注释]

①辘轳：古代安置在井上用来汲水的起重装置。②簟纹：指竹席之纹络，此处借指孤眠幽独之景况。

[赏析]

清晨睡起，启窗看见：清凉的石板水井旁，汲水后留下一片湿漉漉的地面，井上的辘轳也湿透了；晨风夹杂着微寒，吹拂而过。昨夜掉落的红花已经冰冷地铺满树下井旁的砌石地面。正在这时，我与她眼神蓦然交汇。她立刻神情紧张起来。"可爱的人儿，你的心事，我岂能从你的迷离不定的眼神中猜透呢？"又究竟谁能猜透你这"眼波难定"的心事呢？又究竟谁知晓我此刻的心事呢？自与你那一刹那的眼神交汇，我心动荡，钟情于你。从今以后，无论独枕席上，抑或静坐灯下，你都会是我思念的那个人。

这首《如梦令》在构思上颇下心思：介入了基本连贯的叙事。中国传统诗词有一重要倾向就是重抒情而轻叙事。唐代是诗歌的极盛时期，诗歌写景上，蔚为大观，让读者应接不暇，叹为观止。即使如此，唐诗写景也多是为抒情服务的，所谓"借景抒情"，并非营造叙事背景；也属继承《诗经》中比兴传统，也就是所谓的"诗言情"。一般来说，叙事性诗歌的数量远远少于抒情性诗歌；整体质量上看也是如此。这首词就叙事来说，是如何展开的呢？这一点上，这首词同《诗经》中《蒹葭》很相似：

蒹葭苍苍，白露为霜。所谓伊人，在水一方。溯洄从之，道阻且长；溯游从之，宛在水中央。蒹葭凄凄，白露未晞。所谓伊人，在水之湄。溯洄从之，道阻且跻；溯游从之，宛在水中坻。蒹葭采采，白露未已，所谓伊人，在水中涘。溯洄从之，道阻且右；溯游从之，宛在水中沚。

首先都是抒情主人公邂逅了一位"伊人"，且与之一见钟情，但由于主观上"一厢情愿"，客观环境条件的束缚，二人始终没能够结合，似乎朦胧中还有种不可能的决绝似的悲哀。如果没有这情感的真挚深刻与二人结合困难这一重深沉的心理矛盾，就没有《蒹葭》，也没有纳兰的《如梦令》，抒情主人公正在进行那种因求之不得而"寤寐思服""辗转反侧"咏叹。当然《蒹葭》和《如梦令》抒情原因上是大同小异的，但是两首诗读来，明显可感觉其间很大的差异。这差异来源于抒情主体的性格。《蒹葭》中的男子并非一个受过很多文化教育的文人，而是一个朴实善良真诚憨厚的"氓"，性格典型就是"蚩蚩"，他表达自己爱意，看起来很"迂"，他没有许多知识来想办法，以讨女孩子开心，只是不顾一切地"从之"，无论"伊人"在哪儿，他都只是"从之"，虽也有些害羞，可仍不弃不馁地追求所爱。纳兰则不一样，他自己学识很广，受了深刻的汉族文化熏陶，具有了传统文人所共有的忧郁情氛。这样一来，他出现在这种环境中，表现出的行为就和《蒹葭》中那个男子大相径庭了。何况二人所处时代不同，也会引起巨大差异的。《蒹葭》中的男子

受到礼教束缚并不是特别明显，甚至那时没有十分苛刻的礼教，有的只是羞耻感衍生出的害羞。而清代的纳兰则不同，他精通汉族文化，受道学影响，社会也是道学笼罩下的，男女之间，稍不注意就会"越礼"，就会引起非议。更何况纳兰家族显赫，族内更不允许出现"有辱门楣"的"丑事"。这些也就是两首词虽异实同的原因。

这首词结尾也颇为意味深长，"谁省？谁省？从此簟纹灯影"，问了，却无人来相答，最后自己把一句本想让所思知道的话，"从此簟纹灯影"给了自己，让自己去受那无尽的伤痛怅惘，这是怎样的苦闷啊！所以，这句话是词本身的戛然而止，更可以说是词人和词所传达的情感的真正开始。盛冬铃《纳兰性德词选》有言："在落花满阶的清晨，作者与他所思的女子蓦然相逢，彼此眉目传情，却无缘交谈。从此，他的心情就再也不能平静了。此作言短意长，结尾颇为含蓄，风格与五代人小令相似。"

如梦令

木叶纷纷归路，残月晓风何处。消息半浮沉，今夜相思几许。秋雨，秋雨，一半西风吹去①。

[注释]

①"秋雨"句：清朱彝尊《转应曲》诗句："秋雨，秋雨，一半回风吹去。"

[赏析]

天已经凉秋，秋风吹落一树的黄叶，纷纷扬扬，如漫天蝴蝶纷飞，归来的道路上，铺上了厚厚的一层落叶。一层秋意一层凉，晓风残月人独立，今昔又是独对孤影而酌，难料此身何在，所爱又何在？生涯凄苦，人也沉浮，飘零如萍，今夜有多少相思呢？又一场秋雨凉风，天也一日日地冷，心也一日日地凉。过往一切，相思、伤感、红花、绿叶，都纷纷被这西风吹去了，心中若有所失，难以释怀。

这首词写的是相思之情，词人踏在铺满落叶的归路上，想到曾经与所思一道偕行，散步在这条充满回忆的道路上，然而如今却只有无尽的怀念，胸中充满惆怅。暮雨潇潇，秋风乍起，"秋风秋雨愁煞人"，吹得去这般情思吗？这首词写得细致清新，委婉自然。委婉自然外，还有另一特点，纳兰的词最常用到的字是"愁"，最常表现的情感也是"愁"，正如梁羽生说的，"纳兰容若的词中，'愁'字用得最多，几乎十首中有七八首都有个'愁'字。可是他每一句中的'愁'字，都有一种新鲜的意境，随手拈几句来说，如：'是一般心事，两样愁情''几为愁多翻自笑''倚栏无绪不能愁''唱罢秋坟愁未歇''一种烟波各自愁''天将愁味酿多情''将愁不去，秋色行难住'，或写远方的怀念，或写幽冥的哀悼，或以景入情，或因愁寄意，都是各个不同，而且有新鲜的联想。"这一首就情感来说，是一贯的，然而在写法上却没有用一个"愁"字，这和他一贯多用"愁"字很不相同。那这首词表现"愁"是如何进行的呢？范成大有词《鹧鸪天》：

休舞银貂小契丹，满堂宾客尽关山。从今嫋嫋盈盈处，谁复端端正正看。

摹泪易，写愁难。潇湘江上竹枝斑。碧云日暮无书寄，寥落烟中一雁寒。

这首词虽出现了"愁"，却有和纳兰相同的写法，就是要写愁而不直接写愁，而是通过其他意象的状态来体现这种情感。

这首词还有个很重要的地方，也是造成这词本身在感觉上给人一种熟悉而又清新的重要原因，那就是化用了前人的许多意象以及名句。如"木叶"这一经典意象最早出于屈原的《九歌·湘夫人》"袅袅兮秋风，洞庭波兮木叶下"，曹植的《野田黄雀行》就说："高树多悲风，海水扬其波"，庾信在《哀江南赋》里说："辞洞庭兮落木，去涔阳兮极浦"，到杜甫，他在《登高》中说："无边落木萧萧下，不尽长江滚滚来"。这一意象具有极强的艺术感染力，予人以秋的孤寂悲凉，十分适合抒发悲秋的情绪。"晓风残月何处"则显然化用了柳屯田的《雨霖铃》中"今宵酒醒何处，杨柳岸，晓风残月"，"一半西风吹去"又和辛弃疾的《满江红》中"被西风吹去，了无痕迹"同。

这首词和纳兰的其他词比起来，风格也没有什么不同，仍然是婉约细致，但从版本上看却大有可说之处。这首词几乎每句都有不同版本，如"木叶纷纷归路"一作"黄叶青苔归路"，"晓风残月何处"一作"靥粉衣香何处"，"消息半浮沉"又作"消息竟沉沉"。

且不谈哪一句是纳兰的原句，这考据，现下还难以确定出结果来，但这恰好给读者增加艺术对比的空间。比较各个版本，就"木叶纷纷归路"一作"黄叶青苔归路"两句来看，"黄叶"和"木叶"二意象在古典诗词中都是常见的，然就两

句整体来看"木叶纷纷"与"黄叶青苔"，在感知秋的氛围上看，显然前者更为强烈一些，后者增加了一个意象"青苔"，反而导致悲秋情氛的减弱。"晓风残月何处"与"羼粉衣香何处"则可谓各有千秋，前者化用了柳永的词句，在营造意境上比后者更有亲和力，词中也有悲哀的情感迹象；"羼粉衣香何处"则可以在对比下产生强烈的失落感，也能增强词的情感程度。

浣溪沙 寄严荪友①

藕荡桥边理钓筩②，苎萝西去五湖东③，笔床茶灶太从容④。
况有短墙银杏雨⑤，更兼高阁玉兰风⑥。画眉闲了画芙蓉⑦。

[注释]

①严荪友：即严绳孙，字荪友，一字冬荪，号秋水，自称勾吴严四，复号藕荡渔人，江苏无锡人，一作昆山人。清康熙己未（一作戊午，误）以布衣举鸿博授检讨，为四布衣之一。②藕荡桥：严绳孙无锡西洋溪宅第附近的一座桥，严绳孙以此而自号藕荡渔人。钓筩：插在水里捕鱼的竹器。③苎萝：苎萝山，在浙江诸暨市南，相传西施为此山鬻薪者之女。五湖：即太湖，《国语·越语下》："果兴师而伐吴，战于五湖。"韦昭注："五湖，今太湖。"④笔床：搁放毛笔的专用器物，南朝徐陵在《玉台新咏序》中说："琉璃砚盒，终日随身；翡翠笔床，无时离手"，如同今天的文具盒。茶灶：烹茶的小炉灶。从容：镇定，不慌张。⑤短墙：矮墙。银杏：即白果树，又名公孙树、鸭脚等。⑥高阁：放置书籍、器物的高架子。玉兰：花木名，落叶乔木，花瓣九片，色白，芳香如兰，故名。⑦画眉：即汉代张敞画眉事。《汉书·张敞传》"（敞）又为妇画眉，长安中传张京兆眉怃。有司以奏敞。上问之，对曰：'臣闻闺房之内，夫妇之私，有过于画眉者。'上爱其能，弗备责也。"后用为夫妇或男女相爱的典实。芙蓉：荷花之别称，严绳孙善画，尤工花鸟，故云。

[赏析]

本篇描写纳兰与汉族文人的交游生活，透过这首词我们可以隐约看到纳兰受儒道文化影响的痕迹。

严绳孙工书画，五十七岁时因为是"江南名布衣"而被逼应试博学鸿词科。

然而他看透清廷只是利用该科名士做政治工具,仅写了一首诗即托病退场。但康熙笼络心切,于是以"久知其名"破格擢置二等末,授翰林院检讨,让他参与编修《明史》。不久后,严绳孙辞官回到江南,隐居在无锡西洋溪藕荡桥畔,过着闲适惬意的生活,顾贞观《离亭燕·藕荡莲》自注云:"地近杨湖,暑月香甚,其旁为埽荡营,盖元明间水战处也。苏友往来湖上,因号藕荡渔人。"著有《秋水集》。故宫藏有禹之鼎画纳兰像,严绳孙题诗画上。

纳兰与严绳孙为好友,话说纳兰虽贵为满洲贵族,权臣之子,皇帝亲信,然而他本性纯然,完全没有门第观念,与僧道、艺人、失第举子、落职官宦均有交游,乐善好施。他与江南很多文朋词友成为莫逆之交,相互切磋学问,砥砺志节;自己的才情也得到他们的认同,使一位满族贵公子在上层社会中超凡脱俗。纳兰与严绳孙两人词风相近,故而成为莫逆之交。

这首词即是严绳孙归隐江南后,纳兰的怀友之作,可见两人感情深厚。这阕词,艺术上并无太多很高超的地方,却小有别致,描述的场景全是想象严绳孙在故里的生活写照。这种反面写法,将严绳孙的隐逸自由情调描绘得很是深刻。

"藕荡桥边理钓筒,苎萝西去五湖东。""藕荡"即指严绳孙本人,也指他居住的藕荡桥畔,"理"字表现出沉醉垂钓的情景。"藕荡桥边理钓筒"意在指出严绳孙过着安逸雅致的生活,桥边垂钓,让人羡慕不已。后一句"苎萝西去五湖东"更是加深了这种闲适的状态,桥边垂钓之余,五湖泛舟,"西""东"二字,分明就是东坡"竹杖芒鞋轻胜马"的潇洒飘逸,陶然至极,令人向往。接下来是引出"笔床茶灶太从容"。

夏日的藕荡桥边,绿水青青,河柳依依,湖面上荷叶亭亭玉立,你坐在湖畔,执一根钓竿,沉醉于湖底鱼群的自由之态。你偶尔抬头,苎萝山就从西边归来,回首,看见太湖在东边流淌。于是,你执笔研磨,写写江山绿水,飞鸟香荷,更有旁边茶炉上白烟袅袅,清香四溢。

这种从容度日、归隐山林的方式,该有多闲适超脱呢?上片由景入笔,又以景写人,很好地刻画了严绳孙的山水性情,也透露出纳兰对他这种潇洒悠闲生活的赞赏和向往。

下片"况有短墙银杏雨,更兼高阁玉兰风"二句继续承袭上片的闲适之意。"短墙银杏""高阁玉兰"有了"雨"和"风",显得更加动人。"况有""更兼"二词,更是把这种怡然自得的闲散情怀表现得更突出。末句"画眉闲了画芙蓉","眉"在这里历来注解引用的是"张敞画眉"的典故,"芙蓉"当作"荷花"解,意指严绳孙家庭生活和谐,夫妻和美。其实"芙蓉"指无锡的"芙蓉湖",意指闲暇之余

游逛芙蓉湖，寄情山水，妙哉妙哉。更能照应前面的"藕荡桥边理钓筩，苎萝西去五湖东"的意境。

矮墙边的银杏树，在雨水的滋润下，娇俏可爱地招摇；书架上的玉兰花，也散发出清新芳香，这样闲适而美好的日子，笑看着她的容颜，执画笔轻扫蛾眉，然后一起泛舟湖上吧。

几分闲情，几分安适。

纵览全词，纳兰满怀深情地描绘了南归故里的严绳孙的生活情景，整阕词虽然没有写任何一个关于怀念友人的词语，但是着墨于对方归隐的山水生活，这样更能加倍地表达出对友人的思念之情。

浣溪沙

十里湖光载酒游，青帘低映白蘋洲①。西风听彻采菱讴②。

沙岸有时双袖拥③，画船何处一竿收④。归来无语晚妆楼。

[注释]

①青帘：旧时酒店门口挂的幌子，多用青布制成。白蘋洲：泛指长满白色花的沙洲。唐李益《柳杨送客》诗："青枫江畔白蘋洲，楚客伤离不待秋。"②采菱讴：乐府清商曲名，又称《采菱歌》《采菱曲》。③沙岸：用沙石等筑成的堤岸。双袖：借指美女。④一竿：宋时京师买妾，一妾需五千钱，每五千钱名为"一竿"。李煜《渔父》："浪花有意千重雪，桃李无言一队春。一壶酒，一竿身，世上如侬有几人。"故此处之"一竿"亦可指渔人。

[赏析]

史上文人词句，各有风格。纳兰之词，可谓是情由景生，情景交融。这一首词，读罢内心充满美好的期待。目光所及，如诗如画。

景是湖边之景，文人向来喜爱以湖景为背景，兴许是由于湖之温和、宁静、令人心境平和。甚是喜爱朱自清的《桨声灯影里的秦淮河》，灯火酒家，映于湖面之上，悠扬醉心令人留恋不已。携酒游于湖面之上，风是江南之风，水为江南之水，酒家门面上的青布幌子掩映着白色的沙洲，好一幅惬意的佳景。

和着西风在小舟之上饮酒，醉心之趣，好似听见采莲曲悠扬地在湖面上拂过，又有沙岸上美女水袖飘然，翩跹起舞，自是美不胜收。此时纳兰又借李后主《渔夫》中"浪花有意千重雪，桃李无言一队春。一壶酒，一竿身，世上如侬有几人"一句，表达身在舟中，好似渔夫撑竿，尽享自然情趣的美好感触。当年李后主身为君王身不由己，只得写这样一阕词，画饼充饥，以抚慰自己疲惫无奈之心。在美景之中，纳兰是否也如后主一般惆怅地期待，我们并不能身临其境地大胆猜测，但至少从这词看，基调明朗闲适。纳兰对山山水水尤其喜爱，心心念念想要回归自然，为天地之间的一名酒客便可。这心愿，从满首词间漫溢的情趣就可窥见。

纳兰这词，写得清新、雅致，写景之词历代文人有不少佳作，纳兰写景却依旧不让人觉得雷同厌倦。勾勒这描绘的图景，秦淮河的灯火之夜又于脑中浮现，朱自清轻柔的笔触淡描："醉不以涩味的酒，以微漾着，轻晕着的夜的风华。不是什么欣悦，不是什么慰藉，只感到一种怪陌生，怪异样的朦胧。朦胧之中似乎胎孕着一个如花的笑——这么淡，那么淡的倩笑。淡到已不可说，已不可拟，且已不可想；但我们终久是眩晕在它离合的神光之下的……"湖面、小舟、酒家、沙堤、美女、灯火都有了，便觉人间万千之美，都已获得。纳兰之心，想必也是这般。田园之趣，之于生活，已然足够，不需更多。

读一阕写景之词，读出如此欢愉，纳兰之心，了然于世。

仔细读罢，好似目睹其人笑容满面。

浣溪沙 大觉寺①

燕垒空梁画壁寒②，诸天花雨散幽关③。篆香清梵有无间④。
蛱蝶乍从帘影度⑤，樱桃半是鸟衔残。此时相对一忘言⑥。

[注释]

①大觉寺：可能为今北京西北郊群山台之上的大觉寺。此寺始建于辽咸雍四年（1068年），初名"清水院"，后改"灵泉寺"，为金代"西山八景"之一。明宣德年重修，改名"大觉寺"。②燕垒：燕子的窝。画壁：绘有图画的墙壁。③诸天：佛教语。指护法众天神。

佛经言欲界有六天，色界之四禅有十八天，无色界之四处有四天，其他尚有日天、月天、韦驮天等诸天神，总称之曰诸天。花雨：佛教语，诸天为赞叹佛说法之功德而散花如雨。后用为赞颂高僧、颂扬佛法之词。幽关：深邃的关隘，紧闭的关门。④篆香：犹盘香。清梵：谓僧尼诵经的声音。南朝梁王僧孺《初夜文》："大招离垢之宾，广集应真之侣，清梵含吐，一唱三叹。"⑤蛱蝶：蛱蝶科的一种蝴蝶，翅膀呈赤黄色，有黑色纹饰，幼虫身上多刺。⑥忘言：谓心中领会其意，不须用言语来说明。

[赏析]

这是纳兰记游之作。面对如此气魄的大觉寺，感受僻静行宫中走动的幽静之感，他不禁感叹道：此时相对一忘言。

大觉寺是北京"八大寺院"之一，始创于辽代。纳兰当时所见的大觉寺是明代的规制。至今大雄宝殿、三世佛殿还保留着明代的木结构，院落宽阔，殿堂高大，花木繁多，以玉兰、银杏最为著名。大殿中保留着精美壁画、悬塑。至今主佛像、"二十诸天""十二缘觉"的塑像保留完好。故纳兰寺中之见，都非臆想。灵泉泉水曾是"八绝"之一，故大觉寺曾有名曰"灵泉寺"。此地一向为文人所爱，有俞平伯的《阳台山大觉寺》，也有季羡林的《大觉明慧茶院品茗录》，可见大觉寺可爱之处，确是不少。

纳兰之词，燕垒二句，"燕垒""空梁""画壁"，皆写表面看去一番荒凉残破的景象：燕群在寺中空梁上筑巢，壁画清冷。本应是普通的写景，若是忽略下文，自然会猜测是否写的是凭吊古迹之词，但对着荒凉的寺中之景，却隐约能闻到幽幽的篆香，清幽的诵经声似有若无。荒凉的院子，霎时变得肃穆清雅，梵天幽静。

佛经梵语，总有这能耐让浮躁之人心神安定，连那看似荒芜的小院，此时也罩了点梵家之光，不似平凡的荒芜。

此时蛱蝶翩跹由帘影下飞过，枝丫上的一颗樱桃被鸟儿啄去半颗。所取之物是自然界最渺小之物，倘若没那宫阙似的古屋，没那回音缭绕的梵音缠绵，不过是人间最单纯的田园之乐。而偏偏这不是田园情趣，此间之意，回味阵阵。乃至似乎还能感受到侍卫在高大殿堂的台阶下巡行，在僻静的行宫跨院当值的情景，地大人少，空旷寂寥，但绝不衰败，反倒有超然幽静的静谧肃穆。这地，是超脱了俗世之态的纤尘。

此中必有真义，心领神会，却只能相对忘言。这最后一句有些许伤感，总显几分消极，但反倒放在这景色中，颇有别样的意蕴。景物寥落却静谧有致，和这才子的伤感，契合正好。

浣溪沙

抛却无端恨转长，慈云稽首返生香^①。妙莲花说试推详^②。
但是有情皆满愿^③，更从何处著思量。篆烟残烛并回肠^④。

[注释]

①慈云：佛教语，比喻慈悲心怀如云泽之广被世界、众生。稽首：古时的一种跪拜礼，叩头至地，是九拜中最恭敬的。②妙莲花说：谓佛门妙法。莲花，喻佛门之妙法。莲花世界为佛教所称西方极乐世界。明汪廷讷《狮吼记·摄对》："安得三轮尽空，化作莲花世界。"推详：仔细推究。③满愿：佛教语，谓实现了发愿要做的事。唐皮日休《病后春思》诗："应笑病来惭满愿，花笺好作断肠文。"④篆烟：盘香的烟缕。回肠：喻思虑忧愁盘旋于脑际，如肠之来回蠕动。

[赏析]

纳兰多情，世人皆知，却少有人知晓他通晓佛学精华。纳兰号为楞伽山人，正是取自于佛学。大乘佛经中有一本非常著名的佛经叫《楞伽经》，全名《楞伽阿跋多罗宝经》。《楞伽》是佛经的一种，传说达摩从西域带来，是佛学中一部很主要的宝典。义趣幽眇高深，读者极需慎思明辨。古人取"山人"为号，有隐居者的意思，故"楞伽山人"即隐于佛经者。

想要抛却无端烦恼转而幽恨更长，纳兰说：慈云稽首返生香，是祈求于神明，愿赐予返生香，好让亡妻回到身旁。

"返生香"一词则由东方朔所写的《海内十洲记》而来："人鸟山"。山多反魂树，能自作声，如群牛吼，闻之心震神骇；伐其根心煮汁为丸，名为"惊精香"或"震灵丸""返生香""震檀香""人鸟精""却死香"。

此时的纳兰丧妻之痛过于深重，已有成痴之态。常理上来说这尊贵的公子，仕途平坦，职位算高，受正统的满人教育，文武全才，不应有心钻研佛学。唯一可解释的是内心的重创，痛失爱人，让他的生活充满了回忆念旧的清冷气息。写这阕词时纳兰在大觉寺中，正值妻子逝世一年，痛定思痛，痛断柔肠，试图摆脱这般消极，

却愈是更加思念。无奈只得乞求于神明、乞助于佛道，希望找到一条解脱之道。

妙莲花说，指的《妙法莲华经》，这里的"华"同"花"，莲花喻佛门妙法，这一说法由明代李贽的《观音问》"若无国土，则阿弥陀佛为假名，莲华为假相，接引为假说"而来。

这里的妙莲华，指的也是这部经。

有情皆满愿，属于佛学思想，鼓励众生要愿意相信。只需潜心希望，都可如愿。但纳兰却道：更从何处着思量？

读来是有些怀疑和埋怨的。乞求至此，倘若如它所说，有愿景者都可如愿，为何亡故之妻，却迟迟不归？

今生难见，纳兰心里明了，只是不肯接受罢了。每每思念其人，都觉得内心苦痛难耐，才以这乞求的方式，恳上天予他一个奇迹。——不过自我安慰罢了。可奇迹总是不会发生的，于是每思痛楚，都觉得愁绪有如篆烟燃尽留下那凹凸的残烛，无序纷杂。

浣溪沙 姜女祠①

海色残阳影断霓②，寒涛日夜女郎祠③。翠钿尘网上蛛丝④。
澄海楼高空极目⑤，望夫石在且留题⑥。六王如梦祖龙非⑦。

[注释]

①姜女祠：又称贞女祠，在山海关欢喜岭以东凤凰山上。据民间传说，在秦始皇时，孟姜女的丈夫被强迫修筑长城，一去几年音信全无。她不远千里去送寒衣，然而却未找到丈夫。她在城下痛哭，城墙因而崩裂，露出了丈夫的尸骨。孟姜女痛不欲生，投海而死。姜女祠就是为纪念她而建，相传始建于宋，明代重修。②断霓：断虹，称虹为霓。③女郎祠：即姜女祠。④翠钿：用翠玉制成的首饰。⑤澄海楼：楼名。在河北旧临榆县南宁海城上，明兵部主事王致中建。⑥望夫石：辽宁兴城西南望夫山之望夫石，相传为孟姜女望夫所化。留题：参观或游览时写下观感、题诗。⑦六王：指战国齐、楚、燕、韩、魏、赵六国之王。祖龙：指秦始皇。

[赏析]

清康熙二十一年壬戌（1682 年）二月至五月纳兰扈从东巡，作了一系列的写景词。其间作为臣子的纳兰，寻访古迹途中心灵受到不少冲击。因纳兰家族先世恩怨、本身的特殊经历和处境，纳兰对历史的怀思亦颇有意味。

这词因景而起，落日残阳挂在薄薄的西天，余晖映在海面上，贴着涌动的浪涛，成一段虚渺的霓虹。冷冽的潮水不辞疲惫，姜女祠里日日夜夜听闻浪涛拍打礁石的动静。这祠又叫贞女祠，据说是为纪念那痴情哭动长城的孟姜女而建。距这痴守女子的年代已去甚远，汪洋与孤守的祠堂相望也不知过了多少个日夜，庙中的孟姜女，盘髻上的翠翘金钿依然网上层层细密的蛛丝与尘埃，翠玉光鲜的着色随着女子投海，一同沉没在历史长卷之中。姜女追随爱人而去，光鲜的历史随时代终结而去。

立于澄海楼上眺望苍茫之景，望夫石一如往昔等待之妻，坚守于南宁海城上。传说孟姜女当年苦等丈夫不归，几番立于此地守望远方，又抱寒衣远赴长城寻找爱人，久之于此化为望夫之石，从此不论风雨都将停留于此，等候一个归期。归期无尽，望夫石伫立至今，已然可见文人墨客参观游览时写下的观感题诗，点滴墨迹都是岁月流淌的痕迹，随着这长久坚守在此的石像一同见证历史长河，流淌不息。

一转眼，"六王如梦祖龙非"。此"六王"，即指战国燕、赵、韩、魏、齐、楚六国。这说法出自唐朝杜牧的《阿房宫赋》，之曰："六王毕，四海一。"再有《集解》云："苏林曰：'祖，始也；龙，人君象。谓始皇也。'"故秦始皇又叫祖龙。纳兰感叹，六王毕、四海归一的大业，恍然只如梦了一场，悄无痕迹，秦始皇的英姿也业已长眠于地下。

这词题为"姜女祠"，写尽壮阔之景，博大之感，但事实并非单纯记游之作，而是借游此庙发往古之幽思，抒今昔之感，欲抑先扬。纳兰饱读诗书，写词看似直白易懂，实际用典巧妙，字字珠玑，不论写景抒情，都是发自肺腑。忧郁沉敛的骨子里是对历史和现实更加敏感的认知和反思。单就这词，六王如梦祖龙非，思考就甚是凝重。

再细究：为何纳兰要用姜女祠来作为抒情的寄托和引子呢？

为修建长城，流的是百姓的血与泪，哭的是百姓的累或亡。战争带来悲剧连连，人们却依旧为改朝换代互相争夺残杀。参照纳兰祖先的恩怨，也不难理解。历史长卷不断翻看，目光所及，都是泊于苦痛之中的艰难百姓，叫人怎么忍心再读？

沉思至此，难怪这本该尽享荣华的贵公子，一生忧心郁结。

天仙子

好在软绡红泪积①，漏痕斜罥菱丝碧②。古钗封寄玉关秋③，天咫尺④，人南北，不信鸳鸯头不白。

[注释]

①软绡：即轻纱，一种柔软轻薄的丝织品，此处指轻薄柔软的丝质衣物。②漏痕：草书的一种笔法，谓行笔须藏锋。宋姜夔《续书谱》："草书用笔，如折钗股，如屋漏痕。"斜罥：斜挂着。菱丝：菱蔓。③古钗：亦作"古钗脚"。比喻书法笔力遒劲。玉关：玉门关，代指遥远的征戍之地。④咫尺：周制八寸为咫，十寸为尺，谓接近或刚满一尺。形容距离近。

[赏析]

　　写信用的软绡上，依旧满是我的眼泪。混同热泪，字迹斑驳。这封饱含深情的信要寄向何方？在那遥远的玉门关，那守边的征人，那个我日日夜夜都想守着的人。秋日凄凉，大雁南飞，我这封信却像一只离群的鸟，独往北边。天际咫尺相隔，人却南北千里，人生有限，鸳鸯岂不会老去吗？

　　这小令是纳兰写给爱妻卢氏的，短小精悍，读之味道十足，刘熙载《词概》中说："小令之作'虽小却好，虽好却小'"，这词正如此。纳兰二十岁时与卢氏成婚。卢氏出身名门，是两广总督卢兴祖之女，知书达理，才貌双全，许配给纳兰后赐淑人，诰赠一品夫人。在纳兰看来，最重要恐怕是二人互为知音，因为卢氏也是一位解诗情、识风雅的知性女子，能与纳兰产生心灵上的共鸣。因此，纳兰与卢氏夫妇琴瑟和谐，甜蜜无限。但是作为康熙皇帝的殿前侍卫，纳兰身不由己，须经常入值宫禁，或者随皇上南巡北狩，这就导致纳兰常与爱妻分居两地，两人只能以词抒怀，发其幽恨。这首《天仙子》就是词人纳兰在扈从出塞期间写就的。

　　此词开头两句用典可谓十分恰当，以浑朴古拙之笔写妻子寄来的轻纱，浅叙白描，却不失情真意切，深致动人。且看，你寄来的轻纱上凝聚的泪痕还依稀可见，那斑斑点点的红泪，犹如菱蔓斜挂一般的行行草字。此处用一锦城官妓灼灼之典，《丽情集》中说："灼灼，锦城官妓也，善舞《柘枝》，能歌《水调》，御史裴质与之善。后裴召还，灼灼以软绡聚红泪为寄。"显然，此处软绡，饱含款款相思之情。"古钗封寄玉关秋"亦用古钗之典，深切委婉地表达了归乡之思，表达了他对爱妻的深情思念。而结句犹显含婉深细，"不信鸳鸯头不白"，是反用李商隐的《代赠》中"鸳鸯可羡头俱白"，也有欧阳修《荷花赋》中句子："已见双鱼能比目，应笑鸳鸯会白头"，亦是"梧桐相待老，鸳鸯会双死"之意。常言咫尺天涯，何况词人已和妻子遥隔千里。然而不管相隔多远，词人始终坚信，他和他的妻子一定会像鸳鸯一样，一起白头，一起相守终老。

天仙子 渌水亭秋夜①

水浴凉蟾风入袂②，鱼鳞触损金波碎③。好天良夜酒盈樽④，心自醉，愁难睡。西南月落城乌起。

[注释]

①渌水亭：纳兰性德家中的池畔园亭。②凉蟾：指水中秋月。③金波：指水中反射着耀眼光芒的月光。④好天良夜：好时光，好日子。

[赏析]

"电影越圆满，就越觉得伤感。"想来形单影只时看到的物事越发光鲜亮丽，心内就愈发凄凉。纳兰在这首《天仙子》里写的，刚好就是他面对渌水亭秋夜的良辰好景，却暗自怀愁难寐的心绪。

纳兰的府邸在今北京什刹海后海，渌水亭即是纳兰府上池畔园亭，虽然如今已荡然无存，但是当年这里却是纳兰读书、写作、会客的地方。他虽早逝，但在其短暂的一生中，却是高朋满座，著作丰厚的。

关于渌水亭，纳兰曾在《渌水亭宴集诗序》中这样描绘：

予家，象近魁三，天临尺五。墙依绣堞，云影周遭，门俯银塘，烟波混淆混漾。蛟潭雾尽，晴分太液池光，鹤渚秋清，翠写景山峰色。云兴霞蔚，芙蓉映碧叶田田，雁宿尧栖，杭稻动香风冉冉。设有乘槎使至，

还同河汉之皋，倘闻鼓枻歌来，便是沧浪之澳。若使坐对亭前渌水，俱生泛宅之思，闲观槛外清涟，自动浮家之想。

由此，不难感受到这渌水塘与渌水亭的美好，道是堪与仙境相较。居于如此地方，也难怪造就了纳兰一身清奇的骨骼。

纳兰一生重知音，渌水亭作为纳兰行文会友的地方，自然也是纳兰生命中不可或缺的重要事物之一，这也就解释了渌水亭频频出现在纳兰词作当中的原因。

这首词作于秋夜时分，开头便描绘出了一片幽凉动人的画面："水浴凉蟾风入袂，鱼鳞触损金波碎。"池塘水波清澈将月色倒映，秋风徐徐，撩起一片涟漪，月色如媚，水面上映射出细碎金光。

在这里，"凉蟾"指的是月亮，传说月亮之上有广寒宫、玉蟾蜍，大抵用典于此。而"鱼鳞"并不是指真的鱼鳞，而是指水面反射出月光的耀眼。

不消细品，单单只看到"凉蟾""鱼鳞""金波"这几个词，一幅秋夜静好的画面就已呈现眼前。

于此，我们不妨来看纳兰另外一首专门描写渌水亭的小诗《渌水亭》：

野色湖光两不分，碧云万顷变黄云。

分明一幅江村画，着个闲亭挂夕曛。

诗中所描写的是日落时分的渌水亭，水天一色已是融入画中的景，却看着那青天中的云彩因日落而染成金黄色，灿烂地铺满了天空。这分明是一幅静好的江村落日图，还有一座悠闲的渌水亭用来挂住那夕阳的光辉。这其中一个"闲"字，一个"挂"字，淡淡两笔把整个亭子的那种淡泊恬静状勾勒生动，让观者看来，这如画景色似在眼前。此刻渌水亭所承载的不仅仅是纳兰的知己诗词，更是一种心向往之的恬静生活理想。

再回到本词中，如此好天良夜，本该邀三两朋友，饮酒谈心，工词写赋，纳兰却笔锋一转，只写樽中酒满，却只斟满不饮，颇有些李白的"花间一壶酒，独酌无相亲"的落寞之感，纳兰一生未经风雨，只得情伤，又因种种自身矛盾：如他身为满人，却痴迷汉家文化，并结交了许多大龄汉家落魄文人；他身为宰相公子，皇帝身边的一等侍卫，心却向往着淡泊恬静的生活；他文武双全，骨子里却更衷情笔墨。因着这种种矛盾，而在纳兰身上形成了一种娇柔的气质，使得他即使身为武将，也难能有太白"举杯邀明月，对饮成三人"的豪情。

独赏这一幅秋夜之景，心是早早醉了的，却偏偏有一股莫名的愁丝涌上心头，使得"心自醉,愁难睡",直至看尽月升月坠,目见天际破晓,竟是通宵未眠。这一腔怅惋忧郁之情与这月色清凉闲庭静好形成鲜明的对比,那景色愈是良美,心内愁怀便愈是深重。

好事近

帘外五更风,消受晓寒时节。刚剩秋衾一半[1],拥透帘残月。

争教清泪不成冰[2],好处便轻别。拟把伤离情绪[3],待晓寒重说。

[注释]

[1]剩:与"盛"音意相通。此"盛"犹"剩"字,多频之义。[2]争教:怎教。[3]伤离:为离别而感伤。

[赏析]

本篇是纳兰的一首简短小词,上片写相思,似乎是在回忆中找寻往昔的欢乐,又像是在怀念妻子,在她离去后产生了伤感之情,词意扑朔迷离,耐人寻味,有着重情重义之感,也有迷惘哀伤的纠结。

开头便直言了生命的不可承受之重,"帘外五更风,消受晓寒时节"。竹帘之外传来五更的寒风,在这清秋寒冷的早晨实在让人难以消受。这首词写与妻子乍离之后的伤感,写得如此直白动人,只怕是纳兰的内心真的是无法再忍耐下去了,爱情对于他来说是精神的一种很大寄托,但当他所依赖的爱情一份一份都离他而去的时候,再坚强的人,只怕也会难以承受了。

词一开始便颇有自怨多情之意。不过语言虽然直白粗浅,但是却真挚感人,情感不就是这样才最真实吗?越是直白简洁,便越是入情至深。而后接下去便说道:"刚剩秋衾一半,拥透帘残月。"独自孤眠,秋夜冷冰冰的被子因多出了一半,而晓寒难耐,于是拥被对着帘外的残月。夜半孤枕难眠,只能望着明月去回忆往昔,但可惜,月亮似乎也知道他的心事,窗外所对的只是一轮残月而已。

欢乐和幸福都是短暂的，世上没有什么事情是长长久久、永不变更的。纳兰而今只剩下独自一人，孤独无依，现在对着窗外的残月，更是加重了这种孤独感。纳兰自然是情难以自禁，泪流满面。

故而下片便写道"争教清泪不成冰"，自然承接了上片的情绪，没有什么过渡，也没有任何的引申，依然是简单的描述，将心情的糟糕写得入木三分。直白的描述有时起到的作用不可小觑，纳兰将人生苦短、情短苦多的情感纠葛写得让人无法不去动情。

想起往日的种种，而今自己独自一人赏月，怎教清泪不长流，空自凝噎呢？这句中的"成冰"更是写出清冷孤寂的意味了。泪流至结成冰，这该是怎样的一种哀愁，纳兰的孤独和寂寞，在卢氏离去后便更加明显，但凡卢氏之前用过的衣物、住过的楼阁，对纳兰来说，都是一种折磨。

所以，纳兰才会说"好处便轻别。拟把伤离情绪，待晓寒重说"。纳兰自己也知道，面对这样铺天盖地的哀伤，最好的方法就是不把离别之事放在心上。这离愁别绪待到天亮以后再去想吧。

如此哀伤，似真非真，似幻非幻，极富浪漫色彩。在词的最后，纳兰从回忆中抽身，回归现实，他知道现今已经是人去楼空，物是人非了，与其在回忆中痛苦挣扎，不如转身睡去，让梦境和睡眠赶走孤寂和寂寞。

这首悼亡词写痛苦写得淋漓尽致，既然相爱的人总有一天会因为生老病死种种原因而分开，那当初为何还要用情那么深，以至于到如今还难以消解遗忘？这恐怕是所有有情人的困惑和疑问，纳兰在这首词的最后做了解答。既然相爱，就去爱，一旦当爱不起的时候，便是再后悔也无用了。

相爱本身并没有错，错的是上天给相爱的人时间太短。纳兰这首词的最后以无言地睡去结束，一句话，便让一切尽在了不言之中。全词平铺直叙，却是递进层深，读来令人黯然神伤。

对于岁月的无情和短暂，纳兰作为一个失去至爱的男人，将自己的感慨抒发得令所有人都为之动容。情爱的神秘之处便在于无法控制，不可预知，你永远都无法知道，会在什么时候，什么地点，爱上一个什么样的人。

同样的，你也无法知道，会在一个什么地方，什么时候，与你相爱的人彻底分离，无法携手，到那个时候，即便你内心柔情万千，却也是无法跨过生死之间那千山万水的距离。

生死难料，唯独爱永恒，纳兰不但留下了他的词，更是将他的爱留在了世间。

好事近

何路向家园，历历残山剩水①。都把一春冷淡②，到麦秋天气③。
料应重发隔年花④，莫问花前事。纵使东风依旧，怕红颜不似。

[注释]

①历历：(物体或景象)一个一个清晰分明，意思是零落。残山剩水：残存的山岳河流，零散的山水，明灭隐现的山水。②冷淡：不热情，不热闹。③麦秋天气：谓农历四五月，麦子成熟后的收割季节。④隔年花：去年之花。

[赏析]

誓言是开在彼岸的花朵，遥看美丽异常，但却无法触及，谁想要到彼岸去寻找这誓言之花，定当是会失望的，因为那之间隔得太过纷繁。不过，誓言却是许多男女愿意去相信的，誓言之所以存在，就是因为人们爱入轮回后，无法自拔，需要誓言当他们的救命索，令他们相信，爱情无价，值得坚守。

纳兰想来是相信誓言的，他写的这首词抒发与妻子的别离、相思之苦。纳兰对他每一个爱过的女子都十分珍惜。这首词里，更是将这种情感抒发到了极致，透过词的本身，仿佛可以看到，纳兰衣衫单薄地站于历史深处，神色苍茫地想念。

哪一条才是通往家园的路呢？眼前的一片都是零落的残山剩水而已。春天过去了，已经到了麦收时节，又一次将大好的春光冷落。料想去年的花今年又开了吧？而花前月下的旧事却不敢回味。即使景色如故，也已是年华老去，红颜不再了吧？

纳兰对于爱情，一丝不苟。是谁说誓言不过是开在舌尖上的莲花？是谁说誓言不过是无谓之人所做的无谓之事？对于纳兰来说，爱情便是此生无悔的誓言，无法更改的约定，所以，纳兰一旦爱上，便是此生此世。

站于路口，纳兰举目四望，"何路向家园，历历残山剩水"。词的一开始，就奠定了伤感的基调。家园无处可寻，回家的道路已经找不到了，抬头望去，满目都是一片残山剩水。

山就是山，水便是水，何来的残山剩水呢？纳兰将山水之景用"残剩"修饰，更显得心境荒凉，犹如残败的风景。

若早知道这只是一场有缘无分的情事，在相遇之时，就会按捺住内心的悸动，那时没有陷入爱的河流，今日便也不会在此苦苦相思了。

"都把一春冷淡，到麦秋天气。"春季转眼就过去了，为了思念，都冷淡了这大好的春光，当回想起来，春日的好风景都已错过，而眼下所看到的已经是萧瑟的秋景了。上片在一片嘘叹声中结束，简明轻快，没有晦涩之意，也不用典，但依然能够写出纳兰愁绪的心情。

下片依然承接上片简单的风格，既然春天都已经被错过了，那春日的花朵也没能看见，"料应重发隔年花"，料想去年的花，今年也再次开放了吧？花可以年年开放，错过了今年的花期，明年只要愿意，依然可以等到花开，遗憾就可以弥补，但是人事呢？只怕是错过一次，就终生无法补救了。

所以，那些曾经美好的花前月下的事情，最好不要再想起，每想起一次，都是折磨，面对无法重演的故事，真的还是"莫问花前事"的好。纳兰不是圣人，他只是一个平凡的、渴望爱的男子，他拒绝今春的这场花事，是为了不看到荼靡而心痛，但真的就可以躲避开来吗？只有他自己知道。

"纵使东风依旧，怕红颜不似。"景色依旧，物是人非，最后的这句感慨是许多词人都感慨过的，并无什么特别。纳兰写词总是这样，平淡的语气诉尽天下悲情。

江城子

湿云全压数峰低①，影凄迷，望中疑。非雾非烟，神女欲来时②。若问生涯原是梦，除梦里，没人知。

[注释]

①湿云：湿度大的云，指云中满含雨水。②神女：谓巫山神女。《文选·宋玉〈高唐赋〉序》："昔者先王尝游高唐，怠而昼寝，梦见一妇人曰：'妾，巫山之女也。'"李善注引《襄阳耆旧传》："赤帝女曰姚姬（一作'瑶姬'），未行而卒，葬于巫山之阳，故曰巫山之女。

楚怀王游于高唐，昼寝梦见与神遇，自称是巫山之女。"又《神女赋》序："楚襄王与宋玉游于云梦之浦，使玉赋高唐之事，其夜王寝，果梦与神女遇，其状甚丽，王异之，明日以白玉。"

[赏析]

巫山上雨雾缭绕，高高的山峰也似被沉沉的云压低下来，山影凄迷，一眼望去，并不分明。并非雾气，也非野烟，正是巫山神女快要腾云驾雾而来。

若觉得这生涯原是一场梦幻，人生美好只有在梦中，除此便没有人能知晓。正如苏东坡所说，"事如春梦了无痕"。

这词有些版本有词题《咏史》，说纳兰写这首词是发历史的感慨。当然，至于具体是否如此并非最重要的，姑且看看纳兰所要咏的这段历史。纳兰是对楚王"巫山云雨"的事有感慨了。宋玉的《高唐赋》中讲了这个故事：

曾经，楚襄王曾带着我（宋玉）在云梦台一带游玩，遥望三峡高唐上面的楼台，看到高唐上面飘浮着一团非常独特的云气，形状像山一样突起，并一直往上升，突然又改变了形状，转眼之间，形状变化无穷。楚襄王问我：这是什么气啊？我告诉楚王说：这就是人们所说的"朝云"。楚襄又问道：什么是"朝云"呢？我告诉楚襄王说：过去，您的父亲楚怀王曾经游历高唐，因为困倦就在白天小睡了一会儿，睡着后梦见一个少女，这个少女对楚怀王说："我是住在巫山的女子，我是从别的地方来到这里的。听说您到这里来游玩，所以我过来向您推荐我自己，愿意陪您同床。"楚怀王于是与之同床。少女离去时向楚怀王告别说："我在巫山南面，最高最险的地方，早晨我是一团云，傍晚时我又变成飘忽不定的阵雨。每天早晨晚上，我都在巫山南面一个高台靠下一点地方。"第二天早晨，楚怀王一看，果然看到一团云在那里飘动，于是在那个平台上建了一座庙，取名为"朝云"。楚襄王说：朝云刚升起来的时候是什么样子的呢？我告诉楚襄王说：她刚开始出现的时候，茂茂盛盛像松树一样笔直，一会儿后，她光彩照人又像一位美丽的少女，她举起袖子遮住太阳，像在张望她思念的人；突然她又改变面貌，急驰像四匹马拉的战车，车上还插着战旗；你感到像风吹一样的凉，像冷雨一样的凄清。等到风止雨停，云也突然无影无踪了。

这个故事在中国历史上产生了很大影响，历代的诗词中这一典故可谓俯拾皆是。纳兰写这件事也是有原因的，可以当作咏史，更可以看作是他自己在倾诉着自己对人生的看法，以及对昔日爱情的追忆。词中的巫山神女如何不可以当作纳兰的故妻、知己、恋人等呢？而他自己，好比楚怀王，而他们之间的关系，无论

多么值得自己怀念，值得后人追忆，但总是一番云雨罢了，烟消云散以后，一切也就幻为无物。结尾"若问生涯原是梦。除梦里，没人知"是词的结尾，更表露出纳兰对于人生的看法，很有悲观主义的倾向，也应该是对于人生愁苦的总结。

长相思

山一程，水一程，身向榆关那畔行①，夜深千帐灯。
风一更，雪一更，聒碎乡心梦不成②，故园无此声。

[注释]

①榆关：山海关，古称渝关、临榆关、临渝关，明代时改为今名，其地古有渝水，县与关都以水得名。在今河北秦皇岛。那畔：那边。②聒：吵闹之声。

[赏析]

清康熙二十一年（1682年）二月十五日，康熙因云南平定，出关东巡，祭告奉天祖陵。纳兰随从康熙帝诣永陵、福陵、昭陵告祭，二十三日出山海关。塞上风雪凄迷，苦寒的天气引发了纳兰对北京什刹海后海家的思念，这首词即在这个背景下写成。

词的开篇即指出到达塞上山水漫长路途遥远，"山一程，水一程"，仿佛是亲人送别了一程又一程，山上水边都有亲人的身影，这漫漫长路终究有亲人一直不舍不弃地萦绕山光水色心间。"身向榆关那畔行"，榆关在这里代指山海关，一行人马由于使命在身皆是行色匆匆，只全身心地奔赴山海关。"夜深千帐灯"则是康熙帝率众人夜晚宿营，众多帐篷的灯光在漆黑夜幕的反衬下独有的壮观场景。

这里借描述周围的情况而写心情，实际是表达纳兰对故乡的深深依恋和怀念。二十几岁的年轻人，风华正茂，出身于书香豪门世家，又有皇帝贴身侍卫的优越地位，本应春风得意，却恰好也是因为这重身份，以及本身心思慎微，导致纳兰并不能够安稳享受那种男儿征战似的生活，他往往思及家人，眷恋故土。严迪昌《清词史》："'夜深千帐灯'是壮丽的，但千帐灯下照着无眠的万颗乡心，又是怎样情味？

一暖一寒，两相对照，写尽了自己厌于扈从的情怀。"

"夜深千帐灯"既是上片感情酝酿的高潮，也是上、下片之间的自然转换。夜深人静的时候，是想家的时候，更何况还是这塞上"风一更，雪一更"的苦寒天气。风雪交加夜，一家人在一起什么都不怕。可远在塞外宿营，夜深人静，风雪弥漫，心情就大不相同。路途遥远，衷肠难诉，辗转反侧，卧不成眠。"聒碎乡心梦不成"的慧心妙语可谓是水到渠成。

纳兰思乡心切，孤单落寞，不由得生出怨恼之意：家乡就没有如此吵闹的声音。此处"故园无此声"看似无理实则有理：故园岂无风雪？但同样的寒宵风雪之声，在家中听与在异乡听，感受自然大不相同，在家中无论寒风如何呼啸，心中也是有所归依的暖着的，而如今身处异地，风声也就聒噪了起来，雪花也就凌乱吵闹了起来。纳兰的乡关之思和怨尤之情在此被表露得尤为明显。

"山一程，水一程"与"风一更，雪一更"的两相映照，又暗示出词人对风雨兼程人生路的深深厌倦的心态。首先山长水阔，路途本就漫长而艰辛，再加上塞上恶劣的天气，就算在阳春三月也是风雪交加，凄寒苦楚，这样的天气，这样的境遇，让纳兰对这表面华丽招摇的生涯生出了悠长的慨叹之意和深沉的倦旅疲惫之心。

从"夜深千帐灯"壮美意境到"故园无此声"的委婉心地，既是词人亲身生活经历的生动再现，也是他善于从生活中发现美，并以景入心，满怀心事悄悄跃然纸上。

天涯羁旅最易引起共鸣的是那"山一程，水一程"的身泊异乡、梦回家园的意境，信手拈来不显雕琢，王国维曾评："容若词自然真切。"

相见欢

微云一抹遥峰①，冷溶溶。恰与个人清晓画眉同。

红蜡泪，青绫被②，水沉浓③，却与黄茅野店听西风。

[注释]

①微云一抹：即一片微云。②青绫：青色的有花纹的丝织物，古时贵族常用以制被服帷帐。③水沉：即水沉香，用沉香制成的香。这里指这种香点燃时所生的烟或香气。

[赏析]

秋色浓郁，远山连绵，一抹淡淡的云彩，笼罩在远山周围。秋气乍起，升起一阵阵凉意。远山、微云，似乎也冷溶溶如水。这般景致，多么与我所思恋的那位女子在清早画眉相像啊！清晨微凉，一派凄美销魂。

是那一豆残焰也令蜡烛顾影自怜，起了思念么？不然它如何会流下殷红的泪水来，沾湿了自己的全身。青色丝被任它不整，也不管它可否盖在身上，沉水香袅绕出浓浓的香烟。这般景致，却如何只我一人独自念想。猛地回头，仍旧独自在这野店茅屋中听得西风一阵紧、一阵严。

这首词有解为是思念妻子的作品，时间尚存争议，但大抵认同创作于边塞。纳兰是个多情之人，对所爱之人往往用情很深。在早年与相恋的表妹失之交臂后，二十岁的纳兰性德娶两广总督、兵部尚书卢兴祖之女卢氏为妻。少年夫妻无限恩爱，可惜好景不长，美好的生活只过了短短三年，爱妻便香消玉殒了。那种"曾经沧海难为水，除却巫山不是云"的深厚情感一直使纳兰无法自拔。纳兰虽只有三十余年生涯，但可以肯定的是，步过了坎坷的感情经历，他可谓已熟谙人生，对于生涯中美好的悲剧性追忆，成为他词中主旨，也完全是情理之中的事情。

纳兰作为一位名士，他是成功的。武，他是皇帝身边的御前侍卫，英俊威武的武官身份；文，历史地理、音乐诗词他均有造诣，朝廷内外都颇负盛名。又加以皇室血统、身份高贵，年轻的他既能随皇帝南巡北狩，游历四方，又可随皇上唱和诗词，译制著述。多少人艳羡的锦绣前途、富贵荣华，可偏偏进不了他的心。或许年少时他也曾愿意出仕以兼济天下，为官以拯救黎民，功名利禄加身，繁华锦簇拥人，但最终的他却是从心底里厌倦了官场庸俗与侍从生活，愿以一身荣华换取一世清明。富贵容易脱身难，身不由己的无奈又使他不得超脱自在，所以他往往身在边塞，心在故乡，常常在词作中表现出乡关之思和怨尤之情。从他一生在边塞所写的词中便可以看出其思想的转变：早期的他意气风发，具有如唐朝边塞诗人一样的功名情怀；可后来的他看透了功名爵位，厌倦了官场生涯，转而生发出对思乡恋亲、怀友伤别的浓烈情感，情感生活的坎坷又使他产生对人间真情的感慨。

这首词意象选用亦颇为着力，词整体的意象"温度"有一番清凉微冷的感觉，情感上则营造了一种悲哀的秋氛。意象呈现方式也是素描与工笔结合。素描如：微云一抹，雾岚菲薄，山如眉黛，斯人独立，黄昏野店，秋叶西风；工笔如：红烛泣泪，青绫不整。意象上，觉出了它"温度"的冷，情思上，读之则感同身受，纳兰词的"真"，其感染力便是如此淋漓痛彻。

相见欢

落花如梦凄迷①，麝烟微②，又是夕阳潜下小楼西。

愁无限，消瘦尽，有谁知？闲教玉笼鹦鹉念郎诗③。

[注释]

①凄迷：形容景物凄凉迷茫，这里指悲伤怅惘。②麝烟：焚烧麝香所散发的烟气。
③闲教玉笼鹦鹉念郎诗：此句化柳永"却傍金笼共鹦鹉，念粉郎言语"之句而来。

[赏析]

虽然《相见欢》原是唐教坊曲，但由此小令，却不得不提及李煜，南唐后主作此令时已在归赵宋。故宫禾黍，感事怀人，诚有不堪回首之悲，因此得名《忆真妃》。又因他这首小令中有"上西楼""秋月"之句，故又名《上西楼》《西楼子》《秋夜月》。由是观之，其词对此调词牌影响之大。宋人则又名之为《乌夜啼》。(《词苑丛谈》云："南唐李后主乌夜啼词最为凄婉，词曰：'无言独上西楼'云云。"另《锦堂春》亦名为"乌夜啼")；且《秋夜月》亦另有八十二字正调，此所应细辨者也。又有一名曰《月上瓜洲》。

纳兰这首词，因受花间词风影响，其选取视点则为女子身份，笔触所及，词中女子伤春念远之思，尽皆涌现于纸面。如此说来，此首《相见欢》更如小说之流，画微入细，一嗟三叹，实为巧妙。细细道来，这首小令，环境氛围之渲染，动作神态之描绘，心理物态之刻画，鲜明生动，细腻深刻，无不令人叹为观止。

上片中，纳兰先细画女子处境：桃瓣黯凋，满地凄迷，竟如我梦一般，来去匆匆，回味不尽。正值我敛裙移身，才见落红惨淡的影廓。我的过失，就连她最后香消玉殒的离去也要掠夺。暗红氤氲的台阶，我看到她抽噎的痕迹，连我的步履也被浸染。不知何方再度燃起的麝香，青烟袅袅，若隐若现：难道这，就是伴我别离红尘的依傍吗？青砖墙另一边的那个从未曾谋面的燃香的人儿，此时彼地，又是以怎样的心境陪伴我共同凝视这亘古的夕阳沉入幽楼的决绝？

下片转至女子自身：我该以怎样的方式，去何处述说潜埋心底的思念呢？那

么深的思念，广袤如斯、深沉如斯，那何以排遣我的愁绪乃至寂寞，想必那寂寞情愁皆可消瘦殆尽，像那落红一般，而我也自然香消玉殒，哀怨深重，人何以堪。然宫门似海，也只能"闲教玉笼鹦鹉念郎诗"来排遣时日。这句显然系柳永"却傍金笼共鹦鹉，念粉郎言语"之句所来，然后放在此处，却别是一般细致传神。它反衬人物内心的波动，感情细腻婉曲，含蕴无限情致，都无不使人滴泪有思。

纳兰此词虽不像他的悼亡之作那样悲凄幽咽，哀怨绵长，但其孤独凄清、别恨悠悠的苦情则依然是灼人心脾，呈现出一种"灰色"的格调，读之令人悒悒不欢。

摹真景，写真意，抒真情，绝无矫作，绝不搔首弄姿。因此，此小令自得王维诗"如诗如画"之境。看似风光明媚，却至凄凉无限，明写闺怨，却道宫怨。字字珠玑，字字欢欣鼓舞却字字含悲。因此，这首《相见欢》实为佳作，尽显纳兰"真纯"词风。正如况周颐说："真字是词骨，情真景真。所作必佳。"(《蕙风词话》)

昭君怨

深禁好春谁惜①？薄暮瑶阶伫立②。别院管弦声③，不分明。
又是梨花欲谢，绣被春寒今夜。寂寂锁朱门，梦承恩④。

[注释]

①深禁：深宫。禁，帝王之宫殿。②薄暮：傍晚，太阳快落山的时候。瑶阶：玉砌的台阶，亦用为石阶的美称，这里指宫中的阶砌。③管弦声：音乐声。④承恩：蒙受恩泽，谓被君王宠幸。

[赏析]

宫墙高掩，禁苑深深，宫女独坐园中，怅惘独对寂寥，一场肃杀秋冬后，又是一年好春色。满园名花异草，绿树碧林。直道是天下再没有美过这一角落的春色了，然而这般风景却有何心情来怜惜？暮色四起，薄薄的烟雾淡淡地笼罩着日暮中的园林。久伫瑶阶，一无言语。她是心中郁有千言万语，想要找人一倾衷肠，可又有何人是知音？伫立不动，似在倾听：那是何处琴声，谁人吹笛？只隐隐约约，未见分明。

梨花开了，孤独地开了，她孤芳自赏，而今容颜衰去，随风零落、凋谢，掉落在冰冷的地上，被埋进尘土中，最后连自己也遗忘了自己。今夜不知为何，已是春日却乍暖还寒，冷风钻进小窗，连沉香的缕缕青烟也瑟瑟发抖。绣花被如此单薄，岂能禁得住这突起的寒流？深宫人寂寞，朱门夜无声。恩宠或可得，一觉惊梦中。可怜此身轻，更兼春色冷。

这首词从内容上看，基本属于宫怨词。因为纳兰填词向来重一个"真"字，尤其重"直抒性情"，故有人以为这首词有为填词而填词的败处。其实并非如此，这一问题应该更深地考虑。相传纳兰为了能再见那位从小青梅竹马却被选入宫中的表妹一面，曾不顾杀头的危险，在国丧时装扮成每日进宫诵经的僧人混入宫中，隔着宫廷的帷幔与表妹匆匆见了一面，然而却连一句话都没能说上。纳兰带着无限遗憾怅然而去，这种曾经的爱情痛苦向来纳兰是毕生难忘的。

词牌《昭君怨》，本为琴曲名，《琴曲谱录》云："昭君恨帝始不见遇，乃作怨思之歌。"渴望却不可见的悲哀，不仅应和了词的内容为孤单宫女"梦承恩"却是朱门紧锁，同时也暗合了作者自己感触，近在眼前，却无法触及，匆匆一瞥，却无法话语，这一份忧愁与悲哀，还有对于命运的深深无奈都浸透其中。

这首词虽是宫怨词，在情感上与唐五代花间截然不同，尤其在词风上，其清丽脱俗与花间派艳丽的词风形成了鲜明的对比。作为花间派的鼻祖，温庭筠也写过不少宫怨词，但其多采用色彩鲜明、感官刺激较强烈的意象，如"香腮雪"，如"凤帐鸳被"。而纳兰的词却自有一股清新之感，似出水芙蓉，清丽自然。没有细致雕琢的痕迹，没有特意甄选的意象，一首诗从头至尾似天然而成。由女子低头感慨春好无人惜为起笔，再从远景简单勾勒出女子孤单伫立的身影。"惜春"是惜春色无人赏，也是"惜己"；"薄暮"是描绘暮色微薄，也是描绘女子单薄的身影。

下片"梨花欲谢"，春色将尽，是不是也暗示着"如花美眷、似水流年""弹指间红颜老，刹那芳华"的悲哀？"绣被春寒"，一"寒"字便彻底点明了整首词给人的感受。是薄暮渐至，夜凉如水的"寒"，更是孤寂凄清，无人陪伴的"寒"。"别院管弦声，不分明"，似单纯写景，却又透露出另一番悲凉。歌舞管弦为谁而起、为谁而奏？"不分明"是听不明、听不清，还是不想听、不想明？对应着"歌舞管弦"的是"朱门紧锁"，这是反差，对应着"不分明"的是"梦承恩"，却是顺承。听不清别院的欢歌笑语，却记得清梦中的温柔云雨、情深呢喃。

如此的"一往深情"，如此的"痴痴盼望"，更叫人"寒"透心底。

昭君怨

暮雨丝丝吹湿①，倦柳愁荷风急。瘦骨不禁秋，总成愁。
别有心情怎说？未是诉愁时节。谯鼓已三更②，梦须成。

[注释]

①暮雨：傍晚的雨。②谯鼓：谯楼更鼓。

[赏析]

细观上片，自然是"瘦骨成愁"的刳心之痛了。作者一片之中连用两个"愁"字，可见其寂苦心绪。王国维语"有我之境，以我观物，则物皆着我之色彩"，于是，此处，暮雨之形，实为愁之形、柳之倦、荷之愁、风之急，更非实景，全自词人心中出罢了。

都道纳兰对表妹情深之至，然表妹最终辗转进宫，侯门尚且深似海，更何况紫禁宫闱。于是只余得两人漫长相思却不能相守的煎熬，是夜，纳兰独看暮雨丝丝，秋雨凄苦，夜风凉薄凌厉，便是那柳树、荷花也是倦极愁极，国学大师王国维曾在《人间词话》中言："一切景语皆情语。"如是看来，却是纳兰由着这凄风苦雨中生出对表妹的无尽相思愁绪。

却有另一说言道：纳兰自幼饱受汉文化教育，封建伦理观念耳濡目染，由此他们和汉人一样，五服之内同姓男女绝对不婚，且从堂兄妹姐弟之间，更不可能有婚恋关系婚姻之约。而考证其表妹，入宫为妃享年近八旬，一生"秉志柔嘉"，自以皇帝是非为准，所以，纳兰之于其"表妹"一往情深，实难想象。又从一说，纳兰所思，为孝庄皇后视为掌上明珠的翠花公主。从纳兰借国丧之机，扮成僧人混入宫中得窥所爱之人一面，推断宫中只有翠花公主可与他引为知己：翠花公主自幼聪颖可爱，长大后更是贤良淑德，后康熙追封其为恭悫长公主（恭悫即具有宽和恭谦），这与纳兰妻子卢氏自然有几分相像，旧情新欢，纳兰与翠花公主之约自然不无可能，因此，纳兰之情并非为其表妹了，但终为一家之说，实难考证。

在下片，纳兰承接上景而引发清愁，"别有心情怎说"一问出，万古寂寥，道是家家争唱饮水词，却是纳兰心事几人知。不论是青梅竹马的表妹，抑或是贤良淑德的翠花公主，总是佳人一方，此岸却只身孤影暗销魂。

"未是诉愁时节"则是本词第三次提到"愁"，宋吴文英《唐多令》："何处合成愁，离人心上秋。"若不是那离情别绪缠绵难去，又如何翻来覆去地拿捏这个字，若不是那伊人回目、嫣然一笑的音容恍在耳畔，又如何会在失去之后生出这无边无尽的愁意来。

而自语"未是诉愁时节"则像是词人恍然发现此情难诉，对应发问那句，于是更显出无奈孤寂之情。是啊，未是诉愁时节，我何来这么多的愁绪。而那愁，却愁进了心底，愁成三更一片"谯鼓"之声。

"谯鼓"之声，则引此愁绪更见升华。谯楼，原为城门之上的瞭望楼，谯鼓则是瞭望楼上的更鼓了，三更未眠，于此浅道：梦须成。却不点破何来纠结，家国之意若隐若现。于此，此词，言有尽而意无穷，让人无限回味。

纳兰这首词，道尽了相思难眠的愁苦，写尽了婉转不能言语的心境，也隐隐透出作者家国之意，实为词之佳作。

清平乐

青陵蝶梦①，倒挂怜么凤②。退粉收香情一种，栖傍玉钗偷共③。惺惺镜阁飞蛾④，谁传锦字秋河⑤？莲子依然隐雾⑥，菱花偷惜横波⑦。

[注释]

①青陵蝶梦：离别的妻室。②么凤：鹦鹉的一种。体形较燕子小，羽毛五色，每至暮春来集桐花，故又称桐花凤。③玉钗：玉制的钗。由两股合成，燕形。亦指美丽的女子。④惺惺：幽深貌，悄寂貌。镜阁：指女子住室。⑤锦字：书信。秋河：银河。⑥莲子：即怜子。隐雾：谓隐遁待时，犹"隐约"。⑦菱花：指菱花镜，古代铜镜名，镜多为六角形或背面刻有菱花者名菱花镜，亦泛指镜。横波：眼神闪烁，有神采。

[赏析]

纳兰写词有着其特别之处，他的这首《清平乐》，笔端细腻轻柔，几笔勾勒便将一份怀念清晰画出。令思念如同一幅工笔画，实实在在地立于人们眼前，仿佛是一种可以观摩、可以触及的实物。

这首词表达对亡妻的怀念：你我天上人间，人神两隔，而那可爱的鹦鹉却仍在架上。你虽然已经逝去，但是你的情义却未消减，偷偷地拿着你留下的遗物以期得到慰藉。阁中寂寂，只有飞蛾相伴，还有谁再寄来书信呢？当初你怜爱我志存高远、待时而起的深意如今我依然记得，而现在我只有对镜暗自伤情，又仿佛看到了你那一双美丽动人的眼睛。

纳兰一生有着三位红颜知己，但可惜，都离他而去，纳兰的表妹与他从小青梅竹马，但可惜在他俩即将准备完婚之际，表妹却被选入宫中。纳兰的妻子卢氏与他感情甚好，二人携手红尘，只羡鸳鸯不羡仙。但世事无常，可惜一场突如其来的变故，令卢氏远离纳兰，二人从此阴阳相隔，守着卢氏的身躯，纳兰才明白什么叫作咫尺天涯。是啊，我就在你身边，你却无法再睁开眼睛看看我。

卢氏的死去对纳兰是一个沉重的打击，他写下这首悼亡词，既是为了安慰妻子的在天之灵，也是给自己的这段感情一个交代。

"青陵蝶梦"，源自一个典故，相传大夫韩凭的妻子貌美如花，被宋康王看中，夺走，这位贞烈的妻子不甘心受辱，便自杀身亡。她的衣服居然最后化成蝴蝶，高飞而去，这个典故是指离别的妻室，纳兰在这里隐喻去世的卢氏。

卢氏对纳兰的影响是巨大的，纳兰在后期为她写了很多词，这首词为其代表，甚为感人。纳兰与卢氏曾被上天眷顾过，不过时间太短，就在纳兰还没有来得及好好享受生活的时候，上天又突然将这幸福收回，留给纳兰无尽的哀愁。

在屋内饲养的鹦鹉还在一旁，但妻子却已经不在了，睹物思人，思念更深，想要一诉衷肠，却只能对着玉钗千言万语。今后再也没人和自己共寄锦书，那最后的离别早已过去，而今留下的只有怀念，别无其他。

纳兰的词，写得似明似暗，欲说还休，总是有些隐衷的心意隐藏在词的字里行间，如同本词的最后一句"莲子依然隐雾，菱花偷惜横波。"对着镜子一遍一遍地在心里描摹自己的相思，这段刻骨铭心的苦楚一直到生命的终结也不会消逝。

当初的情深义重，昨日的伉俪情深都仿佛隐藏在岁月的波浪下，其实只有纳兰自己知道，这份情感，一直在他心里，就好像他只要一照镜子，就能看到卢氏的美丽容颜一样，千年不改。

卷二

水调歌头 题西山秋爽图①

　　空山梵呗静，水月影俱沉。悠然一境人外，都不许尘侵。岁晚忆曾游处，犹记半竿斜照，一抹界疏林②。绝顶茅庵里③，老衲正孤吟④。

　　云中锡⑤，溪头钓，涧边琴。此生著几两屐，谁识卧游心⑥？准拟乘风归去，错向槐安回首⑦，何日得投簪⑧？布袜青鞋约⑨，但向画图寻。

[注释]

①西山：山名，北京西郊群山的总称。②疏林：稀疏的林木。③茅庵：茅庐，草舍。④老衲：年老的僧人。亦为老僧自称。亦有借用于道士者。唐戴叔伦《题横山寺》诗："老衲供茶盌，斜阳送客舟。"⑤锡：即锡杖，谓僧人出行。⑥卧游：指欣赏山水画、游记、图片等代替游览。⑦槐安：槐安国或槐安梦的省称。唐李公佐《南柯太守传》载淳于棼饮酒古槐树下，醉后入梦见一城楼题大槐安国。槐安国王招其为驸马，任南柯太守三十年，享尽富贵荣华。醒后见槐下有一大蚁穴，南枝又有一小穴，即梦中的槐安国和南柯郡。后因用来比喻人生如梦，富贵无常。宋范成大《次韵宗伟阅香乐》："尽遣余钱付桑落，莫随短梦到槐安。"⑧投簪：丢下固冠用的簪子，比喻弃官。晋陆机《应嘉赋》："苟形骸之可忘，岂投簪其必谷。"⑨布袜青鞋：多指隐者或平民的装束，借指隐居，语出唐杜甫《奉先刘少府新画山水障歌》："青鞋布袜从此始。"

[赏析]

　　在人们的印象中，题画诗似乎可供发挥的空间不大，多为应景之作，但是也不乏佳品，譬如苏东坡的《惠崇春江晚景》，就有"春江水暖鸭先知"的佳句。题画诗中我们最熟悉的当属王维的《画》："远看山有色，近听水无声。春去花还在，人来鸟不惊。"浅淡生动，情境、意趣无一不足。

　　纳兰的这首《水调歌头》也是题画之作：上片侧重景与境的描写。空山梵呗，水月洞天，这世外幽静的山林，不惹一丝世俗的尘埃。还记得那夕阳西下时，疏林上一抹微云的情景。在悬崖绝顶之上的茅草屋中，一位老和尚正在沉吟。下片侧重观画之感受与心情的刻画。行走在云山之中，垂钓于溪头之上，弹琴于涧水边，真是快活无比。隐居山中，四处云游，一生又能穿破几双鞋子，而我赏画神游的心情又有谁能理解？往日误入仕途，贪图富贵，如今悔恨，想要归隐山林，但是这一愿望要到何日才可以实现呢？只希冀从这画中得到安慰。

　　"只在此山中，云深不知处"的隐士生活为许多古代士人所倾慕。空山不见人，青枝茂密，绿叶扶疏，一个简朴的小茅棚里，老僧正微闭双目虔诚地念诵经卷。他是念诵的《金刚经》还是《多心经》不可而知，只听到梵音声声在静谧的山林中悠远回荡，把寂静的夕阳无限拉长。诗人对这种生活产生了无限向往，看着这幅画作，禁不住神游开去，觉得官宦日子真是受罪。这种心态类似于今天的城市白领梦想着去乡下承包一块土地，开垦自己的一块菜园，养一群鸡鸭。

　　纳兰为我们描述的美景，确实美若天外，让我们心生向往。有些东西，包括某些生活的方式，我们一生也不可能真正拥有，但是，这并不妨碍我们去体味、去追求。向往美、向往一种极致的洒脱，到底比追求一些黑暗的、无聊的生活要好。

水调歌头 题岳阳楼图①

　　落日与湖水，终古岳阳城②。登临半是迁客③，历历数题名。欲问遗踪何处，但见微波木叶④，几簇打鱼罾⑤。多少别离恨，哀雁下前汀。

　　忽宜雨，旋宜月，更宜晴。人间无数金碧⑥，未许著空明⑦。淡墨生绡谱就⑧，待俏横拖一笔，带出九疑青⑨。仿佛潇湘夜，鼓瑟旧精灵⑩。

[注释]

①岳阳楼：湖南岳阳西门古城楼。相传三国吴鲁肃在此建阅兵台,唐开元四年(716年)中书令张说谪守巴陵(即今岳阳)时,在旧阅兵台基础上兴建此楼。主楼三层,巍峨雄壮。登楼远眺,八百里洞庭尽收眼底,为古今著名风景名胜。唐代著名诗人李白、杜甫、白居易、李商隐等都有咏岳阳楼诗。北宋庆历五年滕子京谪守巴陵时重修,范仲淹为其撰《岳阳楼记》,名益著。其后迭有兴废。②终古：往昔,自古以来。③迁客：遭贬迁的官员。④微波：细小的波纹。木叶：树叶。《九歌·湘夫人》："袅袅兮秋风,洞庭波兮木叶下。"又,元萨都剌《芙蓉曲》："鲤鱼吹浪江波白,霜落洞庭飞木叶。"⑤鱼罾：渔网。唐杜甫《寄刘峡州伯华使君》诗："林居看蚁穴,野食待鱼罾。"⑥金碧：金黄和碧绿的颜色,此处指金碧山水画。⑦空明：空旷澄澈。⑧生绡：未漂煮过的丝织品。古时多用以作画,因亦以指画卷。唐韩愈《桃源图》诗："流水盘回山百转,生绡数幅垂中堂。"⑨九疑：亦称"九嶷",山名,在湖南宁远南。《山海经·海内经》："南方苍梧之丘,苍梧之渊,其中有九嶷山,舜之所葬,在长沙零陵界中。"郭璞注："其山九溪皆相似,故云'九疑'。"⑩鼓瑟：弹瑟,这里指"湘灵鼓瑟",谓湘水女神弹奏古瑟。《楚辞·远游》："使湘灵鼓瑟兮,令海若舞冯夷。"明张景《飞丸记·芸窗望遇》："我也曾见湘灵鼓瑟曲里称神。"精灵,指湘灵。

[赏析]

　　"庆历四年春,滕子京谪守巴陵郡。越明年,政通人和,百废俱兴……"。范仲淹一篇《岳阳楼记》,让洞庭湖畔的古城楼永远镌刻在了中国文学史上。

　　岳阳楼与江西南昌的滕王阁、湖北武汉的黄鹤楼并称为江南三大名楼,自古就有"洞庭天下水,岳阳天下楼"之誉。

　　岳阳楼距今已有两千多年历史,据说其前身为三国时期东吴大将鲁肃的"阅军楼"。唐开元四年(716年),张说被贬到岳州。张说想在鲁肃阅兵台旧址修造一座与洞庭湖壮丽景观相得益彰的"天下名楼",于是张榜招揽能工巧匠。潭州青年木工李鲁班手艺高强,对楼台建筑也颇有心得,张说就请他出手设计一座三层、四角、五梯、六门、飞檐、斗拱的楼阁。一个月过去了,李鲁班拿出的设计图纸让张说非常失望：不过是一座小亭子。张说表示,这个设计完全不行,再给你七天时间,一定要给我设计出一座气势宏大的阁楼。

　　李鲁班犯了愁,七天时间,设计一座华丽的大阁楼,怎么可能呢? 李鲁班蹲在洞庭湖边上苦不堪言,这时,溜达过来一位背着包袱的白发老人。老人看李鲁班愁眉苦脸的样子,问清缘由,说："这不难,你把这些木块拿去把玩,兴许就能琢磨出些门道来。"说着,老人从包袱了拿出了一堆大大小小带着编号的木块。李鲁班拼来拼去,果然鼓捣出一座宏伟阁楼的模型。旁边的百姓围着看热闹,都说是祖师爷鲁班显灵，老人笑着说，他不是鲁班，是鲁班的徒弟，姓卢，说完就消失不见了。

李鲁班的新设计让张说非常满意，不久，气象万千的岳阳楼就拔地而起。

岳阳楼自建成之日起就受到了文人骚客的无限喜爱。人们不时高登楼上，把酒言欢，或吟诗，或长啸，或抒胸中之块垒，或抒发满怀豪情。可浏览八百里洞庭湖湖光山色的岳阳楼，是艺术创作中被反复描摹、久写不衰的一个主题。

纳兰的这首《水调歌头》为题画之作，所题之画的主题，正是岳阳楼。纳兰在诗歌中赞美图画，感慨人事：这岳阳楼的落日与湖水自古以来都是岳阳城的名胜。来到这里的大都是迁客骚人，留下了无数不朽的诗句。但要问寻他们的遗踪，却只能看到洞庭微波，木叶凋零，几处渔网横卧。人世间多少离恨，都如同这寂寞哀雁飞下孤洲。无论风雨晴空，无论明月暮霭，都各具风情。人间无数精美的金碧山水画，都不及它的澄澈空明。只用淡墨生绢摹画，巧妙地横向拖出一笔，那九疑山青青的风神便呈现出来，就如同在这潇湘夜色中，那湘水之神正弹奏着古琴般栩栩如生！

凤凰台上忆吹箫

除夕得梁汾闽中信，因赋。

荔粉初装[1]，桃符欲换[2]，怀人拟赋然脂[3]。喜螺江双鲤[4]，忽展新词。稠叠频年离恨[5]，匆匆里、一纸难题。分明见、临缄重发，欲寄迟迟。

心知。梅花佳句，待粉郎香令[6]，再结相思。记画屏今夕，曾共题诗。独客料应无睡，慈恩梦、那值微之[7]。重来日，梧桐夜雨，却话秋池[8]。

[注释]

①荔：植物名。又称木莲。常绿藤本，蔓生，叶椭圆形，花极小，隐于花托内。果实富胶汁，可制凉粉，有解暑作用。②桃符：古时挂在大门上的两块画着门神或写着门

神名字，用于避邪的桃木板。后在其上贴春联。借代春联。③然脂：泛指点燃火炬、灯烛之属。④螺江：水名，也称螺女江。在福建福州西北。宋葛长庚《寄三山彭鹤林》：“瞻彼鹤林，在彼长乐嵩山之上，螺江之角。”⑤稠叠：稠密重叠，密密层层。频年：连续几年。⑥粉郎：傅粉郎君，三国魏何晏美仪容，面如傅粉，尚魏公主封列侯，人称粉侯，亦称粉郎。香令：晋习凿齿《襄阳记》：“刘季和曰：‘荀令君至人家，坐处三日香。’”后以“香令”指三国魏荀彧。亦用以借指高雅才识之士。⑦慈恩：慈恩寺的省称。唐代寺院名。旧寺在陕西长安东南、曲江北，宋时已毁，仅存雁塔（大雁塔）。今寺为近代新建，在陕西西安南郊。唐贞观二十二年（648年）李治（高宗）为太子时，就隋无漏寺旧址为母文德皇后追福所建，故名慈恩寺。微之：元慎，字微之。⑧话秋池：唐李商隐《夜雨寄北》：“问君归期未有期，巴山夜雨涨秋池。何当共剪西窗烛，却话巴山夜雨时？”却：再。

[赏析]

这是纳兰词里少见的喜气洋洋的作品。以往除夕，诗人多沉浸在对妻子的感怀中，愁眉不展。唯有这次，虽然也是思人之作，却是欣欣然的、不悲哀的。只因为，他在除夕之夜接到了顾贞观（号梁汾）从闽中寄来的信。

薜荔萌发，春联欲换，在这辞旧迎新的时刻，怀人之情油然而起，遂点灯而赋，却欣喜地得到了来自闽中友人的书信，展开来奉读那动人的新词。这多年的离愁别恨，又岂能在这匆匆书写的一纸信文中说尽！于是信写好后，将封寄出，又拆开来，唯恐漏掉什么、未尽深意。记得曾经的除夕之夜，我们在一起题诗。心中明了，那咏梅的佳句还在等待着你回来题赋。料想你独在闽中，此时正辗转不眠，而京华旧游之事犹如梦幻，你已不在其中。遥想他日重逢，当是在梧桐夜雨之时，那时定然能一起追忆今日的情景。

世上能使人辗转反侧的，除了爱情，还有友情。爱情，能使生命中处处洋溢着玫瑰的甜香，每时每刻都如梦幻般甜蜜，走着一样的山川大地，照耀着一样的日月星辉，总有在伊甸园中漫步的感觉。友情更像是一行诗，用细细密密的句子斜斜地插入你的生活，把每一个孤单乏味的瞬间填满。同样的事情，每日做来都没有什么额外的趣味，与朋友一起交流着携手共做，便觉得意趣非常。

纳兰与顾贞观相差二十岁，是一对忘年交，他们无论才华情致还是胸怀抱负都颇为一致，初次见面就互相惊艳。日后顾贞观做了纳兰的老师，更是发现彼此是难得的挚友。

清康熙十七年（1678年），顾贞观去南方见吴绮，不久后去了闽中。这时，闽中战乱还没有结束，受战事阻碍，顾贞观在福州待了很久，那一年的除夕就是在福州度过的。由于无法返京，他修书一封寄予纳兰。

妻子逝去后，纳兰一直处于抑郁的状态，加之仕途险恶，伴君如伴虎，与顾贞观等一干好友酬唱往来是他少有的快乐事情。顾贞观走后，纳兰重又陷入了寂寞与孤独，对妻子的思恋将他缠绕得透不过气来，职场上郁闷的事情又找不到合适的人倾吐。除夕佳节，万家欢乐，丧妻的纳兰却陷入了更深的忧郁，这时忽然接到远在闽中的顾贞观的来信，他怎能不欣喜非常？

诗人以一种快乐到天真的态度记下了对朋友的想念。"梅花佳句，待粉郎香令"。粉郎，对俊秀男子的雅称。冬日红梅大放，梅，乃岁寒三友，其花美艳，其质高洁，读书人总爱取梅一瓶，共坐联对作诗。我的朋友，曾经的除夕夜，我们一起咏梅作诗，今年我依旧等着你，等你回来一起写下关于梅花的美丽诗篇。这种感情，朴实，感人，充满依恋。

在欢乐的佳节，你是否如纳兰一般，会想起一个顾贞观一样能陪伴你走过生命的每一个孤寂瞬间的朋友？若有一友如纳兰之于顾贞观，如顾贞观之于纳兰，真是人间幸事。

凤凰台上忆吹箫 守岁①

锦瑟何年②，香屏此夕③，东风吹送相思。记巡檐笑罢④，共捻梅枝。还向烛花影里，催教看、燕蜡鸡丝⑤。如今但、一编消夜，冷暖谁知？

当时。欢娱见惯，道岁岁琼筵，玉漏如斯⑥。怅难寻旧约，枉费新词。次第朱幡剪彩⑦，冠儿侧、斗转蛾儿⑧。重验取⑨，卢郎青鬓⑩，未觉春迟。

[注释]

①守岁：农历除夕一夜不睡，送旧迎新。②锦瑟：漆有织锦纹的瑟。借喻往日的好时光。李商隐《锦瑟》："锦瑟无端五十弦，一弦一柱思华年。"③香屏：华美的屏风。南朝梁简文帝《美女篇》："朱颜半已醉，微笑隐香屏。"④巡檐：来往于檐前。⑤燕蜡鸡

丝：即燕蜡与鸡丝，旧俗农历正月初一所做的节日食品。明瞿佑《四时宜忌·正月事宜》谓："洛阳人家，正月元日造丝鸡、蜡燕、粉荔枝。"⑥琼筵：盛宴、美宴。玉漏：古代计时漏壶的美称，唐苏味道《正月十五夜》诗："金吾不禁夜，玉漏莫相催。"⑦次第：依次地。朱幡：指显贵之家所用的红色旗幡。剪彩：古代正月七日，以金银箔或彩帛剪成人或花鸟图形，插于发髻或贴在鬓角上，也有贴于窗户、门屏，或挂在树枝上作为装饰的，谓之"剪彩"。⑧斗转：乱转。宋康与之《瑞鹤仙·上元应制》："闹蛾儿、满路成团打块，簇着冠儿斗转。"蛾儿：古代妇女于元宵节前后插戴在头上的剪裁而成的应时饰物。⑨验取：检验、查看。⑩卢郎：传说唐时有卢家子弟为校书郎时年已老，因晚娶，而遭妻怨。宋钱易《南部新书》云："卢家有子弟，年已暮犹为校书郎，晚娶崔氏女，崔有词翰，结褵之后，微有慊色。卢因请诗以述怀为戏。崔立成诗曰：'不怨卢郎年纪大，不怨卢郎官职卑。自恨妾身生较晚，不见卢郎年少时。'"后用为典故。

[赏析]

纳兰的词多悼亡之作。这首词也是借写节序抒发怀人之感：什么时候才能再有那美好的时光啊，今岁的除夕只剩有锦瑟相伴，东风吹来则更增添了相思。还记得当年你我共度除夕的情景，那时你我欢笑着往来于檐下，之后又共捻着梅枝，在灯影里催看手中的蜡燕、丝鸡做得如何。如今我却手持着一卷书来消磨着除夕，我的伤心寂寞还有谁能知晓？那时见惯了欢娱的情景，没想到会有今日的孤寂。当时还说以后年年都会有美宴，漏壶的嘀嗒声也会永远如此。如今却难以实现旧时的愿望，如何不叫人惆怅。家家户户挂起朱幡彩旗，人们高高兴兴地戴上了迎新的装饰。再来看看我，虽然仍是青春年少，然而心却已老。

还是我们熟悉的那个纳兰。华美的辞藻，生动的情节，细腻描绘的小儿女情态之下，是人间欢宴后无尽的悲凉。

少时读《红楼》，见其中说黛玉"向来是个喜散，不喜聚的"。那时觉得，她天性不喜热闹。年纪大些再读《红楼》，忽地想到，每次聚会她疯玩疯闹兴奋劲儿不比谁差，她受不得的，是喜乐过后的离散吧，索性不聚。散，有韶华盛极的荒凉，氤氲着凄怆的美，似乎如此，日本人才喜爱"樱花庄重凋落"超过喜爱"樱花盛放"——这其中的差别需要细细体味，整棵樱树从开花到全谢大约十六天左右，甚至给人形成樱花边开边落的错觉。日本人有坚强的武士道精神垫底儿，才能在冉冉落花下畅饮着"悲"之酩醴；而中国敏感纤弱的文人神经受不了"悲"的冶炼，他们感时花溅泪，恨别鸟惊心。

散，源于聚。《浮生六记》沈复与芸娘被高堂双双逐出家门，芸娘病弱，不久于人世，强颜笑曰："昔一粥而聚，今一粥而散；若作传奇，可名《吃粥记》矣。"纳兰与妻子的散聚，在除夕新岁，元宵佳节。

除夕前后的欢愉，多少人写得。辛弃疾写《青玉案》"蛾儿雪柳黄金缕，笑语盈盈暗香去"，李清照作《永遇乐》"铺翠冠儿、捻金雪柳，簇带争济楚"。纳兰说"次第朱幡剪彩，冠儿侧、斗转蛾儿"。辛弃疾情念的是红尘路上擦肩而过的绝世女子，李清照怀念的是自己逝去的年华正艳时的欢颜，纳兰怀念的是曾与自己举案齐眉、你侬我侬的发妻。同是缅怀一种逝去，辛弃疾体会更多的是一种失落。那女子如流水落花，被命运的风吹至书生面前，又随命运之风翩然而去，书生心中几多怅惘，却并不哀伤。李清照有感于自己飘零的身世，有感于青春的荣枯，失去了赵明诚，失去了岁月的往昔，已然是"凋萎了"。心都枯了，哪还有什么悲喜？纳兰是爱那女子的，他的心悬系在那女子身上，整个人都痴了，记得"巡檐笑罢，共捻梅枝"，记得"烛花影里，催教看、燕蜡鸡丝"。所谓相思，最怕的是一人把心生在伊人的身上，伊人的生命凋零，那颗心也随之枯萎化灰。

黛玉作歌曰："试看春残花渐落，便是红颜老死时。一朝春尽红颜老，花落人亡两不知。"人亡，花落，凄怆的情景勾起几多心底的伤悲。人们独独忘记的，是那惜花人，消隐在岁月的哪个角落里啜饮相思的苦酿。

金菊对芙蓉 上元

金鸭消香①，银虬泻水②，谁家玉笛飞声。正上林雪霁③，鸳鸯晶莹④。鱼龙舞罢香车杳⑤，剩尊前袖掩吴绫⑥。狂游似梦，而今空记，密约烧灯⑦。

追念往事难凭。叹火树星桥，回首飘零。但九逵烟月⑧，依旧笼明。楚天一带惊烽火⑨，问今宵可照江城⑩。小窗残酒，阑珊灯地，别自关情。

[注释]

①金鸭：一种镀金的鸭形铜香炉，多用以熏香或取暖。唐戴叔伦《春怨》诗："金鸭香消欲断魂，梨花春雨掩重门。"②银虬：亦作"银蚪"，银漏、虬箭。古代一种计时器，

漏壶底部的银质流水龙头。③上林：上林苑，古宫苑名。一为秦旧苑汉初荒废至汉武帝时重新扩建。故址在今西安市西及周至、鄠邑区界；一为东汉光武帝时建造，故址在今河南洛阳市东汉魏洛阳故城西，东汉永平十五年（72年）冬车骑校猎上林苑即此；一为南朝宋大明三年(459年)建造，故址在今江苏南京市玄武湖北。后泛指帝王的园囿。④鸳甃：用对称的砖瓦砌成的井壁，亦借指井。宋秦少游《水龙吟》词："卖花声过尽，斜阳院落，红成阵，飞鸳甃。"⑤鱼龙舞：古代百戏杂耍节目，亦称鱼龙杂戏、鱼龙百戏。唐宋时京城于元宵节盛行此戏，唐张说《侍宴隆庆池》诗："鱼龙百戏分容与，凫鹢双舟较溯洄。"鱼龙,指古代百戏杂耍中能变化为鱼和龙的猞猁模型,亦为该项百戏杂耍名。香车：用香木做的车，泛指华美的车或轿。⑥吴绫：古代吴地所产的一种有纹彩的丝织品，以轻薄著名。⑦烧灯：点灯，指举行灯会或灯市，指元宵节，旧俗于正月十五晚张灯结彩供人通宵观赏，故称。⑧九逵：四通八达的大道，后多指京城的大路。⑨楚天：古代楚国在今长江中下游一带，位居南方，所以泛指南方天空为楚天。烽火：古时边防报警的烟火，比喻战火或战争。⑩江城：临江之城市、城郭。唐崔湜《襄阳早秋寄岑侍郎》诗："江城秋气早，旭旦坐南闱。"

[赏析]

唯有这样华丽的词句，才配得上这样华丽的佳节吧。所谓金鸭，是古人用来熏香或取暖的鸭形铜香炉，镀金镶翠，更显其华丽。银虬是古代计时器漏壶底部的银质流水龙头，放到今日，便可被赞为"华贵典雅的家居设计"。他人作此类句子，多是出于美好的想象，大胆地使用华美的修辞。于纳兰，却是实打实的写实、描绘眼前景象。权臣明珠府，吃穿用度必然不同凡响。这种锦绣堆就的日子，却只能让纳兰荒苍的内心更显落寞。这首词抒写上元之日的感怀：

元宵佳节到来，看香炉中轻烟袅袅，漏壶滴水，不知哪里传来了玉笛之声。现在园囿中正是大雪初霁，飞檐碧瓦分外晶莹。街市上热闹非常，鱼龙杂耍，香车宝马，只有我一个人对酒独坐。记得当初相约今日一起赏灯，如今却恍然成梦。怀念往事，心中难平。那满眼的灯火璀璨，却是不堪回首。那京城的通衢大道上，烟云缭绕，月色朦胧。如今南方战事未平，不知今日是否也会有如此热闹的灯火相照？而我却对着小窗残酒，望着微弱的烛光，感慨万千。

今天我们的娱乐项目越来越多，对节日的感觉已经淡漠了。古代时，没有电视、电影、网络，文化活动也不如今日这么繁多，逢年过节便成了一大乐事。人们都纷纷走出屋去，走上街头，看街上花灯盏盏、烟火片片。民间观灯之热闹，在黄梅戏《夫妻观灯》中有生动的描述："东也是灯，西也是灯，南也是灯来北也是灯，四面八方闹哄哄。长子来看灯，他挤得头一伸。矮子来看灯，他挤在人网里行。胖子来看灯，他挤得汗淋淋。瘦子来看灯，他挤成一把筋。小孩子来看灯，他站也站不稳。老头儿来看灯，走起路来戳拐棍。"那么，街上的花灯都有什么样式呢？"观长的，是龙灯。观短的，狮子灯。虾子灯，犁弯形。螃蟹灯，横爬行。鲤鱼灯，跳龙门。乌龟灯，头一缩，颈一伸，不笑人来也笑人，笑得我夫妻肚子痛。"可见古时的花灯花样繁多，十分有趣，兼具观赏性与娱乐性。除了花灯，还有焰火："冲天炮，放得高。火老鼠，地下跑。"这是非常俚俗的描述方式。关于上元节焰火，辛弃疾的描述则文雅多了，也较为经典："东风夜放花千树。更吹落，星如雨。"（《青玉案·元夕》）纳兰则一笔带过，只说"火树星桥"。毕竟，他的心思不在佳节之上。

这样的好日子，他想到的不是上街游乐，想到的是离别的故人，甚至想到了远方的战事。

纳兰写作此诗时，吴三桂已死，但是他孙子吴世璠继续称帝，康熙帝派大军围剿湖南，所以有"楚天一带惊烽火"之说。

欢乐的节日再热闹，也感染不了一颗孤寂的灵魂。"小窗残酒，阑珊灯地"，诗人对着小窗独酌，一杯残酒就度过了一个良宵。世上最悲的描写，不是以悲写悲，而是以乐写悲。纳兰性德用全城人的欢乐衬托一个人的孤寂，让我们看到的，是一个孤寂的人在孤寂的夜晚，任由名为孤寂的幽灵在他灵魂深处狂欢。

琵琶仙 中秋

碧海年年[①]，试问取冰轮[②]，为谁圆缺？吹到一片秋香，清辉了如雪。愁中看好天良夜，知道尽成悲咽。只影而今，那堪重对，旧时明月。

花径里戏捉迷藏，曾惹下萧萧井梧叶[③]。记否轻纨小扇[④]，又几番凉热。只落得填膺百感[⑤]，总茫茫不关离别。一任紫玉无情[⑥]，夜寒吹裂。

[注释]

①碧海：此处指青天。②冰轮：即圆月。③井梧叶：井边梧桐的树叶。④轻纨小扇：

指纨扇，即用细绢制成的团扇。⑤填膺：充塞于胸中。⑥紫玉：古人多截取紫玉竹为箫笛，因以紫玉为箫笛之代称。

[赏析]

抒发哀怨的感情时，幽怨的人最先想到的往往是月亮。唐明皇夜会梅妃，杨贵妃得知自己深爱的男人心中还装着别的女人，满怀忧伤，饮酒独醉，开口便是"海岛冰轮初转腾，见玉兔，玉兔又早东升。"（《贵妃醉酒》）纳兰思念起心头的人儿，起首也是"碧海年年，试问取冰轮，为谁圆缺"。

这首词描绘了中秋月下的景致：年年岁岁，问那天上的明月在为谁圆缺？夜风吹得桂花飘香时，那月色更加清净如雪。这花好月圆的美好景色，在满怀愁绪的人看来也只觉伤感呜咽。形单影只，该如何去面对那旧时的明月？曾记得我们在鲜花小径追逐嬉戏，惹得梧桐树叶纷纷飘落，还记得那轻纱团扇陪伴了几个寒秋。如今却只落得胸中百感交集，无处申诉。任凭那幽咽的笛声唤起旧梦，吹到天明。

想必，纳兰所思念的，是他青梅竹马的恋人。看他所回忆的情节，"花径里戏捉迷藏，曾惹下萧萧井梧叶"。钟鼎人家的青年男女，家教甚严，举止必然大方稳重，及笄的丫头、弱冠的小伙儿必然不好意思跑来跑去地捉迷藏。能做这种游戏的，当是"郎骑竹马来，绕床弄青梅"的年纪。小小的姑娘一定还是"妾发初覆额"，一点儿不懂得羞呢，会"折花门前剧"。

那真是不会再来的美好时光，我们玩得多么畅快，撒了欢地在满是花朵的小路上奔跑，连梧桐树的叶子都被我们夸张的笑声与叫声惊落了几片。我们曾经共同走过的美好日子，并不短暂，"记否轻纨小扇，又几番凉热"。用细薄的纨素糊就的小团扇，陪伴我们在漫长的夏日赶凉风，扑流萤，经历了几多华年？那时，我们天真烂漫，亲密无间。

回忆再美，也只是一片虚幻。诗人希望自己永远沉浸在美好的往昔中，可惜总有醒来的时刻。事实是，他们有个美好的开始，却没能继续让生命在幸福中浸淫下去。满洲女子成年后，都会有选秀的机会，这是她们的权利，也是她们的义务。传说，纳兰初恋情人就不得已参加了选秀，进宫去了。境由心生，美好的秋夜在诗人眼中，是一片悲凉。

冰轮出碧海，美则美，却美得冷入骨髓。夜风吹动盛放的桂花，清冷的月光下，甜香的桂花竟然映现了白雪般冷艳的气质，让夜色更觉凄清。这样清冷的夜、清冷的心，唯有清冷的曲子才能与之相配。诗人用一支紫玉笛吹出哀婉的曲子，表达内心浓浓的抑郁与伤怀。

御带花 重九夜①

晚秋却胜春天好，情在冷香深处②。朱楼六扇小屏山③，寂寞几分尘土。虬尾烟消④，人梦觉、碎虫零杵⑤。便强说欢娱，总是无憀心绪⑥。

转忆当年，消受尽皓腕红萸⑦，嫣然一顾。如今何事，向禅榻茶烟⑧，怕歌愁舞。玉粟寒生⑨，且领略月明清露。叹此际凄凉，何必更满城风雨。

[注释]

①重九：即重阳，阴历九月九日。旧时在这一天有登高的风俗。②冷香：指清香的花。唐王建《野菊》诗："晚艳出荒篱，冷香著秋水。"③朱楼：谓富丽华美的楼阁，《后汉书·冯衍传下》："伏朱楼而四望兮，采三秀之华英。"屏山：屏风。④虬尾：指盘曲若虬的盘香。虬，古代传说中有角的小龙。⑤碎虫零杵：断续的虫声和杵声。⑥无憀：空闲而烦闷的心情。⑦皓腕：洁白的手腕，多用于女子，三国魏曹植《洛神赋》："攘皓腕于神浒兮，采湍濑之玄芝。"红萸：指重阳节插戴茱萸。⑧禅榻：禅床。宋郭彖《睽车志》卷三："惟丈室一僧，独坐禅榻。"⑨玉粟：形容皮肤因受寒呈粟状。

[赏析]

重阳节这天，天涯孤客，倍思亲人。纳兰独上小楼，啜饮着比天涯孤旅更为孤寒的伤悲。离家者尚有还家之日，远离人世者又怎会有归来之时？这首词写重阳节的无聊心绪，同时忆旧抒怀：

深秋季节的景致要比春天更美好，无限风情尽在秋日的花香深处。小楼的屏风落下些许微尘，却无人打扫。盘香烟消，孤独的人被窗外传来的虫鸣声和捣衣声惊醒，再难成眠。即使强颜欢笑，那百无聊赖的心绪也难以消减。记得当年，有伊人相伴一旁，那嫣然一笑，如今犹自灿烂。现如今，却空寂无聊，独自禅坐，怕见那歌舞繁华。清风雨露，霜华渐生，不觉寒冷。纵使不是满城风雨，而是胜却春天的美好秋夜，也已经只能感受到无比的凄凉冷清了。

"冷香"一处,有两种说法。一说指菊花、梅花等傲寒之花清幽的香气,譬如"晚艳出荒篱,冷香着秋水"(唐王建《野菊》)。还有一种说法,指女人香。如侯方域在《梅宣城诗序》中写道:"'昔年别君秦淮楼,冷香摇落桂华秋。'冷香者,余栖金陵所狭斜游者也。"

女人香在中外文化中都占有一席隐秘之地。欧洲学者曾这样写道:"女人的气息令男人陶醉,一如既往,从来就是对她们个人整体的一种神化,在描写年轻貌美的布兰奇弗萝时,我们读到这样的诗行,大意为她的气息如何芬芳怡人,会令所有闻到的男人一周之内既感觉不到痛,也感觉不到饥饿。"清代戏曲家李渔的传奇集《笠翁十种曲》中《怜香伴》一篇(有的版本索性将这篇记作《美人香》),石笺云嗅到风中逸来的女子气香,与曹语花一见倾心,可见女人香魅力之大,连女性也无法抵挡。

我们最为熟知的冷香当属薛宝钗。《红楼梦》第八回宝玉与宝钗比识通灵宝玉、金锁,与宝钗坐得近了,"只闻一阵阵凉森森甜丝丝的幽香,竟不知系何香气"。宝钗身上的冷香,源自奇妙海上方,洋溢中医文化与巫文化的神秘氤氲的气息,为宝钗之美点染了浪漫玄幻的色彩。

似乎在纳兰的印象中,妻子的气息就是这般带着凉意的甜蜜,除了这首《御带花》,他在一首《齐天乐·塞外七夕》中也用冷香代指自己的妻子:"羁栖良苦,算未抵空房,冷香啼曙。"能萦绕着这样神秘幽艳香气的女子,是一位怎样的可人啊!难怪纳兰魂牵梦绕。任凭新人在侧,任时光在脑海中怎样反复冲刷,他依然记得当年"皓腕红萸,嫣然一顾"。

重阳佳节,秋菊盛放,本来是"萧疏篱畔科头坐,清冷香中抱膝吟"(《红楼梦·对菊》)的日子,如今的纳兰却只能自问"圃露庭霜何寂寞,鸿归蛩病可相思?"(《红楼梦·问菊》)没有快乐,只有哀愁。当年与妻子嬉戏欢愉的小楼,如今盛满的不再是欢快的笑声,而是沉重的寂静。虽未曾常伴青灯,没了你的陪伴,人世繁华也褪去了光彩。爱人生命凋萎,纳兰的心便也寂灭了,寻常日子由一幅青绿山水瞬间褪色成了黑白水墨。

纵然晚秋却胜春天好,能使人在这人间好景中感叹"此际凄凉"的,恐怕也只有爱情了。这样的爱情,我们读来心醉;那身处爱情中的人,却是无尽的心碎。此情此景此爱恋,闻者悲戚,说者断肠。

酒泉子

谢却荼蘼^①，一片月明如水。篆香消^②，犹未睡，早鸦啼。

嫩寒无赖罗衣薄^③，休傍阑干角。最愁人，灯欲落，雁还飞。

[注释]

①荼蘼：落叶或半常绿蔓生小灌木，攀缘茎，茎绿色，茎上有钩状的刺，上面有多数侧脉，致成皱纹。夏季开白花。②篆香：盘香，形如篆字。③嫩寒：轻寒、微寒。无赖：无奈。

[赏析]

《酒泉子》这一词牌原为唐教坊曲。《金奁集》中入"高平调"。按温庭筠体。四十一字，全阕以四平韵为主，四仄韵两部错叶；按潘阆体，又名《忆余杭》，以平韵为主，间入仄韵。八句，四十九字，前片两平韵，后片两仄韵，两平韵。所以纳兰这首《酒泉子》属于温庭筠体。

上片第一句中"荼蘼"是一种蔷薇科草本植物，它的花期是在春后，一直延到盛夏才会开，所以古人认为它为花中最晚的，是春季花季的终结。由于这个原因，荼蘼被赋予了一层伤感的、悲情的文化内涵，苏东坡说："荼蘼不争春，寂寞开最晚。"此外荼蘼在佛教中也有寓意，有人以为它就是所谓的彼岸花，这就给荼蘼赋予了更多的让人联想的深意。所以纳兰以一句"谢却荼蘼"开头，点出时间的同时更传达了春华殆尽的含义。后面诸句都是在这种情怀下的延伸。"一片月明如水"一句极为醒目，在一片明月如水的夜色中，荼蘼慢慢凋零。情景交融，如此紧密。然后，或许是不忍卒观这窗外景致，倦眼目乏，将眼神又放回闺中，篆香也殆尽。似乎怎么也忘怀不了对窗外荼蘼谢去的伤感，一声早鸦又将深思勾去。

下片主写一个"寒"。天气是"嫩寒"，而人的心也是寒的。长夜难眠，披衣起坐窗前，晚风钻进薄薄的一层罗衣，不禁打了一个寒噤，马上想到，不应痴痴地再次独倚栏杆啊。最后"雁还飞"一句说气温回暖，又进一步将情怀如水的寒突出来，所以说正是这灯花欲落、南雁北归时刻，最是愁煞人。

这首词是长夜怀人有思之作。陈廷焯在《词则闲情集》中说这词"情调凄婉，

似韦端己手笔。"说他这首词很像韦庄的风格。韦庄在词风上和与他齐名的温庭筠不同，风格上虽都属于花间词，韦庄的词却没有温庭筠词那样浓艳华美，他善于用清新流畅的白描笔调，表达比较真挚、深沉的感情。此外韦庄在写闺情上也具有典型特点，他将词的语言同描写的对象水乳交融地混同起来。这里说纳兰的风格和韦庄相似，就是在这两方面而言的。

一方面，纳兰这首词在风格上仍体现了花间词在词史上的巨大惯性，具有"香软"的特点，表现在词的内容仍属于离思别愁、闺情绮怨，意象上仍具有靡丽的特点；另一方面却可以和典型的花间词区别开来，如"一片月明如水""最愁人，灯欲落，雁还飞"。显然是清新流畅的白描笔调，表达情感真挚而深沉的感情。

词句有穷，而意蕴难尽，直写情怀，却郁结难解，真挚可怜。

生查子

东风不解愁，偷展湘裙衩①。独夜背纱笼②，影著纤腰画③。
爇尽水沉烟④，露滴鸳鸯瓦⑤。花骨冷宜香⑥，小立樱桃下。

[注释]

①湘裙：指用湘地丝绸制作的裙子。②纱笼：纱制的灯笼。③纤腰：细腰。④爇：燃烧。水沉：即水沉香、沉香。⑤鸳鸯瓦：指成对的瓦。⑥花骨：即花骨朵，花蕾。

[赏析]

这首《生查子》为一篇咏愁之作，想来古诗词咏愁之构，佳作迭出，何其浩繁，如李煜的"问君能有几多愁？恰似一江春水向东流"，欧阳修的"离愁渐远渐无穷，迢迢不断如春水"均以春水喻愁，形象地写出了愁之绵长，有悠悠不尽之感；贺铸《青玉案》"一川烟草，满城风絮，梅子黄时雨"，层层递进的三种事物喻愁更于秦少游的"春去也，飞红万点愁如海"一样于夸张、比喻的结合中表达了愁之多、愁之深，而宋代著名女词人李清照的"只恐双溪舴艋舟，载不动，许多愁"，则于夸张与比较中衬出了愁之多、愁之重。想必在如此多的佳句面前，纳兰作词咏愁

岂非易事。但这首《生查子》写来却也不落窠臼，显得较为别致。

且看上片，词人几笔便勾勒出一位浅浅女子的哀婉伤春形象。纳兰作词，大多评家谓之"尤善小令"，此处可见一斑。在这里，作者没有再直接描绘女子的容貌，而是以清朝贵族女子的平素所穿的湘裙和其纤纤腰身入手，从侧面展现出女子的姿态容貌，给人无限遐想的空间，想来此女何其俊秀，何其温柔。古人作诗，最高境界在于，造景塑性常在于言与不言之间的遐想，此作上片便有"深山不见寺，唯听暮鼓声"的效果。

细细品来，东风既是春风，写东风的不解风情，此处便是东风的人格化了。东风却是在偷看湘裙，一个"偷"字写尽了东风之态，可谓珠玑。湘裙表明了主人公的身份，此处偷看再次暗示出女子的美貌。猜想诗人应该是以东风的视角和身份来观视女子，东风也是女子寂寞的见证吧？下句"独夜背纱笼，影著纤腰画"则交代了时间是晚上：春夜，女子一人在室，视线渐移，细看女子姿态，背靠着丝纱的灯罩，灯光勾勒出女子的纤腰，孤独一影，此画面静谧优美，也有动静映衬，试想软弱的灯光若隐若现，女子的倩影也在摇曳着寂寞，却是那背影伫立安静。一细腰让人浮想，此女子是何等的纤细体态，轻柔娇媚，也让人看到她是如此的娇柔，似有"衣带渐宽终不悔，为伊消得人憔悴"之感。俨然一副思妇相，绝无半点造作情。让人想入画探视，猜想女子为何人而愁，在这孤独的夜里一个人难诉愁情。

上片，几笔文字落在女子身上之物，而非景物描写，在于刻画女子形象，给读者以朦胧之女子容颜，清晰之愁情丝绪。此谓画人。

下片文笔重在写景，描写女子身边环境。景入眼眸的是沉香燃尽的一瞬，香烟袅袅升腾，然后弥散在空气中，犹如女子的愁丝飘散，烟已断，情不断。此处说明夜已深，女子还在孤独徘徊。又转向鸳鸯瓦，露滴已沾瓦片，再次说明夜深难眠。鸳鸯瓦自成双，而女子却是形单影只。此处以双反衬单、以喜衬悲的效果油然而生。已是愁情极致，却还有"花骨冷宜香，小立樱桃下"的冷美景象。作者以花骨比喻女子，立于樱桃花下，静谧而清俗，因愁情而美丽动人。

此首《生查子》主题为咏愁之曲，作者上片画人，下片写景，无一愁叹之词，却处处渗透着情愁的气息，字里行间给读者感同身受的触觉。画面上，冷静优美，刻画人物形象上没有冗长的词句，寥寥数笔勾画出内涵丰富女子，笔法细腻。环境的衬托与渲染更是给形象增添了愁绪的内涵，让读者通过环境这一介质直通女子的心里。情与景的融合自然而舒适，优美的字句涂抹出一幅清晰的画面，画中之人，人之内心，与整体俨然相符，女子内心的愁绪也迷漫画卷，令人酸楚。

生查子

鞭影落春堤①，绿锦郭泥卷②。脉脉逗菱丝，嫩水吴姬眼③。
啮膝带香归④，谁整樱桃宴⑤。蜡泪恼东风，旧垒眠新燕⑥。

[注释]

①鞭影：马鞭的影子。②郭泥：即马鞯。垂于马腹两侧，用于遮挡泥土的东西。③嫩水：指春水。吴姬：指吴地的美女。④啮膝：良马名。⑤樱桃宴：科举时代庆贺新进士及第的宴席。始于唐僖宗时期，后来也指文人雅会。⑥旧垒：旧时的堡垒、营垒。

[赏析]

骑一匹骏马，驰过长堤，步步催马，鞭影横飞，我要看尽这春色的美。骏马飞奔，马鞍两边垂障上的轻尘腾飞。路旁女子含情脉脉，目光炯炯有神，好比吴地佳丽的眼波。我游遍全城，骑马归来，带回一缕春日芬芳。是谁主持了一场樱桃宴会，要来庆贺新科进士们。东风徐徐，蜡烛被吹得跳跃起来，弄得它"泪流满面"。去年的燕巢中钻进了新来的燕子，一切似乎如此春风得意。

这首词作于清康熙十五年（1676年），纳兰性德以殿试考中"二甲七名"后的"春风得意马蹄疾，一日看尽长安花"的潇洒姿态。

纳兰的仕途并未遇到什么阻碍，一方面得益于他的门楣，另一方面，他的个人才情与极深的汉学修养也助他步步高升。无论是儒学汇编《通志堂经解》还是涉猎广泛的《渌水亭杂识》，都显示了他的广博的学识。这样的文武英才，自然备受皇帝器重，前途无量。

这首词恰逢其二十二岁仕途腾达的起点上，词中体现了纳兰初期的入世意识和豪放气魄。古人云"相由心生"，此词中的意象正符合了年少时豪放张扬的纳兰心中的狂喜之情。春色正浓，是一年中生机勃勃的开始，孕育了无限生机，在这个时候横鞭策马，即便是飞驰的马蹄溅起春泥，沾湿绿锦，也是不足惜的。除却美景相伴，还有佳人含情的目光，无须多做形容，一双"嫩水吴姬眼"就把女子的美貌描绘得生动形象,不由得让人想起一双波光水嫩的大眼睛。"鞭影""绿障""春堤""菱丝""嫩水",各种充满了动感、孕育着生命力的事物重合,将词人激动的心情,舒畅的感受表达得淋漓尽致。如此张扬放纵、豪气冲天,难怪人都言"少年得志、金榜题名"是人生三大幸事之一。

由策马游城为起,描绘途中美景佳人,而后下片承接写至"归"。"归"为"咭膝带香归",踏尽繁花,享受了众人艳羡的目光,即使归来,依旧满身余香。而为了迎接归来,又有人备好了"樱桃宴",觥筹交错,均是庆贺之词,哪能不叫人心动流连!烛光闪烁,天色已晚,流年似水,这场宴会不知举办过多少次了,但今年却是轮到"新燕"。"蜡泪"本多为悲凉之意象,但在此,一个"恼"字却将红烛也写得俏皮了起来,红烛不再是孤独垂泪,顾影自怜,却似怨恼东风不该,更为人性化,与"东风"恰似一对冤家。最后一句以"新""旧"对比,暗喻光阴流逝,"旧垒"住进"新燕",虽有感慨,却依旧积极明媚,因为今年的词人,正是入眠的新燕,也正是如此循环往复,世界才得以生生不息。

《生查子》作为纳兰前期的代表作之一,我们可以从中看到年少的他意气风发,与往后纳兰厌倦官场后的缱绻之词有很大的差异,也正是这种差异,我们才可以看得出一个人的成长历程。

生查子

散帙坐凝尘①,吹气幽兰并②。茶名龙凤团③,香字鸳鸯饼④。
玉局类弹棋⑤,颠倒双栖影。花月不曾闲,莫放相思醒。

[注释]

①散帙:打开书帙。借指读书。凝尘:积聚的尘土。②吹气幽兰:谓美人气息之香更胜兰花。③龙凤团:茶名,即龙凤团茶,又称龙团凤饼,为宋代著名的贡茶,饼状。④香字:犹香篆,指焚香时所起的烟缕。鸳鸯饼:古代形似鸳鸯的焚香饼,一饼之火,可终日不灭。⑤玉局:棋盘的美称。弹棋:古代棋类游戏,源于汉代,相传汉武帝好蹴鞠,群臣谏劝,东方朔以弹棋进之,武帝便舍蹴鞠而尚弹棋;另一说西汉成帝时刘向仿蹴

鞠形制而作，初用十二枚棋，每方六枚。两人对局时轮流以石箭弹对方棋子。魏时改用十六枚棋，唐代又增为二十四枚棋。宋代以后，因象棋盛行而渐趋衰落。

[赏析]

《蕙风词话》中说纳兰为重光（李煜）后身，这首词即承艳词一科，同李煜前期极尽奢华之作一般，香艳彻骨，用词尽透一派华丽之气。细究来，纳兰虽非天子，却也出身豪门。他是历代诗人词人中，很少遇到美满婚姻的词人之一。

清康熙十三年（1674年），纳兰与卢氏成婚。这对少年夫妻无限恩爱，柔情万般。在他这个时期的诗词中，任何人都能感受到其中神怡心醉的燕尔之悦。以此多有评家认为此作，应该是纳兰此时所作。纳兰为夫人画像填词，两人赌书对弈，可谓琴瑟合鸣、美意融融。那种在世俗人眼里几近完美的家庭环境，郎才女貌，无论从物质到精神都构成所谓天设地造的金玉良姻。

如是说来，此作中最后一句"莫放相思醒"倒有种强说愁的滋味。因此看来，这首词不绝是"描绘贵族之家绮艳优裕的生活之态"，不绝是"表现悠然自得的生活之作"，词中极尽奢华的词语物象，并不能掩盖本词点睛中悲伤的姿态。

上片中"散帙坐凝尘，吹气幽兰并"，显然是作者读书生活中的片段。"散帙坐凝尘"需解为自己就像凝尘一样进入打开的书本里，描写词人读书的状态。吹气幽兰，说的是美女气息的香味尤甚于兰花。东汉郭宪《洞冥记》中有：汉武"帝所幸宫人名丽娟，年十四，玉肤柔软，吹气胜兰。"所以这句指的是，自己读书的时候，身边有爱妻伴坐。后两句，从细处着手，写案上之物，书房里龙团凤饼，散发着幽幽清香，点燃的鸳鸯焚香，氤氲氲氲，弥漫在书房各处。生活之乐，燕尔之悦，不言而喻。

转至下片，便更想起两个人在一起的生活。"玉局类弹棋，颠倒双栖影。"说的是两人对弈忘情，直到月夜之下，那白玉棋盘上映出枝头双双鸟儿的身影，确如粒粒弹棋。此处鸟儿双栖，粒粒如弹棋，句句都是妻的谐音，更感是怀人之作。"花月不曾闲，莫放相思醒。"一个"醒"字，一下子就把上边所描绘的幸福美满的欢乐之景拉入梦中。"花月"自然是夜晚，相思也是在梦中，想必那时梦中的自己也流露出微笑了吧。

纳兰虽是历史上很少遇到美满婚姻又能沉醉于婚姻的诗人。但他的幸福生活总是好景不长，他和卢氏结婚短短三年，卢氏便因难产而撒手离去。这不能不说是纳兰遭受重创的波折，想到感情，三年相伴，自然情已颇深，更甚者说，纳兰在热恋之中失去了他的妻子抑或是所爱之人，想想也不无道理。这一打击让纳兰的生活彻底破碎，虽然后来词人还经历几段情感波折，但都不是当初的情意绵绵、相亲相守了。

这首词中，纳兰全然不写半点哀愁，但细细读来，全篇句句成哀，句句是悲。词人作此作时，该是梦醒人无，其凄凉心境下发此艳丽之语，定然是有心布置的。但是，以乐景衬哀情在历代词中已经屡见不鲜，虽纳兰有旷世之愁，这词确也平平。更是后来写梦，也全然隐去，不似他性纯率真的词风。此作承李煜之风，诚如夏敬观所言，"寒酸语，不可作，即愁苦之音，亦以华贵出之，饮水词人，所以重光后身也。"

而作为一个爱妻深切的多情之人，纳兰将妻子病逝的责任担在自己肩上，长期处于自责当中，陷入了一种无法解脱的痛苦。而自此之后他的词风也为之一变，写出了一首首令人肝肠寸断、万古伤心的悼亡之词。

生查子

惆怅彩云飞①，碧落知何许②？不见合欢花③，空倚相思树④。总是别时情，那得分明语。判得最长宵⑤，数尽厌厌雨⑥。

[注释]

①彩云飞：彩云飞逝。②碧落：道家称东方第一层天，碧霞满空，叫作"碧落"。后泛指天上（天空）。③合欢花：别名夜合树、绒花树、鸟绒树，落叶乔木，树皮灰色，羽状复叶，小叶对生，白天对开，夜间合拢。④相思树：相传为战国宋康王的舍人韩凭和他的妻子何氏所化生。据晋干宝《搜神记》卷十一载，宋康王舍人韩凭妻何氏貌美，康王夺之，并囚凭。凭自杀，何氏投台而死，遗书愿以尸骨与凭合葬。王怒，弗听，使里人埋之，两坟相望。不久，二冢之端各生大梓木，屈体相就，根交于下，枝错于上。又有鸳鸯雌雄各一，常栖树上，交颈悲鸣。宋人哀之，遂号其木曰"相思树"。后以象征忠贞不渝的爱情。⑤判得：心甘情愿地。⑥厌厌：绵长、安静的样子。

[赏析]

《生查子》这个词牌，句句仄韵，历来多用来写愁。吴梅在《词学通论》中有言：

"唯词中各牌，有与诗无异者。如《生查子》何殊于五绝？此等词颇难著笔。又需多读古人旧作，得其气味，去诗中习见辞语，便可避去。"纳兰的这首《生查子》，也是写愁之作，却是颇得五绝精髓所在。

此词颇像悼亡之词。上片首句一出，迷惘之情油然而生。"惆怅彩云飞，碧落知何许？"彩云随风飘散，恍然若梦，天空这么大，会飞到哪里去呢？可无论飞到哪里，我也再见不到这朵云彩了。此处运用了托比之法，也意味着诗人与恋人分别，再会无期，万般想念，万分猜测此刻都已成空，只剩下无穷尽的孤单和独自一人的凄凉。人常常为才刚见到，却又转瞬即逝的事物所伤感，云彩如此，爱情如此，生命亦如此。"合欢花"与"相思树"作为对仗的一组意象，前者作为生气的象征，古人以此花赠人，谓可消忧解怨。后者却为死后的纪念，是恋人死后从坟墓中长出的合抱树。同是爱情的见证，但诗人却不见了"合欢花"，只能空依"相思树。"更加表明了纳兰在填此词时悲伤与绝望的心境。倘若从典故来看，也证明了此词的悼亡之意。

下片显然是描写了诗人为情所困、辗转难眠的过程。"总是别时情"，在诗人心中，与伊人道别的场景历历在目，无法忘却。时间过得愈久，痛的感觉就愈发浓烈，越不愿想起，就越常常浮现在心头。"那得分明语"，更是说出了诗人那种怅惘惋惜的心情，伊人不在，只能相会梦中，而那些纷繁复杂的往事，又有谁人能说清呢？不过即便能够得"分明语"，却也于事无补，伊人终归是永远地离开了自己，说再多的话又有什么用呢？曾经快乐的时光，在别离之后就成为许多带刺的回忆，常常让诗人忧愁得不能自已，当时愈是幸福，现在就愈发地痛苦。

然而因不能"分明语"那些"别时情"而苦恼的诗人，却又写下了"判得最长宵，数尽厌厌雨"这样的句子。"判"通"拼"。"判得"就是拼得，也是心甘情愿的意思，一个满腹离愁的人，却会心甘情愿地去听一夜的雨声，这样的人，怕是已经出离了"愁"这个字之外。

王国维在《人间词话》中曾提到"愁"的三种境界：第一种是"为赋新词强说愁"，写这种词的多半是不更事的少年，受到少许委屈，便以为受到世间莫大的愁苦，终日悲悲戚戚，郁郁寡欢。第二种则是"欲说还休"，至此重境界的人，大都亲历过大喜大悲。可是一旦有人问起，又往往说不出个所以然来。而第三种便是"超然"的境界，人入此境，则虽悲极不能生乐，却也能生出一份坦然，一份对生命的原谅和认可，尔后方能超然于生命。

纳兰这一句，便已经符合了这第三种"超然"的境界，而这一种境界，必然是所愁之事长存于心，而经过了前两个阶段的折磨，最终达到了一种"超然"，而这种"超然"，却也必然是一种极大的悲哀。纳兰此处所用的倒提之笔，令人心头为之一痛。

通篇而看，在结构上也隐隐有着起承转合之意，《生查子》这个词牌毕竟是出于五律之中，然后纳兰这首并不明显。最后一句算是点睛之笔。从彩云飞逝而到空倚合欢树，又写到了夜阑难眠，独自听雨。在结尾的时候纳兰并未用一些凄婉异常的文字来抒写自己的痛，而是要去"数尽厌厌雨"来消磨这样的寂寞的夜晚，可他究竟是数的是雨，还是要去数那些点点滴滴的往事呢？想来该是后者多一些，诗人最喜欢在结尾处带住自己伤痛的情怀，所谓"欲说还休，欲说还休，却道天凉好个秋"，尽管他不肯承认自己的悲伤，但人的悲伤是无法用言语来掩饰住的。

纳兰这首词，写尽了一份自己长久不变的思念，没有华丽的辞藻，只有他自己的一颗难以释怀的心。

忆秦娥 *龙潭口*①

山重叠②，悬崖一线天疑裂。天疑裂，断碑题字③，古苔横啮。
风声雷动鸣金铁④，阴森潭底蛟龙窟。蛟龙窟，兴亡满眼，旧时明月。

[注释]

①龙潭口：说法不一。一说为龙潭山口，地在清代吉林府伊通州西南，即今吉林市东郊龙潭山。清康熙二十一年（1682年）春，作者扈驾东巡过经此地；一说今山西盂县北之盂山亦有"龙潭"，又称"黑龙池"，作者曾几度赴山西五台山，本篇所指或为此地；又或者指北京西山的黑龙潭，作者也曾几次游历。②重叠：同样的东西层层堆叠。③断碑：断裂残缺的石碑。④鸣金铁：形容风雷声如同金钲戈矛撞击之声。

[赏析]

纳兰曾扈驾到西山黑龙潭，写下了这首《忆秦娥·龙潭口》。据说这里石色青黑，树木萧森，荫浓苔滑。泉水从深潭底冒出，水势较旺。周围的山林于背阴处更高大繁茂，因为谷中土厚，阴处含水，不似向阳坡上风大干燥。而潭口处黛色石崖

下会让人有山岩开裂、潭深难测之感。

这股泉水属于石灰岩地区溶洞，裂隙中的暗河涌出，水量较大，传说东海龙王的七子于此潜居。清代这里一度由皇家敕建黑龙王庙。纳兰游历至此，观其情其景，为其震撼，大发兴亡之叹。

这首词写龙潭口的景致及感受：龙潭口群山环绕，举目望去，天空只露一线，仿佛是天幕要裂开了。断碑上长满了苍苔，那苍苔好像在啃咬着碑文。龙潭口处如同风雷大作，发出了如同金钲戈矛撞击般的巨大声响，那阴森的潭底正是蛟龙的洞府吧。旧时的明月仍在，叫人升起无限怅惘之情、兴亡之叹！

严迪昌在《清词史》中对这首词的评价为：“感慨倍多，遥思腾越。”纳兰是个天生的词人，也是个天生的隐士，他喜爱清净，热衷独处。随着圣驾来到这个黑龙潭，见识了这里的清幽与寂静，纳兰内心打开了一个深深的缺口，他仿佛看到了自己这些年来，无谓的忙碌多么没有意义。

在纳兰的天性中，有着一点浪漫主义的不现实性，他渴望拥有彻底的自由，黑龙潭的山色浸染了他尚未尘封的心灵，更加激发了他胸中那点自由浪漫的天性，遥想古人，可以仗剑走天涯，做自己喜欢做的事，看自己喜欢看的风景，纳兰忍不住也要跃跃欲试。

他在词的上片将黑龙潭的景色描绘得十分到位，令景色栩栩如生地出现在读词人的眼前，闭眼细想，仿佛就能看到那山涧的水天一线，崖壁料峭，布满苔藓的断碑令这里的景色清秀之中透出几分激愤和落寞。

“山重叠，悬崖一线天疑裂。”悬崖好像要断裂开来，纳兰运用夸张的笔法，将景物写到了极致。

清朝词人况周颐在《蕙风词话》中，对纳兰看得透彻而又清晰：“纳兰承平少年，乌衣公子，天分绝高。适承元、明词敝，甚欲推尊斯道，一洗雕虫篆刻之讥。独惜享年不永，力量未充，未能胜起衰之任。其所为词，纯任性灵，纤尘不染，甘受和，白受采，进于沉着浑至何难矣。”

的确如此，纳兰写词，从心而写，所以，无论是写景还是抒情，总是让人能感受到震撼人心的一面。虽然这首写景的词，纳兰并未提到任何抒情，但字里行间，读词的人依然能够感受出那份悲怆和凄凉。

“天疑裂，断碑题字，古苔横啮。”“断碑”“古苔”都让人感到悲凉。而在下片，纳兰更是将这种悲凉推到了制高点。“风声雷动鸣金铁，阴森潭底蛟龙窟。”如此豪迈的词句在纳兰的词中很少见到，让后人不但感受到了龙潭口的险峻，也同样看到了一个不一样的、内心刚硬的纳兰。

但纳兰毕竟还是感性的，词的最后，他无奈地感叹道："蛟龙窟，兴亡满眼，旧时明月。"看到旧时的明月，想到今朝的岁月，真是岁月无情，人世无常啊！

忆秦娥

长飘泊，多愁多病心情恶。心情恶，模糊一片，强分哀乐①。拟将欢笑排离索②，镜中无奈颜非昨。颜非昨，才华尚浅，因何福薄？

[注释]

①强分哀乐：指喜怒哀乐分辨不清。强分，勉强分辨。②离索：指离群索居的萧索之感。

[赏析]

这首词里，纳兰感慨自己的人生：长年漂泊在外，又加上这多愁多病之身，心情怎么能好呢？喜怒哀乐都分辨不清了，所有的感受交织在一起，模糊不清。想要排遣这离群索居的落寞而强颜欢笑，无奈镜中的容颜已逐渐衰败，今非昔比了。奈何日月蹉跎，人生易老，唯有自叹福薄！

作为词人，纳兰的内心是饱满多汁的，他渴望浪漫生动的生活，但作为臣子，他却只能每日恪守陈规，陪在君王左右，日复一日地度过无聊、一眼就能看到头的岁月。都说是寒疾害了纳兰，其实想来，或许是这无望而又无尽头的生活令纳兰的身体，逐渐萎靡，渐渐失去了生活下去的勇气。

纳兰向往着精神生活，他想要过有价值的人生，可是现实和理想之间，总是难以权衡的。纳兰无法选择自己的人生，他从一开始出生就注定了这种锦衣玉食、衣食无忧，但却贫瘠单调的日子。

每天陪在皇帝身边，打猎，游历，或是巡视奔波，这种没有尽头、重复性的生活，让纳兰对侍卫这样的生涯彻底失去兴趣，所以，他写下这首词，他不再掩饰自己内心的厌恶感，而是详细地写于纸上，宣泄出自己的无奈与心中的不满。

他大声地、直率地痛斥自己的命运为何如此，他感慨自己常常漂泊在外，又体弱多病。纳兰自幼身体就不好，患有寒疾。这种病发作起来，足以要了他的命，几次纳兰都是死里逃生，所以，他每次发病，都是一次死里逃生的经历。

这样也就可以理解，为何纳兰会在词的开篇写道："长飘泊，多愁多病心情恶。"这样的纳兰，实在是让人心疼，一片无奈的哀伤之中，仿佛能够逆转时光，看到病榻上的纳兰愁容惨淡，目光茫然。

常年的漂泊令纳兰没有家的感觉，而身体的孱弱更是令他每每都要经受病痛的折磨，在这双重的折磨下，如何还能够心情好呢？纳兰反复的一句"心情恶"更是强调出了这一个现实。

但是就算再怎么不情愿，纳兰也是无法挣脱开这样的现实困境，他的家族显赫富贵，同时也就注定了纳兰要为这与生俱来的富贵做出牺牲，付出代价。作为帝王的侍卫，在外人看来无比显赫，无比荣耀，可是在纳兰看来却是枷锁，是束缚，但这都无关紧要，只要纳兰让人看到他尽心尽责，让人看到他的赤诚之心隐然可见，这就足够了。

这或许就是使命，是宿命的归结。纳兰百般挣扎之后，依然还是一道在王权倾轧下的寂寞背影，他明白自己的处境，自然也就不会心情好起来。纳兰只能自我安慰，他在上片的结尾处写道："模糊一片，强分哀乐。"

所谓强分哀乐，指喜怒哀乐分辨不清。纳兰自己也分不清楚自己的心境到底是怎样的，他只能浑浑噩噩地度日。

于是下片时候，他便写道："拟将欢笑排离索，镜中无奈颜非昨。"依然是一如既往地愁绪满怀，在下片更显得沉重和无奈，在下片的词句中，纳兰真实地表达出了想要离群索居的愿望，他想要逃离，但这仅仅是一个愿望罢了。

纳兰自己也知道，容颜易老，自己已经逐渐地老去，不再年轻。而那年轻的梦想，早就随着时光远逝。所以，他在词的最终，也只得无奈写下"颜非昨，才华尚浅，因何福薄"这样一句就草草搁笔。

生命还未走到尽头，但尽头却已经露出端倪，这大概是人生的悲哀吧。纳兰对于这首词的把控很好，平平淡淡中道出内心所想。纳兰在词中有抱怨皇室的情绪，这在后人也有所看出。

对这一类词，《清词史》中的评价为"几乎是孤臣孽子的情绪"。纳兰对皇室的感情是很微妙的，这大概与他的职位和心性有关，不管如何，纳兰这首词的地位，还是不可否认的。

阮郎归

斜风细雨正霏霏①，画帘拖地垂②。屏山几曲篆香微③，闲庭柳絮飞④。

新绿密，乱红稀。乳莺残日啼。春寒欲透缕金衣⑤，落花郎未归。

[注释]

①霏霏：(雨、雪)纷飞，(烟、云)很盛。②画帘：有画饰的帘子。③篆香：像篆字的香。④闲庭：安静的庭院。⑤缕金衣：即金缕衣，以金丝编织的衣服。

[赏析]

清朝词人周之琦在《箧中词》中这样写纳兰："或言：纳兰容若，南唐李重光后身也。予谓重光天籁也，恐非人力所能及。容若长调多不协律，小令则格高韵远，极缠绵婉约之致，能使残唐坠绪，绝而复续，第其品格，殆叔原、方回之亚乎？"

同是清朝词人的顾贞观在《通志堂词序》也对纳兰褒奖有加，他认为："容若天资超逸，悠然尘外，所为乐府小令，婉丽凄清，使读者哀乐不知所主，如听中宵梵呗，先凄婉而后喜悦。"

后人对纳兰的评价都是甚高，当然纳兰也绝对是堪当此评价的。其中顾贞观对纳兰的评价十分中肯，他认为纳兰是先凄婉而后喜悦，这点在这首词中有着体现。

这首《阮郎归》写得细细密密，十分细腻。这首词表达的是伤春伤别的愁情：斜风轻拂，细雨霏霏，画帘垂地，屏风曲回，香烟袅袅，闲庭飞絮，花红柳绿，乳莺啼晚，四处一片春意。春寒料峭，凉透锦衣，春意阑珊之时，为何你还没有归来！

虽然是表达愁绪，但依然能够看出的是，纳兰并非是刻意地为写愁绪而写。他在词句的安排和字眼的打磨上很是讲究，尽量做到淡雅无痕，自然清新。伤春的词在纳兰的作品中不占少数，每一首都各有特色，但主题都是围绕一个"愁"字进行，将愁绪伤别演绎得淋漓尽致，各不相同。

在《阮郎归》这首词中，纳兰将情融于景中，"斜风细雨正霏霏"，开篇一句，并无多大特色，只是单纯地将风雨潇潇写出，但这已经足以刻画出春日的特色了。春天的风携裹着小雨，细细密密地洒落大地，滋润了万物，酝酿了生机，这才是大地新轮回的又一个开始。

"画帘拖地垂。屏山几曲篆香微，闲庭柳絮飞。"画帘垂地，屏风曲折蜿蜒，熏香点燃，散发出袅袅香烟，闲庭前面，柳絮飞舞。俨然一幅大好的春光图，可是就这样的一幅春光里，纳兰却是无心欣赏。

"新绿密，乱红稀。"花红柳绿，大好的春日，可惜无心欣赏，四处虽然是一片春意盎然，但是"乳莺残日啼"的时候，你依然还未回来。等到"春寒欲透缕金衣，落花郎未归。"从白天等到夜晚，为何你始终没有归来？

纳兰词中的"你"是何人，是他的恋人，还是妻子，或者是朋友，纳兰并没有做更细一步的阐释，他不过是哀婉地写道，为何还不归来，便将笔搁放下，这就是纳兰，只管写出自己的心绪，便无须其他了。

纳兰的心，仿佛海底湛蓝的一片，看似透明，但却无法看透。

画堂春

一生一代一双人①，争教两处销魂②。相思相望不相亲，天为谁春？

浆向蓝桥易乞③，药成碧海难奔④。若容相访饮牛津⑤，相对忘贫。

[注释]

①"一生"句：语出唐骆宾王《代女道士王灵妃赠道士李荣》："相怜相念倍相亲，一生一代一双人。"②争教：怎教。③蓝桥：在陕西蓝田东南蓝溪上。传说此处有仙窟，相传唐代秀才裴航与仙女云英曾相会于此，求得玉杵臼捣药，终结为夫妇。专指情人相遇之处。④"药成"句：《淮南子·览冥训》："姮娥，羿妻，羿请不死之药于西王母，未及服之。姮娥盗食之，得仙。奔入月宫，为月精。"李商隐《嫦娥》："嫦娥应悔偷灵药，

碧海青天夜夜心。"⑤饮牛津：指天河边。传说海边居民曾乘槎至天河"见一丈夫牵牛饮之"。见晋张华《博物志》卷三。这里指与恋人相会的地方。

[赏析]

这是一首爱情词，是词人对可遇不可求的恋情的独白：既然我们是天生一对，为何又让我们天各一方，两处销魂呢？相思相望却不能相亲相爱，那么这春天又是为谁而设呢？蓝桥之遇并非难事，难的是纵有不死之灵药，但却难像嫦娥那样飞入月宫去与你相会。若能渡过迢迢银河与你相聚，便是做一对贫贱夫妇，我也心满意足了。

古往今来，爱情总是教人欢喜教人愁苦，美好的爱情就好似夜空中兀自绽放的烟火，瞬间的美丽照亮漆黑的天空，但为这一刹那的美好，人们所要付出的往往是很多的。纳兰为爱情付出的更多，他由困顿到解脱，由渴望到爆发，这期间的情绪波动十分大，而这样的心绪，也就是这首《画堂春》。

劈头便是"一生一代一双人，争教两处销魂"，似乎是在控诉，也是在向苍天指问：为何相爱容易，相守就这么难？

纳兰的这句话，毫无点缀，直来直往，犹如一个女子，素面朝天，但因为天资的底蕴，所以，耐得住人去看、去推敲。明明是天造地设的一对佳人，偏偏要经受上天的考验，无法在一起，只能各自销魂神伤，这真是老天爷对有情人开的最大的一个玩笑。

"相思相望不相亲，天为谁春？"既然相亲相爱都不能相守，那么老天爷，这春天你为谁开放？纳兰的指天怒问让人叹息，他真是情何以堪。这悲怆的上片，其实是纳兰化用骆宾王《代女道士王灵妃赠道士李荣》诗中成句："相怜相念倍相亲，一生一代一双人。"

纳兰将古人诗句加以修改，运用得十分到位。骆宾王的原句想来并无多少后人知晓，但纳兰的这首词却是传遍了大江南北。

下片转折，接连用典。其实小令一般是不会去频繁用典故的，这是禁忌，但是纳兰却偏偏视禁忌于不顾。

"浆向蓝桥易乞"，这是裴航的一段故事：裴航在回京途中与樊夫人同舟，他赠送诗歌表达情意，而樊夫人却是回他一首："一饮琼浆百感生，玄霜捣尽见云英。蓝桥便是神仙窟，何必崎岖上玉清。"裴航苦思不得其解，后来他去到蓝桥驿，偶遇一位名叫云英的女子，顿生爱慕。而当裴航向云英母亲求亲时，却遭到一个难题。云英的母亲说只要裴航为她找到一件叫作玉杵臼的宝贝，就将女儿嫁给他。裴航

从樊夫人的诗句中得到启示，千辛万苦终于娶到了云英。而纳兰用这个典故，其实是想说像裴航那样的际遇于我而言，也是有过的。但至于纳兰遇到了什么样的往事，后人也不得而知。但想来，他也遇到了如同裴航一样的大难题，可惜，他没有仙人指路，毫无解决办法，故而才苦恼万分。

苏雪林在《清代男女两大词人恋史之谜》中也提道："以为此恋人为'入宫女子'，'浆向蓝桥易乞'似说恋人未入宫前结为夫妇是很容易的；'药成碧海'则用李义山诗，似说恋人入宫，等于嫦娥奔月，便难再回人间；李义山身入离宫与宫嫔恋爱，有《海客》一绝，纳兰容若与入宫恋人相会，也用此典，居然与李义山暗合。"

这里写的"药成碧海难奔"也是一个典故，纳兰之后所写的"若容相访饮牛津，相对忘贫"也是一个典故。

传说大海的尽头就是天河，那里曾有人每年八月都会乘槎往返于天河与人间，从不失期。好奇的人便效仿，也踏上了探险之路，向东而去。漂流数日后，那人见到了城镇房屋，还有许多男耕女织的人们。他向一个男子打听这是什么地方，男子只是告诉他去蜀郡问问神算严君平便知道了。严君平掐指一算后，居然算出那里就是牛郎织女相会的地方。

纳兰用这个典故，是想说自己虽然知道心中爱的人与自己无缘，但还是渴望有一天能够与她相逢，在天河那里相亲相爱。这是纳兰的誓言，也是难以实践的约定，纳兰的爱，注定了漂泊，没有归期。

点绛唇 咏风兰①

别样幽芬②，更无浓艳催开处③。凌波欲去④，且为东风住。忒煞萧疏⑤，争耐秋如许。还留取，冷香半缕⑥，第一湘江雨。

[注释]

①风兰：一种寄生兰，因喜欢在通风、湿度高的地方生长而得名。据徐坷《清稗类钞·植物类·风兰》云："风兰，寄生于深山树干上，叶似兰而短，有厚剑脊，夏开小白花，有一二瓣曲而下垂，微香，无土亦可生。"②别样：特别、不寻常。幽芬：清香。③浓

艳：（色彩）浓重艳丽。代指鲜艳的花朵。④凌波：形容轻盈柔美地在水上行走的姿态。⑤忒煞萧疏：意为过分稀疏。忒煞，亦作"忒杀"，太、过分。萧疏，稀疏、萧条。⑥冷香：清香，也指清香之花。

[赏析]

总能感觉到一种极不寻常的幽香，隐隐袭来，然而并未曾见哪儿有浓艳的花朵盛开。原是那清雅的风兰，她随风舞动，摇曳多姿，如同仙子的身影轻盈而姣好，将要随着水波飘去。且为东风暂停那婀娜的脚步吧！但天气如此萧索稀疏，柔弱的风兰哪里耐得住这秋意沉沉？姑且留取这半缕幽冷的香气，如斯景致，大抵是湘江雨季中最为雅致的了。

题画，自古以来大抵有两种传统，一是直写画中风物，二则不是直写风物，亦不限于物内，往往有所发现与寄托。前者重于形，后者工于神。工于神者往往能够更好地表现出所画之物的精髓和气韵来，因此也更受到文人墨客们的推崇和追寻。元代画家王冕自题《墨梅》诗："吾家洗砚池头树，朵朵花开淡墨痕。不要人夸颜色好，只留清气满乾坤。"在寥寥数字的摹形之后（"淡墨痕"），明显可见画外言语（"清气满乾坤"），从而达到神形兼备；这首《点绛唇》，也是如此。

关于风兰的"形"，在这首词中我们能够获知的仅仅是它不浓艳，淡雅轻盈。既不像唐朝的诗人杜甫写"卷帘唯水白，隐几亦青山"那样明洁而富于技巧，也不像宋代诗人王安石写"一水护田将绿绕，两山排闼送青来"那样逼人眼球。更多的风致却是来自对于"神"的摹写。本词选取了风兰的一个特性——幽香来写，为我们呈现出一幅淡雅清香的兰景图。闻觉一阵幽香隐隐飘来，环顾四寻，却没有看到有什么浓艳的花朵，倒是清雅的风兰摇曳出别样的风致，一种浅浅的欣喜涌上心头，但转而又产生焦虑。这淡雅幽香的花将要飘落进河水，惋惜感慨的同时也带给我们新的意象空间。王安石曾有一首《北陂杏花》，里面写道："一陂春水绕花身，花影妖娆各占春。"花与水这两个意象的叠加，倒映出美丽的意境。词人固然感叹"忒煞萧疏"，因怕秋风袭来而深锁眉头，却也似乎生出一种"纵被春风吹作雪，绝胜南陌碾作尘"的宽慰和豁达。所以，"还留取，冷香半缕，第一湘江雨。"这里一个"雨"字又给风兰增添了无限的风致，呈现出凄美的意蕴。

本是题一幅静态的画，却写出了风兰律动的凄美和词人随之变换的情思。中国山水画向来是注重意境的营造，无论是着墨之处还是空白之处，无论是浓涂还是淡抹，都有着对于风物表现的深藏的动机。这种动机正是对"虚"与"实"恰如其分的把握和运用。宋人范晞文《对床夜语》说："不以虚为虚，而以实为虚，

化景物为情思，从首至尾，自然如行云流水"，纳兰性德去世后，与他"以诗词相酬、书画鉴赏相交契"的张纯修为他辑刻《饮水诗词集》并作了序，称他"所以为诗词者，依然容若自言，'如鱼饮水，冷暖自知'而已"。这首词也恰恰透露出作画者独到的心思，以及与词人内心引起的共鸣。苏东坡对王维有过这样中肯的评价："味摩诘之诗，诗中有画。观摩诘之画，画中有诗。"纳兰性德的词也是如此。词里行间透露出悠长无尽的画意来。没有注明，也无须提示，"香""冷""雅"都从纸墨间殷殷透出，随着清澈的流水，随着淅淅沥沥的湘雨，渗着无限凄美的意蕴。

点绛唇 对月

一种蛾眉①，下弦不似初弦好②。庾郎未老③，何事伤心早？
素壁斜辉④，竹影横窗扫。空房悄，乌啼欲晓，又下西楼了。

[注释]

①蛾眉：指蛾眉月，新月前后的月相。呈弯形，犹如一道弯眉，故名。②下弦：下弦月，农历每月二十二日或二十三日之后的月亮。初弦：指阴历每月初七、初八的月亮，其时月如弓弦，故称。古人以蛾眉代指女人的眉毛，又以上弦、下弦之月代指女人的眉毛下垂或上弯。③庾郎：指南朝梁诗人庾信。④素壁：白色的墙壁、山壁、石壁。斜辉：指傍晚西斜的阳光。

[赏析]

本篇《点绛唇》汪刻有副题：对月。而从词中所抒写之情景看，确如副题，此作是一首对月伤怀、凄凉幽怨之作。

上片写到"蛾眉""下弦""初弦"，都指代的是明月，而明月在古典诗词中都被历史赋予了相思之情。这样的冷清的下弦月挂在天空，本身就是容易使人伤感的意境，作者又将其与满月比较，便奠定了整首词的悲戚的色彩。古人每每见到残破的、不圆满的景象都会有一种伤感的情怀。"庾郎未老,何事伤心早"这句中"庾郎"是作者借以自喻，借庾信的人生际遇表现了自己现在的状况，还表明了他自己此时此刻的孤单与寂寞，作者此刻还正值壮年，正是人生的大好时光，本该是意气风发的时候，然而对妻子的思念却让他的心境苍老了几十岁，已经失掉了许多人生中该有的乐趣。这一切都表明了作者此时此刻客居异地时的孤寂思乡之情，看到的这一切景色都让他感到伤心惆怅，以至于产生了难以排解的寂寞。

下片都是写景，以景寓情的手法在宋词中运用得比较多，这句描绘了作者此时居住的地方的景色，作者化情思为景句，将一切的思念都寄托在了眼前的景色之中，寓情于景又含蕴要眇之致。

"素壁斜辉，竹影横窗扫。"月光静静挥洒在淡雅的墙壁上，竹影缭绕，交错地映在上面，让人感觉他们很是孤单。一个"扫"字，更加丰满了这些静物的意象，有一种静中有动的感觉。"空房悄，乌啼欲晓"，静寂的房屋中仿佛又响起了那悲切的啼叫，那悲凉的声音在房间萦绕，久久不能散去，充斥着作者的耳膜，而作者又想到已经亡故多年的妻子，睹物思人，料想她如果还是健在，一定会在家中的楼上盼望自己能够回去，而自己此时却在异地他乡，与她有千里之遥，更是久久不能归家，这一切都说明了妻子对自己的相思之情，作者借妻子来表明自己的思人、思乡难耐的情怀。而此处与其说是描写了一间空荡荡的屋子，不如说是描写了作者的心房，那种心中空空如也、无依无靠的感觉，让读者从更深的层次明白了作者的悲痛。词末句"又下西楼了"，一个"又"字表明了作者对已故妻子的思念之痛每日都在折磨自己。月亮在拂晓时候隐去，这是大自然的规律，千百年来从未变过，然而每当此时，作者的心都会沉浸在一种思念的悲伤中，此处一句，更让通篇那种离愁别绪抒发得淋漓尽致。

就总体而言，这篇词是作者的思乡怀人之作。纳兰性德作为一个富家公子，虽然仕途如意，家世显赫，令许多人羡慕，但自己的感情生活却并不如意。他的前妻卢氏因为难产而死，对他的打击很大。他虽然是"续弦"了的，但"他生知己"之愿，"人间无味"之感，几乎紧攫他最后十年左右的心脉。纳兰对卢氏情真意笃，对和卢氏的恩爱生活没齿难忘，他为之写了许多悼亡词。而这一首，也颇似悼亡之词。这篇词的风格婉丽凄清，通篇虽然只用了几个淡雅的意象，写出几个冷清的场景，但其中所透露出的无形的哀思，却是难以掩饰的。他写词从来不矫揉造作，都是发自内心，情至深处，一草一木在他的词中都会被赋予无尽的情感。

这篇词重在抒发自己的杂感，睹物思人，客居他乡，都是作者此时孤独寂寞的心情的外在表现。作者在百无聊赖之际，能做的只有对故乡的思念和对亡妻的无限缅怀。

也有人说这篇词是作者专门为怀念亡妻之作，从"未老""伤心""空房"等语看，是为卢氏亡故后作。

点绛唇

小院新凉，晚来顿觉罗衫薄①。不成孤酌，形影空酬酢②。
萧寺怜君③，别绪应萧索④。西风恶，夕阳吹角，一阵槐花落。

[注释]

①罗衫：丝织衣衫。②酬酢：主客之间相互敬酒，主敬客曰酬，客敬主曰酢。③萧寺：佛寺。唐李肇《唐国史补》卷："梁武帝造寺，令萧子云飞白大书'萧'字，至今一'萧'字存焉。"后因称佛寺为萧寺。④萧索：萧条、凄凉。

[赏析]

纳兰性德在给姜西溟赠词《金缕曲·慰西溟》中有"马迹车尘忙未了，任西风、吹冷长安月。又萧寺，花如雪"句，词中即提到萧寺，史料更载：姜西溟到京参加"博学鸿词"考试，在京时曾寓萧寺。而纳兰与其交谊甚厚，姜在京时跟纳兰交游甚密，自然可知这首词多为纳兰怀念姜西溟所作。

提到姜西溟，纳兰与其交游便有一段佳话。

姜西溟是"江南三布衣"中的一位。与纳兰交游时姜西溟是纳兰之父纳兰明珠政敌的门生，常与其父对立，他曾经在纳兰面前摔过杯子，臭骂纳兰家"没有一个好人"。而纳兰却不以为忤，认为姜的牢骚是出于对官场黑暗和龌龊的不满，始终以诚相待。在姜西溟在京考举时毅然不顾父亲反对，将姜接到自己家里居住，以解生活之忧。

另有故事说姜一向狂傲，口无遮拦，甚至几犯欺君犯上的大罪，都被纳兰一一化解。姜也最终发现纳兰性德有一颗金子般的心，并衷心为之感动。在感谢纳兰的信中，他写道："轸念贫交，施及存殁。使藐然之孤，虽不能尽养于生前，犹得慰所生于地下。"由此可见，他们两人，一个是真诚待朋友，包容朋友，一个是直言不讳，快人快语。这样的友谊，这样的交情在今天读来，亦让人为之动容。

在这首寄词中，纳兰以"小院新凉"起笔，言及天气刚刚转冷，后句有"晚来"

自然说到那一天至傍晚时，天气变得凉了，而由"清朝'博学鸿词'考试一般设于秋季"可知，此处说的应该是秋凉。秋凉便觉有些寒意了。词的上片从自己的感官出发，写怀友心绪：天色已晚，小院里忽然添了几分寒意，便觉得此时衣裳有些单薄了。念及此处，便想起那友人，为下片怀人之言埋下伏笔。此时我只能一个人独饮驱寒，"形影空酬酢"一句便把自己的伤怀念远、孤独寂寞的心情刻画得惟妙惟肖。一个人独饮闷酒，自然是对着自己的影子对饮长歌了。可谁又是主谁又是客，来来去去还不是自己一个人罢了。

下片自然承接到怀念友人处，便提及萧寺。自友人处起笔，想起当初跟友人在萧寺中惺惺相惜之情、对饮长谈之景，对比此刻的自己的形影相吊，忽而不觉黯然。恰巧是在萧寺，虽史说："梁武帝萧衍笃信佛教，多造立寺院，而冠以己姓，称为萧寺。"其名出自萧姓，但也觉萧索之意，遂有了下句"别绪应萧索"。此处纳兰匠心独运，把自己的情感转而嫁接到随后而至的秋凉之感上，又用萧寺做引子，显得十分巧妙有味。后边几句乃从容道来，一点都不带滞凝之感。

想想此处应是这种风景：西风劲吹夕阳，随着晚风，天气转寒，我怀念友人是否衣缕单薄，不抵风寒呢？想到你处，自是那槐花也承受不起这风寒，萧萧索索，落了一阵，你是否也执酒驱寒，跟我一般寂寞独酌呢？

纳兰此作将自己的思友之情藏起，上片写己，下片转至友人，把笔触瞄准了各种秋景，景语之处，句句怀人，显得尤为真挚感人。

浣溪沙

伏雨朝寒愁不胜①，那能还傍杏花行。去年高摘斗轻盈②。

漫惹炉烟双袖紫③，空将酒晕一衫青④。人间何处问多情。

[注释]

①伏雨：指连绵不断的雨。②斗轻盈：与同伴比赛看谁的动作更迅捷轻快。轻盈，多用以形容女子体态的轻快、灵活。③炉烟：香炉中的熏烟。④酒晕：喝完酒后脸上泛起的红晕。

[赏析]

这是一首相思之作，却不同于那种甜蜜憧憬的怀想，亦不是刻骨铭心的感念。如果一定要用一个词来形容这首小令，那么非此二字莫可当得：阑珊。

作者一开始就把我们领入了那片绵绵细雨的小小天地。春潮微寒，连绵的小雨淅淅沥沥，点点滴滴。造物者是有诗意的，总是在那样一个特定的时间为我们呈现这样一个微雨的初晨。如果我们还对"伏雨朝寒"这样古雅的表达感到一丝不顺畅，那么，相似的意境，不妨去读另外一首脍炙人口的名篇：

撑着油纸伞，独自 / 彷徨在悠长、悠长 / 又寂寥的雨巷，

我希望逢着 / 一个丁香一样地 / 结着愁怨的姑娘。

诗坛巨子戴望舒的《雨巷》。同样是清清爽爽而染着凄迷的冷雨，可是雨巷里的"我"是幸运的，因为在油纸伞外，还有悠长、悠长的等待与寻觅，还有流淌着的随想伴着那结着愁怨的姑娘。但是我们的公子纳兰却没有。清晨迎接他的，除绵绵的小雨外，再也等不来那丁香一般的太息的目光。因为就在这一年，纳兰生命中最重要的那位女子离开了人间。

她是纳兰的第一位结发妻子，也有人说她是他遇到的第二个女人。无论如何，她都是纳兰怀想一生的知音和伴侣：卢氏。史书载，他们夫妻二人恩爱有加，感情笃深。新婚宴尔的浪漫与纳兰词人的特质融合，成就了牵魂引魄、游梦天方的醉人生活。"自把红窗开一扇，放他明月枕边看"，纳兰于是用他的词笔记录着这段人间的佳话。

然而短暂的快乐也许就是为了让纳兰日后的回忆更为酸楚。就在三年之后的康熙十六年（1677 年）四月，卢氏产下一子海亮。约月余，卢氏因为产后患病，于五月三十日撒手人寰。突如其来的打击使纳兰太伤心。在以后的悼亡诗词中，他浸着泪水的墨笔一再流露出哀婉凄楚的不尽相思之情和怅然若失的怀念心绪。他在一首《沁园春》中写道：便人间天上，尘缘未断，春花秋月，触绪还伤……

词中隐隐可以判断，也许在这时，纳兰已经暗暗与天上的爱妻约定，人间的遗憾将来要到天上去圆满。也许，这竟成数年后纳兰英年早逝的谶语呢？

回到这首词中来。所谓"那能还傍杏花行。去年高摘斗轻盈"，正是"春花秋月，触绪还伤"的另一番写照。当年他曾和她一起攀上杏树枝头摘取花枝，比赛谁最轻盈利落，而今的杏花春雨一如往昔，而佳人已逝，以至于唯恐再见到杏花，触动自己的伤心事。睹物伤情，算是中国诗歌由来已久的传统。

不过纳兰公子的才思却在这传统里有着独特的表现。我们读到这一句,会感到眼前一亮。原因很简单,在这里作者用了"高摘""斗""轻盈",于是一幅轻灵欢快的图景如在目前。诗歌美感的一个重要因素就是节奏。节奏体现在形式上,就是诗的声律、韵部和停顿、间距、长短句的搭配等;而体现在内容上,则是描绘物事在感官上的突转。比如古代律诗讲求起承转合,一个重要的关节点就在五六句颈联的"转"。它可以是情感上的曲折,图景上的转换,或是叙事上的转折。一首好的律诗,差不多都有一个非常精神的"转"句。而这里的"转"就是内容上的节奏变换,产生跌宕的效果。这里我们虽然在谈词,但艺术的规律是相同的,完全可以将这句"去年高摘斗轻盈"看成一个小小的视觉上的突转,因为前两句无论零雨还是落花,都是低伏着的意象。并且这里的突转,意义当然不局限于视觉上的节奏感,它更暗示了词的核心"情",以强烈的对比暗示着当年的意气飞扬与今朝的意兴阑珊。

转到下片,出现一组精工的对句:"漫惹炉烟双袖紫,空将酒晕一衫青。"这两句解释出来,就是熏炉上的烟气轻轻萦绕,双袖在炉火中映出紫红的颜色,身着青衫而脸上泛出了酒晕。意思虽然没错,可一旦转换成我们的白话,马上变得不那么美了。因为它剥去了一些朦胧而又似是而非的意象。原句里双袖的紫色,似乎是炉烟的轻绕染上去的;而酒晕的微醺,仿佛又晕湿了青衫。这就是古典诗词的美。句中一个"漫惹",一个"空将",极写无聊之态。这里纳兰仿佛是说,我现在多么无趣啊,恍恍惚惚,呆呆地烤着炉火,饮着乏味的酒,忽忽悠悠就醉了,我也不知是为了什么,我也不知要做什么。这时感觉有点奇怪了。如果把这首《浣溪沙》看作是一首思念亡人的感伤之作,那么纳兰应该是极写伤情之痛的,怎么现在变得恍惚迷离、百无聊赖了呢?我们甚至还会进一步联想,认为纳兰并没有那么钟情于这位女子,对她只是一种淡淡的印象罢了。其实并不是这样。我们看那首写给卢氏的《虞美人》:

> 银床淅沥青梧老,屧粉秋蛩扫。采香行处蹙连钱,拾得翠翘何恨不能言。
>
> 回廊一寸相思地,落月成孤倚。背灯和月就花阴,已是十年踪迹十年心。

末句"已是十年踪迹十年心"尤为感人。十年,对于三十一岁就英年早逝的纳兰来说,十年就是他生命的三分之一,就是他成年后的全部时光。他把自己最宝贵的年华全用来怀念,至情至性,可见一斑。无论如何不能说他是感情淡漠的。那么他为什么要这么写呢?

因为这就是他的真实感受。

那么纳兰为什么会对自己深爱的伴侣和知己产生这样一种阑珊的情愫呢？

这是很自然的。人的情感，总会有强烈的爆发，也总会有松弛下来的时候。如果一个人每一分钟都陷入最深最重的感怀，他早就活不下去了。而正是在这样松弛的状态下，围炉独饮，依然在恍惚中看到"去年高摘斗轻盈"，才真正显示出纳兰对这位女子用情之深。这可以从他的另外一首《摊破浣溪沙》中得到诠释。那首词的下片是：

人到情多情转薄，而今真个悔多情。又到断肠回首处，泪偷零。

这里似乎在说情太多了就会物极必反，所以自己也开始后悔当年的多情。可这真的是他心中所想的吗？其实从逻辑关系上就可以推断了。正由于害怕"情到多时情转薄"，我才会悔当年的多情。如果当年不至于深情如斯，那么现在也就不会情转淡了。转来转去，还是在期望自己深情一如往昔。作者在这里，仍是在低诉一腔钟情。本首《浣溪沙》也是一样，看似情转薄，其实那是"情到多时"的缘故啊！

尾句，作者终于舍弃了一切描写与对仗，平平呵出：人间何处问多情。以人间之广大，竟然还是无处寻觅、亦无处寄托那一份多情。看似平淡的一句话，却是已把天地逼仄到了极处。这正是"谁念西风独自凉"的境界，西风遍吹，而独有我感到了深深的凉意。天地广大，而唯有我心怀迂曲，无处排遣，无处寄托。

浣溪沙

谁念西风独自凉？萧萧黄叶闭疏窗①。沉思往事立残阳②。
被酒莫惊春睡重③，赌书消得泼茶香④。当时只道是寻常。

[注释]

①萧萧：稀疏的样子。疏窗：刻有花纹的窗户。②残阳：夕阳，西沉的太阳。③被酒：醉酒。④赌书：比赛读书的记忆力。典出宋李清照、赵明诚翻书赌茶之事。李清照《金石录后序》云："余性偶强记，每饭罢，坐归来堂，烹茶，指堆积书史，言某事在某书

某卷第几页第几行，以中否角胜负，为饮茶先后。中即举杯大笑，至茶倾覆怀中，反不得饮而起，甘心老是乡矣！故虽处忧患困穷而志不屈。"

[赏析]

西风吹来，谁会想到有人在这风中独自悲凉？"无边落木萧萧下"，遍地黄叶堆积，万物在沉寂前，似乎都要纷扬一番，如同蝴蝶一样地翻飞。秋也如此壮阔美丽。然而独坐闺中，疏窗紧闭，似乎与世相隔，只因为心中寂寥，独自凄凉。念起往事，独自沉思，在斜风残阳中，无限思量涌来，人何能禁？

醉酒得深沉，便不要在这春日里惊起，再感时伤春。怀想曾经与他赌书的日子，真实快乐至极，以至于茶杯翻覆，倒进怀中。这些在当时看来，自以为是平平常常，而今尽是伤心的回忆罢了！

这首词通过李清照的口吻，回忆和丈夫曾经的美好高雅的生活，表达天人相隔的无限伤感。

宋代著名词人李清照，十八岁时与右相赵挺之之子赵明诚结婚，夫妻生活甜蜜恩爱。两人志趣相投，一起收集古玩字画，并一起勘校、考订版本，生活十分闲适惬意。他们最常做的游戏就是在晚饭后猜书斗茶。两人先煮上一壶茶，然后轮流由一人说出一句或一段古人的诗文，让对方猜这句话出自哪本书、第几卷、第几页、第几行，以猜中与否分胜负，猜对了就优先喝一杯茶。由于李清照的记忆力特别强，几乎是每猜必中，赵明诚不得不甘拜下风。然而，聪明幽默的赵明诚也每每在李清照端起茶杯时讲笑话，结果常常引得她哈哈大笑，以致茶杯倾覆怀中，浇得一身湿漉漉。李清照将这些生活趣事记录在自己与丈夫合写的《金石录后序》中，成为才子佳人传诵的千古佳话。

事实上，纳兰性德写李清照、赵明诚夫妇相敬如宾，意趣高雅，一方面出于对古人的羡慕和替古人感伤，另一方面则是因回忆起自己与妻子的经历，从而生发一种顾影自怜的情绪。

这首《浣溪沙》中"沉思往事立残阳"与"当时只道是寻常"二句，情感极浓，情感上是递进式的：由不知人生为何如此辛苦而"沉思"，思到头终究也无答案，却转头长叹"当时只道是寻常"，如何悲观决绝，如何痛不欲生！所以王国维说："纳兰容若以自然之眼观物，以自然之舌言情。此初入中原未染汉人风气，故能真切如此。北宋以来，一人而已。"这绝非溢美之词。或许王国维也知道后人也会不能理解他何以盛赞纳兰性德。王国维受德国伦理哲学家叔本华的悲观主义影响，他尤为认同尼采"一切文学，余爱以血书者"以及歌德的"凡人生中足以使人悲者，

于美术中则吾人乐而观之"。还自己说："其使吾人超然乎厉害之外，而忘物我之关系。一旦入乎其中，犹集云弥月，而旭日杲杲也。"而词中这样的人并不是很多的，算来也只有纳兰性德是这种真性情的人了。所以我们完全可以理解他何以会盛赞纳兰性德，而众人又以为"过誉"云云。

浣溪沙

莲漏三声烛半条^①，杏花微雨湿轻绡^②。那将红豆寄无聊^③。
春色已看浓似酒，归期安得信如潮^④。离魂入夜倩谁招。

[注释]

①莲漏：即莲花漏。古代的一种计时器。②轻绡：一种透明而有花纹的丝织品。代指杏花的红色花朵。③红豆：红豆树、海红豆及相思子果实的统称。鲜红光亮，古人常用来比喻爱情或相思。④信如潮：即如信潮。信潮，定期而来的潮水。

[赏析]

这阕词，是以女子的口吻话离别之情。

词的上片，着重写景，即景抒情。莲花漏，又称浮漏，是宋代发明的计时器的一种。"莲漏三声"点明词人纳兰正处在一个寂静的夜晚。在这个烛光微摇、略带寒意的夜间，寂寞的纳兰打开小窗，任那略带寒意的几许杏花春雨轻打自己的脸庞、发丝和那薄薄的绡衣。蓦然发现，寒食节已经近了。唐代的韩偓曾在《寒食夜有寄》中写道：

风流大抵是倀倀，此际相思必断肠。

云薄月昏寒食夜，隔帘微雨杏花香。

寒食节将近而相思却无计可消除——面对此情此景，刻骨的相思便如同春水一般袭来，紧紧萦绕在纳兰周围。痴心如斯，不由得心生感慨："那将红豆寄无聊？"红豆是相思的象征。相传，古时有位男子出征，他的妻子每日倚于高山上的树下盼望爱人的归来；因思念远在边塞的爱人，而在树下日日期盼流泪。泪水流干之后，流出来的是粒粒鲜红的血滴。带着相思之苦的血滴凝结成一颗颗鲜红的红豆子，在土地上生根发芽，长成一棵大树，结满了一树红豆子，人们称之为相思豆。唐朝的韩偓在《玉合》诗中写道：

> 罗囊绣两凤凰，玉合雕双鸂鶒。中有兰膏渍红豆，每回拈着长相忆。
> 长相忆，经几春？人怅望，香氤氲。开缄不见新书迹，带粉犹残旧泪痕。

古代的女子一般会采撷红豆遥寄思念，这里作者运用对写法，虽明写爱人采撷红豆遥寄无聊，实则是为了突出词人在思念远方的妻子，愈见思念之深。

此时的纳兰心中所思念的女子会是谁呢？想必是那"生而婉娈"的娇妻卢氏吧！"戏将莲蓇抛池里，种出莲花是并头""偏是玉人怜雪藕，为他心里一丝丝"。纳兰的许多华美的词句便是他们爱情的真实写照。纳兰的侍卫身份决定了他要常常跟着皇帝到各地去巡查，因此总免不了与爱人频繁地离别——他总有太多的时间体会与心上人离别的滋味。但是任关山重重，路途迢迢，却剪不断他们相爱的深情。可惜美好的时间总是那样短暂，仅仅三年过后，卢氏就因难产而死去，独留纳兰独自悲切：

> 谁念西风独自凉？萧萧黄叶闭疏窗，沉思往事立残阳。
> 被酒莫惊春睡重，赌书消得泼茶香，当时只道是寻常。

而在这首《浣溪沙》之中，纳兰与卢氏的伉俪深情处处可见。

词的下片，从身旁的景物出发，即景抒情。在一派杏花春雨柔美的包裹之中，纳兰不禁感慨：而今的春色，已然如同这香醇的美酒一般浓烈，一般让人沉醉。"已看"二字与"安得"相对比，春色愈浓，愈加体现出纳兰对于离家已久而归期不得的焦急与惆怅，对于远在故乡的卢氏深切的思念。在这如酒如诗的春色里，远方的伊人于脑海之中挥之不去，而遥遥的归期却如同潮水一般可望而不可即。心念及此，不由得纳兰万般惆怅迷离的伤情涌上心头，真是"此情无计可消除，才下眉头，却上心头"。那缱绻的情思如同一张晶莹而细致的网，将纳兰紧紧地裹住。良久，纳兰望着这深沉的夜色，知道唯有将这一腔无人可诉的思念寄托在寂寞的夜里，在梦里摆脱这无奈而甜蜜的思念，"离魂入夜"，与卢氏魂灵相依。

这首词运笔如行云流水，描写爱情真挚缠绵，低回悠渺的情致渗透在字里行间，使读者不知不觉间已被他深深打动。

浣溪沙

雨歇梧桐泪乍收，遣怀翻自忆从头^①。摘花销恨旧风流。

帘影碧桃人已去^②，屦痕苍藓径空留^③。两眉何处月如钩^④？

[注释]

①遣怀：犹遣兴。翻：同"反"。②碧桃：桃树的一种。花重瓣，不结实，供观赏和药用。一名千叶桃。③屦痕：即鞋痕。④两眉：两弯秀眉，这里指所思恋之人。

[赏析]

这首纳兰词，以全篇来看，应该是表达怀人之心、寄托相思之意的词作。纳兰所思应为其早年相恋的一位女子，至于词中女子是不是纳兰青梅竹马的表妹，或者患难与共的妻子卢氏就不得而知了。若非卢氏，那又会是哪位惊鸿照影的美人，使得词人"忆从头"久久不能忘怀呢？本篇《浣溪沙》所怀之人已经无稽可考，但这份深切的思念却绵远悠长，穿透时空的阻隔，铭刻在词人的内心深处。

上片写景，纳兰熟练地融情于景，寓境于情，显示出不俗的笔力。

开篇提起梧桐兼雨，自然便令人想起李清照那首《声声慢》中的句子，"梧桐更兼细雨，到黄昏，点点滴滴"。由此，梧桐细雨历来被用来描写萧瑟之景，而这种典型化的意象所蕴含的内在情感向来与离愁别恨紧密相连，推至以前如唐温庭筠《更漏子》："梧桐树，三更雨，不道离情更苦。"在这里纳兰此句"雨歇梧桐泪乍收"把这雨打梧桐之景和离恨别情融在一个"泪"字上，做到了情景交融。泪为眼中雨，雨是天之泪。雨泪相对，纳兰以"我"观物，所看之物便皆着"我"之色彩，自然，在纳兰眼中梧桐也在为其伤心，漫天秋雨也只不过昭示了他的宣泄。"泪乍收"语涉双关，一重理解是梧桐停止滴雨，就好像停止了流泪，如此则梧桐已然通了人性，自是脉脉含情；另一说则是词人听见秋雨暂歇而不再泫然流泪，如此一来，词人伤情，自然显露无遗。但不管作何种解释，词人的伤感在此作中却是不变的。

由此而来的"遣怀"二句也正点明了这种伤感之情。刚收泪眼，就过渡到回忆过往。"遣怀"二句正是承接上边造景时留下的余响加以推进的，此处词人感怀伤情，也自然与故人的一段美好往事有关，在这里，词人应指自己和昔日恋人一起度过的那段美好岁月。杜甫《佳人》有句："摘花不插发，采柏动盈掬。"词人少年风流，伊人貌美如花，两人相偕，或吟诗作赋，或鼓瑟吹笙。相伴的日子一晃而过，昔日的甜蜜和浪漫随着时间的流逝都成为"旧风流"，一个"旧"字顿时显出往事尘封的沧桑，这其中有词人的多少感慨。

下片承接上片"旧风流"，笔触描写到眼前之景，一片空寂。

"帘影碧桃人已去，屟痕苍藓径空留"，此句全然写景，影帘招招，桃依旧青涩，藓苍小径上，鞋痕犹在，人却不知何处去了。此句显系唐崔护《题都城南庄》中"人面不知何处去，桃花依旧笑春风"这句化用而来，表达了好景不长的感慨和无限怅惘的情怀。

纳兰写景，虚虚实实，一切景语皆情语，自然可知虚实安排也并非随意为之。在此句中，词人叙及帘影碧桃还在，伊人不在，至于是离去还是改变都化作了满腔悲哀，则为实景实情。"屟痕苍藓"此语表现的意象感觉是伊人离去之后，足迹仍在，这也只能是词人心中所想，不是实景；"径空留"意即小路寂然，依旧在眼前斜陈。"空"并不是外在的虚无，而是内心的空虚，恍恍惚惚，不知所往。

自古以来物是人非，人去楼空都让人无限叹惋，而词人流露更多的是内心的寂寥和孤独。"两眉何处月如钩？"以眉代人，以月抒怀。正是月缺是思，月圆是念。

浣溪沙

西郊冯氏园看海棠，因忆《香严词》有感①。

谁道飘零不可怜，旧游时节好花天②，断肠人去自今年③。
一片晕红疑着雨④，晚风吹掠鬓云偏。倩魂销尽夕阳前。

[注释]

①《香严词》：清初诗人龚鼎孳的词集。龚鼎孳，安徽合肥人，官至礼部尚书，与钱谦益、吴伟业并称"江左三大家"。②旧游：昔日的游览。③断肠：形容悲伤到极点。④晕红：

中心浓而四周渐淡的一团红色。这里指晕红的花朵。

[赏析]

看这海棠凋落，又飘零，谁不会生发一种怜惜的爱意？遥想去年，相偕一同赏花，正繁花时节好天气，而如今，那令我肝肠寸断的人，别我而去已经一年。

一片红晕的花朵，似乎沾上了雨点，那么催人心生爱怜，如我一般楚楚可怜。晚风吹起，天边云朵如鬓，随风飘去。伊人梦魂尽销，独立夕阳欲坠前。

海棠花有多种，纳兰性德说"一片晕红疑着雨"，看样子应该是红海棠或白海棠。海棠历来是一种受文人喜爱的花木，因为它高雅淡然，味淡而近乎无味，色美而不妖艳，被誉为"花中神仙"，唐玄宗还将沉睡的杨贵妃比成海棠。当然也有张爱玲，似乎是个例外，她有三恨："一恨鲥鱼多刺，二恨海棠无香，三恨红楼梦未完"，不过同时足见她对海棠的倾心，只恨于她所爱的竟不能美到极致。苏东坡对于海棠的喜爱，也是尽人皆知的，"只恐夜深花睡去，故烧高烛照红妆"一句，便可见一斑。纳兰性德这首词中"一片晕红疑着雨"，是对海棠的正面描写，使用了纳兰惯用的意象处理方法，也就是给美的意象增加悲剧元素，这里刻画了一丛楚楚可怜的海棠花。

纳兰性德此首词是重游伤感之作，和晏殊的《浣溪沙》很相似：

一曲新词酒一杯，去年天气旧亭台。夕阳西下几时回？

无可奈何花落去，似曾相识燕归来。小园香径独徘徊。

同一空间，不同时间，而情感似乎还滞后于时间，沉浸在无尽的怀念中，一旦面对物是人非，往往予人以怅惘痛苦，所以王俨斋说："柔情一缕，能令九转肠回。虽山抹微云君，不能道也。"

王俨斋说的"山抹微云君"指的是北宋著名词人秦少游，其《满庭芳》词中有"山抹微云，天连衰草，画角声断谯门"句，故苏东坡称他"山抹微云君"。《满庭芳》词如下：

山抹微云，天连衰草，画角声断谯门。暂停征棹，聊共引离尊。多少蓬莱旧事，空回首、烟霭纷纷。斜阳外，寒鸦万点，流水绕孤村。

销魂。当此际，香囊暗解，罗带轻分。谩赢得青楼，薄幸名存。此去何时见也？襟袖上、空惹啼痕。伤情处，高城望断，灯火已黄昏。

较之纳兰性德，秦少游词景色凄迷，惹人怜爱；纳兰此词情动于中，催人生怜。

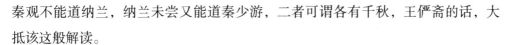

秦观不能道纳兰，纳兰未尝又能道秦少游，二者可谓各有千秋，王俨斋的话，大抵该这般解读。

龚鼎孳为当时名士，与钱谦益、吴伟业并称"江左三大家"，他与纳兰相交甚厚，纳兰此时与友人故地重游，本是一件高兴的事，他却触景生情，想起龚鼎孳《香严词》中有"重来门巷，尽日飞红雨"的佳句，并由此想起当年游园时的情景，纳兰从昔日之景着笔，却将今日的悲欢离合寄寓其中，初读时，似感迷茫，再读时，境界尽出。

浣溪沙

酒醒香销愁不胜，如何更向落花行。去年高摘斗轻盈。

夜雨几番销瘦了，繁华如梦总无凭①。人间何处问多情。

[注释]

①繁华：是实指繁茂的花事，也是繁盛事业的象征。无凭：无所凭借、无所依托。

[赏析]

文章看似怜花，实际借花写出了对故人的思念。

一夜酒醒之后却发现柔弱的花儿已经凋零，只剩下片片花瓣残留，回忆起这些花儿仍在枝头绽放时的美丽容颜，谁能料到眼前这番颓败之景？如何能迈步再去赏花，如何舍得踏上这娇嫩的身躯，再给他们沉重的破坏？

去年高摘斗轻盈，花儿已经凋零，逝去的美好不再复返。只有回忆慢慢升起，顺着血液在全身汩汩流淌，渐渐涌上心头：那悠远的场景缓缓出现，春红柳绿，听得到黄莺嘤咛，听得到笑声如铃，去年今日赏花时，高摘斗轻盈。一起攀上枝头摘取花儿，比赛谁的身姿更加轻盈，一路笑语不断，惊起一片飞鸟。伊人如画美如梅。当时只道是寻常，而今阴阳相隔，只能花下落泪，睹物思人，争教两处销魂！

"轻盈"二字出自李白的《相逢行》：

怜肠愁欲断，斜日复相催。

下车何轻盈，飘然似落梅。

这首诗是主要讲了作者在以此谒见皇帝之后巧遇一位美丽的女子，这惊鸿一瞥令他毕生难忘。于是他看着女子优美的身姿，从心里发出感慨："下车何轻盈，飘然似落梅。"性德在这里主要是来形容心上人美如白梅。

即便是众星拱月，拥有繁华富贵、功名利禄又能如何，谁解其中味？欲说却无言，锦绣丛中只落得满心荒芜。内心厌倦了现在的一切，但又无法逃离，只得佳人伴也就罢了，可总是天妒红颜，伊人早逝！

"夜雨几番销瘦了，繁华如梦总无凭。"风吹雨打，花儿怎禁得起如此，往日枝头的熙熙攘攘如烟如雾、如画如卷，如梦一场消逝了，不可依托。残留的花瓣无言地展示着时间的无情，繁华亦如此，不过是梦一场，不过是过眼云烟，欲借酒消愁，却愁更愁，醒来不过是更残忍的世界，绵绵阴雨带来的压抑加重了内心的孤寂，屋檐的水珠滴滴敲在心上。

落花飞尽，红消香断，往往惹得人吟出："一朝春尽红颜老，花落人亡两不知！"黛玉从小离开亲人进入荣国府，一介孤女只能在那样的大家庭中过着战战兢兢的日子，稍有不妥随时可能招来非议，于是她在《葬花吟》中感慨自己的身世是"一年三百六十日，风霜刀剑严相逼"，而生活在富贵之乡的性德不用担心自己寄人篱下看人眼色，但是他面临着更加无奈的局面：出身贵族、超逸脱俗、才华横溢、宦海生涯平步青云，一切在别人眼里都是值得羡慕的，但是谁能了解他的天性，对仕途的不屑，对功名的厌倦，对友情的追寻，对爱情的坚守？这些堆积在内心深处无处诉说的话渐渐形成一层层厚厚的锈迹，一颗玲珑剔透的心，充满了斑斑伤痕。

李煜成为亡国君主后，日日梦回往事，但国家已灭，明月、雕栏仍在，朱颜不再，此恨悠悠，于是他感慨道"问君能有几多愁"，将心中的遗恨表现得淋漓尽致，从而流传千古！但是他的"问君能有几多愁"尚有"恰似一江春水向东流"的下句，人间何处问多情呢？性德无法得出结论，他在反问这个世界，反问世人，反问自己。

醉时的梦幻、酒后的残酷，往往令人唏嘘不已。夕阳渐渐爬上墙头，时光易逝，红颜老去，只留一地余香借以缅怀，内心的孤寂只能独自品尝，何处问多情？

浣溪沙，淘尽了英雄红颜，只留下千载的孤寂与相思。

浣溪沙

欲问江梅瘦几分①，只看愁损翠罗裙②，麝篝衾冷惜余熏③。
可耐暮寒长倚竹④，便教春好不开门⑤。枇杷花底校书人⑥。

[注释]

①江梅：江边的梅树。②愁损：忧伤。翠罗裙：绿色的丝裙。③麝篝：燃烧麝香的熏笼。余熏：犹余香。④可耐：同"可奈"，无可奈何。⑤便教：即使、纵然。⑥"枇杷"句：原指唐蜀妓薛涛，后为妓女之雅称。唐王建《寄蜀中薛涛校书》："万里桥边女校书，枇杷花里闭门居。"此处是借指花下读书之人。校：校订、校勘，此处为研读之意。

[赏析]

这首词全词在情感的表达上呈现一种婉转而含蓄的风格。第一句"欲问江梅瘦几分"，明显并非发问，只是想发一番牢骚以解心中愁绪，可紧接着情思上却突转，淡淡地说了声"只看愁损翠罗裙"，只是让人看看罢了，并未大发牢骚。下片的"可耐暮寒长倚竹"，是将自己的孤单寂寥说出来了；而紧接着的句子却是"便教春好不开门"，自己却将自己锁在闺房，独自承受起痛苦。词中情感主体的性格特征明显表现得十分复杂，我们可以说她优柔寡断，具有像哈姆雷特一样的延宕的性格；但正因为这样，她的性格才更迷人，让读者读来才有感同身受的认同。

纳兰性德在这首词中借用了薛涛的典故来凸显自己的寂寞寥落之情。

薛涛是唐代著名的女诗人。父亲薛勋原在京城为官，"安史之乱"与妻子裴氏迁往蜀中。不久，裴氏生下一女，遂取名薛涛，字洪度，意思是她是在渡过惊涛骇浪的洪流之后降生的。几年后薛勋去世，薛家家道中落，薛涛不得已入乐籍，成为一名乐伎。薛涛的诗以清丽丽句见长，还有一些具有思想深度、关怀现实的作品。在封建时代妇女，特别是像她这一类型妇女中，是不可多得的。杨慎在《升庵诗话》中说它"有讽喻而不露，得诗人之妙"。《四库全书总目》也认为她的《筹边楼》"托意深远""非寻常裙屐所及"。

薛涛和当时的著名诗人元稹、白居易、张籍、王建、刘禹锡、杜牧、张祜等

人都有唱酬交往。居浣花溪上，自造桃红色的小彩笺，用以写诗。后人仿制，称为"薛涛笺"。王建《寄蜀中薛涛校书》诗称道："万里桥边女校书，枇杷花里闭门居。扫眉才子知多少，管领春风总不如。"薛涛才情出众，并与当地官吏和当时著名诗人唱酬。脱名乐籍后，薛涛更以女诗人身份，出入幕府。当时的中书令韦皋听说了薛涛的才华，召她应席赋诗，薛涛不假思索立题《谒巫山庙》一诗：

> 乱猿啼处访高唐，一路烟霞草木香；
>
> 山色未能忘宋玉，水声尤是哭襄王。
>
> 朝朝夜夜阳台下，为雨为云楚国亡；
>
> 惆怅庙前多少柳，春来空斗画眉长。

韦皋大加赞赏，并准备提名她为校书郎，但是受到护军阻挠，只好作罢。而她"女校书"的名号却被叫响。又因为薛涛家门前有几棵枇杷树，韦皋就用"枇杷花下"来描述她的住地，从此"枇杷巷"也成了妓家之雅称。后来，由于薛涛几经沉浮，与元稹的爱情也受到打击，于是暮年的薛涛索性穿起道袍，闭门索居，建吟诗楼于碧鸡坊，在清幽的生活中度过晚年，不再参与诗酒花韵之事。

纳兰性德结句用了薛涛典故，婉转曲折地将一种今古之悲轻轻道出，方寸感伤，却油然而生。

眼儿媚

独倚春寒掩夕霏①，清露泣铢衣②。玉箫吹梦，金钗画影③，悔不同携。

刻残红烛曾相待④，旧事总依稀⑤。料应遗恨⑥，月中教去，花底催归。

[注释]

①夕霏：傍晚的雾霭。②铢衣：传说神仙穿的衣服。重量只有数铢甚至半铢。因用以

形容极轻的衣服，如舞衫之类。③玉箫、金钗：同指所恋之人。画影：比喻看不真切的美丽景色。④刻残红烛：古人在蜡烛上刻度，烧以计时。相待：对待。《韩非子·六反》："犹用计算之以相待也，而况无父子之泽乎？"⑤依稀：含糊不清，不明确。⑥遗恨：未尽的心愿，未完成的理想，遗憾。

[赏析]

《眼儿媚》这个词牌，听起来似乎柔若无骨，有着娇俏可人之意。纳兰写了许多和这个词牌有关的词，大多是伤感怀念之词。这首词也不例外，这是他写对恋人思念无果的一首哀伤之词。

这首词抒写对恋人的思念，写得十分婉转，千回百转的相思情抵不过时光的流逝，在如水的岁月中，爱情不过是弹指一挥间的等待，与那亘古的时光相比，这些相思，短暂的如同清晨的露水，转瞬即逝。

纳兰深知情爱的思念在时光面前的无助，所以，他更加痛苦地感受到了无奈和压力，这首词也正是在这样的心理压力下写成的。

独自伫立在春天傍晚的雾霭之中，细雨将衣服打湿。梦里都是你美丽的身影，那些相携相伴的美好时光却偏偏失掉了，怎不叫人懊悔。夜已深沉，曾经秉烛相待，如今往事依稀。想必会终生遗憾，花前月下的往事，已经一去不回。

近代学者吴梅认为纳兰是集大成者，他认为纳兰的小令是："凄婉不可卒读，顾梁汾、陈其年皆低首交称之。究其所诣，洵足追美南唐二主。清初小令之工，无有过于容若者矣。同时佟世南有《东白堂词》，较容若略逊，而意境之深厚，措辞之显豁，亦可与容若相勒。然如《临江仙·寒柳》《天仙子·渌水亭秋夜》《酒泉子·荼蘼谢后作》非容若不能作也。又《菩萨蛮》云：'杨柳乍如丝，故园春尽时。'凄婉闲丽，较'驿桥春雨'更进一层。或谓容若是李煜转生，殆专论其词也。承平宿卫，又得通儒为师，搜辑旧籍，刊布艺林，其志尚自足千古，岂独琢词之工已哉。"

"岂独琢词之工已哉"，吴梅将纳兰的词已经完全分析透彻了，在纳兰的词中，他对于词句的雕琢就好像是一位能工巧匠对一块璞的雕琢一般，从璞变成玉这个过程十分繁复，而纳兰却是力求将词做到如此。

"独倚春寒掩夕霏，清露泣铢衣。"开篇第一句是描写失意的人独自站在春寒之中，任凭露水打湿衣服。在这句话里，"夕霏"用得格外动人，夕霏是指傍晚的雾霭，在傍晚的雾霭中，一个人独自倚靠，于春日里孤独站立，这听起来就是一幅绝美的画面，纳兰写词，已经远远超出了字面的意境。

接下来，他又写道："玉箫吹梦，金钗画影，悔不同携。""玉箫""金钗"同指所恋之人。纳兰以此来隐喻自己所恋之人，而且在词中还用梦影这样美好而虚无缥缈的意境，令整首词读起来既有忧伤的情思，又不乏唯美的意境。

在经历了上片的幽思之后，下片转而写现实的事情，"刻残红烛曾相待，旧事总依稀"。这里要对"刻残红烛"解释一番，刻残红烛是指古人在蜡烛上刻度，用来计时用的。词人用在这里，是说往昔四目相对的日子已经一去不复返了，而今的形单影孤，令自己更加怀念过去的美好日子，可是过去的就是过去了，想再多也是不能回还的。

所以，在词的最后，纳兰写道："料应遗恨，月中教去，花底催归。"遗憾就是遗憾，无法弥补，终生带着遗憾走下去，直到尽头，生命就是这样，无法挽回，无法补救，但或许也正是因为如此，生命才更显得弥足珍贵吧。

眼儿媚

重见星娥碧海槎①，忍笑却盘鸦②。寻常多少，月明风细，今夜偏佳。

休笼彩笔闲书字③，街鼓已三挝④。烟丝欲袅，露光微泫⑤，春在桃花。

[注释]

①星娥：神话传说中的织女。此处指明眸善睐的美女。②盘鸦：指妇女盘卷黑发而成的头髻。③笼：通"拢"，牵、拢之意。④街鼓：设置在京城街道的警夜鼓。宵禁开始和终止时击鼓通报。始于唐宋，以后亦泛指"更鼓"。挝：敲打。⑤微泫：水微微下滴流动之貌。此处形容爱妻的脸光彩照人。

[赏析]

这是纳兰难得一见的喜悦之词，词中没有了往日的阴霾与忧伤，显露出一种特有的欢快之情，这在纳兰的词作中实属少见。

纳兰这个被忧郁包围了的男人，似乎天生就是忧郁的代言人，他的举手投足，字里行间，无不是透露着忧郁的气息。而在这首词中，却能读出喜悦。这是一首爱情之词，这首词写与爱妻重逢的喜悦之情，可见，在爱情雨露的滋润下，纳兰阴郁的心云终于也拨开了，他仿佛重新沐浴到了阳光，见到了蓝天。

"星娥"，是指传说中的织女，神话故事中，织女与牛郎的故事无人不知无人不晓，他们真心相爱，却遭到了王母的阻隔，只能在每年七夕时节，于鹊桥上相会片刻，但就这如此艰难的爱情，他们也是坚持了千年。

这个爱情故事感动了许多人，这些人里自然也有纳兰，因为他本身也是一个爱而不得的人。

后来有人将"星娥"用作诗词里的典故，用"星娥"代指明眸善睐的美女。唐李商隐《圣女祠》："星娥一去后，月姊更来无？"朱鹤龄注："星娥谓织女。"

纳兰与妻子之间的爱情一波三折，他还常伴帝王身边，作为帝王的侍卫，总要随着帝王出行。纳兰在这首词中便是说自己与卢氏便是牛郎与织女，总是聚少离多，于是，再次见到卢氏，纳兰总是喜出望外的。

终于再次见到你那美丽的容颜了，你强忍笑意将乌黑的发髻盘起，仿佛天上的仙女般动人。风和月明，良辰美景，这种情景往日虽也曾有过，可是今夜却胜过往常。不再拈笔写什么字，夜已深，街上已敲过了三更鼓，还是喜不自持。香烟缭绕中，更见人面桃花，光彩照人。

"重见星娥碧海槎，忍笑却盘鸦。"开篇便毫无顾忌地写出自己的喜悦，纳兰一向是个含蓄的人，直白地表述情感并不多见，可见，纳兰对于再次与爱妻团聚，多么感到高兴。重新见到美丽的妻子，看到她的笑脸盈盈，人世间有再多的烦忧，也该忘却了。

"寻常多少，月明风细，今夜偏佳。"字字透露着掩盖不住的喜悦，这时的纳兰一心沉浸在与爱妻团圆的兴奋之中。他自然无法知道，不久之后，他的妻子将会永远离开他。这时的纳兰，俨然一个兴奋满满的孩子，他在妻子的关爱中，享受着这来之不易的时光。

上片写过自己与妻子团圆的高兴之后，下片便继续抒发这种情感，虽然与卢氏已经谈不上是什么新婚宴尔了，但他们之间的感情却要比许多新婚夫妻还要深。"休笼彩笔闲书字，街鼓已三挝。"下片的开头也是照样平淡无奇，不需要再提笔写任何东西了，夜已经深了，街上敲过了三更鼓，可是喜悦之情，依然无法褪去。这句简简单单的情感表述，胜过千言万语的赞美。但话虽如此，纳兰在词的最后，

依然是充满了溢美之词的，"烟丝欲裛，露光微泫，春在桃花"。

妻子光彩照人，犹如桃花一般的面庞在纳兰眼中无疑是最美的，他在这一夜是欣赏这美的，也是享受这美的。

眼儿媚 咏梅

莫把琼花比淡妆①，谁似白霓裳②。别样清幽，自然标格③，莫近东墙④。

冰肌玉骨天分付⑤，兼付与凄凉⑥。可怜遥夜⑦，冷烟和月，疏影横窗⑧。

[注释]

①琼花：比喻雪花。淡妆：淡雅的妆饰。②霓裳：谓神仙的衣裳。相传神仙以霓为裳。语本《楚辞·九歌·东君》："青云衣兮白霓裳。"③标格：风范、品格。④东墙：东边的墙垣。程垓《眼儿媚·咏梅》："一枝烟雨瘦东墙，真个断人肠。"⑤冰肌玉骨：用于赞美妇女的皮肤光洁如玉，形体高洁脱俗，这里形容雪中梅花的超逸之态。分付：付与、交给。⑥凄凉：孤寂冷落。⑦遥夜：长夜。⑧疏影：疏朗的影子。形容梅花的形貌。

[赏析]

这首词是在吟咏梅花高洁的品格：不要将雪花当成自己淡雅的妆饰，要知道梅花才真的是像白色霓裳那样美丽！别样的幽独清香，高洁的风度格调，不要靠近东墙去玩赏，因为看一眼就能让人魂牵梦萦。她那冰肌玉骨的美丽风采是上天所赋予的，同时也给了她斗寒开放、清幽高洁的孤寂与冷落。可怜在这漫漫长夜之中，伴随着明月清辉，暗香浮动，疏影撒满窗棂。

梅花冰肌玉骨，斗寒开放，不与凡花为伍，有着独特的清纯与脱俗，有人称梅花有着"别样清幽，自然标格"的风范，所以，咏梅自古以来也就是文人墨客笔下的不朽主题，被文人们看成是崇高人品的象征。

纳兰自然也不例外，他倾倒在梅花清纯脱俗的品相下，称赞梅花的品格，以此喻己之品格，纳兰其实是自比梅花，将梅花的品格与自己的品格相提并论，花品人品实为一体。他感慨自己如梅花一般,虽有着冰清玉洁的心,却身处寒冷凄苦的境地。

"莫把琼花比淡妆,谁似白霓裳。"纳兰认为梅花比过任何的花,没有花会有梅花的品格,在这首词里,词人将自己在现实生活中的感受带入了词句中,他备受压抑的心灵,在咏梅的时候得到了情感的释放。

纳兰以梅花自比,在词中有所体现,上片的后一句,他写道:"别样清幽,自然标格,莫近东墙。"这与他在《金缕曲》中的"疏影临书卷,带霜华,高高下下,粉脂都遣,别是幽情嫌妩媚,红烛啼痕休泫"格外相似。同样是将梅拟人,清淡雅洁,表达了淡雅高洁、不愿流俗的愿望。

梅花并非是什么名贵之花,不过是冬日里的一抹淡雅,但就是这份淡雅,令纳兰仿佛看到了另一个自己。在开花的季节,那些百花争奇斗艳的时候,梅花孤傲地躲在墙角。可是在百花休眠、寒冬腊月的时候,梅花独独要崭露头角。即便风再冷,雪再大,也要傲然挺立,为冬日带来一抹色彩。

所以,纳兰在词的下片才会写道:"冰肌玉骨天分付,兼付与凄凉。"梅花的这份冰肌玉骨,仿佛是上天赐予的,可是上天赐予了梅花冰肌玉骨,却并未赐予它一个好时候。纳兰想到自己,不也正是如此吗?生不逢时,无法得到心灵上的真正自由,就算锦衣玉食,有着种种别人羡慕的好生活那又如何,还不是活的如同行尸走肉!

纳兰在词的最后感慨:"可怜遥夜,冷烟和月,疏影横窗。"在寂静的夜空,遥望明月,嗅着梅花的清香,度过这漫漫的黑暗!

朝中措

蜀弦秦柱不关情,尽日掩云屏①。已惜轻翎退粉②,更嫌弱絮为萍③。

东风多事,余寒吹散,烘暖微醒④。看尽一帘红雨⑤,为谁亲系花铃⑥。

[注释]

①云屏:有云形彩绘的屏风,或用云母作为装饰的屏风。②轻翎:蝴蝶。③弱絮:轻

柔的柳絮。④微醒：微醉。⑤红雨：红色的雨，比喻落花。⑥花铃：指用以惊吓鸟雀的护花铃。

[赏析]

　　"蜀弦"泛指蜀中所制的琴。相传汉蜀郡司马相如所用的蜀琴十分精致，后来人们便以此来表示精致的琴。而"秦柱"则是指秦弦，是古秦地（今陕西一带）的一种弦乐器。似瑟，传为秦蒙恬所造，故而得名。

　　"蜀弦秦柱不关情"，写出伤春之情，关情便是动情之意，在这美妙绝伦的音乐声中，都引不起激动的情感，无法令之动容，可见这忧郁有多么深。既然美好动听的琴瑟之声都无法感化这忧郁，那便只能另想其他办法了。

　　这首词的写作年代已经不可考了，纳兰是在什么时间、什么地点写下了这首伤春词，还需要后人的猜测与考证。但其实事实如何，并不是很重要的，重要的是，纳兰在写这首词的时候，内心充满着忧伤。

　　他满怀悲伤地写道"尽日掩云屏"。"云屏"是有云形彩绘的屏风，或用云母作为装饰的屏风。纳兰在屏风后独自忧伤，或许是这春日让他感伤了，"已惜轻翎退粉，更嫌弱絮为萍"。春天虽然是春意盎然的季节，但眼前的蝴蝶褪去粉翅，柳絮也不再飞舞，而是飘落到水中，看来是春逝去了。

　　从上片来看，这首词就是在写暮春之景和伤春之情的：春日寂寂，百无聊赖，美好动听的琴瑟之声也引不起激动的情感，整日都掩上云母屏独自忧伤。面前蝴蝶已经褪粉，柳絮也飘落水中，已是春事消歇了。尽管春日东风温煦，吹散了余寒，暖意融融令人陶醉，然而也摧残花落。唉！看那花瓣随风飘落，当初的护花铃恐怕已经没有用处了。

　　春逝一直是许多文人笔下的主题，看到春天逝去，夏日将至，许多人的内心会涌动出躁动不安的情绪，纳兰也是如此。面对春天的逝去，炎炎夏日的即将到来，他莫名地感到忧伤，所以，便躲在屏风后面，独自哀伤。

　　上片写了春逝的种种景象，下片依然是写景，不过写景之中还融入了些许感悟，"东风多事，余寒吹散，烘暖微醒"。尽管东风将余寒吹散，暖融融的春意让人仿佛喝醉一般有着眩晕的感觉，可是这春意马上就要消失，取而代之的是夏日的气息。

　　四季轮回本是无可厚非的，纳兰在词中这样感悟，忽然让人觉得对春日的逝去多么不忍，所以，纳兰在词的最后感慨："看尽一帘红雨，为谁亲系花铃？"花瓣凋零，仿佛下了一场红雨，看着没有了花朵的枝头，纳兰反问道：既然花都凋零了，那那些护花铃还有什么用呢？已经没有了想要保护的东西，护花铃便显得有些多余。

这首伤春词只是纳兰众多伤春词中的一首，读起来朗朗上口，用词讲究，而且将春日逝去的哀伤情思描写得可圈可点，是首佳作。

摊破浣溪沙

林下荒苔道韫家①，生怜玉骨委尘沙②。愁向风前无处说，数归鸦。

半世浮萍随逝水，一宵冷雨葬名花③。魂是柳绵吹欲碎，绕天涯。

[注释]

①林下：幽僻之境，引申为退隐或退隐之处。道韫：谢道韫，东晋诗人，谢安侄女，王凝之之妻。以一句"未若柳絮因风起"咏雪而闻名，后世因而称女子的诗才为"咏絮才"。②生怜：可怜。玉骨：清瘦秀丽的身架，多形容女子的体态。③名花：名贵的花，同名花一样的美人。

[赏析]

这首词饱含伤悼之意，概为亡妻而作。1674年，纳兰性德二十岁时，娶两广总督卢兴祖之女为妻，赐淑人。那时的卢氏风华正茂，而且史书上记载她是"生而婉娈，性本端庄"。

这样的女子，自然是纳兰的最爱，夫妻二人婚后的感情十分好，恩恩爱爱，情深意切。可是天妒有情人，在他们结婚三年之后，卢氏便因为产后受寒而亡，这给纳兰性德造成极大痛苦，从此"悼亡之吟不少，知己之恨尤深"。

爱妻的去世让纳兰经受了沉重的精神打击，他此后的词一度都是很消极的，他为卢氏写了很多悼亡词，词中多是流露出哀婉凄楚、不尽的相思之情。可是怀念再多，故去的人也是无法生还，这个惨淡的现实令纳兰心灰意冷，日子过得如

同行尸走肉，只有在他的悼亡词中，还可以看到昔日纳兰的神采。

在怅然若失的怀念心绪下，纳兰写下了这首《摊破浣溪沙》，这首词意境很美，是纳兰词中的极品之作。词意在晦涩中透着纳兰独有的淡雅气息，仿佛是幽谷深处开放的兰花，清幽淡雅，品格独特。

词的开篇依然是平铺直叙，直接道来，不过纳兰用到了一个典故，这个典故是他在词中多次用到的，便是"道蕴家"。所谓的道蕴是指东晋女诗人谢道韫，作为才女，谢道韫以一句"未若柳絮因风起"而成名，之后许多诗词中便将谢道韫引为典故。

在这首词里，纳兰写道"林下荒苔道蕴家"，"林下"是指幽静僻静的地方，引申为退隐的去处。在幽僻的地方本来是谢道韫的家，可是如今却是荒芜一片了。曾经的女才子而今也是荡然无存，她的居所也在风吹日晒中破败下去。

纳兰写此，意思是要写出光阴无情。而后一句紧接着写道："生怜玉骨委尘沙。"依然是在写谢道韫，她曾经美丽的身影，如今已经是被埋葬在了一片黄沙之中，但实际上，纳兰是在隐射自己的妻子，曾经美丽温婉的妻子，如今也是双目紧闭，永远离他而去，不再与他相伴了。

所以，纳兰无计可施，只得"愁向风前无处说，数归鸦。"数不清愁绪，便抬头去数黄昏下的乌鸦。纳兰将自己缅怀亡妻的抑郁心情刻画到了极致。在上片写完景色之后，下片便接着写情。

"半世浮萍随逝水"，感慨自己的命运如同浮萍一样，半生的岁月就这样转瞬溜走，纳兰既是在悼亡妻子，又是在感伤自己。这首词的动人之处在于，他写词并非是纯粹的悼亡，还有写到自己，二者相互结合，更令后人感受到纳兰与卢氏之间的深厚感情。

《摊破浣沙溪》这个词牌，纳兰用过很多次，但这首却是其中写得最好的词之一，林下那僻静之地本是谢道韫的家，如今已是荒苔遍地，可怜那美丽的身影被埋在了一片荒沙之中。这生死离愁无处诉说，只能抬头尽数黄昏归来的乌鸦。半生的命运就如随水漂流的浮萍一样，无情的冷雨，一夜之间便把名花都摧残了。那一缕芳魂是否化为柳絮，终日在天涯飘荡！

极其之美，极其之清冷，极其之动人，下片中的"一宵冷雨葬名花"令人无端地想起了葬花的黛玉，仿佛能够感同身受，看到有情人无法终成眷属的悲伤。最后一句"魂是柳绵吹欲碎，绕天涯。"更是点出这首词的主旨，无论爱的人死去多久，无论她的魂魄飘走多远，爱永远是不能忘怀的。

摊破浣溪沙

风絮飘残已化萍①，泥莲刚倩藕丝萦②。珍重别拈香一瓣③，记前生。

人到情多情转薄，而今真个悔多情。又到断肠回首处，泪偷零。

[注释]

①风絮：随风飘落的絮花，多指柳絮。②泥莲：指荷塘中的莲花。倩：请、恳请。萦：萦绕、缠绕。③拈：用手指搓捏或拿东西。

[赏析]

从"记前生"句来看，这首词是怀念亡妻之作：柳絮飘落水中化为点点浮萍，池中的莲花被藕丝缠绕。分别之时手中握着一片芳香的花瓣，道声珍重，记取前生。人若太过多情，情就会变得淡薄，如今终于知道这个道理，于是后悔自己太多情。又来到让人断肠的离别之处，无限伤情，泪水也暗自滑落。

这又是纳兰的一首悼亡词，想来是纪念卢氏的，作为纳兰的妻子，卢氏享受了纳兰太多的爱和关怀，之后纳兰虽然也娶过妻子，但都不及对卢氏那样情深意切，在卢氏死后，纳兰性德后又续娶官氏，并有侧室颜氏。

在纳兰性德三十岁的时候，在好友顾贞观的帮助下，纳江南才女沈宛为妾。沈宛的才气十分了得，纳兰与她惺惺相惜，二人情比金坚，只是可惜的是，纳兰死得太早，娶了沈宛一年之后便去世了。这段爱情故事也就此画上了句号。纳兰一生爱过几名女子，但他的悼亡词却是始终为卢氏而写，这位陪他走过人生青春年华最初阶段的女人，霸道地占有了纳兰的内心深处，那一抹不可被侵犯的领地。

续弦官氏对纳兰很好，而且对纳兰的长子富格也很好，但从这首词中可以看出，纳兰对卢氏的情感，并不是什么人能够轻易替代的。

多情公子在自己编织的情网中苦苦挣扎，犹如在风中久久飞舞的柳絮，终于支撑不住，掉落池塘，化作浮萍。纳兰也想开始新的生活，开始新的感情，忘记旧情，可是往日的美好就如同被施展了魔法的藤条，将他紧紧绑缚住，让他无法抽身。

上片以物开篇，"风絮飘残已化萍，泥莲刚倩藕丝萦"，这是多么无奈的描述，柳絮随风飘落，池中的荷花确实被莲藕牵绊着。以景寓情，格外伤情。这般景物就如同纳兰与前妻之间的感情，虽然已经是天人永隔，但他们之间的爱情，就像这扯不断的莲藕与荷花，就像飘飞许久不愿落于尘土的柳絮。

有着太多不甘心的纳兰，不愿意承认这段已经逝去的感情，他写这首词也就是为了悼念妻子，故而在上片结束的时候，他才会写道："珍重别拈香一瓣，记前生。"其实就连纳兰自己也清楚，唯有忘记，才有重生。记住前生的往事，则永远不能看到日后的阳光。上片结束后，下片便自然而然地承接，继而写道"人到情多情转薄，而今真个悔多情"。

纳兰明白多情之苦，他悔当初的多情，如果可以少一份感情，那便是少一份牵挂，也不至于而今时过境迁，依然是"又到断肠回首处，泪偷零"。

摊破浣溪沙

欲语心情梦已阑①，镜中依约见春山②。方悔从前真草草，等闲看。

环佩只应归月下③，钿钗何意寄人间④。多少滴残红蜡泪，几时干。

[注释]

①阑：残、尽。②依约：仿佛，隐约。春山：春日的山，亦指春日山中，春日山色黛青，因喻指妇人姣好的眉毛，进而代指美女。③环佩：古人衣带所佩的环形玉佩，妇女的饰物。④钿钗：金花、金钗等妇女首饰，借指妇女。

[赏析]

这首小令抒写对亡妻的思念：梦已尽，她那可爱的面庞和身影仿佛重又映在了镜中，依稀可见。当初伊人在时没有认真看过她美丽的容貌，现在真的悔不当初。而今她早已逝去，归于如梦一般的月下之境。她的遗物依旧留在了人间，然而物是人非，更令人悲痛难堪。睹物思人，泪蜡不干，就如同我想念你的眼泪一般。

历史上著名的悼亡词还有苏东坡的《江城子》（十年生死两茫茫），纳兰的悼亡词常与这首词相提并论，当然，苏东坡在《江城子》中流露出的情感，与纳兰的悼亡词有着很大的不同。苏东坡更多的是对人世沧桑变幻的感悟，虽然也是在思念故去的妻子，但是更多的还是对世事变幻的感叹。

在苏东坡的词中，情真意切倒也不假，但就是少了那么点爱情的踪迹。纳兰的悼亡词中就不一样了。他的悼亡词中真诚的感悟人世间的情爱为何总是无法预料，更是无法把握，如果可以得知这份情爱何时会突然消失，那提早有了心理准备，自己也就不用那么伤心无助了。

在纳兰的词中，可以看到爱情游走的痕迹，明显而且不加修饰，不加遮掩，让人看到后只觉得真爱无价，却并不会脸红心跳。这就是纳兰爱情词里的魅力之所在。同样的，在这首悼亡词中，纳兰依然秉承这种风格，将爱情进行到底。

"欲语心情梦已阑，镜中依约见春山。"开篇与苏东坡的《江城子》里的意境有几分相似，同样是午夜梦回，看到故去的妻子坐在梳妆台前，对镜梳妆。想起往昔，妻子也是这样在梳妆台前打扮，然后回眸，嫣然一笑。

那曾经是多么美好的一幕场景，可惜随着人逝去，只能在梦里才能再次看到。纳兰和苏东坡在写词时，心情定当是戚戚然的。不过苏东坡更多的是感慨物是人非，人事变化无常。而纳兰却是认真地回想往日的一切，追忆逝去的爱情。

"方悔从前真草草，等闲看。"从前一直没有认真地看过妻子的容貌，那是因为一直认为来日方长，却没想到，离别的日子竟然会那么突然地降临，而今再想看，也是无法实现的愿望了。

上片转换到下片，纳兰在这里依然是睹物思人，看着逝去妻子的遗物感慨万千。他看着妻子留下的首饰和衣物，留下了多少眼泪。可是泪眼蒙眬中，妻子早已经是随着梦境的醒来，一同消失不见了。

"多少滴残红蜡泪，几时干"，既然眼泪无法换回妻子，那自己为何还要哭个不停？只因为心中所藏的悲伤太多，无法遏制眼泪。面前的蜡烛，也在滴下红蜡，犹如思念中的泪水，何时才会干。

其实，理解诗词不能脱离时代背景。苏东坡是宋代大家，纳兰是清代达贵中的词人，二人身份背景、文化背景都有着很大的不同，对爱情观念自然也有着不一样的看法。苏东坡的悼亡词中，更多的是一种心境的描述，而在纳兰的悼亡词中，则是对爱情赤裸裸的表述。

二人对爱情不同的看法，造成了二人诗词上不同的描述，纳兰这首《摊破浣溪沙》在词史当中别具一格，因为词中所哀悼的夫妻之情是古人通常都不敢明说的爱情，真正的爱情。情感让这首词升华，让纳兰也成为后人心目中的至情至爱之人。

摊破浣溪沙

小立红桥柳半垂，越罗裙飐缕金衣①。采得石榴双叶子②，欲遗谁？

便是有情当落日，只应无伴送斜晖。寄语东风休著力③，不禁吹。

[注释]

①越罗：越地所产的丝织品，以轻柔精致著称。缕金衣：绣有金丝的衣服。②石榴：石榴树。亦指所开的花和所结的果实。③著力：即用力、尽力。

[赏析]

这首词写的是女子伤春的情态：她在红桥垂柳畔伫立，风儿吹动罗衣，衣袂飘飘。伸手将石榴的叶子采下两片，可是又该把它送给何人呢？纵使心中万种情，也只能独自一人空对斜阳。那东风啊，请不要吹得太过用力，风中的人儿已禁受不起了。

正史可考的纳兰性德的妻妾，共有四位。有这些女子一直陪伴在纳兰的生命里，在外人看来，纳兰也算是享尽艳福，可以满足了。

但纳兰却毫不领情，对于上天这样对他不薄的情分上，他依然在词中发出了"料也觉、人间无味"的叹息。这声叹息俨然贯穿了他的一生。纳兰的幸福持续到卢氏的离世，在研究纳兰的学者们看来，纳兰词有一个转折点，同样，这也是纳兰的人生转折点，便是清康熙十六年（1677年），那一年的七月，卢氏去世。

面对爱妻的离开，纳兰伤心欲绝，他将卢氏的灵柩停在双林禅院一年有余，迟迟不肯下葬。之所以不让卢氏入土为安，是因为纳兰不忍就这样与妻子就此永别，他每日承受着巨大的伤楚，只是希望还能看到卢氏的灵柩，似乎就如同看到了卢氏本人一样。

但这样毕竟不是长久之计，卢氏终究是要下葬的。中国一向称为礼仪之邦，任何事情都有严格的礼仪制度。灵柩的停法是十分讲究的，这与古代的礼制有关。按照周礼，人死之后不能马上入土，灵柩需要在家中放置一段时间，才可以入土，这是为了表示活着的人对死者的一种留恋情感。

在灵柩停放在家中的日子，被称之为"殡"，供人凭吊，当灵柩停放到一定天数的时候，才会入土。古时停灵的时间也是有规定的，并不是谁想停多久就可以停多久的。皇帝身份最尊贵，自然停灵的时间也最长。根据等级，依次往下推算，平民百姓停灵的时间应该算是最短的。

纳兰却视礼制于不顾，他固执地将卢氏的灵柩停放一年多，是十分于理不合的。但在纳兰心中那个，还有什么比感情更为重要的呢？纳兰将卢氏的灵柩停放在寺院中，每日听着佛音，看望妻子，心中想念着过去与妻子共同度过的美好岁月，纳兰在寺院里流连忘返，只因他心中守着与卢氏的那份情感。

而也正是这份情感，影响了纳兰后半生词作的风格，纳兰的作品词集原本题为《侧帽词》，是用北朝独孤信的典故，可以看出那时的纳兰以一种贵公子风流自赏的姿态，傲然世间。但之后，纳兰将词集更名为《饮水词》，取的是禅宗话头"如鱼饮水，冷暖自知"的意思。那时的纳兰已经是和世间产生了隔阂，内心封闭了起来。

这首词写女子伤春，其实真正伤的是自己。纳兰的这首词依然延续他一贯的词风，温婉平和，淡淡的忧伤中带着典雅的意味。犹如饮下一杯刚冲泡好的菊花茶，虽然有着淡淡的苦味，但喝下之后，余香犹存。

"小立红桥柳半垂，越罗裙扬缕金衣。"一个美丽女子的形象顿时跃然纸上。"采得石榴双叶子，欲遗谁？"女子的心情其实就是纳兰的心情，对某人有着深沉的思念，却不知道该如何送去，让那人知道，自己的思念有多么深。

这是一种无能为力的挫败感，纵使心中有着柔情万千，也只能随风而逝。"便是有情当落月，只应无伴送斜晖。"卢氏已经死去，但纳兰对她的爱却一直鲜活。但也正是因为如此，这份爱情才越加显得凄迷。

阴阳相隔，生死离别。这恐怕是人世间最悲伤的爱情故事，所以，纳兰在词的最后感慨道："寄语东风休着力，不禁吹。"多少心事都只能藏在心里，东风啊，不要再吹了，风中的人儿已经因为思念过重，无法再承受任何的打击了。

摊破浣溪沙

一霎灯前醉不醒①，恨如春梦畏分明②。淡月淡云窗外雨，一声声。

人到情多情转薄，而今真个不多情。又听鹧鸪啼遍了③，短长亭。

[注释]

①一霎：谓时间极短。顷刻之间，一下子。②春梦：春夜的梦。比喻转瞬即逝的好景，也比喻不能实现的愿望。③鹧鸪：鸟名。体形似雷鸟而稍小，头顶紫红色，嘴尖，红色，脚短，亦呈红色。

[赏析]

这首词写离恨：孤灯之前，一下子沉醉不醒，又怕醉中梦境与现实分割开来。窗外有舒云淡月，细雨声声。人说若太多情，情谊就会变得淡薄，而现在我已经真的不再多情了。可是，窗外又传来鹧鸪啼鸣之声，不知那送别的短亭长亭之处是否有人驻足倾听？

作为伤感之词，这首词写得十分哀伤，自怜自伤太甚。纳兰自己也说"人到情多情转薄，而今真个不多情。"这首词抒写是离情，但纳兰声声感慨真是多情不似无情，只有品尝过情爱之苦的人，才能做出如此深的体会。

在这首词上，纳兰做了一些词语上的技术处理，开篇那句"一霎灯前醉不醒"仿佛是一组动静交替的画面，做到了情景交融，相互映衬。这句起篇，令整首词有了似醒似醉、似睡非睡的模糊意境。

写道离愁的诗词有许多，但这首离愁的词因为是纳兰写的，便与其他的词有了很大的不同。纳兰是一个天生内心纤细的人，他看待任何事物都要比别人更加敏感，更加透彻。离愁在纳兰的眼中比别人的更加沉重，仿佛天地万物同悲的味道。

在纳兰的离别词中，"淡月淡云窗外雨"，云和月在雨夜淡淡的，看上去朦朦胧胧似乎要落泪的样子。这真是将离愁写到了极致，而前一句"恨如春梦畏分明"也分明说道，这份悲愁，无可替代。

唐人张泌《寄人》诗有："倚柱寻思倍惆怅，一场春梦不分明。"纳兰在这首词中，将一个"畏"字与前人的诗句中相替换，更使得词意显得矛盾哀愁。在这首词中，纳兰采用了许多表现手法，丰富的表现手法令这首词读起来不乏趣味，虽然写道离愁，但也有着明快的色彩。

不愿面对现实，便要入梦逃避，但又无法安然地睡去，似梦非梦之中，离愁之意犹如窗外细雨，淅淅沥沥，连绵不断。而最后整首词的结语"一声声"，"又听鹧鸪啼遍了，短长亭"，使得词的整体风格更显得冷清生动，孤寂格外分明。

词中的每个字眼，都好似敲打在心坎上，难怪王国维称赞纳兰，纳兰既突出"离情"之"苦"，又写出夜里相思之恨。这首离别之词，写得十分精妙贴切。句句都写出了离人之恨。虽然纳兰总是化用前人诗句，但在词中所描述的心情和心境已经有了很大的改变。

纳兰仿佛是一位能工巧匠，将词意拿捏得恰到好处、巧夺天工，丝毫让人看不出有着前人的影子。从作词上来看，纳兰尽力完美地展现了他的情感，让其展露在世人面前，虽然凌乱，但却始终哀伤顽艳。

摊破浣溪沙

昨夜浓香分外宜，天将妍暖护双栖[1]，桦烛影微红玉软[2]，燕钗垂[3]。

几为愁多翻自笑，那逢欢极却含啼[4]。央及莲花清漏滴[5]，莫相催。

[注释]

①妍暖：谓晴朗暖和。双栖：飞禽雌雄共同栖止，比喻夫妻共处。②桦烛：用桦木皮卷蜡做成的烛。红玉：红色宝玉，古常用来比喻美人的肤色。③燕钗：旧时妇女别在发髻上的一种燕子形的钗。④含啼：犹含悲。⑤央及：请求、央告。莲花：即莲花漏。清漏：清晰的滴漏声，古代以漏壶滴漏计时。

[赏析]

这首词有人说是怀友，有人说是追忆与恋人欢度良宵的情景，纳兰的许多词总是给人模棱两可的感觉，既是相思，又是相恋，搞不清楚他到底想要表达哪种情绪。或许这样的词作更好，因为猜不透，所以更显得朦胧。

纳兰在静夜起相思。酒不但不能化解他的满腹愁绪，反而更加添增了几分愁绪。情有多长，愁便有多长，比这无聊的春宵还要漫长。因为心中充满了孤寂，上片看是怀伊人，下片读是怀故友。

整首词愁情绵绵不绝，仿佛比春风还要绵绵，比春宵还要长远。在夜色中，心中充满了孤独和无聊，唯有梦里才可与你一会儿。在一个天气良好的夜里，花开云走，纳兰心中充满寂寞，提笔写下这首词，"昨夜浓香分外宜"，乍一看起来，似乎是一首意境与心境同样欢愉的词，写到美好的天气，还有夜色里浓郁的花香，二者相宜。

"天将妍暖护双栖"，晴朗暖和的天气中，夫妻二人双宿双栖。"妍暖"在这里是夫妻双宿双栖的意思。问世间情为何物，为伊消得人憔悴。春风无法洗去内心的忧愁，即便再好的春光，再美好的夜晚，也无法抹去夫妻二人之间的情分。

为情而惑，一直是纳兰面临的情结。在这首词中，充分写出了这种情绪，在这个四季轮回的世界，身心竟然不堪其苦。回想起往日的种种，今朝的一切，真的是惨淡。原来的柔情蜜意，在今日看来，竟然如此不堪回首。

当日剪烛西窗，对面絮语之时，谁会想得到有朝一日，会无法再见面，无法再牵手呢？命运以其庞大的、无可扭转的力量，让人们在得到又失去的痛楚中，逐渐明白了人世无常的道理。如果早知道日后的分别，当日是否还会那么用力地去爱，这个问题无人能够回答，纳兰如今孤独地居住在旅馆内，回忆当初的情景，心里真是感慨万千，无法言说。

"桦烛影微红玉软，燕钗垂。"多么温馨的一幕，多么美好的回忆，这一切都因为回忆中的那个人不在身边，而显得犹如一幕惨淡的剧目，不忍去看。情爱就好像是双生花，轻易地将爱情中的两个人纠缠在一起，可是谁能想到，这之后的爱人，是如何面对世事沧桑变幻的呢？

纳兰独居寓所写出的词清淡雅致，虽然伤感，却并不浓烈。纳兰就是这样一个心境淡然的人，不会大悲亦然不会大喜。下片开始写起，可是怎么看都不像是连接上片了，这两片词似乎是分离的，意思不相连接。上片好像在怀念恋人，可是下片更像是在思念故人，想念一个老朋友。

"几为愁多翻自笑，那逢欢极却含啼。"依然的孤寂之感，但少了些香艳的感觉，用情依然深切，却不是你侬我侬的感觉，意境清疏，是词中的好句。人虽寂寞，可是想到与朋友在一起度过的欢声笑语的日子，心里就生出无限的喜悦。

"央及莲花清漏滴，莫相催。"时间过得虽然很快，但相逢总是令人高兴的，不要催着分离。似悲似喜的情感，纳兰这首词并不是为抒情而抒情，因写情而抒情，他的抒情在写景中自然而然地带出，十分自然。

霜天晓角

重来对酒^①，折尽风前柳。若问看花情绪^②，似当日，怎能够。休为西风瘦，痛饮频搔首^③。自古青蝇白璧^④，天已早、安排就。

[注释]

①对酒：面对着酒。②情绪：心情，心境。③痛饮：尽情地喝酒。搔首：以手搔头，焦急或有所思貌。④青蝇白璧：比喻谗人陷害忠良。唐陈子昂《宴胡楚真禁所》诗："青蝇一相点，白璧遂成冤。"青蝇，苍蝇，蝇色黑，故称。白璧，平圆形而中有孔的白玉。

[赏析]

相逢又离别，离别又相逢，人生似乎就是在这相逢分别中慢慢损去，似乎是命运的轮回而已。看罢，如今眼前竟又是一盏离别酒，又要将它存进惆怅。

河边那一排排瘦瘦的柳树，春意未浓，绿芽始发，却早已攀折殆尽，一任那春风吹啊，却怎么也吹不绿了，春风又何能解憔悴？徒替柳枝伤感罢了。

与早春一道的，那早早的花儿已然开放，卑微，却露出生的希望——遥想那些一共赏花的年华，如水东流，一去不返。如今物是人非，再对花月，睹物思人，何谈情绪，哪有心思，真肝肠寸断。怎能还似当时呢？

可爱的人儿啊，不要在这西风中沉沦，不要为此而憔悴！经历了生涯那么多的坎坷、离别，面对过人生何其多的温热冷暖，难道脆弱的心灵还未粗糙，难道敏感的神经还未因此麻木？

痛饮下这一杯酒罢，让我们一道将离别的痛苦，赤裸裸地一点不留，浸泡在

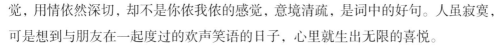

这催泪滚滚的烈酒中罢，还让我们自己也沉沉地败倒在这烈酒的冷寒里罢，让明日醒来时的我们，又回到原来并未相见的空虚中，回到我们从未结识的陌生中去，回到没有挂念的快乐中去。

人生不适，离别圆缺，清白谗邪，纷纷扰扰，永无宁日，自古便是如此啊，这千般烦恼，百般计较，命无不如此，皆由天定啊！

这是一首写饱受人生别离之苦后，借重聚饮酒之机，抒发人生无常之情的词。上片说重逢后，又临别酒，而此时，方寸所感，早与往日大相径庭。下片自己为这人生苦恼提出了解答："自古青蝇白璧，天已早、安排就。"

这词中体现了佛教思想对纳兰性德的影响。我们可以看见：一方面纳兰性德本曾积极进取，敢于直面人生，他早期和一切读书人一样，努力去考取功名，并且由于家族以及自身能力两方面的原因，顺利进阶，仕途可谓一帆风顺，成为帝王身边的武士，前途不可限量；另一方面，他完整人生中的另一面，也就是他敏感而易感伤的心理，坎坷而多遭变故的爱情生活，无常人生的生死、别离，等等，始终像水一样，慢慢浸透他全身。这样一对矛盾一并融入了纳兰性德的命运中，他无比苦闷，寻找出路，终于找到了佛教禅宗思想。然而他并不是一个虔诚的佛教徒，也并不是一个俗家弟子，他只是一个对世俗世界十分留恋又力图从中解脱的读书人，一个伤感而敏感的诗人。

减字木兰花 新月

晚妆欲罢，更把纤眉临镜画①。准待分明②，和雨和烟两不胜③。
莫教星替，守取团圆终必遂。此夜红楼，天上人间一样愁。

[注释]

①纤眉：纤细的柳眉。②准待：准备等待。③和雨：细雨。不胜：不甚分明。

[赏析]

这是一首咏物词，描写新月，比喻拟人，巧妙别致，颇有风格。

上片正面描写，通过比喻拟人表现新月。看那天边初生的新月，像一位美貌绝伦女子，正临镜梳妆时用那画笔画出的一条弯弯的眉毛。要等到夜色中的烟雾消散后，天空澄澈，那时才能看见这一轮新月的美丽——然而细雨烟中，不甚了然，满目还是一片迷蒙。上片虽主要写的是新月，却还应注意到一点，也就是情感上的表现。本来花了很长时间、很多心思，好好化了一番晚妆，要等有人来欣赏自己，然而"准待分明"时，却发现"和雨和烟两不胜"，竟然不能看清这美貌，如何不让人悲伤？这里将新月拟人化了，比成一位女子，弯弯的眉毛高高翘起，好像女子皱眉不高兴似的。但实际的情感从下片可知并不单单是新月的悲伤，而是"此夜红楼，天上人间一样愁"。

下片从侧面描写新月，并且把情感也从新月落到人身上了。不要让星星替代了新月，让它们成为这漫漫黑夜的主角，须慢慢坚持，总会有变成玉盘圆月的那一夜。

上片写景，下片抒情，上片写月，下片写人，最后一句"天上人间一样愁"将上下两片、天上人间联系起来，情景交融。

这首词中"红楼"可以有多种解释。一种是红色的楼房，如史达祖《双双燕》中："红楼归晚，看足柳昏花暝"，洪升《长生殿·偷曲》："人散曲终红楼静，半墙残月摇花影"。两句中的"红楼"都是指这个意思。第二种解释是富贵人家中，女子居住的闺房称为"红楼"，如白居易《秦中吟》："红楼富家女，金缕绣罗襦"，王庭珪《点绛唇》词："花外红楼，当时青鬓颜如玉"。第三种解释是旧时妓女居住的地方，周友良《珠江梅柳记》卷二载："二卿有此才貌，误落风尘，翠馆红楼，终非结局，竹篱茅舍，及早抽身。"当然还有《红楼梦》之所谓"红楼"，大概是由于曹雪芹于悼红轩中披阅十载、增删五次的缘故，这"红楼"应是第一种意思。

至于本首词中"红楼"的意思，向来应该是第二种，富贵家庭中女子的闺房，因为这符合词人的总体风格以及社会环境。事实上，明清以来，文人的诗词中妓女的成分已经远少于唐宋，原因就在于唐宋妓女一般是艺伎，她们多具有一定的艺术修养，或更歌善舞，或长于填词写诗歌，所以那时文人多喜欢来往其间；然而明清以来，妓院就成为真正的烟柳之地，文化氛围也消失殆尽，艺伎就不是主流，文人也不齿于此了。所以从这两方面看，纳兰性德这里的红楼应该是第二种意思，或者是第一种。

减字木兰花

烛花摇影，冷透疏衾刚欲醒①。待不思量，不许孤眠不断肠。

茫茫碧落，天上人间情一诺②。银汉难通③，稳耐风波愿始从。

[注释]

①疏衾：掩被而眠而感到空疏冷清。②一诺：谓说话守信用。③银汉：天河，银河。

[赏析]

　　纳兰在三十一岁时便因病离世，这么一个深情款款心思细腻的男人，在身体尚该强壮的年华怎么就离开了呢？有人说也许不仅仅是缘于身体的疾病，而是灵魂深处相思的绝望，细品这首小词，便可探一二。

　　夜已深，露水凉薄，房中蜡烛也飘忽将要燃尽，空气里都是旷疏冷寂的味道，心中一时孤寂难耐，无法入眠，便掩着被子摇晃坐起，映在烛光的剪影里的是寥落和感伤。当真是愁情难遣，梦也悲，不梦也悲。你不在身边，无论今宵酒醒何处也不过晚风残月，满地月光惘然。深受相思之苦，所以告诫自己不要再多想，可惜的是这样强迫收敛自己的思绪显然是徒劳的。

　　这首词中，写尽了相思的惆怅失落和无奈。这又是一首凄婉的作品，有论说是他写给自己被纳入皇宫的心爱的表妹。纳兰这样神经纤细的人儿，他的离愁也注定就比别人来得沉重，在他为离别所伤的时候，云和月都是淡淡的，看上去蒙蒙若湿好像也要落出泪来的样子。曾有人评论他，说纳兰公子是盛世悲音者，他们反复探寻着这位宝马轻裘的公子心中为何总有挥不散的浓愁。

　　是呵，爱一个人无须太计较，觉得甘愿就妥帖付出。无法相见但不能不惦记。你看，天地茫茫，风雨凄凄，你被纳入皇宫，宫墙相隔，但是我们要像牛郎织女那样，即使银河相阻隔，不管天上人间，只要坚定不移、两情相悦，最后总能修成正果的。虽然我们现在分开了，但是我们的誓言能够经得起考验，就像季布许人的诺言，一诺胜千金，能够说出的一定做到，此时虽然音信渺茫不知彼此近况如何，只要耐心等待，等着波折过去我们一定能重新团聚。纳兰渴望能和心爱的人过上双宿双飞的温暖美满的生活。可惜的是，"天上人间情一诺"的纳兰最终也没有等到那一天，纳兰身在人间却只能遥望佳人居于茫茫碧落。碧落指青天，白居易《长恨歌》："上穷碧落下黄泉，两处茫茫皆不见。"却原来愿望越是美好如花，凋谢起来便越是显得残酷伤人。原是这重情重信之人，这天上人间一诺相挽，纠结缠绕，不禁让人联想到仓央嘉措的"但曾相见便相知，相见何如不见时，安得与君相决绝，免叫生死做相思"。纳兰你可曾在绝望的等待中像活佛一样埋怨过当初的相见不如不见，只因别后相思太难敌？我心上的人儿啊，你可知我这深入骨髓的思念和爱恋？

"家家争唱饮水词，纳兰心事几人知？"而今静读《饮水词》，会感觉到脉脉的温情在心间流动缠绕，一个生活在三百多年前的男子，在他的辞章中充满着不倦不悔地对感情的执着，温暖着后人。

今张秉戍曾评纳兰，"真纯、自然、深婉、凄美"盖之，无论写景还是抒情都平实地由肺腑而出，即所谓明白、自然、诚恳、切实，如"烛花""疏衾"，不刻意，不雕琢，取生活手边实景，"欲醒""孤眠"，绝无矫揉造作部分，也不搔首弄姿，表达心中实时所思所想，这便是纳兰的词具有永恒魅力的根本所在。深婉是说的他的词所显现出的美感特色与效应，深沉郁勃、含婉蕴藉的特色，意向凄怆，意识意境凄婉。

减字木兰花

相逢不语，一朵芙蓉着秋风。小晕红潮①，斜溜鬟心只凤翘②。待将低唤，直为凝情恐人见③。欲诉幽怀，转过回阑叩玉钗④。

[注释]

①小晕红潮：害羞时两颊上泛起的红晕。②鬟心：鬟髻的顶心。凤翘：古代女子凤形的首饰，或者冠帽上插的鸟羽装饰。③直为：只是因为。凝情：情意专注，这里指深

细而浓烈的感情。④回阑：即回栏，曲折的栏杆。

[赏析]

这是一首描写怀春少女偶遇自己喜欢的男子时的矛盾心理的词。在表现女性情感上，纳兰性德拿捏得恰到好处，如同戏剧一样，将一位可爱的少女生动活泼地展示在读者面前。

上片写相见时的外部举止。或许是一次游春，女子正赏花随游，信足而观，可突然前面走来一位那么熟悉的人——就是我一直暗暗喜欢的那个小伙子——顿时手足无措，语无伦次了，竟然一句话也没有跟他说，脸霎时就红了，像一朵芙蓉花，经过一场秋雨，显出淡淡的红色。两颊因害羞而红晕一片，把脸低下，头上的凤钗往上翘起。

词的下片将主要描写的点转移到了心理上，从女子的心思上着力刻画。非常想要轻轻地叫他一声，和他打个招呼，就是怕被人发现自己是那么爱他，然后说三道四。也想和他一述隐情，把自己想了很久，一直只能自言自语的话跟他倾心一谈。可是他已经远去，游春的雅兴也顿时消失，心中无限思量。只能徒然转身倚栏，百无聊赖，闲敲玉钗。

这首词前面已经说过，在表现女性情感上尤为细腻，盛东玲在《纳兰性德词选》中说："一个少女，与恋人漠然相逢，既不肯轻易放过这一个难得的倾诉衷肠的机会，欲语不语，娇羞之态可掬。这是作者亲身经历的事情，他记下了这一动人的一幕，心中充满了柔情。"那么作者通过两方面结合来写的。

一方面通过女子的外部行为，也就是集中在上片的一连串举止。首先，二人突然遇到，她的思想上一点准备也没有，遇到后必然表现为失语尴尬（即便能说话也是语无伦次，吞吞吐吐），这尴尬中充满甜蜜而心酸的爱情；然后脸色也应心而变，这加强了对前面失语的强调；接着由于前面失语脸红导致的失态，马上又去掩饰，便低垂下头。这些描写，可谓传神，力透纸背。

另一方面，进一步从深层次的心理上着笔。下片"恐人见""欲诉幽怀"是她的全部矛盾。可见这个女子受到世俗偏见的束缚，在冷酷的道德环境中战战兢兢，但她内心并没有被封建传统束缚，敢于面对所爱，并且心中跃跃欲试着要突破束缚。但是结果是具有悲剧性的，"转过回阑叩玉钗"，证明她又回到了先前那种相思成疾、百无聊赖的旧轨迹上。这一点具有悲剧性。但是应该看到其中隐含的某种冲击力，可以想见，若是遇到下一次，若上天竟又给了她一次这样的机会呢？她积累了足够的心理能量，就越能突破外界的世俗束缚。

这首词从女子方面来看待这次邂逅，然而词人纳兰性德却是其中的男主角，也就是那个女子邂逅的恋人。所以其实这首词最终还是纳兰性德的自我安慰。他遇到一位心仪已久的姑娘，他们是否相爱并不一定，但可以肯定的是纳兰性德对她确实苦恋已久。纳兰性德通过假设一个女子对他的这般情感，却是来表现自己的这种情感，由此可见纳兰性德是何其痴情。这种安排也是十分巧妙的。

这首词词风上受花间词影响明显，但在表情上却大大突破花间窠臼。在艺术真实上做得相当好，词人在女子和自己双重身份上，立足女性形象，进行自由转换，无论是行为还是心理上，都描摹得恰如其分，读来让人分外感动。

减字木兰花

花丛冷眼^①，自惜寻春来较晚^②。知道今生，知道今生那见卿。
天然绝代，不信相思浑不解^③。若解相思，定与韩凭共一枝。

[注释]

①冷眼：冷淡、冷漠。②寻春：游赏春景。③浑不解：犹言全不解。

[赏析]

纳兰这首减字木兰花是相思之作。只是这相思之中寄托更多的是一份哀婉怅恨之情。上片纳兰用典于唐代风流才子杜牧的故事，彼时杜牧曾作《怅诗》以表怅惋之情：

自是寻春去校迟，不须惆怅怨芳时。
狂风落尽深红色，绿叶成阴子满枝。

晚唐人高彦休《唐阙史》卷上曾记载过与此诗有关的一个故事，即杜牧早年游湖州时，遇到过一个面相极为秀美的十余岁少女，心生喜爱之情，便与少女的母亲约定说等他十年，他若十年未回，再叫女儿出嫁。只是杜牧当上湖州刺史已

是十四年后的事了，彼时那女子也已嫁人生子。杜牧怅然以作此诗。当时杜牧没有命题，时人命题为《怅诗》。

纳兰在此沿用此典以表明自己与杜牧相似的情感：原是只能怪自己游赏春景来迟，失了那最好颜色，须怨不得如今花丛冷淡，萎靡相对。只是看着眼前这已经残了的春景，不由思及佳人，纳兰本性多愁善感，触景伤情便更一发不可收拾，一口气叹出，便吟："知道今生，知道今生那见卿。"想来佳人也若这冷眼花丛，不再两颊飞红、盈盈浅笑地出现在纳兰眼前了。

关于纳兰的爱情遭遇，民间传说甚多，其中最广为流传的一个是说他爱过甚至有过婚姻之约的一位"绝色"女子后来被选入宫，相爱顿成陌路，给纳兰留下无尽愁绪。然而民间传说并无可靠的文献证据证实，不能排除演绎的成分，但是从本词上片来看，纳兰似乎确实曾有一位恋人与之失之交臂，至于原因究竟是纳兰如杜牧一般因某事耽搁而误了姻缘，还是佳人被另一更有权势的男子夺去，使得有情人不得眷属，如今已无从考证。但不论过程如何，结果都是一样的。

到如今春色已残，还能有何寄望呢？到了下片，纳兰用了前文提到的"相思树"的典故，关于相思树的故事，还有一首童谣被流传了下来："乌鹊双飞，不羡凤凰；韩凭之妻，不嫁宋王。"想来纳兰自知此生已无再见机会，竟是将再续前缘希望约定在了死后。

"不信相思浑不解"，"浑不解"在这里是全都不知道的意思。曾相知相爱的深挚情意，使得纳兰坚信那绝代芳华的佳人绝对不会忘记自己，而自己的一片相思情深，即使现在彼此已是天各一方，伊人也定然不会一点都不知道。而你若是真的明白我对你的这份情意，就"定与韩凭共一枝"吧。

纳兰在这首词中多寄托怅惋相思的怨愁和生死相许的深情，此外并未更多对世道以及缘分浅薄的怀恨怒意，这刚好迎合了纳兰"怨而不怒"的诗学主张。那到底相思究竟是怎样一种形态呢？元代的徐再思曾在《蟾宫曲·春情》中有过这样的描写：

平生不会相思，才会相思，便害相思。

身似浮云，心如飞絮，气若游丝。

空一缕余香在此，盼千金游子何之。

证候来时，正是何时？

灯半昏时，月半明时。

原来最深的思念是一份离别，两处销魂凋零。也便是如此这般昏惨惨也要继续的相思，消磨了时光，消瘦了伊人，仿佛一个倏忽，就从今生，蔓延到了来世，口里心里，还依旧碎碎念着你的名字。

一络索 长城

野火拂云微绿①，西风夜哭。苍茫雁翅列秋空②，忆写向、屏山曲③。

山海几经翻覆④，女墙斜矗。看来费尽祖龙心，毕竟为、谁家筑？

[注释]

①野火：指磷火，鬼火。②苍茫：空旷辽远。③屏山曲：如屏风一样曲折的山形。此处指绵延起伏的长城。④山海：山与海。翻覆：巨大而彻底的变化。

[赏析]

纳兰在一个庞大而显赫的家族中，似乎他的富贵命运是上天早已经注定好了的。他一出生就被安排在一个天皇贵胄的家庭里，他的出生伴随的便是荣华富贵，锦衣玉食，前程似锦，一生无忧。

但纳兰自己却并不认为这是上天的恩赐，反而认为这是上天的禁锢，他将豪门视为锁链，是牵制他自由的锁链。故而纳兰常常是不开心的，他自己曾在词中写过，"虽履盛处丰，抑然不自多。于世无所芬华，若戚戚于富贵而以贫贱为可安者。身在高门广厦，常有山泽鱼鸟之思"。

这首词为怀古之作，体现"风人"之旨：大漠荒野之夜，磷火绿光闪闪，好像与天上的云朵连到了一起，西风猎猎，仿佛鬼神夜哭。秋天苍茫的天空里飞过一行行征雁，想要飞过连绵起伏的长城。沧海桑田几经变化，那城墙依然矗立在那里。看来秦始皇是白费心机了，那万里长城究竟是为谁家所建造的呢？

所谓"风人"之旨，是说诗词中体现出严肃、大气的意境，清词中兴运动中，纳兰性德就以自然深挚的情致和婉丽凄清的风格别开生面，是清初独树一帜的词

人。但正因为他的词清新婉约，自然也就无人会想到他有坚硬的一面。

其实，纳兰写怀古的诗词，也很是了得。他写言情诗词，可以极尽阴柔妩媚，令人读罢沉醉其中。而他写的怀古之词，也可以阳刚之气十足，犹如猎猎大风中，迎风而立的铁血将军在凝视前方。

第一句"野火拂云微绿，西风夜哭"，就写尽凛冽战栗之气势，夜晚的荒野上，闪烁着磷火点点，泛着绿光，好像是要与天上的云朵相连接。而四周刮起的西风，阵阵哀号，仿佛鬼神在哭泣。

这样的意境在纳兰的词中很少见到，这首词是他陪同皇帝出游时，看到无垠的风景，一时感慨而作。京郊的风景确实不如京城内的繁华，在紫禁城内，宫女如织，锦衣玉食，琳琅满目时，谁能想到，这个世上，还有许多地方是空旷无垠、毫无人烟的呢？

"苍茫雁翅列秋空，忆写向、屏山曲。"纳兰将长城比成"屏山曲"，刻画出了长城连绵不绝、曲折的形状。在苍茫的天地间，连绵曲折的长城蜿蜒走向，看不到尽头。感慨着这人力非凡造就的同时，纳兰也产生了疑问。

"山海几经翻覆，女墙斜矗。看来费尽祖龙心，毕竟为、谁家筑。"下片的词句言简意赅，简明易懂，长城历经风吹雨打，依然仁立不倒，秦始皇费尽心思修筑的这万里的防御，究竟是为了防御谁？

一络索

过尽遥山如画，短衣匹马①。萧萧木落不胜秋②，莫回首、斜阳下。

别是柔肠萦挂③，待归才罢。却愁拥髻向灯前④，说不尽、离人话。

[注释]

①短衣匹马：短衣，短装。古代为平民、士兵等服装。穿着短衣，骑一匹骏马。形容士兵英姿矫健的样子。②萧萧：冷落凄清的样子。木落：落叶。③萦挂：牵挂。④拥髻：

谓捧持发髻。

[赏析]

　　这首词写征途之上和闺阁之中的景色与情思：穿短衣，乘匹马，在外之人奔驰在征途上。不要在夕阳西下时回首怅惘，那落叶纷飞的景象只能让人徒增悲凉。无尽的牵挂只有待到行人归来，才能消除吧？而对灯夜话之时，述说着别离之苦反倒使人生愁增恨。

　　纳兰是个心思细腻的人，他对待每一份感情都是十分认真的，无论是友情还是爱情，都让他很看重。

　　清康熙二十三年（1684 年），九月二十八日，纳兰随驾外出的时候，给朋友严绳孙于路途上写了一封信，从这封信中可以看出，纳兰对待友人真是情真意切，倾于肺腑，十分难得。

　　兹于二十八日又从东封之驾，锦帆南下，尚未知到天涯何处，如何言期归期耶？汉兄病甚笃，未知尚得一见否，言之涕下。弟比来从事鞍马间，益觉疲顿。发已种种，而执犮如昔。从前壮志，都已灰尽。昔人言：身后名不如生前一杯酒，此言大是……古人谓：好官不过多得金耳。吾哥但得为饱暖闲人，又何必复萌宦情耶？吾哥所识天海风涛之人，未审可以晤对否？弟胸中块垒，非酒可浇，庶几得慧心人以晤言消之而已。沦落之余，方欲葬身柔乡，不知得如鄙人之愿否耳。

　　从信中可以看出，纳兰把对于友人的关爱时时刻刻放在心里。而这首词所写的虽然是征途之上的景色，但从中也能窥到情思一二。纳兰睹物思人，从萧萧落木的凄凉景色，联想到远方故人，满心惆怅。

　　词的上片提笔便是"过尽遥山如画，短衣匹马。"这是多美的一幅意境，走过无数的山，跨过无数的路，只是身着短衣，骑着马匹，行色匆匆走过各路风景，最终停于某地，回首望去，身后早已经路千条、山万座了。

　　在这句里，纳兰的"短衣匹马"是出自唐代杜甫《曲江》："短衣匹马随李广，看射猛虎终残年"，形容英姿矫健的样子。纳兰意气风发地停马且住，看落木萧萧，萧索的秋日，在斜阳下徒增悲凉。

　　前路漫漫，还有多少路要走，走过四季，已经走到了渐渐了无生气的秋季。路在脚下，依然要不断前行，但是过往回首望去，却是一片萧索。"萧萧木落不胜秋，

莫回首、斜阳下。"这是纳兰游走在外的真实感受。

此时的他，定当是很想与友人秉烛夜谈、闲话家常。所以，他会写信给自己的朋友，诉说心事，也聊聊见闻。相见的时日不多，那就让信笺带去自己的问候吧！因为"别是柔肠萦挂，待归才罢。"无尽的相思和牵挂，只有回去后，见面才能诉说得尽。

在下片的开端，纳兰便用如此直白的语气写出了对友人的思念，他对待友谊和对待爱情一样饱含热情，充满热忱。正是因为充满无限的热忱，所以在分离之后，更显得孤寂和落寞。在这首词的最后，纳兰自己也写道："却愁拥髻向灯前，说不尽、离人话。"

闲愁越想越多，只有当友人重新见面之后，才能化解，离人话说不尽，说得尽的只有彼此之间对对方的牵挂。

与纳兰交友，实在是一生有幸，因为，被纳兰认定的朋友，会生生世世存在于他的内心深处。

一络索 雪

密洒征鞍无数①，冥迷远树②。乱山重叠杳难分，似五里、蒙蒙雾③。

惆怅琐窗深处④，湿花轻絮。当时悠扬得人怜⑤，也都是、浓香助。

[注释]

①征鞍：犹征马。指旅行者所乘的马。②冥迷：迷蒙，迷茫。③蒙蒙：迷茫的样子。④琐窗：镂刻有花纹图案的窗棂。⑤悠扬：飘扬，飞扬，这里形容雪花轻盈散落。

[赏析]

这首词为咏雪之作：马背上落满密洒的白雪，远处树木冥迷，乱山杳渺，不甚分明，仿佛一切都置于蒙蒙雾中。雪花飘入了窗棂，好像是湿花柳絮，又勾起了无限感怀。那纷飘的雪花之所以惹人怜爱，除了它那轻盈的体态之外，还由于它得到了浓郁芳香的暗助。

这首《一络索》读起来并不是很顺畅，似乎还有些拗口，这并非是纳兰的功力不够，而是要涉及音律的问题了。诗词押韵的规格是很严格的，而词律更比诗律复杂。这是随着时代的发展而不断变化的，例如在诗经中，押韵并不多见，但到了唐宋，韵律逐渐变得严格起来，可是发展到元明清时期，与之前的韵律又不相同了。

纳兰的这首词中，自然无法比唐宋时期的韵律，但这里也有自己的规律的，对于清朝的人来说，和唐宋时期的语音有了很大的差别，纳兰那个时期，清初词人所依据的词谱主要是张南湖的《诗徐图谱》和程明善的《啸徐谱》，质量不高，里面还有许多错误。

依照这样来看，纳兰这首词的韵律显得有些别扭，也是可以理解的。除去韵律问题不讲，但从词意来说，这首咏雪词还是十分好的，算得上是上乘作品。

"密洒征鞍无数，冥迷远树。"虽然这是咏雪词，但词中并未出现"雪"字，甚至和雪相关的词汇也没有提及。但即便如此，依然可以看出，纳兰这是在写雪景。落下的雪片密密麻麻地散落在马背上，模糊了远处的树木。在这场大雪中，远处的山都看不清楚，到处都是迷蒙的一片。"乱山重叠杳难分，似五里、蒙蒙雾"。

写完雪景，下片便是以景写情。先是道出"惆怅"在窗棂深处，接着便写雪花如同柳絮一般飘入窗户。在这里，纳兰有一个意境用得很好，将雪花形容为"湿花"，雪花落地即化，就好像打湿的柳絮一样，十分贴切。

也正是因为如此，这样的雪才让人怜惜，不过纳兰最后也提到，雪花之所以得到世人的喜爱，除了它们自身的圣洁之外，还得益于浓郁的芳香。"当时悠扬得人怜，也都是、浓香助。"雪花怎么会有芳香？想来这是词人的一种想象。

在窗户后面，看到外面白茫茫的一片银色世界，偶尔会有几片雪花飘落进来，在窗台上融化成水，就仿佛花朵一样，让人怜惜，自然，也就联想到了花朵的芳香。雪花在纳兰的笔下，灵活而有了生气。这首词虽然不算人尽皆知的好作品，但其中的情趣也是别有味道，读罢令人忍不住遐想一番。

卜算子 新柳

娇软不胜垂①，瘦怯那禁舞②。多事年年二月风③，剪出鹅黄缕。
一种可怜生④，落日和烟雨。苏小门前长短条⑤，即渐迷行处。

[注释]

①娇软：柔美，轻柔。②瘦怯：犹瘦弱。③多事：做没必要做的事。④可怜生：犹可怜。⑤苏小：即苏小小。苏小小有二，一位是南朝齐时钱塘名妓，《乐府诗集·杂歌谣辞三·〈苏小小歌〉序》："《乐府广题》曰：'苏小小，钱塘名娼也。盖南齐时人。'"一位是南宋钱塘名妓，清赵翼《陔余丛考·两苏小小》："南宋有苏小小，亦钱塘人。其姊为太学生赵不敏所眷，不敏命其弟娶其妹名小小者。见《武林旧事》。"

[赏析]

这是一首咏柳词，用拟人写柳树，又用柳树喻人，很是巧妙。黄天翼《纳兰性德和他的词》中说："词以'新柳'为题。表面上，作者描绘一株娇嫩柔弱的柳树，其实以柳喻人。意境相当优雅含蓄。"

初春，埋在古柳枯干中的梦苏醒过来，伸出"娇软不胜垂"之柳枝。娇软就是柔美姣好，轻飘。不胜，与苏东坡之"高处不胜寒"中"不胜"同，指不能禁得住。柳枝娇嫩柔美，垂下树，担心瘦瘦的身躯是否能够禁得春风，禁得垂落弯折，"瘦怯那禁舞"，如此瘦弱又怎受得那凉风突如其来的随心所舞？

那二月之风却偏偏年年多事，"剪出鹅黄缕"。唐贺知章《咏柳》："不知细叶谁裁出，二月春风似剪刀。"明杨维桢《杨柳词》"杨柳董家桥，鹅黄万万条。"看似不禁垂舞之嫩条也是拜二月春风所赐，才得以如烟似雾的鹅黄一春。

苏小小，历史上有两位，一位为南朝齐时钱塘名妓，另一位也是钱塘名妓，不过是南宋时的。所以，似乎苏小小的形象本身就是一个梦。她（南齐时的苏小小）很重感情，写过一首《同心歌》："妾乘油壁车，郎跨青骢马，何处结同心，西陵松柏下"，这首诗的确写出了恋人约会时的无限风光：香车宝马，一起飞驰疾驰，记忆中，就像流星一样驶过。不过她是一个具有悲剧性的人物。传说她曾避近一位穷困书生，赠银百两，助其奔逐前途，博得功名。但是，这个书生一去未归，从此杳无音信。由于她不愿降低人格，做姬做妾，卑微地顺从所谓"女人的命运"，而是选择了高傲地抗拒命运，把自己的美色呈之街市，蔑视着精丽的高墙，她不守所谓的"贞节"只守美，直让一个男性的世界围着她无常的喜怒而旋转。最后，重病即将夺走她的生命，她却恬然适然，觉得死于青春华年，倒可给世界留下一个最美的形象。恐怕死神在她十九岁时来访，实乃是上天对她的美的成全。

小小门前之柳亦是风流得尽，长枝短条随风摇，"即渐迷行处"，要说柳色迷人，摇摇曳曳掩了行人前路，大有可通之处，恐怕行人更愿意迷醉在西风夕阳之下。然而，若要再使一女子躲藏在疏枝稀柳中，可谓是掩耳盗铃罢。事实上苏小小就曾经被人认为藏于柳色中。苏小本不是变色之龙，所以，可说苏小本是柳。一个如春柳一样的女子，"娇软""瘦怯""可怜"、美丽，却年年二月风剪。

上片侧重描画弱柳之形，但已是含情脉脉。下片侧重写其神韵，结处用苏小之典，更加迷离深婉，耐人寻味。

卜算子 塞梦

塞草晚才青，日落箫笳动①。恓恓凄凄入夜分②，催度星前梦。
小语绿杨烟，怯踏银河冻。行尽关山到白狼③，相见唯珍重。

[注释]

①箫笳：箫和胡笳。②恓恓：悲伤的样子。凄凄：形容心情凄凉悲伤。③关山：关口和山岳。白狼：即白狼河，今辽宁大凌河。

[赏析]

《卜算子》又名《百尺楼》《眉峰碧》《楚天遥》等。相传是借用唐代诗人骆宾王的绰号。骆宾王写诗好用数字取名，人称"卜算子"。

这首塞梦是纳兰于塞外羁旅时思念妻子之作。

"塞草晚才青"，是日落时分，边塞的草在黄昏的天色里才显出青绿的颜色，

此处也暗指白日行军匆忙，杂事诸多，只有黄昏时分陷入安静才开始觉得周围景致的苍凉。

"日落箫笳动"，夕阳才缓缓落下，箫笳之声便在大漠上蔓延开了，这里"箫笳"指的是管乐器。箫声婉转幽凉，笳声沉郁悲切，二者交错，突显出塞上荒凉空远的景色。卢纶《送张郎中还蜀歌》有句："须臾醉起箫笳发，空见红旌入白云。"也是借箫笳之声延伸出这个大漠的苍凉。

暮色四合，箫笳沉凉，这一个夜入得如此缓慢凄清，我已不忍再看，转回营帐时却一步一回顾天际星光，原来这一场羁旅，所想要逃避的也不过是对你的相思无涯。用情之至，却使得在各自天涯之时噬骨之痛，那么，我若速速睡去，你是否也能赶来见我一面，聊解相思，也告诉我，家乡的柳枝，清河可有了什么变化。

"悭悭凄凄入夜分"一句用典，出自李清照《声声慢》："寻寻觅觅，冷冷清清，凄凄惨惨戚戚"，描写的是自己在入夜后愁惨的心情，与易安相仿，那么不难理解所隐含的意思也是"乍暖还寒时候，最难将息"。杜甫《严氏溪放歌行》："况我飘蓬无定所，终日悭悭忍羁旅"，所要表达的也便是这般羁旅生涯惨淡悲愁的心情。

在这般心情的驱使之下，终究相思难耐，只得"催度星前梦"，催促引渡妻子的梦魂来到边塞，与自己相会。此句化用于汤显祖《牡丹亭·游魂》"生性独行无那，此夜星前一个"一句。《牡丹亭》又名《还魂记》，是汤显祖的传世之作，小说描写了杜丽娘与柳梦梅生死离合的爱情故事。汤显祖在该剧《题词》中有言："如杜丽娘者，乃可谓之有情人耳。情不知所起，一往而深。生者可以死，死可以生。生而不可与死，死而不可复生者，皆非情之至也。"而纳兰在此处用以指代夫妻情深，是以纵使关山阻隔，也愿梦魂相聚。

到了下片，也不知是睡了醒了，妻子那娇影袅袅娜娜地竟真的出现在了眼前，更欲耳畔轻柔情话私语，只是这个时节银河尚冻，路人皆不敢踏足那冰封的小河，杨柳蒙烟，天寒彻骨，却不知伊人独自如何能到得了这塞外边关荒凉之地。

于是紧接着"行尽关山到白狼，相见唯珍重"一句，便解释了妻子魂魄如何抵达塞外，却是将关山踏遍才寻到远在白狼的丈夫，这一句也暗喻了妻子不畏关山路途艰难，思念夫君，想要见到夫君，必要见到夫君的深情。晏几道《鹧鸪天》："从别后，忆相逢，几回魂梦与君同。今宵剩把银钆照，犹恐相逢是梦中。"与此处有相似的妙处，虽然纳兰并未真正见到妻子，但两首词皆是指情人相见，亦真亦幻，梦里梦外难辨，相见却又不敢确认的恍惚心情。

既是相见了，应是有百般情话关切相问，可是相别之久，相思之深，却让酖酿了这许多年的千言万语在心绪中百转千回，不知从何言起，最终吐出口的，仅仅只有"珍重"二字。想来情到深处反而不能言语，甜言蜜语该多是独处之时盘旋。词到此处，蕴含了一语将破未破的玄机，万里迢迢相聚却只道一声珍重，情意盘旋缠绻，一唱三叹，使闻者不由只觉一片感怀在心，却又不敢妄作言辞以打碎这梦魂相聚的深绵。

这首塞梦，典型而深刻地描写出纳兰常年羁旅在外，厌于扈从生涯，时时怀恋妻子，思念家园，故虽身在塞上而相思不灭，遂朝思暮想而至于常常梦回家园，与妻子相聚。短短数字，将这种凄惘的情怀刻画得淋漓尽致，入木三分。

卜算子 午日

村静午鸡啼，绿暗新阴覆。一展轻帘出画墙，道是端阳酒①。
早晚夕阳蝉，又噪长堤柳。青鬓长青自古谁，弹指黄花九②。

[注释]

①端阳：即农历五月初五，端午节。②弹指：形容时间极短，本为佛家语。《法苑珠林》卷三引《僧祇律》"二十念为一瞬，二十瞬名一弹指，二十弹指名一罗预，二十罗预名一须臾，一日一夜有三十须臾。"后来诗文多作"一弹指顷"，表示极短的时间。黄花：菊花。九：指农历九月初九，即重阳节。

[赏析]

正是午夏时分，鸡鸣之声响起在寂静的村落，阳光下树木的枝叶明暗层次，阴阳错落。那轻帘开处，端阳节的酒香溢满在空气中。

可夕阳终究会到来，那不知疲倦的知了又会在河畔长堤的柳荫中嘶叫不已。不由想到，古往今来，没有谁能够留住鬓边的缕缕青丝，时光急急地流逝，而今也是如此，不过是弹指之间，就又到了那秋意倍浓的黄花时节。

这首词所选取的不过是小山村里夏天正午时候的一幅极为平常的图景，却用层层对照，相互关联的手法写出了词人心中独到的情思和深长的意味。有景，亦有情，景有妙处，情亦有妙处。由景而生情，并没有标新立异用词奇崛的地方，可贵之处就在于这份情思的独到、意味的深长。

从听觉角度打量，在"村静午鸡啼"一句中，词人用鸡的叫声反衬出山村的安静，这与王维的"蝉噪林愈静，鸟鸣山更幽"有异曲同工之妙。我们不禁会想，为何闹中可以取静呢？原因是这些闹声（鸡鸣、蝉噪、鸟叫）本身只是些轻微、细小而不易引起人们注意的动静，因此只能在静谧的氛围中才能引起了人的关注，人的关注最终凸显了周围环境的安静。同样的，"又噪长堤柳"看似写蝉声，却透露出夕阳河畔一缕静谧的乡村气息。但这声蝉叫却不再单单只是"静"的旨归，蝉声在我国古典诗词中承担着时光易逝、年华老去的蕴意；此外蝉声也惯有浓厚的悲凉意味。这些特殊意味的流露最终指向本词咏叹时光易逝的主旨，感慨之情油然而生。

从视觉图景上来看，"午"与"夕"在大处形成鲜明对照，关照时光弹指之间便匆匆流逝的同时，又在小处关联着阴与阳，明与暗的错落和变换。"绿暗新阴覆"一句中，"新"字用得尤为精妙。树叶在午日的阳光下晃动，所投射下的阴影也有所变动，但是如何才能传神地写出这种阴阳交错呢？词人用了这样一个"新"字，有"新"，便有"旧"，阴阳相生，有了"新阴""旧阴"，就会有"新阳""旧阳"，"阴"有两种，"阳"也有了两种，阴阳之间，种与种之间有着不停的移换，视觉层次便丰富起来。明代散文大家归有光先生写"三五之夜，明月半墙，桂影斑驳，风移影动，珊珊可爱"（《项脊轩志》），也有着同样的丰富和新奇，堪为"可爱"。

青丝易白，时光易逝，弹指一瞬，不知蹉跎了多少光阴。这在很多文人们的诗词中常有流露。庄子的"人生在世，若白驹过隙，忽然而已"是如此，李白的"君不见，高堂明镜悲白发，朝如青丝暮成雪"是如此，苏东坡的"弹指间，樯橹灰飞烟灭。多情应笑我，早生华发"也是如此。关于这点，本词却独独有着一种对于相对性的玩味。从午日到夕阳西下这半天内的跨越，不过是词人对于目前之境的近程写照；而从"端阳酒"到九月黄花时节，却是词人心中更远处的联想和感喟。这两组时光轴上的端点，一大一小、一远一近地照应着词人心之所想、情之所发。而"青鬓长青自古谁"却将这种相对性伸展到更为普遍、更为深邃的人生主题上——生命有限。词人却并没有在此更多地着墨，没有写自己在这有限的人生旅程中，是要报国杀敌，干一番轰轰烈烈的事业，还是茗茶赏花，自得其乐而已，因为他写词的本意并不在此。只是想到秋日很快就会到来，恍然之间，就是一弹指的功夫，手中的酒樽中又会盛满有着浓浓秋意的黄花酒，又是一年将尽啊，年年如是，青丝终将耐不住时光的变迁，心中便觉无限惆怅。

意到而发，所发之意回味无穷；意尽而止，所止之处恰得其妙。

雨中花 送徐艺初归昆山①

天外孤帆云外树，看又是春随人去。水驿灯昏②，关城月落③，不算凄凉处。

计程应惜天涯暮④，打叠起伤心无数⑤。中坐波涛⑥，眼前冷暖，多少人难语。

[注释]

①徐艺初：纳兰性德座师徐乾学之子，名树谷，字艺初，江苏昆山人，康熙进士。昆山：县名，今属江苏，因境内有昆山而得名。②水驿：水路驿站。③关城：关塞上的城堡。④计程：计算路程。⑤打叠：整理，准备，收拾。⑥中坐波涛：此处指触犯朝纲。中坐，即中座，指星犯帝座。

[赏析]

纳兰的词中偶然可见美丽却生疏的词牌名，有他和朋友们自创的，譬如《青衫湿遍》《踏莎美人》；还有很少有人谱度的词牌，譬如这《雨中花》。《雨中花》在《全唐诗·附词》仅有一首，双调，不过九十四字。

纳兰的《雨中花》写得短小清雅，起首一句"天外孤帆云外树"就足以使人倾倒。一点孤帆游于天外，便已经是说不尽的苍茫孤寂了，树影婆娑，影于云外，更显得这云天寂静高远。宋代贺铸《望西飞》有"计留春，春随人去远"之句，纳兰化用之：

离别的时刻，看天外孤帆远影，云外天低树稀，顿觉春天也将伴随着你的离开而远去。从此征途漫漫，无限凄凉。计算行程，收拾心情。虽无意触犯朝纲，但看尽人间冷暖后，也不由得感叹：多少人有苦难诉啊！

上片写景，下片写情，情景交融，浑然天成。这首天籁般的小词是赠予徐艺初的。

徐艺初是纳兰性德的老师徐乾学的儿子。提起徐乾学大家可能感到陌生，但是他的舅父可是无人不知无人不晓：明末清初著名学者顾炎武。据说徐乾学曾得到顾炎武的悉心指点，加之天资聪颖，八岁就能写出漂亮的文章。清康熙九年（1670年），徐乾学金榜题名，得中榜眼，从此晋身仕途。没想到清康熙十二年（1673年），爆发了"副榜未取汉军卷"案，两个主犯，一个是徐乾学，另一个就是当年和他同榜的状元蔡启僔。那次考试徐乾学任顺天乡试考官，取纳兰性德为举人，因此徐乾学是他的"座师"。徐乾学因为"坐取副榜不及汉军镌级"而被事中杨雍建弹劾，遭到降级调用的处罚，回了老家江苏昆山。当时徐艺初还没有成家，一直陪伴在父亲身边。

纳兰性德对老师之不幸深表同情，故本篇大约作于送老师之时。他所赠虽为艺初，但艺初实为徐乾学之子，可见借题发挥之旨，词中既表达了对座师的同情和安慰，也流露出对自己前程的牢骚和不平。

纳兰性德去世那年，恰逢徐艺初中进士，不知纳兰可曾喝到了朋友那杯及第酒？纳兰的词非但柔美，更有真性情。这首昔年旧词，寓情于景，寄下的多少关切，多少同情。这样的词，每每读起，总是让人感慨不已。

鹧鸪天

独背残阳上小楼，谁家玉笛韵偏幽①。一行白雁遥天暮②，几点黄花满地秋。

惊节序，叹沉浮，秋华如梦水东流③。人间所事堪惆怅，莫向横塘问旧游④。

[注释]

①玉笛：玉制的笛子，笛子的美称，指笛声。②白雁：候鸟。体色纯白，似雁而小。③秋华：指女子青春美貌。④横塘：古堤名，一为三国吴大帝时于建业（今南京）南淮水（今秦淮河）南岸修筑，亦为百姓聚居之地；另一处在江苏省吴西南。诗词中常以此堤与情事相连。旧游：从前游玩过的地方。

[赏析]

在中国古代，每到重阳佳节，人们就会登高，为的是避灾求福，而随着时间的推移，登高逐渐演变成古人的一种重要情结，每当他们在郁郁不得志时，通常以登高赋诗吟词，以排解心中的郁闷苦楚。

南唐后主李煜在国破家亡之后，在宋朝过了两年多的囚徒生活，在被囚禁的日子里，为了缓解心中的愁苦，他经常独上西楼远望，想象着昔日南唐的宫阙，而亡国之恨总会在这时一次次冲击他的心灵，因此他悲愤地写下了"无言独上西楼""小楼昨夜又东风"之类感伤的诗句。

与李煜这个偏安一隅的没落国君相比，纳兰无疑要幸运得多，他出身贵胄，父亲是权倾一朝的宰相，自身又是皇帝的贴身侍卫，深得圣上赏识。然而，他却蔑视一切荣华富贵，想的是要如何遁迹山林，与清风明月为伍。纳兰的出身和性格，也就注定他要终身扮演一个不得志的失意者，而这首《鹧鸪天》，就是他内心中满腔惆怅的真实写照。

"独背残阳上小楼"，词一开篇，纳兰就为我们展现出一幅凄凉的画面，在一个秋日的黄昏，纳兰孤单地登上小楼，夕阳将他的影子一点点地拉长，就像他的心性一样，在时光的磨砺中消磨殆尽。

登上小楼之后，纳兰耳边传来幽咽的笛声，其中似乎还夹杂着些许的感伤。在中国古典诗词中，玉笛也是一个频繁出现的意象。"敦煌女伎持玉笛，凌空驾云飞天去""谁家玉笛暗飞声，散入春风满洛城""玉笛凌秋韵远汀，谁家少女倚楼听""敦煌女伎持玉笛,凌空驾云飞天去"……那为什么很少用"金笛""铁笛""铜笛"来入诗词呢？这是因为在古代，人们对玉看得很重,正所谓"黄金有价玉无价"，文人君子必佩玉，于是，玉不仅是一种装饰品，更是一种人格、身份的体现。

登高必感怀，这是中国传统诗词的一个套路，另外还有"一切景语皆情语"的说法，所以纳兰在感怀之前，先看了看眼前的景色。"一行白雁遥天暮，几点黄花满地秋"，远处，一行白雁飞入天际，近处，枯黄的叶子落了一地。一个人孤零零地登楼远眺就已尽显凄凉，如果再看到眼前萧瑟的秋景，自然会触景生情，发出无限的感慨。

词到下片，纳兰开始慨叹世事无常，人生如梦，"惊节序，叹沉浮，秾华如梦水东流"，四季更替，人生浮沉，美好的时光像梦一样随着流水消失不见了，到这里，词人的惆怅之情已显而易见。

"人间所事堪惆怅，莫向横塘问旧游。"人间有无限的惆怅之事，既已如此惆怅，

那就更不要向横塘路上询问旧游在何处了。读到尾句，我们不禁想起纳兰的另一首《浣溪沙》中的"我是人间惆怅客"，不同的季节，相同的意境，虽然时光飞逝，但惆怅的心情却如影相随。

有人说这首词是登高感伤之作，也有人指出横塘在江南，这是一首登高怀人之作，怀念的是沈宛或是江南的友人，哪种说法正确，我们无法做出裁定，但我们能够确定的是，纳兰内心中那无法倾诉的惆怅，将永远陪伴在他的左右，直到他生命的终结……

鹧鸪天

别绪如丝睡不成，那堪孤枕梦边城①。因听紫塞三更雨②，却忆红楼半夜灯③。

书郑重，恨分明，天将愁味酿多情。起来呵手封题处④，偏到鸳鸯两字冰。

[注释]

①边城：临近边界的城市。②紫塞：北方边塞。③红楼：红色的楼，泛指华美的楼房。指富贵人家女子的住房。④呵手：向手呵气使暖和。封题：物品封装妥当后，在封口处题签，特指在书札的封口上签押，引申为书札的代称。

[赏析]

在中国古典诗词中，有许多缠绵悱恻的诗篇，从"窈窕淑女，寤寐求之"的吟唱到"十年生死两茫茫"的悲叹，再到"才下眉头，却上心头"的相思情愁。我们在欣赏这些诗篇时，所能感受的不仅仅是那种热烈、深沉的感情，更能体味到洋溢在其中的绵绵相思以及幽幽愁丝。

纳兰的这首词是塞上怀远之作，仍然是相思的主题，首句"别绪如丝睡不成"，直抒胸臆，多情公子此时正在塞上，别后的相思之情让他辗转反侧，夜不能寐，而"那堪孤枕梦边城"则更进一步说明了纳兰的愁思之深。按照正常的理解，"梦边城"应该解释为"梦见边城",但是联系上下文,我们就知道其应该解释为"梦于边城"。

由于孤枕难眠,于是纳兰只好从床上爬起来,去倾听那塞外夜半的雨声,可是这潇潇的夜雨声,就如同愁苦之人拨弄琴瑟的弦声,凄凉震耳,声声敲痛着纳兰那颗充满愁思的心,也越发触动了他的情思,让他不自觉地回忆起家中灯前的妻子,她此时是否也在思念着自己?

紫塞,指的是北方边塞,鲍照在《芜城赋》中有"南驰苍梧涨海,北走紫塞雁门"的诗句。长城之下的泥土呈紫色,相传这是因为修筑长城的老百姓一批批全都死在城下,以至于"尸骨相支拄",百姓的血肉之躯掺和了泥土,恰是紫色,所以边塞就被称为紫塞。

相思之情此时已如春日的野草一样,迅速地疯长着,于是纳兰拿起笔,铺开纸笺,开始给妻子写信,抒发自己的离愁别绪。"书郑重,恨分明",纳兰在这里化用李商隐的"锦长书郑重,眉细恨分明",李诗原是一首《无题》:

照梁初有情,出水旧知名。

裙衩芙蓉小,钗茸翡翠轻。

锦长书郑重,眉细恨分明。

莫近弹棋局,中心最不平。

李商隐当时新婚不久,由于卷入了"牛李党争",因此在仕途上遭遇了不公正的待遇,新妻子王氏并没有因李商隐在仕途上的不得志而放弃他,而是一直不离不弃,与其患难与共。于是李商隐写下了这首诗。纳兰在此处截取"书郑重"和"恨分明"二语,语义上让人感到十分疑惑,至于他在当时要表达什么含义,我们今人就不得而知了。

接下来纳兰用一句"天将愁味酿多情",将整夜的情思推向了高潮,人有七情六欲,会感到愁苦,而苍天似乎也在用滴滴答答的细雨声来酝酿自己的愁苦,一个"酿"字,可谓是全词的词眼。

边塞严寒,纳兰好不容易写完信,呵着僵硬的双手封合了信封,在为信封签押的时候,偏签押到鸳鸯两字时,却发现笔尖被冻住了,只有一片冰凉的寒意。在这里,纳兰将自己的心境与天气巧妙地结合在一起,那被冻住的恐怕不仅仅是笔尖,更是纳兰的那颗心吧?

相传卢氏死后,纳兰在二十六岁时续娶了官氏,由于和官氏的婚姻带有政治

色彩，所以纳兰一直对官氏非常冷淡，如果真是这样的话，那么这首词就应该不是写给官氏的，那么，我们是否就有理由推测，这又是一首怀念卢氏的悼亡之作呢？从"天将愁味酿多情""偏到鸳鸯两字冰"这几句来看，纳兰当时的心中确实有一种难以诉说的愁苦。

鹧鸪天

冷露无声夜欲阑①，栖鸦不定朔风寒。生憎画鼓楼头急②，不放征人梦里还。

秋淡淡③，月弯弯，无人起向月中看。明朝匹马相思处④，知隔千山与万山。

[注释]

①冷露：清凉的露水。②画鼓：有彩绘的鼓。③淡淡：水波荡漾的样子。④匹马：一匹马，后常指单身一人。

[赏析]

在一个尚武不重文的王朝中，纳兰当然知道自己应该驰骋在沙场之上，建功立业，但是他却偏偏是一个生有英雄志却又放不下儿女情的人，因此在羁旅行役中他创造了大量描写痴男怨女的相思怨怼之作，这首词就是属于其中的一首。

开篇两句，"冷露无声夜欲阑，栖鸦不定朔风寒"，夜色将尽，冷露无声，朔风猎猎，寒鸦飞起，一静一动，形成对比，恰似词人此时跌宕起伏的心境。在中国古典诗词中，乌鸦常与衰败荒凉的事物联系在一起，例如李商隐《隋宫》："于今腐草无萤火，终古垂杨有暮鸦。"马致远《天净沙·秋思》："枯藤，老树，昏鸦。"这首词的首句出现"栖鸦"，则表现出词人黯然愁思的心情。

"生憎画鼓楼头急，不放征人梦里还"，词人本想早点入睡，好在梦中与妻子相会，谁知可恶的鼓声偏又在楼头急响,声声恼人，导致他无法在梦里还乡。在这里，纳兰用哀伤的笔调对人生的怨憎进行了描写，同时也用反衬的手法来衬托出自己思念愁苦之情。

下片继续进行景物描写,"秋淡淡,月弯弯,无人起向月中看"。在中国古典诗词中,月亮这一意象往往成为人们思想情感的载体,有的人用月亮来渲染清幽气氛,从而烘托出一种悠闲自在、旷达的情怀,如王维的《山居秋暝》:"明月松间照,清泉石上流",有的人则通过描写月亮来寄托相思之情,抒发思乡怀人之感,如李白《静夜思》中的"床前明月光,疑是地上霜,举头望明月,低头思故乡"。有的人则用月亮来渲染凄清的气氛,烘托孤苦的情怀,例如白居易的《暮江吟》:"一道残阳铺水中,半江瑟瑟半江红。可怜九月初三夜,露似珍珠月似弓"。而在这首词中,秋波荡漾,月儿弯弯,本来是一派美好、宁静的景象,可是除了词人之外,竟没有旁人与他一起观赏,从而突出他的孤独寂寞。

结尾两句,"明朝匹马相思处,知隔千山与万山",使思念具体化,纳兰此时已经想到明朝更会越行越远,归程阻隔,万水千山,而对妻子的思念之情则会变得越来越重。

鹧鸪天

送梁汾南还,时方为题小影。

握手西风泪不干,年来多在别离间。遥知独听灯前雨[①],转忆同看雪后山。

凭寄语,劝加餐,桂花时节约重还。分明小像沉香缕[②],一片伤心欲画难。

[注释]

①遥知:谓在远处知晓情况。②分明:简单明了。沉香:熏香料名,又称沉水香、蜜香。

[赏析]

在纳兰的诗词中,随处可见其对于友情的珍视,虽然他已早登科第,又是皇

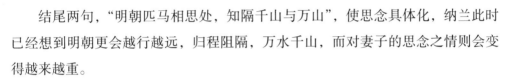

183

族贵胄，然而却虚己纳交，待人至诚至真，推心置腹。当时朝野满汉种族之见甚深，而他的朋友却都是江南人，而且皆坎坷失意之士，纳兰性德倾尽自己的全力帮助他们，这其中就有顾贞观。

有一天南方传来噩耗，顾贞观的母亲病故，他必须立刻离京南归，当纳兰得知这一消息后，他伤心、震惊的程度一点也不亚于顾贞观，甚至比其还要强烈，纳兰不仅为顾贞观难过，也为自己难过，因为顾贞观已经成为他精神生活中不可缺少的一个人，而现在他不得不面对其要离自己而去的事实，于是，他将自己的痛苦化成一行行长短句，填写了这首词。

"握手西风泪不干"，词一开篇，作者就为我们营造出一派依依惜别的景象，在秋风之中词人与友人握手作别，泪水止不住滑落。古人在离别时通常以握手表示诚挚的友情和一往情深的伤别之意，李白就有"握手无言伤别情"的诗句，而之所以"泪不干"，是因为古时候交通不便，通信极不发达，朋友之间往往一别数载却难以相见，所以古人在与亲人朋友离别时都会特别伤感。

作为康熙皇帝身边的一等侍卫，纳兰常常要入值宫禁或随圣驾南巡北狩，因此与朋友们聚少离多，很少见面，如今好不容易有一个相聚的机会，友人却又突然要南归，因此他才会发出"年来多在别离间"的感慨。

"遥知独听灯前雨，转忆同看雪后山"，前一句纳兰虚写未来，后一句则实写过去。纳兰想象着身在远方的友人灯前独坐听雨的愁苦，脑海中回忆起与顾贞观雪后一同看山的快乐日子。

"凭寄语，劝加餐"，这句化用王次回《满江红》词："凭寄语，劝加餐，难嘱咐，雨和雁"。此时词人已经摆脱了伤感的心情，转而叮嘱友人要保重身体，并希望他在桂花开的时候能够回来与自己相聚。

"分明小像沉香缕"，字面上的意思是小像在缕缕沉香的轻烟里历历可见，其实这里还有一个典故，李贺曾作过一首《答赠》诗，其中有一句"沉香熏小像，杨柳伴啼鸦"，在这句中，"小像"本做"小象"，是象形熏炉的意思，但由于误传的时间久远，也就约定俗成地变成了"画像"的典故。

"一片伤心欲画难"则化用高蟾《金陵晚望》中的"世间无限丹青手，一片伤心画不成"，高诗的意思是世间无数大画家，谁也难画出此刻的一片伤心之感，而纳兰将此句化用，用意也就变得十分明显，虽然容貌可以画出来，但是自己的伤心和不舍却难以画出，从而表达出对友人的思念之情。

最后两句照应了小序中的"为题小影"，顾贞观南归时，纳兰赠以小像，题以词作，只可惜这幅小像在道光年间毁于火灾，否则我们今人就能够通过小像来看一看这位多情公子当时是怎样一副伤心欲绝的表情。

梁佩兰在纳兰性德的祭文中说："黄金如土，惟义是赴。见才必怜，见贤必慕。生平至性，固结于君亲，举以待人，无事不真。"结合这首词来看，梁佩兰的话虽然不无溢美之词，然而用于纳兰性德却也绝不夸张。

鹧鸪天

十月初四夜风雨，其明日是亡妇生辰。

尘满疏帘素带飘①，真成暗度可怜宵②。几回偷湿青衫泪③，忽傍犀奁见翠翘④。

惟有恨，转无聊。五更依旧落花朝。衰杨叶尽丝难尽，冷雨西风罨画桥⑤。

[注释]

①疏帘：指稀疏的竹制窗帘。素带：白色的带子，服丧用。②真成：真个，的确。暗度：不知不觉地过去。③青衫：青色的衣衫，黑色的衣服，古代指书生。④犀奁：以犀牛角制作而成的梳妆盒。翠翘：古代妇人首饰的一种，状似翠鸟尾上的长羽，故名。这里指亡妻遗物。⑤冷雨西风：形容恶劣的天气或悲惨凄凉的处境。画桥：雕饰华丽的桥梁。

[赏析]

卢氏逝去的第二年，被葬于明珠家的祖茔，这首词作于卢氏下葬后不久，当时正值十月初四夜，窗外突然风雨大作，多情公子想到明天将是亡妻的生日，不由得悲从心起，于是，伴着凄风苦雨，纳兰赋词以寄哀思。

"尘满疏帘素带飘"，妻子离去之后，屋子已经很久没有打扫，窗帘上早已落满了灰尘，室内一片死寂，只能看见素带飘动。其实，以纳兰显赫的家世，府中必定是奴婢成群，想来也不会如此狼狈，任凭"尘满疏帘"，所以，这一切不过是

纳兰心理的主观感受而已，这样写一方面表现出他内心的极度悲伤，另一方面也营造出物是人非的意境。

李清照在经历了国破之愁、家亡之恨、丧夫之悲、流离之苦后，才产生"物是人非事事休，欲语泪先流"的感受，而纳兰只经历了丧妻之痛就产生了"物是人非"的感觉，足见他对卢氏的感情之深。

十月初五是亡妻的生日，因此初四的夜晚必定是一个凄苦冷清的"可怜宵"，一个人在这种环境中，往往会睹物思人，纳兰自然也不可能例外，我们似乎能看到在这样一个寂寥的夜晚，纳兰独自一人在屋内徘徊，猛然间看到亡妻用过的妆奁翠翘，不觉暗自伤怀，几度清泪偷弹，甚至连衣袖都被泪浸得仿佛有千斤重了。

一个"偷"字，让人颇为费解，我们都知道，一个人在悲伤的时候，通常会找一个朋友倾诉，希望他能够安慰自己，化解自己的忧伤，那纳兰为什么要偷偷地流眼泪呢？其实，在封建社会中，由于受到社会道德规范的约束，一个男人如果不能抛却儿女私情，不仅会被其他人嘲笑为胸无大志，更会被其他男人视为异类，哪怕他哀悼的是自己的亡妻，所以纳兰只能无奈地"偷湿青衫泪"。

词到下片，纳兰将我们的视线带到了室外。"惟有恨，转无聊。五更依旧落花朝"，这两句毫无刻意雕饰之感，读起来就好像纳兰此时正站在你的面前，流着眼泪向你倾诉。转眼间就到了五更天，纳兰一夜未眠，可当他来到户外之后，看到的却不是艳阳高照，而是"葬花天气"。其实，十月并不是落花时节，这仍然是纳兰心理上的主观感受而已，从而突出自己心中的无限悲伤。

全词以景物描写结束，强化了词人内心的愁苦。"衰杨叶尽丝难尽，冷雨西风幕画桥"，衰杨叶尽，景色依然，我和你却已生死殊途。此时凄风冷雨抽打着画桥，怎能不令人愁思满怀，百无聊赖。

这首悼亡词写得尤为低落惨淡，此时的纳兰已经英雄气短，唯有儿女情长，他失去了一生的红颜知己，虽然还有很多好友还陪伴在他的身边，但是妻子是他们所不能代替的，因此纳兰不会再有幸福，他甚至还在这首词中流露出对人生的厌倦。

卷 三

青衫湿 悼亡

近来无限伤心事，谁与话长更？从教分付①，绿窗红泪②，早雁初莺。

当时领略③，而今断送，总负多情。忽疑君到，漆灯风飔④，痴数春星。

[注释]

①从教：听任，任凭。分付：同"吩咐"。②红泪：指伤离或死别的眼泪。③领略：欣赏，晓悟。④漆灯：灯明亮如漆谓之"漆灯"。风飔：风吹。

[赏析]

这首词抒发对亡妻深切怀念的痴情：近来我有很多的心事，你不在了，我要向谁诉说？一切都听凭安排，绿窗之下的离别之泪，春天里的莺歌燕语，这一切都曾经领略过，如今却一去不返，空负这一片痴情。恍惚之间仿佛感受到你来到我的身边，在风中的烛光下默默地数着春夜里的繁星。

"近来无限伤心事"，纳兰的一开篇便写出了自己内心的伤感，最近的无数伤心事，都只得埋藏在自己心里，因为无处可以诉说，你早已离去，我的知己只有你一人，你走了，我的心里话还能对谁说呢？

卢氏不但是纳兰的妻子，更是纳兰的红颜知己，纳兰为卢氏所题写的悼亡词数不胜数，可是每一首，他都能够写出情词中的哀婉，他是真的无法割舍对卢氏的一片情深。不像封建社会里的其他男性，纳兰对女性的爱是发自肺腑、十分真切的，他一旦爱上一个女子，那便是一生一世无法离弃的。

自然，卢氏是幸运的，她能够与纳兰真心相爱一场，死后，又能够被纳兰如此思念，封建社会里只怕少有女性能够像她这样幸运。但是活下来的纳兰，却是不幸的，他的伤痛，无人诉说，他只能够低沉地与卢氏讲"谁与话长更"，你的离去，对我的打击是多么大，你可知道？

卢氏自然是无法知道，人死如灯灭，卢氏的离别，就注定了纳兰在这个世上的孤寂，"从教分付，绿窗红泪，早雁初莺"。纳兰自然也是知道，自己的思念无济于事，生活还要继续下去，但是纳兰就是无法控制自己内心的思念，他一想到从前，便要忍不住泪如雨下，悲痛欲绝。

"当时领略，而今断送，总负多情。"当时的恩情，今日看来，真是无奈，早知如此，当日便不用多情一片，也会省得今日的难舍难分吧。话虽如此，但纳兰又怎么能够放下那一片深情。过多的思念，让纳兰心生幻觉。"忽疑君到，漆灯风飐，痴数春星。"好像感觉到卢氏又回到了他的身边，仔细一看，却只是孤灯冷风，窗外星星寂寥，也不过是清冷的夜空，哪里有卢氏的影踪呢？

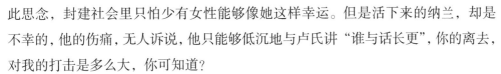

落花时

（按此调《谱》《律》不载，疑亦自度曲。一本作《好花时》。）

夕阳谁唤下楼梯，一握香荑^①。回头忍笑阶前立，总无语、也依依^②。

笺书直恁无凭据^③，休说相思。劝伊好向红窗醉，须莫及、落花时。

[注释]

①香荑：柔软而芳香的茅草嫩芽。荑，茅草的嫩芽。②依依：美丽。③笺书：信札，文书。直恁：犹言竟然如此。无凭据：不能凭信，难以料定。指书信中的期约竟如此不足凭信，即谓"误期、爽约"之意。

[赏析]

这首词刻画恋人相会时的场景：夕阳中，谁把她从楼上唤出，手握一把香草。

下得楼来，她却忍着笑意立在阶前，一语不发，尽管如此却依然美丽。信中相约却未如期而至，如今就不要再说什么相思了。劝你沉醉小窗，还没有到落花相见之时呢！

"夕阳谁唤下楼梯，一握香荑。"这首词写下了夕阳西下，恋人相约时，既相爱又娇嗔的场面。纳兰依然是用他典型的直白开场，写下了这个故事的开端，从楼梯上下来，女子手中握着香草。"香荑"是指刚刚长出来的嫩草，带着淡淡青绿色，有着植物特有的芳香，好像男女初恋的味道，青涩，好闻。

本来，恋人相见，应当是欣喜若狂，立即相拥在一起。可是这时，女子却做出了一个令人难以理解的举动。她被恋人唤出，从楼上下来，在楼梯上，手捧香草，微微带笑，准备去和朝思暮想的恋人见面。可是她却忽然"回头忍笑阶前立"，一言不发，叫人摸不着头脑。停在那里，不再走到恋人跟前，看到相爱的人站在楼下，急得抓耳挠腮，这大概是许多女子在恋爱中都喜欢玩儿的一个小花招。

这首词里的女子也是如此，说到原因，无外乎是恋人不守约定，错过了约期。所以，女子才要故作矜持，故作冷淡。她想要惩罚男子，要挫挫男子的锐气，纳兰能够这样描写一个女子，也写出了他的内心想法，作为清朝贵胄，纳兰并不是秉承大男子主义的，在他心里，尊重女性，也关爱女性。纳兰的心里始终充满爱意，他对一切都包含深切的爱，所以，他才会让女子以这样的形态出现。本来是等得着急，急切地想要见到男子，可是在见到男子之后，却又止步不前，无语相对。这是给那些妄自尊大的男人一点教训，告诉那些男人，不要认为女人就是一件附庸品，想怎么样就怎么样，女人也是需要认真去对待、去爱的。

总的来说，上片就是在写二人相会，女子撒娇矜持的场景。纳兰从女子落笔，将其写得活泼可爱，十数字间就将女子的形貌神情、心事点点，都写得清透微妙，惟妙惟肖。纳兰的这首词词风雅致，格调清淡。上片最后"总无语、也依依"六字，更是道出了女子的小小心事。

据传这首《落花时》是纳兰写给自己初恋情人的，不过无法考证，究竟实情如何，也无法确切得知。但这首词确实是写得细致入骨，女子等情郎、见情郎、怨情郎，怪情郎的种种都在短短的一首词中道明。

"笺书直恁无凭据，休说相思。"春光流转不定，春风盎然，但依然会过渡到夏日，四季轮回，无人可阻，感情之间的事情也不外乎如此，没人能够肯定相亲相爱一生一世，但只要当时用情至深，那便是此生无悔了。

不需要立下什么凭证，因为当初书信中所写的约期，男子没有遵守，这样不守承诺，如何还能相信？女子对男子如此埋怨道，她要男子知道，自己也是有血有肉的女人，需要被男子认真地对待。

如果不能被男子珍惜，那也不需要他的相思。女子看似决绝的一面底下，隐藏的其实是真诚的爱恋。看到男子被自己的严厉吓到，女子又于心不忍，她转而安慰男子，"劝伊好向红窗醉，须莫及、落花时"。用风景来过渡，将之前的冷淡场面敷衍过去，毕竟男子还是来了，又何必去计较之前的种种呢？

女子对男子说，春光太好，定要珍惜，不要因为犹豫而错过了两个人相处的好时机。不然等到花落时，定要后悔万分的。言语之中含有"有花堪折直须折"的意思，女子内心的情感不言而喻，她还是爱着男子的，希望得到男子的爱。

精准的用词中，看得出其中缱绻的情意，离愁，离恨，相爱，相守，爱情之中的种种，纳兰尽悉把握词中。生命犹如朝露，虚幻间便很快度过了一生，如果不及时把握，那悔恨的将会是自己。

纳兰是真的懂得爱，所以，他能够将爱写得如此轻描淡写，却如此深入人心，这首词的风流蕴藉之处，很有北宋小令的遗风，亲昵，却又不失庄重，艳丽，但又并不艳情，纳兰的风骨之高，由此可见。

锦堂春 秋海棠①

帘外淡烟一缕，墙阴几簇低花。夜来微雨西风里，无力任欹斜②。

仿佛个人睡起，晕红不着铅华③。天寒翠袖添凄楚④，愁近欲栖鸦⑤。

[注释]

①秋海棠：多年生草本植物，叶背和叶柄带紫红色，花淡红色，供观赏。②欹斜：歪斜不正。③铅华：妇女化妆用的铅粉。④翠袖：青绿色衣袖，泛指女子的装束，这里指秋海棠的绿叶。凄楚：凄凉悲哀。⑤栖鸦：乌鸦欲栖息时，指黄昏时候。

[赏析]

这是一首咏物词，这首词是吟咏秋海棠。咏物是诗词吟咏中一个永恒的主题，借着咏物而抒发情感，词人们喜爱并一直热衷这样的方式。

其中歌咏海棠的诗词实在是太多了，几乎和歌咏爱情的主题一样在诗词中泛滥成灾，既然是很多人歌咏过的，纳兰为何偏偏还要选择海棠来写呢？这就是纳兰，从来不管别人的眼光，他只做自己喜欢做的事情。

将老话题写出新意，这难不倒纳兰，这首词的主旨是写海棠，但核心却是要写清愁相思的。纳兰填词，一向都是要独抒性灵的，即便落入俗套，也会写出与别人不一样的词境。正所谓情之所至即是词之所处。

即便落进窠臼，那又何妨，大不了不被后人广为传唱，纳兰并不在乎这所谓的身后名声，他在乎的，是自己和自己在乎人的感受。纳兰性情真切，所以，他填词，总是能够写出许多旁人的心声，因为许多人并不敢轻易喊出自己的心声，但是纳兰敢，这个年轻男子，有恃无恐，他不怕任何礼教束缚，他只要追求真诚热烈的情感，于是，纳兰的词，便多了一份生机和活力。

这样的一首《锦堂春》，读起来，让人感到天真无邪、不通世故，但同时又能感受到内心有着蠢蠢欲动的悸动。虽然这首词并非是新意迭出，但是那又何妨，没有人会在乎，人们只会在这首词的情真意切中感动，别无他求。

珠帘外一缕淡淡的轻烟，墙阴处几簇矮矮的鲜花。昨夜秋风吹来一场细雨，花枝无力，任凭风雨将她吹斜。那娇美的神态仿佛美人睡起之后脸上泛起的红色，不施粉黛却娇艳欲滴。寒风中那绿色的衣袖更为她平添了几许凄楚，在黄昏之中徒增无限清愁！

清愁是纳兰抒写不尽的主题，他的每首词，几乎都带有淡淡的愁云，不是很浓厚，只是一抹，就好像天青色的烟云，淡淡地出现在眼帘前方，让人看到后，内心有淡淡的微风吹过，随即消失不见。

词中也是这样写道，"帘外淡烟一缕"，帘外的淡淡烟云，一缕便飘散在风中，好像刚才什么也没有出现。开门见山，便写了烟雾消散，犹如自己的愁绪，淡然一抹，偶尔飘来，随即飘走。

这就是纳兰的词，总是独抒性灵。对于纳兰来说，不论是常见的景物，还是常见的心情，只要他愿意，便总是能够写入词中，不求其他，只为娱乐自己。而纳兰在这首词中，也是这样做的。

"墙阴几簇低花"，不过是墙角下的几朵小花，但是纳兰却能欣赏到他们独有的魅力，在墙角的阴凉下，几簇低矮、不被重视的小花，长在那里，它们虽然卑微，但却生命力顽强，只要一点点的阳光，便能自由自在地开放。纳兰是在写花，也是在羡慕花的自由。"夜来微雨西风里，无力任欹斜。"虽然夜晚一场暴雨，会让花朵凋零、倾斜，看似要枯死一般。可是只要第二天照样出太阳，它们便会再次回转过来。

这就是生命的力量。纳兰是渴望这种力量的，于是，这种生命力顽强的花，在他眼中，也别具一番风韵。下片写花的样子，仿佛是在描述一个美貌的女子，"仿佛个人睡起，晕红不着铅华"。好像刚刚睡醒的女子，不施粉黛，素面朝天，但却可爱真实，让人怜惜。就好像这花一样，让人无法不去关爱。

"天寒翠袖添凄楚，愁近欲栖鸦。"寒风中，它们努力绽放，要将最后的颜色在这枯黄的世界中保存得更长久一些，可是它们不知道，看花的人，却在黄昏中，看到它们，更看到了哀愁。

海棠春

落红片片浑如雾，不教更觅桃源路①。香径晚风寒②，月在花飞处。

蔷薇影暗空凝伫③，任碧飐轻衫萦住④。惊起早栖鸦，飞过秋千去。

[注释]

①桃源路：桃源，即桃花源，晋陶渊明在《桃花源记》中描写了一个与世隔绝、安居乐业的好地方，用以比喻不受外界影响的地方或理想中的美好地方。②香径：花间小路，或指满地落花的小路。③蔷薇：落叶灌木。有单瓣、复瓣之别，色有红、粉红、白、黄等多种，很美丽，初夏开放。凝伫：凝望伫立，停滞不动。④飐：颤动、摇动。

[赏析]

晋陶渊明在他的《桃花源记》中描写了一个与世隔绝、安居乐业的好地方，

称之为桃花源。之后，桃花源似乎就成为人们心目中的避世理想之所，可惜，这个地方不过是陶渊明的虚构，世间哪里会有这样美好的地方呢？

如果说有，那也只能是世人心目中的一个理想向往罢了。纳兰便是一心向往着这样的世外桃源。这首《海棠春》看似写景，实则抒情，纳兰的心在这首词里表露无遗，他想要逃离这纷繁的俗世，想要去一个清净的地方安度余年。

虽然，这样的愿望对于一般人来说，似乎并不难实现，但对于纳兰，这个天生就富贵的男人来说，却是无法实现的心愿。老天爷总是公平的，他给予你一样东西的时候，也会收走你的另一样东西。

在世间男子为了功名利禄、荣华富贵，舍弃自由，舍弃自我，奋力拼搏的时候，那个一生下来就什么都有了的纳兰，却偏偏想抛弃这些，去找寻自由。当然，这份自由就如同那臆想中的桃花源一样无法触摸得到。

纳兰之苦，在于心苦，所以他的词里，大多是将这种无法言说的心苦表达出来，或者借景抒情，或者以物言志。

这首词勾画月夜下孤清寂寞的情景：春风吹过，落花纷纷，如烟似雾，叫人禁不住要去寻觅那世外桃源。花间小径，晚风伴着轻寒，将花瓣吹到月光底下。墙壁上蔷薇的倩影里，有人默默地伫立凝望着眼前的一切，任凭风吹衣袂，花瓣萦绕。清风惊起早醒的晨鸦，使得它们扇动着翅膀飞过秋千去了。

"落红片片浑如雾"，开篇一句便是充满了诗情画意，叫人向往，但随后一句，则是将人从天堂拉入人间，"不教更觅桃源路"，如此美景，忍不住想要叫人去寻找那桃花源的踪迹，可是究竟入口何处呢？无人可知。

在看似美景之下，其实在美丽之外，心头更是藏着一份凄凉的情怀。这首词的总体基调是清冷的，"香径晚风寒，月在花飞处"。每一个字都流露出了不泯的深情，只是可惜，这份情怀无人可寄，故而越发显得凄冷。

清冷孤寂是纳兰心里头始终扣着的一道伤口，无法撼动，无论人生之路如何行走，世情如何变幻，纳兰心头的这道疤痕，都不会褪去。这是命运带给他的伤，而他无能为力，便将这伤带入了词中。

读着纳兰的词，感怀着他的伤，不禁泪流。"蔷薇影暗空凝伫，任碧飓轻衫萦住。"一个孤寂的身影，任凭风将自己的衣衫吹起，身上感到些许的冷，但心里更冷，纳兰最苦的便是没有知己，在苏东坡的《怀渑池寄子瞻兄》说道："人生到处知何似？应似飞鸿踏雪泥。泥上偶然留指爪，鸿飞那复计东西。"

知己是一个男人最好的解忧酒，可惜纳兰没有，所以，任凭"惊起早栖鸦，飞过秋千去。"他也只能是在大片大片的忧伤中,沿着自己的轨迹,掉入灰暗的深渊,无法逃脱。这是一道美丽的疤痕,让纳兰一生都在写着绚烂孤寂的诗词。

这份情怀,延绵不绝,氤了千年。

河渎神

风紧雁行高,无边落木萧萧①。楚天魂梦与香销,青山暮暮朝朝。

断续凉云来一缕,飘堕几丝灵雨②。今夜冷红浦溆③,鸳鸯栖向何处?

[注释]

①"无边"句:描绘深秋的景色,化用杜甫《登高》:"无边落木萧萧下,不尽长江滚滚来。"②灵雨:好雨。《诗经·风·定之方中》:"灵雨既零,命彼倌人。星言夙驾,说于桑田。"郑玄笺:"灵,善也。"③红:指水草,一名水荭。浦溆:水滨,水边。唐杨炯《青苔赋》:"桂舟横兮兰触,浦溆回兮心断续。"

[赏析]

"风"与"大雁"是纳兰词里常常会选用的意境,风过无声,雁过无痕,或许这两种事物能够准确地表达出纳兰关于寂寞的想象。

寂寞是无声无痕却能攫住人心的。纳兰的寂寞,寒冷了许多人的心,在他的词中,人们仿佛能够感同身受,与纳兰一起在寂寞的苦海中,挣扎沉沦,无法靠岸。这就是纳兰词的魅力,是无法抗拒的。

这首词表达相思之情:西风卷地,落叶无边。你我之情如同楚天云雨般,朝朝暮暮。凉云飘过,灵雨几丝,秋已深,夜已深,水边红草萋萋,寒意袭人,不知那鸳鸯又栖息何处,那爱人又身在何处?

相思是许多诗词中永恒的主题,相思之情,男女之爱,最容易写成,因为这是人世间最为普及的情感。但同时,也最难写好,因为人人都曾经历,便少了些

新意和感悟。纳兰偏要迎难而上，他的词，大多是相思相爱之词，或许是爱之深，所以才会感之切，纳兰的相思之词，并不腻歪，反而有些爽口。

"风紧雁行高"，五个字，便是寂寞的形状，宛如天际的白云，看似有形，却是无形。也正是因为如此，寂寞才难以捉摸，时而飘来，进入心里，让人无法释怀。纳兰最是能体会寂寞的，他的心，从始至终，从未曾冰释过。

"无边落木萧萧。"就好像无边的落木，落叶无边，枯寂蔓延开来，无法收拾。而纳兰之所以开篇如此描写，正是要写出相思之苦的痛楚："楚天魂梦与香销，青山暮暮朝朝。"到底那相爱之情如何才能够化解，让我不再为相思而苦？

无人能够作答，就连纳兰自己，也无法解答。人世间的情情爱爱，本就是因缘际会，这是无法用理性去控制的。纳兰是一个多情之人，他正因为多情，才被情所困，词中虽是写景，但却景中有情，甚是感人。

"断续凉云来一缕，飘堕几丝灵雨。今夜冷红浦溆，鸳鸯栖向何处？"情景交融，云雨反转，无一不让纳兰想到相思之人，今夜寒意袭人，那思恋的人，会在何处呢？是否会被寒冷侵袭，又是否会不懂得加衣？

太常引 自题小照

西风乍起峭寒生[1]，惊雁避移营[2]。千里暮云平，休回首、长亭短亭。

无穷山色，无边往事，一例冷清清。试倩玉箫声[3]，唤千古、英雄梦醒。

[注释]

①峭寒：料峭的寒意，形容微寒。②惊雁：犹言惊弓之鸟。移营：转移营地。③玉箫：玉制的箫或箫的美称。

[赏析]

西风乍起，寒峭顿生。写的虽然是塞外风景，但却是字字句句都透露出内心凄苦迷茫的心境。纳兰作为侍卫，时常会随同皇帝外出游视，每次外出，他都会心情低沉，离开那些他所熟悉、所爱的人，让他感到不适。

这是一首题写在画像上的小令，这首词的副标题叫"自题小照"，是当年纳兰出使唆龙的行程中，友人为他绘画的出塞图。在他回来之后，他的许多朋友都纷纷在这幅图上题诗，于是，纳兰自己也自提了这阕小令。

这首小令在纳兰洋洋洒洒数百篇的作品中并不起眼，甚至还有些水平低下等，但是这首词也正是具有典型的纳兰词特征。豪放之情，婉约之形，字里行间还有无尽的迷茫和困顿，在词意上更有难以言说的痛楚，这些都是纳兰写词的特征：上片写塞上之景，秋风吹起，寒意顿生，惊雁移营。蓦然回首，千里暮云之下长亭接着短亭。下片婉转抒情，无穷的山色，无尽的往事都沉浸在这冷冷清清的秋意之中。谁来吹起箫声唤醒英雄旧梦！

"西风乍起峭寒生，惊雁避移营。"秋季总是让人忍不住神伤的季节，纳兰外出执行公务，随着大队人马，浩浩荡荡地行走在塞外的沙漠上。看到眼前一望无际的戈壁、大漠，纳兰内心是更多宽广，还是更多凄惶。

这一句词恐怕就是纳兰当时的心境体现，在西风吹起时，大漠扬起尘沙，让人无法睁开眼睛，在这样一个生存环境恶劣的情况下，纳兰应该是十分想念京城里自己温暖舒适的家。可是，在这里，却感受到了自由和内心无比的空旷，作为男人，还有什么比自由更为重要！尤其是对纳兰来说，这份自由更是难能可贵。

风起寒生，大队人马浩浩荡荡开拔过去，大雁被惊起，四处飞散，在远处的天空化作一个黑点。放眼望去，真是"千里暮云平，休回首、长亭短亭"。塞外的风景在纳兰的笔下，更显得增添几分粗犷和神秘感。上片写完风景，下片自然而然地承接抒情，纳兰习惯了幽思之情，在面对如此旷达的景物时，他却能一改往日的习惯，写出与他大多数词不同的格调来，也可以见得，纳兰的内心，并非是只记挂着儿女情长。

"无穷山色，无边往事，一例冷清清。"这一眼望不到边的无穷无尽的山、无穷无尽的山色就好像自己无边的心事，蔓延开去，满眼荒凉。往事仿佛自己走过的荒漠，寸草不生，因为曾经那么炽热地爱过、恨过，故而现在任何事情都无法再激荡起内心的一点点的涟漪。

爱情本身就是一场天灾，像一种可怕的毁灭，让原本莺歌燕语的世界，变得兵荒马乱。纳兰虽然并未直接在词中提到爱情，但他却让他的词意，表达出了爱情在他生命中所占据的重要地位。

纳兰渴望爱情，但渴望有一份自由，他仰天长叹："试倩玉箫声，唤千古、英

雄梦醒。"真正的男儿，就应当是横刀立马，天地间四处驰骋。纳兰对理想，就这么一点点的要求，可惜，现实告诉他，只有按照既定的轨迹，才是他这一生的道路。

一个人若知道自己一生所要走的路是什么样的，这到底是好事，还是坏事？

太常引

晚来风起撼花铃①，人在碧山亭。愁里不堪听，那更杂、泉声雨声。

无凭踪迹②，无聊心绪，谁说与多情。梦也不分明，又何必、催教梦醒。

[注释]

①花铃：即护花铃。用以惊吓鸟雀，保护花草。②无凭：无所凭据，即无法寻找。

[赏析]

人在无聊的时候，总是会做一些无聊的事情。纳兰在无聊的时候，便会填写一些无聊的词句。

虽然是无聊之时随意涂写，却也能看出纳兰在词上深厚的功底。"梦也不分明。又何必催教梦醒。亦颇凄警。"陈廷焯在《白雨斋词话》中如是说。这首词虽然是纳兰无聊之时所写，但所写的内容依然离不开一个"愁"字，而陈廷焯所评价的这首词最后一句，显得十分凄警，也是有道理的。

这首词抒发词人的无聊心绪：在夜里来风的时候，风摇动了护花铃，铃声传入伫立在碧山亭里的人耳中。这声音忧愁的人如何能听得，更何况还夹杂了泉声、雨声。知我者已经踪迹全无，难以寻觅，还有谁能听我述说衷情。不甚分明的梦境或可宽解，但恼人的声响又催人梦醒。

无人能够把简单的哀愁写得循环往复，动人心魄，只有纳兰，他能够。正是如此，词以抒怀，来描写心头那一点欲说还休的情愫，在词句中，那些心事，温婉流转，最终传唱于世间。后人为其哭，为其笑，但真正能懂得其中含义的，只有词人一人而已。

情深的人，自然会写出深情的词句。纳兰这一首词，乍看是写春愁，他将情寓于景中，徘徊的心头哀伤，在词中款款道出。"晚来风起撼花铃，人在碧山亭。"在夜晚起风的时候，吹动了护花铃铛，在碧山亭里的人听到了这铃声。远山之中，小小的亭子中，站着一个满怀愁绪的人，独自想着心事，忽然听到风吹动铃铛，响起声音。那声响如此孤寂，简直要比独站山中还要孤寂。

这是纳兰心事的开头，他为何站于亭子中央，沉默望山？缠绕在纳兰心头是什么郁郁往事，无法散去？本就十分忧愁，偏偏还听到了那孤寂的铃声，更是愁上添愁，更何况这山中的泉水声、雨声，相互夹杂，混杂到一起，更是让人不忍去听。

在这个世界上，芸芸众生，纷繁夹杂，没有谁能够超然出尘世，自然也没有谁能够独立出去。每个人都是相互影响、相互感染的，就好像这花铃声、泉水声、雨声。本是想来到山里躲清静，却还是无法躲避开这些世间的声响。

"愁里不堪听，那更杂、泉声雨声。"这是一句写实的词句，更是一句无可奈何的阐述。是啊，我们能够躲到哪里去呢？世界之大，无处清静。纳兰有着独一无二的才华，他的故事广为流传，但他不为所累，想要遗世独立，可是照此看来，他如何能够独立？所谓的独立，不过是出世者自说自话的一个圆满的谎言罢了。

纳兰这首词，上片是写山间声响，下片则是开始了对现实的抒情。"无凭踪迹，无聊心绪，谁说与多情。"自己的心究竟能告诉给谁听呢？"无聊心绪"，一个才华横溢的词人，一个天真忧郁的男子，在最好的年华，却是已经往事萦怀。

他内心的忧郁无人能够懂得，早早就有了心事的纳兰对这个世界过分敏感，他的敏感多情也在词中有所流露。而纳兰也毫不打算去遮盖这种流露，他的天性在词里完全得到抒发，纳兰的词之所以受到追捧，恐怕与他毫无做作之态也有关系。

纳兰因为他那份单纯透明的心被王国维誉为五代之后的词坛第一人。当然这些是非功过的评论对于当时的纳兰来说，也不会太在意。他是一个淡漠功名如云烟的人，他有显赫的家世，早早地成名，在他眼中，还有什么值得他去动容呢？

只怕只有这世间难得的真情，会让他动心。在春日里，纳兰只身立于山中的亭子下，看着远山，听着寂寞的声响，伤怀，仅此而已。纳兰就是这样，简单地生活着，无论是快乐还是忧伤，都不需要理由。

"梦也不分明，又何必、催教梦醒。"这份忧伤或许入梦可以缓解，但是那山中的响声，又生生地将梦叫醒。哪里才能找到一个毫无烦忧的地方呢？纳兰的疑问，怕也是许多人的疑问。

四犯令

麦浪翻晴风飚柳①，已过伤春候②。因甚为他成僝僽③，毕竟是、春拖逗④。

红药阑边携素手⑤，暖语浓于酒。盼到园花铺似绣，却更比、春前瘦。

[注释]

①飚：风吹物使其颤动摇曳。②伤春：因春天到来而引起忧伤、苦闷。③僝僽：烦恼、忧愁。④拖逗：挑逗、勾引、引诱。⑤红药：红芍药。素手：洁白的手，多形容女子之手。

[赏析]

一首温柔的词，一曲婉转的歌。一句长一句短，回环往复，流连不歇。这首词看似写伤春之情，却是写尽纳兰内心的细碎柔情，温柔好梦，真是堪比春风瘦。纳兰是一个特别的词人，他有着人人羡慕的身世，却总是填写哀伤的词，他爱过几个女子，却最终都没给她们带去过幸福，从而纳兰自己也没有幸福过。

纳兰是一个把自己的幸福建立在别人幸福之上的人，如果他关心的人不幸福，那么他也不幸福。这样的人，注定会活得比较苦。纳兰写得一首好词，他尤其擅长以抒情的词牌来写作，用白描的方式，笔端轻柔地勾勒，几笔下来，便是一幅绝好的画面，让人无法释手，无法闭眼。

这首词也是如此，娇羞宛然，冰雪轻盈。虽然是写春日风光，是一首伤春之词，但词中显露出来的，竟是一幅活生生的春归图。这不是凭空臆想出来的，而是词人用他敏锐的感觉捕捉的景色。纳兰站在春日下，看着面前的风光，近在咫尺，唾手可得。但春风拂过脸庞，却是无法捉住春的一丝一毫。最美好的永远是留不住的，只能留存在记忆中，既然如此，不如存放于文字里，更为妥帖。

"麦浪翻晴风飚柳，已过伤春候。"这首词与纳兰以往的伤春词并无两样，依然是开篇点题，写出春日即将逝去，带给他的迷茫和愁绪。开篇第一句描绘出了一幅田园景色，风光一片大好，在麦浪翻滚的时候，风吹动晴空，云彩随同麦浪一起游走，田园春光糅合在一起，既让人看到春日的纯粹，又可以感受到田园景象的美丽，纳兰的词在这里，似乎并非为写愁而写，就是要单纯地描绘这眼前的景物。

但是接下来这句，却真的是可以看出，纳兰内心的愁苦，"因甚为他成僝僽，毕竟是、春拖逗。"这么好的春光，为何还要哀愁呢，难道仅仅是因为春光太短暂了吗？纳兰在这样美的风光中，照旧无法放下内心的忧虑，到底是什么让他如此幽思呢？想来就是那名占据他心房的女子。

"红药阑边携素手，暖语浓于酒。"回忆里有着温暖的过去，红药花栏边，曾与爱人携手饮酒，耳鬓厮磨。可是如今，依然是等到了这春暖花开值之日，却为何是物是人非，景物可以年年相似，但看风景的人却是无法回来。

"盼到园花铺似绣，却更比、春前瘦。"李清照写过一句词叫"人比黄花瘦"，纳兰这句"却更比春前瘦"颇有几分李清照词的意蕴。到底是春瘦还是人瘦，只有纳兰心里才更清楚，更明了。

添字采桑子

（按此调《词律》不载，《词谱》有《促拍采桑子》，字同句异。一本作《采花》。）

闲愁似与斜阳约，红点苍苔①，蛱蝶飞回。又是梧桐新绿影，上阶来。

天涯望处音尘断②，花谢花开，懊恼离怀。空压钿筐金线缕③，合欢鞋。

[注释]

①苍苔：青色苔藓。②音尘：音信，消息。③钿筐：镶嵌金、银、玉、贝等物的筐。

[赏析]

这首词写离愁：愁情仿佛是与夕阳有约，正当愁绪满怀之时，偏又逢夕阳西下，

看那蛱蝶飞来落在了苍苔之上，点点红色，梧桐树的绿荫再次映上了台阶。花开花谢，望断天涯却音信全无，怎不让人懊恼满怀？开启螺钿筐，只剩下一双金缕绣织的鞋子，而鞋子的主人却不在身边了。

这首《添字采桑子》是纳兰写的词里的又一个谜团，许多人都在猜想，这首词，纳兰是为谁而作？参考大量史料，人们想要找出这首词背后的那个女子，她是否也如同这词一般美丽温婉呢？

这段故事终究因为时间太长，湮没在了历史尘埃之中，"闲愁似与斜阳约"，像是抒情，闲愁仿佛是与夕阳有约，当夕阳西下之时，愁绪便上来满怀。将愁绪与夕阳联系在一起，还拟人似的写闲愁与斜阳相约。既写出了闲愁，又体现出了情趣。

而后写道："红点苍苔，蛱蝶飞回。"青苔为何能成为红色呢？让人忍不住想过之后，纳兰才给出答案，原来是蝴蝶停落在苔面上，让绿色的青苔看起来，犹如红花点缀，片片落红。闲愁的人儿还有心情看这不引人注目的青苔，可见这份闲愁也并不是真的无药可解。

美丽的景色能够使人心旷神怡，这个观点应该是正确的。在上片最后，纳兰写道："又是梧桐新绿影，上阶来。"单纯的描述，看不出不好的情绪，就连一开始抒发的闲愁，在这景色中，似乎也被化解掉了。

绿色的树荫，映上台阶。山野情趣，有韵味，有雅致的味道。上片似在写愁，又不像在写愁。心绪与景色融合一起，一言以蔽之，是清冷中带着妙趣，妙趣中夹杂着孤寂，相得益彰，相互映衬。

在这个基础上就有了下片，于是下片开始一句便是"天涯望处音尘断"，字面上的意思是说，望断天涯，都得不到音信，全无音讯才是让词人产生闲愁的原因。但至于何人迟迟不给纳兰音信，纳兰又是在为什么人揪心，词中并无解释，人们也无从去猜测。

而后那句"花谢花开，懊恼离怀"更是写出了纳兰焦急的等待，想来那位女子对纳兰很重要，否则，纳兰为何会等过花开花谢，依然翘首以盼呢？带着满腔的愁绪，等待着远方一个可能永远也不会到来的音信，词写到这里，闲愁的滋味再次涌出，比开篇更要浓厚，令人读后掩卷，不忍细读。

既然想念的人不在身旁，那只有睹物思人了。打开箱子，翻出那双金缕鞋，但是鞋子的主人而今身在何方呢？故事到这里便戛然而止。"空压钿筐金线缕，合欢鞋。"似乎是一个吸引人眼球的爱情故事，当刚刚讲到故事高潮时，却突然结尾。

人们意犹未尽，但故事却已经结束。纳兰一向是把情爱表达得十分优美，十分含蓄。他在词中从来都是将再浓烈的情感，也用淡雅的词汇写出。仿佛那些情爱与他无关，他不过是在讲述一个旁人的故事。

这首词照旧如此，甚至更甚。刚开始的思念在主人公看到旧物的时候，便断然停止，就好像生生地被切断，让看客都觉得心里犹如刀割般的疼痛。许多诗词中，写男欢女爱，总是恨不得大章篇地描述，唯恐读者看得不尽兴。

但纳兰偏偏不这样，他只要将自己想说的话写出来，便会搁笔。纵使还有万千想念，千言万语，也只是化作相思无尽处，飘落尘土，埋入深处。

荷叶杯

帘卷落花如雪，烟月①。谁在小红亭？玉钗敲竹乍闻声，风影略分明②。

化作彩云飞去，何处？不隔枕函边③，一声将息晓寒天④，肠断又今年。

[注释]

①烟月：云雾笼罩的月亮，朦胧的月色。②风影：随风晃动的物影。③枕函：中间可以藏物的枕头。④将息：调养休息、保养，这里是珍重、保重的意思。

[赏析]

写景一向都是纳兰的强项，这首《荷叶杯》以景喻相思，将落花与月夜结合得相得益彰，清幽淡雅之处隐隐透着些许沉郁，纳兰这首词，读起来如泣如诉，耐人寻味。词如其名，荷叶杯，这是很清丽的词牌名，来源于隋朝人士殷英童《采莲曲》中"荷叶捧成杯"一句，故此后便有了此名。

这首词的情感力量十分强大，虽然只读字面，并不觉得如此。但多留在心底回味几遍，便能感觉到这首词的宛转悠扬、连绵之美了。这是一首写景词，也是一首抒情词，抒发满腔抑郁、闷闷之情。

上片写幻象，在落花如雪的月夜里，朦胧中是谁伫立在小红亭里，偶尔传来几声玉钗敲竹般的声响，看去她身影历历，伫立风中。那身影蓦然化作彩云飞逝，要飞往何处？一切如梦如幻。然而与她在枕边的情义总是无法隔断、难以忘情的，道一声"珍重"，又将天明，断肠人又要在愁苦中度过一年。

唐人以荷叶为杯，将其称之为碧筒酒。古人喜欢附庸风雅，他们"接天莲叶无穷碧""淡妆浓抹两相宜"。纳兰将此风雅延续，烟水迷蒙，可以让人们联想到许多艳美之事，"帘卷落花如雪，烟月。谁在小红亭？"一声反问拉开词的序幕，遥远的故事重回心头，纳兰这首词的意境可谓美到了极致，"落花如雪"，落花犹如雪片一样纷纷扬扬飘落，而在月色下，显得十分凄迷，纳兰用一个"烟"字去衬托"月"，使得月夜下这场落花雪更为动人心魄。

在一场华丽的雕琢布景之后，纳兰的心事隆重出场："谁在小红亭？"一声疑问让后人读词时也疑惑不解，究竟是何种女子，竟然让纳兰如此神醉心迷。按照纳兰写这首词的时间推算，他应当是在怀念卢氏。

卢氏与纳兰的感情至深，感天动地。他们二人都是人中龙凤，真可谓是人似落花如雪，情如烟月。二人之间的情感一直被后世传唱。纳兰的痴情，卢氏的温婉，这二人似乎成了神仙眷侣的代言人，看到他们就看到了完美伴侣。

但是，越是完美的就越容易碎。卢氏的死带给纳兰很大的伤痛，他写了无数的悼亡词，只为纪念自己这位妻子。在这首词中，可以清晰地感受到纳兰内心的伤痛，他带着深深的怀念，写下和卢氏有关的词句。

"玉钗敲竹乍闻声，风影略分明。"这是虚写，是纳兰的想象，他仿佛看到妻子的玉钗在敲动竹竿，发出声响。风声掠过，人影憧憧，妻子似乎就在眼前不远处，向他微微一笑，鲜活的画面让整首词仿佛都活了起来。

但这毕竟是幻境，是纳兰自己的想象。妻子已经去世，怎么可能会在人世间留下任何一点影踪呢？纳兰自然也是明白这点的，于是，他的哀戚，好似天边的云彩，飞往远处，无法回还。

漫漫蓝天，小楼轻上，回忆往昔，那些过去的日子让人心里竟是如此安定。日子曾经是那般温顺，在北方这个荒芜的都市里，也曾有过一对眷侣，双宿双飞，可是而今，一切都不在了，过去的再也回不来了。

"化作彩云飞去，何处？"都化作了彩云飞去，飞往何处呢？放眼望去，找不到踪迹。世间的事，莫非就是如此！红颜命薄，黄沙掩埋玉体，仅仅三载光阴，便天人相隔，永无相见之日了。

在落花如雪的月夜里，纳兰的心思里全是朦胧的想念。卢氏绰绰的身影，仿佛就在眼前。一声叹息，天边尽是断肠人。到底是谁寂寞？是去世的卢氏，还是仍然在世间生活的纳兰？抑或是，这人世间，种种痴情的男女。

"不隔枕函边，一声将息晓寒天，肠断又今年。"月夜访竹，在一片夜色中思念故人。就仿佛这高洁的竹子，清洁如许，那份情感，天地可鉴。这些竹子，就好像纳兰的感情，日夜站在那里，千年不变。

荷叶杯

知己一人谁是？已矣。赢得误他生。多情终古似无情，莫问醉耶醒。

未是看来如雾，朝暮。将息好花天①。为伊指点再来缘②，疏雨洗遗钿③。

[注释]

①好花天：指美好的花开季节。②再来缘：下世的姻缘，来生的姻缘。③钿：指用金、银、玉、贝等镶饰的饰物。此代指亡妇的遗物。

[赏析]

这首词为怀念亡妻而作：谁是那唯一的知己？可惜已经离我而去，只有来世再续前缘。多情自古以来都好似无情，这种境况无论醉醒都是如此。朝朝暮暮，如烟似雾，那大好的春色不要白白错过。雨中拿着你的遗物睹物思人，但愿能来世相见。

纳兰的诗词中，对荷花的吟咏，描述很多。以荷花来比兴纳兰公子的高洁品格，是再恰当不过的。"出淤泥而不染"是文人雅士们崇尚的境界。它起始于佛教的有关教义，把荷花作为超凡脱俗的象征。

而在中国传统文化中，把梅、竹、兰、菊"四君子"和松柏、荷花等人格化，赋予人的性格、情感、志趣，使其有了特定的内涵。许多文人热衷寄托自己的情

思到这些梅兰竹菊身上，例如郑板桥画竹，曹雪芹写石头，这都是代表了他们内心的某种情感图腾。

纳兰也不例外，纳兰就是认定了荷花，在许多词中，他都写到荷花，寄托自己无处可寄托的情感。在这首词中，虽然没有提到荷花，但可以看出纳兰将自己的情感都寄托在了那份景致中。

有人说这是一阕悼亡，是写亡妻，可也有人说是写恋人，怀念与恋人之间无法追回的情感。不论写哪种逝去的情感，都可以说得通。平心而论，无论是妻子还是恋人，纳兰从来都不会偏向哪一方，他将这些女子放在心中，她们各自有各自的位置。

开篇便问："知己一人谁是？""知己"二字，中国古时是十分慎用的，除非彼此之间非常了解对方的心意，不然是不可妄自称为知己的。纳兰的知己，便是那位离他而去的女子，但他也明白，人生得一知己足矣，所以，他会在反问之后，自问自答地写道："已矣。"

的确是这样的，既然此生已经得到了知己，那么便足够了，至于今后独自行走的道路，有着之前的回忆，那还怕什么呢？"赢得误他生。"来生如果有缘，相信还是会走到一起的。多情不必神伤，"多情终古似无情，莫问醉耶醒"。上片在一片混沌中结束，纳兰似醉非醉地混迹人间，没有了知己，他还要继续走下去，如果不糊涂一点，如何能够应对这世间坚硬的种种？

纳兰的好朋友朱彝尊感慨常叹："滔滔天下，知己一人谁是？"可见并不是所有人都能得到知己，从这点来说，纳兰是幸运的。他爱的人不但爱他，更懂得他，就算这份懂得是短暂的，那也是曾经拥有过。

这上片直抒胸臆，真切极了。但是下片却是笔锋勒马，由刚转柔，不再明写，而是用铺垫，写起情感，尤其是最后一句"为伊指点再来缘，疏雨洗遗钿"。缠绵悱恻，诉尽心底伤痛悔恨。

"未是看来如雾，朝暮。将息好花天。"有景有情，全词情意盎然，让人读起来感到飞流直下，但丝毫没有什么不妥的感觉，反倒是让人泪下如雨。"海内存知己，天涯若比邻"，这句诗正好道出了纳兰的心声。

寻芳草 萧寺纪梦

　　客夜怎生过①？梦相伴、绮窗吟和②。薄嗔佯笑道③，若不是恁凄凉，肯来么？

　　来去苦匆匆，准拟待、晓钟敲破④。乍偎人、一闪灯花堕⑤，却对着琉璃火⑥。

[注释]

①怎生：怎样，怎么。②吟和：吟诗唱和。③薄嗔、佯笑：假意嗔怒、故作嗔怪。④准拟：料想，打算，希望。晓钟：报晓的钟声。⑤灯花：灯芯燃烧时结成的花状物。⑥琉璃火：此指琉璃灯，用玻璃制作的油灯，多用于寺庙中。

[赏析]

　　都说自古英雄出少年。清朝男儿的事业永远都在马上，应当是建功立业，战于沙场，奋勇杀敌。但是纳兰偏偏生就英雄志，又放不下儿女情。纳兰的心始终是柔软的，纵使他武艺高强，领有侍卫之职，也无法在毫无情感的仕途上走得快乐。

　　“在轻倩的格调后面隐藏着变徵之音，使旖旎温馨归于惨淡。这一点，又是大大不同于柳永。”这是黄天骥在《纳兰性德和他的词》中，对纳兰所写词的评价，虽然谈不上贴切，倒也是十分中肯。

　　纳兰的心是惨淡的，在他所写词的旖旎背后，尽是掩藏了惨淡的心事，这首词为纪梦之作，表达对恋人的怨离之情：这客宿山寺之夜要如何度过？梦里与伊人相会，诗词唱和，故作嗔怪地说：“如果不是太过凄凉冷清，你肯过来陪我吗？”可惜好梦不长，来去匆匆，晓钟敲破晨霭，忽而梦断，灯花坠落，自己却空对着琉璃灯，令人不胜怅惘。

　　这首词的副标题为“萧寺纪梦”，所谓的萧寺便是指佛寺，纳兰寄宿佛寺，在佛门圣地，寂静暗思，不由得心生感叹。

　　“客夜怎生过？”在这佛寺中要如何度过，才能不显得这夜晚分外漫长？想来

想去，便只有思念恋人，只有想起与恋人相守时的美好时光，这夜晚才不会那么黑暗。"梦相伴、绮窗吟和。"夜里做梦，梦到昔日的恋人，二人相伴窗前，吟诗作对，十分快活，纳兰在寺庙里，做着美梦，可惜，现实是残酷的，他孤独一人，置身山寺，在他的梦境中，那份独独属于他的美好也并没有继续下去。

"薄嗔伴笑道，若不是恁凄凉，肯来么？"恋人一脸娇羞，故意质问纳兰："如果不是你过于孤独，你会来找我吗？"纳兰无言以对，他平日乏味单调的生活，早已使得他失去了生活的激情，爱情远离他的那日，他便早已是忘记了爱情的模样。

恋人在睡梦中的质问，其实也是纳兰的扪心自问，如果不是自己过于孤寂，是否还会想起往日的恋人，还有往日相爱时的美好情感？必然不会，因为早就已经习惯了一个人的日子，如何还会去让自己再置身于想念之中呢？

"来去苦匆匆，准拟待、晓钟敲破。"不过，容不得他细想，好梦易碎，在钟声里，纳兰醒了，甚至还来不及和恋人告别，就这样匆匆苏醒。看到晨曦从窗口进来，照亮房屋的每一个角落，纳兰暗生悔意。

好梦为何不能多停留片刻呢。可是世事不往往就是如此吗？总是在最美的时候，便戛然而止，留给人们无尽幽思。"乍偎人、一闪灯花堕，却对着琉璃火。"

菊花新 送张见阳令江华①

愁绝行人天易暮②，行向鹧鸪声里住③，渺渺洞庭波，木叶下、楚天何处？

折残杨柳应无数，趁离亭笛声吹度。有几个征鸿④，相伴也、送君南去。

[注释]

①江华：汉置冯乘县，唐置江华县，改曰云溪，寻复故，唐初置县在五保之地，神龙初迁于寒亭北阳华岩之江南，故名江华，在今湖南江华东南，现为瑶族自治县。②愁绝：极度忧愁。③鹧鸪声里：鹧鸪声含有惜别之意，同时指张见阳将去的江华之地，地在西南方，故云。④征鸿：征雁。

[赏析]

这首词为送别之作，是纳兰送给他的好友张见阳的一首词。此人是清康熙年间名重一时的人物，与纳兰惺惺相惜，结下了深厚情缘。

张见阳的一幅《墨兰图》上，曾找曹寅题过词，曹寅的那首《墨兰歌》中不但夸赞了张见阳的画工了得，也深情描述了张见阳与纳兰之间的真挚友谊和笃厚感情。

"折扇郜风花向左，鸾飘凤泊惊婀娜。巡枝数朵叹师承，颠倒离披无不可。潇湘第一岂凡情，别样萧疏墨有声。可怜侧帽楼中客，不在薰炉烟外听。盛年戚戚愁无谓，并华饮处人偏贵。饧桃敢信敌千羊，孤芳果亦空群卉。张公健笔妙一时，散卓屈写幽兰姿。太虚游刃不见纸，万首自跋那兰词。交渝金石真能久，岁寒何必求三友。祇今摆脱松雪肥，奇雅更肖彝斋叟。"

"太虚游刃不见纸，万首自跋那兰词。交渝金石真能久，岁寒何必求三友。"这句就可以看出张见阳与纳兰之间的深厚感情。纳兰与张见阳和曹寅都有很深的交情，纳兰英年早逝，让二人十分悲痛。

之后张见阳每画一幅画都要在画上题纳兰的词，以纪念纳兰和他的友谊。在纳兰生前，二人就已打下了友谊的根基。

这首词是纳兰为张见阳送行而作的。词的字里行间充满了离别的愁恨，朋友间的友谊不会因为距离和时间的长度而逐渐淡漠，真正的友谊是能够跨越千山万水，抵达人心深处的一种情感。

你就要赴任到遥远的江华，此刻送行为之生愁添恨，而天色也仿佛变得晦暗迷蒙了。故人将去的江华，此时也正是秋色凄凉，令人惆怅。依依难舍，杨柳折断了无数次，本应趁着长亭离宴上的笛声作别，却仍不忍分手离去。天空飞过几只征雁，就让它们陪你远行，与你做伴吧。

"愁绝行人天易暮"，人要走，留不住的尽是相思情，仿佛知道纳兰内心的凄苦，连上天都不忍再看，暮色深重，愁煞赶路人。"行向鹧鸪声里住"这句话里有个说道，便是所谓的"鹧鸪声里"，这是指张见阳将去的江华之地，地在西南方，故云。而且鹧鸪本身也含有惜别之意，是许多词人爱用的一个词。

"渺渺洞庭波，木叶下、楚天何处？"清楚了友人要去的地方，但是自己无法相陪，这真是哀愁的一件事情。上片写到离别之苦，下片接着写送别之情，依依惜别，不忍分离，可是离别总是要面对的，纳兰只得化悲痛为安慰，对自己说：朋友不过是远去，来日方长，总有见面的一天。

"折残杨柳应无数，趁离亭笛声吹度。"话虽如此，依然是舍不得离开，不知

道送过了多少路程，不知道走过了多少亭子，就是舍不得说分手。但是天下无不散的宴席，送君千里，终须一别，自己不能将朋友送到他要去的地方。

但是友人这一路上是否安全，他依然担心，正巧头顶上盘旋几只大雁，那就让大雁为自己护送友人，一路南下吧。"有几个征鸿，相伴也、送君南去。"情感的真挚到最后陡然升起，友人之间的情谊无须再多说，彼此心意了然。

南歌子

翠袖凝寒薄①，帘衣入夜空②。病容扶起月明中，惹得一丝残篆、旧熏笼③。

暗觉欢期过，遥知别恨同。疏花已是不禁风，那更夜深清露、湿愁红④。

[注释]

①凝寒：严寒。《文选·刘桢〈赠从弟诗之二〉》："岂不罹凝寒，松柏有本性。"李善注："凝，严也。"②帘衣：即帘幕。《南史·夏侯亶传》："（亶）晚年颇好音乐，有妓妾十数人，并无被服姿容，每有客，常隔帘奏之，时谓帘为夏侯妓衣。"后因谓帘幕为帘衣。③残篆：指点燃的篆字形的香将要燃尽。④清露：洁净的露水。愁红：谓经风雨摧残的花，亦以喻女子的愁容。

[赏析]

这首词写离愁别恨：夜幕降临，帘幕里空空寂寂，他不在身旁，不免感到严寒凄冷。明月之下，支撑起这多病之躯，惹得将尽的残香烟雾缭绕。心里明白约定的欢会之日过，想必你也跟我一样离恨难消。人已经病容满面，弱不禁风了，哪里还禁得起这夜来的愁苦相思呢！

人性最是复杂，从而也造就了文字的复杂。本来文字是反映人的内心所想，但因为人们常常不愿意那么轻易地就被旁人窥破心事，从而将简易的文字，变成了掌心中复杂的游戏。喜爱玩儿文字游戏的人，总能将几句诗词，写得云山雾罩，让人摸不到头脑，更摸不到这诗词中，想要表达何种意思。

其实，揭开文字的面纱，就可以看到隐藏在背后的真相。词人，总是将自己的心事包装完好，不愿意被别人看到。

纳兰从不如此，他只要是写词，一向都是直来直去，爱恨情仇，从不隐晦，干脆利落得让人惊愕。这就是纳兰，仿佛孩童一般透明，他愿意将自己的喜怒哀乐通通拿出来与世人分享。

据清《赁庑笔记》载："容若眷一女,绝色也。旋女入宫,顿成陌路。容若愁思郁结,誓必一见，了此凤因。会遭国丧……果得彼妹一见。而宫禁森严，竟不能通一语，怅然而出。"之后，纳兰便写下一首《减字木兰花》，抒写当日的忧郁和感伤。"相逢不语，一朵芙蓉着秋雨。小晕红潮,斜溜鬟心只凤翘。待将低唤,直为凝情恐人见。欲诉幽怀，转过回阑叩玉钗。"

纳兰当时的心情、神态，在词中表露无遗。但后人谁又能去嘲笑他的痴情和哀怨呢？问世间情为何物，直教人生死相许。纳兰能够做到痴情不改，后人有多少人可以拍着胸脯说自己也可以呢？

南歌子 古戍①

古戍饥乌集②，荒城野雉飞③。何年劫火剩残灰④，试看英雄碧血⑤，满龙堆。

玉帐空分垒⑥，金笳已罢吹。东风回首尽成非，不道兴亡命也⑦，岂人为！

[注释]

①古戍：边疆古老的城堡、营垒。②饥乌：饥饿的乌鸦。③荒城：荒凉的古城。野雉：野鸡。④劫火：佛教语，谓坏劫之末所起的大火，后亦借指兵火。⑤碧血：为正义死难而流的血，烈士的血。⑥玉帐：主帅所居的帐幕，取如玉之坚的意思。⑦兴亡：兴盛与衰亡。

[赏析]

纳兰作为清初的著名词人，一直都很受世人的关注，他天资早慧，好学不倦，博通经史，虽然是一代权相明珠的长子，在二十三岁的时候，成为康熙皇帝最器重的侍卫。可以说是平步青云，他的人生是当时许多人梦寐以求的，古人十年寒窗苦读，就是为了一朝中第，能够在朝为官，领取俸禄。而这些，纳兰轻而易举地就都得到了，可以说，他走的是一条同时代知识分子做梦都想走的路。

可是，纳兰却并不为此感到欣喜，他反倒觉得这条道路对他是一种拘束，是一种束缚，他总是想要挣脱束缚，自由离去。所以，他许多的词中，表达出的意向都是抑郁愁苦、烦闷不得志的。

当然了，纳兰大部分的词作都是风雅之作，只讲风月闲愁，很少关于怀古之作。或许这是纳兰躲避现实的一种方式，只谈风月，不说世事。在这首《南歌子》中，纳兰让人们见识到了他隐藏很深的高尚人格追求，让人们看到了他对历史、对现实、对人生的许多感悟和追求。

纳兰年轻的心负载了许多沉重的感情和理想，在与现实纠缠不清、逃离未果之后，纳兰沉醉在他的诗词创作中，将一腔热情都化为词，将他的人格魅力，永远地定格在了历史的长卷中。

这首词是纳兰出使西域途中所作，康熙命纳兰率团出使西域，目的是安抚西北边郡地区的一些少数民族。走在西行古道途中，纳兰以悲悯的心态看待这片土地。唐代有许多边塞诗歌，例如"大漠孤烟直，长河落日圆""醉卧沙场君莫笑，古来征战几人回"等，都是描写边塞的荒凉与寂寞的。

而如今，真正踏在这一方土地上，纳兰才是更真切地感受到了古人诗歌中的意境，他忍不住也题词一首，不过比起古人的豪迈，纳兰的这首怀古之作，更显得有些寂寥和落寞。

古老的营垒，成了乌鸦聚集之地，荒凉的城堡中野鸡恣意飞舞。这是什么时候的战火留下来的遗迹？曾经骁勇善战的英雄们，他们的碧血丹心如今都被沙漠淹没了。主帅的帐篷，曾经的胡笳，如今都已作古。千年悲叹，回首相望，古今多少是非，说来兴亡都是天定，岂是人为！

清代曹寅在《山矾》中写道："婆娑自比小山桂，寂寞甘同苦行僧。"纳兰此时看着眼前的山川，就有此般感受。大自然的鬼斧神工造就了这片土地，而今那些山川河流依旧在，但往事中的人却早已经随着时光流逝了。

古诗中所描绘的那些金戈铁马、落日长河都已不见，留下的只有这片寂静的土地，仿佛什么事情都没有发生过似的，那样平静。古往今来，是非成败都是天注定的，人力究竟能起到多少作用呢，只怕是一点点罢了。

纳兰在大自然的浩渺中，更加看到了自身的渺小，加之内心本就存在的抑郁心情，这首词作，便更显得忧伤无奈。虽然是怀古，但何尝不是谈己？

英雄迟暮，名将白头，这些无可奈何的悲哀让纳兰更加感受到天地万物沧桑变幻的无奈，所以他便发出了这般物是人非、家国兴亡的感叹。

秋千索 渌水亭春望

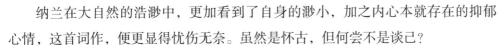

（按此调《谱》《律》不载，或亦自度曲。一本作《拨香灰》。）

药阑携手销魂侣①，争不记看承人处②。除向东风诉此情，奈竟日春无语③。

悠扬扑尽风前絮④，又百五韶光难住⑤。满地梨花似去年，却多了廉纤雨⑥。

[注释]

①药阑：即药栏，芍药之栏，泛指花栏。南朝梁庾肩吾《和竹斋》："向岭分花径，随阶转药栏。"携手：手拉手。销魂：形容伤感或欢乐到极点，若魂魄离散躯壳，也作"消魂"。②争：怎，怎么。看承：看待，对待，宋黄庭坚《归田乐引》词："看承幸厮勾，又是尊前眉峰皱。"③奈：无奈、怎奈。竟日：终日，从早到晚。④悠扬：飘扬。⑤百五：寒食日。在冬至后的一百零五天，故名。韶光：美好的时光，多指美丽的春光。⑥廉纤雨：细微之雨、毛毛细雨。廉纤，细小，细微。

[赏析]

在纳兰的诗词中，以景抒情的很多，其中写景状物关于水、荷尤其多。纳兰喜爱清水、荷花，这都是可以理解的。因为纳兰心性淡如止水，他爱荷，想必也是因为荷出淤泥而不染的高雅性情。

不但在诗词中，纳兰有着水、荷情结，在日常生活中，纳兰对此物也是情有独钟。清朝以来，王公贵族在城内兴建私人花园十分流行，他们大兴土木，三山五园，

几乎成了中国古代造园史上的顶峰。而纳兰明珠也为自己营造了一所私人花园，其中纳兰也有自己的一个园林。他把自己的别墅命名为"渌水亭"，一是因为有水，更是以慕水之德自比，并把自己的著作也题为《渌水亭杂识》。词人取流水清澈、淡泊、涵远之意，以水为友，以水为伴，在此疗养、休闲、作诗填词、研读经史、著书立说，并邀客燕集，雅会诗书——一个地道的文化沙龙。

渌水亭畔四处都是他的足迹，亲人、朋友、知己、爱侣，无不在这里为他留下过美好的回忆。然而在物是人非之后，这些美好的回忆更让人不堪回首。所以，对于纳兰性德来说，渌水亭既是他人生的乐土，又是其悲伤的根源，同样也是他创作的源泉，在此地纳兰性德留下了许多感人至深的千古佳作。

这首词是纳兰在历经生活万千事物之后写下的，有着他对人生的感慨，但更多的是记录他内心柔若无骨的愁丝。

这首词是怀思恋人之作：记得当年曾拉着你的手，漫步在园亭中的芍药栏畔。当时特意相迎相会的情景怎能不记得呢！如今，除了向东风诉说我的衷情之外便无知己，即使面对这满园的春色，我也终日无语。飘飞的柳絮、满地的梨花依然如昔，但伊人却踪影难觅。寒食日又过去了，美好的时光总是如此短暂，看落花满地与去年无异，只是更多了几许愁雨，怎不叫人怆然！

"药阑携手销魂侣，争不记看承人处。"这里的"药阑"是指花栏，词中以回忆开篇，纳兰温情脉脉地回想他与昔日爱人一同游园的场景，心中充满感激。但可惜物是人非，时光改变了一切，包括爱情。纳兰的爱人早已不能够再陪伴在他身边，所以，他只能"除向东风诉此情"。但令人惋惜的是，东风不识人间情苦，纵使满园的春意盎然，自己也是难得有开口诉说的欲望了。所以，才会有"奈竟日春无语"。

下片开始，依然从春光写起，春色本是盎然生机的，但在纳兰的这首词里，却多少显出了几分寂寥。无论是那悠长的花栏，还是这肆意飞扬的柳絮，真是留得住春色，却独独留不住往昔。

词的最后一句："满地梨花似去年，却多了廉纤雨。"以怆然的笔调结束了整首词，给人意犹未尽的感觉。一地落花像极了去年的现在，同样的风景，却是不同的人在欣赏，此时几多风雨几多情。

纳兰一直到辞世的时候，也没离开他的渌水亭。与其说是舍不得这里的清水芙蓉，更不如说是舍不得这里曾经带给他的回忆和浪漫。

秋千索

游丝断续东风弱①，悄无语半垂帘幕。红袖谁招曲槛边②，扬一缕秋千索③。

惜花人共残春薄，春欲尽纤腰如削④。新月才堪照独愁，却又照梨花落。

[注释]

①游丝：指飘浮在空中的蛛丝。②红袖：女子的红色衣袖,指美女。曲槛：曲折的栏杆。③秋千索：指秋千的绳索。索,绳索。④纤腰：细腰。

[赏析]

纳兰的悼亡词总是让人欲语泪先流，他的词有着直插心扉的锋利之处，但也有着微风拂面的温柔之处。在他的许多悼亡词里，都流露出了哀婉凄楚的相思之情和怅然若失的怀念之情。这首《秋千索》是纳兰为卢氏所作，是一首抚今忆昔、触景伤情之作。

春风中的游丝断断续续飘来荡去，屋檐下，帘幕半垂，悄无声息。曲折的栏杆边那穿着红色裙衫的女子，正戏玩着秋千。春日将残，惜春不及，留春不住，伤春不已。一弯新月照着独自伤怀的人，又将光影移到散落满地的梨花之上，怎不叫人愈加憔悴！

语浅意深的词句，令纳兰的词句散发出异样的光彩，而简明易懂的白话词，更是不需要任何注释。只要读过一遍，都能清楚纳兰字字句句中所蕴含的感伤。上片的第一句"游丝断续东风弱，悄无语半垂帘幕"，道出了春风中的无奈感，游丝的飘荡，低垂的房帘，还有悄无声息的状态。这一切都是寓意着心境的沉闷，全词以这样的一种意境起篇，而在下片的结尾一句，却是"新月才堪照独愁，却又照梨花落"。以这样的一句结束整首词，新月照在满地的落花上，无限伤心尽在不言中。

世间最痛苦的事情不是生离，而是死别。离别尚且还有希望，能够期待见面

之日，但死别却是无法挽回之事了。人与人之间的情愫都是如此，爱上一个人，就希望生生世世和他在一起，一旦爱的人死去，那种感觉，真是生不如死。

纳兰最是懂得爱的人，他与卢氏，情比金坚，而今卢氏逝去，留他一个人独自面对这滚滚红尘，是多么滑稽而又凄惨的境况。纳兰的爱并没有随同卢氏的死去而渐渐减弱，反而愈发深刻。他不像古代其他的男子，三妻四妾，当女人为玩物。纳兰一旦爱上，那便是海枯石烂，至死不渝。可惜，上天不作美，纳兰而今只能靠着记忆去找寻当日的幸福，正如他词中所写的那样："红袖谁招曲槛边，扬一缕秋千索。"

当日那个红衣飘飘的女子仿佛还在眼前，可现实却是，空荡荡的秋千，只能随风摇摆。这真是："惜花人共残春薄，春欲尽纤腰如削。"爱惜花朵的人总是伤感春日的短暂，但岂不知，时光已逝，万物凋零，这就是世间的规律，谁也无法逃避。

卢氏是幸运的，她获得了纳兰的全部真心，但她也是不幸的，她没能够安守在纳兰身旁，看到他们今后的岁月。柳永的一首词与纳兰的这首悼亡词有着异曲同工之妙，《雨霖铃》中有句话是："此去经年，应是良辰好景虚设，便纵有千种风情，更与谁人说。"

几句话便道尽了离别之痛，生离尚且如此，更何况死别！纳兰所经历的痛楚更是他的百倍。所以，在纳兰的词中，悼亡已经不只是一种追念了，更是一种安抚自己勇敢活下去的勇气。

秋千索

炉边换酒双鬟亚①，春已到卖花帘下。一道香尘碎绿苹②，看白裕亲调马③。

烟丝宛宛愁萦挂④，剩几笔晚晴图画⑤。半枕芙蕖压浪眠⑥，教费尽莺儿话⑦。

[注释]

①双鬟：古代年轻女子的两个环形发髻，借指少女或婢女。亚：通"压"，低垂之貌。②香尘：芳香之尘，多指因女子步履而起者，此处指湖水中浮游的水禽划破水面。绿苹：即绿萍，浮萍。③白袷：白色夹衣，旧时平民的服装，亦借指无功名的士人。调马：训练马匹。④宛宛：迟回缠绵的样子。萦挂：牵挂。⑤晚晴：谓傍晚晴朗的天色。⑥芙蕖：荷花。此处指绣有荷花的枕头。⑦费尽：用尽。莺儿：黄莺。

[赏析]

这首词应当是纳兰在心情稍好的状态下所写的，整首词有种抑制不住的悸动之情，仿佛是在暗示着什么。仿佛种子要破土而出，要发芽前的那种征兆。或许，春日来了，纳兰内心的某种冲动也有了蠢蠢欲动的开始。

这首词描绘春景：春回人间，放眼望去，看到双鬟低垂的少女在酒垆边买酒。卖花人的帘下已经鲜花盛开，春意盎然。那身穿白衣的人，正在亲自驯马，飞驰而过的尘土搅碎了一池的浮萍。香烟袅袅，牵挂悠悠，不若将这傍晚晴朗的美景画下。半枕着绣着荷花的枕头入眠，即使黄鹂再叫也不要去管它。

这首词一味地描写，将眼前所见到的景物都写了进去，开篇写道："垆边换酒双鬟亚，春已到卖花帘下。"这句话里的"亚"通"压"，是低垂的意思。双鬟挽成环形，在古代还未出嫁的少女通常都是这种发型。这里指的就是一名少女在酒垆买酒的情景。

少女买酒，卖花人的四周鲜花盛开，从帘子下可以看到花团锦簇。春日在这里用这样一种平淡安详的场景表现，白描一向是纳兰的强项，他可以用简短的几个词语，就将自己想要刻画的事物刻画得栩栩如生。

少女买完酒，自然要回到归处，脚下的灰尘，随着裙摆，在阳光下荡漾，刺眼的阳光中，那微微的颗粒，欢娱地跳跃着。纳兰在此用到一个词为"香尘"，芳香之尘，尘埃怎能芳香呢？这不外乎是纳兰的一种比拟，在这首词中，香尘也是指湖水中的水禽在水面上游走，划破水纹荡漾出的水波。

"一道香尘碎绿苹"，水波阵阵，原本漂浮在水面上的绿色浮萍被打乱，好一幅春日图。随即写道："看白袷亲调马。"白衣飘飘的少年在亲自驯马，他飞身上马，将不听话的马匹训练得服服帖帖。马匹终于听从他的指挥，疾驰而过，荡漾起的灰尘，搅碎了一池的绿萍。这上片便在一片混乱的春日中结束。

看似几个毫无关系的人物，就这样被拼凑在了一起，用一池的绿萍，将其联系在一起，在一个固定的场景，一些看似毫无关系的人，和谐而互不认识的组成

了一幅春日图。可即便是在这样美丽的春光中，纳兰也无法完全释怀心中的愁绪，他在袅袅的青烟中，依然牵挂着某些放不下的事情。

"烟丝宛宛愁萦挂"，真是多情公子空余恨，这般的伤神又是为了哪般呢？想这么多于己无关的事情，倒不如专心致志地去欣赏眼前的美丽春日。"剩几笔晚晴图画"，将这一幅美好的春日图画在纸上，永远留下记忆，这岂不是更好？

欣赏完春光，做完画，不如小睡片刻，在春日暖意盎然的时刻，做美梦一场，再也没有比这更惬意的事情了。"半枕芙蕖压浪眠，教费尽莺儿话。"纳兰半倒在枕头上，闭目养神，心情渐渐放松，仿佛神游太空，看到更加虚幻美好的景物。即便是黄鹂鸟再清脆的叫声，也无法将他从梦中唤醒。

忆江南 宿双林禅院有感①

心灰尽，有发未全僧。风雨消磨生死别，似曾相识只孤檠②，情在不能醒。

摇落后③，清吹那堪听④。淅沥暗飘金井叶⑤，乍闻风定又钟声，薄福荐倾城⑥。

[注释]

①双林禅院：指今山西平遥西南七公里处双林寺内之禅院。双林寺内东轴线上有禅院、经房、僧舍等。②孤檠：孤灯。③摇落：凋残，零落。④清吹：清风，此指秋风。⑤金井：井栏上有雕饰的井。一般用以指宫廷园林里的井，也指墓穴或骨瓮。⑥荐：进献、送上。倾城：形容女子艳丽，貌倾全城。

[赏析]

纳兰著有《通志堂文集》二十卷，但是他最大的成就还是在词上。他的词清新婉丽，独具品味，而且还能够直指本心。这或许是他能够写出令人动容、耐人寻味的好词的缘由。

在纳兰生前，他的书做成刻本出版后就产生过"家家争唱"的轰动效应。而在他身后，他更是被誉为"清朝第一词人""第一学人"。清代词话家和学者对他评价都很高。

到了民国时候，纳兰作为出名很早却英年早逝的才子，被人写进了书里。张恨水的《春明外史》中写到过一位才子，死于三十一岁的壮年。其友恸道："看到平日写的词，我就料他跟那纳兰容若一样，不能永年的……"

《春明外史》当时刊登在报纸上，作为连载的小说，会被许多人看到，而张恨水之所以要将纳兰写入文中，想来也是想借助纳兰的人气，为自己的小说增添几分魅力。

后人十分敬仰和推崇的纳兰，其实和普通人无异，虽然他有着过人的才华，却也有着寻常人不曾有的烦恼。纳兰有一个红颜知己叫作沈宛，是他在江南认识的。沈宛诗词歌赋、琴棋书画样样精通，而且和纳兰心意相通，二人感情甚笃。

不过让人惋惜的是，纳兰那时已经有了妻子官氏，虽然说男人三妻四妾在那时是很平常的，但沈宛是汉家的平民女子，这一点让纳兰的父亲纳兰明珠很不能接受。他认为男人风流可以，但如果把一个汉家女子娶进家门则是万万不能的事情。

于是纳兰无法将沈宛接进家门，只能在京城其他地方为沈宛安置一处别院，二人就这样开始了艰辛却又幸福的夫妻生活。但好景不长，沈宛在怀孕后，决定回到江南，独自将纳兰的骨肉抚养成人，她不想因为自己影响纳兰与家族的关系。

沈宛走了，正如她来一样，毫无声息。这样一个善良却又卑微的女子在纳兰的生命中来过又离去，为纳兰留下了不可磨灭的记忆。这首《忆江南》就是纳兰在沈宛走后，一个人百无聊赖时所作的。

心如死灰，除了蓄发之外，已经与僧人无异。只因生离死别，在那似曾相识的孤灯之下，愁情萦怀，梦不能醒。花朵凋零之后，即使清风再怎么吹拂，也将无动于衷。雨声淅沥，落叶飘零于金井，忽然间听到风停后传来的一阵钟声，自己福分太浅，纵有如花美眷、可意情人，却也常在生离死别中。

沈宛走了，一同带走的还有纳兰的希望和幸福。虽然冬去春来，但这姗姗来迟的春意对纳兰来说，已是毫无意义。没有了一同看春的人，就算这春风再温柔，这春日再明媚，又能怎么样呢？

"心灰尽，有发未全僧。"纳兰此刻的心情果真也是如此，虽然蓄发，内心却依然是如灰烬一般，毫无生气，对红尘丝毫不再留恋了，如同僧人一般。只不过是等着死去，消磨时光罢了。既然是这样的生活状态，下一句"似曾相识只孤檠，

情在不能醒"也便是在情理之中了。

"孤檠"是孤灯的意思，夜晚一个人守在似曾相识的孤灯下，怀念往昔，真想沉浸在过往的美梦中长睡不醒。可惜梦总有做完的时候，等醒来时，更发现了现实的冰冷与残酷，就好像凋零的花朵，淅淅沥沥的雨声，怎么看都是寂寞。

纳兰在最后感慨自己是"薄福荐倾城"。在这里，"荐"的意思是进献，送上，而"倾城"则是指那些容貌艳丽的女子，这里指的是沈宛。纳兰福薄，无法消受上天馈赠给他的美好礼物，只能在失去之后独自叹息。

这首词写尽离别辛酸泪，却又不失清新雅淡，实属佳作。中国历代的文人都追求将对物质理性的认识与人生观、世界观联合起来，从而指导生活、艺术等。纳兰却不是如此，他超脱于任何一种形式，无论他的抒情还是描写都是有感而发，从心底迸发的热情让理性的禁锢荡然无存，纳兰写词，重在写心。

忆江南

挑灯坐①，坐久忆年时。薄雾笼花娇欲泣，夜深微月下杨枝②。催道太眠迟。

憔悴去，此恨有谁知。天上人间俱怅望③，经声佛火两凄迷④。未梦已先疑。

[注释]

①挑灯：拨动灯火，点灯。亦指在灯下。②杨枝：杨柳的枝条。③怅望：惆怅地看望或想望。④佛火：指供佛的油灯香烛之火。凄迷：景物凄凉迷茫。

[赏析]

这首词有两种说法，一是为伤悼亡妻之作，回忆起去年此时来，耳中所听、眼中所见都是凄迷之情景，更增添了惆怅：坐在灯下，回想陈年旧事。薄雾之下花影朦胧，夜已深沉，月亮也已经落下杨柳枝头，听你催促我不要睡得太晚，那样的情景历历在目。而今你却已经离去，心中无限幽恨又有谁能知道？你我天人永隔，相互怅惘，在这经声佛火中不胜凄迷，如此光景是梦是幻，还没睡去却已经分不清了。

天上人间，永难相聚，这样的痛苦纳兰品尝了无数。他爱的人一个一个都离他而去，而他自己却依然孤单地活在世间。"天上人间俱怅望"，一个在天上，一个在人间，相互凝望，相互惘怅地看望和想念。

有一说这首词是纳兰为沈宛所作，那个江南明眸皓齿的女子，在她离纳兰而去后，纳兰夜夜难眠，为她写下词，以解心中的思念和牵挂。

自从沈宛离去之后，纳兰便没有了寄托，虽然家中有着妻子，但她不过是明媒正娶来的一位太太，与自己毫无精神交流。纳兰的孤独只有那个江南水乡如水一般的沈宛能懂。正因为懂得，所以沈宛选择了离开。

沈宛的离开令纳兰变得神情木然，对任何事情都漠不关心起来，他虽然每天过着按部就班的生活，却不再有任何活力。有时，他依然会去当日和沈宛共同住过的别院里小坐片刻，小院里的景色依旧，不过失去了女主人，显得有些冷清。

仅仅几个月的时间，爱情和幸福都远离他而去。依然是《忆江南》的词牌，但仅仅时隔数月，之前的愉悦便都消失了，留下的只是沉重和绝望。江南之行的十一首《忆江南》，犹如是纳兰的一场黄粱美梦，短暂过后，便要永久地面对清醒世界里的伤痛。那场明快的梦境虚幻得如同一场假象，消失得彻头彻尾。

梦醒了，梦碎了，纳兰留下的只有愤恨，但是应该恨谁？恨自己的软弱，恨世道的不公，还是恨这无法抗拒的命运？在深沉的夜色中，独坐一旁，头顶月色迷蒙，任夜色笼罩一身，因为实在已是心如死灰，无法再对外界有任何动作了。

"经声佛火两凄迷。未梦已先疑。"怀念着往昔种种，在经声和供佛的油灯香烛之火光下，内心凄迷。

人世本来就有着各种不幸和痛苦，有的人为衣食温饱而苦，有的人为理想未来而苦，还有人为苦而苦。总之人世种种，皆是在苦海中挣扎之人。可是纳兰的不幸，却是他自我选择的结果，他本来可以安享荣华富贵，可以在命运为他铺就的红地毯上越走越远，远离那些尘世中的烦恼。但他偏偏要抗拒命运对他的安排，他要走原本不该他走的路。结果，伤神伤身，他珍视友谊，友人却并未能时刻伴随他左右；他看重爱情，爱人却总是离他而去；他渴望拥有理想，理想却不能被他掌握。

无法掌握自己人生的纳兰，苦闷之下，只得寄情诗词，希望在诗文之中，能够舒缓情绪，找到新的方向。

浪淘沙

红影湿幽窗①，瘦尽春光②。雨余花外却斜阳③。谁见薄衫低髻子④？抱膝思量。

莫道不凄凉，早近持觞⑤。暗思何事断人肠。曾是向他春梦里，瞥遇回廊⑥。

[注释]

①红影：指鲜花的影子。②瘦尽：以人之清瘦比喻春日将尽。③雨余：雨后。④低髻子：低垂的发髻，指低垂着头。髻子，发髻。⑤持觞：举杯。⑥回廊：曲折环绕的走廊。

[赏析]

泰戈尔哀伤地写道："世上最远的距离不是生与死，而是我站在你面前，你却不知道我爱你。"

纳兰淡然地写道："谁念西风独自凉，萧萧黄叶闭疏窗，沉思往事立斜阳"。

这是清朝贵胄的手笔，清词的普遍成就不大，虽然康熙皇帝大力崇文，但是八旗子弟并不是真的会去认真钻研，诗词写得好的人十分罕有，而纳兰却能用哀伤的调子，将词演绎到这般境界，实在是清词的一个里程碑。

一个一生锦衣玉食的浊世佳公子，偏偏有着如此深沉的哀思。古人说：少年不识愁滋味，为赋新词强说愁。如果说纳兰也是如此，那他这般沉郁的情感，倒也是迸发得恰到好处。

曹雪芹在《红楼梦》中写过许多诗词佳句，其中也不乏幽思之句，凄凉和美丽的意境使人绝倒，但看到纳兰的词，却更能感受到，何为肝肠寸断、满纸凄凉意了。这首词是写哀愁，纳兰写愁，从不强调，只要淡淡几笔，就能让看客心伤神伤，恨不得泪流满面。

这首词描写相思素怀的幽独伤感：透过小窗望去，春雨打湿了红花，春光将尽。雨停了，却已是夕阳西下之时。谁看到她穿着单薄的衣衫，低垂着头，抱膝思量的孤独身影？把酒独酌，无限凄凉。曾像做梦一样地在回廊里与她相遇，怎不让我伤心断肠？

"红影湿幽窗，瘦尽春光。"纳兰的伤春之词很多，他是最懂春日的人，伤春感怀，并不单单是因为春日的逝去，而是怀念春光里的时光。时光易老，人更易老，老去的岁月无处追寻，只有伤怀，却无法捕捉。这才是最感伤的。

在纳兰的词里，意境十分美。开篇这句实则是与周邦彦的"雨过残红湿未飞。珠帘一行透斜晖"暗合，纳兰随手拈来，将古人的词用在了自己的词里，浑然天成，令人不觉有何不妥。

周邦彦写的是雨后残红在斜晖下投射于珠帘，而到了纳兰的词里则变得更加简洁洗练，更富美感。"红影"指鲜花的影子。鲜花的影子，透过小幽窗看去，别有风情，被打湿的花朵在暗影下，摇曳出多姿的风采，比起周邦彦的"残红湿未飞"，更显得有韵味一些。

而多出的感叹"瘦尽春光"，其实有着李清照的"绿肥红瘦"的哀怨无奈。同样是感慨春光消瘦，纳兰与李清照到底谁高谁低，难以判决。古为今用的例子，在诗词写作上不算少数，就好比崔颢写的黄鹤楼，而后来李白模仿，写成了凤凰台，这二者之间到底哪个艺术成就更高，没有固定的评判。

承接上句，"雨余花外却斜阳"。"余"既是后，雨后的花朵在斜阳下，而梦中的她却是穿着单薄的衣衫，挽着低垂的发髻，挺立在暮日下，低头思量。雨后、鲜花、美人、夕阳这些事物构成了纳兰笔下的一幅美丽的画。

上片最后写那位女子"抱膝思量"。词中所写的女子为何人，无法考证，但从词面来看，是一位温婉可人的女子，让人忍不住想去怜惜。上片写完雨后景色，下片便转而写情。

"莫道不凄凉，早近持觞。"思念的人不知身在何处，只能自己独自饮酒，这真是无限凄凉的事情啊！纳兰自己也感慨"暗思何事断人肠"。在人世间，还有什么能比相思更苦人心的呢？

想念着远方的佳人，既然无法得见，那便在梦中相会吧。岂料梦醒之后，凄凉更是加深几分，"曾是向他春梦里，瞥遇回廊"。像梦中那样，能够与她在回廊处相遇，该有多好。纳兰的这首词，就在这个卑微的愿望中结束。

相爱相处到最后，留下的仅仅是这些柔弱的回忆，尚能安慰一下内心的伤痛。

浪淘沙

　　眉谱待全删①，别画秋山②，朝云渐入有无间③。莫笑生涯浑似梦，好梦原难。

　　红咮啄花残④，独自凭阑。月斜风起袷衣单⑤。消受春风都一例，若个偏寒⑥？

[注释]

①眉谱：古代女子画眉的图谱。②秋山：秋天里的远山，常用来比喻女子的眉毛。③朝云：早晨的云。亦指巫山神女名，战国时楚襄王游高唐，昼梦巫山之女。后好事者为其立庙，号曰"朝云"，比喻男女情事。④咮：鸟嘴。⑤袷衣：即两层的衣服。⑥若个：哪个、何处。

[赏析]

　　"眉谱待全删"，引出词。眉谱，是古代女子描眉的技术指导书。古代女子，热衷描眉，将眉毛画出她们喜爱的形状，为她们更加增添几分妩媚。当然，古代女子描眉并不是随心所欲，毫无章法的，她们画眉也有一些固定的套路和方式。唐明皇曾令画工画过所谓"十眉图"，也就是说，描眉有十种方式，分别为：一为鸳鸯眉，又名八字眉；二为小山眉，又名远山眉；三为五岳眉；四为三峰眉；五为垂珠眉；六为月棱眉；七为分梢眉；八为逐烟眉；九为拂云眉；十为倒晕眉。

　　而在纳兰的这首词中，"别画秋山，朝云渐入有无间。""秋山""朝云"是非常常见的描眉法，画眉需要的章法在这首词的一开篇，就被纳兰都否定掉了，他说"眉谱待全删"，既然都不要那些眉谱里的样式，那该描怎样的眉呢？

　　纳兰在这之后也给出了答案，他不要画"秋山"。用"秋山"代指女人的眉毛，出处是宋词里的一句"鬌鬟春雾翠微重，眉黛秋山烟雨抹"，将女子的容颜比作风景，说眉毛是秋山，头发是春雾。

　　看似讲了女子的纳兰，但细细品味，又是什么都没有讲出来。给了人们无限的想象空间，以景喻人，更显得超凡脱俗。在纳兰的词中也是如此，一个女子描眉的形象跃然纸上，她摒弃了所有描眉的样式，独独将眉毛画成了自己想要的样子。

这简单的一笔描绘，不但是刻画出了女子内心的活动，更是写明了女子复杂的心事。那供描眉时参看的眉谱全可以不要了，她又另外画出了如秋山般美丽的眉形，好像是笼罩着朝云的远山，脉脉含情。不要笑谈生涯如梦，好梦原本就很难得。鸟啄落花，春天将残，月夜独自凭栏，清风吹起，备感单寒。在春风中相思怀远的人都是一样的，身寒、心寒，哪一个会更冷一些呢？

女子将眉毛画得如同朝云一般，似有若无，十分清淡。纳兰在此的描述与宋词中的那句有异曲同工之妙处。

"朝云"也是诗词中用的比较普遍的一个典故，出自宋玉的《高唐赋》，是说楚襄王在云梦台上梦见巫山神女，神女告诉楚襄王，自己是"旦为行云，暮为行雨，朝朝暮暮，阳台之下"。后来被众多词人引申为表述男女情事的典故。

纳兰将朝云用在这里，是否也是引申到了男女情事之上，却也难说。初看起来，这首词似乎在写男女之间的爱情思念，但仔细读来，却又发现不尽然，"有无间"，作为纳兰常用的一个说法，有着佛教影响的意味。

佛家讲究"空即是色，色即是空"，超脱并不是修行的主要目的，但如果无法超脱，还继续牵挂着世间的事情，那也不对。总之，佛家讲究"空相之间"，在这里，纳兰似乎也想表达这个意思。

他急于超脱出这个凡尘俗世，但他又无法超脱，在这种两相牵绊的矛盾之中，纳兰的这首词别有一番味道。"莫笑生涯浑似梦，好梦原难。"因为之前讲到了楚襄王梦到神女的典故，接下来自然也顺势写到了梦境。

要说这是一场梦，那么这样的美梦，人生还能做几场啊？写得凄凉到了极致。词的意境到了此刻，急转直下，变得压抑痛苦起来。下片所写之景物，自然也是凄凉低沉的。

"红味啄花残，独自凭阑。"望着残花，独自凭栏，而当月斜西天的时候，风吹过衣角，不禁想到，到底是这春夜的风寒，还是思念之苦寒？纳兰自己也搞不清楚，所以，他疑问地写出结句："月斜风起袷衣单。消受春风都一例，若个偏寒？"

有的注本说这首词是悼亡之作，认为这是纳兰想起妻子描眉的情景写的感慨。但是其中的典故，却并不支持这个说法。所用朝云的典故，多是用来形容艳遇，或者不大正当的男女关系，不会用来形容正妻。所以，这并非像一首悼亡词，反而更像是纳兰为了纪念某位女子而作的。

浪淘沙

夜雨做成秋，恰上心头，教他珍重护风流①。端的为谁添病也②，更为谁羞？

密意未曾休③，密愿难酬。珠帘四卷月当楼。暗忆欢期真似梦，梦也须留。

[注释]

①风流：风韵，多指美好的仪态。②端的：究竟、到底。③密意：隐秘的情意。

[赏析]

上片先写环境氛围，烘托无奈之心境，秋雨袭来，愁上心头，离别之时，互道珍重。究竟是为谁相思成疾，又是为谁害羞？下片写她对离人的深怀眷念，相思之情未曾断绝，只是想见的心愿难以实现。明月升起，将楼阁四面的珠帘卷起。不由追忆往事，回味欢聚的快乐，如梦如真，叫人怅惘。

纳兰落拓无羁的性格，天生超逸脱俗的禀赋，还有出众的才华，都让他显得与众不同，他出身豪门，钟鸣鼎食，入值宫禁，金阶玉堂，可是他却有着常人难以体察的矛盾心情和无形的沉重压力。这首《浪淘沙》依然是写愁，写那无边无际、一生无法消除的愁绪。

对亡妻的怀念，对友人的牵绊，还有对自身现状的不满以及无能为力的无奈，都让纳兰感到悲哀。人世间最可悲的事情莫过于明知道无意义，却不得不去做，明明不愿意，又不得不强颜欢笑去做的事情。

对职业的厌倦，对富贵的藐视，还有对他的仕途的不屑，令纳兰身上别具一番气质，他对轻而易举得到的一切荣华富贵都毫不珍惜，甚至抱着厌恶的心态，他想要抛弃身边的一切，包括他那个富贵的家庭，可是他无法做到，早在他出生的时候，上天就将这些沉重地压在了他的身上，让他无法推卸。

秋风秋雨愁煞人。深秋时分，最是人心苦闷之时，看到万物凋零，一切都要归于沉寂，心内自然是不好受的。纳兰自幼体弱多病，他一直身患寒疾，总是会因为天气变幻无常，而卧病在床。这样的季节，孱弱的身体，无尽的人生，一切都让纳兰感到万念俱灰。"夜雨做成秋，恰上心头"，一想到秋天，首先想到的便是连绵的细雨，还有早早就降临的夜晚，愁绪重回心头，但是纳兰究竟是为谁人而愁呢？

"教他珍重护风流。"看似对友人道珍重，希望朋友能够在今后的岁月中过得更好，但细读之下，似乎又不是。"端的为谁添病也？更为谁羞？"思念友人，也不至于会思念成疾，如果是思念恋人，那么这位恋人又会是哪位女子呢？纵观纳兰生平，似乎捕捉不到和这名女子相关的信息。

既然没有踪迹可寻，那边姑且当作是纳兰拟人的一种写法吧。在这首词中，纳兰隐秘的情感得以宣泄，他悄声诉说道："密意未曾休，密愿难酬。"从未停止过想念，只是这想念无法得以相见，故而遗憾。

明月当空，对夜色叹息，这就是一场虚无的梦幻，"珠帘四卷月当楼"。楼阁上的珠帘卷起，明月照进来，光线黯淡，更加让这思念变得不真实起来，或许"暗忆欢期真似梦，梦也须留"，这一切都只是纳兰在病中，胡思乱想出来的吧，所谓对伊人的思念，也不过是他胡乱所想的。

浪淘沙

野店近荒城，砧杵无声①。月低霜重莫闲行②。过尽征鸿书未寄③，梦又难凭④。

身世等浮萍，病为愁成。寒宵一片枕前冰⑤。料得绮窗孤睡觉⑥，一倍关情⑦。

[注释]

①砧杵：捣衣石和棒槌，亦指捣衣。②闲行：微行，此处为闲步之意。③征鸿：远飞的大雁，即征雁。④难凭：不可凭信。⑤寒宵：寒夜。⑥绮窗：雕刻或绘饰得很精美

的窗户，代指闺人、思妇。⑦关情：动心，牵动情怀。

[赏析]

　　纳兰性德虽然只有短短三十一年生命，但他的名气却是很大，他是清代享有盛名的词人。在当时词坛并不是很兴盛的时候，纳兰与阳羡派代表陈维嵩、浙西派掌门朱彝尊鼎足而立，并称"清词三大家"。

　　但要论起这三人的成就，只能是说纳兰更胜一筹，因为作为满族人，纳兰能够对汉族文化做到掌握得如此精深，不得不让人称奇。

　　这首词抒发的是相思相念之情：上片描述野店孤寂，一片荒城，听不到思妇的捣衣之声。月夜相思，霜华凝重。虽然鸿雁过尽，然而书信未至，纵有好梦，仍是愁怀难遣。下片写身世之感和孤独情怀，身世如同浮萍飘浮不定，愁苦成病。寒夜无眠，枕边一片冰冷凄清。料想此时闺中思妇也是孤枕独眠，更加伤情，加倍动情。

　　野外荒城，孤寂小店，一片凄凉，以这样的情景开篇，似乎与纳兰一贯的风格有些不符，过于戚悲，甚至还有些鬼魅。在这样荒芜的野外，自然是无法听到妇人捣衣的声音。开篇的这一句话，仿佛是毫无关联的两句废话，"野店近荒城，砧杵无声"，用这样一句脱离现实，有些荒诞主义性的词句起篇，纳兰在接下来却并不是写得更超脱现实，而是回归到了现实之中。

　　"月低霜重莫闲行。"月夜之下，霜露凝重，相思无尽处，这孤寂的野外，渺小的店铺，满眼放去，尽是孤寂的影子。虽然这是写相思之情的词，但是纳兰却用了一个全新的情境去诠释，十分鲜有。

　　"过尽征鸿书未寄，梦又难凭。"虽然鸿雁早已飞过，但想要等到的信件却没有送来，就算是今夜能够做到好梦，也仍有满怀愁绪。鸿雁传书，一向是代表古代男女之间相互传情的典故。纳兰善于用典，众所周知，他总是能轻而易举地化典，将其为己所用，看似天衣无缝，恰到好处。

　　这里也是如此，前一句的孤寂情境，配合这一句的锦书未到。情景交融，更显得动人，揪动人心。相思之人没有捎来音信，在万籁俱寂的夜晚，无法入眠，不由得开始胡思乱想，便想到了自己的一生，从而变得更加惆怅。

　　"身世等浮萍，病为愁成。"想到自己的一生，如同水中浮萍一般，漂泊无依，无法找到一个想要停留的地方，生生世世，永不离开。人生最大的悲哀并非是穷困和潦倒，而是失去生活的方向，无法找到人生的目标。

纳兰要为大清国尽职尽责，这是他与生俱来的义务。他要为父母尽职尽责，这是他必须担负的义务。这种种他无法推卸掉的义务，让他只能留在一个他不愿意停留的地方，踟蹰不敢离开。尽管在他的灵魂深处，无时无刻不在呐喊着远离，可是人生岂是说走就能走开的局面？进无法进，退无法退，在进退两难的人生夹缝中，纳兰乏味、厌倦地立于宫门之内，理想之外。

"寒宵一片枕前冰。"夜色如水，寒冷刺骨，枕前一片冰凉，孤枕难眠，想来那位被相思之人此刻也是对窗感叹，夜不能寐吧？"料得绮窗孤睡觉，一倍关情。"两地相思，两处闲情，更加重彼此之间的感情。

浪淘沙

闷自剔残灯，暗雨空庭①，潇潇已是不堪听②。那更西风偏著意，做尽秋声③。

城柝已三更④，欲睡还醒，薄寒中夜掩银屏⑤。曾染戒香消俗念⑥，怎又多情。

[注释]

①空庭：幽寂的庭院。②潇潇：形容风雨急骤。③秋声：秋天西风起而草木摇落，其肃杀之声令人生情动感，故古人将万木零落之声等称为秋声。④城柝：城上巡夜敲的木梆声。柝，古代巡夜时敲击的木梆。⑤银屏：装有银饰的屏风。⑥戒香：佛家说戒时所燃之香。

[赏析]

纳兰的寂寞，无人能懂。他的寂寞犹如天空上的流星，一闪而过，不留给任何人捕捉的机会。人们只能从流星划过后的影踪，去妄自推测纳兰内心的凄凉与寂寞。

独坐灯前，秋夜空庭，风雨潇潇，已是令人愁闷，偏那西风又于此时送来了秋声，好像是专意要将愁人的烦恼加重。柝声传来，已是三更，身感寒凉袭人，遂将屏

风紧掩。本来告诫自己要远离尘世烦恼，如今偏生又开始陷入情里不可自拔。

"闷自剔残灯"，让人想到纳兰是个容易亲近的人，在灯前独坐，百无聊赖，只得面对残灯，自娱自乐。这样的男子，虽然性情忧郁，但却在骨子里有着让人喜爱的部分。开篇一句正是其心情困顿，无可抒发的无奈写照。

到了"暗雨空庭，潇潇已是不堪听"已经是痛到极致的一种状态了，风雨潇潇而落，空气清冷，在晦暗的夜空下，这雨声还有风声是如此不堪入耳，听到耳朵里，仿佛都是刺在心头，针扎一般，让人难以忍受。

"那更西风偏著意，做尽秋声。"可是秋风不解人意，偏偏刮个不停，将凄凉的秋意刮遍人心。在纳兰的词中有很大一部分都是悲伤欲绝的词，相当凄切，所谓"观之不忍卒读"，字字句句情真意切，有着无法宽宥的自责与责他。

正是因为内心有着无法解开的悲伤情结，纳兰的词里便总是凄凄切切，悲悲惨惨。无法想象，纳兰这样一个锦衣玉食的贵公子，他不在自己舒适的环境里安享幸福，却偏偏要将自己放置在一个凄苦的氛围内，犹如苦行僧一样，不断前行，不断折磨自己。

人们无法理解的纳兰，并非摈弃生活，恰恰相反，正是因为他太爱生活，太热爱自己的生命，所以才会特别重视这份深沉的爱。多数人猜测纳兰是富贵公子无聊时抒发闲情，不过是打发无聊日子罢了。可是，谁能真正懂得纳兰内心的情伤？想来就是纳兰自己，也会迷失在自己的情伤中，无法看透。

"城柝已三更，欲睡还醒"，已经是三更天了，夜深人静，自己却还是难以入眠。纳兰在孤寂的夜色中，看着天色一点点变明亮，眼看着第二天的白日就要升起来了，可是自己却还是似睡非睡，似醒非醒。

无聊的夜间，独坐桌旁，守着一盏孤灯，看着窗外寒夜中的星空，心早已苦成了一个又一个黑洞。在这个深夜中，"薄寒中夜掩银屏"。纳兰在为什么愁思呢？是为女子，还是为友人？难以说清。

这突如其来、绵绵不绝的愁绪，让纳兰自己也对自己产生了嘲讽之意，他暗叹道："曾染戒香消俗念，怎又多情。"就此结束了整首词。不需要什么冠冕堂皇的理由为自己的愁苦开脱。

夜深了，风起了，落叶萧萧，纳兰在房间里轻叹，身旁没有可以倾诉的人，这是多么深的孤独。从前种种，是永远的痛。而今一切，是无奈的人生。

浪淘沙

清镜上朝云①，宿篆犹熏②。一春双袂尽啼痕③，那更夜来孤枕侧，又梦归人。

花底病中身，懒画湘文，藕丝裳带奈销魂，绣榻定知添几线，寂掩重门。

[注释]

①清镜：明镜。②宿篆：指隔夜点燃的盘香。③啼痕：泪痕。

[赏析]

这首词是借女子伤春伤离写作者的离恨：上片由景而起，清晨，朝云映到了明镜里，夜来焚烧的篆香还未燃尽。"一春"三句翻转折进，写梦里梦外无限伤怀，如此涉笔便更透彻，更动人。下片写相思成病，百无聊赖。想寻求排遣无奈心情的方法，于是拿出以前的绣榻绣上一些新花样来消磨时光。

可是，相思岂是轻易能够消磨得掉的，就算忆尽了平生，到了白发苍苍、两鬓斑白的时候，思念依然还是如潮水般暗涌，让相思的人无处可逃。所以说，思念是永远无法驱逐的一种情感，虽然无言，但却能够永驻心间。

在绮丽中感受寂寞，在喧嚣中独忍孤寂。纳兰总是能够于热闹之中看到清净，这首女子伤春离别的词，正是这样的心态。或许正如那句："若问生涯原是梦，除梦里，没人知。"这可能是纳兰写这首词时的心情。

纳兰，这个清瘦俊逸、仿若传说中的男子，应该是生在烟雨江南，有着画舫与红颜知己相伴身旁。他应该是诗情画意、超脱凡尘的。但实际上，纳兰却是必须要穿着冰冷的官服，在毫无情感的宫墙内当值。

这首女子伤春，其实正是纳兰写出自己伤痕的一首词。"清镜上朝云，宿篆犹熏"，早上的朝云已经映到了明镜中，昨夜夜半焚烧的檀香还没有燃尽，时光过得真快，让人毫无感觉，便已是匆匆溜走。

231

"一春双袂尽啼痕"一句转折,写尽人心无限哀凉,若是能够在江南,那该多好,与沈宛画舫相伴,人生便足矣,可是如今,却是在毫无人情味可言的官场,混迹度日,没有目标,亦毫无方向。

无奈乎,只得梦中求得解脱,"那更夜来孤枕侧,又梦归人"。但是睡梦中也无法释怀,一入梦便梦到了故人,此处虽未提及纳兰梦到何人,但想来应该是他所珍惜的人,不然也不会悄然飘入他的梦中。

"花底病中身,懒画湘文,藕丝裳带奈销魂。"纳兰此处的行文,容易让人想到黛玉,那个清高、爱读诗文的才女,纳兰与黛玉,同样都是怀才而苦,在这个不容于他们的世界中苦苦行走。这样的道路,必然走得辛苦。

"绣榻定知添几线,寂掩重门。"要是不生在富贵人家、权贵之家该多好,宁可不要那一身的华贵,也不要如今想走无法走的悲哀,只要能够无忧无虑,只要一叶扁舟,与心爱的人一起老去,就好。

可是,只是一场虚妄。在无边的大清胜景之中,纳兰是独自行走的人,他的身后,零落清秋。

菩萨蛮

梦回酒醒三通鼓,断肠啼鴂花飞处[①]。新恨隔红窗,罗衫泪几行。

相思何处说,空有当时月。月也异当时,团栾照鬓丝[②]。

[注释]

①啼鴂:即鹈,一名杜鹃。三月即鸣,至夏不止。常用以比喻春逝。②团栾:指明亮的圆月,旧俗称农历八月十五为团圆节。鬓丝:鬓发。

[赏析]

《菩萨蛮》又名《子夜歌》,或曰《巫山一片云》,是唐朝教坊曲名。据记载,唐宣宗时,女蛮国入贡,其人高髻金冠,璎珞被体,故称菩萨蛮队,乐工因作《菩萨蛮曲》。不是"菩萨也发脾气耍蛮"的意思。

纳兰这首词，为月夜怀人之作，当情当景，凄婉缠绵之至。三更子夜之时鼓响，廊痕深处寂寞袅袅，酒醒梦回显然是伤痛难耐，酒也不能麻痹以至彻夜无眠。恰逢此刻偏又传来杜鹃悲啼之声，更添伤情离愁之绪，于是清泪涟涟罗衫亦湿，可恨此情此愿又无处诉说。当头明月犹在，但却与旧时不同，此刻只不过是照映自己孤独一人罢了。

古时作诗男子，大多乃好诗好酒者。酒实为诗之伴侣，清词浅曲，对酒当歌，久遇知己千杯亦少，更有情意阑珊、借酒消愁者对月暗伤心肠九曲。为的，就是这个情字，如丝如缕。

纵便是纳兰这样尤善诗词的男子，也是好酒之客，酒醒梦回，愁思盈怀，寥寥几笔道来他的情感，才华才得以让后人窥见一二。这首词中，相思之苦，借"新恨隔红窗，罗衫泪几行"婉婉道来。"新恨隔红窗"，隔的又是何"新恨"呢？词人新恨必有旧恨。如辛弃疾《念奴娇》词："旧恨春江流不尽，新恨云山千叠。"从下片的意思看，所谓"新恨"，是对情人的相思，那么旧恨无非是指当年的离别。想必当年与情人分别之时，曾相约于次年春天重新相会。如今旧地重来，而人事发生变化，伊人已另有归宿。一窗之隔，相见无缘，徒然望风洒泪，伤感彻骨。

如果说，这词上片的写法究属一般，那么，下片便不同寻常了。因为此处有遥寄相思的"当时月"了。说到"当时月"，要提及纳兰的另一首《菩萨蛮》：

催花未歇花奴鼓，酒醒已见残红舞。不忍覆余觞，临风泪数行。

粉香看又别，空剩当时月。月也异当时，凄清照鬓丝。

立意构思乃至遣词用句，两词基本雷同。评家多认为可能一是初稿，一是易稿，然改易处甚多，结集时就两首并存。

《饮水词》本就不是揽天括地的壮书，但由此细处，一可观纳兰心态情绪的迭转，二则如此狭小的题材范围内，竟能写出如此精妙的词，不得不赞纳兰才情高妙奇绝。

我们且将这两首合起来看，因词境相同，皆是缅怀当年情爱，但从细处可以看出，纳兰的心思点点之差别。

古时没有电灯照明，日靠阳光夜靠月。故此古人应是多休息得早，大约自天黑后，八九点钟光阴，窗外到处都是一片寂静。静处自有静处的好，明月当空，两人相约而至，借着清辉映照双双容颜，两人情感也如这月华般攀升。于是月下

海誓山盟，互许倾心。可是两人相守，说长也短，此时月已倾斜，今夜必须分别。于是约好即使天涯两隔，也可同看明月，以寄相思。

可是，"月也异当时"。这月已远非当年，虽然明亮依旧，但他们二人两情相悦时月亦完美，可如今，佳人已不在旧地，这相思之情凄苦断人愁肠，再添当时照人相聚慰人寂寥的明月，竟似团栾冷眼笑看离人孤独。更如纳兰另一首词所言：辛苦最怜天上月，一夕如环，夕夕都成玦。到这里，两种心境以月对照，幽怨之情跃然纸上。

菩萨蛮

新寒中酒敲窗雨①，残香细袅秋情绪②。才道莫伤神，青衫湿一痕③。

无聊成独卧，弹指韶光过④。记得别伊时，桃花柳万丝。

[注释]

①中酒：饮酒半酣时，也指醉酒。②残香：残存的香气。③青衫：古代学子或官位卑微者所穿的衣服，借指学子、书生。④韶光：美好的时光。

[赏析]

"青衫"一词一直作为文人墨客当中经常描写的意象出现在由古至今的诗词散文中，其实青衫是唐制里文官八品、九品的服饰。唐白居易《琵琶行》："座中泣下谁最多？江州司马青衫湿！"指的就是江州司马所着的服饰。"青衫"后借指失意的官员，抱负不得伸展的人。由此可见，青衫自古以来就受众多诗人的抬爱，正所谓："失意出诗人"，也是因为如此，青衫泪，便成了男儿泪的代称。

纳兰的这首《菩萨蛮》，写的是春日里与伊人别后的苦苦相思。上片前两句写的是此时眼前之景，"新寒中酒敲窗雨，残香细袅秋情绪"，说的是时已深秋，非醉非醒间瞧见窗外落雨霏霏，打在玻璃上尤增凄寒之感。接着两句，转向自身情绪。原来果然是感念在怀，不觉之中连衣服都被泪滴沾湿，这一个无意识状态的刻画，

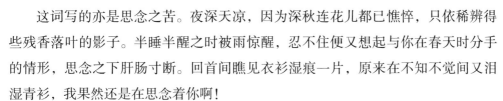

直接而深刻地把这一种感念的无奈与略微的自嘲展露出来。

这词写的亦是思念之苦。夜深天凉，因为深秋连花儿都已憔悴，只依稀辨得些残香落叶的影子。半睡半醒之时被雨惊醒，忍不住便又想起与你在春天时分手的情形，思念之下肝肠寸断。回首间瞧见衣衫湿痕一片，原来在不知不觉间又泪湿青衫，我果然还是在思念着你啊！

寥寥数字，就把伤心人的心理状态描绘得细腻非常，其中感伤之情表露无遗。众所周知，纳兰这一生算是风平浪静，只有四段感情交错为亮点。借用其父纳兰明珠看了他的词后老泪纵横说的一句话："这孩子什么都有啊，为什么还是会这么寂寞惆怅呢？"但有几人能知纳兰心，纳兰本就被赋予了文章天成的天分，自古能著文章诗词者，必都心思细腻，感情丰富，再加上环境经历的熏陶，所以这被称作"李重光转世"的富家公子笔下的词，真实细腻，愁若断肠。

接着下片前两句写现在的情绪，后二句又转写分别时的景象。小词跳宕有致，其相思之苦情表现得至为深细。

这相思之情不似酒醉，可以倒头便睡忘却忧愁，却反倒增添了无数愁闷情怀，形单影只，只能独眠。唯有那烟柳桃花深处，依然记着我与你分别时的情景，每每萦回梦田心间，终是不能忘却。

纳兰将这相思的情感、无限惆怅寄托于桃红柳绿之间。那时，他定是相信未来能如这桃花开得鲜艳一般，他们的情感，也能瑰丽无比。可是所有人都忘了，桃花春开秋谢，万物使然，再艳丽夺目也终究逃脱不了凋谢的命运，于是秋天冷风袭来的刹那，伊人已不在身旁，就连那日桃花满目映红的场景都已不在，叫人情何以堪呢？只不过桃花绿柳还更幸福些，因为来年春天的时候，它们又能在枝头浅唱，可是我身边呢，除了年华在指尖飞落的痕迹，还有什么呢？春华易逝啊，看着这场秋雨和肩头青衫的湿痕，微微一叹。还好，我还能看见你，在那场烟柳桃花深处的分别里。

"柳"也是诗词中常常出现的意象，因它谐音"留"。"柳万丝"即写出一副想留却不能留、送别又不忍别的离思愁肠，也表达出当时与伊人相离时百转千回的思绪，和万语千言总不能言的无奈。

菩萨蛮

淡花瘦玉轻妆束，粉融轻汗红绵扑①。妆罢只思眠，江南四月天②。

绿阴帘半揭，此景清幽绝③。行度竹林风，单衫杏子红④。

[注释]

①红绵扑：红丝棉的粉扑，妇女化妆用品。②四月天：指初夏之时。③清幽：风景秀丽而幽静。④单衫：单衣。

[赏析]

这是一首在纳兰性德所有词中风格比较特殊的一首，集中笔力描写了一位年轻女子出游的事情。风格上和花间词很相似，大抵是纳兰性德早期的作品。

全词展示了这样一组图画：梳妆台前，一个女子正梳妆，女子面容姣好，将一朵淡淡的花朵插在头发上，玉制饰品也挂在身上。红粉融融，年色红润，红丝棉做的粉扑轻轻地抹去香汗。梳妆完毕，竟又犯困起来，只想卸妆回头睡觉，原来江南四月春归，真所谓"春眠不觉晓"。半揭起绿色的帘子，门外一片清凉幽景，好不绝妙。慢慢踱步，随心而行，来到一篇翠竹园下。忽而起了一阵清风，拂面而来，淡薄的衣裳，颇觉嫩寒侵体，不过杏花正浓，景色宜人。

这首词典型地受到了花间词的影响，不是很能体现纳兰性德填词用情真挚的特点，并非佳作，可能属于纳兰性德早期的游戏之作。

从内容上看，纳兰性德这首词仍属于传统花间词的范围，是描写闺中女子的生活细节和心理细节。全词情感上不属于悲情的，带有淡淡的惊奇，这也可以说恰到好处地表现了女子游春的正常情怀。

从意象运用上看，绮靡侧艳，范围并不开阔。词中"淡花""瘦玉""粉融轻汗""红绵"，等等，属于典型的花间词意象，未有创建。

虽然这首词整体风格上难脱花间窠臼，但在表现女子生动可爱这一特点上却还是有一定的可取之处。这一点上和李清照的《点绛唇·蹴罢秋千》有点相似。

比如二者所写的都是年轻女子，她走出禁闭她们的闺房，踏春游玩；意象使用上李清照也显然受到花间派的影响，如"慵整纤纤手""露浓花瘦，薄汗轻衣透"等，这些表现女子生活细节的词句。

不过二词虽有相似处，相比之下，却高低各见。从纳兰性德的词句"行度竹林风，单衫杏子红"中能读出一种喜春的情怀，给人一种比较鲜明活泼的形象，而较之李易安的"倚门回首，却把青梅嗅"，则差得太远了。李清照这句直接通过少女的真实行为呈现一个情景，直白清晰，可以说牢牢抓住少女的心理特色和行为特点，将一位又害羞又大方的女子表现得淋漓尽致。今人读来，犹且不胜欣喜，这更在于李清照所赋予的形象中包含了传统美与现代美。

菩萨蛮

催花未歇花奴鼓①，酒醒已见残红舞②。不忍覆余觞③，临风泪数行④。

粉香看又别，空剩当时月。月也异当时，凄清照鬓丝。

[注释]

①催花：即击鼓催花，用于酒令，鼓响传花，声止，持花未传者即须饮酒。花奴鼓：唐玄宗时汝阳王李琎（小名花奴）善击羯鼓，玄宗尝谓侍臣曰："速召花奴将羯鼓来，为我解秽。"后因称羯鼓为"花奴鼓"。②残红：凋残的花，落花。③余觞：杯中所剩的残酒。④临风：迎风，当风。

[赏析]

催促春花盛开的鼓声一直还没有停，酒醒之后已经看见落花纷纷扬扬，感慨这时光何其迅速，而你我又到了饮这离别之酒的时候。不忍倾杯一饮而尽这酒杯中残余的薄酒。面对秋风，离情别绪顿生，情不自禁地流下眼泪。

可爱的人儿啊，如今这离别又出现在眼前，寂空无所依，只留下一轮圆月，

独立天际——甚至就连这月亮也与当时我们在一起时不同，你看这凄凉的清光缕缕地照在我的青丝上，如何不催人泪下。

这首词通过临别前和临别时的环境以及心理描写，来渲染相思之情。上片通过临别前饮酒与心绪不宁的矛盾心态，下片更进一步，通过写马上要离别时，突然感到物非人非的强烈情感，表达了面对离别而无法自禁的剧烈情感变化。

这首词表达情感典型特点就是毫不节制，倾倒式地表现情感。

上片情感表现还在自控的范围内，最多是愁肠百结而"不忍覆余觞"，实在不能忍受心中痛苦也只是"临风泪数行"，或许情人问起，她可能还会忍住说是眼中吹进了沙子。

下片就显然增强了情感。眼看马上所爱的人就会很难再看见一次，情感上何以能忍受？原本物是人非都已是催人肝肠寸断的了，她却说就连物也并非原来的物了，天上那轮见证过你我二人爱情事实的圆月也突然冷酷无情起来，这营造了一种极大的内心恐惧感、寂寞感、空虚感。

这种情感表现在纳兰性德是常见的，但中国诗词写作中却并非主流，根本原因在于纳兰性德表达情感的方式是汉族文化的方式，但由于受到自身民族气质影响，表现形式就是自然与真，当然这自然与真是较之汉族文人而言的。汉族文人的诗词在情感表现上多受传统诗歌理论的束缚，如"诗言情"却要求"哀而不伤"，甚至也有"诗言志"等前置的束缚。纳兰性德并不是没有受到汉族文化传统中这些影响很深的传统影响，并不是真正一点也没有"染汉人风气"，而是原来的民族风格也起到了对他整体风格的塑造作用。

这首词中"催花未歇花奴鼓"句引了唐代玄宗时人物李琎的典故。他是大唐睿宗皇帝嫡孙，是唐朝宗室让皇帝李宪的长子，正由于他是让皇帝的长子，所以被封为汝阳郡王。他小名叫花奴，是个长得面容俊美姣好的美男子，并且音乐能力很强，可谓才貌双全。他还擅长弓和羯鼓，聪明敏捷。众所周知，唐玄宗也是历史上一个极富艺术修养的皇帝，在音乐舞蹈方面都是行家，身边有个多才多艺、才貌双全的美男子花奴，玄宗当然对他很是喜欢，并曾亲自教他音律，据说玄宗还亲自教授他羯鼓。

汝阳王李亦是杜甫的诗作《饮中八仙歌》里的人名，在诗中排名第二。"汝阳三斗始朝天，道逢麯车口流涎，恨不移封向酒泉。"翻译出来就是"汝阳王李琎饮酒三斗以后才去觐见天子。路上碰到装载酒曲的车，酒味引得口水直流，为自己没能封在水味如酒的酒泉郡而遗憾。"杜甫笔下，可见李琎的风度。唐天宝六年（747

年），杜甫时年三十六岁，赠诗汝阳王李琎。在《赠特进汝阳王二十二韵》诗中，杜甫极力颂美汝阳王，述礼遇之厚，明感颂之由，透出投赠本意，结果做了个李家的门客。

这首词写思恋、写离别，本身用词也巧，典故也大有可玩味处，真可读可感：花奴不鼓，唯见残红飞舞，前欢不再，而其悲则无穷，读之惨然，起身无绪，怅然若有所思。

菩萨蛮 早春

晓寒瘦着西南月①，丁丁漏箭余香咽②。春已十分宜，东风无是非。

蜀魂羞顾影③，玉照斜红冷④。谁唱《后庭花》⑤，新年忆旧家。

[注释]

①瘦着：瘦削，这里指弯月或月牙。②漏箭：漏壶的部件，上刻时辰度数，随水浮沉以计时。咽：充塞、充满。③蜀魂：鸟名，指杜鹃。相传蜀主名杜宇，号望帝，死后化为杜鹃。春月昼夜悲鸣，蜀人闻之，曰："我望帝魂也。"故称。④玉照：镜的异名。斜红：指人头上所戴的红花。⑤《后庭花》：乐府清商曲吴声歌曲名，唐为教坊曲名。本名《玉树后庭花》，南朝陈后主制。其辞轻荡，而其音甚哀，故后多用以称亡国之音。这里喻为凄凉之曲。

[赏析]

提到伤春悲秋，清人钱谦益《李义山诗笺注》序中有句："绮靡浓艳，伤春悲秋，至于'春蚕到死''蜡烛成灰'，深情罕譬，可以涸爱河而干欲火。"可见此种情怀多是销魂而略显颓唐的。

想来春秋二季的自然景色一则百废待兴，一则萧条待寂，如此变化，便容易牵引住文人那颗敏感的心，也能够产生一种作诗的环境，在那样的环境里人们更容易抓住景物的特征来表达自己的感情，因此在春秋时候作出来的诗多感情婉转绵长，萧索深沉，而且我们也能与之产生共鸣，所以悲秋伤春的诗才能流传千古。

　　伤春之作从古至今数不胜数，而纳兰的词里，总也有着伤春的格调，可是他却是最懂春之性情的人，春光年年令人流连，然而春光虽好，流年不早。

　　仔细注意，便可发现，纳兰的词作几乎都是表述深夜时候的所思所感，这是万籁俱寂时更易于思考吗，还是那孤寂的气氛更让人产生凄怆的感情？

　　春夜将晓，天气寒凉，西南天际仍斜挂着一弯月影，漏壶叮叮咚咚，声声作响，燃尽的香烟在满室间绵转缭绕。

　　淡月下，调砚聚墨，几笔白描，铁画银钩，写出一个纳兰，无边飞絮无边忧，一地月印一地愁。自古来文人多喜以月为意象，那消逝的繁华景秀，一切都是轮回一场梦，唯有那月。古人今人若流水，共看明月皆如此。唯有纳兰，"落寂奈何香几许，纳兰饮水随消逝"。行走在消逝中，拭尽英雄泪。君不见，月如水。

　　此时节本应是春光十分相宜，可偏偏东风无是非，在这凄幽孤独的氛围里将美好春光送去，这怎么能叫人不哀怨不留恋呢？疼痛与沧桑漾满了时间的褶皱，他去过江南，走过塞外，陪伴纳兰的只有风，风声酿成了亘古不变的乐曲，是谁说过呵，灯花瘦尽，何曾梦里依旧，似水流年，风逝无痕，离魂缥缈。

　　自己实在是不愿意去看那玉照上的身影，你看那头上如火的红花都给人以凉寂之感。只因那形影让人观一眼便觉得伤心欲绝，周身凄冷无比，托意幽婉。记忆深处有孤魂的存在，就有纳兰孑然前行的背影。

　　提到《后庭花》，即《玉树后庭花》，唐李白曾有作《金陵歌送别范宣》："天子龙沉景阳井，谁歌《玉树后庭花》？"后作为靡靡之音或者亡国之音象征，极有凄凉之意境。

　　回到这首词中来，是谁在暗夜里哼唱着这首凄凉的《后庭花》呢，惹得我翻身醒来，忆及旧家？朦胧含婉，极具悲感。词中的"寒"与"冷"的意向刻画和心理描绘，独到地将此时忆旧家的情怀凸现出来。

　　单薄而纯粹的纳兰，单薄而纯粹的纳兰词。

　　风从净远幽香的地方吹过来，吹进了纳兰那单薄的灵魂深处，晴朗的天于是就满是碎片。

　　你看他拟人的将东风抱怨起来，都怪你呵，不把春多留住。

　　叶嘉莹先生曾给纳兰的词心做出这样的解释："纳兰却曾以其天生所禀赋的一份纤柔善感的词心，无待于这些强烈的外加素质，而自我完成了一种凄婉而深蕴的意境。"是的，流水落花，情深都在字里行间，让时间搁浅在指缝间。纵使他钟鸣鼎食，金阶玉堂，平步宦海，然而微风婀娜起舞，托起一声叹息，炊烟背后，尘世的烟尘里，蓦然回首，岁月恍如童话。在这一年之计在于春的新年里，只是不知旧家是何景象了。

菩萨蛮

窗前桃蕊娇如倦，东风泪洗胭脂面。人在小红楼，离情唱《石州》①。

夜来双燕宿，灯背屏腰绿②。香尽雨阑珊③，薄衾寒不寒？

[注释]

①《石州》：乐府商调曲名。②绿：昏暗不明。③雨阑珊：微雨将尽。

[赏析]

东风始来，三月的桃蕊初绽，不胜娇美，慵懒如同刚刚睁开睡眼的少妇。初上绣楼，凭依窗子，远眺之时，"忽见陌头杨柳色"，想起久久未归的游子，苦涩的离情溢满心头，泪水湿了新妆。唇齿之间，这一首《石州》曲，吟遍了古今多少离情别绪。忽而想起昨夜那来宿的双燕，"落花人独立，微雨燕双飞"，形只影单的少妇倍觉凄凉，灯烛背对屏风，回首处，昏暗不明。春意料峭，微雨将尽，那远方的人是不是只有一张薄衾，又是温，是寒呢？

短短四十来字，上片写尽了春闺情愁，下片写尽了销魂之感。

"窗前桃蕊娇如倦"，看似写"桃花"，其实写"人面"。"桃之夭夭，灼灼其华"，"桃花"自古便是红颜的象征，都是一种脆弱的美。"人面桃花相映红"，是写花的美，也是写人的美；是写人对桃花的欣赏，更是写人对自己的怜惜。人见桃花烂漫，不由联想到自己也是青春如许，却春闺独居，难以与心中思念的人共相朝夕。春日本多情，"泪洗胭脂面"便知闺中人心中的愁苦，非窗前的一缕薄烟，也非耳际的一阵轻风，它的厚重也许根本没有什么事物可以用来比拟，也不需要用什么来比拟，既无它诉，便只得轻吟一首哀婉的《石州》曲。

"夜来"二字起首，便知漫漫长夜中闺中人的凄婉心境。南唐亡国词人李煜说，

"寂寞梧桐深院锁清秋"，正是如此；南宋女词人易安说，"莫道不销魂，帘卷西风，人比黄花瘦"，正是如此；温庭筠说，"过尽千帆皆不是，斜晖脉脉水悠悠，肠断白蘋洲"，也正是如此。一夜料峭春雨不止，人也久久难以入眠，双燕因深夜寒冷而借宿檐下，相依相偎，触动了闺中人的心事。灯烛背对着屏风，因而昏暗不明，似也困乏欲睡，此时此刻，已至深夜，唯有人独醒着。"薄衾寒不寒"的设问中，其实早已预设了回答：闺中人"半夜凉初透"，凄凉境地下，不由想到远在异乡的人是否能禁得住这番春寒？由物（燕）及己，由己及人，才有了"寒"的意蕴。

一面是春愁如许，一面是凄婉销魂，都是对于闺中人痛楚心理的刻写，在这个过程中间，还有着景致之间的鲜明对照——一明一暗。总体看来，上片"明"在"桃"字，下片"暗"在"背"字。如果不是春日风和日丽，明媚如新，又怎能一推窗而见桃红一点，娇蕊动人？如果不是背向屏风，又怎知闺中人听闻燕声时，回首间，"屏腰"昏暗不明。但无论是"明"，还是"暗"，无论是白天所见，还是夜晚所闻，所投射的都是闺中人的离情别绪。在一明一暗的对照中，更加凸显了闺中人心绪的低沉。

相传，词人纳兰性德曾与自己青梅竹马的表妹情投意合，然而造化弄人，有情人终究不能成眷属，这位才色双全的佳人却被选入宫中，宫墙深锁。这给纳兰性德带来了无尽的伤感和酸楚，因而这种伤感和酸楚之情在他的词里经常有所显现，有很多以春情闺怨为题材的词作。

木兰花

人生若只如初见，何事秋风悲画扇①？等闲变却故人心②，却道故人心易变。

骊山语罢清宵半③，泪雨零铃终不怨④。何如薄幸锦衣郎⑤，比翼连枝当日愿。

[注释]

①何事：为何，何故。画扇：有画饰的扇子。此处用班婕妤典故。班婕妤为汉成帝妃，被赵飞燕谗害，退居冷宫，后有诗《怨歌行》，以秋扇为喻抒发被弃怨情，后人遂以

秋扇喻女子被弃。②等闲：无端，平白地。故人：指情人。③骊山：在陕西临潼东南，
因山形似骊马，呈纯青色而得名，是著名的游览、休养胜地。清宵：清静的夜晚。《太
真外传》载，唐明皇与杨玉环曾于七月七日夜，在骊山华清宫长生殿里盟誓，愿世世
为夫妻。白居易《长恨歌》："在天愿作比翼鸟，在地愿为连理枝。"后安史乱起，明
皇入蜀，于马嵬坡赐死杨玉环。杨死前云："妾诚负国恩，死无恨矣。"④"泪雨"
句：唐郑处诲《明皇杂录补遗》："明皇既幸蜀，西南行初入斜谷，属霖雨涉旬，于栈道雨
中闻铃，音与山相应。上既悼念贵妃，采其声为《雨霖铃》曲，以寄恨焉。"⑤薄幸：
薄情，负心，也指负心的人。锦衣郎：指唐明皇。

[赏析]

这是一首拟古之作，纳兰借汉唐典故，以一失恋女子的口吻谴责负心的男子，
词情哀怨凄婉，屈曲缠绵。

起句"人生若只如初见"，短短一句胜过千言万语，刹那之间，人生中那些
不可言说的复杂滋味都涌上心头，让人感慨万千。开篇一句起到统领全词的作用，
其余七句都是为了迎合这一句而存在，同时这一句也代表了纳兰的梦想：人生如
果总像刚刚相识的时候，那样甜蜜，那样温馨，那样深情和快乐，该是一件多么
美好的事情。

但梦想终归是梦想，如果真能实现，又怎会"何事秋风悲画扇"。在这句中，
纳兰提到了班婕妤的故事。

汉成帝时，一代才女班婕妤被选入宫中，由于她文学造诣极高，而且擅长音律，
所以深受成帝的宠爱。但这一切在赵飞燕姐妹进宫后就画上了休止符。聪明的班
婕妤知道，只要赵氏姐妹在，她就永无出头之日，所以她自请去长信宫侍奉太后，
悄然隐退在淡柳丽花之中。

然而，在长信宫的岁月里，班婕妤仍然对成帝念念不忘，因此她发挥自己的
才情，写下著名的《团扇诗》：新裂齐纨素，鲜洁如霜雪。裁为合欢扇，团团似明月。
出入君怀袖，动摇微风发。常恐秋节至，凉飙夺炎热。弃捐箧笥中，恩情中道绝。

在这首诗中，团扇被抛弃的命运，恰是班婕妤自身的真实写照。

"等闲变却故人心，却道故人心易变"，这句的意思是说，两个人在一起本应
相亲相爱，但今日却为何要相离相弃？你如今轻易地变了心，反而却说我的心本
来就是容易变的。前句的"故人"指的是负心的男子，后句的"故心人"指的是
无辜的女子，仅一词之差，就生动地刻画出男女双方的形象。

在下片中，词人提到唐明皇与杨贵妃的典故。"骊山语罢清宵半"是指唐玄宗

与杨贵妃在昔日游宴的行宫里缠绵悱恻。"泪雨零铃"是指平定安史之乱后，唐玄宗北还，在路上因思念杨贵妃，于是做了下一首《雨霖铃》以悼之。"终不怨"则是指唐玄宗迫于三军众怒，无奈将杨贵妃赐死马嵬坡，杨临死前云："妾诚负国恩，死无恨矣。"

相传唐玄宗与杨贵妃曾于七月七日夜，在骊山华清宫长生殿里盟誓，愿世世为夫妻，因此全词以"何如薄幸锦衣郎，比翼连枝当日愿"结束，纳兰在这里谴责薄情郎虽然当日也曾与心爱之人订下海誓山盟，如今却背情弃义。

虞美人

　　春情只到梨花薄①，片片催零落②。夕阳何事近黄昏，不道人间犹有未招魂。

　　银笺别梦当时句③，密绾同心苣④。为伊判作梦中人，索向画图清夜唤真真⑤。

[注释]

①春情：春天的景致或意趣。②零落：树木枯凋。③银笺：白色的信笺。④同心苣：像连锁的火炬状图案花纹，或指织有同心苣状图案的同心结，古人常用以象征爱情。⑤画图：图画。真真：唐杜荀鹤《松窗杂记》："唐进士赵颜于画工处得一软障，图一妇人甚丽，颜谓画工曰：'世无其人也，如可令生，余愿纳为妻。'画工曰：'余神画也，此亦有名，曰真真，呼其名百日，昼夜不歇，即必应之，应则以百家彩灰酒灌之，必活。'颜如其言，遂呼之百日……果活，步下言笑如常。"后因以"真真"泛指美人。

[赏析]

又是一年春残时，又到了亡妻的忌日，又是触景还伤，又是一首悼亡词。

"春情只到梨花薄，片片催零落"，词一开篇，纳兰就为我们营造出一幅暮春时节梨花四处飘零的凄美场景，他在这里用暮春时节喻指自己目前的境况，用苍白的花朵来代指亡妻，从而铺陈出愁惨凄冷的意境。在中国的古典诗词中，伤春之诗词比比皆是：无可奈何花落去，似曾相识燕归来；流水落花春去也，天上人间；记海棠开后，正是伤春时节……万物复苏的春天本是充满生机的季节，但在这花儿完美绽放的季节，诗人词人们却通常会在这繁华的背后隐约感受到即将到来的美好的消逝，于是往往会产生一种微妙细腻的感伤。

"夕阳何事近黄昏"化用李商隐"夕阳无限好，只是近黄昏"的成句，与妻子虽然只短暂地相处了三年，但纳兰却度过了人生中最快乐的时光，如今人鬼殊途，纳兰的相思之痛苦，自然是不言而喻了。在这里，"夕阳"不仅是时间上的黄昏，更是词人对美好往昔的追惜。

在别人的眼中，夕阳或许是美丽的，但是在纳兰的眼中，夕阳却是丑陋的、无情的，因为他还没有来得及为亡妻招魂，它就要马上消失在黑暗之中，面对这一切，他只能无奈地叹道"不道人间犹有未招魂"。

全词上片由景入情，下片则从往事写起，进而抒发自己浓重的哀思。"银笺别梦当时句，密绾同心苣"，象征着爱情的同心苣，和记载着浓情蜜意的纸笺，这些现实的东西以前在纳兰的眼中证明着恩爱欢娱，如今他再看时，却感到它们都被抹上了淡淡的感伤，面对随处可见的哀愁，纳兰无处可遁，只能赶紧由实入虚，写道："为伊判作梦中人，索向画图清夜唤真真。"为了亡妻，纳兰甘愿长梦不醒，与其在梦中相会，甚至想要整日对着她的画像呼唤，希望能以至诚打动她，让她像"真真"那样从画中走出来与自己相会，这真实地表现出纳兰的忠贞与痴情。

末句化用唐代赵颜的典故，描写对亡妻的思念之情。相传唐朝一个名叫赵颜的进士从画工那里得到一幅美人图。久而久之，赵颜对画中的美女产生感情，于是就询问画工能否让其变成活人。画工告诉赵颜，这本是一幅神画，画中女子名叫真真，只要赵颜能够呼唤她的名字一百天，她就会出声答应，到时再给她喝下百花彩灰酒，她就能够变成活人。依照画工的指点，百日后，真真果然复活，还在年终为赵颜生下一双儿女。后来，赵颜听信巫师谗言，给真真喝下符水，导致真真不想再留在人间而带着一双儿女返回画中。

纳兰词最让人感动之处，便是纳兰在小情小爱中所表现出的真挚，让人为其心怜不舍、心疼不已。

虞美人

彩云易向秋空散，燕子怜长叹。几番离合总无因，赢得一回偓僚一回亲①。

归鸿旧约霜前至②，可寄香笺字③？不如前事不思量，且枕红蕤欹侧看斜阳④。

[注释]

①偓僚：烦恼，忧愁。②归鸿：归雁。诗文中多用以寄托归思。③香笺：散发香气的信笺。④红蕤：红蕤枕，传说中的仙枕。唐张读《宣室志》卷六记载，玉清宫有三宝，碧玉环、红蕤枕和紫玉函，红蕤枕似玉，微红，有纹如粟。亦借指绣枕。

[赏析]

有些人知道这首词或许不是通过《饮水词》或古代文学史，而是从琼瑶的作品中窥见它的。琼瑶小说《彩云飞》一开篇，作者就引用了这首词："彩云易向秋空散，燕子怜长叹。几番离合总无因，赢得一回偓僚一回亲。"想来这大概也是小说名称的出处吧。

彩云消散，便没了痕迹，这倒是很符合禅宗的意境。按照佛教的观念，无常是人生的本质，聚散便也成了人生的常态。虽然事事必有因果，能参透聚散离合因由的却毕竟是少数，所以，我们就那样和他遇上了，又这样和他擦肩了，揣摩不透茫茫人海中为何偏偏是这两人相遇，又想不明白既然深爱又为何不能相守，让人徒增烦恼。

天高气爽的秋季，最容易被风吹散开去的岂止彩云而已，还有如藤蔓般生长的相思。独居深闺盼人归的女子满腹心事，想起欢聚时的温馨和离别时的不舍，她不免一会欢喜，一会忧愁。正满腹心事，却又见北燕南去，直惹来声声长叹。两人之前曾有约定，男子许诺霜期之前就会归来。如今归期将至，这女子还是忍不住嗔怨："无论如何，也该寄封书信来慰相思啊！"怨罢，又无奈地自我开导："还

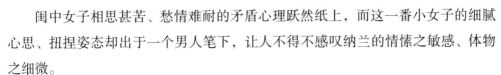

是不要想以前的那些事了，我不如枕着绣枕看那西下的落日吧！"

闺中女子相思甚苦、愁情难耐的矛盾心理跃然纸上，而这一番小女子的细腻心思、扭捏姿态却出于一个男人笔下，让人不得不感叹纳兰的情愫之敏感、体物之细微。

宋朝词人张先也有一首著名的闺怨词："楼倚春江百尺高，烟中还未见归桡，几时期信似江潮？"这首《浣溪沙》上片一句写闺妇凭栏眺望，尽管她思念心切，但江上还不见丈夫乘船而归，失望之余，她便怨起了那远行之人，觉得他还不如那江潮，江潮还会如期而至，而丈夫却迟迟不归。这首词的意境与纳兰的《虞美人》有诸多相似之处，思妇的急切与落寞都在寥寥几笔间显现出来。

纳兰这首词究竟是随性而作，还是他本人就是许下"旧约"的归人，至今已不得而知。现在很多人趋向于后者，认为这是一首"从对面写起"的佳作，明明自己心中都是相思意，偏偏去写对方的愁情，这种手法可谓"深婉之至"，从艺术上来说是相当成功的。

以"思妇"为主人公的古代诗词历来多见，除李清照等少数几位女文人之外，大多都是男子所作，李煜、周邦彦等人的思妇词中多有佳作，但这些诗词多流露出"以悲为美"的倾向。

这首《虞美人》却略微不同。这首词最妙之处在最后一句，女子愁罢叹罢，忽而觉得自己的情绪有些莫名其妙，于是自我安慰、自我开解一番，索性侧身看那夕阳去了。正所谓"几味愁多翻自笑"，这般极富生活化的场景真实得仿佛就在我们每个人身边。妙趣冲淡了愁苦，感伤中又带着几分难察的俏皮，词的婉转味道因而又平添了几分，这比起说来说去只有"思念"二字的诗词更容易贴近人心。

纳兰写词善用心眼，他既能从眼前的景象中咀嚼出诸种滋味，又能把心中的情愫转化为具体的意象。纳兰直视眼前之景，直抒心中之情，他所写的愁情总是看似不经意随口说出，却又不会让人觉得肤浅鲁莽，就连他词中的主人公也有了这种性格，这首《虞美人》中女子侧倚红蕤枕，遥望远方斜阳、思念未归人的情状丝毫不会让人觉得轻浮，连她的嗔怨也都有了韵味，这便是纳兰笔墨的功劳了。

虞美人

　　银床淅沥青梧老①，屧粉秋蛩扫②。采香行处蹙连钱③，拾得翠翘何恨不能言。

　　回廊一寸相思地④，落月成孤倚。背灯和月就花阴，已是十年踪迹十年心。

[注释]

①银床：指井栏，一说为辘轳架。淅沥：象声词，形容轻微的风雨声、落叶声等。青梧：梧桐，树皮色青，故称。②屧：鞋的木底。秋蛩：蟋蟀。③采香：范成大《吴郡志》云：吴王夫差于香山种香，使美人泛舟于溪以采之。谓采香喻指曾与她有过一段恋情的去处。连钱：连钱马，又名连钱骢。即毛皮色花纹、形状似相连的铜钱。④回廊：用响屧廊的典故。宋范成大《吴郡志》："响屧廊，在灵岩山寺。相传吴王令西施辈步屧，廊虚而响，故名。"其遗址在今苏州市西灵岩山。

[赏析]

　　在这首词中，纳兰用他那忧伤的笔触开始追忆昔日的恋人。

　　"银床淅沥青梧老"，在这句中，"银床"并不是指银饰的床，而是指井栏，这里用"银"来修饰井栏，并不是夸张的写法，而是有典故可循。《乐府诗集·舞曲歌辞三·淮南王篇》在记载淮南王的奢华时有这样的句子："后园凿井银作床，金瓶素绠汲寒浆。"意思是淮南王在后园凿井，不仅井栏是银的，甚至连打水的瓶子都是金子做的。从这以后，人们在写到井栏时，多用"银床"或"玉床"指代。例如，李白的"梧桐落金井，一叶飞银床"，李商隐的"不收金弹抛林外，却惜银床在井头"。

　　接下来我们再看"屧粉秋蛩扫"，连绵不断的秋雨将恋人所留下的香粉印的鞋印冲洗得干干净净，鸣叫的秋虫也归于哑暗。纳兰在这里所隐含的意思就是伊人的芳踪已失，再也唤不回来了。

　　上片中的"采香行处"用了一个典故，相传吴王夫差在山间种植香草，等到收获季节，就让美女泛舟于溪来采摘，在这里纳兰用来指代自己与恋人曾经走过的地方。

　　"拾得翠翘何恨不能言"，从字面上来看，这句话的意思是纳兰在草丛间偶然拾得昔日恋人戴过的翠翘玉簪，心中产生无限伤感，却无法倾诉出来。如果真的这么解释，在我们读到下片时就会产生一个疑问，词的结尾是"已是十年踪迹十年心"，试想一下，如此贵重的翡翠翘头，怎会掉在地上十年而没有人捡拾？所以说"拾得"并非是实指，而是虚指，表达的只是一种情感，或是说纳兰一直珍藏着恋人的翠翘，但是没有人会喜欢每天和自己生活在一起的人，还珍藏着十年前情人的旧物，所以纳兰才会产生恨不能言的矛盾心情。

　　下片写纳兰故地重游时的所感所想，"回廊一寸相思地，落月成孤倚"，纳兰来到昔日常与恋人逗留约会的地方，独立于花荫月影之下，心中百感交集。这里纳兰用到了响履廊的典故，相传吴王夫差为了听西施清脆的脚步声，特别设计了一个共鸣效果极好的回廊，后人称其为响履廊。

　　尾句"背灯和月就花阴，已是十年踪迹十年心"，点名全词的主旨，而今天上明月依旧，地上却已物是人非，转眼间已过了十年光景，那被柔软如水的月华所包裹的，再也不是昔日相依相偎的恋人了。这里的十年到底是虚指还是实指，我们很难确定，但我们能够确定的是，站立在回廊中的纳兰，此时的心中一定充满了许多遗憾和无奈。

虞美人 为梁汾赋

　　凭君料理花间课①，莫负当初我。眼看鸡犬上天梯②，黄九自招秦七共泥③。

　　瘦狂那似痴肥好④，判任痴肥笑。笑他多病与长贫，不及诸公衮衮向风尘⑤。

[注释]

①料理：处理、安排，指点、指教,此处含有辑集之意。课：指词作。花间：即《花间集》，为后蜀人赵崇祚编辑的一部词集。集中搜录晚唐至五代十八位词人的作品，共五百首，

分十卷，集中作品内容多写上层贵妇美人的日常生活和妆饰容貌，女人素以花比，而该集多写女人之媚，故称"花间"。②天梯：古人想象中登天的阶梯，此处喻为入仕朝堂，登上高位。③黄九：北宋诗人、书法家黄庭坚，排行第九，因以称之。秦七：北宋词人秦少游辈行第七，故称。泥犁：佛教语，梵语的译音，意为地狱。④瘦狂、痴肥：比喻仕途失意与得意。瘦狂：语见《南史·沈昭略传》，昭略答王约云："瘦已胜肥，狂又胜痴。"此处为反其意用之。痴肥：肥胖而无所用心。⑤诸公衮衮：源源不断而繁杂，旧时称身居高位而无所作为的官僚。风尘：比喻纷乱的社会或漂泊江湖的境况，这里指宦途、官场。

[赏析]

纳兰虽为权臣之子、皇帝近臣，然而却是空有满腹才华，只能担当护卫武夫之职，因此与怀才不遇、仕途蹉跎的顾贞观等人大有同病相怜、惺惺相惜之意。顾贞观更可以说是纳兰性德的第一知己，二人不仅交契笃厚，而且志趣相投，有着相同的词学主张。纳兰性德在《与梁药亭书》中说："仆少知操瓢即爱《花间》致语，以其言情入微，且音调铿锵，自然协律。"他与顾贞观诗词唱和颇多，并请他为自己的词作选集付梓，这首词就是二人同怀同道的真实写照。

"凭君料理花间课，莫负当初我"这句话是纳兰在叮嘱好友顾贞观：任凭你辑集我的词作，只要不辜负我的一片真心便可。对于中国古代文人来说，将自己的词作交给他人付梓，无异于是将自己的心血全部托付出去，由此可见顾贞观在纳兰心中的重要地位。在这里，纳兰提到了《花间集》，并非是说自己的词风与《花间集》中的词作相同，而是用其来代指自己的词作。

在"眼看鸡犬上天梯"这句中，纳兰用了"鸡犬升天"这个典故，相传汉代淮南王刘安修炼成仙之后，将余下的药倾洒在院子里，结果鸡和狗吃了之后也都飘然升空，成了神仙，在这里纳兰用"鸡犬上天梯"来比喻那些在仕途上平步青云的奸人。"黄九自招秦七共泥犁"，在这句中，纳兰显然用黄庭坚与秦观来比喻自己和顾贞观，但是，泥犁的意思是地狱，纳兰用到这句中，难道是说要和顾贞观共赴黄泉？

《宋稗类钞》中曾记载：黄庭坚早年喜作艳词，有一位法秀禅师劝他不要再作，并警告道"以笔墨海淫，当堕泥犁地狱。"知道这个典故后，我们也就很容易理解"黄九"句的意思了，纳兰此时已经不再是一个循规蹈矩的贵族公子，他明确地向世人宣称：我们这些仕途失意的人只想填好自己的词作，哪怕最后进入地狱，我们也不会后悔。

下片一开篇，纳兰提到南朝沈昭略的典故，据记载，沈昭略为人放浪形骸，喜好饮酒。有一天喝醉之后，在娄湖苑遇到王约，于是嘲笑道："你就是王约？为什么又肥又痴？"王约反唇相讥说："你就是沈昭略？为什么又瘦又狂？"沈昭略听后，拊掌大笑说："瘦比肥好，狂比痴好。"纳兰在这里反其意而用之，用痴肥来比喻入仕朝堂的奸人，用狂瘦来指代自己和顾贞观，表面上是说我们仕途失意之人哪有你们得意之士那么踌躇满志，你们只管嘲笑好了，其实是说：你们这些登上高位的奸人也配嘲笑我们？此时的纳兰，既显示出单纯、直率的一面，也显示出狂放、刚强的一面。

尾句"笑他多病与长贫，不及诸公衮衮向风尘"，纳兰用嘲讽的口吻说道：得意之人嘲笑失意之人贫病交加，仕途坎坷，是的，我们与你们这些身居高位而无所作为的官僚确实无法可比。

纳兰虽然身在官场，但是内心却没有被名利所熏染，所以他才能够从官场中悄然脱身，与顾贞观沉溺于诗词之道中，正因为如此，世间才少了一个追求功名利禄的官僚，而多了一位旷达风流的绝世才子。

虞美人

残灯风灭炉烟冷①，相伴唯孤影。判教狼藉醉清樽②，为问世间醒眼是何人③。

难逢易散花间酒，饮罢空搔首。闲愁总付醉来眠，只恐醒时依旧到樽前。

[注释]

①残灯：蜡烛的余烬。②判：情愿、甘愿。狼藉：乱七八糟，散乱、零散。清樽：酒器，借指清酒。③醒眼：眼光清醒。

[赏析]

张纯修是纳兰生前的一位好友，长期任职安徽庐州府知府，他与纳兰交情甚笃。清康熙三十年（1691 年），纳兰去世已六年，《饮水诗词集》刊刻，张纯修作序叹道：

"谓造物者而有意于容若也，不应夺之如此其速；谓造物者而无意于容若也，不应畀之如此其厚。"既然造物给了纳兰智慧与才华，又为何如此残酷地在他风华正茂时夺去他的生命？

又过四年，张纯修到江南拜访曹寅，二人又约江宁知府施世纶一起在楝亭秉烛夜话，把酒长谈。这三人都曾与纳兰相交，逝者离去已十年，生者谈起往事仍旧唏嘘不已。江南的秋风虽不凛冽却也清冷，张纯修即兴创作了《楝亭夜话图》，随后三人分咏。

曹寅作诗怀念，其中一句被后世研究纳兰词的人多次引用："家家争唱饮水词，纳兰心事几曾知？"初次读到，便有似曾相识之感，再读，竟被震撼，这不正是几十年后曹寅的后人曹雪芹在《红楼梦》中的那一句无奈嗟叹吗——"满纸荒唐言，一把辛酸泪，都云作者痴，谁解其中味？"

昔日北宋才子柳永由追求功名到厌倦官场，并沉溺于旖旎风流的都市生活时，"凡有井水饮处，皆能歌柳词"，只是那些吟读、追捧柳词的歌姬、舞女、才子、官宦、商贾中，并无几人能读懂柳屯田的心思；据说几百年后纳兰的《饮水词》传到国外，朝鲜人谓"谁料晓风残月后，而今重见柳屯田"，纵使家家户户人人尽知饮水词，却又有几人能懂得纳兰心事？就连他的至交好友都只能空叹遗憾，可见纳兰生前委实孤独得很。

纳兰的孤独是心灵的孤独，旁人理解不了，亲人慰藉不了，友人也稀释不了。纵使有张纯修、曹寅这些在他去世十余载之后仍旧挂怀的朋友，他的忧伤也无从消遣。这一首《虞美人》也仅仅掀开了纳兰心事的冰山一角。

残灯被风吹灭，炉子里的烟火也冷清下来，与词人相伴的只有他自己孤独的身影。从古至今，文坛从不乏借酒消愁的落寞人、羁旅客，纳兰也不能免俗，"判叫狼藉醉清樽，为问世间醒眼是何人"。

即使古今无数人重复着用酒冲淡愁的行为，但酒从来都不是"消愁"的良药。飘逸洒脱如诗仙李白也只能登楼长叹："抽刀断水水更流，举杯消愁愁更愁。"明代李开先在《后冈陈提学传》里也提道："只恁以酒浇愁，愁不能遣，而且日增。"所以，纳兰的几盏苦酒下肚，酩酊大醉后也只能逃避一时，再醒来还是要独自一人面对现实。

现实中的世界是怎样的？聚少离多、难逢易散。纵使世间的喧闹鼎沸如同《红楼梦》前几个章回中的贾府，但繁华落幕后只剩下无边无际的荒凉感，僧道二人挟宝玉而去，只剩下"白茫茫一片旷野"，贾政还欲前走，前面却并无一人。苍茫茫一片大雪，遮蔽了短暂的欢愉，徒留巨大的悲伤。

纳兰的心里也有这样一片大雪吧！

身处繁华却盼清净、夫妻情深却阴阳两隔，纳兰词中"悼亡之吟不少，知己之恨尤深"，这自然与他的身世经历相关，但恐怕更离不开他骨子里与生俱来的悲剧气质。

世上确有这样一种人，他们天生就是悲剧家，纵使命运把名誉、才华、地位、财富都赋予他们，这些令旁人羡煞的上天的宠儿也终究会走上一条孤独的路，比如屈原，比如李煜，比如晏殊。屈原的孤独源自理想的破灭，同行者还有曾高歌"捐躯赴国难，视死忽如归"的曹植；李煜的孤独源自造化的捉弄，同行者还有一生所愿唯有逃离龙椅的正德皇帝；晏殊的孤独是灵魂的孤独，同行者便是低吟"我是人间惆怅客"的纳兰性德了。

晏殊一生平顺，幼时便享有才名，后又官至宰相，平生又有佳人常伴，时有红袖添香，但读他的诗词，都离不开寂寞的情愫。纳兰与晏殊一样，有出众的才华，令人艳羡的身世地位，纵使遭遇了妻亡的变故，在常人看来也不至于黯然至此，但事实上卢氏的去世或许只是一条引线而已，悲剧化的命运就像他身体里的血液，一生常伴，至死方休，于是，纳兰也就成了悲情式才子的代表人物。

浣溪沙

一半残阳下小楼，朱帘斜控软金钩[1]。倚阑无绪不能愁。
有个盈盈骑马过[2]，薄妆浅黛亦风流[3]。见人羞涩却回头。

[注释]

①朱帘：红色帘子。斜控：斜斜地垂挂。②盈盈：仪态美好的样子。这里指仪态美好的女子。③薄妆：淡妆。浅黛：指用黛螺淡画的眉。

[赏析]

浣溪沙，乃唐玄宗时的教坊曲名，又作浣溪纱，因西施曾经浣纱于若耶溪，

故又作浣沙溪。纳兰性多悒郁，词多忧伤，此词可谓是不可多见的有着清新愉快的情调，描绘了黄昏无聊中与一个优雅女子的美丽邂逅。

若说诗词是以意象符号来表达情感的艺术，那么纳兰以及李煜之词却是例外，其词虽明白如话，读来却如字字珠玉滚落于玉盘，久久回响，余音绕梁，又如花开于山谷，朵朵明艳，却又清新脱俗，这就是他们的艺术魅力之所在。可惜古词的配乐已经缺失，否则付之于笙箫，必定是"此曲只应天上有，人间难得几回闻"。

上片写景，时光如水，悠悠又是夕阳西下，游玩的阁楼沐浴着夕阳的余晖，静谧而祥和，仿佛整个玉柱雕梁的皇城都慵懒地在夕阳里躺着。残阳，一个"残"字，体现出了作者当时的心境。为什么不是夕阳而是残阳？当然这形容词不同，意象的色彩不同，描摹的作者的心境就不同。表现了纳兰在时光流逝中无奈而彷徨的心情。

华丽的锦帘斜斜地垂挂在金色的帘勾上，柔软而弯曲，无声无息，没有一丝清风拂过，就像人的慵懒的身体，不想移动半步。独自一个人，眼睁睁地望着夕阳渐渐在西天下沉，然后熔化在天之尽头，望着朱帘在夕阳的余晖中闪动着光泽，背靠着栏杆，不能控制自己的闲愁。

纳兰愁什么呢？或许是一个文人天生的悒郁吧，只有经历过苦难的人才能领略到平和日子的幸福，一个太幸福的人，是会在幸福里生出无聊来的。"朱"乃富贵之色，平常人家是不可能享有的，"朱门酒肉臭，路有冻死骨"中的朱门就是指富贵的帝王将相之家，朱帘，也是富贵之家才有能力使用，纳兰就在这朱楼梦里朱颜谢，从而感到无聊而悒郁。

上片犹如勾勒了一幅美丽的风景画，又像一个放映着自然景色的电影镜头，下片突然从镜头里映入眼帘的是一位骑马走过的风姿绰约的女子，嗒嗒的马蹄给人以一种无聊之中的惊喜。从静态的灰色场景马上转变成了一种动态的迷人风景，具有戏剧化的变换手法。

薄装浅黛，却又清新脱俗，美丽动人。没有浓妆艳抹，没有施粉抹香，却是天生丽质。黛，是一种画眉的黛石，"眉是黛山青"，说的就是美女的眉毛像远处的青山一样，美丽如黛。这种淡妆出行，却也不能影响她的美丽，"风流"指女子的一种神韵和气质吧，而不是形容男子的眠花宿柳的风流。

最后一句可谓就是王国维说的"不着一字，尽得风流"的令人拍案叫绝的佳句了！"见人羞涩却回头"，通过对这个女子回眸的一瞬间，这个小小的细节的描写，把这位女子外表之外的内心和情感体现得淋漓尽致，让这位女子的形象可爱至极。

这里不得不谈谈中国传统的女子之美，是一种朦胧美，是一种"犹抱琵琶半遮面"的美，讲究的是一种内敛，而不是张扬，是一种婉约，而不是一种直白，"窈窕淑女，君子好逑"，不是淑女去"逑"君子。所以，在中国传统文化中，羞涩自然是一种内敛的美，但是这种羞涩，也难以掩饰怀春少女的内心情感，想象着她羞红的桃花儿脸面儿，却忍不住悄悄回过头来看一眼身后的这位美男子纳兰。此句也体现了纳兰词的特点，就是直白而直指内心，与李煜之词异曲同工，这也正是纳兰的卓尔不群之处。这个瞬间，被作者敏锐的双眼发现了。

张钧先生在《纳兰性德全传》中，虚构了一个情节，说的是纳兰的表妹雪梅跟着他学骑马，雪梅开始胆子小，不敢骑着走，直到纳兰把她扶上马背，并开导她后，她胆子大些了骑着马走了，雪梅在马背上回首，有一种羞涩之感，从而触发了的灵感，当然这只是查无实据的虚构，从欣赏诗词的角度。需要的是留下想象的空间，说直白了，就不是诗词，而是小说了。

总体来说，这阕小词，虽没有过多的层叠渲染，但是词风轻灵活泼，在纳兰众多"凄情"的词中，显得温暖而欢快，亮丽不少。

浣溪沙

五月江南麦已稀，黄梅时节雨霏微①。闲看燕子教雏飞。

一水浓阴如罨画②，数峰无恙又晴晖。渐裙谁独上渔矶③。

[注释]

①黄梅：春末夏初梅子黄熟的一段时期，这段时期我国长江中下游地区连续下雨，空气潮湿，衣物等容易发霉。也叫黄梅天。霏微：雾气、细雨等弥漫的样子。②罨画：色彩鲜明的绘画。多用以形容自然景物或建筑物等的艳丽多姿。③渔矶：可供垂钓的水边岩石。

[赏析]

江南，是一个遥远的梦境。款款流淌的评弹，悠扬的马头琴，温婉的吴侬软语……江南何在？只需沿着盎然的诗情，打马而过，便是江南。她的气质，是盈

盈的春水，朦胧着袅袅薄雾，胜似瑶池，"南朝四百八十寺，多少楼台烟雨中"的忧郁，是你日日踏过的青石板，蜿蜒曲折的小巷深处，蓦然回首间，一个结着愁怨的丁香一样的女子；她的浅笑，是湖畔杨柳岸，绽放的一朵油纸伞，湖光山色，斗转星移，抹不掉的一脉情思。

提到纳兰，无可避免地谈及他显赫的家世、悲戚的情史，以及他英年早逝的遗憾。如果有一天，当所有明艳的光环、绯色的传闻散去，余下的纳兰，应是一位最率真的诗人，吟游江南，纵马边陲。

五月，水墨江南里，青葱的小麦稀疏错落于阡陌，恰逢黄梅雨时节。雨丝簌簌地飘落下来，再有一份闲心静坐，看屋檐下的雏燕恰恰学飞煽动着稚嫩的翅膀。才知生命之中，"落花人独立，微雨燕双飞"的景色，才是平和安定的。

烟波流水就像浓墨泼出来的山水画，山峦静谧，隐隐透露出雨过天晴的阳光。水边布衣女子赤脚踩上鱼矶石，木槌轻举，捣衣声寂静回响在这田园之中。

纳兰如此婉婉道来，一幅泼墨山水田园画便缓缓铺展在眼前，让人沉醉其中，身心轻盈，浮想联翩。颜色浓处，是云青青兮欲雨，墨色淡处，是水澹澹兮生烟。是这样一幅安静的国画，却遇见了"湔裙谁独上渔矶"，捣衣女瞬间点碎了安静，使画面变得生动明晰起来，又添了几分彩墨的跳跃。"湔裙"指古代的一种风俗，旧俗于农历正月元日至月晦，士女酹酒洗衣于水边，以避灾度厄。这里指水边的捣衣女子，也迎合了浣溪沙的词牌。

这首词读来有《诗经》的淡雅之趣，所阐述之事也颇具田园民风，原来生命所需要抵达的从来不是功名利禄，名誉万世，而仅仅是内心的平和与安定。纳兰用他的笔触告诉人们，尘间的确是有这样的地方的。

一直以为，纳兰是孤独的，他的秉性、他的心气、他的才情，注定了他的遗世独立，注定了他留给世人的，将是一个凄婉的故事，一段离愁别苦的情。虚静的一刻，晨曦洒在他的面颊，当他微微展露笑颜时，那份清灵的孤独，那份怡人的忧郁依旧。很难说，这是一种幸运，抑或是不幸。就如同后主一样，若说生在帝王家是他的不幸，那么若无这一份由盛而衰的经历，又怎能成就他千古词帝的荣光。

其实，就这首诗而言，它是明媚的，清新明丽，俨然区别于纳兰以往情愁感伤之作，带着暮春的阳光。可末一句，仅仅一个"独"字，便给整首词笼上一层无言的失落。像是在某个月夜，把船儿推出了湖心，徐徐荡漾着，一点点远离了那份心中的美好。

纳兰，让人想到15世纪，那位叫波提切利的西方画家，他是欧洲文艺复兴早期佛罗伦萨画派最后一位画家，他的一幅名作《春》，涵盖了妩媚、温雅、风流、娇丽、婀娜等美丽的赞誉，可是在明媚的外表之下，一层惘然的哀愁在笼罩。虽然一个是西方的美术，一个是中国的文学，但文学艺术，大抵该是相通的。

在明媚的江南暮春，在静看稚燕学飞的欣喜中，纳兰的身影显露出安适而孤独的姿态，词人是高贵的，敏感的心处处悸动，精神在漂泊不定中寻找一个栖身之地。那暂得的安适，化为文字，就成了手中圣洁的白莲，素心依旧，心灵便总有栖息之地。

若存了一颗人生腥风血雨之后渴望淡泊明志宁静致远的心，在邂逅这一幅画面之后且欣然而坐，清茶徽墨，或许此刻别人用手搭一个框，你我便亦是此中之人，此中之景。

浣溪沙

残雪凝辉冷画屏①。《落梅》横笛已三更②。更无人处月胧明③。
我是人间惆怅客，知君何事泪纵横。断肠声里忆平生。

[注释]

①残雪：尚未化尽的雪。画屏：绘有山水图画的屏风。②《落梅》：即《落梅花》，古笛曲名，以横笛吹奏。③胧明：微明。

[赏析]

这首词是一抒发人生惆怅主题的词。

上片整体比较平实，主要下力在于营造氛围上。第一句说雪后数日，残雪未消，月色照耀下，皎洁的白光呈现出带着寒意的光辉，五彩的花屏也因这种氛围而冷却了。这点出了环境，包括地点是在房中，时间则是在稍有月色的残雪之夜。这句的使用并不出奇，如"残雪""画屏"这些意象，以及"冷"的意动用法，都是诗词中极为常见的。

接着视角转换，由视觉转移到听觉上。前句的场景"残雪凝辉冷画屏"可以说是看见的，而"《落梅》横笛已三更"则是听觉感知到的。这句时间上在前一句的基础上精确了，说"已三更"。这句营造了一种孤寂的氛围。试想一位三更难眠的人，在残雪未消的寒冷独自徘徊，忽然听见横笛，不可谓不令人越发愁肠百结，不能自已。深夜闻笛的诗如李益《春夜闻笛》"寒山吹笛唤春归，迁客相看泪满衣"，李白《春夜洛城笛》"谁家玉笛暗飞声，散入春风满洛城"，白居易《江上笛》"江上何人夜吹笛，声声似忆故园春"，刘孝孙《咏笛》"凉秋夜笛鸣，流风韵九成。调高时慷慨，曲变或凄清"，等等，都是长夜闻笛的写照，无不呈现一种孤独悲凉的氛围。

所以说，上片就整体上看，在营造氛围上传承了前人惯用的方法。

下片在写法上显然在上片的情感氛围笼罩下，突然情感爆发开来。下片前两句"我是人间惆怅客，知君何事泪纵横"，可谓突起得妙绝。纳兰性德将整个世界都客体化，并同自己分离开来，大有屈原"举世皆浊我独清，众人皆醉我独醒"的情怀，有一种被世界抛弃的感觉。

这两句中有似乎相对的两个主体，一个是"我是人间惆怅客"的"我"，另一个是"知君何事泪纵横"中的"君"。前一个很显然，就是词人自己。后一个"君"则大有可说的地方。或许有人会以为这个"君"是纳兰性德所思念的那个人，或者他的妻子卢氏、恋人，甚至是他的朋友，等等，但总之，都是真正和"我"相区别的其他人。然而或许并非如此，这个"君"又何尝不能是纳兰性德自己呢？正因为自己本来知道自己孤独凄苦，饱尝人间离愁别苦，是所谓"人间惆怅客"，因此情不自禁，潸然泪下，又马上回头看见自己竟然在流泪，也更是无人知晓，来给予慰藉，便回头自对自地冷嘲："你知道你一个伶仃孤苦，独自掉泪究竟是为什么呢？难不成还会有人来给你安慰么？简直煞是可笑了！"这种情感又矛盾而又最为合情理。反观后，竟发现自己是如此可怜，竟然连哭泣似乎也毫无价值。

最后一句"断肠声里忆平生"一句犹如妙绝的音乐一样，虽然停止，而余音绕梁，不绝如缕。这一句有两方面的作用，一方面是联系了上片下片，将夜半笛声同忆平生结合起来；另一方面，用一个结尾来营造了一个新的开始，也就是"忆平生"三个字，这三个字能引导读者联想到词人生活，去思考更多的东西，可以说是个很好的留白。

全词残雪冷，花屏冷，月光冷，心更冷。

浣溪沙

五字诗中目乍成①，仅教残福折书生②。手挼裙带那时情③。
别后心期和梦杳，年来憔悴与愁并。夕阳依旧小窗明。

[注释]

①五字诗：即五言诗。目乍成：即乍目成，刚刚通过眉目传情而结为亲好。②残福：残存的薄福，也可谓是短暂的幸福。③挼：揉搓。

[赏析]

这首词写的是女子的闺怨，"五字诗"即是五言诗，男子通过诗表达自己对心仪女子的感情。"目乍成"即乍目成，双方刚刚通过眉目传情结为亲好，但幸福因为书生的追求功名利禄的赶考而变得异常短暂。"残福"即是残存的短暂的薄福。孤独的女子一个人反复揉搓裙带，在想着过去的浓情蜜意，透露出女子对男子一片痴情和深深的思念之情。

下片进一步升华这种相思之情，日有所思，夜有所梦，在梦中见到了心爱的人。但等待越久，憔悴与忧愁就越在心头。自己身心疲惫也没关系，依旧在夕阳下，明亮的窗口等待远方的意中人，虽然多数时候这是徒劳，但女子怀着巨大的希望在等待。

纳兰性德的这首词也有人以为与他所交往的朋友有关，他借朋友的故事既表达对朋友的同情，又暗含了自己的不幸。

纳兰性德虽是清朝贵族，但他最突出的特点是其所交"皆一时俊异，于世所称落落难合者"，这些不肯悦俗之人，多为江南汉族布衣文人，如顾贞观、严绳孙、朱彝尊、陈维崧、姜宸英，等等。纳兰性德对朋友极为真诚，不仅仗义疏财，而且敬重他们的品格和才华，就像平原君食客三千一样，当时许多的名士才子都围绕在他身边，使得其住所渌水亭因文人骚客雅聚而著名，这在客观上也促进了康乾盛世的文化繁荣。究其原因，纳兰性德在一定程度上可以和汉族知识分子学到他所倾慕的汉文化知识，而更重要的是他自身有着不同于一般清朝贵族纨绔子弟

的远大理想和高尚人格。

在与这些才子交往的过程中，除了诗词歌赋之外，恐怕才子也少不了谈起佳人的。这些文人才子多是远离家乡，孤身一人来京赴考，留下妻子独守空房，自己久在外而不归。妻子在家思念他们，他们也在京都思念妻子。于是，纳兰性德在这种环境中耳闻目染，再加上他自己的身世遭遇，难免流露真情。

他这首词既是对朋友不幸人生际遇的同情，也可用于对自己婚姻爱情的无奈和壮志未酬的感慨。从这首词中，词人以女子的身份诉说自己心中的忧苦，盼望自己的意中人能够早日回家。词人与妻子感情笃深，妻子却不幸英年早逝，离他而去。词人有感而发，借此也是在怀念逝去的妻子。"年来憔悴与愁并"是对妻子深深的爱和浓浓的情，也许还有一丝后悔和终生遗憾。

其实，谁不想早日回去呢？只是他们不得不面对现实中的一切。他们想带回去的是衣锦还乡，是荣光耀祖。他们从走上读书的这条路之后，就注定要追逐功名利禄、尽忠报国。壮志未酬，岂敢面见江东父老？

也可以看出，这里也暗含了词人自己壮志难酬的尴尬护卫身份，这已经使他厌倦了这种生活，因而每每在其诗词中有所体现。

浣溪沙

记绾长条欲别难①，盈盈自此隔银湾②。便无风雪也摧残。
青雀几时裁锦字③，玉虫连夜剪春幡④。不禁辛苦况相关。

[注释]

①长条：长的木条，特指柳枝。②银湾：即银河。③青雀：指青鸟。锦字：锦字书，指前秦苏蕙寄给丈夫的织锦诗，后多用以指妻子寄给丈夫以表达思念之情的书信。④玉虫：喻灯花。春幡：即春旗，旧俗立春日挂春幡于树梢，或剪缯绢成小幡，连缀簪之于首，以示迎春之意。

[赏析]

　　这首《浣溪沙》为抒写离情别绪的词作。芬芳雅致，又无处不显露出自己的思念关怀。

　　"记绾长条欲别难"，描写昔日分手时的情景，你我在离别之时，杨柳依依，难舍难分。在古代，柳这个意象经常出现在描写离别场景的诗词中，例如"上马不促鞭，反折杨柳枝，碟座吹长笛，愁杀行客儿""杨柳含烟灞岸春，年年攀折为行人""宵酒醒何处？杨柳岸，晓风残月"……历代文人墨客之所以在送别时折柳写柳，是因为"柳"与"留"谐音，因而"折柳"相留，从而表达出情真意切的惜别之情。

　　"欲别难"写出了古人所处的环境与条件之艰苦，由于交通不便，人们在离别之后，往往是音容杳然，甚至到死也难以见上一面，因此古人在离别时通常会黯然神伤，难舍难分。

　　"盈盈自此隔银湾"紧承上句，将自己和恋人比喻成牛郎织女，从今天起我们就要天各一方，中间的距离就如同隔着银河般难以跨越。然而，牛郎和织女还能够在每年的七夕相聚于鹊桥之上，可是自己和恋人这一别很可能就是永别，所以纳兰发出了"便无风雪也摧残"的慨叹。意思是说，这样的煎熬即使是没有无风雪催逼的好时光，也依然是惆怅难耐。

　　综其上片，虽为写柳，却借景写人，感叹世事时光的无常。

　　"青雀几时裁锦字"，青雀就是青鸟，相传是西王母的信使。"锦字"是一个典故，出自《晋书·窦滔妻苏氏传》。窦滔在苻坚做前秦君主时任秦州刺史，后来被贬官到了流沙县，他的妻子苏氏十分想念他，就织锦为《回文旋图诗》以赠他，后人常用来比喻妻子怀念丈夫。这句表达出词人日日期盼妻子音信到来的急切心情。

　　"玉虫连夜剪春幡"古代立春之日剪有色罗、绢、纸为长条状小幡，或挂在树梢上，或戴在头上，以示迎春。结合开篇的"记绾长条"我们能够得知，此时词人已经与恋人分开将近一年了，然而信使始终没有带来恋人的书信、排解词人的相思之情，所以他只能幻想远方的恋人正在灯下剪裁着春幡。

　　但是尾句"不禁辛苦况相关"却让所有美好的愿望都落空了，仿佛让人突然从云端跌落，心绪忧伤彷徨、幽扰萦怀，难以排遣。你是否经受得住离愁别绪之苦，是否能不为海角天涯失落惆怅、忧伤萦怀？

浣溪沙 古北口①

杨柳千条送马蹄，北来征雁旧南飞。客中谁与换春衣②。
终古闲情归落照③，一春幽梦逐游丝④。信回刚道别多时。

[注释]

①古北口：长城隘口之一。在北京密云东北，为古代军事要地。②春衣：春季穿的衣服。
③终古：往昔，自古以来。落照：落日的余晖。④幽梦：隐约的梦境。游丝：飘荡在
空中的蜘蛛丝。

[赏析]

这首词写的是词人扈驾远行的事情，是纳兰词中为数不多的塞北词之一。

上片中写出了此次出行的经过，重点写景。首句交代此次扈驾的前后时间，
春天出发，夏天还没到，在杨柳依依的时节，词人骑着骏马踏上了扈驾之路。秋
天回京，在春天北来的大雁如今依旧向南飞去，此句可能语带双关，即也指康熙
一行仲夏北上，如今向南返归。这一来一回就是一春一秋，其间所受之苦谁人能知？
接着是一句反问"客中谁与换春衣"，道出心中一片辛酸。只身在外，已经换了季节，
身上还是春天的衣服，哪能像在家里一样，有人更换衣服。

下片则着重于抒情，开头通过落照、游丝把心中苦闷之情跃然于纸上。自古
以来，自己的闲情逸致只能寄托在落日的余晖上了。隐隐约约在梦境之中追逐飘
荡在空中的蜘蛛丝，这也是作者对自己常年忙于侍卫职责，在消磨青春时光的扈
从出巡中难得自由的慨叹。当然也流露出其对这种生活的厌倦，只能通过自然之
景消磨时光。

纳兰性德一生短暂，只在人世间留下了三十一个春秋的足迹，他有一首诗这样
说过："予生未三十，忧愁过其半。心事如落花，春风已吹断。"可见其一生愁苦不断，
坎坷不断。他作为皇帝侍卫，虽然有机会接近皇上，得见龙颜，却怀才不遇，无法
大显身手为国家社稷、黎民百姓建功立业。这种情形在中国古代文人之中是常常碰

到的，从楚国的大夫屈原，到汉朝的贾谊，再到唐朝的杜甫、李白，以至于纳兰同时代的文人蒲松龄，大抵如此。文人的不幸却造就了中国文坛的一大幸事。

再说纳兰，在他尽管简短但枯燥无味的仕宦生涯中只有两种活动，或者是殿前宿卫，或者是随驾出巡。但不管是哪种活动，他都是一个陪同而已。这是词人的不幸，所幸的是他给我们后人留下诸多好词。据历史记载，他和汉族文人顾贞观、朱彝尊、陈惟崧等有所往来，也有曾参与营救吴兆骞并发付他的后事的义举。在当时的满汉关系中，书写了一段难得的友谊之篇章。但尽管如此，可对于那些汉族潦倒文人们来说，谁又能理解他一片赤子之心的背后，有几分是孤独的落寞？又有谁能真正了解他荣华富贵、锦衣玉食下的壮志未酬？词人也曾在《清平乐·弹琴峡题壁》说："冷冷长夜，谁是知音者？"

在纳兰的好友中，顾贞观是亦师亦友的一个。清康熙十五年（1676 年），明珠慕顾贞观的才名，聘其为子纳兰性德授课。纳兰性德亦为清初著名词人，二人遂成忘年交。清康熙十七年（1678 年）清廷开"博学鸿词科"网罗汉族士大夫，著名文人学者朱彝尊、陈维崧、严绳孙、姜宸英等人都被荐至京，会试中式任翰林院检讨等职。顾贞观、纳兰性德与他们经常聚会，吟咏唱和，促进了清初词坛的兴盛。顾贞观在京期间，还为纳兰性德编订了《饮水词》集。他死后顾贞观在祭文中以无比痛惜的口气说："吾哥所欲试之才，百无一展；所欲建之业，百不一副；所欲遂之愿，百无一酬；所欲言之情，百不一吐。"

鹊桥仙

倦收缃帙，悄垂罗幕①，盼煞一灯红小。便容生受博山香②，销折得狂名多少③。

是伊缘薄，是侬情浅，难道多磨更好？不成寒漏也相催④，索性尽荒鸡唱了⑤。

[注释]

①罗幕：丝罗帐幕。②生受：承受、享受。③销折：抵消、损耗。狂名：狂士的名声。

④不成：表示反诘语气。寒漏：寒天漏壶的滴水声。⑤索性：直截了当，干脆。荒鸡：指三更前啼叫的鸡，旧以其鸣为恶声，主不祥。

[赏析]

作者开篇便忆起了长夜苦读的情景。说长夜不错，说"苦读"却有些不恰当——佳人在侧，这苦也苦得风雅。

古代的读书人都梦想着寂寥长夜，有红袖添香。纳兰性德之类的豪门公子，这样的梦想自然不难实现。可那些寒门子弟连自己的嘴都喂不饱，哪里还能匀出一份口粮找个红袖来添香？只能独对孤灯滴漏长。

陪伴纳兰走过长夜的这位红袖，可不止会掀开博山炉的盖子填几块沉水香就算了，还颇识文字，能伴读。且看，作者说"倦收缃帙"，两人于书斋中秉烛夜读，浪漫温情；而这读书的环境又是"悄垂罗幕"，渲染了几多旖旎的情境，多么暧昧、多么纯净的感情。

诗中的女子是谁，已无从查考，是纳兰那位刻骨铭心的情人，还是他饱含眷恋的妻，她如天空里的一片云，偶尔投影在词人的心中，随即在命运的洪流里消灭了踪影——这其实是一首悼情词，只是显得孩子气十足，所以冲淡了哀伤的意味。从作者不经意写下的这些文字里，我们能探知两点：不管当时他们是怎样爱着，她只是他人生中的过客，"可叹公子无缘"；他们相爱时正是姣花嫩蕊的年纪，纳兰还只是一位青涩少年。

因为年少，便爱得热烈，甚至有些轻狂的意味。"便容生受博山香，销折得狂名多少。"古人忌讳写情爱之事。汉朝张敞为妻子画眉，就招来同僚的嘲笑；沈三白写新婚夜"比肩调笑""戏探其怀"就被评价为"十分大胆"。少年纳兰不怕人笑话，把与爱人比肩共读、共赏香道的亲密小事都写出来，纵使有损狂士的名声，也不在乎——这种不在乎，依然是孩子气的、有趣的。

词到下片，孩子气愈发浓郁了。词中那孩儿气的少年，便是失了所爱，也是要显示出男子汉的英雄气的。可因为年少，男人的洒脱没有得到预期的展现，却让我们看到了小儿女的娇嗔、别扭的小脾气。"是伊缘薄，是侬情浅，难道多磨更好？"是咱们缘分浅，是我投入感情少，咱们散了就散了！

常有人说，女人说"是"就是"不是"，说"不是"就是"是"。真的爱了，男人又何尝不是口是心非？校园里梧桐树下两人争吵后，他说着让你"到此为止，永远不要再回来"，心里期望的却是女孩子啜泣着，闭紧眼睛一副豁出去的样子来一个羞答答却决绝的拥抱——若你真的走开了，消失在道路的尽头，夏日月夜繁密的树影下，刚才还豪气干云大叫的小男生，一定会端着肩膀小声啜泣，仿佛一下子光阴倒流回到了五岁。

所以，词里的人儿，未必真的有他说的那么洒脱。说洒脱，这阕词的最后倒真有些破罐子破摔的洒脱："不成寒漏也相催，索性尽荒鸡唱了。"更漏滴滴答答吵得人睡不着，大不了我不睡了，睁着眼到天亮。一个"不成"，一个"索性"，勾勒出了一个稚气少年伤心的失眠夜。

古人确实离咱们很远，可他们也确实离咱们很近。纵然时间有先后，空间有不同，我们却是在同一片土地上繁衍生息的，星图变幻，草木枯荣，啜饮着同样的文化母奶，延传着类似的情感经验，我们能那么轻易地在情感上懂得彼此。莎士比亚写十四行诗赞美他心目中带点儿邪气的美妇：你的双眼是可爱的伤悼者，穿上黑衣裳，对于我的痛苦，赐予怜悯的目光。(《莎士比亚十四行诗集》一三二)这样的诗句，他写出多少个十四行，中国人也搞不明白其中隐晦曲折的情致。但是一句"关关雎鸠，在河之洲，窈窕淑女，君子好逑"，即使是大字不识几个的莽汉，不知道啥是雎鸠，何为之洲，也能一拍大腿叫道：咳，不就是一哥们儿看上一个漂亮妞儿吗？纳兰性德的这首小词，让我们每每读起，都有感同身受的感觉，仿若进入了一段闭合的时间，一次一次陪伴他走过失眠的长夜。

鹊桥仙

梦来双倚，醒时独拥，窗外一眉新月。寻思常自悔分明，无奈却、照人清切①。

一宵灯下，连朝镜里，瘦尽十年花骨②。前期总约上元时③，怕难认、飘零人物。

[注释]

①清切：清晰准确，真切。②花骨：花骨朵，这里形容人的容貌优美俏丽。③前期：从前的约定。

[赏析]

纳兰本人在精神气质上与贾宝玉颇为相似，就连乾隆看过《红楼梦》之后也不禁说道："此盖为明珠家事作也。"纳兰就是贾宝玉原型的可能性并不大，但是从《红楼梦》的遣词造句中，多多少少还是能看到些《饮水词》的影子。

人们常把纳兰当作贾宝玉，不仅是由于相似的身世经历，还有一点就是"身居华林而独被悲凉之雾"的心性气质。情路上的甜蜜与悲伤也是两人相同的体验，宝黛之恋从欢愉走向破灭，纳兰的爱情也随着妻子卢氏的去世成了不可触碰的伤痕。悼亡是纳兰词作的重要主题之一，也是最能展现他内心的作品。

古代悼亡的诗词文章众多，据说纳兰是古代词史上写悼亡词最多的词人，他每每追忆起妻子的温柔体贴，又想到那一份柔情自己已经永远失去了，不免肝肠寸断，这一番痛苦倾注于笔端，令人动容的词作便产生了。

"容若词一种凄婉处，令人不忍卒读，人言愁，我始欲愁。"这是纳兰的好友顾贞观对他的评价，也恰好表明了纳兰悼亡词的主要特点：凄清婉丽。这一首《鹊桥仙》诉说的正是哀婉的怀思和对身世的隐怨。

在梦中与妻子相偎相依，醒来却形单影只，这种从温馨到孤寂的感觉恰如从云端坠落谷底、从暖春跌入寒冬，从头发丝到脚趾尖都摔得疼痛、冰得刺骨，唯有望着窗外的一弯新月思念旧人。

想来月亮大概是古代的伤心人最不应见的物事，李白抬头望了望明月，低下头便开始黯然"思故乡"；范仲淹在高楼独倚观赏明月，哪知几杯酒入了愁肠，就"化作相思泪"；吕本中的《采桑子》里的女子看着那时盈时亏的月亮，忍不住怨念："恨君却似江楼月，暂满还亏，暂满还亏，待得团圆是几时？"

伤心人看到月亮只会更加伤心，纳兰也是如此。那弯新月让他想起了与妻子相伴的时光，月亮依旧，夜风如初，只是佳人已逝，空留思念。物是人非之感顿生，即使月光再分明、再美丽，也只能徒增心中的伤感，悔恨当初竟不懂得珍惜相守的幸福。

又逢照人清切的明月，但已经人事全非，旧日里曾与爱人在镜前画眉挽鬓，如今镜子里就只有自己的影子了。思念之情让人消瘦憔悴，只怕即使再有机会与她相见，她也辨认不出这衰老的人儿就是昔日的情郎了。

像这样的"飘零人物"并非只有纳兰一个。只要不是为了嘴上便宜、头顶虚名，那些同样有着失去至亲至爱遭遇的飘零人往往都有传世佳作，如元稹的"曾经沧海难为水，除却巫山不是云"，除你之外世上再无人能令我动情，这般生死之恋可谓刻骨铭心；又如潘岳的"之子归穷泉，重壤永幽隔"，生死殊途的遗恨五字足矣；再如贺铸的"空床卧听南窗雨，谁复挑灯夜补衣"，看似平白叙述，却满腔悲痛，贤妻已去，还有谁记挂着自己的饥饱冷暖呢？这些悼亡词或者语气平淡，或者悲怆难耐，字里行间都是剪不断的爱意幽思、道不尽的柔肠悲歌。

说到悼亡，就不能不提苏东坡的《江城子》，后人多将这首词奉为"千古第一悼亡词"。这首词以记梦的形式写阴阳相隔之苦、夫妻永别之悲。夫妻梦中相会，生者死者重逢，这比起生者单方睹物思人、悲吟苦叹似乎更能打动读者，因为不论梦中的重逢是怎样惊喜与温馨，梦醒之后只会是一枕孤寂、两行清泪。

从这一点来说，苏东坡的《江城子》委实比纳兰的这首《鹊桥仙》多了几分妙处。

鹊桥仙 七夕①

乞巧楼空②，影娥池冷，说着凄凉无算。丁宁休曝旧罗衣③，忆素手为余缝绽④。

莲粉飘红⑤，菱花掩碧，瘦了当初一半。今生钿盒表予心⑥，祝天上人间相见。

[注释]

①七夕：农历七月初七的晚上，神话传说天上的牛郎、织女每年在这个晚上相会。②乞巧楼：乞巧的彩楼。乞巧，旧时风俗农历七月七日夜（或七月六日夜）妇女在庭院向织女星乞求智巧称为"乞巧"。《荆楚岁时记》载："七月七日为牵牛织女聚会之夜。是夕，人家妇女结彩缕，穿七孔针，或金银石为针，陈瓜果于庭中以乞巧。有喜子（蜘蛛）网瓜上，则以符应。"又，《东京梦华录·七夕》云："至初六、初七日晚，贵家多结彩楼于庭，谓之乞巧楼，铺陈磨喝乐、花瓜、酒炙、笔砚、针线。或儿童裁诗，女郎呈巧，焚香列拜，谓之乞巧。妇女望月穿针，或以小蜘蛛安合子内，次日看之，若网圆正，谓之得巧。"③丁宁：同"叮咛"，反复地嘱咐。罗衣：轻软丝织品制成的衣服。④缝绽：缝补破绽，这里是缝制的意思。⑤莲粉：即莲花。⑥钿盒：镶嵌金、银、玉、贝的首饰盒子。相传为唐玄宗与杨贵妃定情之物，泛指情人间的信物。

[赏析]

当我怀念你的时候，不说美貌，不说风情，甚至不提才华。你只是我的妻，朴实、平淡、深情的妻，我忆起你最浪漫的时候，不过是"忆素手为余缝绽"，用柔软温暖的手为我缝补破旧的衣衫。这便是纳兰性德的爱。苏东坡悼念发妻写"十年生死两茫茫，不思量，自难忘"，沉甸甸的相思让人心疼。而纳兰性德一句"今生钿盒表予心，祝天上人间相见"，让人悲从中来，禁不住说声：悲哉，纳兰！

纳兰性德的妻子卢氏，是锦绣丛中长大，豪门大户中的一朵富贵花。她与纳兰相亲，相爱，却在婚后三年去世。老人们传说，夫妻感情不要太好，太好遭天妒。也许这就是为什么吵吵嚷嚷一辈子的夫妇，倒能携手共赴人生残境；彼此怜爱非常的夫妇，却往往福寿不长，两隔阴阳。

七夕是古代女子的重大节日。《荆楚岁时记》载："七月七日为牵牛织女聚会之夜。是夕，人家妇女结彩缕，穿七孔针，或金银石为针，陈瓜果于庭中以乞巧。有喜子（蜘蛛）网瓜上，则以符应。"每到七夕，女子们便准备精洁果品，焚香拜月，为自己一双巧手，求一段美满的爱情，嬉嬉闹闹，欢乐非常。去年今日，卢氏楼上拜月的身形犹在，荡舟赏月的波痕却已消隐得无迹可寻。当别人家的楼阁间飘逸着女子的欢声笑语时，纳兰家的亭台池榭间飘逸出的，是诗人忧愁的叹息。

七月正是夏末秋初，池中藕花开了又谢，谢了又开，层层叠叠，新花旧朵次第而生。本是正常的新旧交替，年年若此，诗人却品评说"莲粉飘红，菱花掩碧，瘦了当初一半"。

今人知道"瘦"可形容花朵凋残，多是从"知否，知否，应是绿肥红瘦"开始的。李清照与丈夫赵明诚感情极好，都喜爱诗词歌赋、金石印章，琴瑟和鸣，很有共同语言。赵明诚出去做官，女词人为离别的相思苦痛折磨，写下"红藕香残玉簟秋。轻解罗裳，独上兰舟，云中谁寄锦书来？雁字回时，月满西楼"。红藕凋残的季节，是思念离人的季节吧。无论是李清照还是纳兰，都被坠落的莲瓣勾起了愁思。也许纳兰伤情更甚，他在这满眼残蕊的季节吟诵诗篇时，妻子已是亡人；李清照的丈夫至少身在世间——至少，在诗人写作那首词时，还身在世间。

林语堂为《浮生六记》作序时禁不住暗想："这位平常的寒士（沈复）是怎样一个人，能引起他太太这样纯洁的爱"。纳兰不是平常寒士，若是如沈复一样的寒士，也一定会像沈复一样得到妻子真挚的、深切的爱恋。看"丁宁休曝旧罗衣"一句，王孙公子，家中锦衣轻裘无数，他竟会记得一件旧衣，且反复嘱咐仆人不要将那件旧衣拿出来曝晒，无比珍爱。只因"忆素手为余缝绽"。那件旧衣上载满关于你的回忆，不愿让你逝去之后的时光的尘埃将其沾染。更畏惧的是，衣衫上细碎的针脚牵起我对你痛入骨髓的思恋。

喜鹊能在天河间搭建一条爱的桥梁，却不能在阴间与阳世间搭就一条相思路。生不能执子之手，幸好我们还有生生世世的约定。"钿盒"一句，典出《长恨歌》。纳兰擅化用前人词句，"今生钿盒表予心，祝天上人间相见"脱胎自"惟将旧物表深情，钿合金钗寄将去。钗留一股合一扇，钗擘黄金合分钿。但教心似金钿坚，天上人间会相见。"古人有风俗"定情之夕，授金钗钿盒以固之"。（陈鸿《长恨歌传》）白居易在《长恨歌》中为明皇与贵妃杜撰了一个美丽的约定："七月七日长生殿，夜半无人私语时。在天愿作比翼鸟，在地愿为连理枝。"白居易的长诗偏向叙事，略显拖沓而情不浓足。到纳兰性德处，字字哀伤，声声泣血，所有压抑的相思与苦痛喷薄而出——既然完不成"执子之手，与子偕老"的爱情宣言，就让我衷心祈祷，祈祷一个情比金坚的爱情诺言的实现——我们，天上人间相见！

南乡子 御沟晓发

灯影伴鸣梭[1]，织女依然怨隔河[2]。曙色远连山色起[3]，青螺[4]，回首微茫忆翠蛾[5]。

凄切客中过[6]，料抵秋闺一半多[7]。一世疏狂应为着[8]，横波[9]，作个鸳鸯消得么[10]？

[注释]

①鸣梭：梭子，织具。②织女：织女星的俗称，位于银河以东与牵牛星隔银河相对。古代神话相传织女与牛郎隔天河相对，每年七夕渡河相会。后人以此比喻夫妻或恋人分离，难以相见。③曙色：破晓时的天色。④青螺：喻青山。⑤微茫：迷漫而模糊。翠蛾：妇女细而长的黛眉，古代女子以青黛描画修长的眉毛，故称，借指美女。⑥凄切：凄凉悲切。⑦秋闺：秋日的闺房，指易引秋思之所。⑧疏狂：豪放，不受拘束。⑨横波：比喻眼神闪烁流动，如水闪波。⑩消得：值得、配得。

[赏析]

"十里平湖绿满天,玉簪暗暗惜华年。若得雨盖能相护,只羡鸳鸯不羡仙。"1959年,香港导演李翰祥为自己的作品《倩女幽魂》写了这首诗。二十多年过后,这首诗又出现在导演徐克翻拍的同名电影中,被题写在一幅古色古香的画上,徐克将这首诗做了细微改动:"十里平湖霜满天,寸寸青丝愁华年。对月形单望相护,只羡鸳鸯不羡仙。"变更几字,诗的意境便有了不同,但情感仍然是相同的,一句"只羡鸳鸯不羡仙"道破了多少痴儿怨女的情怀。

纳兰也是其中一个被猜透了心思的痴情人。

在这首《南乡子》中,纳兰自称"一世疏狂",只想"作个鸳鸯",这一番温情缠绵与风流性情令人心生向往,但无奈他的一生却恰好与这单纯的愿望背道而驰。

虽然一心想过平淡质朴的生活,但皇帝的隆恩厚爱像一道金玉枷锁,即使纳兰从来都不想要,却无从推拒。旁人想要但得不到的荣华富贵反而成了他的噩梦,他对自由人生的向往全被这一道挣不开的缰绳束缚住了,他内心深处的疏狂反而成了心魔,让他在现实中不得安宁,在梦境中难偿夙愿。此一悲。

与妻子做一对生死相守、不离不弃的鸳鸯也是他的梦想,但事与愿违。结婚三年夫妻两人聚聚散散,情深之至不能时时相守就成了遗憾;三年之后,卢氏病逝,纳兰的心也便随着去了。此二悲。

纳兰在写这首《南乡子》时,他的妻子卢氏还在世。或许是陪帝王巡狩,或许外出办差,纳兰因故与妻子有短暂的离别。上片描绘了柳沟清晨晓发时的情景:这天他身在柳沟,天蒙蒙亮正待出发时,天际隐隐还有织女星在闪烁。纳兰没有直接表达自己对妻子的思念之情,而是通过织女"怨隔河"来抒发情感,微茫的远山宛若闺中之人的蛾眉,这更引发了作者在下片的感叹:只叹此生多在客中度过,与闺中人大半在别离之中,总是身为行役,但自己却无时无刻不在盼望与闺中之人长相厮守,度过一生,那些寻常人竞相追逐的荣华富贵,还抵不上闺中人闪烁流动、如水清澈的眼神。

万千富贵,也抵不过红颜一笑,人们常爱在才子之前许以"风流"二字,纳兰这一番表白自然是风流中的极致,纵使如柳永一般"忍把浮名,换了浅斟低唱"的才子,也少有这般"疏狂"的表白。遗憾的是,纳兰的"疏狂"之愿最终还是落了空的。

这首词中有一处需要注意:纳兰虽用了"秋闱"二字,但后世学者多认为此处的"秋"所指的未必是季节。秋天是个倒霉的季节，自从宋玉在《九辩》中用一句"悲哉秋之为气也，萧瑟兮草木摇落而变衰"奠定了悲秋的基调，后世诗人、词人莫不争相效仿，农民眼中这个收获的季节俨然成为悲凉、感伤、萧索、凋零的同义词。

以"五行论"观四季的话，秋属金，而在七情中，悲也属金，所以这两种意象的融合仿佛浑然天成。去夏迎冬的自然轮回使秋天在文学中成了繁华谢幕和残酷未来将至的讯号，这就与古代文人普遍而深刻的失落、失意心态形成契合。即使在四季如春的好地方，只要文人心中有一片落叶，他便会觉得秋风扫遍了整个世界。

所以纳兰在这首词中用到的这个"秋"字，很有可能只是心境的写照，而非真实的时令。

南乡子

烟暖雨初收，落尽繁花小院幽。摘得一双红豆子[①]，低头，说著分携泪暗流[②]。

人去似春休，卮酒曾将酹石尤[③]。别自有人桃叶渡[④]，扁舟[⑤]，一种烟波各自愁。

[注释]

①红豆子：红豆，相思树的种子。②分携：离别。③卮酒：犹言杯酒。石尤：传说古代有商人尤某娶石氏女，情好甚笃，尤远行不归，石氏思念成疾，临死叹曰："吾恨不能阻其行以至于此。今凡有商旅远行吾当作大风为天下妇人阻之。"④桃叶渡：渡口名，在今江苏南京秦淮河畔。相传因晋王献之在此送其爱妾桃叶而得名。后人以此指情人分别之地。⑤扁舟：小船。

[赏析]

这又是一首抒写离愁别恨的词作。

"烟暖雨初收，落尽繁花小院幽"，首句描写了刚下过雨后的小院情景。风雨初晴，小院中落花满地，显得十分幽静。正所谓"一切景语皆情语"，在这种幽静的意境中，我们似乎能想象到分别在即的两人相对无语泪满眶的景象。

"摘得一双红豆子，低头，说著分携泪暗流"，爱人采下两颗红豆，低头和词人说着分别的话语，说着说着，不禁泪流满面。"红豆"，古人常用其象征爱情或相思。

短短的二十字，抒写了社会的民族风情：青年男女在确定终身大事时，通常是以红豆饰品作为情物相赠情人。从那以后，红豆就成了纯洁爱情的象征。随着时间的推移，相思红豆的寓意已经不仅仅局限于男女之情，而是逐渐扩展到亲情、友情、民族国家之情、人类相依相爱之情……

全词的上片追忆往昔，下片则描写别后幽情。"人去似春休，卮酒曾将酹石尤"，爱人离开之后，好像连春天也被他带走了，以酒践行时甚至祈祷船在行驶时能够遇上顶头风。"石尤"是纳兰化用的一个典故，相传古时有一个姓尤的女子，嫁给了一个姓石的商人，按照古代的习惯，她就被称为石尤氏。丈夫出外经商多年，未见归还，石尤氏便每天倚门而望，结果思念成疾，在临死时，她慨叹道："我悔恨当初没有劝阻丈夫留在家中，不然怎会落到今天这种地步，我要化作一阵大风，替天下的妇人去阻止她们商旅远行的丈夫。"石尤氏死后，在她家门前的那段江面上果然时常刮起大风，阻碍船只通行。纳兰用到这个典故，是说女主人公希望能够效仿石尤氏，化作大风阻止爱人远行。

但是天不遂人愿，女主人公的愿望终究破灭，爱人最终乘船离去，分开的两人只能独自品尝自己的忧愁。"桃叶渡"泛指送行之所，相传东晋著名书法家王献之曾宠爱一名叫"桃叶"的小妾，她时常往来于秦淮两岸，与王献之相会，王献之害怕她出意外，常常亲自在渡口迎送，并为之作了一首《桃叶歌》。从那以后，渡口名声大噪，久而久之，也就被称呼为桃叶渡了。

淡淡的白描，平实如话，真实地传递出女主人公在爱人即将远行时内心中所表露出的愁苦之情，读后别有一番韵味。

卷四

一斛珠 元夜月蚀①

星球映彻②，一痕微褪梅梢雪。紫姑待话经年别③，窃药心灰④，慵把菱花揭。

踏歌才起清钲歇⑤，扇纨仍似秋期洁⑥。天公毕竟风流绝，教看蛾眉⑦，特放些时缺⑧。

[注释]

①元夜：即元宵节。②映彻：晶莹剔透貌。③紫姑：神话中厕神名。又称子姑、坑三姑。相传为人家妾，为大妇所嫉，每以秽事相役，正月十五日激愤而死。故世人作其形夜于厕间或猪栏边祭之。见南朝宋刘敬叔《异苑》卷五、南朝梁宗懔《荆楚岁时记》。一说她姓何名楣字丽卿，为唐寿阳刺史李景之妾，为大妇曹氏所嫉，正月十五日夜被杀于厕中，天帝怜悯命为厕神。旧俗每于元宵在厕中祀之，并迎以扶箕。事见《显异录》以及宋苏东坡《子姑神记》。④窃药：传说后羿得不死之药于西王母，其妻娥盗食之，成仙奔月。见《淮南子·览冥训》，后以"窃药"喻求仙。心灰：谓心如死灰，极言消沉。⑤踏歌：传统的群众歌舞形式，互相牵手或搭肩，以脚踏地为节拍。⑥秋期：指七夕，牛郎织女约会之期。⑦蛾眉：美人的秀眉。比喻新月前后的月相犹如一道弯眉，故名。这里喻月食时仍明亮的部分。⑧些时：片刻，一会儿。

[赏析]

纳兰写景是真美，还多有新奇词句。"星球映彻"，此星球非彼星球，形象地描绘了星星点点闪烁花火的球状烟花，与我们今日遣词造句的习惯不同，读起来颇有趣。古时元宵放焰火，这阕词描绘了一个月蚀元宵夜作者之所见，属于咏节序风物：

天空烟火璀璨，梅梢之雪不明，月已初蚀，紫姑欲与人诉说经年的别离之情，而嫦娥却自愧窃药奔月，心灰意懒，以致不愿揭开镜面。月食渐出，地上锣声才歇，人们便开始踏歌庆祝，那月光还像中秋时节一样清澈明亮。老天也是风流之人，为了让人们看到新月如眉的景色，故意将月缺的时间延长了。

诗人的写作手法非常老道，用"一痕微褪梅梢雪"暗示月食的开始。月食，在古代称为天狗食月，人们看到月亮缺一块，以为是被天狗吞了，赶紧敲敲打打发出巨大的声响想吓走天狗。待月食结束，人们便以为天狗被吓跑了，把月亮吐了出来，又敲锣打鼓地庆祝一番。适逢元宵佳节，这种庆祝较以往更为热烈吧。

人热闹，神也不甘寂寞，紫姑就在这个日子与爱人重会。

紫姑是厕所里的神灵。中国人的审美，总是在出人意料处迸发。譬如刺绣，西方人若熟悉这门手艺，必定好好装裱起来悬于高堂细细欣赏。中国人则不同，把那些美丽的丝线艺术品安放到天天穿着的衣服上，而且不在醒目处刺绣，专挑袖口、鞋帮等易于磨损、不为人注意的隐秘地方。仿佛是有意地要让那些本就脆弱的美丽承受更多的磨砺、忍受更多的压抑。中国的神也是如此，中国人的厕所里也会安放一位神，还是位美貌的妇人，这是西方人的想象力再肆意发挥也想象不到的。而且这位厕所里的维纳斯有名有姓有来历：她姓何名楣字丽卿，是唐寿阳刺史李景的姜，是被大老婆虐待致死。一个女人死在污秽的厕所里，并以永生的方式被禁锢于其中。这位女子活着时遭受折磨，死去了还在厕所里展现受难的美——以受难为途径展现美，这个行为艺术西方人是让壮硕的普罗米修斯完成的。

传说紫姑是元宵节那天被虐杀的，所以正月十五那天是她的祭日，家家户户都要祭祀。

英雄不问出处，不论紫姑走入神道的过程是多么不可思议，她已然是一位仙人了。仙人便是美丽傲物的，神话了的紫姑恢复了在世时的美丽容颜，而且时间尽情地倒流，流回到了她做受人欺凌的小姜之前的时光，她依然是一位娇俏的少女，可与月宫里的嫦娥仙子平起平坐。

李商隐道"嫦娥应悔偷灵药，碧海青天夜夜心"。嫦娥，神话中最美的女子，一生背负着一个"窃"字。她本就是天上的神，为了恢复神仙的身份才窃取了丈夫千辛万苦取回的仙药。她回到了天宫，也付出了代价，她的代价就是生生世世的孤单。人间佳节，焰火漫天，人声鼎沸，唯有她在清冷的月宫里苦熬时光，连妆容都懒得打理。白白背负一个污名，却没有得到料想中的美好生活，难怪"窃药心灰"，后了悔。

紫姑是李景亡妾，嫦娥是后羿逃妻，都不是寻常妇人，属风流女仙。几个女仙尚且是风流若此，那么总管天下事的天公更是风流极品了。月食后的月亮并不是迅速恢复浑圆，而是如美人纤纤黛眉，美得动人心魄。风流的天公便故意让美的瞬间拉长，让天下人同来欣赏这一弯秀眉。

临江仙

丝雨如尘云着水，嫣香碎拾吴宫①。百花冷暖避东风，酷怜娇易散，燕子学偎红②。

人说病宜随月减，恹恹却与春同③。可能留蝶抱花丛，不成双梦影，翻笑杏梁空④？

[注释]

①嫣香：娇艳芳香，亦指娇艳芳香的花。吴宫：指春秋吴王的宫殿，春秋吴都有东西宫，据汉袁康《越绝书·外传记·吴地传》载："西宫在长秋，周一里二十六步，秦始皇十一年（公元前236年），守宫者照燕失火，烧之。"②偎红：紧贴着红花。③恹恹：精神萎靡不振的样子。④杏梁：文杏木所制的屋梁，言其屋宇的高贵。汉司马相如《长门赋》："刻木兰以为榱兮，饰文杏以为梁。"

[赏析]

"丝雨如尘云着水"，如梦境一般美丽的景致被这七个字雕刻得雅致纤巧、过目难忘，令人不禁遥想，是怎样一双修长精致的手执笔雕琢出了如此巧夺天工的文字？

纳兰的文字之美、意境之真让人总是忍不住怀疑：他的书桌前是不是常年铺着画纸，每每文思涌上，定要先描绘出一幅真切到可以触碰的图画才会动笔将之化为文字？即便不是这样，那么那些图画也一定曾存在于他的心里，所有的文字都不过是他对自己心境的素描而已，细腻却不矫揉，华美但不肤浅。

这首《临江仙》写于暮春时节，此时的纳兰不仅因逝去的春光而心生感慨，身体也正抱恙而忍受着折磨，愁病交加，以致他竟生出了兴亡之叹，令人读来忍不住蹙眉心痛。

空中的愁云仿佛氤氲着水汽，蒙蒙细雨飘洒过后，吴宫里的残花散落了一地。娇美的宫花最经不得风雨，这满地落英让人怜惜不已，以致连路过的飞燕也学着人的样子紧紧依偎在了花下。

景物之愁加剧了纳兰的苦闷，"人说病宜随月减"，但他却自叹道"恹恹却与春春同"，他的疾病并未随着时间的流逝而好转，反而如这暮春一样萎靡颓丧。拖着病体出得门来，只见蝴蝶飞舞流连，却迟迟不肯离开花丛，但梁上的燕子早已成双成对地飞走了，忍不住对着那空落落的屋梁苦笑一下。

纳兰心中有苦，且苦不堪言，偏偏他又是潇洒不起来的男子。倘若他能有两分陶潜的豁达，在失意时依旧有"采菊东篱下，悠然见南山"的闲情雅致，或者他若能有三分李白的飘逸，纵然千金散尽依旧"仰天大笑出门去"，再或者他若能有五分苏东坡的达观，即使官场屡屡受挫依然能与清风明月相伴，泛舟游玩，观"山高月小，水落石出"，只要得他三人的几分风骨，他或许就能快乐一些、乐观一些，或许就不会在年华最盛、才学丰盈之年黯然凋零。但如果真是那样，他也便不是为后人念念不忘的纳兰了。

纳兰确实是个风流的才子，但绝对不是个潇洒的文人。他的词，愁心漫溢，句句读来令人心伤，这一首满含兴亡之感的《临江仙》便是佐证。

词中"吴宫""杏梁"等出于前人辞赋的词语中隐隐藏着莫大的忧虑，其时正是康熙盛世，对时代的兴亡忧患显然不会是纳兰词作的主题，惜时伤春又加身世感伤才更贴合纳兰的风格。他甄选的不过都是些平淡如水的词汇，然而这些词语却偏偏在他的指尖化成一段旋律——为心弦所演奏，曲曲萦绕于耳，终久不绝。

临江仙

长记碧纱窗外语①，秋风吹送归鸦。片帆从此寄天涯②，一灯新睡觉，思梦月初斜。

便是欲归归未得，不如燕子还家。春云春水带轻霞③，画船人似月④，细雨落杨花。

[注释]

①碧纱窗：装有绿色薄纱的窗。②片帆：孤舟，一只船。③春云：春天的云。轻霞：淡霞。
④画船：装饰华美的游船。南朝梁元帝《玄圃牛渚矶碑》："画船向浦，锦缆牵矶。"

[赏析]

这一次，纳兰和妻子分开的时间太久了。

两人分别的时候还是秋天。萧瑟的秋风吹送寒鸦归巢，那时正是日暮时分，他和妻子曾在碧纱窗前低语话别，别离的不舍言语似乎还在耳畔回响，恍惚间半年都过去了，春色都已经在天地间弥散开来，而自己却依旧归期未定。

这是一首在春天回忆、秋天别离场景的词，开篇劈头就是"长记"二字，既表达了纳兰对妻子的思念之深，也隐含着负王命、不得归的一丝抱怨。两人一别良久，从此他便如一只孤船在天涯漂泊，"片帆"二字形象地刻画出了词人孤身一人行走在外的飘零和落寞。

"一灯新睡觉，思梦月初斜"二句写他在旅店中惊醒，睡梦中全是故园之景，娇妻之美，但醒来只看到一星孤独的烛火在黑暗中闪烁，心中悸痛，此时月亮才刚刚西斜，这一番纠结之后自然再难成眠。

肩负王命，就难免有身不由己之感。一别甚久，纳兰归家的心是迫切的，思念之情令他备受煎熬，但他却不能归去，难怪他要感叹了："便是欲归归未得，不如燕子还家。"就连燕子都能秋去春归、来去自如，我竟然还不及它啊！

眼见景色一天天精致、明朗起来，春的气息夹带着生机与湿润扑面而来，如画的山水让纳兰忍不住憧憬：我何时才能回到家乡，与妻子一起欣赏烟柳画船、细雨杨花？那该是何等的惬意！

又是一首表达相思的词。纳兰写词时似乎从不考虑同类题材自己已写过太多，或者在他眼里，此时的相思不能等同于彼时的牵挂，今日的愁绪和昨天的烦扰也是两个模样。纳兰这样想着，便确实写出了主题相同，但意境相异的佳作，一句有一句的悲伤，一首有一首的味道。

古往今来思乡词不少，相思词甚多，但思乡的大抵都是在外云游的旅人浪子，患了相思病的却多是闺中女儿。在那些表达男女之思的诗词里，思女思妇比比皆是，男思女者却是极少。放眼望去，似乎到处都是倚楼眺望天际的思妇怨女，随意翻开唐诗宋词都能看到若干对情郎念念不忘、怕郎走、盼郎归的红粉佳人。

相思之情常被喻为"红豆"。红豆产于南方，结实鲜红浑圆，晶莹如珊瑚，传说古时曾有个女子因丈夫死在边地，便在一棵树下伤心痛哭致死，血泪化为红豆，故人们又将红豆称为"相思子"。如此说来，这"相思"二字本就来源于那些扯不断情丝的女儿，这就难怪诗词中很少见到思妻思得死去活来的男人了。

诗经中"寤寐思服""辗转反侧"的男子稍多，之后便很鲜见。莫非男女之思当真是这般不平衡？或许我们也可以这样理解：那些才子诗人羞于表达自己的"儿女情长"，要不然诗词中就不会有那么多作品明写妻思夫，实乃丈夫思念妻子了。

也是因为这样，纳兰的一番真性情就更显珍贵了。他对天涯孤旅之景和凄迷之情不做丝毫掩饰，就连昔日的"碧纱窗外语"他也"长记"于心。在常人看来，这未免有些英雄气短，但对纳兰来说，能与伊人春光共度、相偎相伴正是他梦寐以求而不得的幸福。

临江仙

塞上得家报，云秋海棠开矣①，赋此。

六曲阑干三夜雨，倩谁护取娇慵②？可怜寂寞粉墙东③，已分裙衩绿④，犹裹泪绡红⑤。

曾记鬓边斜落下，半床凉月惺忪⑥。旧欢如在梦魂中，自然肠欲断，何必更秋风。

[注释]

①秋海棠：又称"八月春""断肠花"。《采兰杂志》载：古代有一妇女怀念自己的心上人，但总不能见面，于是经常在墙下哭泣，眼泪滴入土中，后在洒泪之处长出一植株，花姿妩媚动人，花色像妇人的脸，叶子正面绿、背面红的小草，秋天开花，名曰"断肠草"。《本草纲目拾遗》也记载："相传昔人有以思而喷血阶下，遂生此草，故亦名'相思草'。"纳兰性德扈驾塞上，或奉命出使，于塞外得家书后作此词。②娇慵：柔弱倦怠的样子，这里指秋海棠花。此系以人拟花，为作者想象之语。③粉墙：用白灰粉刷过的墙。④裙钗：裙子与头钗都是妇女的衣饰，旧时借指女子。⑤绡红：生丝织成的薄纱、薄绢。⑥惺忪：形容刚睡醒还未完全清醒的状态。

[赏析]

有时候，读取辞赋之前短短的几句引子，更有情味。譬如，苏东坡写《水调歌头·明月几时有》，宏阔壮丽的词句前先说"丙辰中秋，欢饮达旦，大醉，作此篇，兼怀子由"。每每读来，珍爱的程度超越了那首词本身。是有些买椟还珠的憨

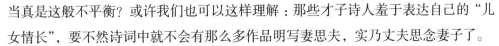

蠢，却是真的喜爱——喜欢那种真切平实的兄弟情谊，一位狂放的诗人大醉后手舞足蹈、飞天遁地吟啸抒情，好似一个大男人喝多了坐在酒馆里和一帮狐朋狗友胡侃吹牛皮，兴奋得两眼放光、满脸通红，其实他是寂寞的，繁华热闹的词句背后，思念至亲的荒凉感一寸一寸爬上脊背，爬进心头啃噬。

纳兰的这首词也是如此。手把书卷，一句"塞上得家报，云秋海棠开矣，赋此"映入眼帘，十三个字，孤寂清廖的意味，如秀云出岫，咕嘟嘟从脚边涌起，转眼间遮蔽了书案。

今人爱花者颇多，不过所爱的大多是玫瑰百合、雏菊茉莉，很少人知道秋海棠。即使知道，也多半是只闻其名，不知其形。秋海棠又叫"八月春"，多年生的草花，一年四季青青翠翠，花朵深红、浅红的，粉嘟嘟一簇，娇憨妩媚。除了园艺爱好者，这花如今少有人养了。在过去，家家户户都种得几盆。

秋海棠还有别名"断肠花""相思花"。断肠为苦，相思甜蜜，这花朵的寓意，到底是苦是甜？传说陆游与妻唐琬感情甚笃，为母不容。母亲为拆散二人故意托人在远方为陆游谋仕途，陆游无奈，只得远行。临别前，唐琬送了陆游一盆花鲜叶嫩的秋海棠。一个大男人，向来不注意花花草草的，陆游问："这是什么花？"唐琬答："此乃'断肠花'。"陆游沉吟着说："这花应该叫'相思花'。"旅途遥远，车马辗转不便，陆游请唐琬代为照料这盆花。唐琬最后到底恨嫁赵士程。十年后，陆游重回故里，入沈园游玩，忽见一盆茂密的花朵似曾相识。问园丁，花为何种？园丁说，这是"相思花"啊，是赵夫人托我代养的。陆游细看花盆，不就是唐琬当年送给自己的那一盆？陆游叹息道："这是'断肠花'啊！"

娇艳的、多情的秋海棠，当年也曾是纳兰的相思花吧。"已分裙衩绿，犹裹泪绡红"，娇红的花朵、青翠的叶片，多么像一位红衫绿裙的佳人，独蠢粉墙之下。男人夸赞女子，都喜欢用"花似人艳，人比花娇"的恶俗句子，听得旁人麻酥酥地脊背发凉。待真的爱了才知道，爱一位女子，她的容颜在你眼中果真像婉转伸展的承露娇蕊，俯首扬眉皆是袅娜风情。

纳兰的妻，是位美丽清雅的女子，一如迎着西风摇曳的秋海棠，艳而不俗，娇而不媚。纳兰对她的印象，是家常的，却又带着几许梦幻："曾记鬓边斜落下，半床凉月惺忪"。是夜，这位可人儿忽然醒了，揉着惺忪睡眼，白日里簪下的秋海棠垂在鬓边，映衬着半床清朗的月光，仿若空谷中不食人间烟火的仙子，惹人垂怜。

这一切，似幻似真，是真实发生的一幕还是相思敦促下头脑中一厢情愿的杜撰，纳兰自己也说不清楚，"旧欢如在梦魂中"。

说不尽的旧欢如梦。也许，一阕词读罢，也只记得一句"旧欢如梦"。

旧欢已然成一梦，那么新人呢？我们都看到，这位续娶的夫人，是极爱纳兰的。她定然非常年轻，还是满脸稚气的，见花开了，赶紧簪一枝在鬓下，然后喜滋滋地给夫君写一封书信报知花信，一副小儿女情态。斯人已逝，海棠依旧，她可知她簪花的样子，与昔年的旧人多么相似？

秋海棠，秋日花开。此时的塞上，西风已凉，枯草漫卷向荒远的天际。她会不会去揣测，丈夫在荒凉的秋景中接到一纸花信时，心中涌起的是哪般滋味？——我想，会的。即使她是那么年轻，却未尝没有发觉夫君对着那些红花翠叶时眉宇间的忧愁。女人之于爱情，是天生的专家，不分年龄，无师自通。然而，纵使知道这花中有几多故事，她依然希望花开博得枕边人一笑，即使这略带凄楚的笑不是为她，也知足。这样的爱，带着些许委屈，有自得其乐的意味。女人，都是容不得"他"的心中有别人的。然而，只要你能让我爱着你，我愿意为你心中藏着"她"的那个小房间，细心拂拭打扫。虽然委屈，也是幸福，只因为，我爱你——这一切，在塞上秋风中黯然神伤的纳兰，你可知晓？

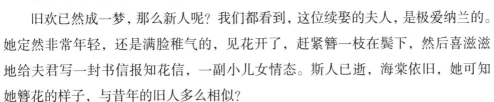

临江仙 卢龙大树①

雨打风吹都似此，将军一去谁怜②？画图曾见绿阴圆。旧时遗镞地③，今日种瓜田。

系马南枝犹在否④，萧萧欲下长川⑤。九秋黄叶五更烟⑥。止应摇落尽，不必问当年。

[注释]

①卢龙：地名，在今山海关西南，清属永平府。②将军：指将军树，即大树。《后汉书·冯异传》："每所止舍，诸将并坐论功，异常独屏树下，军中号'大将军树'。"后遂以"将军树"借指大树，亦用为建立军功之典，唐王昌龄《从军行》："虽投定远军，未坐将军树。"③遗镞：指遗弃或残剩的箭镞。④南枝：朝南的树枝，比喻温暖舒适的地方。《古诗十九首·行行重行行》："胡马依北风，越鸟巢南枝。"因以指故土故国。⑤长川：长流。

⑥九秋：指九月深秋。黄叶：枯黄的树叶，亦借指将落之叶。

[赏析]

一句"雨打风吹都似此"，教人怎么能不想起稼轩在京口北固亭的千古一叹："舞榭歌台，风流总被雨打风吹去。"

爱在作品中用典的文人，唐有李义山，宋有辛弃疾。李商隐的一首《锦瑟》将庄生梦蝶、帝化子规、鲛人泣珠、良玉生烟四个典故尽数化在其中，辛弃疾的《永遇乐·京口北固亭怀古》中用到了孙仲谋、寄奴、刘义隆、霍去病、佛狸祠、廉颇等多个典故，并因此被杨慎在《词品》中评为稼轩词之最——"辛词当以京口北固亭怀古《永遇乐》为第一"。

纳兰并未采用前人写凭吊词时惯用的"用典"手法，而是借着眼前所见、心中所想便直抒胸臆了。

自然界的风吹雨打和历史长河的波澜起伏似乎是一样的，雨过则天晴、潮平则海阔，时光荏苒中景物依旧，只是斯人一去不返。古人以大树喻军功，如今古木参天而昔日纵马扬鞭、驰骋沙场的将军早已化为一抔黄土，还有几人记得他当时的功劳，又有几人记得凭吊逝去的英雄？

有人说"时间是安抚一切的魔法"，但时间何尝不是淹埋一切的泥流？所谓"沧海桑田"正是如此，谁人知道那些被收入画中的绿荫地过去是什么模样，要知道，昔日的战场如今只化成了一块瓜田。岁月就像一个不讲道理的小姑娘，只顾自己向前而从不在意路人的目光，你总以为自己牵住了她的裙角，事实上抓在手里的不过是一丝云烟，过眼即逝。

这首词的下片似乎全在慨叹时光的不可逆转："系马南枝犹在否？萧萧欲下长川。九秋黄叶五更烟。止应摇落尽，不必问当年。"江河奔流，曾经拴着战马的树枝还在吗？是否早已化作深秋的落叶、五更的晨烟？任何人都无力阻拦一去不回头的岁月，任何语言和行动在注定消逝的光阴前都空洞苍白，那么，过去的丰功伟绩、英雄旧事又何须再提！

后世学者考证认为这首词大概作于清康熙二十一年（1682年），当时纳兰作为一等侍卫护从康熙皇帝东巡，在途中写了《临江仙·永平道中》等数篇作品，这一首可能也是其中之一。他从卢龙大树写开去，"借物以寓性情"，凭吊古人，发出了一番今昔感叹，虽不及苏东坡《念奴娇·赤壁怀古》的雄浑苍凉、大气磅礴，也不及张养浩的《山坡羊·潼关怀古》深刻尖锐、震撼心灵，却也值得细细玩味。

纳兰所作的同题材的词作都有这样一个特点：咏史是以史为托，咏物是以物为寓，但最终落脚点都会回归他自身的思想感情。在这一类塞上行吟或羁旅行役词中，纳兰自己的形象要么是思乡的路途倦客，要么是眷念闺中的离人，再或者是一位厌倦奔波的贵胄公子，王国维先生说："一切景语皆情语。"纳兰所见之景无非都是他内心世界的投射，自然而然就沾染了灰暗的色调。

临江仙 永平道中①

　　独客单衾谁念我②，晓来凉雨飕飕③。缄书欲寄又还休④，个侬憔悴⑤，禁得更添愁。

　　曾记年年三月病，而今病向深秋。卢龙风景白人头⑥，药炉烟里，支枕听河流。

[注释]

①永平：清代永平府，在今山海关一带。②单衾：薄被。③飕飕：形容雨声。④缄书：书信。⑤个侬：这人，那人。⑥卢龙：今山海关西南一带，滦河流经此地，清代属永平府。

[赏析]

　　早在明朝末年，罗刹国（俄罗斯）就觊觎中国东北边境的领土，接连向黑龙江流域进犯和侵扰。到清康熙年间，罗刹更是变本加厉，不但在黑龙江北岸侵占大片土地，还建立多个据点，实行逐渐深入推进的策略。康熙在位时，一直想要除掉此患，特别是在平定南方的三藩之乱后，康熙的这一决定变得更为坚定。于是，在 1682 年的秋天，康熙派遣副都统郎坦、彭春与纳兰等人，率领少数骑兵以捕鹿为名到雅克萨一代侦察敌情，为彻底消灭罗刹做准备。

　　由于这次军事行动紧急且隐秘，所以要专找那些人烟稀少的路线行进，旅途中的艰苦也就可想而知了，而在这时，一直纠缠纳兰的寒疾又开始造访于他，这使得本就十分艰辛的旅途变得更加不堪忍受，所以，在途经永平时，他写下这首抒写乡关客愁的边塞词。

"独客单衾谁念我，晓来凉雨飕飕"，词一开篇，作者就描写了自己羁旅途中孤独寂寞的心情。自己远离京城，远离妻子好友，盖着薄被独卧，清晨醒来，看到的却是"凉雨飕飕"，这个时候，有谁会念及自己呢？

此时的纳兰想要给家中的妻子写信遥寄相思，但是家信写完之后，他却"欲寄又还休"，因为自己身体不好，却又常年在外奔波，每次外出远行，妻子都会因为忧愁而变得憔悴，假如妻子此时得知自己生病的消息后，恐怕会更添新愁，愈加憔悴，于是只好作罢。这句表现出纳兰虽然在羁旅途中患病，但对妻子仍然充满了无限关爱与思恋。

下片的"年年三月病"，并不是说纳兰的身体不好，每年的三月都会生病，三月是春天，中国古代文人在这个季节一般会伤春，所以纳兰是说自己每年三月都会因为伤春而忧思成疾，但没想到的是，自己今年却"病向深秋"。

尾句纳兰寓情于景，借眼前萧瑟的景色来抒发自己内心的愁苦。"卢龙风景白人头，药炉烟里，支枕听河流"，在这深秋时节，卢龙地区风物稀疏，景色萧条，令人徒增伤感，以致暗生白发，而自己却只能在药炉的烟雾缭绕下，侧耳倾听江河的奔流之声来排遣愁苦之情。

临江仙 谢饷樱桃

绿叶成阴春尽也，守宫偏护星星①。留将颜色慰多情，分明千点泪，贮作玉壶冰②。

独卧文园方病渴③，强拈红豆酬卿④。感卿珍重报流莺⑤，惜花须自爱，休只为花疼。

[注释]

①星星：通"猩猩"，形容樱桃猩红的颜色。②玉壶冰：酒名。宋叶梦得《浣溪沙·送卢》词："荷叶荷花水底天，玉壶冰酒酿新泉，一欢聊复记他年。"③文园方病渴：汉司马相如曾任孝文园令，"常有消渴疾"，因此称病闲居，见《史记·司马相如列传》，后遂以"文园病"指消渴病，这里谓文人落魄，病困潦倒。④红豆：代指樱桃。⑤流莺：即莺。流，

谓其鸣声婉转。

[赏析]

辽、金旧俗有"荐新""献时新"之举，即或由皇帝赏赐大臣，或达官贵人互送刚刚成熟的果物珍品，樱桃一直被视为果中之珍，遂于仲夏成熟之日相互馈赠。从词题"谢响樱桃"来看，是说纳兰得到了友人馈赠的樱桃，所以填了这首情真意深之词以示答谢，但是，这首词真的是为答谢而填的应酬之作吗？

一开篇，词人就用到前文提到的杜牧与少女之母十年约定的典故，在这首词中，纳兰将杜诗中的"绿叶成阴子满枝"化用为"绿叶成阴春尽也"，其中所表达的悲惜之情也就不言而喻了。

"守宫偏护星星"，守宫指的是守宫砂，相传如果用朱砂喂养壁虎，等到其吃满七斤朱砂后，就会变得全身朱红，然后再将壁虎捣烂，这样就成了守宫砂，将其点染在处女的肢体，颜色不会消退，只有在发生房事后，其颜色才会变淡消退，一些朝代便把选进宫的女子点上守宫砂，使其有所畏惧，不敢与宫中其他男子私通。

用守宫砂来验证女子是否贞洁的做法到底有没有科学依据，我们暂且不论，纳兰在这里用到"守宫"的典故，想必他思念之人十有八九就是一个宫女，而与他有过一段情缘，最后被迫入宫的女子，除了他的表妹，就没有其他人了。

"留将颜色慰多情，分明千点泪，贮作玉壶冰"，在这句中，纳兰又用到"红泪"的典故，魏文帝曹丕所爱的美人薛灵芸在被迎娶时，因为舍不得离开父母而痛哭流涕，她以玉唾壶盛泪，泪水落在壶中成了红色，还没有到京师，壶中的泪已凝如血色，后世称女子的眼泪为"红泪"，在纳兰的眼中，表妹赠予他宫中的樱桃，就仿佛是点点泪水，这泪水就像苦酒一样积聚，让他沉醉其中。

有的人可能会质疑，既然表妹已经入宫，又怎会赠予纳兰樱桃？如果纳兰是一介布衣，自然就不要想了，但他的家族本是皇亲重戚，他自己又是皇帝的贴身侍卫，在这种特殊的身份下，偶尔见一见表妹这个中表至亲应该还是可以的，当然两人不可能频繁见面，更不可能互诉相思之情，所以，纳兰心中才会有无限的相恋之苦。

"独卧文园方病渴，强拈红豆酬卿"，在这句中，纳兰又用到了典故。据史记《史记·司马相如列传》记载，汉司马相如曾任孝文园令，"常有消渴疾"，因此称病闲居，后世遂以"文园病"指消渴病，纳兰在这里自比司马相如，说自己正失意病卧，你盛情馈送了樱桃，于是我强忍着病痛吃了它，以示对你的酬答。

"感卿珍重报流莺，惜花须自爱，休只为花疼"，在这黄莺啼遍的季节，纳兰十分感谢表妹还能如此珍重情谊。同时也劝慰表妹怜惜花落时也要自爱，不要总是为花落而生悲。

纳兰在写词时并不是刻意用典，而是诸多典故已经熟读于心，完全成为自己语言的一部分，自然而然地就用到词中，这首词就是纳兰用典手法的一个典范。

临江仙

夜来带得些儿雪，冻云一树垂垂①。东风回首不胜悲。叶干丝未尽，未死只颦眉②。

可忆红泥亭子外③，纤腰舞困因谁？如今寂寞待人归。明年依旧绿，知否系斑骓④？

[注释]

①冻云：严冬的阴云。宋陆游《好事近》词："扶杖冻云深处，探溪梅消息。"②颦眉：皱眉。晋戴逵《放达为非道论》："是犹美西施而学其颦眉，慕有道而折其巾角。"③红泥亭子：即红亭，长亭。路途中行人休憩、送别之处。④斑骓：毛色青白相杂的骏马。唐李商隐《无题》："斑骓只系垂杨岸，何处西南待好风。"

[赏析]

在中国古诗词的大观园里，柳树就像袅娜娉婷的古装美女，获得了历朝历代文人骚客的青睐。

最早的咏柳诗大概出自《诗经》，"昔我往矣，杨柳依依"，诗人借柳絮依依，寄托怀往之情；最著名的莫过于唐代诗人贺知章的《咏柳》，一句"不知细叶谁裁出，二月春风似剪刀"家喻户晓，连几岁孩童都能诵读。

在不同文人笔下，柳树也被赋予了不同的艺术生命。在诗词中但凡出现柳树，就常常伴有离别。折杨柳以送别的民风成了古代送别诗词中最常见的意象，这大概是因为"柳""留"二字谐音，所以古人便以此来暗喻离别，有惜别怀远之意，那本来预示着盎然春意的婀娜植物就这样被涂上了浓得化不开的感伤色彩。

纳兰这首《临江仙》也是咏柳之作，不过却更为特别，因为他所吟咏的不是春意枝头闹的春柳，而是冬天落雪后的一株寒柳，这在离别的伤感意境外陡然又多了几分料峭，读来竟让人不由得想掩一掩衣领。

纳兰所写的这一棵柳树处境甚是惨淡，不仅要对抗冬天严酷的寒风，还要经受霜雪的磨砺。纳兰看见它时，干枯的枝干上还带着前夜落下的积雪，望过去就仿佛有片片浮云坠落在了树端，不过浮云毕竟还是飘逸的，这一簇积雪却泛着逼人的寒气。凛冽的寒风吹过，回忆起春风的和煦忍不住心生悲凉，这树的叶子早已落净，但柳丝尚存还没有冻死，只是像病了一般皱着眉头，就好像愁病交加的自己。

所愁为何？仍旧是对亡妻的无尽思念罢了。

在上片写完眼前之景，纳兰便在词的下片照旧陷入了回忆：当初你我在红亭作别时春光正好，那柳树当真是"碧玉妆成一树高，万条垂下绿丝绦"，风拂动柳枝，那垂柳不正是为了我二人而摇曳生姿吗？如今只剩下我自己一人伫立红亭，"寂寞待人归"。

亡人已去又怎能归来，纳兰定然也是明白这个道理的。可是明白又怎样，抑制不住的思念让他在此停留，不肯离去。

思罢往昔又念明朝：待到挨过寒冬，明年春天红亭左右的垂柳依然会变绿，却不知道是否还会有人在那里系上骏马，长亭送别？纵使再有人在此话别，我却也终归是见不到你了。

这是不是一棵所寄之情最伤的柳树呢？前人惋惜的多是天各一方、难以聚首的遗憾，纳兰所叹的却是阴阳相隔、永不聚首的恨事。

一般来说，纳兰的词里绝少家国大事，也从无豪言壮语，甚至连壮丽的山川美景也很少出现。他只是沉浸在一个人的情感世界里，或缅怀，或追悼，或叹息，这个"小我"世界里的他才是最真实的纳兰，他的寂寞无人能懂，只属于自己。因而有人说他霸道，虽然他写出无数绝妙好词供后人欣赏，真正的拥有者只是纳兰；但也有人说他无私，所有词作都直指内心，无关世俗名利纷争。

元明以来的词风呈现出与花间词趋同的态势，追求浮华艳丽之风以致令人觉得空有华美外表，纳兰走的是一条逆行的路，他只是任由自己的思绪飘飞，又在信笔挥洒间尽显自然之美。就在他的眼里，寒冬的垂柳也有了情感，流逝的每段光阴都值得怀念，真不知这于他究竟是幸，还是不幸。

临江仙 孤雁

霜冷离鸿惊失伴①，有人同病相怜。拟凭尺素寄愁边②。愁多书屡易，双泪落灯前。

莫对月明思往事，也知消减年年。无端嘹唳一声传③。西风吹只影，刚是早秋天。

[注释]

①离鸿：失群的大雁，比喻远离的亲友。②尺素：书写用的一尺长左右的白色生绢，借指小的画幅，短的书信。陆机《文赋》：“函绵邈于尺素。”③嘹唳：形容声音响亮凄清，这里指孤雁哀鸣声。唐陈子昂《西还至散关答乔补阙知之》诗：“葳蕤苍梧凤，嘹唳白露蝉。”

[赏析]

不管后人为纳兰的词作做了多少注解，终归没有人懂得他的心事。他的词集名为《饮水词》，正所谓“如人饮水，冷暖自知”，而纳兰最终也没有寻到一个能知他冷暖的人。心事飘杳于天地之间，就像离群的孤雁。

这首词是一首典型的咏物抒怀之作，明写离群孤雁，实写与其同病相怜的自己。后人揣测这首词大概写于纳兰某次随从康熙出行或去边塞执行任务的途中，这一路上鞍马劳顿，既无妻子来嘘寒问暖，也无朋友可把酒言欢，难免旅途孤寂，心中怅然。他骑马行走在旷野中，猛然抬头看见了那只离群悲鸣的孤雁，“同病相怜”之感油然而生，这首词便成了这一段旅途的见证。

纳兰这首词妙在意象的选择。我们都知道大雁是群居的候鸟，不少人对小学课本中那篇《秋天来了》印象深刻：“一群大雁往南飞，一会儿排成个‘人’字，一会儿排成个‘一’字。”这可能是很多人对文学作品中的大雁的最初印象。一般来说，大雁在古诗词中多以“群雁”“雁阵”出现，如陆游《幽居》诗：“雨霁鸡栖早，风高雁阵斜。”又如白居易《江楼晚眺景物鲜奇》：“风翻白浪花千片，雁点青天字一行。”

大雁不善于单独生活，离群往往是迫不得已，所以那些落单的大雁容易让人心生怜悯之情。纳兰此时就像是这样一只孤雁，当他在满地秋霜中抬头看见那只拼命南飞、声声哀啼的大雁时，忍不住喃喃自语："你可知这地上有个人与你同病相怜啊！"他想要把满怀愁绪用书信寄出，但"愁多书屡易"，他发现愁绪太多且变幻不定，屡屡修改增删，这封信便迟迟写不下来，于是只能对着烛光暗自垂泪。

写信这一场景让人想起了唐朝诗人张籍的一首《秋思》："洛阳城里见秋风，欲作家书意万重。复恐匆匆说不尽，行人临发又开封。"作客他乡，见秋风而思故里，便托人捎信，临走时怕遗漏了什么，又连忙打开看了几遍。这件事本平淡无奇，但一经入诗，便臻妙境。纳兰此时的心境怕与张籍是有些相似的，不过张籍"开封"是唯恐有所遗漏所以慎之又慎，而纳兰"屡易"恐怕是因为就连他自己也捋不清纷乱的愁绪吧。

越是纷乱，就越想拆解清楚。所以陷入情绪困扰中的人容易追思往事，纳兰提醒自己："莫对月明思往事。"那只会让人衣带渐宽，形影憔悴，可是这样的提醒往往是苍白的，一个人最难明白、也最难管住的莫过于自己的心。

云中忽然传来一声孤雁哀鸣，抬头望去，那孤单的影子在初秋的寒风之中缥缈远去。"西风吹只影，刚是早秋天"，"同病相怜"二字已将天上孤雁与地上旅人合二为一，所以，这孤单的"只影"既是雁，也是人，一语双关，给人留下了广阔的联想空间。

红窗月

（按《词律》作《红窗影》，一名《红窗迥》。）

燕归花谢，早因循、又过清明①。是一般风景，两样心情。犹记碧桃影里、誓三生②。

乌丝阑纸娇红篆③，历历春星④。道休孤密约⑤，鉴取深盟⑥。语罢一丝香露、湿银屏⑦。

[注释]

①因循：本为道家语，意谓顺应自然。清明：二十四节气之一，在此节日里人们扫墓

和向死者供献特别祭品。②碧桃：一种供观赏的桃树，花重瓣，有白、粉红、深红等颜色。三生：佛家所说的三世转生，即前生、今生和来生。③乌丝阑纸：指上下以乌丝织成栏，其间用朱墨界行的绢素，后亦指有墨线格子的笺纸。④历历：一个个清晰分明。春星：星斗。⑤孤：辜负，对不住。密约：秘密约会，秘密约定。⑥鉴取：察知了解。深盟：指男女双方向天发誓永结同心的盟约。⑦香露：花草上的露水。银屏：银饰装饰的屏风。

[赏析]

这首词写的是离情，有人说是纳兰为其亡妻所作，有人说是为他那嫁入宫中的表妹所作，为谁而作，我们姑且不去研究，但是，我们可以确定的是，这首词都应该算是一首悼亡词，悼念亡妻或者自己与表妹那段有缘无分的感情。

词的上片主要是写景与追忆往昔。"燕归花谢，早因循、又过清明"，燕子归来，群花凋谢，又过了清明时节，首句交代了时令，即暮春时节。纳兰用"燕归"来暗指世间一切依旧，可是自己所爱之人却不能再回来，所以才会"是一般风景，两样心情"。

风景与往年没有什么区别，然而心境却大不相同，只因为伊人不在，所以纳兰很自然地回忆起往事：当是春光正好之时，两人在桃花树下情定三生。这就是"犹记碧桃影里、誓三生"。纳兰在这里用到了"三生石"的典故。相传唐朝名士李源与洛阳惠林寺的圆泽和尚是非常要好的朋友，有一次，两人同游峨眉山，途中圆泽辞世，在临终前他与李源约定十三年后的中秋之夜相见于杭州的天竺寺外。十三年后，李源信守诺言，专程赶往杭州践约，去赴圆泽的约会，在寺外见一牧童骑牛而至，口中吟唱："三生石上旧精魂，赏月临风不要论，惭愧情人远相访，此身虽异性常存。"唱罢，牧童拂袖隐入烟霞而去。纳兰在此处用李源与圆泽的友情来比喻自己与恋人的爱情，极言两人爱情之深厚。

词到下片，纳兰睹物思人，发出了旧情难再的无奈慨叹。"乌丝阑纸娇红篆，历历春星"，在丝绢上写就的鲜红篆文，如今想来，就好像那天上清晰的明星一样。那么，丝绢上到底写的是什么呢？纳兰在"道休孤密约，鉴取深盟"这句中给出了答案，原来记载的是当初二人的海誓山盟，这些文字作为凭证，见证了不要相互辜负的密约。但是，纳兰没有想到，誓言也会有无法实现的一天，如今回忆起往事，情景仍然历历在目，眼泪止不住流了出来，打湿了银屏。词到"语罢一丝香露、湿银屏"时戛然而止，留给人们无限的想象空间。

三生，流露出纳兰对美好爱情的向往，然而往往事与愿违，从小青梅竹马的表妹面对皇权的压力，不得不进入深宫，昔日恩爱的妻子，在天意的安排下，过早逝去。这位文武全才的多情公子，难道真的命中注定得不到一份完美的爱情吗？

踏莎行

春水鸭头①，春山鹦嘴，烟丝无力风斜倚。百花时节好逢迎②，可怜人掩屏山睡。

密语移灯③，闲情枕臂④，从教酝酿孤眠味⑤。春鸿不解讳相思⑥，映窗书破人人字⑦。

[注释]

①春水：春天的河水。②百花：各种花。③密语：秘密的、悄悄的话语。④闲情：闲散的心情。⑤从教：任凭、听凭。⑥春鸿：春天的鸿雁。不解：不懂，不理解。⑦书破：书写错乱，指雁行不成"人"字形。

[赏析]

春水泛绿，满山花红，若应景而生，纳兰这首词当是作于初春时节的吧。

春天踩着冬天的尾巴悄然而至，风里还裹着几丝料峭寒意。柳梢的绿意没来得及闯入人的视野里，那如丝如雾般的柳絮便肆无忌惮地飞舞起来，裹挟着从泥土里钻出来的春的湿润气息。春河开冻，百花盛开，正是外出踏青赏花的好时节，但她却偏偏掩起屏风，孤眠不起。

"孤枕"两字后面向来都是"难眠"，纵使困意再浓、春觉再暖，她也难以成眠。房前屋后已尽是一派春光，屋内却昏昏暗暗，恰如那女子失落的心情。将灯烛移近，墙上便映出自己的身影，可惜与自己成双成对的只能是这摸不到、触不到的虚影，叫她怎能不追忆起往日良宵共度的情景？

昔日甜蜜的话语仿佛还在耳畔，正待细细琢磨，一阵风从窗外吹进来，那甜蜜的回忆便陡然抽离，只留下闲愁与苦涩在空气里弥散开来。这番愁绪难以消遣，索性起身走到窗前，哪知归鸿丝毫不懂得避讳离人的相思，一只只啼叫着从窗外飞过，偏偏又排不成规规矩矩的"人"字，想必这一笔凌乱的书写会令她心中更加烦怨吧！

这首词从明媚的春光写到人物的烦扰，一派欢喜、浪漫的景象都成了闺中人满腹幽怨的背景色，就像在花团锦簇、百芳争艳的花园内，偏偏有一株枯萎凋零的植物；又像在人群喧闹处，几乎所有人都面带喜色、纵情狂欢，偏偏一人兀立中间，满脸怨恼、双眼噙泪。这首词里的女子就是这样，当所有人尽情享受着怡人的春色时，她却感受不到他们的快乐。

王安石之子王雱曾做过一首《倦寻芳慢》，其中有这样两句："倦游燕，风光满目，好景良辰，谁共携手？""谁共"二字反诘，意即无人与共。即便是"风光满目"的良辰好景，无人携手同游览，于游燕之事就意懒情倦了。纳兰笔下这名女子也是这样吧，等不到离去的良人，便索性沉睡好了，"可怜人"无聊无绪的情态跃然纸上。即使这女子走出绣楼，也只能在一群人的狂欢中品尝一个人的孤单而已。

"归去后，忆前欢。"世人大抵如此，相伴之时往往只沉浸于甜蜜喜乐之中，竟不知再大的欢喜也有尽头。斯人若去，无论是闺中思妇还是独活的檀郎，剩下的唯有空忆而已。昔日"密语"只是前欢的象征，如今只剩了"孤眠"的滋味。

最易逝去是韶华，人间的春色之美好正如青春，不论是在大自然中最美好的时节，还是在一个女人最璀璨的年华，不能与爱人长相厮守便都是莫大的遗憾。最可怕的未必是衰老本身，而是不能与相爱之人从年少轻狂携手到鬓染霜花的空恨。

踏莎行 寄见阳

倚柳题笺，当花侧帽①，赏心应比驱驰好②。错教双鬓受东风，看吹绿影成丝早③。

金殿寒鸦④，玉阶春草⑤，就中冷暖和谁道？小楼明月镇长闲⑥，人生何事缁尘老⑦。

[注释]

①侧帽：斜戴着帽子，语见《周书·独孤信传》，谓信："在秦州，尝因猎，日暮，驰马入城，其帽微侧，诘旦，而吏人有戴帽者，咸慕信而侧帽焉。"后以谓洒脱不羁的装束。

②赏心：心意欢乐。驱驰：策马快奔。③绿影：指乌亮的头发。④金殿：金饰的殿堂，指帝王的宫殿。⑤玉阶：玉石砌成或装饰的台阶，亦为台阶的美称，指朝廷。⑥镇长：经常，时常。⑦缁尘：黑色灰尘，常喻世俗污垢。

[赏析]

这是一首寄赠词，送给好友张见阳，在词中，纳兰表达了他对鞍马扈从侍卫生活的厌倦，对吟诗作词这类高雅的生活的向往。

"倚柳题笺，当花侧帽"，开篇两句写词人赏花题柳，风流倜傥，"侧帽"是一个典故，语出《周书·独孤信传》，据记载，北周有一位名叫独孤信的男子，长得非常帅气，所以别人经常模仿他。有一天，他到城外打猎，不知不觉就忘了时间，当他察觉到天色已晚后，马上策马扬鞭，想要在宵禁之前赶回城中，由于马奔跑得太快了，导致他头上的帽子都被吹歪了，不明真相的人看到他斜戴着帽子入城，觉得非常潇洒，次日，街上就全是模仿独孤信侧帽而行的男子了。后人将"侧帽"这个典故引用为风流自赏的意思。

纳兰之所以在开篇就渲染自己的风流自赏，其用意就在于拿过去的理想与眼前的现实做对比，结论当然是显而易见的："赏心应比驱驰好"。当年的"倚柳题笺，当花侧帽"，虽然远离英雄的梦想，但它毕竟是自由自在、惬意浪漫的生活。如今虽然受到皇帝的器重，在仕途上一帆风顺，但他每天不但要值班、宣谕，还要扈驾巡征、狩猎，这种寡然无味的工作消耗了他的大量时间和精力。所以，对别人而言原本是一件风光无限的事情，对纳兰而言却成了无尽的苦楚，因此他才会发出"错教双鬓受东风，看吹绿影成丝早"的感慨，他心中后悔选择了这样的生活，让自己早生华发，在碌碌无为中老去。

"金殿寒鸦，玉阶春草，就中冷暖和谁道"，御前侍卫，皇宫行走，在外人看来似乎风光无限，可其中所包含的酸甜苦辣、种种烦恼又有谁能理解？纳兰不可能对身边那些追逐名利的人倾诉，他除了将个中冷暖呈寄给远方的好友外，也就只能独自咀嚼了。

在词的结尾，纳兰表明了自己的志向：不如悠闲地独上小楼赏月，何必要沾染这世俗的尘埃呢？一句"人生何事缁尘老"，力透纸背，所有愁苦的失意情怀最终凝成一声重如千钧的叹息，竟像在滚滚红尘中多年落魄者的话语，谁能想到这是一个出身贵胄的公子发出的，当时纳兰才二十多岁，这正是风华正茂、充满希望而又蓬勃向上的年华，然而，对人生充满种种困惑的他，此时在心理上已充满了衰飒之感……

蝶恋花①

　　辛苦最怜天上月，一昔如环②，昔昔长如玦③。若似月轮终皎洁④，不辞冰雪为卿热。

　　无奈钟情容易绝，燕子依然，软踏帘钩说⑤。唱罢秋坟愁未歇，春丛认取双栖蝶⑥。

[注释]

①这首与以下三首《蝶恋花》均为悼亡之作，作年不详。②一昔：一夜。昔，同"夕"，见《左传·哀公四年》："为一昔之期。"纳兰性德曾在其词序说亡妻曾在梦中"临别有云：'衔恨愿为天上月，年年犹得向郎圆'"。③玦：玉，佩玉的一种。形如环而有缺口，借喻月缺。④月轮：泛指月亮。皎洁：明亮洁白，多形容月光。⑤帘钩：卷帘所用的钩子。⑥双栖蝶：用梁山伯、祝英台死后化蝶的典故。

[赏析]

　　在幽静的夜晚，人们举目辽阔的夜空，看到那皎洁的圆月照彻大地，或是一弯新月泻着淡淡的青辉，必然会浮想联翩而至，情感勃郁而生，而纳兰这位敏感而多情的才子，又怎会例外。

　　"辛苦最怜天上月，一昔如环，昔昔长如玦"，开篇三句凄美而清灵，说的是自己最怜爱那天空辛苦的月亮，一月之中，只有一夜是如玉环般的圆满，其他的夜晚则都如玉玦般残缺。在这里，"辛苦最怜天上月"为倒装句。中国古典诗词中常以月的圆缺来象征着人的悲欢离合，所以纳兰在这里说月，实际上是在说人，说的以前自己或是入职宫禁，或者伴驾出巡，与卢氏聚少离多，没有好好陪伴她，说的是卢氏过早的逝去，给自己留下终生的痛苦，而此时我们也知道，这又是一首悼念亡妻的词作。

　　纳兰曾梦到过亡妻，而且临别时妻子有云："衔恨愿为天上月，年年犹得向君圆。"所以"若似月轮终皎洁，不辞冰雪为卿热"是纳兰对梦中亡妻所吟断句的直接回答，纳兰想象着那一轮明月仿佛化为自己日夜思念的亡妻，如果梦想真的能够实现，自己一定不怕月中的寒冷，为妻子夜夜送去温暖，从而弥补心中的遗憾。

"不辞冰雪为卿热"是《世说新语·惑溺》里的一个典故，是说荀奉倩与妻子十分恩爱，有一年寒灯腊月，妻子患病，浑身发热，于是荀奉倩就到院子里让风雪吹打自己的身体，然后再回到屋中，用身体为妻子降温。然而苍天无眼，妻子还是去世了，荀奉倩也因为受风寒而病重，没过多久也去世了。后人用到这个典故，常指夫妻恩爱，或用以悼亡。

然而梦想终究难以实现，当一切幻想的破灭后，纳兰的思绪回到了现实。"无奈钟情容易绝，燕子依然，软踏帘钩说"，无奈尘世的情缘最易断绝，而不懂忧愁的燕子依然轻轻地踏在帘钩上，呢喃叙语。此时的纳兰睹物思人，由燕子的呢喃叙语想到自己与妻子昔日那段甜蜜而温馨的快乐时光，于是，他的思绪又开始飘散起来。

尾句"唱罢秋坟愁未歇，春丛认取双栖蝶"是纳兰对亡妻的倾诉，表达了自己的一片痴心。在你的坟前我悲歌当哭，纵使唱罢了挽歌，内心的愁情也丝毫不能消解，我甚至想要与你的亡魂双双化作蝴蝶，在灿烂的花丛中双栖双飞，永不分离。化蝶之说，历代文人大多在诗词中用过，然而，用的最感人的、最真切的，无疑是纳兰。

蝶恋花

眼底风光留不住，和暖和香，又上雕鞍去①。欲倩烟丝遮别路，垂杨那是相思树。

惆怅玉颜成间阻②，何事东风，不作繁华主。断带依然留乞句③，斑骓一系无寻处。

[注释]

①雕鞍：雕饰有精美图案的马鞍。②间阻：阻隔。③断带：割断了的衣带。这里用李商隐《柳枝词序》序云：商隐从弟李让山遇洛中里女子柳枝，诵商隐《燕台诗》，"柳枝惊问：'谁人有此，谁人为是？'让山谓曰：'此吾里中少年叔耳。'柳枝手断长带，结让山为赠叔，乞诗。"

[赏析]

一个人如果未到死别，就注定会经历无数的生离。所以，从古至今，人间的"离愁别恨"就是一个永远写不完的题材，而纳兰的这首词，就是一首读来令人欲泣的伤别词。

纳兰在这首词中，并没有点明离别的时令，但是从"和暖和香""烟丝""垂杨""东风"这些意象中我们能够得知，此时正是春意盎然之时。纳兰并没有把和伊人离别的春天故意写成一片黯淡，而是如实地写出它的浓丽，从而显现出在这春光大好时离别的难堪之情，以及自己内心的悲苦。"眼底风光留不住"套用辛弃疾的"有底风光留不住。烟波万顷春江橹"，而一个"又"字，则表明分别已经不是一次，而是多次。这个时候，我们就能够知道，"眼底风光"并不是指风暖花香、杨柳依依，而是指即将远行的征人。

面对骑马离去的征人，女主角无力挽留，所以她把希望寄托在被烟雾笼罩的杨柳上，请它们遮住征路，以便将征人留住，但垂柳并不是相思树，它是无情的，自然也不会满足女主角的愿望。

下片转换角度，抒写征人的伤别之情。伊人舍不得征人，征人更不愿离开伊人，但是圣命难违，征人只能离家远行，以至"玉颜成间阻"。此时，征人的心中备感痛苦惆怅，于是开始埋怨东风为什么不能留不住繁华旧梦？其隐喻的意思就是：为什么幸福不能永驻呢？东风"不作繁华主"正是纳兰无可奈何的感慨。

尾句"断带依然留乞句，斑骓一系无寻处"，提到柳枝女"断带乞句"求李义山诗的典故，唐朝有一位十七岁的姑娘叫柳枝，活泼可爱，开朗大方，并且善解音律。李商隐的堂兄李让山与柳枝是邻居，一个偶然的机会，柳枝听到李让山吟咏李商隐的《燕台诗》，心生爱慕，便问他是谁写的。李让山照实回答，柳枝就扯下衣带打上结，请李让山送给李商隐求诗。然而有情人最终没有成为眷属，第二天，柳枝见到李商隐后，与其约定三天后再次约会，但李商隐却因故失约，并且从此再也没有见过柳枝。为了纪念这段感情，李商隐曾写过一组名为《柳枝五首》的诗作。

尾句再次转换了角度，写伊人的相思之情，伊人割断的衣带上还留有当年她求征人写的诗句，可如今征人远行，与自己相隔万水千山，也不知道他的坐骑现在系在何处。

如果说世间还有比离别更悲伤的事，那就是心爱的人走了，可是记载着当初美好时光的物品却留了下来，睹物思人，其中所带来的无穷无尽的空虚、寂寞、惆怅，也就始终环绕在心间，挥之不去。

蝶恋花

又到绿杨曾折处，不语垂鞭，踏遍清秋路。衰草连天无意绪①，雁声远向萧关去②。

不恨天涯行役苦③，只恨西风，吹梦成今古。明日客程还几许，沾衣况是新寒雨④。

[注释]

①衰草：干枯的野草。意绪：心意，情绪。②萧关：古关名，故址在今宁夏固原东南，为自关中通向塞北的交通要冲，此处指边关。③行役：旧指因服兵役、劳役或公务而出外跋涉，泛称行旅出行。④新寒：气候开始转冷。

[赏析]

这又是一首凄凉的塞上之作，与以往不同的是，纳兰这次并没有随驾出巡，而是负皇命行役在外，这是他第一次率队远征，但纳兰的心中并没有作为皇家使者独自率队远征的喜悦，而是与以往一样，心中充满了惆怅之情。

"又到绿杨曾折处"，这里的"绿杨"并不是指杨树，而是指柳树，在中国古代，有折杨柳枝送别的习俗。而一个"又"字，说明是重过故地。过去离家，有伊人折柳相送，而如今再来到这里，伊人已经不见，只剩下自己孤独漫游，这自然引起词人心中无限的惆怅，于是他骑在马背上，沉思着往事，默默无言，任马踏着清秋的道路缓缓前行。

"衰草连天无意绪，雁声远向萧关去"，这两句写的是纳兰所见所闻，"衰草连天"是眼见之景，衰败的秋草直接天涯，这恰是纳兰心中"无意绪"的真实反映，"雁声远向"是所闻之声，天边传来的雁鸣之声显示雁群已飞过了边关，但是雁声过后，是死一样的寂静，此时的词人早已无力抵挡秋意凄凉的侵蚀，这让他烦躁的内心又平添了一分愁苦。

"不恨天涯行役苦，只恨西风，吹梦成今古"，通过上片，我们已经知道此次"行役"的遥遥漫长，而纳兰却偏偏说"不恨"，其实这是反语，也为后文的"只恨西

风"埋下了伏笔。无端地迁怒西风，表露出纳兰内心中无穷的愤恨。他不仅恨这西风，恨眼前衰败的景象，恨羁旅行役之苦，甚至还恨这无常的命运，它像西风一样，将梦中的那个人、那些往事吹得无影无踪，让它们瞬间变得遥不可及，这是怎样的一种痛楚啊！

词到此处，我们已经无法从纳兰身上找到一丝皇家使臣的自豪感，眼前萧瑟的景象不仅加重了他内心的愁苦，更让他心生愤恨。然而，就算他愤怒得"锉碎口中牙"，他又能改变什么？他无法摆脱被无端放逐的命运，于是，等到内心平静之后，纳兰开始思量明天的征程还有多远，不知不觉间，寒雨已经沾湿了他的衣襟。王国维曾评价纳兰"以自然之眼观物，以自然之舌言情"，这绝不是溢美之词，在这首词中，纳兰以折柳开篇，以寒雨收尾，直视眼前之景，直抒心中之情，写情时真挚浓烈，写景时逼真传神，表现出极强的艺术创造才能。

蝶恋花

萧瑟兰成看老去①，为怕多情，不作怜花句。阁泪倚花愁不语②，暗香飘尽知何处？

重到旧时明月路。袖口香寒，心比秋莲苦③。休说生生花里住④，惜花人去花无主。

[注释]

①萧瑟：寂寞凄凉。兰成：北周庾信之小字。北周庾信《哀江南赋》："王子滨洛之岁，兰成射策之年。"唐陆龟蒙《小名录》："庾信幼而俊迈，聪敏绝伦，有天竺僧呼信为兰成，因以为小字。"此处词人借指自己。②阁泪：含着眼泪。宋无名氏《鹧鸪天·离别》："尊前只恐伤郎意，阁泪汪汪不敢垂。"③秋莲：荷花，因于秋季结莲，故称。④生生：世世，一代又一代。

[赏析]

一颗心竟比秋莲还要愁苦，这是纳兰词的格调，也是纳兰的心声。

一叠《饮水词》，就像一幅以纳兰心语为线索的情感拼图，堆叠着对亡人的思念、对离人的牵挂、对命运的无奈、对人生的困惑，拼在一起便可以看见纳兰完整的人生。但是它们却并未拼接起来，所以后人纵使旁观着纳兰的喜怒愁苦，却终究猜不透他的心思，只好看着再无迹可寻的空白散落了一地的遗憾。

"心比秋莲苦"，这种滋味到头来也只有纳兰一人品尝得到。何其孤独！

纳兰在这首《蝶恋花》中自比兰成，兰成是北周诗人庾信的小字。庾信早期的作品雍容华贵，且多艳情成分，但由于家国之痛以及人世的诸般磨砺，庾信后期自抒胸怀与怀念故国的诗作反而多了几分沉淀的色彩，更值得揣摩与推敲。有人曾说"庾信的性格既非果敢决毅，又不善于自我解脱，亡国之哀、羁旅之愁、道德上的自责，时刻纠绕于心，却又不能找到任何出路，往往只是在无可慰解中强自慰解，结果却是愈陷愈深"，由此"情纠纷而繁会，意杂集以无端"，诗中的情绪便显得有几分沉重和无奈。

这种性格、这般文风，果真与纳兰有几分相似了。

杜甫曾作《咏怀古迹》："庾信平生最萧瑟，暮年诗赋动江东"。纳兰在这里自比为多才的庾信，或是想通过庾信年轻时的"萧瑟"来表达自己内心的孤单，或是想借此来表达目睹百花凋残时油然而生的迟暮之感。

纳兰睹花伤神，又怕作词而引发伤感情绪，因此决意"不作怜花句"，但是他含着眼泪倚在花侧时，看着落红散尽而不知香飘何处，心里的愁绪反而又多了几重。"花谢花飞花满天，红消香断有谁怜？"文人多情，自古便是如此。盼花开又怕花谢，每到落花时节便总会生出伤春之意，纳兰就在这暮春时分重游故地，心中不禁起了感伤。

他又走过曾与爱人一起走过的小径，当初月明风清，如今却"袖口香寒"，一颗心竟比秋莲还要愁苦。昔日许下的声声誓言仿佛还在耳畔，惜花之人却已经和自己阴阳两隔，真正是"一朝春尽红颜老，花落人亡两不知"。

蝶恋花——这个宋词中司空见惯的词牌名字虽然起得缠绵旖旎，但宋朝的词人却很少将之用于表达夫妻之情，晏殊父子、欧阳修、苏东坡、柳永的作品中都有以《蝶恋花》为词牌的佳作，但没有一首像纳兰一样将"悼亡"作为主题，还将情感表达得如此深沉动人、反复萦纡。

全词在"不作怜花句"的悲伤基调中展开，在词人欲说还休、欲休还说的情绪感染下，读者也不知不觉就被他带入了悲伤的情境里。读过整首词后，我们大可以将词中的"花"理解为纳兰牵挂的爱人，花失惜花人，人失爱人，对着眼前凋零的花朵，纳兰情不自禁地想起了逝去之人，人花相对无语，纵使心里比秋莲

还苦却也无人可以倾诉。

有人曾说纳兰的词是"玫瑰色与灰色的和谐"，大概就是这样吧。他笔下的花朵娇艳美丽，却偏偏是即将凋谢的花朵；他笔下的爱情深沉坚定，却又是生死相隔的爱情；他笔下的幸福甜蜜温馨，然而又总是回忆中的幸福。他有过如花美眷，终究抵不过似水流年；他向往海阔天空，最后还是被迫在名利场中兜兜转转。即便如此，纳兰还是保持着持久的赤诚和本色的纯净。不论写相思还是悼亡，不论抒情还是写景，他的词中都是一派天然清隽的色彩，伤情却不无病呻吟，悲痛却无厌世色彩，也没有吟风弄月、轻薄为文的纨绔不羁。

翻开《饮水词》，泪、恨、愁、伤心、断肠、惆怅……俯拾皆是，触目感怀。这位认定自己并非人间富贵命的乌衣公子呕其心血，掬其眼泪，和墨铸成了这一首首妙词，也成就了纳兰的绝世风华。

蝶恋花 夏夜

露下庭柯蝉响歇①。纱碧如烟，烟里玲珑月。并着香肩无可说②，樱桃暗吐丁香结③。

笑卷轻衫鱼子缬④。试扑流萤⑤，惊起双栖蝶。瘦断玉腰沾粉叶⑥，人生那不相思绝。

[注释]

①庭柯：庭园中的树木。晋陶潜《停云》诗："翩翩飞鸟，息我庭柯。"②香肩：散发着香气的肩背。③樱桃：比喻女子的嘴唇如樱桃般小巧红艳，此处代指恋人。丁香结：丁香的花蕾。用以喻愁绪之郁结难解。唐尹鹗《拨棹子》词："寸心恰似丁香结，看看瘦尽胸前雪。"④鱼子缬：绢织物名。唐段成式《嘲飞卿》："醉袂几侵鱼子缬，飘缨长凤皇钗。"⑤流萤：飞行无定的萤。⑥玉腰：称美女的腰，指蝴蝶的身体。

[赏析]

"执子之手，与子偕老。"这是《诗经》中对爱情最美的诠释，相爱的人无不

是想拉住对方的手，一辈子走到尽头。等到山山水水都看过的时候，身旁还有爱人，容颜老去，但笑容依旧。

但往往有些爱情，总是在最美的时候停止。当沧海桑田、岁月苍茫的时候，这些爱情还依然鲜活地在相爱的人的脑海中。只是可惜，相爱的人，早已是天涯海角，难以相守了。这份爱情便会变得愈加珍贵，正是因为失去过才知道珍惜。

人世间的事情往往如此，纳兰的这首词描绘夏夜与恋人共度的情景：庭院结满露珠的树上，有蝉在鸣唱，轻纱如烟似雾，月色朦胧。你我默默地肩并着肩，心中的愁绪却暗自消解。朦胧月下，你笑着卷起衣袖，扑捉飞来飞去的萤火虫，却不经意惊起了花上双宿双栖的蝴蝶。如今想来怎不让人相思成病，日渐消瘦，伤心欲绝。

纳兰的恋人究竟是指他的表妹，还是沈宛，或者是早逝的卢氏都无法看出，但这份爱情在这首词中，却显得格外的美丽。"露下庭柯蝉响歇。"夏天的夜晚，蝉虫的叫声就在四周，两个相爱的人在夜色下相依相偎，看着远处，庭院里的树木，幸福就洋溢在四周的空气里，细腻极了。

月色如此朦胧，好似轻柔的纱帐，温柔地洒落在二人身上，纳兰将词境的浪漫气氛推置到了最高点。"纱碧如烟，烟里玲珑月。"在这样的浪漫气氛中，二人却是相对无语，不是无话可说，而是不需要说。

有的时候，只要知道彼此就在身边，能够感受到对方的体温，那就可以了，"并着香肩无可说，樱桃暗吐丁香结"。纳兰也是这样想的，他与恋人依偎在月色下，这句话里有两个典故，"樱桃"并非是指真的樱桃，而是比喻女子的嘴唇如樱桃般小巧红艳，此处代指恋人。在孟棨的《本事诗》："白尚书姬人樊素善歌，妓人小蛮善舞。尝为诗曰：樱桃樊素口，杨柳小蛮腰。"

还有一处是"丁香结"，是用以喻愁绪之郁结难解。即便是怀抱着恋人，心里也有难化解的愁绪。但纳兰的表面依然是波澜不惊，上片结束后，下片便显得更为活泼一些，因为这是一首思念恋人的词。

"笑卷轻衫鱼子缬。试扑流萤，惊起双栖蝶。"恋人衣袖飞舞，在院子中捕捉蝴蝶，这美好的景象却只能是存在于记忆中了，因为恋人走远，自己只能独自看这月夜，想当日的美好，今日更觉得凄凉。

"瘦断玉腰沾粉叶，人生那不相思绝。"最后这句十分动人，人生处处是相思，令人思念成疾，令人为之气绝。情之深处，只怕也就是如此了。

蝶恋花 出塞

今古河山无定据①。画角声中②，牧马频来去③。满目荒凉谁可语？西风吹老丹枫树。

从前幽怨应无数。铁马金戈④，青冢黄昏路⑤。一往情深深几许，深山夕照深秋雨。

[注释]

①无定据：没有一定。宋毛开《渔家傲·次丹阳忆故人》词："可忍归期无定据，天涯已听边鸿度。"②画角：古管乐器，传自西羌。形如竹筒，本细末大，以竹木或皮革等制成，因表面有彩绘，故称。发声哀厉高亢，古时军中多用以警昏晓，振士气，肃军容。帝王出巡，亦用以报警戒严。③牧马：指古代作战用的战马。④铁马金戈：形容威武雄壮的士兵和战马。代指战事，兵事。⑤青冢：指汉王昭君墓，在今内蒙古自治区呼和浩特南。

[赏析]

据《吹剑录》记载：东坡在玉堂日，有幕士善歌，因问："我词何如柳七？"曰："郎中词，只合十七八女郎，执红牙板，歌'杨柳岸、晓风残月'；学士词，须关西大汉，铜琵琶，铁绰板，唱'大江东去'。东坡为之绝倒。"这个典故常常被引用来说明豪放词和婉约词的区别。自从豪放与婉约被人们当作划分词风的标志之后，除了李煜、苏东坡、辛弃疾这寥寥几人之外，能够将豪放之情寄寓在婉约之形中的，也就只有纳兰性德了，以至于王国维都评价纳兰词是"北宋以来，唯一人尔"。

从词题中我们能够知道，这是一首出塞词。首句"今古河山无定据"，即是纳兰发出的感叹，同时也道出了自古以来，权力纷争不止、江山变化无常这一无法改变的客观事实。

接下来纳兰用白描的手法为我们描绘了一幅生动的边塞秋景图，"画角声中，牧马频来去"，由于战事连年不断，所以战马在画角声中频繁往来。

因为不停的纷争、不息的战火，所以行走在边塞道路上的纳兰，看到的是西风吹散落叶这样荒凉萧索的景色，那飘荡在空中的叶子，似乎在向他诉说着无穷的幽怨。

汉元帝时，昭君奉旨出塞和番，在她的沟通和调和下，匈奴和汉朝和睦相处了六十年。她死后就葬在胡地，因其墓依大青山，傍黄河水，所以昭君墓又被称为"青冢"，杜甫有诗"一去紫台连朔漠，独留青冢向黄昏"，纳兰由青冢想到王昭君，问她说："曾经的一往情深能有多深？是否深似这山中的夕阳与深秋的苦雨呢？"

作为康熙帝的贴身侍卫，纳兰经常要随圣驾出巡，所以他的心中也充满了报国之心，但他显然不想通过"一将功成万骨枯"的方式来成就自己的理想抱负，所以在尾句中纳兰又恢复了多情的本色，他以景语结束，将自己的无限深情都融入无言的景物之中，在这其中，既包含了豪放，又充满了柔情，甚至我们还会体味到些许的凄凉与无奈。

谢章铤在《赌棋山庄词话》中曾说过："长短调并工者，难矣哉。国朝其惟竹垞、迦陵、容若乎。竹垞以学胜，迦陵以才胜，容若以情胜。"而读完纳兰这首词风苍凉慷慨的词作，我们才发现谢氏此言不虚。

蝶恋花

尽日惊风吹木叶①。极目嵯峨，一丈天山雪②。去去丁零愁不绝③，那堪客里还伤别。

若道客愁容易辍。除是朱颜④，不共春销歇⑤。一纸乡书和泪折，红闺此夜团栾月。

[注释]

①惊风：狂风。②天山：在新疆中部。此处是以天山代指塞外之山。③去去：一步一步地远行，越去越远。丁零：古代少数民族名，汉时游牧于我国北部和西北部。《史记·匈奴列传》："后北服浑庾、屈射、丁零、鬲昆、薪犁之国。"张守义正义："已上五国在匈奴北。"此处是借指塞外极边之地。④朱颜：红润美好的容颜。⑤销歇：衰败零落。

[赏析]

这首词表现天涯羁旅、游子落拓的凄凉悲伤：在这里，尽日狂风呼啸，极目望去，天山脚下树叶尽落，积雪盈丈，一片皑皑白色。渐行渐远已经让人愁不自胜了，更何况还是在行役当中的伤别。若想行人的客愁能够停止，那除非是红润的容貌常在，不会像春花一样地凋萎。而现在朱颜憔悴，春华销歇，又当如何呢？写好书信，含着眼泪折起，而此时不也正有人孤独地对着团圆明月，怀念着我这远在天山的人吗？

此词以低回婉转、沉雄青刚的笔触，描写了人在羁旅之中的相思情怀。词的上片写华丽阔远的秋景，暗暗隐含了思乡之情；而到了下片直抒思乡情怀。全词大笔振迅，意境深阔，看似与纳兰的往日风格不符，但细细品味，依然是有着清淡似流水的情怀在其中。

上片起首的这句便是点名节令，"尽日惊风吹木叶"。可以从字句中判断出这是秋天的景色，风吹落树叶，寥廓苍茫、衰飒零落的秋景展现在人们眼前。而后又是一处苍茫无边的景色描写："极目嵯峨，一丈天山雪。"从远近高低的不同层面，分别去描写眼前所见到的景物，纳兰的这开篇前两句仿佛就是一幅山水画，从碧天广野写到遥接天地的山脉，天山脚下，积雪盈盈，满目苍白，令人感受这景色的荒凉。苍凉的大地一直向远方伸展，连接着天地尽头的除了山脉，还有凄凉与悲哀的情绪。

旅客的哀愁无法化解，在上片的最后一句话里，纳兰用了"不绝"来写出愁绪的蔓延无期。"去去丁零愁不绝，那堪客里还伤别。"这一句境界悠远，与前两句高广的境界互相配合，构成了一幅十分寥廓而凄凉的秋季图。

下片则是进一步通过抒情，将内心的愁绪表达出来，十分有力。"若道客愁容易辍。"如果想让愁绪停止，那么只有一个办法，纳兰看似是抒情，其实是表达了内心的想法，"除是朱颜，不共春销歇"。

原来，纳兰真正忧愁的是，红颜已逝，人生匆匆。生老病死这样平淡无奇的事情，在纳兰看来，别有一番感慨在心头。所以，他借词发挥，将内心的愁绪写成一幅秋日图，让大家在他的描绘中，辗转反侧，终于在最后找到答案。

"一纸乡书和泪折，红闺此夜团栾月。"写好书信，擦干眼泪，想到此刻远方也定有一个人，在窗前痴等他这个远在天山脚下的人。夜里寂寥，最后哀愁都化作了相思之泪。

这首词抒情深刻，造语生新而又自然。将词里要表达的思乡之情发展到了极致。

唐多令 雨夜

丝雨织红茵^①，苔阶压绣纹^②。是年年肠断黄昏。到眼芳菲都惹恨^③，那更说，塞垣春^④。

萧飒不堪闻^⑤，残妆拥夜分^⑥。为梨花深掩重门^⑦。梦向金微山下去^⑧，才识路，又移军^⑨。

[注释]

①丝雨：像丝一样的细雨。红茵：红色的垫褥。唐元稹《梦游春七十韵》："铺设绣红茵，施张钿妆具。"这里指红花遍地，犹如红色地毯。②苔阶：生有苔藓的石阶。③芳菲：芳香的花草。④塞垣：本指汉代为抵御鲜卑所设的边塞，后亦指长城，边关城墙。⑤萧飒：形容风雨吹打草木所发出的声音。⑥残妆：亦作"残装"，指女子残褪的化妆。夜分：夜半。⑦重门：宫门，屋内的门。⑧金微山：即今天的阿尔泰山。东汉永元三年（91年）耿夔击北单于于金微山，大破之，单于走死，山在漠北，去朔方五千余里，唐置金微都督府。⑨移军：转移军队。

[赏析]

细雨霏霏，使庭院里变得花红阶绿，年年都在令人愁断肠的黄昏中度过。满眼的芳菲都能无端惹起春愁，更不要说是这边关的春色了！那风雨萧飒的声音是不能听的，听了便会让人伤心。夜半时分拥衾无眠，妆已残，人孤单，为了不让梨花飞尽，于是紧紧关上闺门。梦里来到你征战的沙场，谁知才刚刚找到去路，你却已随军队转移，不知所踪。

夜晚平静，只听得雨声稀朗，在这个平静但又不平静的夜晚，纳兰看着庭院里的细雨，看着雨中娇艳的花朵，他满眼都是春愁。"丝雨织红茵，苔阶压绣纹。"从这句词中可以看出当时的雨并不大，细细密密地落下，仿佛纳兰细细密密的愁绪，而庭院也因为这雨蒙上了朦胧的色彩，非常动人。

"是年年肠断黄昏。"他每年的日子都是这样简单乏味地度过，就如同现在，从黄昏过渡到黑夜，毫无生机可言。夜色朦胧，随风而飘落的枝叶落在庭院里，

看着给这个春天的夜晚添加了几分愁绪。

"到眼芳菲都惹恨，那更说，塞垣春。"这一句将纳兰内心的感受写得更深，欣赏春景本该是快乐的，但是纳兰的眼中，天暗无光，只有晚风疏雨翻乱庭院里的花草树木，还有阵阵的风声，让人感到一阵颤抖。

本来，看到满眼的芳菲应当是高兴的，但纳兰却极度低沉，上片就这样在纳兰的郁郁寡欢中结束。而下片一开始，也没有打破这春天夜色中沉闷的气氛。"萧飒不堪闻，残妆拥夜分。"为了不听到雨声，不去感受到这悲凉的气氛，纳兰便拥着被子要睡着，或许只有梦境中才是安全的地方。

这句话借以说明作者的沉忧和孤独感，可是心里慌乱了，哪里还有安全的港湾呢？"为梨花深掩重门。"为了不让梨花飞落，便紧紧关闭了房门，到底还是在这样自己营造的一个安全的环境中睡过去了。纳兰在睡梦中，看到了有人征战沙场，但他刚刚赶过去，那个人就忽然不见了。

"梦向金微山下去，才识路，又移军。"纳兰梦中的这个人是谁，为何会被纳兰放置到这样一个梦境中？纳兰并没有过多的解释，他的梦境在那个人的消失之后，便停止了，而这首词，也就此打住了。

唐多令

金液镇心惊①，烟丝似不胜。沁鲛绡湘竹无声②。不为香桃怜瘦骨③，怕容易，减红情④。

将息报飞琼⑤，蛮笺署小名⑥。鉴凄凉片月三星⑦。待寄芙蓉心上露，且道是，解朝酲⑧。

[注释]

①金液：古代方士炼的一种丹液，谓服之可以成仙，也用来喻美酒。②鲛绡：传说中鲛人所织的绡，亦借指薄绢、轻纱，亦可代指手帕、丝巾。③香桃：指仙境里的桃树，唐李商隐《海上谣》："海底觅仙人，香桃如瘦骨。"亦可解为香桃骨，比喻女子的坚贞风骨，柳亚子《题莼农四婵娟室填词图》："崎自爱香桃骨，怨难忘碧血花。"④红情：

犹言艳丽的情趣。⑤将息：保重、调养。飞琼：许飞琼，传说中的仙女名，西王母的侍女，后泛指仙女或美丽的女子。⑥蛮笺：谓蜀笺，唐时指四川地区所造彩色花纸；或唐时高丽纸的别称，宋顾文荐《负暄杂录纸》："唐中国纸未备，多取于外夷，故唐人诗多用蛮笺字，亦有谓也。高丽岁贡蛮纸，书卷多用为衬。"⑦片月：一弯月，弦月。三星：《诗经·唐风·绸缪》："三星在天。"毛诗："三星，参也。"郑玄笺："三星，谓心星也。"均专指一宿而言，但天空中明亮的三星，有参宿三星、心宿三星、河鼓三星，这里指心宿三星。⑧朝醒：谓隔夜醉酒早晨酒醒后仍困惫如病。

[赏析]

　　这首名为《唐多令》的词，用众多典故，抒发了纳兰那个时候朦胧忧伤的心情，在这首词中，纳兰将典故的运用发挥到了极致，他的典故，似层层叠进的山丘，让人们一层一层爬到山顶之后，忽然发现，眼前豁然开朗，这就是纳兰要的结果。

　　"金液"是古代的术士们炼成的一种丹液，谓服之可以成仙，也用来喻美酒。在这里纳兰自然是用来替代美酒，他借酒消愁，故而开篇第一句为"金液镇心惊，烟丝似不胜"。喝过酒后，心情便变得不再平静，内心无法安抚下躁动的情绪，看到屋内点燃的檀香，所散发出来的烟雾，都感到变得不那么轻缓了。

　　眼前的世界，在酒精的作用下，变得有些不一样了。喝过酒之后，纳兰继续写道："沁鲛绡湘竹无声。"鲛绡是传说中鲛人所织的绡，亦借指薄绢、轻纱，纳兰的这首词中，代之手帕，手帕上的泪痕斑斑，那是纳兰伤心时留在上面的证据。

　　醉酒之后，再次拿出手帕，心里头的愁绪更添一层。纳兰为何哭泣，他在下一句中给出了答案："不为香桃怜瘦骨，怕容易，减红情。"他并非是贪恋红尘，而是为爱情哭泣，他的爱情离他而去，他才会如此痛苦，借酒消愁，痛哭流涕。

　　这个真性情的男人，在词中丝毫不隐晦自己的脆弱，如何能看出纳兰是为爱情哭泣的呢？在词中的"香桃"二字，就是缘由。香桃指仙境里的桃树，唐李商隐《海上谣》："海底觅仙人，香桃如瘦骨。"亦可解为香桃骨，比喻女子的坚贞风骨，纳兰不是贪生怕死，而是怜爱那仙女一般的人物，红颜易消逝。

　　上片悲悲切切地结束后，纳兰在下片的情绪稍微有所缓和。"将息报飞琼，蛮笺署小名。"这里所提到的"飞琼"典故，在之前的词句中有所解释，这是后人泛指仙女或者美丽女子的代称，纳兰是说要给仙女捎个口信，让她不要在相思中苦了自己。

　　或许，这是纳兰对自己说的话，只不过借着安慰仙女，用词句表达了出来。"鉴凄凉片月三星。待寄芙蓉心上露，且道是，解朝醒。"纳兰看似宽慰仙女，其实是宽慰自己，今朝有酒今朝醉，何必去管昨日明日的事情呢？

唐多令 塞外重九

古木向人秋，惊蓬掠鬓稠①。是重阳何处堪愁？记得当年惆怅事，正风雨，下南楼②。

断梦几能留，香魂一哭休③。怪凉蟾空满衾裯④。霜落乌啼浑不睡，偏想出，旧风流。

[注释]

①惊蓬：疾飞的断蓬，喻行踪漂泊不定。也用来形容散乱蓬松的头发。②南楼：在南面的楼，南朝宋谢灵运有《南楼中望所迟客》诗。③香魂：美人之魂。④凉蟾：皎月，指秋月。唐李商隐《燕台诗·秋》："月浪衡天天宇湿，凉蟾落尽疏星入。"衾：指被褥床帐等卧具，语出《诗经·召南·小星》："肃肃宵征，抱衾与实命不犹。"

[赏析]

这首词写在塞上重阳伤感：深秋重阳，蓬草连飞，塞外一派萧疏荒凉，触动了离愁与相思。记得当年重九日的往事，你在风雨之中走下南楼。梦断忆梦，梦中你音容宛然，但却一哭而别，好梦醒了。都怪那清冷的月光，照得满床清辉，把梦惊醒。窗外满地霜华，城乌夜啼，反反复复不能入眠，于是想起以前的风流旧事，愈加愁怀难耐。

作为一首怀人之作，其间洋溢着一片柔情。上片描绘了秋季的萧瑟寂寥的景象，下片则是描写重阳节伤感的情思，纳兰孤眠愁思的情怀，由景入情，情景交融。纳兰只是单纯地写景写情，却能够抓住秋声和秋色，便很自然地引出秋思。

"古木向人秋，惊蓬掠鬓稠。"写秋季景象，纳兰看到了一叶落知天下秋，他将荒凉写入词中，秋季不需要去描述，只要侧耳倾听那静寂无声的野外，就能够听到秋季寂寞的声音从耳边飘过。这声响不是来自树间，不是来自风声，而是来自纳兰的内心深处，那一抹寂寞发出的声响。

"是重阳何处堪愁？"一处反问，由重阳感到神伤，由秋声而感知寒意。这里的何处堪愁，用到了极致。愁在何处，何处又有愁？秋季时节，孤寒处境，心意难平，而后由这眼前的事物，想到了往日的情景，"记得当年惆怅事，正风雨，下南楼"兼写物境与心境。二者相得益彰，令词义在此融洽。

空荡的阁楼上，风雨之中，纳兰思念的那个人走下楼梯，步履轻盈。至于这个人是谁，无从说起，也无须说起。上片在一位女子的脚步声中轻柔结束，这段描写感情细腻，色泽绮丽，有花间词人的遗风，更有一股纳兰自己的风格之气。

这里写到女子轻移步伐走下南楼，女子的娇羞与妩媚尽在词中展露。佳句皆因佳人得，这短短的几个字，就勾画出了一幅美丽的画面，更因为如此，纳兰的相思才更让人心疼，这样的相思，到底是为哪个女子产生？

"断梦几能留，香魂一哭休。"从睡梦中惊醒，脸颊被泪水湿透，冰凉的感觉直入心扉，范仲淹曾在《苏幕遮》中说："酒入愁肠，化作相思泪。"可是在这里，纳兰不需要酒，那点点相思泪便涌出眼帘。

"怪凉蟾空满衾裯。"在这里，"凉蟾"是指明月，他是化自李商隐的《燕台诗·秋》："月浪衡天天宇湿，凉蟾落尽疏星入。"愁肠化作相思泪，比起上片来，愁绪在这里又添一折，又进一层，愁更难堪，情更凄切。

"霜落乌啼浑不睡，偏想出，旧风流。"既然无法安然入睡，那些前尘旧事自然是无法控制地涌上心头，过去种种，今日看来，全是眼泪。纳兰的心，被眼泪浸泡得已然脆弱不堪，一击就碎。这个男人，最大的不幸便是太过多情，无法忘情了。

踏莎美人 清明

拾翠归迟①，踏青期近②，香笺小迭邻姬讯③。樱桃花谢已清明，何事绿鬟斜亸宝钗横④。

浅黛双弯⑤，柔肠几寸，不堪更惹其他恨。晓窗窥梦有流莺，也说个侬憔悴可怜生⑥。

[注释]

①拾翠：拾取翠鸟羽毛以为首饰，后多指妇女游春。语出三国魏曹植《洛神赋》："或

采明珠，或拾翠羽。"②踏青：清明前后到野外去观赏春景。③香笺：即信笺，因少女之手，散发香气，故云。临姬：邻家女子。讯：通"信"。④绿鬟：指乌黑发亮的头发。斜髻：斜斜地垂下来。⑤浅黛：指女子用黛螺淡画的眉毛。⑥个侬：犹这人或那人。生：用于形容词词尾。

[赏析]

词的爱好者，见过《踏莎行》，见过《虞美人》，《踏莎美人》这样的词牌名恐怕第一次见。这是纳兰性德的好友顾贞观的自度曲，一半《踏莎行》，一半《虞美人》，颇为不俗。

淡淡的春日里，闺房中的女子百无聊赖，意兴阑珊。

漫长的冬天已经过去，柳树吐芽，青草返青，踏青的日子即将来临，这可是年轻女孩们盼了许久的嬉戏游乐的日子。拾翠是踏青的别称。翠，指翠鸟的羽毛。用华美的鸟类羽毛做装饰古今中外并不少见。西方女性流行在帽子上做文章，直到今日，每年英国皇室的赛马会，都是帽子争奇斗艳的天下。曾有一国王室因喜爱某种锦鸡华丽漂亮的尾羽，大量拿来别在帽子上做装饰，害得这种锦鸡几乎绝迹。同样是爱美，与之相比中国古代女子的做法可要环保多了，而且顺应着季节的更替：春日翠鸟蜕去陈年旧羽，女孩子们游春时拾捡起来别在发间，鲜翠亮丽十分好看。

拾翠踏青，别的女孩子求之不得，个个摆出跃跃欲试的模样。"香笺小迭邻姬讯"，隔壁的女子早早就写信相约了。可是这位女主角显然有些与众不同，她陷入了莫名的春愁：清明快要到了，正是游春踏青的好时节，邻家女伴写来信笺相邀游春。然而樱桃花都谢了，清明将过，却不知为了何事而蹉跎。只因疏慵倦怠，本就愁绪满怀，于是不愿再去沾惹新恨了。如此愁绪谁能明了，恐怕唯有那清晓窗外的流莺知晓了。

樱桃有小若珍珠、红艳如玛瑙的果子，因为黄莺喜好啄食，所以名为"莺桃"。樱桃被称为早春第一果，结果既早，可知开花也必是赶先的。樱桃花与樱花很像，粉粉嫩嫩，娇弱可人，洋溢着融融春意。樱桃花谢，清明即将过去，女孩的情绪如樱桃花瓣般萦回飘落。她也追寻不到自己忧愁的缘由，一头流丝般的长发慵懒地垂着，任发钗斜垂发间，也懒得挽起。一双秀美的眉毛也没有用心描绘，清淡如烟，隐含着几多愁绪。这样一副憔悴的模样，连窗外的流莺都忍不住怜惜。

"柔肠几寸，不堪更惹其他恨"一句，点破了女孩的心事——当然，这出于人性使然，也许她自己都未曾发觉。春天万物萌生，百兽交配，人的爱欲也甚于平常。花样年岁的女孩，心中生长出了隐隐约约的欲望。女伴之间的嬉戏，已经无法满足这位女孩孤寂的心了，她需要更多的心灵慰藉，需要一位灵魂的伴侣。但是在那个时代，女子是没有主动追求爱的权利的。一个女子主动说思慕男子，会被认为是没有教养、粗鄙淫贱。但不说春色，不代表没有春意萌动。古来对女子性欲的刻画并不见少，《牡丹亭》里大量篇幅讲的，其实就是杜丽娘游园思春，做了个美丽的春梦。《西厢记》里的崔莺莺一样是打着不白受人恩惠的旗号，与张生私会，且初次见面二人就共赴巫山。

绝大部分的女孩，是没有崔莺莺那份大胆的，甚至没有杜丽娘的那点儿自我意识。她们大多处于一个封闭的环境中，爱欲有来处，无去处，只能在盈盈春景中独自辗转，将如春草般萌芽的欲望一点一滴地消磨掉。

苏幕遮

枕函香，花径漏①。依约相逢，絮语黄昏后②。时节薄寒人病酒③。划地梨花④，彻夜东风瘦。

掩银屏，垂翠袖。何处吹箫，脉脉情微逗⑤。肠断月明红豆蔻⑥。月似当时，人似当时否？

[注释]

①花径：花间的小路。②絮语：连续不断地说话。③薄寒：微寒。病酒：饮酒沉醉或谓饮酒过量而生病。④划地：无端地、平白地。⑤逗：引发、触动。⑥红豆蔻：植物名。宋范成大《桂海虞衡志·志花·红豆蔻》："红豆花丛生……一穗数十蕊，淡红鲜妍，如桃杏花色。蕊重则下垂如葡萄，又如火齐璎珞及剪彩鸾枝之状。此花无实，不与草豆蔻同种。每蕊心有两瓣相并，词人托兴曰比连理云。"

[赏析]

纳兰词以"悲情"见长，伤情别绪，万感情怀皆可由一点小小的引发点而感慨出来。例如在《清平乐》等一些词中，纳兰就是轻而易举，却又如此深刻地将悲情写得十分传神，令人动容。

这首词的词牌"苏幕遮"十分美，这三个字的组合有一种莫名的美，用这个词牌来写对昔日恋人的思念，再合适不过了。纳兰的这首词是写怀念恋人的痴情：枕头上还留有余香，花径里尚存春意，那梨花一夜之间在东风中飘落。病酒之后的黄昏恍惚间与她相遇，仿佛来到原来相约的地点，在夕阳下细语绵绵。而今却银屏重掩，影只形单。在孤孤单单中又听到了脉脉传情的箫声。此时，明月正照在那红豆蔻之上。那时曾月下相约，如今月色依然，人却分离，不知她是否依然如旧？

纳兰在回忆往昔的时候，总是柔情蜜意，在他的笔下，过往的岁月带着别样的安好，在时光中百转千回。他的这首词在回忆旧时密约时的情景。虽然相隔时间已经很久远了，但至今还依稀记得。上片明显地点明时间正当春日，微寒未尽，酒后感到困倦。"黄昏后"为下片"月似当时"留了个伏笔。下片略显紧张局促和单调。但细细读之，哀伤惆怅之情，不免也为之感伤。

上片开篇一句"枕函香，花径漏"，写出了春光明媚，芳红草绿的景象，也隐隐道出枕上留有余香，恋人仿佛还在身旁似的。这样的错觉使得纳兰心里充满了愉快的情绪。"依约相逢，絮语黄昏后。"他仿佛和恋人再次相约，在黄昏时分，来到相约定的地点，彼此含情脉脉，看着对方。

纳兰久病的身体十分羸弱，这词是他在一次生病时，百无聊赖时作的，病榻上的无聊，还有春日的美好，令纳兰有了这样一番的想象。他对恋人的思恋令人动容，可是现实毕竟是悲凉的。想象的美好瞬间消失，自己依然还是孤独一人，而恋人也并未出现。那些缠绵缱绻的画面，不过都是过去的影踪罢了。纳兰看着落满一地的梨花，顿时觉得东风刮过，心里起了微微的涟漪。

"时节薄寒人病酒，划地梨花，彻夜东风瘦。"这里的"病酒"是指饮酒沉醉或谓饮酒过量而生病。纳兰到底是喝多醉倒了，还是因为悲伤过度，饮酒过量而导致了生病，无从知晓。不过纳兰的病体让他无法更清醒地看待这个世界，所以，纳兰只能倒在病床上，看着窗外的一切，扪心难过。

"掩银屏，垂翠袖。"恋人往昔的样貌还在眼前晃动，但却无处触摸，这就是最悲哀的事情。既然情已走远，那么如何能够安慰自己受伤的心呢，只能够"何处吹箫，脉脉情微逗"，自娱自乐，或许能够让心情稍好。

"肠断月明红豆蔻。月似当时，人似当时否？"明月当空，还是往日的明月，可是明月下的人，却早已不是往日的那般模样了。

苏幕遮 咏浴

鬓云松，红玉莹①。早月多情，送过梨花影。半晌斜钗慵未整②。晕入轻潮，刚爱微风醒。

露华清③，人语静。怕被郎窥，移却青鸾镜④。罗袜凌波波不定⑤。小扇单衣，可奈星前冷⑥。

[注释]

①红玉：比喻红色而有光泽的东西。②慵：慵懒。③露华：清冷的月光。④青鸾镜：即镜子。相传骆宾王于峻祁之山，获一鸾鸟，饰以金樊，食以珍馐，但三年不鸣。其夫人曰：尝闻鸟见其类而后鸣，何不悬镜以映之。王从其意，鸾睹形悲鸣，哀响中宵，一奋而绝。见《艺文类聚》卷九十引南朝梁范泰《鸾鸟诗序》。后因以"青鸾"借指镜。清阮元《小沧浪笔谈》卷三："青鸾不用羞孤影，开匣常如见故人。"⑤罗袜：丝罗所制之袜。凌波：形容女子脚步轻盈，飘移如履水波。语出曹植《洛神赋》："凌波微步，罗袜生尘。"⑥可奈：怎奈，可恨。

[赏析]

这首词描摹女子情态，粉香脂腻，接近花间词风：月色初上，穿过梨花，多情地映照着她蓬松的发髻、红润的肌肤。无奈她娇惰慵懒，迟迟不肯梳妆，脸上泛着红潮，享受着拂面的清风。直到月色清冷，夜阑人静，才开始梳妆，又怕被爱郎窥见，于是悄移明镜。看她怜步微移，步履轻盈，衣着单薄，怎么能耐得住这夜晚的寒冷呢？

起首四句勾勒出一幅女子美丽的图景，"鬓云松，红玉莹。早月多情，送过梨花影。"女子应该是刚刚起床，或者是懒得梳妆，头上的发髻松松地挽起，这样不修边幅，反倒是更显得女子多了几分妩媚的神韵，红润的肌肤使得女子看起来更加可人。用"红玉"形容女子肤色，使得女子的样貌更添加几分姿色。

这位女子在傍晚时分走出闺阁，月亮已经挂上树梢，女子的倩影影影绰绰地在门前晃动。这样闲暇的时光，真的是好生惬意。古代女子一向还是比较讲究穿

着整洁、打扮齐整的，这首词的这位女子为何迟迟不肯梳妆，难道不怕她的情郎看到后，心里不满意吗？

"半晌斜钗慵未整。晕入轻潮，刚爱微风醒。"纳兰并没有对此做更多的解释和描绘，他只是轻描淡写地对女子慵懒的形态，一而再，再而三地描述。女子衣衫不整，妆容不画，只是迷蒙地站在那里，微风吹过她的裙摆，使得这位女子看来，可爱又惹人怜惜。

"露华清，人语静。怕被郎窥，移却青鸾镜。"当清冷的月光洒满大地的时候，女子轻轻移动脚步，来到镜子前面，梳妆打扮，但是她为了不被情郎发现，只得轻手轻脚。女子可爱的神态动作在词中被烘托出来，让读者忍俊不禁，这个女子的可爱，岂止一分两分？

"罗袜凌波波不定。"这是纳兰化自曹植《洛神赋》："凌波微步，罗袜生尘"中的这一句，用来形容女子小心翼翼的样子，轻手轻脚，脚步轻盈、就好像漂移如履水波似的。女子的轻盈、内心的担忧全部写出，而在这首词的最后，"小扇单衣，可奈星前冷。"纳兰有些怜惜地担忧到，她穿得那么少，会不会被冻坏了。

这首词写女子的心情活动，通过层层渲染铺垫，直抒胸臆，情深意挚，将女主人公的可爱形态抒写得淋漓尽致，使人感觉到她的青春年华是如此美好。

淡黄柳 咏柳

三眠未歇①，乍到秋时节。一树斜阳蝉更咽，曾绾灞陵离别②。絮已为萍风卷叶，空凄切。

长条莫轻折。苏小恨，倩他说。尽飘零、游冶章台客③。红板桥空④，溅裙人去⑤，依旧晓风残月。

[注释]

①三眠：指柽柳，又名人柳，即三眠柳，此柳的柔弱枝条在风中摇曳，时时伏倒。《三辅故事》："汉苑中有柳状如人形，号曰人柳。一日三眠三起。"故柽柳又称三眠柳。②灞陵：古地名。本作霸陵，故址在今陕西西安市东。汉文帝葬于此，故称。三国魏改名霸城，

北周建德二年废。③游冶：出游寻乐。章台：秦宫殿名，以宫内有章台而得名，此处指妓楼舞馆。唐韩有姬柳氏，以艳丽称。韩获选上第，归家省亲；柳留居长安，安史乱起，出家为尼。后韩使人寄柳诗曰："章台柳，章台柳，昔日青青今在否？纵使长条似旧垂，亦应攀折他人手。"④红板桥：红色木板搭建的桥。唐白居易《杨柳枝词》之四："红板江桥青酒旗，馆娃宫暖日斜晖。"⑤湔裙人：代指情人或某女子。湔裙本为度厄避灾，后唐李商隐《柳枝词序》云：洛中里女子柳枝与商隐之弟李让山相遇相约，谓三日后她将"湔裙水上"来会，后以此典借指情爱之事。

[赏析]

这首词咏秋初之柳，作为咏柳之作，纳兰以写景开始，以抒情终结。

三眠柳还没有来得及休息，秋天就乍然降临了。寒蝉幽咽，经过灞陵离别。如今飞絮飘落水面成为浮萍，风卷落叶飞舞，空留悲凉凄切。不要轻易折取柳条作别，苏小小的遗恨还需要它来诉说，那章台游玩之客看它零落殆尽，如今送别的红板桥已经空寂无人，伊人已去，徒留晓风伴残月。

上片开始，点名时节，"三眠未歇，乍到秋时节。"时令为初秋时分，一个"乍"字刻画出了秋天的突然而至，为写离别之苦展开铺垫。此处虽然没有写到离别，也没有刻画离别，但却从一个"乍"字，就凸显出了离别的伤感。

"一树斜阳蝉更咽，曾绾灞陵离别。"伤感蔓延开来，离别便顺理成章地牵引出来，夕阳西下，在树梢上的太阳，更显得日落西山的迷茫。而后面一句，则是直接描写柳条变得枯黄，柳叶凋零，柳絮早已化作浮萍随风而逝，秋天真的到来了。"絮已为萍风卷叶，空凄切。"纳兰兀自悲切，感伤这季节的无情和人世间无情的变更。

而到了下片，纳兰却表现出一种温情脉脉的情绪来，他轻柔地写道"长条莫轻折。"不要轻易地折断柳条诉说离别，离别虽有遗憾，但只要不告别，内心便依然充满温情。而后一句"苏小恨，倩他说。"则是在写一代名妓苏小小。

苏小小的爱情故事凄婉动人，离别是这个故事的主题，纳兰用苏小小的典故写出自己的惆怅与伤感，他达到了托物抒怀、借景言情的目的。而后的两句，自然也是围绕离别而写："尽飘零、游冶章台客。红板桥空，湔裙人去，依旧晓风残月。"

词写到这里，颇有几分柳永的风范，但纳兰更显得干脆，既然红桥之上，离别已经无法挽回，那么就干脆道别了吧。就让自己与这晓风残月，独自相守，为离去的人祝福。这首词写出了词人悲凉的心境。

苍凉的景色中透露内心的悲凉。在万物凋零的秋天，词人在一片美景中悲哀地感伤，整首词的情致极为凄婉，是首上乘之作。

青玉案 辛酉人日①

东风七日蚕芽软②。青一缕休教剪。梦隔湘烟征雁远。那堪又是，鬈丝吹绿，小胜宜春颤③。

绣屏浑不遮愁断，忽忽年华空冷暖。玉骨几随花骨换。三春醉里，三秋别后，寂寞钗头燕。

[注释]

①人日：旧俗以农历正月初七为人日，传说女娲初创世，在造出了鸡狗猪牛马等动物后，于第七天造出了人，所以这一天是人类的生日。汉东方朔《占书》载，正月一日为鸡，二日为狗，三日为猪，四日为羊，五日为牛，六日为马，七日为人，八日为谷。②蚕芽：即桑芽。③小胜：即玉胜，又称华胜。古代一种玉制的发饰，为花形首饰。传说为西王母所戴，汉代后多以剪彩为之。南朝梁人宗懔在《荆楚岁时记》中曾记录楚地"剪春胜以相遗"的习俗：正月七日为人日。以七种菜为羹，剪彩为人，或镂金箔为人胜，以贴屏风，亦戴之头鬓。又造华胜以相遗。

[赏析]

这首词吟咏节序，是咏节序词中的佳作，意在感伤离别：正月初七是为人日，桑树吐新芽，青青一缕。而离人却远隔千里，犹如南征之雁不在身边。纵然是绿鬈如云，金衣玉胜，也只能顾影自怜。时光流转，年华易逝，那春愁别恨岂是绣屏就能遮蔽的。如今容颜变换，青春流逝，那离愁别绪年复一年，不曾间断。

全词以清新空灵的笔触，物中见情，寄寓深意，借吟咏人日，抒写离愁别绪。

在这一天，纳兰想到居然是人日，是人类的生日，内心不禁涌起了阵阵愁绪，"东风七日蚕芽软。青一缕休教剪"。正月初七是人日，这天刚好是桑树吐新芽的日子，春天已经露出了端倪，树木开始泛出绿色。

看到这春日即将来临的景象，纳兰并没有为新一轮的生命轮回感到兴奋，而是隐隐不安地担忧到"梦隔湘烟征雁远"。思念之人不在身边，远在千山万水之外，就好像南飞的大雁一样，遥远得无法看到。甚至，就连思念也抵达不了。

没有与相爱的人在一起，就算是这春日再怎么美好，也失去了本来的意义。在这个所有人都欢庆的节日里，自己却是形单影孤，独自一人在春日里看着万物复苏，生命回环。想到这里，纳兰的内心不禁又泛起波澜。

"那堪又是，鬓丝吹绿，小胜宜春颤"这一句，写绿色开始四处长出，绿色是生命的颜色，这个春天又要来临了。词人流露出无可奈何的惆怅情怀。"小胜"即玉胜，又称华胜。古代一种玉制的发饰，为花形首饰。纳兰看到春色盎然，但是想到不在身边的恋人，便提不起精神来欣赏这春景。看着恋人的发簪，想念着恋人的容貌，备感孤独。上片境界阔大而情调哀伤，而在下片的时候，则是直接抒写离情。

"绣屏浑不遮愁断，忽忽年华空冷暖。"山川遮不断思念，年华过去，但对于恋人的思念依然永不停歇。纳兰想到远在他方的恋人虽然早已是容颜不再，但一想到她，自己的内心便是暖融融的。

"玉骨几随花骨换。"这是感慨时光太过匆匆，但是"三春醉里，三秋别后，寂寞钗头燕"。在青春的流逝中，岁月一年一年变迁，自己的思念却是从没有停止过。这首伤别离的词，写纳兰与相爱的人不能相守在一起的苦恼，最后以寂寞结尾，在这个人日里，纳兰独自品尝寂寞，享受寂寞，却是最终被寂寞所淹没。

纳兰的心苦，只有他自己知道。

青玉案 宿乌龙江①

东风卷地飘榆荚②，才过了，连天雪。料得香闺香正彻③。那知此夜，乌龙江畔，独对初三月。

多情不是偏多别，别离只为多情设。蝶梦百花花梦蝶④。几时相见，西窗剪烛⑤，细把而今说。

[注释]

①乌龙江：即黑龙江。②榆荚：榆树之荚,榆树结的果实。③香闺：指青年女子的内室。

④蝶梦：《庄子·齐物论》："昔者庄周梦为胡蝶，栩栩然胡蝶也，自喻适志与！不知周也。俄然觉，则蘧蘧然周也。不知周之梦为胡蝶与，胡蝶之梦为周与？周与胡蝶，则必有分矣。此之谓物化。"后以"蝶梦"喻迷离恍惚的梦境。⑤西窗剪烛：犹言剪烛西窗，指亲友聚谈。语出李商隐诗《夜雨寄北》："何当共剪西窗烛，共话巴山夜雨时。"此指与所思恋的人聚谈。

[赏析]

这首词的写作时间和背景，赵秀亭在《纳兰丛话》中有所提道："性德《青玉案·宿乌龙江》上片云：'东风卷地飘榆荚，才过了、连天雪。料得香闺香正彻，那知此夜，乌龙江畔，独对初三月。'此亦清康熙二十一年（1682 年）春夏扈从东巡之作。乌龙江，即黑龙江，此指驻跸之大乌剌虞村，地在鸡林（今吉林市）下游八十里。清圣祖于三月二十八至四月初三皆驻大乌剌，故'独对初三月'云云全为写实。"

看来，这是纳兰外出公干，内心悸动，写下行役在外、思念爱妻的深情，以表达内心的温存之词：乌龙江一带天气早寒，夏天刚刚过去，冬天便立即到来。想必此时闺中正是花香四溢的时候，哪里知道在乌龙江上的离人正独自黯然神伤！并不是因为多情而多了离别，而是因为离别偏就是为多情人而设的。与你身处离别，犹如迷离恍惚之梦境。什么时候才能与你相聚，秉烛夜谈，诉说我的衷情呢！

这首词的艺术成就很高，其中黄天骥在《纳兰性德和他的词》中对这首词的评价很高："冬天，诗人到了乌龙江畔，远离家乡，思念自己的亲人，渴望着团聚。这词一气呵成，不事雕饰，是作者真朴感情的自然流露。"

"东风卷地飘榆荚"，东风刮过，带着寒冷，将地面飘落的榆荚卷起，飞舞空中。这夏天才刚刚过了，冬天就要来了。对于没有秋天过渡的黑龙江，纳兰显得还是十分不适应，来到这个地方，看到"才过了，连天雪"，不禁感慨时光匆忙，天地之大，一不小心，自己竟然与妻子相隔了这么远。

"料得香闺香正彻。"想到妻子的房间里定然是花团锦簇，家里现在正是春暖花开的日子，可是自己却在这天寒地冻的远方。想到这里，纳兰内心也忍不住要不平衡一下了。离开心爱的妻子，离开热爱的家乡，来到这里，难道真的是天意弄人？

上片的最后一句，纳兰似是在问，也似是在回答"那知此夜，乌龙江畔，独对初三月"。在这黑龙江的夜里，想念着远方的妻子，渴望有朝一日的团聚。那时再回想起自己曾独自一人在远方思念亲人，那时的幸福必定会更加强烈。

为什么人世间总是要有离别呢，既然团聚是亲人们最大的幸福，为什么老天总是要时不时地就让亲人们尝尝留别之苦？纳兰在下片对这个问题进行了思索，他写道："多情不是偏多别，别离只为多情设。"

或许这正是上天对相亲相爱人们的一种考验，要用离别去考验他们之间的真情，看这真情是否经得住离别的考验。想到这里，纳兰似乎宽心了许多。他盼望着回去的那一天，便可以和亲人们在窗前，安然地诉说着今日的愁苦。"蝶梦百花花梦蝶。几时相见，西窗剪烛，细把而今说。"

纳兰的心，在自我的不断安慰中，渐渐柔软，变得透明。这个男子的多情，在此时，显得愈发可爱。

月上海棠 中元塞外①

原头野火烧残碣②，叹英魂才魄暗销歇。终古江山，问东风几番凉热③。惊心事，又到中元时节。

凄凉况是愁中别，枉沉吟千里共明月④。露冷鸳鸯，最难忘满池荷叶。青鸾杳⑤，碧天云海音绝⑥。

[注释]

①中元：中元节，指农历七月十五日。旧时道观于此日作斋醮，僧寺作盂兰盆会，民俗亦有祭祀亡故亲人等活动。②残碣：残碑。③凉热：寒暑，冷暖。④沉吟：深思吟咏。⑤青鸾：即青鸟，神话传说中为西王母取食传信的神鸟，借指传送信息的使者。化用李商隐《无题》："蓬山此去无多路，青鸟殷勤为探看。"⑥碧天云海：形容天水一色，无限辽远。此句化用李商隐《嫦娥》："嫦娥应悔偷灵药，碧海青天夜夜心。"

[赏析]

这首词的副标题是"中元塞外"，是作者在塞外鬼节之时的悲慨之作。中元在古代也就是中元节，俗称鬼节，这样一个时节，纳兰身处塞外，陪同皇上出行，远离家乡，远离家人，无法为逝去的人祭祀，这是纳兰内心的悲哀。但他身为皇帝侍卫，随同皇帝出行，保护皇帝的安全是他的职责，他无法推卸。

人生或许就是如此，得到这样，就必须失去那样，纳兰得到了富贵与功名，就要失去自由和理想。他的内心即便再不情愿，也无能为力。在这样的一种心情下，纳兰在塞外，想到城里如今正是家家祭奠亡人的日子，不由得悲怆。

中元时节到来，面对眼前荒漠的残碑断碣，想起古往今来那些浴血沙场的英魂。无论他们的贤愚不肖，都早已成为过去。历史就是如此无情，古今寒暑，盛衰兴亡都成陈迹。身处塞外，恰逢中元之日，但音书阻隔，令人更加孤独寂寞。于是独自沉吟那千里共明月的诗句，虽不免惘然神伤，但却可聊以自慰。

"原头野火烧残碣，叹英魂才魄暗消歇。"词的开篇就与塞外荒凉的景致相吻合，纳兰此刻的心情十分荒凉，所以他的词句也分外凄惶，站在塞外的戈壁滩前，他遥想当年，多少英雄曾在这里浴血奋战，战死沙场。而今古往今来，他们的英名留在人们心中，但谁还会去祭奠他们？这些英魂是否就游荡在这空荡的塞外，悲戚得无法安息？纳兰这首词一开始始终在怀古伤今，他认为历史是无情的，从不会对那些历史中的人存在一丝感情。所以，在这空旷的塞外天地间，纳兰想到那些逝去的人，内心更显得悲凉。

"终古江山，问东风几番凉热。惊心事，又到中元时节。"那些英雄都是如此被遗忘，那么像他这样卑微的无名小卒，岂不更是湮没于历史的尘埃中，无法显露出来吗？想到这里，纳兰更是愁苦。上片就此结束。

而在下片开始，依然是从忧伤中写起："凄凉况是愁中别，枉沉吟千里共明月。"今日是鬼节，自己无法与家中取得联系，无法得知家里的境况，只能共同欣赏头上的这一轮明月，希望明月能将自己的思念带回去。

"露冷鸳鸯，最难忘满池荷叶。"从这句词可以略微猜到，纳兰思念家人同时，也在思念爱人，鸳鸯戏水，难忘的是满池的荷叶。当日的美好情景浮现眼前，真是令人陶醉，可惜的是，这里是塞外，没有鸳鸯，更没有荷叶，只有猎猎的大风和满目的荒凉。

最后，纳兰无奈地写下："青鸾杳，碧天云海音绝。""青鸾"是传说中的一种神鸟，能够送信，这个典故来自李商隐的《无题》："蓬山此去无多路，青鸟殷勤为探看。"而"碧天云海"则是形容天水一色，无限辽远。这个也是化用李商隐《嫦娥》："嫦娥应悔偷灵药，碧海青天夜夜心。"

塞外的这个夜晚，注定难眠。想念家人，思念亡人，既然无法安睡，那便为他们祈福祷告吧。

月上海棠 瓶梅①

重檐淡月浑如水②，浸寒香一片小窗里③。双鱼冻合④，似曾伴个人无寐。横眸处⑤，索笑而今已矣⑥。

与谁更拥灯前髻，乍横斜疏影疑飞坠。铜瓶小注，休教近麝炉烟气。酬伊也，几点夜深清泪。

[注释]

①瓶梅：插在瓶中以供观赏的梅花。②重檐：两层屋檐。③寒香：清冽的香气，形容梅花的香气。④双鱼：双鱼洗，镌刻有双鱼形象的洗手器。冻合：犹言冰封。唐李益《盐州过胡儿饮马泉》诗："从来冻合关山路，今日分流汉使前。"⑤横眸：流动的眼神。⑥索笑：犹逗乐，取笑。

[赏析]

月光如水洒在屋檐上，瓶中的梅花开了，小窗里沉浸在一片清香当中。天气寒冷，双鱼洗已经结冰，孤单的人儿不能入睡。回想当时的眉目传情，而今都已一去不返。当初与谁一起在灯下花前，看那梅花的疏影？如今，又是铜瓶花开，麝烟缭绕，而你却不在身旁了，唯有以这几滴相思之泪寄托我的深情。

"重檐淡月浑如水，浸寒香一片小窗里。"月光是古往今来，众多词人抒发思念之情的最佳选用之物。纳兰说淡月如水，月光如水一样清澈，也如水一样冰凉。洒下的月光在屋檐下形成一道冰冷的帘子，隔开了窗内与外面的景物。

而此时，屋子里的梅花开放了，绽放的花朵散发出幽香，小屋内一片暗香，屋外月光冰凉，屋内清香四溢。乍一看来，这首词的意境十分清淡，并无相思之苦，也无伤逝之情，只是对景物的一种白描，可是继续读下去就能发现，原来淡然未必就是平静，不说并不代表不在乎。

"双鱼冻合，似曾伴个人无寐。"这里的一个需要解释的是"双鱼"，是指双鱼洗，镌刻有双鱼形象的洗手器，宋张元干《夜游宫》词："半吐寒梅未坼，双鱼洗，

冰澌初结。"这里是说洗手器皿中的水都已经冻成了冰，凝结在了一起，天气的寒冷程度可想而知。这样的天气，钻进被窝，美美地睡上一觉，是再舒服不过的了。可是满心愁绪的纳兰，却是无论如何也睡不着的。

"横眸处，索笑而今已矣。"睡不着的原因自然是内心有所牵挂，那美丽的眼眸，那动人的微笑，而今看来，都是无法忘怀。在深夜里，独自躺在床上，孤枕难眠，想到恋人的容颜，清晰如昨，可是眼下却是天涯海角，无法相见，这怎能不叫人悲伤！

纳兰这首伤逝词，写到上片，悲伤过度。到了下片的时候，纳兰似乎沉思了许久，慢慢提笔写道："与谁更拥灯前鬓，乍横斜疏影疑飞坠。"回忆往昔，当日与谁一起相拥灯前，与谁一起看花飞花落，与谁一起海誓山盟，与谁一起想着如何去天长地久？

往日的美好，却都早已在岁月的流逝中一同不见了，"铜瓶小注，休教近麝炉烟气。"如今，又是铜瓶花开的时候，可是檀香冉冉升起的烟雾中，再也看不到你笑颜如花的脸庞了。"酬伊也，几点夜深清泪。"我只能在此刻，用泪水祭奠我们共同拥有的过去。

一丛花 咏并蒂莲①

阑珊玉佩罢霓裳②，相对绾红妆③。藕丝风送凌波去，又低头、软语商量④。一种情深，十分心苦，脉脉背斜阳。

色香空尽转生香，明月小银塘⑤。桃根桃叶终相守⑥，伴殷勤、双宿鸳鸯。菰米漂残⑦，沉云乍黑，同梦寄潇湘⑧。

[注释]

①并蒂莲：并排长在同一茎上的两朵莲花。②阑珊：零乱、歪斜。李贺《李夫人歌》："红璧阑珊悬佩珰，歌台小妓遥相望。"霓裳：即《霓裳羽衣曲》，唐代著名舞曲，为开元中河西节度使杨敬忠所献，初名《婆罗门曲》，经唐玄宗润色并制歌词，后改用今名。传说中亦有唐玄宗登三乡驿、望女儿山及游月宫密记仙女之歌，归而所作等说。③绾：盘绕，系结。④软语：体贴温柔委婉的话。⑤银塘：清澈明净的池塘。南朝梁简文帝《和武帝宴诗》之一："银塘泻清渭，铜沟引直漪。"⑥桃根桃叶：桃叶是晋王献之爱妾，

桃根是桃叶的妹妹。王献之《桃叶歌》："桃叶复桃叶，渡江不用楫。但渡无所苦，我自迎接汝。"又，"桃叶复桃叶，桃树连桃根。相怜两乐事，独使我殷勤。"⑦菰米：菰之实。一名雕胡米，古以为六谷之一。⑧潇湘：指湘江，因湘江水清深故名。相传舜二妃娥皇、女英没于湘水，遂为湘水之神。这里借二妃代指并蒂莲。

[赏析]

　　这首词吟咏并蒂莲，形神兼备：并蒂莲花开了，犹如刚刚跳过舞后玉佩阑珊的美人，两朵莲花盘绕联结在一起。微风摇动，藕丝相连，在夕阳下，窃窃私语，含情脉脉，如同凌波仙子般美丽动人，怎不叫人心生怜爱！明月之下，银塘之中，散发着醉人的清香。池中莲如同桃根与桃叶般姐妹情深，永不分离，又有殷勤的鸳鸯游来做伴。即使风云变幻，花瓣凋落，也会像娥皇、女英般共同进退，生死不弃。

　　咏物之词，是纳兰的强项，这首词，纳兰歌咏并蒂莲，所谓并蒂莲，也就是并排生长在同一个根茎上的两朵莲花。后人有用并蒂莲形容相亲相爱之人，并蒂莲也是祝福的花朵，常形容天长地久。

　　在纳兰的笔下，并蒂莲更显得超凡脱俗，"阑珊玉佩罢霓裳，相对绾红妆"这句词中有几个典故需要点名出来，首先"阑珊"是凌乱、歪斜的意思，是纳兰化自李贺的《李夫人歌》："红璧阑珊悬佩，歌台小妓遥相望。"而后面的"霓裳"则是取自唐玄宗时期的一首歌舞曲《霓裳羽衣曲》。

　　并蒂莲就好像是两个相对而视、含情脉脉的人刚刚跳过舞蹈，此时有些歪斜地相互依靠，站在那里。将并蒂莲拟人化，而且还将它们形容为舞者，纳兰的词的确是有与他人不同的过人之处。

　　"藕丝风送凌波去，又低头、软语商量。"依然是拟人的写法，将并蒂莲描写得如同高贵典雅的仙子一般，在微风吹拂下，她们似乎是在窃窃私语，聊着女儿家的心事。令人看到后，心神荡漾。

　　咏物词虽然是写物，但实则是写情。这首《一丛花》也不例外，看似是写并蒂莲的美丽芬芳，但实则是纳兰要借并蒂莲来写出自己内心的忧伤和思念。在上片前两句赞美并蒂莲之后，最后一句便是忍不住流露出心声："一种情深，十分心苦，脉脉背斜阳。"

　　情深之人自然心苦，这点纳兰是最有体会的。借着写并蒂莲的柔情相守，写出自己心情的苦闷。下片的描写有些峰回路转，不再是描写并蒂莲，但依然是淡然的笔调，通过写景，表达内心。

　　"色香空尽转生香，明月小银塘。"明月之下，荷塘看起来十分空灵，并蒂莲

的芬芳在空气中蔓延，让人嗅到后，心里舒缓。写完并蒂莲，写完荷塘，纳兰又写了桃树："桃根桃叶终相守，伴殷勤、双宿鸳鸯。"

在这首词中，不论是并蒂莲，还是桃树，或者是之后的鸳鸯，无不是一双一对，这与孤单的纳兰比起来，幸福很多。而纳兰也正是看到它们的成双成对，更觉得自己的孤单如此寂寞，这首词便是为此而生。

"菰米漂残，沉云乍黑，同梦寄潇湘。"在词的最后，纳兰用"潇湘"这个典故，写出娥皇女英的故事，用娥皇女英的痴情，暗示自己对爱情也是痴心不改，共同进退，与爱人相知相守的决心。

这首词虽然格调不高，但它以咏物抒深情，咏物之间而情则愈浓，读来令人回味无穷，艺术上也不乏可取之处。

金人捧露盘 净业寺观莲有怀荪友①

藕风轻，莲露冷，断虹收，正红窗初上帘钩。田田翠盖②，趁斜阳鱼浪香浮③。此时画阁垂杨岸，睡起梳头。

旧游踪，招提路④，重到处，满离忧。想芙蓉湖上悠悠。红衣狼藉，卧看少妾荡兰舟⑤。午风吹断江南梦，梦里菱讴⑥。

[注释]

①净业寺：据《啸亭杂录》云："成亲王府在净业湖北岸，系明珠宅。"故净业寺在净业湖边，旧址大约在今北京什刹海后海宋庆龄故居附近。②田田：形容荷叶相连的样子，古乐府《江南曲》中有"莲叶何田田"的句子。翠盖：饰以翠羽的车盖,指形如翠盖的植物茎叶。③鱼浪：波浪，鳞纹细浪。④招提：音译为"拓斗提奢"，省作"拓提"，后误为"招提"，其义为"四方"，四方之僧称招提僧，四方僧之住处称为招提僧坊，北魏太武帝造伽蓝创招提之名，后遂为寺院的别称。此处指净业寺。⑤兰舟：木兰木制造的船，这是文学作品中常用的对船的美称。⑥菱讴：即菱歌，采菱之歌。

[赏析]

此词是纳兰去净业寺观赏莲花时写下的佳作。这首词抒写故地重游、怀念友人之情：夕阳中，清风徐来，残虹渐收，风吹莲动，美不胜收。是谁在此时闲坐在杨柳画阁中，刚刚睡起梳头。故地重游，回忆旧事，不胜离愁。你此刻是否在芙蓉湖畔逍遥自在呢？那么惬意的生活是多么令人向往，梦中来到那里，听菱歌唱晚，看美人泛舟，只是这午后恼人的清风将我的江南美梦吹醒。

这首词是作者重游故地，怀念朋友，有感而发之作，词中抒发了作者内心旷达超凡脱俗而又不免孤寂惆怅的矛盾心情。起首一句直接写景，将净业寺的景色描绘得十分美丽。清风拂面，夕阳残照，荷塘旁边，一位长衫男子，立于岸边，池塘里的荷叶随风而动，岸边的男子衣衫也随风飘摆。

"藕风轻，莲露冷"，清冷的空气仿佛扑面而来。藕风轻抚面庞，让人感到神清气爽。纳兰站于岸边，看着池塘里的荷叶，荷叶田田，这番景象，的确怡人。而接下来的一番景象，更是美不胜收。

"断虹收，正红窗初上帘钩。"应该是刚下过一场雨，不然也不会出现彩虹，彩虹并不完整，只是残留在天边的一段而已。但这又何妨，彩虹挂在天际，映红窗纱，与池塘里的荷叶相得益彰，美景如此，还求何物呢？

"田田翠盖，趁斜阳鱼浪香浮。"大片的荷叶相互覆盖，纳兰的这首词上片就如同一幅画，美丽动人，前人写有："接天莲叶无穷碧，映日荷花别样红"的诗句，但是比起纳兰的这首词，却显得有些粗狂了些，不如纳兰的这首词更显细腻。

"此时画阁垂杨岸，睡起梳头。"上片在悠闲的韵律中结束，净业寺的荷花塘带给纳兰的不只是视觉上的享受还有心灵上的安抚。上片写景，单纯描述，白描荷叶，还有断虹，单纯的美景，单纯的意境，让人心向往之。

而到了下片，纳兰的内心则充满了愁绪，这是他曾经来到过的故地，这番美景，他曾见到过。"旧游踪，招提路，重到处，满离忧。"当日与友人一起游玩，内心自然清爽，可是而今，纳兰独自前来，虽然美景依旧，但身边没有了有人的陪伴，总是不满感到有些孤单。

"想芙蓉湖上悠悠。红衣狼藉，卧看少妾荡兰舟。"想到过去，不知道友人现在是否也在某处，泛舟游玩，当日看到美人在舟船上躺卧，那番闲情逸致，今日竟是多么想再重温一下。

"午风吹断江南梦，梦里菱讴。"这首怀念的词在一片怀念声中结束，纳兰应当知道，岁月如流水，世事无法留住。既然如此，那便在这个惬意的下午，自己来到这里，看着美景，感怀故人吧。

洞仙歌 咏黄葵①

　　铅华不御②，看道家妆就③。问取旁人入时否。为孤情淡韵，判不宜春，矜标格、开向晚秋时候④。

　　无端轻薄雨，滴损檀心⑤，小迭宫罗镇长皱⑥。何必诉凄清，为爱秋光，被几日西风吹瘦。便零落蜂黄也休嫌⑦，且对倚斜阳，胜偎红袖。

[注释]

①黄葵：植物名，即秋葵、黄蜀葵，唐薛能有《黄蜀葵》诗，唐韩有《黄蜀葵赋》。七至十月开花，状貌似蜀葵，花亦不像蜀葵之色彩纷繁，大多为淡黄色，近花心处呈紫褐色。②铅华：用来化妆的铅粉。③道家妆：即身着黄色的道袍。④晚秋：秋季的末期，深秋。⑤檀心：浅红色的花蕊，这里指黄葵紫褐色的花心。⑥宫罗：一种质地较薄的丝织品。镇：久、常之意。⑦蜂黄：古代妇女涂额的黄色妆饰，也称花黄、额黄。唐李商隐《酬崔八早梅有赠兼示之作》诗："何处拂胸资蝶粉，几时涂额藉蜂黄。"

[赏析]

　　咏物词在纳兰的词作中不占少数，咏物是许多词人喜爱的一种作品形式，纳兰也是如此。他此番写的黄葵，其实就是秋葵、黄蜀葵，七至十月开花，状貌似蜀葵，花亦不像蜀葵之色彩纷繁，大多为淡黄色，近花心处呈紫褐色。在许多其他词人的词作中，也有过黄葵的影踪，例如唐薛能有《黄蜀葵》诗，唐韩有《黄蜀葵赋》等。

　　写别人写过的景物，纳兰依然能够写出新意来。在这首词中，纳兰所表达出的清冷孤傲之情，十分动人。

　　"铅华不御，看道家妆就。"纳兰将黄葵比成出世的道人，黄葵的黄色花瓣，在纳兰看来好似道人的黄衣。这个拟人十分形象，更显得黄葵在人们心目中的不同地位了。而后纳兰写道："问取旁人入时否。"这句是在问黄葵的这身打扮是否合乎潮流，其实也是在问自己，清高得是否已经脱离了大众群体？纳兰看似是在写黄葵，其实也是在写自己。

"为孤情淡韵，判不宜春，矜标格、开向晚秋时候。"这句话是写黄葵和自己一样，都是开花在深秋时节，在百花争艳的时候，它默默无名，可是在百花都纷纷凋谢，它才开始怒放，在瑟瑟的秋风中，傲视一切。纳兰自己不也正是如此吗？他与其他的富家公子哥不一样，其他的公子哥一心享乐，从不去思考生命的意义，唯独纳兰，对生命思考透彻。

有了感同身受的体会，纳兰写起词来，更显得得心应手。在下片，纳兰写道："无端轻薄雨，滴损檀心，小迭宫罗镇长皱。"可是与世人不同，走超凡脱俗的路线，注定是要付出代价的，在清冷的秋季，黄葵绽放，被冷雨浇灌，花蕊忍不住颤抖。花朵毕竟是娇艳的，哪能受得了凄风苦雨！

可是纳兰又写道："何必诉凄清，为爱秋光，被几日西风吹瘦。"即便是这样，也毫不后悔，何必去诉说凄凉，只要能够为这美好的秋日奉献出光彩，真是被西风吹过又能如何呢？纳兰内心的话在词的最后，展露无遗。"便零落蜂黄也休嫌，且对倚斜阳，胜偎红袖。"黄葵在夕阳下，傲然绽放，远比那些姹紫嫣红，春暖时节开放的花朵更显得多出几分妖媚。

这就是纳兰的词，也是纳兰的内心所想。

剪湘云 送友

险韵慵拈①，新声醉倚②。尽历遍情场，懊恼曾记。不道当时肠断事，还较而今得意。向西风约略数年华③，旧心情灰矣。

正是冷雨秋槐，鬓丝憔悴，又领略愁中送客滋味。密约重逢知甚日，看取青衫和泪④。梦天涯绕遍尽由人，只樽前迢递⑤。

[注释]

①险韵：韵字生僻难押的诗韵。②新声：新作的乐曲，新颖美妙的乐音。或指新乐府辞或其他不能入乐的诗歌。③约略：大概，大略。④青衫和泪：唐白居易贬官江州司马时所作《琵琶行》："座中泣下谁最多，江州司马青衫湿。"后喻指失意之官吏。⑤迢递：形容时间久长。唐韦应物《春宵燕万年吉少府南馆》诗："河汉上纵横，春城夜迢递。"

[赏析]

诗言志，词言情。这首词是写恋友惜别时的难受场面。纳兰将这首词写得别具一格，独树一帜，有别于其他的送友词。这首词整体的艺术表现力极强，是一朵散发异香的奇葩，有着浓郁的纳兰风。

"险韵慵拈，新声醉倚。"词一开篇说到了填词，纳兰的意见是用新声填词，不用险韵。所谓"险韵"是指韵字生僻难押的诗韵。词的写作，看似随意，其实难度很大，要写出境界，更要符合韵律，仿佛一首歌一样，要美中带着规律。

这一点上，纳兰自然是高手。这首送友的词，在一开篇却提到了写词，的确是有些出乎人们的意料。而后便开始懊恼往昔，追忆过去，"尽历遍情场，懊恼曾记"，历经情场万千，而今却是懊恼不已。

一个人最怕的不是无情，而是多情。纳兰正是一个多情之人，他饱受多情之苦，为情所困。在这里，他也毫不隐瞒自己的弱点。他为此懊恼不已。可是比起今日的惆怅，往日的那些却又算不了什么。"不道当时肠断事，还较而今得意。"

友人要离他而去，对珍惜朋友的纳兰来说，无疑又是一个打击，所以，他此刻万念俱灰，只得提笔写词，表达内心的寂寥。"向西风约略数年华，旧心情灰矣。"数数自己走过的年华，真是没有几件值得高兴的事情。纳兰此刻的心情并不是所有人都可以理解的，他出身富贵，却始终郁郁寡欢。

这一点，很多人都无法看透，只是如果读过纳兰的词，看过纳兰的文，就不难发现，这个男人的心里，始终珍藏着一份真挚的情感，无法释怀。而在这首词中，通过送朋友，他再次将这份情感表现了出来。

上片写完愁苦，下片便提到了送友人离去的心情，正是冷雨清秋时节，自己面容憔悴，只因为内心凄凉。而今看到朋友离开，更是饱受挣扎的痛苦。"正是冷雨秋槐，鬓丝憔悴，又领略愁中送客滋味。"

纳兰将友人离别的情节描写得入木三分，十分传神，写景之中也写情，"密约重逢知甚日，看取青衫和泪"。唐白居易贬官江州司马时所作《琵琶行》："座中泣下谁最多，江州司马青衫湿。"后用青衫喻指失意之官吏。

纳兰沿用前人典故，写出今日自己的心情，更显得落寞。"梦天涯绕遍尽由人，只樽前迢递。"这是化用唐韦应物《春宵燕万年吉少府南馆》诗："河汉上纵横，春城夜迢递"的意境，形容时间久长，相思难忍。

这首词短小精悍，口语化极强，语言生动，带有节奏感，把含蓄与明快融为一体，纳兰将形式与内容更好地融合在了一起。

念奴娇

　　人生能几？总不如休惹、情条恨叶①。刚是尊前同一笑，又到别离时节。灯炧挑残，炉蒸烟尽②，无语空凝咽③。一天凉露，芳魂此夜偷接④。

　　怕见人去楼空，柳枝无恙，犹扫窗间月。无分暗香深处住，悔把兰襟亲结⑤。尚暖檀痕⑥，犹寒翠影，触绪添悲切。愁多成病，此愁知向谁说？

[注释]

①情条：指纷乱的情绪。②蒸：燃烧。③凝咽：犹哽咽，哭时不能痛快出声。④芳魂：谓美人的魂魄。⑤兰襟：芬芳的衣襟，比喻知心朋友。⑥檀：即檀粉。

[赏析]

　　张秉戍先生在《纳兰词笺注》中用了八个字评价这首《念奴娇》："语浅率露，真挚感人。"其实这也算得是纳兰词的整体风格之一，不过在这一首词中表现得格外明显罢了。这首词开篇就直言人生苦短，本不该坠入情恨的纠葛之中，却又欲罢不能，词人对自己的"多情"似有一股悔意，虽悔却又无意去改，当真是率性之至。

　　上片写幽会，既像实写，又像因思念亡妻而产生的幻觉，读来便有了几分缥缈迷离的感觉，更加耐人寻味。"刚是尊前同一笑，又到别离时节"，这两句是在写两人刚刚对饮一杯，相视而笑，离别的时间就到了。就好像灰姑娘必须在午夜十二点前抽身一样，"离别"二字是个魔咒，纵然相爱却不能长相厮守的现实有着强烈的宿命感。

　　残灯摇曳，炉烟燃尽，两人只能默默无语暗自垂泪，就连道别的话也不忍心说出口，似乎说过"再见"之后就会瞬间海角天涯。读到此处，我们或许还可以将这当作词人与意中人暗夜偷接的相会，但"芳魂"二字一出心里便了然了，这更像一首悼念卢氏的词。纳兰大概是深夜辗转反侧，难以成眠，勾起了旧日与卢

氏相守的点滴回忆，或者是期待在梦中能与佳人的芳魂相聚。

与亡人魂梦相接的桥段，最有名的当出于《长恨歌》，结尾几句动人心魄："临别殷勤重寄词，词中有誓两心知。七月七日长生殿，夜半无人私语时。在天愿作比翼鸟，在地愿为连理枝。天长地久有时尽，此恨绵绵无绝期。"爱美人也爱江山，李隆基在马嵬坡含泪舍了杨玉环，此后就陷入了绵绵不休的相思中。仕途前程于纳兰来说是无所谓的，他心中在意的似乎只有那一段情爱，然而天不怜悯，卢氏离去后，纳兰心里的恨当真是"绵绵无绝期"了，"凉露"二字既可指现实中的深夜露水，也可理解为是纳兰这腔怨恨的无限悲凉。

下片从回忆或梦境回到了现实，纳兰怕见"人去楼空"，现实却正是如此。柳枝如丝，犹自拂过她曾经住过的阁楼，明月照旧，照着纳兰一人孤独的身影。纳兰长叹：你我有缘无分，不能同居共处，真悔恨当初那样亲昵。这般悔恨着，却仿佛看见了她满脸泪痕、身影绰绰，自己那无边的愁绪就被触动开了。愁苦交叠，以至于相思成病，这一番寂寞哀愁又能向谁倾诉呢？

全词就在散溢开来的孤独感、无力感中戛然而止，更加令人九曲回肠，添悲增恨。

念奴娇

绿杨飞絮，叹沉沉院落、春归何许①？尽日缁尘吹绮陌②，迷却梦游归路。世事悠悠，生涯非是，醉眼斜阳暮。伤心怕问，断魂何处金鼓③？

夜来月色如银，和衣独拥，花影疏窗度。脉脉此情谁得识？又道故人别去。细数落花，更阑未睡④，别是闲情绪。闻余长叹，西廊唯有鹦鹉。

[注释]

①沉沉：幽深的样子。何许：什么，哪里。②绮陌：繁华的街道，亦指风景美丽的郊

野道路。③金鼓：即钲。《汉书·司马相如传上》："金鼓，吹鸣籁。"颜师古注："金鼓谓钲也。"王先谦补注："钲，铙。其形似鼓，故名金鼓。"④更阑：更深夜尽，深夜。

[赏析]

这首词唱叹的是与故人别后的孤苦寂寞，别去的"故人"是谁无法考证，但从这词中透露出来的低回伤感可知绝非一般朋友，必是词人的红颜或者知己无疑。

"绿杨飞絮，叹沉沉院落、春归何许"，首句的意境极美，深深的庭院中，绿杨悄然抽枝，飞絮自在飘扬，竟没察觉到春意已浓郁至此。一个"叹"字就奠定了全词的基调，淡淡的感伤混迹于字里行间，揣摩可得。

相似的意象，在不同的词人笔下有不同的味道。贺铸的一首《如梦令》中曾写道："莲叶初生南浦，两岸绿杨飞絮。"莲叶初生，绿杨飞絮，词人把春末夏初时节的风光写得生机勃勃，飞动流走。

纳兰也有心寻一份贺铸的怡然心境，但"尽日缁尘吹绮陌，迷却梦游归路"，终日的凡尘俗事让人迷乱，自己想走的那条路便是无论如何也寻不到了。纳兰本人就像一个迷路的孩子，他一生的仕途、情路好像都是注定了的，只要一步步走下去即可，可他偏不，他任性而执着，不满于现状又惰于反抗。出身望族、才华横溢，假以时日定会大有作为，他的未来就是这么脉络明晰，可这不是他想要的，

"世事悠悠，生涯非是，醉眼斜阳暮。伤心怕问，断魂何处金鼓？"醉酒之后抬头观天际夕阳，只觉世事变换，人生无常，就连远处传来的金鼓之声，也令人伤心断肠。

从上片"斜阳"到下片"夜来"，不禁唏嘘：就连宣纸上的光阴也是留不住的。月色如银似水，孤独的人却只能和衣独坐在窗前的花影里。知己别离的孤苦无告、幽独寂寞又有谁能够知晓？夜深难眠，空数落花，心绪寂寞如斯，那慨然长叹之声也只有西廊的鹦鹉能听到了。

"脉脉此情谁得识？又道故人别去。"这是本词中最令人伤心的一句，人生最可怕的不是没有知己，而是知我者又别我而去。倘若伯牙一生不遇钟子期，也不过因无人能懂自己而黯然，但既得知己又复失去，哀莫大于心死，琴声再美又弹给谁听？人们常说"人生得一知己则死而无憾"，古人惜字如金，"知己"二字简直妙极，不论红颜知己还是生死之交，能懂自己心思者最是难求。

纳兰心思细腻，醉酒时的糊涂与清醒后的残酷让人伤心魂断，他的不快乐似乎只有这位"故人"能懂，可是"故人"此际又要别他而去，难怪他会伤心了。

念奴娇 废园有感

片红飞减①，甚东风不语、只催漂泊。石上胭脂花上露②，谁与画眉商略③？碧瓶沉④，紫钱钗掩⑤，雀踏金铃索⑥。韶华如梦⑦，为寻好梦担阁。

又是金粉空梁⑧，定巢燕子，满地香泥落。欲写华笺凭寄与，多少心情难托。梅豆圆时⑨，柳绵飘处，失记当初约。斜阳冉冉，断魂分付残角⑩。

[注释]

①片红：残花。②胭脂：一种化妆用的红色颜料，这里指花瓣。③画眉：画眉鸟，鸣声婉转动听，是著名的笼禽，因有色眼圈而得此名。商略：商讨。④碧：青绿色的井壁，借指井。⑤紫钱：指苔藓。钗：妇女的一种首饰，由两股簪子合成。⑥金铃索：护花铃的绳索。⑦韶华：韶光。⑧金粉：喻指繁华绮丽的生活。⑨梅豆：梅花苞蕾。⑩断魂：灵魂从肉体离散，指爱得很深或十分苦恼、哀伤。残角：远处隐约的角声。唐刘复《夕次襄邑》诗："古戍飘残角，疏林振夕风。"

[赏析]

在这首词里，纳兰的满腹感慨是由废园之景引发的：园内残花飘飞，东风沉默地催促着百花的凋谢。石头上已经洒落了一片花瓣，如胭脂一般，画眉在枝头啼鸣婉转，犹如人在闲谈。井壁被杂草深掩，钗头被苔藓掩盖，麻雀还踏在护花铃上鸣啼，往日相游相嬉的踪迹都不见了。

这番景象让纳兰忍不住感叹："韶华如梦，为寻好梦担阁。"人生如梦，美好的时光易逝，都因为固执地寻找旧梦耽搁了。所谓一语成谶，这不正是纳兰自己一生的缩影吗？他原本可以生活得幸福洒脱的，却为寻"旧梦"而郁郁寡欢，以致在鼎盛之年撒手人寰。

纳兰到这废园中时正是春满人间，原本华美的屋梁已显斑驳，燕子又飞回这里衔泥筑巢了，坠落的花瓣洒了一地。梅花开时，柳絮飘处，曾有他们当时的约许，夕阳西下，残角声起，"欲写华笺凭寄与"，纳兰想给谁写信寄托情思我们不得而知，但"多少心情难托"，这情感想必是深沉而热烈的，只怕用尽所有语言也难以诉尽。

这首词里大有不胜今昔和不胜孤凄之慨，读后便被一种凄凉伤感的氛围所环绕。黄天骥曾在《纳兰性德和他的词》里剖析这首词，认为该词"极写庭院冷落，极写对庭院主人的怀念，同时又隐藏对人生的看法，隐藏着对兴废盛衰的悲哀"，这一解析倒令人陡然想到了纳兰家的兴废衰盛。

纳兰病逝于清康熙二十四年（1685 年），人说天妒英才，但也有人觉得这是上天在宠着他。纳兰逝后不久，其父明珠被弹劾，即便后来被起用，家族也已呈现中落之势，到了明珠晚年，纳兰家族家道更是衰败，纳兰诸弟也纷纷沦为皇权斗争下牺牲的棋子。纳兰有幸，没有见证这一过程，否则，我们实在想象不出这位风流倜傥的翩翩公子怎样蓬头垢面、肩披锁枷，被一群市侩小吏审问，仅仅只是想象这一幕场景，心中也会大恸。

当我们在埋怨造物早早地夺去了纳兰的性命时，不妨庆幸他死得恰逢其时，逃过了家道中落、一蹶不振的悲剧。所有盛衰都是命之常理，所有悲喜也可从反面观之，纳兰耽搁在旧梦里，倒也躲过了之后更加残酷、更加冷漠的人生变数。

念奴娇 宿汉儿村

无情野火，趁西风烧遍、天涯芳草。榆塞重来冰雪里①，冷入鬓丝吹老。牧马长嘶，征笳乱动②，并入愁怀抱。定知今夕，庾郎瘦损多少③。

便是脑满肠肥，尚难消受，此荒烟落照。何况文园憔悴后④，非复酒垆风调⑤。回乐峰寒⑥，受降城远⑦，梦向家山绕。茫茫百感，凭高唯有清啸⑧。

[注释]

①榆塞：《汉书·韩安国传》："后蒙恬为秦侵胡辟数千里以河为竟。累石为城，树榆为

塞，匈奴不敢饮马于河。"后因以"榆塞"泛称边关、边塞。②征笳：旅人吹奏的胡笳。③庾郎：指北周诗人庾信，借指多愁善感的诗人。瘦损：消瘦。④文园：指汉司马相如，因司马相如曾任文园令。《史记》曰："口吃而善著书，常有消渴疾。与卓氏婚，饶于财。其进仕官，未尝肯与公卿国家之事，称病闲居，不慕官爵。"⑤酒垆：卖酒处安置酒瓮的砌台，亦借指酒肆、酒店。这里指司马相如过饮于卓氏，以琴心挑之，文君夜奔相如，同驰归成都。因家贫复回临邛，尽卖其车骑，置酒舍卖酒。相如身穿犊鼻裈，与奴婢杂作、涤器于市中，而使文君当垆，卓王孙深以为耻，不得已而分财产与之，使回成都。⑥回乐峰：回乐县境内的一座山峰。回乐县唐属灵州，为朔方节度治所，在今甘肃灵武西南。⑦受降城：城名。汉唐筑以接受敌人投降，故名。汉故城在今内蒙古乌拉特旗北，唐筑有三城，中城在朔州，西城在灵州，东城在胜州。唐李益《夜上受降城闻笛》："回乐峰前沙似雪，受降城外月如霜。"⑧清啸：清越悠长的啸鸣。

[赏析]

塞上景致荒凉，诗人出使塞上，途中所见，百感交集：塞上荒凉萧索，无情的野火趁着秋风将无边的芳草都烧遍了。再一次来到边塞，又是风雪交加，寒风刺骨，催人老去。战马嘶鸣，号角声起，凄冷苦寒，让人伤怀，如庾郎愁怀难遣，致使身心憔悴消瘦。即便是脑满肠肥的得意之人，也难以承受这长河落日、大漠孤烟的悲凉之景，又何况是如同司马相如这样往日风采不再的多愁多病之身呢？塞外苦寒荒凉，旅人梦回故乡，心中百感陈杂，思绪茫茫，只有登高长啸才能抒怀。

庾信是纳兰的诗篇中常出现的一个典故人物。庾信，字子山，因受封"开府仪同三司"，故人称"庾开府"。庾信本为南朝梁朝官员，在出使西魏时，梁竟然为西魏所灭。庾信的父亲是梁代诗人庾肩吾，他自幼同父亲行走于萧纲的宫廷，后来又和徐陵一起任萧纲的东宫学士，共创出"徐庾体"，是著名的宫廷作家，久负文名。西魏仰慕庾信才华，强留之。后北周代魏，庾信也一直得到器重。但是，庾信以身仕敌国而羞愧，满心怨愤，郁郁终了。

纵览这篇《念奴娇》，仿佛庾信之类人的作品，流露出浓郁的亡国的哀怨。

纳兰性德，一个正当鼎盛王朝的王孙贵胄，何来亡国之感呢？

且看纳兰与友人之交往，也颇有与人不同之处。其时，满人汉人芥蒂很深，纵使同朝为官，满人也是瞧不起汉人的。但是与纳兰交往的，多汉人布衣，且这些人都有着浓郁的"亡国人"思想。再看《纳兰词》，作为一位满族诗人的作品集，其中竟然找不到其他满人的姓名，更没有与满人的酬唱之作，实在反常。

徐乾学的《进士纳兰君墓志铭》记载了一件小事："容若读赵松雪《自写照》诗有感，即绘小像，仿其衣冠。坐客或期许过当，弗应也。余谓之曰：'尔何酷类王逸少'容若心独喜。"徐乾学把纳兰比成汉人，纳兰不仅不以为忤，反倒非常开心，流露出一股孩子气。

纳兰的曾祖是在与努尔哈赤的对抗中自焚而死的。这两个部族，在明朝中叶时都受过明朝的封爵，是明朝的藩属。明朝末年，爱新觉罗部逐渐壮大，遂背叛明朝，而叶赫部的酋长、纳兰的曾祖忠心于明，不肯与努尔哈赤为伍，遂遭吞并。叶赫家的女子在努尔哈赤后宫为妃，叶赫家才完成了由仇敌到贵戚的转变。

纳兰的亡国之感，当是来源于此。从这个角度上说，称其为明朝遗民也不过分。这样我们也就不难理解，作者面对荒烟落照为何如此悲愤了——凭高唯有清啸。如庾信般夹在故国与今日朝廷间，内心被祖先的仇恨与仇敌的恩宠所折磨，是进、是退，是喜、是悲？这是年轻的纳兰无法辨析清楚的，只能登高长啸暂且释怀。

东风第一枝 桃花

薄劣东风，凄其夜雨，晓来依旧庭院。多情前度崔郎①，应叹去年人面。湘帘乍卷②，早迷了、画梁栖燕。最娇人、清晓莺啼，飞去一枝犹颤。

背山郭、黄昏开遍。想孤影、夕阳一片。是谁移向亭皋③，伴取晕眉青眼④。五更风雨，算减却、春光一线。傍荔墙、牵惹游丝⑤，昨夜绛楼难辨⑥。

[注释]

①崔郎：崔护，字殷功，博陵（今河北定县）人。唐代诗人，官至御史大夫、岭南节度使。据唐孟棨《本事诗·情感》记载：崔护于清日游长安城南，因渴求饮，见一女子独自靠着桃树站立，遂一见倾心。次年清明又去，人未见，门已锁。崔因题诗于左扉："去年今日此门中，人面桃花相映红。人面不知何处去，桃花依旧笑春风。"②湘帘：用湘妃竹做的帘子。宋范成大《夜宴曲》诗："明琼翠带湘帘斑，风帏绣浪千飞鸾。"③亭皋：水边的平地。《汉书·司马相如传上》："亭皋千里，靡不被筑。"王先谦补注："亭

当训平……亭皋千里，犹言平皋千里。皋，水旁地。"④晕眉：谓妇女晕淡的眉目。青眼：即柳眼。⑤荔墙：薛荔墙。游丝：飘浮在空中的蛛丝。⑥绛楼：红楼。

[赏析]

"薄劣东风，凄其夜雨，晓来依旧庭院"，"薄劣"是薄情的意思，这里是借用了宋朝张元干《踏莎行》中的一句："薄劣东风，夭斜落絮，明朝重觅吹笙路。"东风薄情，夜雨凄迷，早晨的庭院依然如旧，而深深庭院中多情的桃花却绽开了。词本就贵在委婉曲折，层深跌宕，而咏物之词则又须若即若离，含蓄要眇，纳兰这首词起笔便很有种欲扬先抑的味道。

提起了桃花，就总会让人联想起唐代那个美丽的故事。

唐代孟棨在他那本记录了许多诗歌故事的《本事诗》里这样写道："相传唐崔护清明郊游，至村居求饮。有女持水至，含情倚桃伫立。明年清明再游访，则门庭如故，而人去室空矣。遂题诗云：'去年今日此门中，人面桃花相映红。人面不知何处去？桃花依旧笑春风。'"

风流倜傥的才子偶然经过一户人家，门扉轻掩，阶前无尘，几枝桃花斜出墙外，在春风里颤动身姿，悄然飘下零落的花瓣。抬眼间，却见一清秀女子倚门而立，嫣然而笑。那一刻，瞬间成千古。一年以后，又是一个明媚的春天，当才子再回故地，人已杳然，只留下那丛桃花，灿然开放在春天里，笑靥正如那心仪的女子。也许这位名叫崔护的才子没有想到，这一阕伤情之作竟绵绵荡荡流传至今，他的名字也因诗而存。

这个儒雅书生并无炫人的财富，但却把一份思念刻成一首小诗，挂在桃花绽放的梢头，在春天的阳光下，与影影绰绰的记忆一起放大成一片片离愁，让今人唇齿之间还摩擦着"人面桃花"的珠溅玉屑，徜徉在花飞花谢的爱情之中。

因而，桃花已然成为一种象征，纳兰在这里唏嘘，此情此景如果崔护看到，应当会发出人面桃花的感叹吧。情绪尚在"人面桃花"的故事里徘徊，至"湘帘乍卷"才猛地回神，看梁间栖燕。纳兰在这里没有点明，却可以推想，彼时看见的定当是双飞双栖的燕子，因此才会一时迷神。

与此同时，清晓黄鹂在枝头啼叫，那细嫩轻柔的啼鸣声最是动人，当它飞去后，桃枝犹自颤抖，别有一种楚楚动人的姿态。"娇"一字描摹出声音的细嫩、清润。前蜀李珣的《望远行》中便有这样的用法："琼窗时听语莺娇，柳丝牵恨一条条。"

到了这里，词转入下片，纳兰的思绪也由眼前的庭院推延到山郭，他想象桃花在夕阳里的美丽风采。想着想着，却觉得这样的桃花似乎太孤单，"想孤影、夕阳一片"，独立夕阳中，愈美丽就愈显得悲凉。于是词人给桃花找了水边杨柳为伴，从而使它愈加动人迷离。

愿望终归是愿望，"五更风雨，算减却、春光一线"一句将人拉回了现实，夜来的风雨减损了春色，一笔宕开，却紧接着在结尾句点醒题旨，回照了开端。那鲜艳的桃花依傍在薜荔墙下，愈发红艳可爱，牵惹着游丝，与那红色的楼阁互掩难辨。情景在此熔铸合一，有一种悠然不尽的邈远深意，通篇读来，有感可发，有情可叹。

古时的女子偶一回眸，然后羞涩一笑，就绘成一幅"人面桃花"的画卷，不仅让崔护心动，也隔着千百年的时光让纳兰感叹，让今人迷醉，缠绵成一首绝唱。而纳兰这首桃花词写得恰如那女子的涩然一笑，低回婉转之间是艳若桃花的不尽情意。

秋水 听雨

（按此调《谱》《律》不载，疑亦自度曲。）

谁道破愁须仗酒，酒醒后，心翻醉。正香消翠被①，隔帘惊听，那又是、点点丝丝和泪。忆剪烛幽窗小憩②。娇梦垂成③，频唤觉一眶秋水④。

依旧乱蛩声里，短檠明灭⑤，怎教人睡。想几年踪迹，过头风浪⑥，只消受、一段横波花底⑦。向拥髻灯前提起⑧。甚日还来，同领略夜雨空阶滋味。

[注释]

①翠被：翡翠羽制成的背帔。②忆剪烛：语出唐李商隐《夜雨寄北》诗："何当共剪西窗烛，却话巴山夜雨时。"谓剔烛芯。后以"剪烛"为促膝夜谈之典。元杨载《题火涉不花同知画像》诗："鹣鹣裘暖鸣鞭疾，翡翠帘深蔪烛频。"小憩：短暂休息。③垂成：事情将近成功。④秋水：秋天的水，比喻人（多指女人）清澈明亮的眼睛。⑤短檠：矮灯架，借指小灯。唐韩愈《短灯檠歌》："一朝富贵还自恣，长檠焰高照珠翠；吁嗟世事无不然，墙角君看短檠弃。"⑥风浪：比喻艰险的遭遇。⑦横波：水波闪动，比喻女子眼神闪烁。⑧拥髻：谓捧持发髻，话旧生哀，是为女子心境凄凉的情态。

[赏析]

读纳兰一首《秋水》,禁不住想起林黛玉的一首《秋窗风雨夕》。黛玉病卧潇湘馆,秋夜听雨声淅沥,心下凄凉,遂仿《春江花月夜》之格作词曰:"泪烛摇摇爇短檠,牵愁照恨动离情。谁家秋院无风入?何处秋窗无雨声?"字字句句的秋情,字字句句的伤悲。曹雪芹在代书中人作词时拿捏得向来很准,譬如第七十回"林黛玉重建桃花社,史湘云偶填柳絮词",他让身世飘零的黛玉作词曰:"叹今生谁舍谁收?嫁与东风春不管,凭尔去,忍淹留。"人物哀哀凄凄的形象跃然纸上。到了心思缜密、踌躇满志的宝钗则一改倾颓气色:"韶华休笑本无根,好风凭借力,送我上青云!"颇有男儿声韵。

黛玉毕竟是闺阁女儿,有悲,无阅历;有情,无情事。一篇《秋窗风雨夕》下来,华美流畅,感动的,却更多是黛玉自己。因她身处秋境,身系飘零,词句引导出的是内心深处的悲伤,但在多数读者身上,难以引发共鸣。纳兰性德不同,同为少年才俊,纳兰毕竟年长些,阅历多些,在这篇《秋水》中引入自己的感情经历,旁人看了更易懂。

这首词写诗人听秋雨而生发的情感:谁说消愁一定要喝酒,酒醒之后,心反而醉了。伊人已不在身边,寂寞无聊,却听得窗外淅淅沥沥地下起了秋雨,可知那雨水是伴着泪水流下的呢!记得当初秋夜闻雨,西窗剪烛,你当时刚要睡着却又被频频唤醒,眼神迷离的情景。现在已经是秋虫哀鸣,灯光明灭,可寂寞却叫人无法入睡。回想这几年的足迹,经历的风风雨雨,只有与你相守的日子最让人安慰。想和灯烛前拥髻的你诉说,又不知什么时候才能再回来,让我们一起领略这秋雨缠绵的无尽秋意!

怀念故人的心碎的词句,偏偏用了让人心碎的典故。"忆剪烛幽窗小憩"一句,典出晚唐李商隐《夜雨寄北》:"君问归期未有期,巴山夜雨涨秋池。何当共剪西窗烛,却话巴山夜雨时。"这是李商隐身居遥远的巴蜀写给远在长安的妻子的诗句。唐人的旧句子,或华丽或雄浑,难见这种朴实无华又深情的小文字,多么亲切有味。每每夜深读起,齿颊生香,心下平和,幸福中,裹杂着一些缠绵的思念、小小的忧愁。只是这种小伤悲的词句,用到纳兰的词中,便是大悲痛了,有苏东坡《江城子》"千里孤坟,无处话凄凉"的悲哀——只因李商隐的妻还在世,在远方的长安城等待着丈夫归来,还能有"共剪西窗烛"的日子;而纳兰的妻香魂已逝,纵使世人为她写情词万言也唤不回来伊人的一声回应。

木兰花慢

立秋夜雨，送梁汾南行。

盼银河迢递，惊入夜，转清商①。乍西园蝴蝶，轻翻麝粉②，暗惹蜂黄③。炎凉。等闲瞥眼，甚丝丝点点搅柔肠。应是登临送客，别离滋味重尝。

疑将。水墨卷疏窗④。孤影淡潇湘⑤。倩一叶高梧，半条残烛，做尽商量⑥。荷裳⑦。被风暗剪，问今宵谁与盖鸳鸯。从此羁愁万迭⑧，梦回分付啼螀⑨。

[注释]

①清商：商声，古代五音之一。古谓其调凄清悲凉，故称。谓秋雨、秋风之声。晋潘岳《悼亡诗》："清商应秋至，溽暑随节阑。"②麝粉：香粉，代指蝴蝶翅膀。③蜂黄：此处代指蜜蜂。④水墨：浅黑色，常形容或借指烟云。疏窗：雕刻有花纹图案的窗户。⑤孤影：孤单的影子。潇湘：本指湘江，或指潇水、湘水，此处代指竹子。⑥商量：斟酌、商讨。⑦荷裳：用荷叶做衣服，这里指荷叶。⑧羁愁：旅人的愁思。万迭：形容愁情的深厚。⑨螀：即"寒蝉"，蝉的一种，比较小，墨色，有黄绿色的斑点，秋天出来鸣叫。

[赏析]

开篇小序写得明白，这是一首送别之作。在清朝康熙二十年（1681年）秋天，梁汾的母亲去世，他还乡奔丧时，纳兰写了这首《木兰花慢》为他送行。

纳兰化用前人诗词句子的功力着实让人佩服，"盼银河迢递"显然是化用秦少游《鹊桥仙》："纤云弄巧，飞星传恨，银汉迢迢暗度。""盼银河迢递，惊入夜，转清商。"三句是说盼望着高远的天河出现，入夜却偏偏下起了悲凄的秋雨。清商是古代五音之一，也叫商音，调子悲凉凄切。依照阴阳五行学说，商与秋皆属"金"，因此在诗词中商、秋可以通用，清商即清秋。在这里借指入夜后的秋雨之声凄清。

"乍西园蝴蝶，轻翻麝粉，暗惹蜂黄。"西园，本是某一园林名，后来也泛指园林。

又有一种说法，纳兰宅邸的西部（今宋庆龄故居所在地），也称西园。麝粉本来是香粉的意思，在这里代指蝴蝶翅膀。这三句是说秋风乍起，园中蜂飞蝶舞，一片衰飒的景象。三句之后的"炎凉"两字像是概括，也表明了前面所描绘的景象暗喻着仕途的炎凉变幻。

词句到了这里，纳兰才似乎觉出今夜秋雨的愁人之意似的，本以为入秋夜雨是等闲之事，但今夜那丝丝点点之声却令人搅断寸寸柔肠。而后纳兰为这样凄冷的情景找了理由，"应是登临送客，别离滋味重尝"，想来，是因为此时正是别离时，这渐沥秋雨才这样断人肠吧。

疑将是仿佛、类似的意思，将在这里只是助词。唐朝王勃《郊园即事》中有句："断山疑画障，悬溜泄鸣琴。"

紧随其后的两句，"水墨罨疏窗，孤影淡潇湘"意境很是空淡疏纱。疏窗是雕刻有花纹图案的窗户。潇湘，本指湘江，或指潇水、湘水，在此处代指潇湘景色。和下片开头两字连在一起看，词人是在勾勒这样一幅景象，秋夜雨洒落在疏窗上，那雨痕仿佛是屏风上画出的潇湘夜雨图。

"倩一叶高梧，半条残烛，做尽商量"，这句子纳兰说得婉转，倩是请、恳求的意思，宋朝姜夔《月下笛》有："多情须倩梁间燕，问吟袖、弓腰在否？"而商量不同于现代汉语，在这里是独自斟酌、思考之意。南宋诗人洪咨夔《念奴娇·老人用僧仲殊韵咏荷花横披，谨和》中有："香山老矣，正商量不下，去留蛮素。"窗外夜雨梧桐、屋内泣泪残烛，怎不让人伤神？因此纳兰说，能否请梧桐和灯烛细做掂量，莫要此时再添人愁绪。

"荷裳。被风暗剪，问今宵谁与盖鸳鸯"，已至秋天，荷塘自然也是一片萧索，此情此景，像极了李商隐那首《宿骆氏亭寄怀崔雍崔衮》里的句子："秋阴不散霜飞晚，留得枯荷听雨声。"

"问今宵谁与盖鸳鸯"其实可以和纳兰的另外一首词对照着看，纳兰曾在《浪淘沙·秋思》里写道："端正一枝荷叶盖，护了鸳鸯"，和这里似乎是同一种语境，不过一种是愁苦无依，一种却尚有一丝温情。这种变化，或许也与词人心境不同有关。

到了"从此羁愁万迭，梦回分付啼螀"，纳兰终于将"送别"二字明写在了词面上，螀是蝉的意思，在诗词中是重要意象之一，通常表达悲戚之情，用于离别的感伤。柳永那首著名的《雨霖铃》开头便写道："寒蝉凄切，对长亭晚，骤雨初歇。"纳兰这三句意谓你将上路远行，从此以后旅途劳顿，离忧恼人，当梦醒的时候，唯有悲切的寒蝉声相伴了。词人把这样的话放在词末，惜别离愁之意溢于言表。

水龙吟 题文姬图①

须知名士倾城，一般易到伤心处。柯亭响绝②，四弦才断③，恶风吹去。万里他乡，非生非死，此身良苦。对黄沙白草④，呜呜卷叶，平生恨、从头谱。

应是瑶台伴侣⑤。只多了、毡裘夫妇⑥。严寒觱篥⑦，几行乡泪，应声如雨。尺幅重披⑧，玉颜千载，依然无主。怪人间厚福⑨，天公尽付，痴儿呆女⑩。

[注释]

①文姬：汉蔡文姬，名蔡琰，字文姬，生卒年不详。陈留圉（今河南杞县南）人。为汉大文学家蔡邕之女。博学能文，有才名，通音律。有《悲愤诗》二首传世。②柯亭：古地名。又名高迁亭。在今浙江绍兴西南，以产良竹著名。晋伏滔《长笛斌》："邕避难江南，宿于柯亭。柯亭之观，以竹为椽。邕仰而盯之曰：'良竹也。'取以为笛，奇声独绝。历代传之，以至于今。"③四弦：指琵琶。因有四弦，故称。④黄沙白草：形容边塞的荒凉景象。⑤瑶台：美玉砌的楼台。亦泛指雕饰华丽的楼台，指传说中的神仙居处。⑥毡裘：古代北方少数民族用毛制成的衣服。⑦觱篥：古代的一种管乐器，形似喇叭，以芦苇为嘴，以竹做管，吹出的声音悲凄，羌人所吹。唐刘商《胡笳十八拍》第七拍："龟兹愁中听，碎叶琵琶夜深怨。"⑧尺幅：指小幅的纸或绢，泛称文章、画卷。披：披露、陈述。⑨厚福：多福，大福。⑩痴儿呆女：指迷恋于情爱的男女。

[赏析]

在赏析这首词之前，我们首先要了解一下蔡文姬。

蔡文姬，名琰，字昭姬，为避司马昭的讳，改为文姬。他父亲是大名鼎鼎音乐家蔡邕。文姬在父亲的熏陶下，既博学能文，又善诗赋，兼长辩才与音律。初嫁河东卫家，卫家是河东世族，她的丈夫卫仲道更是一名才子，夫妇两人恩爱非常，可惜好景不长，不到一年，卫仲道便因咯血而死，文姬守寡在家。当时正处东汉末年，军阀混战，北方匈奴趁机掠掳中原一带，在"中土人脆弱、来兵皆胡羌，纵猎围

城邑，所向悉破亡。马边悬男头，马后载妇女，长驱入朔漠，回路险且阻"的状况下，蔡文姬与许多被掳去的妇女，一齐被带到南匈奴。

饱受番兵的凌辱和鞭笞，一步一步走向渺茫不可知的未来，当时蔡文姬刚刚二十三岁，正值青春年华。然而这一去就是十二年。她嫁给了虎背熊腰的匈奴左贤王，饱尝了异族异乡异俗生活的痛苦。后为左贤王生下两个儿子，她学会了吹奏"胡笳"，相传《胡笳十八拍》即为其所作，曲调哀怨，动人心魄。后来曹操统一北方，挟天子以令诸侯。曹操少年时代曾受蔡邕教导，得知文姬被掳，便派使者携带黄金千两、白璧一双，将她赎回，后改嫁董祀。

纳兰的这首题画之作，正是描写文姬被掳时的情景。

"须知名士倾城，一般易到伤心处"，这句中的"倾城"应解释为美女，首句的意思：名士与美女都有一个共同的特点，那就是多情而敏感，他们最容易生愁动感。

接下来，在"柯亭响绝，四弦才断，恶风吹去"这句中，纳兰提到两个典故。

相传蔡文姬的父亲蔡邕避祸于江南，有一次宿于柯亭，看到这里的椽子是用竹子做成的，经过仔细观察，认定第十六根竹椽是制作笛子的好材料，于是将其买下，制成笛子后，音色果然十分优美，"柯亭响绝"的意思是说蔡邕已经逝去，人们再也听不到美妙绝伦的笛声了。

蔡文姬受父亲的熏陶，很小就精通音律，相传在她六岁的时候，蔡邕夜里弹琴，不小心弄断了一根琴弦，蔡文姬马上就听出是第二根琴弦。开始，蔡邕还不以为然，认为女儿不过是碰巧猜中而已。为了证明自己的判断，他又有意弄断另一根琴弦，蔡文姬又准确地指出是第四根,因此后人也称蔡文姬为"四弦才","断"有断弦之意，"四弦才断"暗指蔡文姬经历了丧夫之痛。

了解了以上两个典故后，其他词句就显得平白如话，十分容易理解了。"恶风吹去"指的是蔡文姬被匈奴掳去的事实，随后，纳兰对蔡文姬赴漠北的情景进行了描写，并对其"万里他乡，非生非死，此身良苦""玉颜千载，依然无主"的悲惨命运表示了哀叹和同情,最后三句更是对老天让那些"痴儿呆女"偏得"人间厚福"发出了不平的慨叹。

此外，有的词学家联系当时的时代背景，认为这首词乃是一首借题发挥之作，是纳兰借蔡文姬为顾贞观的好友吴兆骞鸣不平，这种解读也有一定的道理。

前文我们已经提到，吴兆骞因受"丁酉科场案"的牵连而被判入狱，第二年，他与家人被流放到宁古塔。这原本是清初的一大冤案，在当时影响甚大，在其流放期间，许多诗人都赋写诗文，为其所受的冤屈鸣不平，而纳兰的这篇词作就是其中的一首。词中的"名士"就是指吴兆骞，"非生非死"则化用吴伟业送给吴兆骞诗"山非山兮水非水，生非生兮死非死。""毡裘夫妇"则是指吴兆骞与妻子葛氏在宁古塔的流放生活。如果真按这种方法解读这首词，那我们就不得不赞纳兰写作手法之高超，他将"名士"与"倾城"的身世巧妙地联系起来，隐约含婉，精彩绝伦，要远胜过那些描写风花雪月、儿女情长之作。

水龙吟 再送荪友南还①

人生南北真如梦，但卧金山高处②。白波东逝③，鸟啼花落，任他日暮。别酒盈觞，一声将息，送君归去。便烟波万顷，半帆残月，几回首，相思否。

可忆柴门深闭，玉绳低、剪灯夜雨④。浮生如此，别多会少，不如莫遇。愁对西轩，荔墙叶暗，黄昏风雨。更那堪几处，金戈铁马⑤，把凄凉助。

[注释]

①荪友：即严绳孙，自号勾吴严四，又号藕荡老人、藕荡渔人。江苏无锡人。清初诗人、文学家、画家。②金山：山名，在江苏镇江西北。古有氏父、获苻、伏牛、浮玉等名，唐时裴头陀获金于江边，因改名。这里代指严绳孙的家乡。③白波：白色波浪，水流，此处喻指时光。④玉绳：星名，常泛指群星，北斗七星之斗勺，在北斗第五星玉衡之北，即天乙、太乙二星。⑤金戈铁马：金属制的戈，配有铁甲的战马。指战争。

[赏析]

纳兰是个至情至性的人，纳兰词中所表露出的情感，无论是恋情、夫妻情、友情，无一不是体现了一种痴的情怀。

眼前这首词所赠之人是他的好友严绳孙。纳兰曾留严绳孙住府邸二年，彼此诗词唱和，"闲语天下事，无所隐讳"。在清康熙二十四年（1685年）四月，严绳

孙请假南归，临去"人辞容若时，（傍）无余人，相与叙平生之聚散，究人事之终始，语有所及，怆然伤怀"。（《致纳兰哀词》）二人之交厚及意气相投可见。

严绳孙长纳兰三十二岁，如此忘年之谊，在纳兰一生中并不少见。本篇是为严绳孙南归所赋的赠别之作，其实在填写这首词的同时，纳兰还有四首诗词赠别绳孙，故此处说"再送"。

此词牌又名《龙吟曲》《庄椿岁》《鼓笛慢》《小楼连苑》《海天阔处》《丰年瑞》等。据《填词名解》说，调名采自李白"笛奏龙吟水"之句，又有说来自李贺"雌龙怨吟寒水光"之句。此调有不同体格，俱为双调，本首为其一体。上、下片各十一句，共一百零二字。上片第二、五、八、十一句，下片第一、二、五、八、十一句押仄声韵。

纳兰起笔不凡，"人生南北真如梦"一句抛出了"人生如梦"这等千古文人常叹之语，其后接以他总挂在嘴边的归隐之思，令全词的意境在开篇时便显得空远阔大。"白波东逝，鸟啼花落，任他日暮"，白描勾勒出的情景或许是此时，也或许是想象：看江水东流，花开花落，莺歌燕语，任凭时光飞逝，这是何等惬意。

在这样逍遥洒脱的词境中，纳兰叹道，"别酒盈觞，一声将息，送君归去"，点出了别情。自古送别总是断肠时，古时不比如今，一别之后或许就是此生再难相见，因而古人或许在自己的生死上能豁达一些，却也总对与友人的离别无可奈何。像苏东坡那样旷达的人，在别离时高唱："醉笑陪公三万场。不用诉离觞。"

也无非是因为"痛饮从来别有肠"，"别有肠"是怎样一种心情，苏东坡没有说，也不消说，古往今来多少离别伤感，人们自能体会。

眼前你我离别之情充满了酒杯，只能一声叹息，送你离去。而离去之后，天地便换了风光，"便烟波万顷，半帆残月"，岂止是送行人，远行人自身亦是满腔悲愁，的的确确就像纳兰说的，"几回首，相思否"。

下片首句转入了回忆，玉绳是星名，通常泛指群星，这里的意思是说忆起柴门紧闭、斗转星移、夜雨畅谈的时光。之后的一句，多少可以看出纳兰的一些悲观情绪。他说，"浮生如此，别多会少，不如莫遇"，这话说得实在悲凉，纳兰似乎总在相遇时间的问题上自寻烦恼，他曾说"人生若只如初见，何事秋风悲画扇"，但人在时间面前终归是渺小的，时间不可逆转正是种种迷惘痛苦的根由。

"愁对西轩，荔墙叶暗，黄昏风雨。"转笔又是白描写景，如今离别，又兼愁风冷雨，四字小句将气氛层层渲染开去。倒是篇末一句，有种不同于前面词句的雄浑苍凉的味道，"更那堪几处，金戈铁马，把凄凉助"。将国事与友情融为一体，使得这首词境界扩大了不少。

纳兰填完此词一个月后，便溘然长逝了。这次离别之后，两人也便真的没有了再次相见的机会。隔着时间的长河，凝聚在词句中这种怆然伤别的深挚友情依旧令人感叹不已。

齐天乐 上元

阑珊火树鱼龙舞，望中宝钗楼远[1]。鞑鞨余红[2]，琉璃剩碧[3]，待属花归缓缓。寒轻漏浅。正乍敛烟霏[4]，陨星如箭[5]。旧事惊心，一双莲影藕丝断。

莫恨流年似水，恨消残蝶粉[6]，韶光忒贱[7]。细语吹香，暗尘笼鬓[8]，都逐晓风零乱。阑干敲遍。问帘底纤纤[9]，甚时重见？不解相思，月华今夜满[10]。

[注释]

①宝钗楼：唐宋时咸阳酒楼名，指歌楼酒肆。②鞑鞨余红：红，又称芽，即红玛瑙。相传产于国，故名。③琉璃：用铝和钠的硅酸化合物烧制成的釉料，常见的有绿色和金黄色两种，多加在黏土的外层，烧制成缸、盆、砖瓦等。④烟霏：云烟弥漫，烟雾云团。⑤陨星：流星，代指燃放之烟火。⑥蝶粉：蝶翅上的天生粉屑，唐人宫妆。⑦忒：副词，太、过于。⑧暗尘：积累的尘埃，⑨纤纤：这里代指所思念的女子。⑩月华：月光，月色。

[赏析]

"阑珊"一词，极易引人遐想。流光之间，仿若看到生命斑斓的绽放。能够懂得阑珊的人，定当是生命极为寂寞的人。因为寂寞深处，才愈发能见到旅途中的点滴精彩。纳兰的寂寞，使得他懂得阑珊深处的喧哗，也是寂寞的。

故而这首词，看似写的是热闹，其实是在写热闹深处的寂寞心事。"阑珊火树鱼龙舞"，首句便道出上元节夜里的繁华景象，上元亦是元宵节，元宵佳节，家人团聚，上街观灯赏花，好不热闹。

纳兰此处写的火树鱼龙舞，正是当时社会上，元宵节的热闹场景。而后一句写道："望中宝钗楼远。"所谓"宝钗楼"是指歌楼酒肆，这首词是描写元宵节欢度之后，人们逐渐散去的场景，热闹过后愈发寂寞。那些本来还人满为患的酒肆饭庄，忽然之间就成了空阁，看到这些，纳兰内心不禁一阵寂寥。

"靽鞴余红，琉璃剩碧，待属花归缓缓。"纳兰的词一向讲究意境之美，这首词也不例外，花灯闹市间的花花绿绿，远看起来，仿佛琉璃般星星点点，十分美丽。可惜，这美丽只是一晚上的光阴而已，在夜深时分，随着夜深人静，这花灯会熄灭，这美丽也会黯淡。这世间上没有什么能够长久地美丽。

"寒轻漏浅。正乍敛烟霏，陨星如箭。"纳兰总是能轻而易举地就从美好的事物中抽身出来，想到凄惨的过往，元宵佳节，本是赏灯愉悦的日子，可是在观赏完花灯之后，纳兰却又想起来过去。

那不堪回首的往事，仿佛一支利剑，穿透他的心，让他感受到了痛彻心扉的疼痛。在美丽的夜色中，"旧事惊心，一双莲影藕丝断"。

夜已深，寒意袭人，漏壶的水也快要滴完了。突然见到一双莲花形的灯影，于是陈年旧事被勾起，如同烟花般骤然升起，并迅速扩散，令人心惊，又令人情思难断。莫怪美好时光太过短暂。

这幸福的时光总是如此短暂，这样的事情该去埋怨谁呢？是否只能够怪上天，不能多给些时间，让世间的有情人，长相厮守。恨过年华无情，纳兰再恨岁月摧残自己，竟然已经到了两鬓生尘的地步。

"莫恨流年似水，恨消残蝶粉，韶光忒贱。"红颜已逝，岁月不饶人，想当日的大好青春时光，是多么意气风发。可现而今，却是人老心老，已经完全找不到当日的影踪了。纳兰暗暗苦闷。

想你当时细声细气地谈笑，吐气如兰，如今我却是两鬓生尘，散落在清晨的寒风里。寻遍栏杆，那帘下的纤纤丽人，何时还能再见？"细语吹香，暗尘笼鬓，都逐晓风零乱。"这词里每一句都透露出纳兰内心的烦忧，与相爱的人相隔千里不能见面，这份痛楚不是人人都能够理解的。

"阑干敲遍。问帘底纤纤，甚时重见？"什么时候才能够重相见，纳兰是在问自己，也是在问苍天，可是，他的痛苦只有他自己知道，因为月亮不知道人的相思，偏偏要在今夜团圆。

"不解相思，月华今夜满。"真是天不知人情恨，偏偏要圆月捉弄，这人世间的情恨，是否果真滑稽如斯？

齐天乐 洗妆台怀旧①

六宫佳丽谁曾见②，层台尚临芳渚③。露脚斜飞，虹腰欲断④，荷叶未收残雨。添妆何处，试问取雕笼⑤，雪衣分付⑥。一镜空蒙，鸳鸯拂破白去。

相传内家结束，有装孤稳，靴缝女古⑦。冷艳全消，苍苔玉匣⑧，翻出十眉遗谱⑨。人间朝暮。看胭粉亭西，几堆尘土。只有花铃，绾风深夜语。

[注释]

①洗妆台：指金章宗为李妃所建的梳妆楼，在今北京北海琼华岛上，高士奇《金鳌退食笔记》称之为"广寒之殿"，今已不存。晚明王圻《稗史汇编·地理门·郡邑》谓："琼花岛梳妆台皆金故物也……妆台则章宗所营，以备李妃行园而添妆者。"其自注云："都人讹为萧太后梳妆楼。"时人误以为是辽萧太后之梳妆楼，遂多有讹而咏之者，本篇亦如是。②六宫：古代皇后的寝宫，正寝一，燕寝五，合为六宫。《礼记·昏义》："古者，天子后立六宫，三夫人、九嫔、二十七世妇、八十一御妻，以听天下之内治，以明章妇顺，故天下内和而家理。"郑玄注："天子六寝，而六宫在后，六宫在前，所以承副施外内之政也。"因用以称后妃或其所居之地。佳丽：美貌的女子。③层台：重台，高台。芳渚：长有芳菲花卉的水边。④露脚：露滴。宋周邦彦《早梅芳·牵情》词："河阴高转，露脚斜飞夜将晓。"虹腰：本意虹的中部，这里指虹桥，拱桥，指今北海太液池之永安桥。⑤雕笼：指雕刻精致的鸟笼，代指笼中之鸟。⑥雪衣：白色的羽毛，即雪衣女，泛指某些白色的鸟类，这里指白鹦鹉。《太平御览》卷九二四引唐郑处海《明皇杂录》："开元中，岭南献白鹦鹉，养之宫中……忽一日，飞上贵妃镜台，语曰：'雪衣娘昨夜梦为鸷鸟所搏，将尽于此乎！'"⑦内家：指皇宫宫廷，或指宫女、太监。装：即帕服，谓盛服。孤稳：玉，古代契丹语的音译。女古：金、黄金，亦为古代契丹语的音译。⑧冷艳：形容花耐寒而艳丽，也指耐寒而艳丽的花或人物冷傲而美艳。玉匣：玉饰的匣子，亦指精美的匣子，汉代帝王葬饰，亦赐大臣，以示优礼，即所谓"金缕玉匣"。⑨十眉遗谱：即《十眉图》，十样不同的美女眉型画图。唐玄宗命画工绘制。唐张泌《妆楼记·十眉图》："明皇幸蜀，令画工作十眉图，横云、斜月，皆其名。"

[赏析]

这首词，源自一个误会。

古人喜爱登临吊古，在古迹前怀想先人往事，抒发自己的感慨与情怀。苏东坡著名的《念奴娇·赤壁怀古》、辛弃疾的《永遇乐·京口北固亭怀古》都属于这种情况。《红楼梦》第五十一回中薛宝琴将所经过各省内的古迹为题作怀古诗十首，更是生动地说明了古人这一习惯。

纳兰性德游历的这座梳妆楼，在北京北海琼华岛上，为金章宗为李妃所建。不过不知出于什么原因，纳兰性德那个时代的人们都以为那是辽萧太后的梳妆楼，还有不少人去凭吊吟咏，纳兰性德就是其中之一。这首《齐天乐》有些版本的附标直接记作"辽后洗妆楼"，所以说这首词源自一个误会。

李妃就是李宸妃，说到她大家可能有些陌生，她是金国金章宗的妃子。金章宗对大家来讲也是个陌生的人物，但是说到他下令在中都（金国的国都，即今天的北京）的西边修建的桥肯定不陌生——大名鼎鼎的卢沟桥。金章宗很喜欢汉族文化，他自己能诗擅画，还号令金国的官员百姓都穿汉族服饰，行汉人礼节，提倡女真人与汉人通婚。李宸妃很对金章宗胃口，不但长得美，还写得一手好字，做得一手好诗。夏夜，金章宗曾与李宸妃在这个梳妆台上联对为戏。金章宗出上联："二人土上坐。"（琼华岛是用土堆成的）李宸妃非常机敏，抬头看看天上一轮圆月，即对答道"一月日边明"。妃子以日喻章宗，以月自比，既符合人物身份又暗合此情此景，让章宗大为倾心。难怪章宗如此宠爱李宸妃，甚至专门为她建一座华美的梳妆台。

萧太后是大家都熟悉的人物，伴随着杨家将的故事家喻户晓。萧太后，名绰，小字燕燕，是辽景宗耶律贤的皇后，辽史上著名的女政治家、军事家，历史上被称为"承天太后"。萧太后能够"亲御戎车，指麾三军"，率领数十万大军攻城野战，绝对的人中豪杰、女中丈夫。

纳兰性德的这首词本心是以辽太后往事，抒发以古为鉴之意：往日那六宫中美丽的皇后妃嫔早已消逝，谁又见到过呢？而今只有这太液池畔高高的楼台依稀尚存。雨脚斜飞，水漫拱桥，荷叶田田，残雨潇潇，眼前是一片迷蒙的景象。要问在何处添妆，只有笼中的鹦鹉能够回答。眼前只有一片空蒙碧水，鸳鸯游荡于白水之间。辽代宫中曾以玉饰首，以金饰足，而不再采用汉家宫中的装束样式。如今繁华落尽，玉匣生苔，从中翻出唐代的《十眉图》。人间变换只在朝夕之间，看那曾经的胭粉亭中已是尘土堆积，只有护花铃还摇曳在深夜的风雨之中。

　　无论是萧太后还是李妃，都有一个炽热的、高潮迭起的人生。她们生命最美丽的时刻，如烟花腾起在黑暗的夜空，绽放出绚烂夺目的花朵。可是，在时间的坐标轴上，没有任何的人和事能够长久地留存或长久地华丽。这些女子从某种程度上，与朝开夕败的花朵没有什么不同——只是与它们的生命相比，她们的青春、生命可能更为绵长、久远一些——不过，她们一样不能拥有"永远"。烟花丧失温度后，消隐了色彩，所有的绚烂繁华都随夜风飘散。这些曾经的美丽高傲的女子，在历史的河流中潜沉，永远逝去了踪迹。她们曾经馨郁的生命焕发勃勃生机的地方，依然在苍茫的大地上留存。不过，斯人已逝，芳韵流散，留给后来人的，是对人世转换的感慨和对岁月流转的叹息。

齐天乐 塞外七夕

　　白狼河北秋偏早，星桥①又迎河鼓②。清漏频移，微云欲湿，正是金风玉露③。两眉愁聚。待归踏榆花，那时才诉。只恐重逢，明明相视更无语。

　　人间别离无数。向瓜果筵前④，碧天凝伫。连理千花，相思一叶，毕竟随风何处。羁栖良苦⑤。算未抵空房，冷香啼曙⑥。今夜天孙⑦，笑人愁似许。

[注释]

①星桥：神话中的鹊桥。北周庾信《舟中望月》诗："天汉看珠蚌，星桥似桂花。"②河鼓：星名，属牛宿，在牵牛之北，一说即牵牛。《史记·天官书》："牵牛为牺牲。其北河鼓，河鼓大星，上将；左右，左右将。"司马贞索隐引孙炎曰："河鼓之旗十二星，在牵牛北。或名河鼓为牵牛也。"《尔雅·释天》："何鼓谓之牵牛。"③金风玉露：秋风和白露，亦借指秋天。秦少游《鹊桥仙》："金风玉露一相逢，便胜却人间无数。"④瓜果筵：七夕夜食瓜果的习俗。⑤羁栖：滞留他乡。⑥冷香：指花、果的清香或清香之花，代指女子。清侯方域《梅宣城诗序》："'昔年别君秦淮楼，冷香摇落桂华秋。'冷香者，余栖金陵所狭斜游者也。"⑦天孙：星名，即织女星，指传说中巧于织造的仙女。

[赏析]

这首词大概作于清康熙十五年（1676年），这一年纳兰第一次随圣驾出巡塞外，因此远离亲人，独过七夕。天上的相聚与人间的分离恰好形成鲜明的对比，多愁善感的纳兰自然也就生出许多感慨。

"白狼河北秋偏早，星桥又迎河鼓"，一开篇，词人就直入主题，白狼河的秋天来得格外早，又到了牛郎织女鹊桥相会的日子，而自己此时却离家远行，羁留塞外，这种强烈的反差让纳兰的心中顿生愁苦。"秋偏早""又迎河鼓"都是说时间过得飞快，其实，四季更迭，周而复始，鹊桥相会，一年一次，没有丝毫快慢之分，纳兰之所以会感到时间过得快，只不过是主观感受而已。

接下来词人紧接"星桥又迎河鼓"所述的神话故事，描写了牛郎织女相会的环境，时间在不知不觉中流逝着，天空的白云似乎也沾上了一丝湿气，这秋风白露相逢的初秋时节，牛郎织女又一次相聚在一起。"金风玉露"曾多次出现在前人的诗词中，秦少游《鹊桥仙》中有"金风玉露一相逢，便胜却人间无数"的句子，李商隐《辛未七夕》中也有"由来碧浪银河畔，可要金风玉露时"，纳兰在这里借用过来，增加了全词的意境美。

上片最后五句词人转说自己，天上的神仙已经相聚，可是人间的自己呢？想到自己独自一人羁留塞外，纳兰不禁双眉紧锁，心中也升起了一缕乡愁。但词人知道，面对这种现状他无力改变，他不可能违抗圣命，悄悄回到家中，所以他就把希望全寄托在来日："待归踏榆花，那时才诉。"纳兰希望等到来年春天能够踏上回家的路，见到妻子后再向她诉说衷肠。随后词人又进一步想象到见面时的情景：只怕相逢的时候，明明四目相对，却仍旧相顾无言。在这里并不是说纳兰与妻子的关系不好，以致重逢后却无话可说，而是"此时无声胜有声"这种意境的真实写照，也只有真正恩爱的夫妻，才会有这种"只可意会无法言传"的无声沟通。

下片首句"人间别离无数"起到了承上启下的作用，晋代周处《风土记》中记述七月七乞愿有祈福、乞寿、乞子等内容，而"向瓜果筵前，碧天凝伫"写的就是乞愿这一仪式，在七夕之夜，人间女子陈瓜果于庭前，举头仰望碧天，那么，这些女子乞求的愿望是什么呢？纳兰在词中并没有点明。

"相思一叶"化用了红叶题诗的典故，这一典故有不同版本的记载，但最常见的版本是唐范摅《云溪友议》中所记载的："宣宗时，舍人卢渥偶临御沟，得一红叶，上题绝句一首，后帝出宫人，其归渥者，恰为题叶之人。"在这里，纳兰悲观地认为像连理枝一样的恩爱夫妻，像红叶题诗一样的佳缘都只是传说，就如同随风飘转的事物一样，不可捉摸。

接着纳兰又联想到自己，发出"羁栖良苦。算未抵空房，冷香啼曙"的感慨。羁旅虽苦，想来也抵不上家中伊人独守空闺，相思成灾之苦，这里两苦相比较，强化了一苦，从而表现出纳兰对独守空房的妻子的关怀。

全词的结尾又重新写到天上，"今夜天孙，笑人愁似许"，通过一年只能与牛郎相见一次的织女也笑话人间有如此的离愁别绪做对比，进一步凸显人间夫妻分离的忧愁痛苦，我们读到此处，恐怕也会被词人所感动而潸然泪下。

雨霖铃 种柳

横塘如练①。日迟帘幕②，烟丝斜卷。却从何处移得，章台仿佛③，乍舒娇眼。恰带一痕残照，锁黄昏庭院。断肠处又惹相思，碧雾蒙蒙度双燕④。

回阑恰就轻阴转⑤。背风花、不解春深浅⑥。托根幸自天上⑦，曾试把《霓裳》舞遍⑧。百尺垂垂⑨，早是酒醒莺语如剪⑩。只休隔梦里红楼，望个人儿见。

[注释]

①横塘：古堤名，在江苏吴西南，泛指水塘。②帘幕：遮蔽门窗用的大块帷幕。③章台：指京城的宫苑。④碧雾：青色的云雾。蒙蒙：迷茫貌。⑤轻阴：淡云或疏淡的树荫。⑥风花：风中的花。⑦托根：犹寄身。⑧《霓裳》：就是《霓裳羽衣曲》，唐代乐曲名，相传为唐玄宗所制。⑨百尺：十丈。喻高、长或深。垂垂：渐渐。⑩莺语：莺的啼鸣声，或形容悦耳的语音或歌声。

[赏析]

《雨霖铃》是一首词牌名，也写作《雨淋铃》。相传是唐玄宗入蜀时，因在雨中闻铃声而思念杨贵妃，故作此曲。曲调自身就具有哀伤的成分，哀婉回转，十分动人。

这首词写相思相忆的恋情：庭院里，水塘边，夕阳下的弱柳依依，如烟似雾。且问是从哪里移来的，张开娇眼，说是从章台而来。此时夕阳残照，仿佛锁住了黄昏的庭院。成双成对的燕子在青色的云雾中飞来飞去，惹起了无尽的相思。轻云随回栏流转，而背风的花朵不受风欺，不知春天的变化。幸而曾寄身于天上，已舞遍《霓裳羽衣曲》。酒醒之后，黄莺宛转，那百尺长条随风飘摇，摇曳生姿。只是不要在梦中出现在红楼之上，看到的人会柔肠百转。

"横塘如练"。这里的"横塘"是古堤名，在江苏吴西南，泛指水塘，这首词的情景感觉范围很小，池塘旁边，门帘之后，一个人在日暮西沉的时刻，隔着门帘，看着水塘边的景色变幻。

"日迟帘幕，烟丝斜卷。"看似惬意，却又寂寞难耐。夕阳西下，柳条依依，在暗黄的光芒下如烟似雾，让人看不清楚。这些柳树是从何处移植过来的，纳兰对于这个问题似乎也并不甚了解，他只是在词中略微的提及，一笔带过。"却从何处移得，章台仿佛，乍舒娇眼。"无法探究柳树的来处，但它们能够在这水塘边，陪伴自己度过夕阳沉落下的黯然时光，彼此之间，也算是缘分一场。

既然是相思相忆之词，那么这首词就势必要提到所思之情，所忆之人，纳兰在上片中只是略微写到自己的伤怀之情，"恰带一痕残照，锁黄昏庭院"。无法与相爱的人相守在一起的感觉，就好像这黄昏中的庭院一样，深深之处，尽是离散之寂静。

夕阳残照，放眼望去，所看到之处，尽是相思不尽的离愁，"断肠处又惹相思，碧雾蒙蒙度双燕"。成双成对的燕子在风中飞来飞去，形影不离。与形单影孤的自己相比，简直是太幸福不过了。

上片在淡然的忧伤中结束。而到了下片，则是情绪稍微地缓转了一些，"回阑恰就轻阴转。背风花、不解春深浅。"自己就好像栏杆后的花朵，在风中摇曳，活在自己的世界中，而不知道春天已经来了。

独自享春，是无法体会到春日的幸福的。无法在现实中看到自己想要的结果，那么便干脆寄托在虚幻中吧。"托根幸自天上，曾试把《霓裳》舞遍。百尺垂垂，早是酒醒莺语如剪。"梦中景色固然是好，可是酒醉之后总要醒来，醒来的时候，凄凉便会加倍呈现。

"只休隔梦里红楼，望个人儿见。"为了能和心爱的人相会，纳兰便不惜忍受梦醒后的凄凉，也要在睡梦中看到心爱的人，只要看到她的摇曳生姿，内心便会生出百转千回的柔情，细细密密，无法割舍。

既然清醒无益，那不如沉醉不醒吧。

疏影 芭蕉①

湘帘卷处，甚离披翠影②，绕檐遮住。小立吹裙，常伴春慵③，掩映绣妆金缕④。芳心一束浑难展⑤，清泪裹、隔年愁聚。更夜深细听，空阶雨滴，梦回无据。

正是秋来寂寞，偏声声点点，助人离绪。缬被初寒⑥，宿酒全醒，搅碎乱蛩双杵⑦。西风落尽梧桐叶，还剩得、绿阴如许。想玉人、和露折来⑧，曾写断肠诗句。

[注释]

①芭蕉：芭蕉属多年生的树状的草本植物，叶子很大，果实像香蕉，可以吃。②离披：分散下垂貌，纷纷下落貌。《楚辞·九辩》："白露既下百草兮，奄离披此梧楸。"③春慵：五代刘兼《昼寝》诗："花落青苔锦数重，书淫不觉避春慵。"④掩映：彼此遮掩，互相衬托。金缕：指金丝制成的穗状物。⑤芳心：指女子的心境。⑥缬被：染有彩色花纹的丝被。⑦蛩：蟋蟀的别称。⑧玉人：容貌美丽的人。

[赏析]

这首词是纳兰借着咏芭蕉寓托怀人之意：卷起竹帘，看到那摇动的芭蕉绿影婆娑，遮住了屋檐。伊人春日慵懒，晚起后小立风中，轻风吹起她的罗裙，绣妆金缕掩映。芭蕉芳心裹泪，如人心之愁聚。深夜侧耳倾听空阶夜雨，愁绪使人难以成眠。

本来正是秋来寂寞之时，偏又雨打芭蕉，声声助怨。锦被难以御寒，宿醉已经全醒，耳边传来虫鸣杵捣之声，离愁于是更甚。秋风袭来，梧叶落尽，而芭蕉绿荫依旧。和着露水被伊人折下，借叶题诗，以寄相思离恨。

怀人之词最是好写，也最是难写，好写之处在于词的立意很容易把握，而难写的地方也正是在于此。被人写过无数次的意境，如何能够写得更好，而不被人诟病，这是许多词人努力的地方。

　　纳兰似乎并不操这个心，他的词大多是伤感怀人，或是幽思伤心，意境大体相似，却每首都能深入人心。这大概就是纳兰的魅力所在，他能轻轻松松地将每首词都化作自己的心事，细细道来，为人所感。

　　这一首咏芭蕉的词也是如此，芭蕉向来是词人们笔下的常客，这种植物属多年生的树状的草本植物，叶子很大，仿佛一把遮天的伞，为忧愁的人遮住哀伤。词的开篇，直接点名词意，"湘帘卷处，甚离披翠影，绕檐遮住"。卷起帘子，门外的那棵芭蕉树绿影婆娑，高大的树干撑起树叶，遮住了房檐。绿荫之下，人总是会产生慵懒的情绪。在这首词的开头，纳兰便用这样一种隐晦，不点名的手法，将自己慵懒、漫不经心的心态写出。

　　而后他才慢慢道来："小立吹裙，常伴春慵，掩映绣妆金缕。"不但是他自己慵懒不愿意动身，就连伊人也慵懒至极。这词中所形容的女子到底是谁，无法得知。但她懒懒的身影出现在楼阁之上，对着镜子梳妆打扮，身影若隐若现地出现在门板之后，让人忍不住心动，这大好景色之下的美人，该是多么诱人的一处风景。

　　但这景象却并不是真的，而是纳兰回忆中的一幕，想来这个女子应当是已经离他而去了，不知道是不是妻子卢氏生前的景象。"芳心一束浑难展，清泪裹、隔年愁聚。"词越往下写，越能看到纳兰内心的挣扎与痛苦。

　　他想与女子一聚，可是现实无奈，他的愿望难以实现。于是悲哀之下的纳兰，只得独自在夜里忍受寂寞与孤冷。"更夜深细听，空阶雨滴，梦回无据。"夜里有雨，小雨无声，但却一点一滴都下在纳兰心里，让他愁绪满怀，难以入眠。

　　下片开始，则点名时节，"正是秋来寂寞，偏声声点点，助人离绪。"正是秋季时节，难怪雨水缠绵不绝，也难怪纳兰愁绪不断，秋季本就是个令人无法放下的季节，在这个季节里，看到万物凋零，心中倍感凄凉。

　　所以"缬被初寒，宿酒全醒，搅碎乱蛩双杵。"锦被外空气寒冷，隔夜的宿醉已经醒来，酒醒之后，才觉得头脑昏沉。看到门外，却已是"西风落尽梧桐叶，还剩得、绿阴如许。"这不留情面的西风将梧桐叶刮落，曾几何时，那里还是绿荫一片呢。

　　词的结尾，纳兰看景伤情，也只得"想玉人、和露折来，曾写断肠诗句。"写下这断肠的词句，只为了思念那岁月中的一个人，如此无奈，却又是如此伤情。

潇湘雨 送西溟归慈溪①

（按此调《谱》《律》不载，疑亦自度曲。）

长安一夜雨，便添了、几分秋色。奈此际萧条②，无端又听、渭城风笛③。咫尺层城留不住④，久相忘、到此偏相忆⑤。依依白露丹枫，渐行渐远，天涯南北。

凄寂。黔娄当日事⑥，总名士、如何消得？只皂帽蹇驴⑦，西风残照，倦游踪迹。廿载江南犹落拓⑧，叹一人、知己终难觅。君须爱酒能诗，鉴湖无恙⑨，一蓑一笠。

[注释]

①西溟：即姜宸英，号湛园，又号苇间，浙江慈溪人。清康熙三十六年（1697年）探花，授编修，年已七十。初以布衣荐修明史，与朱彝尊、严绳孙称"三布衣"。慈溪：隶属浙江，因治南有溪，东汉董黯"母慈子孝"传说而得名。②萧条：寂寥冷落，草木凋零。③无端：没来由，没道理。渭城：地名，本秦都咸阳，汉高祖元年改名新城，后废。武帝元鼎三年复置，改名渭城，治所在今陕西咸阳东北二十里，唐王维《送元二使安西》："渭城朝雨浥轻尘，客舍青青柳色新。劝君更尽一杯酒，西出阳关无故人。"此诗又称《渭城曲》，后人以之代作送客、离别。风笛：管乐器，笛子的一种。④咫尺：比喻相距很近。层城：古代神话中昆仑山上的高城，后指重城、高城。⑤相忘：即相忘鳞，《庄子·大宗师》："泉涸，鱼相与处于陆，相呴以湿，相濡以沫，不如相忘于江湖。"后以"相忘鳞"喻优游自得者。⑥黔娄：人名。隐士，不肯出仕，家贫，死时衾不蔽体。汉刘向《列女传·鲁黔娄妻》载黔娄为春秋时鲁人。《汉书·艺文志》、晋皇甫谧《高士传·黔娄先生》则说是齐人。⑦皂帽：黑色帽子。蹇驴：跛脚驽弱的驴子。⑧落拓：贫困失意。⑨鉴湖：湖名，即镜湖，又称长湖、庆湖。在浙江绍兴城西南二公里，为绍兴名胜之一。西溟之故里慈溪在绍兴东北，故云。

[赏析]

姜宸英，字西溟，擅辞章，工书画。生性疏放，屡试不第。初以布衣荐修明史，与朱彝尊、严绳孙称"三布衣"。清康熙三十六年（1697年）中探花，授编修，年

已七十。后因顺天乡试案被牵连而死于狱中。有《苇间诗集》《湛园未定稿》《湛园藏稿》等。其山水笔墨遒劲，气味幽雅。楷法虞、褚、欧阳，以小楷为第一，唯其书拘谨少变化。包世臣称其行书能品上。兼精鉴，名重一时。家藏兰亭石刻，至今扬本称姜氏兰亭。

纳兰性德与其相识很早，姜宸英回忆说："君年十八九，举礼部，当康熙之癸丑岁。未几也，余与相见于其座主东海阁学士公（徐乾学）邸。"姜宸英生性豪迈疏狂，而纳兰性德却并不以其狂怪为戒，且交游甚厚，清康熙十七年（1678 年）、十八年（1679 年）留居西溟于府邸。二人诗词往还，多唱和之作。

这首词为赠别之作，劝慰与不平并行：京城下了一夜的秋雨，更增添了几分秋色。面对这秋色萧条，正无奈之际，又没来由地传来了声声的别离之曲，这就更增添了离愁别恨。近在咫尺的高城却无法将你留住，昔日你我共处时的优游自得之乐，此后便成了令人思念的往事。你将渐行渐远，从此你我天各一方，心中有无限凄凉孤寂。忽然想起当年黔娄的故事，即使是名士风流，又如何承受得了呢？从此两袖清风，浪迹天涯。虽然你二十年来在江南负有盛名，但至今仍以疏狂而郁郁寡欢，难逢知己。别后想必会更加且醉且歌，洒脱不羁，独钓于江湖之上。

自古英雄多寂寞。姜宸英成名于江南二十年，然少有知己，徒留世间一狂生名号。纳兰性德之于姜更宸英，颇似钟子期之于伯牙，欣赏之、雅爱之。他赞赏姜宸英深厚的学问、过人的才华，更深深地理解他狂放的行径、不羁的言语源之于何——姜宸英是名震江南的才子，却仕途不顺，到七十岁才中了一个探花，授编修。

姜宸英的一生是悲哀的一生。纳兰性德早逝，没能看到这位挚友最后让人嗟叹的结局。清康熙三十八年（1699 年），姜宸英的编修板凳还没坐热，就被牵连进了科场弊案，锒铛入狱。一生挫折的姜宸英没能承受住生命重压上的最后一根羽毛，饮药自尽。不久康熙发现姜宸英的冤屈，赦免其出狱，发现人已离世，唏嘘不已。一代才子姜宸英最后留给世间的作品，是写给自己的一副挽联："这回算吃亏受罪，只因入了孔氏牢门，坐冷板凳，作老猢狲，只说是限期弗满，竟挨到头童齿豁，两袖俱空，书呆子何足算也；此去却喜地欢天，必须假得孟婆村道，赏剑树花观刀山瀑，方可称眼界别开，和这些酒鬼诗魔，一堂常聚，南面王以加之耳。"

当姜宸英写下这副荒诞悲凉的绝笔掷笔而笑的时候，是否想起当年，年轻的小友纳兰性德曾为他预想的落拓但潇洒的人生结局——"君须爱酒能诗，鉴湖无恙，一蓑一笠。"那样的人生，虽然没有耀眼的梦想，却有着生命静静消隐的余韵，纵使不平、抑郁，依然绵长抒婉，也是一场优美伤凄的人生之旅。比起囚笼中的一杯毒药后痛断肝胆的挣扎，那江上的叹息简直就是轻快的叹咏了。

卷五

金缕曲 赠梁汾①

德也狂生耳②。偶然间、淄尘京国，乌衣门第③。有酒惟浇赵州土④，谁会成生此意⑤。不信道、遂成知己。青眼高歌俱未老⑥，向尊前、拭尽英雄泪。君不见，月如水。

共君此夜须沉醉。且由他、蛾眉谣诼⑦，古今同忌。身世悠悠何足问，冷笑置之而已。寻思起、从头翻悔⑧。一日心期千劫在⑨，后身缘、恐结他生里。然诺重⑩，君须记。

[注释]

①梁汾：即顾贞观。②德：作者自指。③京国：京城，国都。乌衣门第：指世家望族。④赵州土：平原君好养士，死后虽未葬赵州，但他是赵国公子，又是赵相，故称他的墓为"赵州土"。⑤成生：纳兰性德自指，纳兰原名成德，故云。⑥青眼：黑色的眼珠在眼眶中间，青眼看人则是表示对人的喜爱或重视、尊重。相传晋阮籍为人能做青白眼，见愚俗之人为白眼，见高人雅士、与己意气相投者则为青眼。⑦谣诼：造谣诽谤。⑧翻悔：对先前允诺的事情后悔而拒绝承认。⑨千劫：佛教语，指旷远的时间与无数的生灭成败，现多指无数灾难。⑩然诺：允诺，答应。

[赏析]

这首词是词人与顾贞观相识不久的题赠之作，表达了诚挚的友情，顾贞观在此词的后记中记云："岁丙辰，容若年二十有二，乃一见即恨识余之晚，阅数日，填此曲为余题照。"

词一开篇，纳兰就写道："德也狂生耳。偶然间、淄尘京国，乌衣门第。"意思是说：我天生痴狂，生长在豪门望族之家，又在京城里供职，这一切实属偶然，并非我刻意追求。在友人面前，纳兰并没有以贵族公子自居，而是自诩"狂生"来打消友人的顾虑，使其不至于因为身份、地位上的悬殊而不敢接近自己，而且纳兰还用"偶然间"三字来表明自己如今所取得的荣华富贵纯属"偶然"，言外之意是希望出身寒门的顾贞观能够理解他，以常人对待他。

接下来纳兰用李贺《浩歌》"买丝绣作平原君，有酒惟浇赵州土"成句，进一步表明自己仰慕平原君的人品，并有平原君那样礼贤下士、喜好交友的品格，但是纳兰感到并没有人能够理解自己的这一片苦心，因此发出"谁会成生此意"的感慨，其中所透露出孤寂之情，也就不言而喻了。

词到此，纳兰的笔锋突然一转，"不信道、遂成知己"，正当纳兰深感知音难觅时，想不到竟然遇到了顾贞观，表现出纳兰意外得到知己后的狂喜之情。

随后，纳兰开始写两人相逢时的情景。"青眼高歌俱未老，向尊前、拭尽英雄泪"，相传阮籍能"青白眼"，碰到他尊敬的人，则两眼正视，露出虹膜，为"青眼"，碰到他厌恶的人，则两眼斜视，露出眼白，为"白眼"，这句中，纳兰用到了"青眼"的典故，是说自己与顾贞观彼此青眼相对，互相器重。

上片尾句以景结尾，那一夜，月色如水，照彻晴空，这不仅象征着两人纯洁的友谊，也营造了一种高洁的氛围。

下片首句中的"沉醉"，表明纳兰要和顾贞观一醉方休，甚至要醉得不省人事。之所以要这样做，一是因为"酒逢知己千杯少"，二是因为"且由他、蛾眉谣诼，古今同忌。"在这里，纳兰劝慰顾贞观不要把奸人的造谣中伤放在心上（顾贞观在此前三年曾遭人陷害而被罢官），因为这种卑鄙的事自古以来就屡见不鲜，不合理的现实既已无法改变，那为什么不与知己一醉方休，以求解脱？

接下来纳兰由好友想到了自己，"身世悠悠何足问，冷笑置之而已"，纳兰认为，在这个污浊的社会中，自己显贵身份完全不值得一提，只需冷笑置之即可，这也就照应了上片的"偶然间、淄尘京国，乌衣门第"。正是因为对荣华富贵的蔑视和对现实社会的不满，纳兰才会产生"寻思起、从头翻悔"的想法。

在激动之余，纳兰把笔锋拉回，与友人开始正面订交。"一日心期千劫在，后身缘、恐结他生里"，纳兰对顾贞观郑重地承诺：我们一日心期相许，成为知己，即使横遭千劫，情谊也会长存的，但愿来生我们还有交契的因缘。尾句"然诺重，君须记"，紧承前两句之意，纳兰表明自己一定会重信守诺，不会忘记今天的誓言。

相传纳兰去世之后，顾贞观回到故里，一天晚上梦到纳兰对他说："文章知己，念不去怀。泡影石光，愿寻息壤。"当天夜里，妻子就生了个儿子，顾贞观就近一看，发现长得跟纳兰一模一样，知道是其再世，心中非常高兴。一月后，再次梦到纳兰与自己作别。醒来后连忙询问别人，听说孩子已经夭折，这段传说足见两人友情的深厚和生死不渝。

金缕曲

再赠梁汾，用秋水轩旧韵①。

酒涴青衫卷②，尽从前、风流京兆③，闲情未遣。江左知名今廿载④，枯树泪痕休泫⑤。摇落尽，玉蛾金茧⑥。多少殷勤红叶句，御沟深、不似天河浅⑦。空省识，画图展。

高才自古难通显。枉教他、堵墙落笔，凌云书扁⑧。入洛游梁重到处⑨，骇看村庄吠犬。独憔悴、斯人不免。衮衮门前题凤客，竟居然、润色朝家典⑩。凭触忌，舌难剪。

[注释]

①秋水轩：明末清初孙承泽之别墅，位于都城西南隅。②涴：污染。③京兆：指京师所在地区，这里指北京。④江左：古时在地理上以东为左，江左也叫"江东"，指长江下游南岸地区，也指东晋、宋、齐、梁、陈各朝统治的全部地区。梁汾为江苏无锡人，故云。⑤枯树：凋枯之树，这里指南朝梁庾信的《枯树赋》。泫：流泪。⑥玉蛾：白色飞蛾，喻雪花，元薛昂夫《端正好·高隐》套曲："须臾云汉飘白蕊，咫尺空中舞玉蛾。"金茧：金黄色的蚕茧，比喻灯火，清陈维崧《瑞鹤仙·上元和康伯可韵》词："看火蛾金茧，春城飞遍。"⑦御沟：流经宫苑的河道。天河：银河。⑧堵墙：唐杜甫《莫相疑行》："忆献三赋蓬莱宫，自怪一日声赫。集贤学士如堵墙，观我落笔中书堂。"此谓围观者密集众多，排列如墙，后多用以为典实。凌云：杜甫《戏为六绝句》之一："庾信文章老更成，凌云健笔意纵横。"本为赞扬庾信笔势超俗，才思纵横出奇，后遂以"凌云笔"泛指为文作诗的高超才华。⑨入洛：用陆机、陆云兄弟入洛的典故。陆氏二人于晋太康末自吴入洛，后得以发迹，但最终被谗遇害，见《晋书·陆机传》。游梁：典出《史记·司马相如列传》："（司马相如）以赀为郎，事孝景帝为武骑常侍，非其好也。会景帝不好辞赋，是时梁孝王来朝，从游说之士齐人邹阳、淮阴枚乘、吴庄忌夫子之徒，相如见而说之，因病免，客游梁。"后以"游梁"谓仕途不得志。⑩题凤：南朝宋刘义庆《世说新语·简傲》："嵇康与吕安善，每一相思，千里命驾。安后来值康不在。喜（康兄）出户延之，不入。题门上作'凤'字而去。喜不觉，犹以为欣，故作'凤'字，凡鸟也。"后因以"题凤"为访友的典故。朝家典：朝廷的典策。

[赏析]

纳兰性德与顾贞观（梁汾）互相引为知己，赠予顾贞观的作品甚多。此篇《金缕曲》开篇小引中一个"再赠"，说明了二人间稠密融洽的关系。在当时，《金缕曲》这个曲牌很流行，纳兰自己也多次使用，不过这一篇与众不同，它是"用秋水轩旧韵"。

关于秋水轩韵出处，必须追溯到明末清初的一次文坛活动。秋水轩本是明末孙承泽的别墅，位于京城西南隅，有江湖旷朗之胜。清初周亮工之子周在浚居京，孙氏借别墅给他入住。清康熙十年（1671 年）秋，周在浚自为座主，主持一个大型唱和活动。参加者有二十多家，由曹尔堪开题首唱，填了一首《贺新郎》。龚孝升响应，今阅《定山堂集》，他先后填了二十三首，可谓洋洋大观。且皆以"卷"字韵起，以"剪"字韵止。于是海内名士胜流，风起云涌纷纷竞填此调，你寄我，我寄你，邮简为之堆积如山。可见这次词坛盛事，波澜万顷。其后辑为《秋水轩唱和词》。

纳兰这首词是用秋水轩旧韵表现自己的心志之作：一杯浊酒，泪湿青衫，从前在京兆的秋水轩唱和的风雅之事，闲情尚未排遣。你的名声在江南已经有二十多年了，却仍像庾信那样伤感流泪。你的才华如同白雪盈满天空，烟火灿烂散落。只是在朝为官比登天还难，朝廷对于人才并不是真的重用，所以才华难以施展，枉费了你堵墙凌云的旷世才华。仕途坎坷，志向难酬，于是难免斯人憔悴。才华卓越，横空出世的风流人物居然只能为朝廷粉饰太平，怎不叫人愤懑！纵然对朝廷有犯忌之论，以致招灾惹祸，但仍不改刚正不阿的本性。

顾贞观年长纳兰近二十岁，在纳兰这样的年纪，已经是江南才子了。做得了官的，未必有才；有才的，未必做得了官，顾贞观便是后者。此人满腹才华抱负，做官不久却被排挤，愤愤挂冠而去。庾信是文坛宗师类的人物，杜甫说他"庾信文章老更成，凌云健笔意纵横"。纳兰以庾信比梁汾，可见对其评价之高。

纳兰出身官宦世家，耳濡目染，对官场上的互相倾轧早已看得通透。他自己也是热血男儿，知道男子汉满怀抱负的雄心，然而，这黑暗的官场又怎是梁汾这样的天真书生所能涉足的？他推心置腹地告诉自己的朋友"兖兖门前题凤客，竟居然、润色朝家典"，你这样有真本事的人，去做官也不会给你施展抱负的机会，不过是让你给朝廷装点门面罢了。"题凤客"指嵇康，又是一位古时著名的风流多才的人物。一比梁汾是庾信，二比梁汾是嵇康，梁汾在纳兰心中的地位可见一斑。

清朝时统治者对文化抓得很严，读书人随便发牢骚是要掉脑袋的，纳兰家门高贵，这样公开写诗宽慰朋友也是冒着风险的，他不是不明白，不过他"凭触忌，舌难剪"。纳兰这牢骚，为梁汾而发，也是为自己而发——"润色朝家典"的"题凤客"何其多，纳兰自己，就是其中之一。

金缕曲 慰西溟

何事添凄咽①？但由他、天公簸弄，莫教磨涅②。失意每多如意少，终古几人称屈。须知道、福因才折。独卧藜床看北斗③，背高城、玉笛吹成血。听谯鼓④，二更彻。

丈夫未肯因人热，且乘闲、五湖料理⑤，扁舟一叶。泪似秋霖挥不尽⑥，洒向野田黄蝶⑦。须不羡、承明班列⑧。马迹车尘忙未了，任西风、吹冷长安月。又萧寺⑨，花如雪。

[注释]

①凄咽：形容声音悲凉呜咽。②簸弄：在手里摆弄，挑动。磨涅：磨砺浸染。③藜床：用藜茎编织的床。北斗：指北斗七星，北斗星的位置近于天的中心，比喻地位非常尊贵，因常以喻指朝廷。④谯鼓：更鼓，古代于城门望楼之上置鼓，为鼓楼，用以报时或警戒盗贼。⑤乘闲：趁着空闲。唐韩愈《复志赋》："时乘闲以获进兮，颜垂欢而愉愉。"五湖：太湖及附近四湖，汉赵晔《吴越春秋·夫差内传》："入五湖之中。"徐天佑注引韦昭曰："胥湖、蠡湖、洮湖、湖，就太湖而五。"春秋时，范蠡佐越王勾践灭吴后，浮舟太湖，易名鸱夷子皮、陶朱公，谓隐退江湖之志。唐李白《留别王司马嵩》诗："陶朱虽相越，本有五湖心。"料理：安排、办理。⑥秋霖：秋日的淫雨。《管子·度地》："冬作土功，发地藏，则夏多暴雨，秋霖不止。"⑦野田：田野。黄蝶：黄色的蝴蝶，唐王建《过绮岫宫》诗："武帝去来罗袖尽，野花黄蝶领春风。"谓郊野田间黄蝶蹉跎蹁跹，引申为家园、知己。⑧承明：即承明庐，汉承明殿旁屋，侍臣值宿所居，称承明庐；又三国魏文帝以建始殿朝群臣门曰承明，其朝臣止息之所，亦称承明庐。班列：指朝廷或朝官，官阶，品级。⑨萧寺：西溟居京时曾寓萧寺。姜西溟在为纳兰性德撰写的《祭文》中云："于午未间，我蹶而穷，百忧萃止，是时归兄，馆我萧寺。"

[赏析]

西溟即姜宸英，这个名字，喜爱纳兰词的人并不陌生，时而可见纳兰与他的酬唱之作。姜西溟，是江南有名望的才子狂士。他才高八斗，却仕途挫折。一心问鼎功名，屡考屡败，屡败屡考，到七十岁才得中探花。那时，已是清康熙三十六年（1697 年）。清康熙十二年（1673 年），纳兰与姜西溟相识；至清康熙二十四年（1685 年）纳兰去世，中间十二年间稠密友情。我们不难想象，这十二年间，西溟有多少次颓唐落第，细致贴心的朋友纳兰又有多少次及时送上了温暖的慰藉。这首词就是纳兰于清康熙十八年（1679 年）安慰姜西溟落第而作的：

为了什么哽咽哭泣呢？既然命运不济，试而不第，那就放开胸怀，任老天爷摆弄，总不能因此而折磨自己。人世间的事本来就是失意的比如意的多，自古以来都是这样。要知道是因为自己才气太高，福气才会减损啊！不若远离繁华闹市，归隐山林，独自高眠，卧看北斗七星，吹笛自乐，听更鼓报夜。大丈夫不要因求仕不得而躁急。虽求官不成，但正好学范蠡，泛游五湖，消闲隐居，怡然自得。纵有伤情之泪，亦当洒向知己者。不要羡慕那些位列朝堂的人，那些京城里的衮衮诸公终日为仕途而忙于奔走，不如以达观处之，任那些得意人儿去奔忙吧！自己闲看萧寺中鲜花盛开，如雪般散落！

《战国策·赵策一》有言"士为知己者死"，西溟可为纳兰抛头颅洒热血了，纳兰当真是西溟的不二知己。一句"须知道、福因才折"，似安慰，更是对西溟才华的肯定与高度赞美。纳兰的性情中，多的是恬淡舒雅。朋友科考失败，他并没有劝慰他"继续努力、从头再来"的语句，而是为他设想了一种贴近理想的非常浪漫的生活方式：如范蠡一般泛舟五湖，享受怡然自得的时光。

纳兰擅长小令，小令看似简单，其实诗词越是短小，越需要诗人于三五字间模景、述情，一击即中，需要敏锐的洞察力与高超的词句把握能力。说纳兰是其中翘楚，当之无愧。他总有一些句子，甚至是简简单单、平平淡淡的几个字，就能让你内心某个地方忽地痛一下，进而泪如雨下。譬如"野田黄蝶"，区区四字，情味无限。

我们不看其引申义，仅看其字面意义：泪似秋霖挥不尽，洒向"野田黄蝶"。蝴蝶，是常见的草虫，凤蝶、绢蝶、蓝灰蝶、铜色蝶、燕灰蝶、蚬蝶……蝶类翅色绚丽多彩，飞舞起来翩翩跹跹，晃得人眼花缭乱。纳兰偏偏没有选择那些大而美丽的蝴蝶进行描述，他专门强调这是"黄蝶"，黄蝶是什么？一种粉蝶科的小蝴蝶，非常普通，田野中最常见的朴素、俏丽的蝶类。每个人的童年，在炎热的洒满阳光的午后，在气味浓烈的花草丛中奔跑，都曾邂逅过的夏日的小小生灵。

回顾以往的生活经历我们会发现，最能打动心灵的，不是华贵的物品或言辞；能给我们最深感动的，往往是非常朴实的、源自内心深处的生命早期的经验。野田黄蝶，广袤的挤满萋萋绿草、落落野花的田野，小小的翩跹而起的粉蝶，都是我们童年浪漫温情的经验。当西溟再次在人生路上痛跌后，纳兰引导他回忆起记忆中最温暖、无害、温情的部分：泪似秋霖挥不尽，洒向野田黄蝶。

严迪昌评价这首词时曾说"慨然长叹，劝慰中透不平"。这话说得不错，纳兰是肯为朋友断头的铮铮汉子，为朋友鸣不平不在话下——可他更是一位温情的人呐。

金缕曲 寄梁汾

木落吴江矣①。正萧条、西风南雁②，碧云千里。落魄江湖还载酒③，一种悲凉滋味。重回首、莫弹酸泪。不是天公教弃置④，是才华、误却方城尉⑤。飘泊处，谁相慰。

别来我亦伤孤寄⑥。更那堪、冰霜摧折，壮怀都废⑦。天远难穷劳望眼，欲上高楼还已。君莫恨、埋愁无地。秋雨秋花关塞冷，且殷勤、好作加餐计⑧。人岂得，长无谓⑨。

[注释]

①吴江：吴淞江的别称，县名，属江苏省。梁汾要归于江南居苏州等地，故云木落吴江。②南雁：南飞的大雁。③"落魄"句：化用唐杜牧《遣怀》："落魄江湖载酒行，楚腰纤细掌中轻。"落魄，穷困失意，为生活所迫而到处流浪。④天公：天，以天拟人，故称，此处指朝廷。弃置：扔在一边，废弃。⑤方城尉：指温庭筠，温庭筠曾为方城（今河南方城）尉，世称温方城。⑥孤寄：独身寄居他乡。⑦壮怀：豪壮的胸怀，唐韩愈《送石处士赴河阳幕》诗："风云入壮怀，泉石别幽耳。"⑧加餐：慰劝之辞，谓多进饮食，保重身体。⑨无谓：即无所作为。化用唐李商隐《无题》："人生岂得长无谓，怀古思乡共白头。"

[赏析]

清初的词坛有一个很奇怪的现象，便是许多词人竞相用《金缕曲》这个词牌填词，例如当时的词人陈维崧，他一生写下的《金缕曲》大概便有几百首，但是在清代的《金缕曲》中，最引人瞩目的还算是纳兰的这首《金缕曲》了。

这是纳兰初识顾梁汾时酬赠之作。他与顾梁汾情谊深厚，所以写下词，纪念友谊，顾梁汾对纳兰也是情深义重，他也曾写文曰："其于道义也甚真，特以风雅为性命，朋友为肺腑。"说的就是他和纳兰之间的友谊。

顾梁汾长纳兰近二十岁，他郁郁不得志，住在纳兰府中，纳兰作为相府中的公子，却丝毫没有端起架子，反而与顾梁汾相交甚欢，二人有许多共同语言，虽然地位悬殊，但却是心意相通。

这首词的词境空辽寂寞，这与纳兰自身的心境也有关系，纳兰虽然是门第显赫，但是他却一直认为是命运对自己的捉弄，令自己深陷豪门之中，无法自拔，无法去追求自己喜欢的生活。

所以，开篇头一句便是"木落吴江矣。正萧条、西风南雁，碧云千里。"看似没有写出寂寞的心情，但实际上千言万语都已经融会在了词中，碧云千里之下，西风大雁，还有萧萧的落木，这些景象，无一不是透露着寂寞。

而后的寂寞便是叠叠加深，"落魄江湖还载酒，一种悲凉滋味"。一种悲凉滋味在心头，纳兰与顾梁汾虽然情谊深厚，但顾梁汾总是要离开的，这首词便是纳兰写与顾梁汾的赠别词，友谊再长久，也抵不过时间和空间的距离。所以"重回首、莫弹酸泪"，这都是天意，何必去计较呢。

只要彼此心中有着牵挂，总还是会有见面的一天的。"不是天公教弃置，是才华、误却方城尉。飘泊处，谁相慰。"这里是纳兰安慰顾梁汾的话，顾梁汾怀才不遇，纳兰必然也是看在眼里的。他告诉顾梁汾，不要怀疑自己，只要坚持，总有雨后天晴的一天。

在下片开始，纳兰便开始感伤自己："别来我亦伤孤寄。更那堪、冰霜摧折，壮怀都废。"在寂寞中，打发时光，这是一件很惆怅的事情，此处的词章，句句写出寂寞，纳兰最擅长写寂寞，此处他虽然没有提及，但每个字眼都让人觉得深入骨髓的清冷。

"天远难穷劳望眼，欲上高楼还已。君莫恨、埋愁无地。秋雨秋花关塞冷，且殷勤、好作加餐计。"天高虽然任鸟飞，但自己却是无法把握自己的命运，词在最后，纳兰也只得悲伤地感慨道："人岂得，长无谓。"是啊，生命总是世事变幻无常，宿命安排，岂是人事能预料的，还是听天由命吧。

据徐钒在《词苑丛谈》中说："此词一出，都下竞相传写，于是教坊歌曲间，无不知有《侧帽词》者。"词境悠远，情谊深厚，想不传唱都难。

金缕曲 亡妇忌日有感①

　　此恨何时已。滴空阶、寒更雨歇，葬花天气②。三载悠悠魂梦杳③，是梦久应醒矣。料也觉、人间无味。不及夜台尘土隔④，冷清清、一片埋愁地。钗钿约⑤，竟抛弃。

　　重泉若有双鱼寄⑥。好知他、年来苦乐，与谁相倚。我自终宵成转侧⑦，忍听湘弦重理。待结个、他生知己。还怕两人都薄命，再缘悭、剩月零风里⑧。清泪尽，纸灰起。

[注释]

①这首词作于清康熙十九年（1680年）农历五月三十日，为卢氏故去三周年忌日。②寒更：寒夜的更点，借指寒夜。葬花天气：农历五月下旬，正是落花时节。③魂梦：梦，梦魂。④夜台：坟墓，亦借指阴间，南朝梁沈约《伤美人赋》："曾未申其巧笑，忽沦躯于夜台。"⑤钗钿约：即"金钗""钿合"，指夫妻的盟誓。白居易《长恨歌》："惟将旧物表深情，钿合金钗寄将去。钗留一股合一扇，钗擘黄金合分钿。但令心似金钿坚，天上人间会相见。"⑥重泉：犹黄泉、九泉，旧指死者所归。⑦终宵：中夜，半夜。⑧缘悭：缺少缘分。《儒林外史》第三十回："只为缘悭分浅，遇不着一个知己。"

[赏析]

　　词一开篇，作者就化用李之仪《卜算子》中"此水几时休,此恨何时已"的成句，看似突兀的一个反问句，却真实地道出纳兰对卢氏之死所表达出的哀伤痛悼之情，虽然卢氏已经去世三年，但是纳兰对她的思念却一直没有停止，他也曾想开始新的生活，却又始终放不下旧情，在亡妇忌日之时，他的这种郁结已久的矛盾心情终于得以释放，一个"恨"字，点明了全词的主旨。

　　接下来作者交代了时间、地点，"滴空阶、寒更雨歇，葬花天气"，中国古代诗人写景物，通常是借景抒情，温庭筠在《更漏子》中曾写道："梧桐树，三更雨。不道离情正苦。一叶叶，一声声，空阶滴到明。"与温庭筠所表达的离情别绪相比，纳兰所表达的生死之痛自然显得更加凄苦。

卢氏的忌日是农历五月三十日，此时正是绿叶茂盛、花渐凋谢的暮春季节，因此说是"葬花天气"。屋外雨声连连，而纳兰的心情则沉重凄清，所以他虽然身在春季，却感受此时已是"寒更"。

　　对于卢氏的离世，纳兰始终不能承认这个事实，因此他总希望这只是一个梦，等到梦醒之后，卢氏就会出现在他的面前。但幻想终究是幻想，又会有哪个梦一做就是三年呢？对于卢氏之死的原因，纳兰猜想是因为她"料也觉、人间无味"。因为坟墓虽然冷清孤寂，但是却能够把所有的愁苦都埋葬于地下，这句话就给今人留下了一个疑问，既然卢氏死后与她结婚仅三年的丈夫会留下如此之多的悼亡之作，那在她生前又会有怎样的愁苦让她觉得"人间无味"呢？

　　上片结尾"钗钿约，竟抛弃"呼应开篇"此恨何时已"，似有怨恨之意，你和我本有钗钿之约，如今你却为何要违背誓言，让我独自一人痛苦地生活在人间？

　　全词到了下片，纳兰开始倾诉自己的别后生涯。"重泉若有双鱼寄。好知他、年来苦乐，与谁相倚。"纳兰在这里设想阴间如果能通书信，自己也就能够知道卢氏这些年来的苦乐哀思与谁一起相伴度过。

　　从生前的恩爱，到关心亡妻死后的生活，甚至在其逝去后经常夜不能寐、辗转反侧地思念她，可见纳兰对卢氏的爱已经深入骨髓。"湘弦"一词在这里明指纳兰害怕睹物思人，因此不忍再弹那哀怨凄婉的琴弦，也暗含了他不忍续弦再娶之意。

　　据记载，纳兰在卢氏死后，"悼亡之吟不少，知己之恨尤多"。由此可见，纳兰不但把卢氏当成了自己的贤内助，更是把她视为知己，这在封建社会中，是一个难能可贵的观念，因此在妻死不能复生、自己又不忍续弦的情况下，纳兰想要和卢氏"待结个、他生知己"，这虽然是一种不切实际的自我安慰，但是纳兰对此无比的执着，甚至还害怕他们两个人即使来生结缘，却也像今生这样命薄，美好的光景、美好的情缘不能长久。

　　全词写到这里，纳兰也照应"此恨何时已"，表达出三层怨恨，今生无缘在一起，此为第一恨；幻想阴间能通书信，却事不可能，此为第二恨；希望来生能再做夫妻，却又怕两人命薄，仍然人鬼殊途，此为第三恨。

　　在词的结尾，纳兰终于从内心世界回到现实，在那空阶之上，亲手点燃了祭奠亡妻的纸钱，并且自己心中所有的情感都化成一句话，"清泪尽，纸灰起"。

金缕曲

　　未得长无谓。竟须将、银河亲挽，普天一洗^①。麟阁才教留粉本^②，大笑拂衣归矣。如斯者、古今能几？有限好春无限恨，没来由短尽英雄气。暂觅个，柔乡避^③。

　　东君轻薄知何意。尽年年、愁红惨绿^④，添人憔悴。两鬓飘萧容易白^⑤，错把韶华虚费。便决计、疏狂休悔。但有玉人常照眼^⑥，向名花美酒拼沉醉。天下事，公等在。

[注释]

①普天：整个天空，遍天下。②麟阁：即麒麟阁，汉代阁名，在未央宫中。汉宣帝时曾将霍光等十一功臣画像置于阁上以表扬其功绩，封建时代多以画像置于"麒麟阁"表示卓越功勋和最高的荣誉。粉本：画稿，古人作画先施粉上样，然后依样落笔，故称画稿为粉本，指图画。③柔乡：即温柔乡，谓女色迷人之境。汉伶玄《赵飞燕外传》："是夜进合德，帝大悦，以辅属体，无所不靡，谓为温柔乡。语曰：'吾老是乡矣，不能效武皇帝求白云乡也。'"④愁红惨绿：谓经风雨摧残的败花残叶。宋辛弃疾《鹧鸪天·赋牡丹》词："愁红惨绿今宵看，却是吴宫教阵图。"⑤飘萧：鬓发稀疏貌。⑥玉人：指美女。照眼：耀眼，晃眼，指强光刺眼。

[赏析]

　　一句"竟须将、银河亲挽，普天一洗"让人禁不住拍案：好一阕《金缕曲》！这是何等的豪放，堪与苏东坡的"会挽雕弓如满月，西北望，射天狼"一较高下。词风如此沉雄郁勃，谁能想到，这是俊雅的公子纳兰性德的作品？更难想到的是，这首词讲的是仕途失意的故事，抒发的是郁郁不得志的情怀：

　　追求的理想总是不能实现，这世事不公，确实需要挽来天河，将天空洗净，令世道清明。朝廷要重用之时，却大笑辞受，拂衣而去了。像这样的壮举，古来能有几人？美好的春光总是有限，然而遗恨却是无限的。不由得让英雄气短，于是找个温柔乡不问世事。春天总是无情无义，年年都要弄得落红满地，让人平添愁绪。人生本来苦短，却又把大好的时光都浪费了。于是下定决心，不为自己的疏狂而后悔。有佳人常伴，有美酒常醉。至于天下的事，就由你们去处理吧！

一个英雄，活活地憋屈了。

英雄的悲，不在血染沙场，马革裹尸。能以一腔热血报国家、筹君王是古时英雄的最高荣誉。英雄最悲戚的莫过于三尺青锋不因磔裂敌人的骨骼而断裂，却因岁月的浸染而锈蚀；刚毅的容颜不因大漠的呼号的风沙而粗砾，却被安逸的日子折起道道松懈的皱纹。

读古代英雄的故事，最感觉悲哀的不是曹沫、专诸，也不是岳飞、袁崇焕，而是廉颇，一位老将军。

《史记·廉颇蔺相如列传》记载，廉颇被免职后，去了魏国。赵王想再次起用他，派人去看他的身体情况。廉颇的仇人郭开听说了这件事，偷偷贿赂了使者。

"赵使者既见廉颇，廉颇为之一饭斗米，肉十斤，被甲上马，以示尚可用。"使者与廉颇会面，这位老将军见自己能有重披战甲的机会非常高兴，他吃了一斗米、十斤肉——为了表示自己还不老，身体依旧健硕，老人家当着赵国使者的面吃了十二斤半的米饭、十斤肉——让人看了心酸。他想获得的，不过是再次纵横沙场的机会。可那可恶的使者收了郭开的钱，回来报告赵王说："廉颇将军虽老，尚善饭，然与臣坐，顷之三遗矢矣。"意思是说，廉将军虽然已经老了，还很能吃，但是和我坐了一会儿，就去了三次厕所。言下之意，廉颇已然是个老饭桶了。"赵王以为老，遂不用。"

一代名将，没能用剑夺取自己往日的荣光，在一个收受贿赂的小人面前像个憨傻的孩子般表现自己健壮的身体和笑傲敌阵的野心，他遭到了不公平的世道无情地嘲弄。虽然一心想为祖国出战，但是他一直再没有得到任用，廉颇最终在楚国的寿春（今安徽省寿县）郁郁而终。这样的结局，让人想到陆游。陆游自幼即立志杀敌救国，终身未能如愿，临终时写下了如老剑悲鸣的《示儿》：死去元知万事空，但悲不见九州同。王师北定中原日，家祭毋忘告乃翁！

纳兰性德文武全才，天生才情出众，抱负满怀。再加上初入仕途时正遇上三藩之乱，他报效国家、青史留名的愿望被激起。然而当他请命上战场杀敌，却没有得到君、父的赞同，大有壮志难酬、前途渺茫之感。只是这种豪气却始终没有兑现在亲历亲为的实践中，纳兰性德只有把这一气吞山河的胸怀消磨在仕途官场上，不能建功立业，只能虚度年华，人也变得惆怅消极。

人生就是如此荒诞，有人一生追求"但有玉人常照眼，向名花美酒拼沉醉"

而不得，有人却不得不"但有玉人常照眼，向名花美酒拼沉醉"。前者享受这种生活是"一朝得志"，后者沉溺于此生活是"英雄失意"。幸耶？非耶？个中滋味，不是旁人可以知晓的。

金缕曲 再用秋水轩旧韵

疏影临书卷。带霜华、高高下下，粉脂都遣。别是幽情嫌妩媚①，红烛啼痕休泫②。趁皓月、光浮冰茧③。恰与花神供写照④，任泼来、淡墨无深浅。持素障，夜中展。

残釭掩过看逾显⑤。相对处、芙蓉玉绽，鹤翎银扁⑥。但得白衣时慰藉⑦，一任浮云苍犬⑧。尘土隔、软红偷免。帘幕西风人不寐，恁清光、肯惜鹔裘典⑨。休便把，落英剪。

[注释]

①幽情：深远或高雅的情思。妩媚：姿态美好可爱。②啼痕：泪痕。泫：下滴貌。③冰茧：冰蚕所结的茧，为普通蚕茧的美称。这里指蚕茧纸，用蚕茧壳制成的纸，取其洁白缜密。④花神：指花的精神、神韵。写照：描写刻画，犹映照。⑤残釭：油尽将熄的灯。⑥鹤翎：鹤的羽毛，喻指白色的花瓣。⑦白衣：白色衣服，指白色花朵。⑧浮云苍犬：白云苍狗，白衣苍狗。喻事物变幻无常。宋杨万里《送乡人余文明劝之以归》诗："苍狗白衣俱昨梦，长庚孤月自青天。"⑨恁：如此、这样。清光：清亮的光辉，多指月光。鹔裘：即裘。相传为汉司马相如所穿的裘衣，由鸟的皮制成；一说，用飞鼠之皮制成。典：即典当。

[赏析]

提到秋水轩，便不得不提到词史上有名的"秋水轩唱和"。清康熙十年（1671年），词人周在浚寓居京城，暂住孙承泽的别墅秋水轩，召集词人唱和对答。秋水轩唱和始于曹尔堪，"见壁间酬唱之诗，云霞蒸蔚，偶赋贺新凉一阕，厕名其旁"。一时间，龚鼎孳、纪映钟及周在浚等当时名流纷纷加入唱和，用《贺新凉》词调，限"剪"字韵，历时近一年，风靡大江南北。

纳兰这首词便是用秋水轩唱和中所限的"剪"字韵。"疏影横斜水清浅，暗香浮动月黄昏"，林逋这两句诗将梅花的形象深深定格于国人心中。一开篇的"疏影"二字便告知我们，这是一首咏梅作。

寒冬腊月，白雪皑皑之际正是赏梅好时节。"粉脂都遣"，逊雪三分白的梅换了银妆；霜华下，暗香来，弥补了"雪却输梅一段香"的缺憾。梅花这般身姿，只一轮皓月，便难掩姿色。粉白交加，"白白与红红，别是东风情味"，南宋女词人严蕊《如梦令》中有此言。"冰茧"二字，看似华丽，不过尽言梅花洁白。范成大曾作"龙绡缫冰茧，鱼文镂玉英"，极言彩灯琉璃毡的明亮。而纳兰以冰茧比梅花，盛赞其叠影重重，光鲜面面。

梅兰竹菊并称花中四君子，古往今来不知多少文人骚客寄情于斯。作为四君子之首的梅，以其临寒而放的品格和香远益清的精神而备受人们推崇。史上"扬州八怪"几乎人人都擅画梅。其中汪巢林画梅"不论繁简，都有空裹疏香，风雪山林之趣"。汪巢林中年后期的画作刻印曰：左盲生、尚留一目著梅花，那时的汪巢林已是一目病盲。晚年的他更是双目俱瞽，挥写狂草署款"所谓盲于目，不盲于心"。

好个不盲于心！夜中展，画中梅，古今描梅多见其姿绰约，而花神难见。"画梅须高人，非人梅则俗"，巢林想必是以骨作为花干，以志作为花神，以心点画外一段香，方于画中见梅之傲人品格。

佛眼看花，看的是隐在蕊中的花神。掩过残红，没有红烛摇曳投下的点点昏黄，斑斑烛影，纳兰似融于梅心，聆听梅花于寂静冷月下的款款诉说。那些旧事仿佛化作枝头花瓣，不语婷婷，玉芙蓉一般沉静，鹤翎般无瑕。"鹤翎"本指鹤的羽毛，欧阳修曾以鹤翎比牡丹，"姚黄魏红腰带鞓，泼墨齐头藏绿叶。鹤翎添色又其次，此外虽妍犹婢妾。"牡丹国色天香，自需姚黄魏紫的贵胄之气相配。白牡丹虽冰肌玉骨，却怎能与冰魂玉魄的梅花同日而语？

纳兰感叹这一袭白衣的素梅，似流连于岁月的驻点，回溯人间的沧海桑田，以岿然不动的静夜思感悟已幻化成风的过往。"浮云苍犬"又作白云苍犬，几度穿梭于秋水轩唱和的诗笺中。终身漂泊的陈维岳在《贺新凉·自遣》中言道："造化小儿纷簸弄，翻覆白云苍犬。"人世间说不清的无常，不知是冥冥中不可逆的宿命，还是一步错步步错的轨迹。

"软红"是温柔之乡，是烦恼之事，是种种尘土杂念。俗世中怎生成这般梅之姿态？那定是跨越了红尘世界的欲念，淘炼得的纯真。"帘幕垂垂月半廊"，溶溶月下，似有幽香撩过，西风卷帘处，往事悠悠如软泥上的青荇，在心底的潭水招摇。

鹔裘相传是司马相如所着裘衣。《西京杂记》记载，司马相如与卓文君月下定情，私奔后自是囊中羞涩，而小资情调难掩。相如以身着鹔鹴裘典酒，与文君灯下把酒欢饮，享尽了畅意人生。司马相如与卓文君不言富贵已成绝唱，虽不见容于时代，终留感动于人间。这一唱，纵身已千年。

不知这寄春君与纳兰诉说了什么，心之交汇处，"呼儿将出换美酒，与尔同销万古愁"。可惜，太白感人生难尽欢时，可无所顾忌地选择散发弄扁舟；纳兰呢，一饮三百杯后，家国天下的包袱可抛向何处？

李义山云，"留得枯荷听雨声"，听空山新雨滴答于心尖上，心却随霜飞散。"休便把，落英剪"，落英下掩映的似纳兰纯真的自我。幽州台已湮灭，却留下了陈子昂的那片悠悠天地。纳兰已省得，物是人非的蹉跎岁月不过转身一瞬，唯有赤子般纯洁的心方得有限的永恒。

河渎神

凉月转雕阑①，萧萧木叶声干②。银灯飘箔琐窗间，枕屏几叠秋山③。

朔风吹透青缣被④，药炉火暖初沸。清漏沉沉无寐，为伊判得憔悴。

[注释]

①凉月：秋月。雕阑：即雕栏，华美的栏杆。②干：形容声音清脆。③枕屏：枕前的屏风。④朔风：北风。青缣：青色织绢。

[赏析]

纳兰词，多是愁苦之作，几乎十首词里有一半以上的词都在写惆怅与悲伤。这首词也不例外，书写相思之苦：秋月转过了雕栏，窗外传来的是萧萧的落叶之声。灯光在窗边摇曳，枕前的屏风如山峦起伏。北风吹透了锦被，寒意顿生，药在炉上沸腾。漏声清晰地回响耳畔，对你的思念即使让我憔悴，也无怨无悔。

纳兰的词大半都是以情为材料，以愁为辅料。但纳兰虽然写了无数的愁绪，却总是能写出新意，让人不会看腻。他能够将一种愁绪写得琳琅满目，多种多样，仿佛一道菜，虽然材料相同，但纳兰就是能够做出不同的风味，这也算是一种才华吧。

不过，纳兰虽然多愁，但他并不是一个颓废消极、无事可做、消磨时光的词人。纳兰有自己的理想和抱负，他在诗词中所表现出来的"愁"，不过是他在现实压力下，无法舒缓情绪的一种发泄。

这首词是好友姜宸英远在他方时，纳兰怀念故人而作的。字里行间，无不透露出了对朋友的关爱和牵挂，同时也写出了自己不愿意逗留官场的情结。

"凉月转雕阑，萧萧木叶声干。"清冷的月光转过栏杆，无边的落木，在风吹动下，发出枝叶萧萧响声。"银灯飘箔琐窗间，枕屏几叠秋山。"将自己关在房间里，看着窗户外的景色，远山连绵，如果姜西溟的内心能如同这般景色一样淡然，那他也就不需要为考不中功名而苦恼了。

姜西溟的才华也算是清朝少有之人，但功名利禄却始终离他太过遥远，纳兰想要好心劝说，但是却不知道该如何开口。旁观者清，当局者迷，姜西溟是否有做官的潜质，纳兰是最清楚的，但作为好朋友，他怎么能开口打击朋友最后的一点自尊心呢？

每个人都有自己所要走的道路，无人可以替代，纳兰一直是对的，在"博学鸿词"科后，姜西溟为人举荐修《明史》，一直到七十岁才考中进士。但他在官场中却始终无法走顺，最后以主持顺天乡试案被牵连丢了官而死狱中。

纳兰的担忧竟然成为现实。这首词的下片中写道："朔风吹透青缣被。"纳兰是聪明人，他聪明到了晶莹剔透的地步，一眼便洞穿了富贵名利的假象。真相在纳兰的眼中，无比清晰，可惜，并不是所有人都能看到。

风吹透了棉被，寒意顿生，药还在炉火上煎熬，这清冷的天地，什么时候才会有点希望呢？"药炉火暖初沸。清漏沉沉无寐，为伊判得憔悴。"纳兰带着思念，躺在病床上，感慨这世间万物。

这首词写得极好，有景有色，慷慨悲怆，将内心的凄苦和现实的不公得以呈现。纳兰痛惜好友才华，也不忿他的命运不公，这首词有伤情之泪，也有悲情之泪，纳兰自己不愿意被名利所累，却一生无法挣脱名利的束缚。姜西溟一生追求名利，却最终都没能够获得他想要的名利。

这就是命运的安排，无人可逆。

浣溪沙

身向云山那畔行①。北风吹断马嘶声②。深秋远塞若为情③。
一抹晚烟荒戍垒④，半竿斜日旧关城。古今幽恨几时平⑤。

[注释]

①云山：高耸入云之山。那畔：那边。②马嘶声：马鸣声。③远塞：边塞。若为：怎
为之意。④荒：荒凉萧瑟。戍垒：营垒。戍，保卫。⑤幽恨：深藏于心中的怨恨。

[赏析]

秋冬的塞外在唐诗里总是有着说不尽的景色，比如李颀的"野营万里无城郭，
雨雪纷纷连大漠。胡雁哀鸣夜夜飞，胡儿眼泪双双落"；比如严武的"昨夜秋风入
汉关，朔云边月满西山。更催飞将追骄虏，莫遣沙场匹马还"。

唐人笔下的边关总是那么硬朗萧瑟，他们时而坐拥满怀壮志，时而壮志难
酬，时而心念旧恩，时而怀古伤今。而这里，是纳兰的边关，纳兰的秋冬。康熙
二十一年（1682年）八月，纳兰受命与副都统郎坦等出使唆龙打虎山，十二月返回。
此篇大约作于此行中。纳兰笔下的边塞和他的笔下的闺中女儿一样充满性灵神韵。

此时，纳兰独身走向山的另一边。这里，我们听到了北风哀号，胯下的战马长嘶，
而耳朵里满灌的只有风声。塞外没有江南的湖畔小楼，没有妖姬歌舞，没有红袖
长甩，富贵出身的纳兰生于温香软玉之中，如何担待得起这如铁边关！

于是纳兰的边关也携裹了南国的柔软，他选用的词牌也是《浣溪沙》这西子
之词。是啊，纳兰的高山如柔水，河有河畔，山也有了山畔；纳兰的风是冷峻的
负心人，干净利落地吹断马嘶如同斩断情缘；纳兰的马是悲情的马，那一声嘶鸣
如若纱巾在长风中断作两截。而就在几十年前，自己的祖先们曾挥鞭南下，他们
的铁蹄曾在这里踏过。这里曾是汉人的疆土，不编辫子的男人们身着盔甲在这里
身首异处，血染荒野。自此天下改姓，江山易主。纳兰和他的祖先们代替了挽着
发髻的汉人怀拥着三寸金莲的女子。

光阴流转，千年不变的是塞外的冷清。此时，一抹晚烟于塞外，恰如一声蝉

噪于深林。蝉噪林愈静，而人间烟火则让边塞的冷清更加浓郁。戍边的堡垒因这一缕烟霞而荒凉。这一抹晚烟是边关第一位迎接纳兰的。它说，纳兰啊，你就到任了。你可知道，自此山高路远，故乡难回；自此兵戈铁马，美人不在。纳兰遥望这一抹晚烟，心中顿生寒凉之意：自此身着戎装，心系边关安危，命不再属于自己。

天色已近黄昏，纳兰看到，夕阳落在了旗杆半腰。纳兰的斜阳没有"大漠孤烟直，长河落日圆"的浑厚，却尽是懒倚半竿的破败。纳兰如何得以浑然？逾江山易主不过百年，外有劲敌剑拔弩张索我性命，内有家室娇妻美妾待我归来。古今幽恨集于胸中，这斜阳，如何得以浑厚！

历史原因与环境原因以及词人自身的性格交织在一起，天时、地利、人和，造就了这一曲边塞苍歌。全词除结句外，均以写景为主，景中含情，纳兰的一草一木皆有灵性。虽然作者一直未曾直接抒发要表达的情感，但我们从字里行间揣摩出作者的感受。"吹断"二字写尽了北国秋冬之险恶，"若为情"的发问中带出了作者对到任的迷茫与不安。环境险恶，前途未卜，纳兰胸中风起云涌：怀古之心，恋乡之情，忧虑之思，纷纷扰扰难以平静。此时边关的云烟、堡垒、落日均染上了情绪的色彩。整个边关不再是唐人笔下的雄浑、苍凉、悲壮，取而代之的是满目萧瑟的冷清与破败。

浣溪沙 庚申除夜①

收取闲心冷处浓②，舞裙犹忆柘枝红③。谁家刻烛待春风？
竹叶樽空翻彩燕④，九枝灯地颤金虫⑤。风流端合倚天公⑥。

[注释]

①庚申除夜：即清康熙十九年（1680 年）除夕。②收取闲心：谓约束心思。③柘枝：即柘枝舞。此舞唐时由西域传入内地。④竹叶：酒名，即竹叶青，亦泛指美酒。彩燕：旧俗，立春日剪彩绸为燕饰于头部。⑤九枝灯：古灯名，一干九枝的烛灯。金虫：比喻灯花。⑥端合：应当、应该。

[赏析]

这首词写的是除夕之日贵族家守岁的场景。

片首一句"收取闲心冷处浓",意为在寒冷的除夕夜里把浓郁的闲情收起,作者回忆起了当年守岁的场景。"舞裙犹忆柘枝红",意为那柘枝舞女的红裙多么令人怀念啊。范文澜、蔡美彪在《中国通史》中提到"柘枝舞女穿着窄袖薄罗衫"就是此意。作者想起了当年所看过的柘枝舞,柘枝舞年年都有人跳,可是再看到却也没有当年的那样美好了。这两句看似是回忆,却也道出了作者在除夕夜的一种怀念往昔生活的心情。纳兰性德是个怀旧的人,在妻子卢氏去世之后,写了许多悼亡之词给她,仍然不能够忘怀。他对旧的事物有一种天生的敏感和眷恋,所以才会在除夕之夜写自己当年观看柘枝舞的情形。"谁家刻烛待春风",这里的"谁家"其实指的就是纳兰性德自己家。这句是说当年自己家在除夕夜里在蜡烛上刻出痕迹来等待新春的到来。这原本是一件极为普通的事,但纳兰性德还是在词中提起,从这一点也可以看出他对曾经家庭生活的眷恋。

下片"竹叶樽空翻彩燕,九枝灯灺颤金虫"是说青竹酒已经喝尽了,大家都在头上戴着彩绸做成的燕子来欢庆新年的到来;灯烛已经熄灭了,而剩下的灯花仿佛一条条颤动的金虫。这两句写的是大家在除夕夜玩闹的场景,用了酒杯、彩燕和灯这几种意象来衬托出除夕夜的热闹的场景,从这几处简单的事物来反映出整个除夕夜的热闹的街市,让人读过之后能非常形象地想象出当年纳兰性德所处之地除夕的样子。而且这两句还是对仗句。"竹叶樽"对"九枝灯","空"对"灺","翻彩燕"对"颤金虫",很是工整,这些丰满的意象让人非常明了地感觉到了除夕的喜庆气氛。"风流端合倚天公"是说风流是自然形成的,而不是人力所能达到的。这句也表明了纳兰性德对当年逍遥自在生活的无限回忆。

通篇来看,这首词写的是纳兰性德对往年除夕的回忆,词中着力描写了柘枝舞和舞女的美妙风流,也深隐地表达了自己的怀念之情。作为当朝权臣明珠的儿子、皇帝身边的红人,纳兰注定会在仕途上一帆风顺,然而,也许是造化弄人,纳兰性德偏偏向往那种怡然自得的田园生活,而后又入太学,考举人,后成皇帝身边的近臣,可谓是顺风顺水的一个阔家公子哥。然而纳兰性德却并不喜欢这种生活,他在内心深处厌倦官场庸俗和侍从生活,无心功名利禄,而后妻子的去世也使他遭受了严重的打击。他怀念年轻时无忧无虑的时光,所以经常写一些这样的怀旧词。他的词风清新隽秀、哀感顽艳,颇近南唐后主。

这一首写除夕的词就是他作为一个富家公子，怀念当年风流生活的写照。纳兰性德虽然出身显赫，但在情感上始终不如意，再加上自身多病，所以并不快乐。他的词多是在回忆往事，似乎往昔的事情比现在更加值得留恋和回味。这一首写除夕的词，平淡朴实，是真情的自然流露，但又不落俗套，不拘一格，也是纳兰性德写词的一大风格。他不会矫揉造作地去"为赋新词强说愁"，而是将自己的所感所想融入词中，使得所填出的词更加清新隽永。作为一个富家公子，愈处在繁华中，愈感觉到寂寞，纳兰性德，是一个天生的词人。

这首词，将纳兰性德作为一个多愁善感的富家公子的形象表现得淋漓尽致，而其背后，则是对往昔的无尽的怀念。

浣溪沙

凤髻抛残秋草生①，高梧湿月冷无声②，当时七夕有深盟。
信得羽衣传钿合③，悔教罗袜送倾城④。人间空唱《雨淋铃》。

[注释]

①凤髻：古代女子的一种发型，将头发绾结梳成凤形，或在髻上饰以金凤，流行于唐代。此处指亡妻。②湿月：湿润之月。形容月光如水般湿润。③羽衣：原指以羽毛织成的衣服，后常称道士或神仙所着衣为羽衣，此处借指道士或神仙。钿合：镶嵌金、银、玉、贝的首饰盒子，古代常用来作为爱情的信物。④罗袜：丝罗制的袜子，此处指亡妻遗物。倾城：旧以形容女子极其美丽，是美女的代称，此处指亡妻。

[赏析]

此词虽为唐明皇、杨贵妃之事而作，实则是借其情事述己悼亡之感。

纳兰词风的形成期，正是与其妻携手双飞的时期，两人弹琴作赋，对弈言欢在纳兰词作中都有擦拭不去的痕迹，但正是两人笃厚的夫妻之情，在妻子卢氏去世后，纳兰"悼亡之吟不少，知己之恨尤深"。沉重的精神打击使他在以后的悼亡诗词中一再流露出哀婉凄楚的不尽相思之情和怅然若失的怀念心绪。这首词，便是为了纪念卢氏而作。

作者以冷色调作起，并未着笔墨写曾经"如花似叶长相见"的美满，"凤髻抛残秋草生"似用了倒笔法，很有些"千古英雄只废丘"的相似感慨，只是那是风云气，这里却是儿女情，是人面不知何处去，但是也没了桃花依旧的景色，而是"秋草生"，斗转星移，物人两非，事事皆休了。起句只是一个引子，则则更入凄凉之境了。一个"高"写出梧桐的孤寂唐突，月是"湿"的，却又不知是月之泪抑或是己之泪了，或者物我两望，各湿一行清泪吧。接下来更点一个"冷"字，四周深秋的气氛渲染着，似乎万般凄冷，任是有情也不得不让人生悲凉之感。这一句通过几个意象的描述，在开篇之时就让全词弥漫着一股凄冷的气息，冷冷的秋月，静静的梧桐，使读者的心境一下就被带入了一种悲伤的情绪中，不能自已。整个上片，伤感之情愈写愈深，愈写愈烈。

"当时七夕有深盟"。此句化用唐明皇与杨贵妃长生殿之典，既有当日之恩爱，又何来后日的马嵬坡之伤情，既有道士传其信物，却更教人悔不当初。通过此景想往情，使人心折骨惊，惆怅其情。彼时两情相望，各据一情；此时天涯人远，不得相亲，伤如之何！如此这般，魂飞魄散，已是天上人间，纵使千万眷恋，纵有《雨霖铃》述明皇之忧伤，却是徒劳，佳人已然难再得了。纳兰却是纵使寄情于千言万语，往昔的红颜与恩爱却是如烟如雾，隔山隔海。

伤理万名，其情却一。纳兰曾因父母之命媒妁之言而娶卢氏，但短短三年时间香魂早早飘逝了。卢氏生时他不懂得珍惜，对她抱有很大的愧疚之情，常常在词中悔己之薄情，为她写过多首悼亡之词，此系其一。甚至曾经"愿指魂兮识路，教寻梦也回廊"，要招那去三冥的魂魄归来重聚，一片伤心，终也附于流水。从这首词可以看，纳兰是个极为重感情的人，所爱之人已经离自己远去，只能在伤心时写下了这首浣溪沙。

纳兰性德作为一个出身显赫的富家公子，虽然身世得到很多人的羡慕，但是自己却并不快乐。他是个率性而自然的人，然而不如意的爱情却让他饱受折磨。他自幼天资聪颖，读书过目不忘，数岁时即习骑射，后又入太学，举进士，成为皇帝的近臣，但是却十分厌恶官场的生活。加之婚姻悲剧事故的摧残，纳兰在之后所作的大部悼亡诗词中一再流露出哀婉凄楚的不尽相思之情和怅然若失的怀念心绪。他的悼亡之词婉丽凄清，真挚深切让人不忍卒读。这一首词也同样如此，毫无矫揉造作的成分，只有一份真情融在其中，令人读罢不禁黯然神伤。

义山有诗"劝栽黄竹莫栽桑"，沧海桑田，有几段感情经得起沧海桑田呢？世人最不愿看见的事往往是最常、最易发生的事。他现在为杨妃为之一哭，为亡妻为之一哭，而其情又有谁可以为之一哭呢？

浣溪沙

旋拂轻容写洛神①，须知浅笑是深颦②。十分天与可怜春。
掩抑薄寒施软障③，抱持纤影藉芳茵④。未能无意下香尘⑤。

[注释]

①轻容：一种无花薄纱，宋周密《齐东野语》卷十："纱之至轻者，有所谓轻容，出唐《类苑》云：'轻容，无花薄纱也。'"王建《宫词》："嫌罗不着爱轻容。"洛神：中国神话人物，即洛水的女神洛嫔，相传她是宓（伏）羲的女儿，故称宓妃。溺死于洛水，成为洛水之神。
②须知：必须知道，应该知道。浅笑：犹微笑。③薄寒：微寒、轻寒。软障：即幛子，古代用作画轴。④纤影：清瘦的身影。芳茵：茂美的草地。⑤香尘：这里指人间。语出晋王嘉《拾遗记·晋时事》："石崇又屑沉水之香如尘末，布象床上，使所爱者践之。"

[赏析]

染指丹青本是高人雅士之事，请看纳兰笔下"旋拂轻容"的作画人有着怎样的风致和忧愁。画者在薄寒的软障下"浅笑深颦"，一如你我穿越繁华的大都市坐在地铁里看窗外忽明忽暗的风景。这是心灵的旅程，你我对坐无垠世界暗哑的一隅，无言地对视着。如是，生命的乱影悄然消隐——心地澄明如水的你我是和洛神同行的。

"旋拂轻容"是一种超然的人生态度，长于绘事，意味着不矫揉造作。摒除一切的杂念、尘嚣，正应了王摩诘"山风吹解带，山月照弹琴"的意境。犹如在宣纸上逐渐化开的水墨，静谧的空间被一颗敏感但不落寞的心灵激发的情愫一寸一寸地细细浸润。"旋拂"有着舞蹈的动感，但不是张扬，而是清丽洒脱。

"写洛神"，也就是在"写自己"。"须知浅笑是深颦"，传神地描绘出了女子的可爱，其实也表明呈露在外的自己和本真状态的自己即使近在咫尺，却拥有遥不可及的距离。这就是生活，情感细腻的此人用易于忽视的"浅笑"，瞬间化解了强力意志带来的灾难，不由得让人心生敬仰之情。

春日使人怜惜，因为它像个体生命那样短促易逝。齐白石有一枚闲章曰"惟愿长绳系日"，大概就是这种心情的自然流露。在纸上画洛神的人，在东晋有一个

顾恺之，"阿睹（眼睛）传神"说的就是他画人物画是展现出来的精妙才艺。而作为词人的纳兰则是另一个顾恺之，他把清澈的眼眸用细密的词句直接画进了人心，明快清新，让人眼前一亮！

"掩抑薄寒施软障，抱持纤影藉芳茵"，不像某些格律诗那样是戴着镣铐的舞蹈。你看，浓郁的春景借助精谨的词句润泽了人们奔波尘世久惯的枯寂。于是，连"软障"都惊觉了自身的薄寒，青绿如烟的芳草都看到了贴身的浓淡阴影。这是一个魅力十足的世界，足以惊醒万物。他让我们认识自己遮蔽已久的性灵。此时尽管软障轻薄寒冷，芳草纤弱，但毕竟是到了生机蓬勃的春天，让人没有了疲靡委顿的理由。

纳兰词中这样情意绵绵的开怀之作并不多见，它就像是一个充满隐喻的美梦。弗洛伊德说："梦是愿望的达成"。只要有梦，人就是不死的。

浣溪沙

十二红帘窣地深①，才移划袜又沉吟②。晚晴天气惜轻阴③。
珠衱佩囊三合字④，宝钗拢鬓两分心⑤。定缘何事湿兰襟⑥。

[注释]

①十二红帘：即绣有十二红的帘幕。十二红，鸟的一种，尾羽末端红色，故名。②划袜：只穿着袜子着地。沉吟：犹豫，迟疑。③轻阴：疏淡的树荫。④珠衱：缀珠的裙带。佩囊：随身系带的用以放零星物品的小口袋。三合字：古代阴阳家以十二地支配金、木、水、火，取生、旺、墓三者以合局，谓之"三合"，据以选择吉日良辰。⑤宝钗：首饰名，用金银珠宝制成的双股簪子。⑥兰襟：带有兰花芬芳香气的衣襟。

[赏析]

细语霏霏，渐渐沥沥，一降便是许久许久，心也郁闷，浓愁不散。昨夜还雨丝不断，伴着雨声，一觉到了天明。一缕难得的暖暖的阳光射入眼睛，我不由用手去遮挡。虽然，连日的阴沉，也早已让我习惯了；不过，晚来的晴日，还是令人感到欣喜的。微风轻拂，十二红帘不住地晃动起来，拂地的红帘，也闪着红彤彤的光，觉到眼前一片火红，一通暖热。

懒散地挣扎着起来，没有穿鞋，行走在地上，推开深堆在地上的红帘，一边向外看去，一边不住地沉吟。看着窗外的晴日，又蓦地伤感起来，竟为这连下数日的阴雨感到可惜了，真是莫名其妙的想法，不解自己。带着淡淡的愁绪，不自觉地挪到妆台前。看着镜中凌乱的自己，又忙碌地梳起头来。浓黑的长发，不情愿地被梳成双髻，再插上宝钗。想到如今已不小，心上人在何方，真是愁煞人。不禁低头抚摸腰带上的珠饰、绣好的佩囊，却无另一半来附送自己的情感，又是愁煞人。晚晴的阳光甚是热烈，身体被晒得微热，可在微风里，心竟不由地渐凉，且愈来愈凉。于是，泪水又如往日一般，悄悄落了下来，一颗一颗，晶莹透亮，打在新换的兰襟上。暖人的阳光都不能温暖我的心，究竟是什么使得我的心如此忧伤呢？

这是一首闺怨词，而且是一首等待出阁的少女的闺怨词。少女的闺怨与少妇的闺怨大不同。这首词中，通篇不见少女的身影，但整首词写的却全是少女的闺怨，整体上给人一种忧郁而又青春的感受。说其忧郁，乃是出于闺中少女虽长大却还未有情郎寄托情感，故而有一种淡淡的苦楚。尽管少女多流泪，但亦无哀感。说其青春，乃是少女自身的一种属性的表现，少女本身的存在就是一种青春。闺中少女的求情之心愈切，其自身的青春活力愈能让读者清晰地察出。少女恐怕青春易逝，所以才有"湿兰襟"之举，更是青春期心情的一种流露。

少妇的闺怨，则似乎都有一种淡淡的哀愁。少妇因有夫君，其闺怨怕只能有两种情况：一是与夫君生活不恩爱，一是与夫君的别离相距甚远，无论何种原因，都是一种愁苦，似乎说其蒙上一层哀愁也不过分。词人着笔点不同，刻画的是少女的闺怨，就这一点，就异于无数少妇式的闺怨词作，给人眼前一亮之感。

这首词中"红帘"的表达，首先给人一种色彩上的艳丽。"红"色本身就具热烈之义，更与少女身份相合，也与第三句中"阴"形成对照，一热烈，一阴沉，恰好体现了少女的心理活动。"深"字，一表"红帘"之长，亦可表少女愁情之深，连日的阴霾加上心内的愁绪，愁该有多"深"，可想而知。

"珠祓"二句，点出身份，用"三合字"及"两分心"，委婉地表现了少女正等待情郎，而非生硬地赤裸表达，读来可觉一种美感，顷刻间，那亭亭玉立的形象便立即站在了读者面前，随着想象，少女的那种活力、那种青春，就自然地被我们所感觉到，真令人向往青春。

也正是这两句，将这一首闺怨词之境界提升至少一重，本显平常单薄的一首闺怨词，就这样有了无限的意味和思考的空间。这也许正是词人所真正想要表达的那种多面的、立体的心理愁绪。

浣溪沙

容易浓香近画屏①，繁枝影着半窗横②。风波狭路倍怜卿③。
未接语言犹怅望，才通商略已蓓腾④。只嫌今夜月偏明。

[注释]

①画屏：绘有彩色图画的屏风。②繁枝：繁茂的树枝。③风波：比喻纠纷或乱子。狭路：窄小的路。④商略：商讨、交谈。蓓腾：形容模糊，神志不清。

[赏析]

　　这首《浣溪沙》为爱情词，与大多数纳兰词的冷清凄迷不同，此首词主要描绘恋人初逢的场景，细腻柔婉，缠绵悱恻。

　　上片前两句写景，"浓香""画屏""繁枝"，后一句由景转到人，写的是男子看到恋人时微妙的心理变化。画屏透迤，浓香扑鼻，树影横斜。窗半开着，女子露出头来，微风过处，杏花微雨，不禁让窗外的人急切赶来的人更生怜爱。

　　此处，纳兰并没有对女子的容貌进行描写，而是通过描写周围的景物，让我们展开想象，窗后的女子，该是宝钗笼鬓，红棉朱粉，或轻颦，或浅笑，或娇嗔，可谓梨花一枝春带雨，薄妆浅黛总相宜，如此那般，不可方物。

　　再说相逢的场面，"风波狭路倍怜卿"。作者没有用动作描绘，而是从心理入手，看到小轩窗后面焦急等待自己的恋人，在恋情面前不顾险阻的恋人，让前来赴约的纳兰更生怜爱。

　　风未必大，夜未必冷，但是看到有人在等着自己，窗半开着，香静静燃，女子在枝干的那头隐隐可见，安静或者焦急地等着纳兰前来赴约，所有的东风恶，世情薄，雨送黄昏，都是两个人一同走过。日子天天过，比流水的消逝、落花的凋零更快，但是有几对恋人能够怀着热切的爱情与期盼，一直并肩走下去？

　　纳兰与恋人虽情投意合，且密有婚姻之约，而他的父母也许不赞成。他们恋爱形迹落在他们眼里，引起他们的嫉妒，遂硬将他的恋人报名入宫，来断绝他的念想。但我们通过前文得知，在那之后，纳兰也曾偷偷混入宫中与恋人见面。

也许我们可以相信即便是入宫，纳兰与恋人仍然是抱着微渺的希望，认为他们依然有前路可走，爱情的力量最后会战胜一切。所以当见到等候自己的恋人，勇敢和自己一起追求真爱、对抗"风波"的恋人，纳兰的心里边对她更加怜爱。

下片紧接上片。对相逢场景进行描绘。"未接语言犹怅望"，可以想象是女子从树影中看见我已经到来，轻声唤我。或者两人是太久没有见面了，或者沉迷在这幅美丽的图画中不能自拔，忘记了怎么说话，要说什么话，只是呆呆地望着。"才通商略已颦腾"，才刚刚开始交谈，纳兰就已经沉迷陶醉，忘乎所以了。末句"只嫌今夜月偏明"，将描写的视角由叙事转到场景上。"月偏明"，月亮稍稍亮了一点，月亮偏偏是亮的。这小小的抱怨，让纳兰内心深处的欢心喜悦更加暴露无遗。但是正是因为月明，才需要更加小心，这又造成了纳兰内心提心吊胆的情绪。心理的几重复杂，生动传神。

或者天不从愿者太多，在爱情里波折的纳兰，连见恋人一眼都需要扮成僧人偷偷入宫。其实曾经的两小无猜、兰窗腻事，都因鸳鸯零落不复存在了。但是情难忘却，恋人被选入宫，纳兰仍然抱着她会被放出来、他们能够团圆的希望。而此次与恋人的会面又更坚定了他的信念。这就加深了他后来的苦痛。

正是，往事不可再来，袖口香寒。

浣溪沙

十八年来堕世间，吹花嚼蕊弄冰弦①。多情情寄阿谁边②。
紫玉钗斜灯影背③，红绵粉冷枕函偏。相看好处却无言。

[注释]

①吹花嚼蕊：谓吹奏、歌唱，引申为反复推敲声律、辞藻。弄：指吹弹乐器。冰弦：冰弦玉柱，筝瑟之类乐器的美称。②阿谁：谁，这里指自己。③紫玉：紫色的宝玉，古人以为祥瑞之物。

[赏析]

悠悠岁月，似流水，转眼间，又十八载，如今，已翩翩少年。世俗纷扰，红

尘牵绊，谁能轻易避开？尽管如此，我仍钟情于丝竹与自然。从小到大，一直喜欢山花。时常穿梭在花丛中，享受自然的熏陶，不时折取令人爱怜的绿叶，卷成曲状，放至嘴边吹拂，一曲仿佛天籁，响彻耳际。一直对乐声的敏锐，不自觉地促使人摆弄琴弦，奏出动听的音乐。弹得累了，就抓起一撮花蕊，香气扑鼻，令人陶醉，竟不觉放进嘴中细细咀嚼，嘴也顷刻香气四溢。

人渐长，渐多情。多情的我已不再满足这山花、这丝竹，这浓情该寄送给何人呢？我苦苦寻找着。终于，功夫不负有心人，今日迎来了人生的大喜。夜色渐浓，房中只有玉人和我，煞是安静。红烛淡红，闪闪烁烁，一屋尽是暖人的气氛。玉人端坐红烛后，端庄娴静，娇小苗条的身影映在淡红中，令人神往。斜镶在发髻上的紫玉钗，散着紫气，好不动人。沙漏细滴，烛身渐短，夜已深了。玉人和我双双躺下了，红绵纤细柔软，似粉般。然而多时的端坐，早已让红绵凉如清水，温热的肌肤触着这红绵，突觉有阵阵凉意袭来，不堪凉意，所以匣状的枕头也被弄得歪歪斜斜。尽管这般，双双卧床的我及玉人，在红影中没有一句呢喃细语，相互凝视着娇媚俊貌，时间仿佛停滞了。

这首词主要描写的是一对夫妇的新婚画面。此词首句即告知"我"已十八岁，尘世行走多年。在此，"十八年"的由来，还颇费一番周折，这里还有一个令人叹惋的故事。在《仙吏传》（东方朔传）中记载，东方朔未死时候，曾对周舍郎说过："天下没有一个人能够懂得我，真正懂我的人只有太王公一个人。"等到东方朔死后，汉武帝得知此语，马上召唤太王公询问："你知道东方朔吗？"太王公回答说："不知道。"汉武帝询问太王公才知，他很擅长星象观测。他告诉汉武帝："天上诸星都在，单独只有岁星十八年不见，今时才复见。"听此，汉武帝仰天长叹："东方朔在朕身边十八年，而朕竟不知他是岁星。"然后，汉武帝神色凄惨，郁郁不乐。此典故足可说明"十八年"弥足珍贵，也暗示"我"之将结束岁星式生活，"堕"入世间，但这是注定的，也只有叹惋吁惜可慰"我"。另外，"我"之素爱"吹花嚼蕊"，甚至"弄冰弦"，也只孤单一人，所以发出"多情情寄阿谁边"也属正常。

下片，写新婚之夜最是动人。头戴紫玉钗的玉人，愈发诱人。说起紫玉钗，又牵扯出一曲故事。据唐蒋昉《霍小玉传》知，此紫玉钗是昔日霍王小女欲戴之饰，值万钱，却不知何故丢失，令人费解，终被做此紫玉钗的老人识得。在这里，无论紫玉钗怎样丢失，又怎样复得，全无关紧要，关键之处是其"值万钱"，何其珍贵，如此珍贵之物配玉人，可见玉人有多尊贵，有多娇媚。最动人之处，在末句"相看好处却无言"，玉人及"我"皆情至深处，可见一斑。

纳兰性德这首词，用典较多，是一大特色，让人在不知不觉中对"我"有了更深一层的理解。词中词句工整，第五、六句即是例子。该词上片与下片，情感表达流畅，上片"多情情寄阿谁边"既出，下片即是新婚之夜，中间部分环节虽简略，却刺激读者发挥想象，回味无穷。

词人运用语句之突出，令人赞叹。首句"堕"字，表现心理状态，第二句中"弄"也如此。下片"冷"，生动地写出端坐之久。"多情情寄阿谁边"的发问在下片中得到了最好的回答。究竟"十八年"来"堕"世间，是福是祸，怕是很难说清，据"相看好处却无言"可知：怕是福更多。由此可看出，"我"的早熟，对入世间尘世作"堕"的看法，也由玉人的到来而竟"无言"，可谓世事难料，更何况短暂人生。此词美妙，究竟作于何时？有叶舒崇皇清纳兰室卢氏墓志铭：年十八，归十八同年生成德，姓纳兰氏，字容若。据此可知，该词可能作于清康熙十三年（1674年）作者与卢氏新婚之期。

浣溪沙

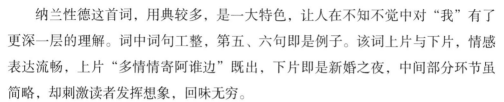

欲寄愁心朔雁边①，西风浊酒惨离筵②。黄花时节碧云天。
古戍烽烟迷斥堠③，夕阳村落解鞍鞯④。不知征战几人还？

[注释]

①朔雁：指北地南飞之雁。②浊酒：用糯米、黄米等酿制的酒，较浑浊。③烽烟：烽火。斥堠：斥堠亦称斥候，是中国古代对侦察兵的称呼，多为轻骑兵。④鞍鞯：马鞍子和垫在马鞍子下面的东西。

[赏析]

西风乍起，凉意迎面拂来，不觉一阵惊寒：又是一年秋。浸润西风中，手持一壶浊酒，独自饮。这般西风，这般浊酒，不觉浮想联翩。昔日分离景况，立现眼前；悠悠古道，西风恼人，浑浊的黄酒，还有泪眼迷蒙的送行之人，交织在一起，渐行渐远，成了心中一个永远的铭记。

即便珍味无数，也注定是一场凄惨的别宴，今日一别，不知何时再聚，同欢饮。我的思绪越发凌散，忽地一声雁鸣。这北方的大雁，怎能解我的愁绪，依然似有欢意。我只愿将这片愁，寄给这将要南归的雁儿，哪怕也只能暂慰我愁思，姑且这般罢。

伴着思虑，不禁眺望，远处黄灿灿的菊花一片又一片，在微风的抚摸下，似浪般起起伏伏，却也好看，却也心酸。在这黄花绽开的时节，青云块块镶在天穹，就快要把天给缀满了。望着这青云，不觉心内又溢出愁情。蓦地，一股烽烟直逼碧色的云天。历史悠久的斥堠上飘起的狼烟，一股接着一股，伸向远方，这是戍守的兵士发出作战的讯号：敌人又来冒犯了。激烈的厮杀，整整持续了一天。到了黄昏，我随战友一起，在一个偏僻的村子里休整，以备再战。脱下了盔甲，解开了鞍鞯，马儿也累得直喘。饮着浊酒，盯着落日，再回想白日的惨烈。心生感慨：不知道战争结束后，还有几人能回家，与亲人团聚？想着想着，热泪脱眸，满面愁绪，皆是思亲愁情。

这首词描写的是一个在外从军之人思念家人的情景。

全词可分为两部分。前三句为上片，写的是战争前的忆家的情状，下片写的是经过厮杀战斗后的恋家的情景。虽有两片，但却由一"愁"统辖。首句"欲寄愁心朔雁边"，直抒胸中压抑长久的"愁"，在萧索荒凉的边塞，"愁"心无处寄送，秋日望见大雁，不由"我"心生此意。因"愁"而生忆，忆及当年离家别亲的凄惨别宴，恰如就在昨日，故而愁心更添一层愁。独饮浊酒，更添愁绪，所谓"酒入愁肠，化作相思泪"，又有"浊酒一杯家万里"，所以愁情更浓更远。远处美好的灿灿黄花，给"我"视觉上的亮色。一片荒芜之中，突见生机勃勃的黄花，犹如无垠沙漠里的一汪清泉，给人欣喜。但这欣喜，却也是如此短暂，欣喜过后是无尽的苦楚。这里，以艳丽的黄花美景来反衬"我"的内心无比凄凉。

下片中，思绪未定就不得不投入战斗。战斗直到傍晚，片刻的休整，望着受伤的战友，情感陡然升华，由上片的只是内心愁绪，变为内心的担忧。夕阳虽在，却再也没有"长河落日圆"的气概，有的只是一层一层添增的思虑。古来战争，从来就是"一将功成万骨枯"，战争的残酷，让"我"心内生忧，也让读者心生忧虑："我"能否平安回家与家人团聚？这不可知晓。在这里，"我"虽无直抒胸怨，但怨气慢慢升起：亲人别离，生死未卜，隐隐地表达了对战争的不满。

沁园春

　　试望阴山①，黯然销魂，无言徘徊。见青峰几簇，去天才尺；黄沙一片，匝地无埃②。碎叶城荒③，拂云堆远④，雕外寒烟惨不开。踟蹰久⑤，忽冰崖转石，万壑惊雷。

　　穷边自足秋怀。又何必平生多恨哉？只凄凉绝塞，蛾眉遗冢⑥；销沉腐草，骏骨空台⑦。北转河流，南横斗柄⑧，略点微霜鬓早衰。君不信，向西风回首，百事堪哀。

[注释]

①阴山：内蒙古自治区中部山脉。东西走向，包括狼山、乌拉山、色尔腾山、大青山等。②匝地：满地，遍地。③碎叶城：高宗调露元年置，属条支都督府，在今吉尔吉斯斯坦首都比什凯克以东的托克马克市附近，它与龟兹、疏勒、于田并称为唐代"安西四镇"。④拂云堆：古地名，在今内蒙古包头西北，唐时朔方军北与突厥以河为界，河北岸有拂云堆神祠，突厥如用兵必先往祠祭酹求福，张仁愿既定漠北，于河北筑中、东、西三受降城以固守，中受降城即在拂云堆，故拂云堆又为中受降城的别称。⑤踟蹰：徘徊，心中犹疑，要走不走的样子。⑥蛾眉遗冢：指古代和亲女子之墓。此处用王昭君出塞的典故。《汉书·匈奴传下》："元帝以后宫良家子王嫱，字昭君赐单于。"王昭君墓在今内蒙古自治区呼和浩特南。传说当地多白草而此冢独青，人称"青冢"。⑦骏骨：据《战国策·燕策一》载郭隗用买马作喻，说古代有用五百金买千里马的马头骨，因而在一年内就得到三匹千里马的，劝燕昭王厚币以招贤，后遂以"骏骨"喻杰出的人才。⑧斗柄：构成北斗柄部的三颗星。

[赏析]

　　在一个孤寂的日子，唐朝诗人陈子昂独自登上了位于现北京市大兴的幽州台，感怀抒郁，写下了苍凉的怀古之作《登幽州台歌》："前不见古人，后不见来者。念天地之悠悠，独怆然而涕下。"一千年后，清朝诗人纳兰性德体会到了与他类似的心境，不过地点不是北京大兴，而是西北边塞。

　　这首词是纳兰性德清康熙二十一年（1682年）出使唆龙所作，抒发凄凉伤感之情：遥望苍凉的阴山，不禁令人黯然销魂，徘徊不前。只见那高高的山峰高耸入云，接近天际，眼前黄沙遍地，却不起一丝尘埃。那唐代的碎叶古城早已荒凉，拂云堆也遥远得看不见。唯见飞翔云外的雕鹰和那寒烟茫茫、愁惨不散的荒漠景象。正徘徊不前之际，忽听得山崖轰鸣，仿佛是巨石滚动，又像是万丈深壑里发出的惊雷隆隆。人生不必有多少遗恨才能伤感，这荒凉边塞看了已经让人愁苦满怀了！想到王昭君凄凉出塞，如今人已死去，但遗冢犹存；而那掩埋在荒漠野草中的，是当年燕昭王求贤所筑的高台。河水依然向北流去，北斗星柄仍是横斜向南。愁苦之人已经未老先衰。你若不相信，只需要在秋风中回首往事，必定愁苦满怀！

看纳兰对边塞风光的描写，会发现非常有趣的现象，他套用了李白《蜀道难》对蜀地的描述。开篇一句"试望阴山，黯然销魂，无言徘徊"，几乎就是对《蜀道难》开篇的意译。"见青峰几簇，去天才尺"，与"连峰去天不盈尺"如出一辙；待到了"忽冰崖转石，万壑惊雷"，岂不是"飞湍瀑流争喧豗，砯崖转石万壑雷"的再造？《蜀道难》是名篇中的名篇，小孩启蒙的必备篇目，也许在幼年纳兰的心中，所谓的凶、所谓的险，就是李白所描绘的样子。纳兰没有进过川蜀，无缘见千年前李白所惊叹的蜀道，不过，他在西北边塞见到了幼年印象里只有诗歌中才会出现的崇山峻岭。

同样是浪漫主义诗人，面对险峻的高山，李白显现出的是洒脱的浪漫，描绘了山有多险，然后说"不如早还家"，俨然一位背包客，看看，赞叹一番就算了。纳兰则心重得多。他追忆了边塞的往昔，想到了昭君出塞，燕王求贤。

王昭君，一位美丽如娇花软玉的女子，可也颇有女中丈夫的气概。当其他初入宫的女子都无奈地涨红了脸凑出银子去贿赂画师时，唯有她骄傲地扬起头颅，对唯利是图之人不屑一顾。画师毛延寿也是个手黑的人物，你不把她画美就算了，偏偏给她点上一颗"丧夫落泪痣"，害得她入宫三年，无缘面君。到底不是平凡女子，宁可远走荒边，也不老死宫中。一个女人，本身就已经美得惊心了，偏偏她又如此果敢，有生命的活力，纵使年华老去于荒凉的土地，依然引得无数人思慕与怀念。

燕昭王是小国的国君，想使国家强盛起来，可求才不得，遂向老臣郭隗求教。郭隗告诉他，若求千里马而不得，肯花五百金买一副千里马的骨头，自然就有人将千里马送上门。为求良驹，不惜五百金买一副骨头，这份气魄，浪漫得动人心魄。这是只有古人才想得到、做得到的事情。燕昭王竟然照着做了，果然吸引了大量人才，使燕国步入黄金时代。

那些浪漫的理想年代已经过去，那些满怀激情的风流人物已然消隐，存留于世间的只有蛾眉遗冢，骏骨空台。陈子昂于幽州台上之悲，悲的是孤独，悲的是历史的苍凉。纳兰性德之悲，初看悲的是边塞苍凉的景色，说到底，还是悲的历史的天空下已经寂灭的岁月的故事。

沁园春

丁巳重阳前三日①，梦亡妇淡妆素服，执手哽咽，语多不复能记。但临别有云："衔恨愿为天上月，年年犹得向郎圆。"妇素未工诗，不知何以得此也，觉后感赋长调。

瞬息浮生，薄命如斯，低徊怎忘②。记绣榻闲时，并吹红雨③；雕阑曲处，同倚斜阳。梦好难留，诗残莫读，赢得更深哭一场。遗容在，只灵飙一转④，未许端详。

重寻碧落茫茫⑤。料短发朝来定有霜。便人间天上，尘缘未断；春花秋叶，触绪还伤。欲结绸缪⑥，翻惊摇落，减尽荀衣昨日香。真无奈！倩声声邻笛，谱出回肠。

[注释]

①丁巳重阳前三日：指清康熙十六年（1677 年）农历九月初六，即重阳节前三日。此时纳兰性德亡妻已病逝三个多月。②低徊：形容萦绕回荡。③红雨：指落花。唐李贺《将进酒》："桃花乱落如红雨。"④灵飙：灵风、神风。指梦中爱妻飘飞的身影。⑤碧落：天空。语出白居易《长恨歌》："上穷碧落下黄泉，两处茫茫皆不见。"⑥绸缪：紧密缠缚，缠绵，情意深厚，这里指夫妻恩爱。

[赏析]

纳兰与妻子卢氏相处的时间虽然短暂，但是感情却十分深厚，丁巳年即清康熙十六年（1677 年），也就是卢氏逝世这一年。妻子逝世不久，尸骨未寒，所以词人时时思念，幻想能与其再续前缘。这一年重阳节前三天的夜晚，词人竟真的在梦中与亡妻相会，两人相对哽咽，说了许多思念之语，临别之时，妻子赠诗"衔恨愿为天上月，年年犹得向郎圆"于词人。但是，梦境虽美，终究也是一场空幻，

醒来之后只会让痛苦进一步加深，于是在感慨无奈之下，词人又提起笔来，写下这首词。

"瞬息浮生，薄命如斯，低徊怎忘"，词一开篇，纳兰就以咏叹的笔法写出了对亡妻的一往情深，人生苦短，瞬息即逝，本来是伉俪情深，无奈妻子却红颜薄命，短暂的三年快乐相处换来的是一生的哀思。

由于对亡妻的思念萦绕在纳兰的心间，纳兰自然也就开始回忆与卢氏新婚后的恩爱生活，"记绣榻闲时，并吹红雨；雕阑曲处，同倚斜阳"，当初相依相偎坐在绣榻上，吹着飘飞的花瓣，在栏杆的拐弯处共同欣赏黄昏的景色，在这句中，以往昔的欢乐对比，反衬出词人如今的孤单与愁苦。

"红鱼"在这首词中有两种可能的解释，一是指桃花，李贺《将进酒》有"桃花乱落如红雨"之句，二是指落花如雨，刘禹锡《百舌诗》中有"花枝满空迷处所，摇动繁英坠红雨"。

接着纳兰开始倾诉自己失去爱妻之后的痛苦，"梦好难留，诗残莫读，赢得更深哭一场"，人生中最大的痛苦莫过于生死离别，此时的纳兰已经开始纠结起命运来，他珍爱生命，可惜生命最后却是瞬息浮生，他珍惜爱情，可是爱情却得而复失，他想与心爱之人梦中相会，互诉衷肠，结果却只是好梦难留，当所有的一切都化为乌有时，他只能无奈地在深夜里痛哭流涕。这时他又想起梦中妻子的模样，只可惜这梦去得太快，还没来得及仔细端详，亡妻便已"灵飙一转"，词到此，更加平添一份悲痛之情。

下片开篇紧承上片结尾，写梦醒后词人想要重寻梦境，可惜"碧落茫茫"，无迹可寻。在悲愁和痛苦的煎熬之下，纳兰猜想第二天自己的头上一定会增添许多白发，这句与苏东坡的"纵使相逢应不识，尘满面，鬓如霜"十分相似，可是苏东坡要十年才尘满面，鬓如霜，纳兰却是一夜白头，抛却真假不论，其中孰深孰浅，已无须多说。

命运是无法改变的，但是痴情的纳兰却偏偏要与命运做一番抗争，他固执地发出："便人间天上，尘缘未断；春花秋叶，触绪还伤"，虽然生死相隔，但尘缘并不会就此割断，否则又怎会在梦中相见，那春花秋叶都是触动感伤的琴弦，让人看后不胜凄怆。

一对恩爱的夫妻本想白头偕老，结果妻子却像木叶一样飘然陨落，这恐怕是人生中最大的遗憾，以致纳兰从此"减尽荀衣昨日香"。"荀衣"有两个典故，一指东汉荀彧嗜爱香气，身带之。所坐之处，香气三日不散。二是《世说新语·惑溺》中记载：荀奉倩与妇至笃，妇病亡，痛悼不已，岁余亦亡。这里两个典故合用，说明自妻子死后，纳兰已经形容憔悴，丰神不再。

词到结尾，"真无奈！倩声声邻笛，谱出回肠"，在无限的愁绪之中我们又听到词人发出一声无可奈何的叹息。在这里"邻笛"亦是一个典故，魏晋之间，向秀经过友人旧庐，闻邻人奏笛，感怀亡友，作《思旧赋》来悼念。而词人此时谱写的，岂不正是这种令人断肠的伤心曲！

沁园春

梦冷蘅芜①，却望姗姗②，是耶非耶？怅兰膏渍粉③，尚留犀合；金泥蹙绣④，空掩蝉纱⑤。影弱难持，缘深暂隔，只当离愁滞海涯。归来也，趁星前月底，魂在梨花。

鸾胶纵续琵琶⑥。问可及当年萼绿华⑦？但无端摧折，恶经风浪；不如零落，判委尘沙⑧。最忆相看，娇讹道字⑨，手剪银灯自泼茶。今已矣，便帐中重见，那似伊家。

[注释]

①蘅芜：香草名。晋王嘉《拾遗记·前汉上》："(汉武)帝息于延凉室，卧梦李夫人授帝蘅芜之香。帝惊起，而香气犹着衣枕，历月不歇。"闽徐夤《梦》诗："文通毫管醒来异，武帝蘅芜觉后香。"②姗姗：走路从容、不紧不慢的样子。③兰膏：一种润发的香油。渍粉：残存的香粉。④金泥：用以饰物的金屑。蹙绣：即蹙金，一种刺绣方法，用金线绣花而皱缩其线纹使其紧密而匀贴，亦指这种刺绣工艺品。⑤蝉纱：像蝉翼一样薄的纱。⑥鸾胶：相传以凤凰嘴和麒麟角煎成的胶，可黏合弓弩拉断了的弦，俗称丧妻男子再婚。⑦萼绿华：传说中的仙女名。自言是九嶷山中得道女子罗郁。晋穆帝时，夜降羊权家，赠权诗一篇，火手巾一方，金玉条脱各一枚。见南朝梁陶弘景《真诰·运象》。李商隐《重过圣女祠》："萼绿华来无定所，杜兰香去未移时。"⑧判：甘愿、甘心。尘沙：尘世。⑨道字：一种将字拆开的文字游戏。

[赏析]

喜新厌旧是世人常态，眼前有娇媚新人，自然将往昔旧人抛诸脑后。纳兰性德眼前有位新人——他的发妻已经故去了。而且，以纳兰府的名望与财富，这位新人

必然出身高门大户，貌美如朝露。不过，人们没有听闻纳兰府新人的笑声，纳兰性德的心，显然并没有放在新人身上。他仿佛坠入了时间的迷雾中，时时与旧人相伴：

蘅芜袅袅，似梦非梦，看到你步履轻缓，从容不迫地姗姗走来，这景象是真是幻？眼前你润发用的香油，粉盒中残存的香粉，依旧在妆奁中静静地躺着；装饰用的金屑和没有绣完的绣品还放在那里。面对着这些你曾用过的东西，睹物思人，怎能不怅然心伤！真希望我们不是天人永隔，滞留天涯。你忽然回到我身边，趁着这明月星空，在曾经相约的梨花树下与我相见。纵然是续娶了后妻，但又怎么能与你相比呢？如今让我无端经受这样的打击，如尘沙般孤独零落。最令人伤神追忆的是你读错了字的娇柔之声，和那剪去灯芯、赌气泼茶的柔媚之态。如今一切美好都已结束，即使再次相见，也不是当时的样子了。

看到这首词，续娶的新夫人一定伤心欲绝。"鸾胶纵续琵琶。问可及当年萼绿华？"萼绿华，传说中美丽的仙女。新夫人纵使艳若三春牡丹，也比不过逝去的人儿——她在他的心中是"萼绿华"，天国芳蕊，远胜过人间富贵花。爱，是一种能力。有些人随时随地可以开始下一段恋爱，全心投入其中；有些人此种能力却相对匮乏，他们的爱如春日的草花，与命中注定的人相遇，便如被惊雷催发，伸展枝丫，拼尽全力开出一朵花蕾，花谢了，生命的活力也随之枯竭了。纳兰性德无疑是后者。传说，纳兰曾与表妹相爱，无疑这位表妹扮演了春雷的角色，撼动了少年纳兰心中情欲的芽苗。然而，他们没能走在一起，最终同纳兰一同完成这段感情经历的，是他的妻子卢氏。

纳兰的性格落拓无羁，禀赋超逸脱俗，才华出众，与他出身豪门，钟鸣鼎食，入值宫禁，金阶玉堂的前程，构成一种常人难以体察的矛盾感受和心理压抑。爱妻的早亡、挚友的聚散，使他内心深处的困惑与悲观难以释怀。对仕途的厌倦和不屑，使他对凡能轻取的身外之物无心一顾，但对求之却不能长久的爱情，对心与境合的自然和谐状态，却流连向往。

纳兰对妻子的爱深刻真切，充满怜惜。妻子去世了，她曾用过的脂粉、发油，她未做完的刺绣，每一样都静静地待在原处，仿佛在等待主人回来。她住过的房间，是他栖息心灵的幽僻之地。他每日流连其中，回忆共同走过的那些日子的点点滴滴的幸福，甚至曾经她念错一个字的娇嗔，都成了今日最值得反复咀嚼的甜蜜回忆。

康熙二十四年暮春，纳兰性德抱病与好友一聚、一醉、一咏三叹，然后便一病不起，七日后溘然而逝。病时，康熙曾派人探望并送御药，闻其亡故之讯，为之惋惜。纳兰性德的业师徐乾学为其撰写墓志铭、神道碑。纳兰性德葬于京西皂甲屯纳兰祖茔，带着无限的爱与娇妻卢氏合葬于山明水秀之境，从此相依相伴、永不分离。

摸鱼儿 午日雨眺①

涨痕添、半篙柔绿②，蒲稍荇叶无数③。空蒙台榭烟丝暗④，白鸟衔鱼欲舞⑤。桥外路。正一派、画船箫鼓中流住⑥。呕哑柔橹⑦，又早拂新荷，沿堤忽转，冲破翠钱雨⑧。

蒹葭渚，不减潇湘深处。霏霏漠漠如雾。滴成一片鲛人泪⑨，也似汨罗投赋⑩。愁难谱。只彩线、香菰脉脉成千古。伤心莫语，记那日旗亭，水嬉散尽，中酒阻风去。

[注释]

①午日：五月初五日，即端阳节。②涨痕：涨水后留下的痕迹。柔绿：嫩绿，也指嫩绿的叶子或水色。③蒲：蒲柳，即水杨。荇：多年生草本植物，叶略呈圆形，浮在水面，根生水底，夏天开黄花，全草可入药。④空蒙：细雨迷茫的样子。台榭：台和榭，亦泛指楼台等建筑物。⑤白鸟：白羽的鸟，鹤、鹭之类。⑥箫鼓：箫与鼓，泛指乐奏。⑦呕哑：象声词，形容声音嘈杂。柔橹：谓操橹轻摇，亦指船桨轻划之声。⑧翠钱：新荷的雅称。⑨鲛人：神话传说中的人鱼。典出《洞冥记》："（吠勒国人）乘象入海底取宝，宿于鲛人之舍，得泪珠，则鲛所泣之珠也，亦曰泣珠。"后谓神话传说中的鲛人流出泪珠能化作珍珠。⑩汨罗投赋：战国时楚诗人屈原因忧愤国事投汨罗江而死，后人写诗作赋投入江中，以示凭吊。

[赏析]

词的副标题为"午日雨眺"，这首词写于五月初五端午节，纳兰雨中凭眺生情，感怀而作。端午时节，春水涨池，水草丰茂碧绿。烟雨空蒙，楼台掩映，白鸟衔鱼起舞。桥外水路上，一派画船歌舞、桨声"呕哑"的春景图。荷叶新纱，船桨在岸边忽然转过，划破了这一池的碧绿。湖面的小岛，风情不比湘江美景逊色。细雨霏霏，如烟似雾，化为鲛人的眼泪，滴成珍珠，又仿佛是将诗赋投入汨罗江中所溅起的。

而此际闲愁难以述说，只有凭借用彩线缠裹粽子投入江中，以示这千古的脉脉哀思了。记得当初我们在这端午之日的酒楼上，泼水嬉戏、酒醉兴尽而去的情景，回想起此，不由伤心满怀，只有低头不语了。

"涨痕添、半篙柔绿，蒲稍荇叶无数。"涨水后留下痕迹，水草丰茂，春景过渡到夏景的景象在词的开篇展露无遗，宋苏东坡《书李世南所画秋景》诗："野水参差落涨痕，疏林欹倒出霜根。"纳兰虽然是取意境其中，但也运用得恰到好处。

"空蒙台榭烟丝暗，白鸟衔鱼欲舞。"柳条随风舞动，如烟似梦，而白鹭捕鱼的姿势很是优美，犹如舞蹈一般。纳兰欣赏着这美好的景物，仿佛置身于画中一般，"桥外路。正一派、画船箫鼓中流住。呕哑柔橹，又早拂新荷，沿堤忽转，冲破翠钱雨"。上片是写景，写出景色之美，而让读词的人也深陷其中，感受着这看似普遍，但却别有风味的景物，而到下片开始，则是借景抒情了。

"蒹葭渚，不减潇湘深处。"愁绪蔓延开来，深深荡漾开去，而霏霏细雨，细密如针织，仿佛雾气一样笼罩在四空，"霏霏漠漠如雾。滴成一片鲛人泪，也似汨罗投赋。"如同泪雨一样，好似是在为投江自尽的屈原悼念默哀。

愁绪难以谱写，只有写入词，以来聊表心意，"愁难谱。只彩线、香菰脉脉成千古。伤心莫语。"无言以对伤心事，看到这美好景色，却难以提起兴致，虽然是借着祭奠屈原来写出心中惆怅，但其实纳兰祭奠的是自己那无法言说的哀愁。

"记那日旗亭，水嬉散尽，中酒阻风去。"记住这美好的景象吧，不要总是记住过去悲伤的事情，那样只能苦了自己。

摸鱼儿 送座主德清蔡先生[①]

问人生、头白京国[②]，算来何事消得。不如篷画清溪上[③]，蓑笠扁舟一只。人不识。且笑煮鲈鱼[④]，趁着莼丝碧。无端酸鼻[⑤]。向歧路销魂，征轮驿骑[⑥]，断雁西风急。

英雄辈，事业东西南北。临风因甚成泣？酬知有愿频挥手，零雨凄其此日[⑦]。休太息。须信道、诸公衮衮皆虚掷[⑧]。年来踪迹。有多少雄心，几番恶梦，泪点霜华织。

[注释]

①蔡先生：蔡启僔，字昆旸，号石公，德清人，康熙庚戌一甲一名进士，授修撰，历官左春坊左庶子，有《存园草》。②京国：京城，国都。③罨画：明杨慎《丹铅总录·订讹·罨画》："画家有罨画杂彩色画也。"④鲈鱼：用南朝张季鹰的典故。刘义庆《世说新语·识鉴》谓："张季鹰辟齐王东曹掾，在洛，见秋风起，因思吴中菰菜羹、鲈鱼脍，曰：'人生贵得适意尔，何能羁宦数千里以要名爵？'遂命驾便归。俄而齐王败，时人皆谓为见机。"后以此为思乡赋归之典。⑤酸鼻：因悲伤而鼻子发酸，眼泪欲流。⑥征轮：远行人乘的车。驿骑：骑驿马传递公文的人，或指驿马。⑦零雨：慢而细的小雨。《诗经·豳风·东山》："我来自东，零雨其蒙。"⑧虚掷：白白地丢弃、扔掉。

[赏析]

纳兰性德写作这首词时，可是春天？他说"酬知有愿频挥手，零雨凄其此日"。蒙蒙烟雨，别意凄凄。驿马即将启程，诗人在苍冷阴郁的天空下对马车中的人挥手作别。

这位车中人不是红颜，不是美人，是白发苍苍的老者——纳兰性德的老师、知己。他是他确确实实的知己。他在成百上千个生员的试卷中将他的作品甄选而出，为之击节赞叹，遂圈为举人。

他是纳兰性德的"座主"蔡启僔。"座主"即科举考试的主考官。按照科场规矩，根据科举时代的惯例，由此他们就有了师生之谊。

同是送别之作，纳兰还有一首《金缕曲·慰西溟》。相比之下，这首《摸鱼儿》更显深切与丰富。姜宸英（西溟）是位才学满怀却屡试不第的狂人，多的是男儿的怀才不遇、满腹壮志未酬的惨烈。蔡先生却不同。他是金銮殿上皇帝钦点的状元，他的人生更像一个封建时代寒门儒生的经典奋斗蓝本——他努力，他成功，他衣锦还乡光耀门楣，他这位天子门生为科考为国事熬白了头发，却在朝臣们的拉帮结派彼此倾轧中成了炮灰，解甲还家。

同样是纳兰的朋友，蔡启僔与姜宸英人生境遇不同，却同样是狷狂之士。蔡启僔是清康熙九年（1670年）中的状元。康熙八年，蔡启僔进京会试，路过淮安府山阳县。山阳县令是他的乡试同年，那个年代，乡试同年便有同窗之谊，且乡人在外，故知难求，少不得一番探望。

彼时的蔡启僔一副穷儒装扮，破衣烂衫，且没有长一张"器宇轩昂"的脸，怎么看都不像是有资格与县太尊平起平坐的友人，也不像是虎落平阳前来求助的潜力股"贵人"，倒像个货真价实的打秋风的穷酸。换作旁人，门房早一脚踢走，好在当时知识分子还真是有些社会地位的，蔡启僔名刺上"举人某某"的字样，

使这张名刺平安递到了县太尊手上。

县太尊如今虽早已脱去了一身穷皮，念书时的童子功还在，记性颇好，一下子想到了念书时的那位穷朋友。凤凰男遇到穷老乡，满心的不屑与不耐烦，直接回绝又不好，于是在名刺上写下了"查明回报"四字。门房心领神会，利索地把穷儒蔡启僔打发走了。

风水轮流转，不过这风水转得也太快了些，第二年蔡启僔就中了状元，穷酸成了大贵人。山阳县县太尊见一时眼皮子浅活生生给自己立了个冤家，赶紧准备厚礼并修书一封致蔡启僔，想找补找补。新科状元当时送上的不过是一个名刺，如今拿到手的却是一个礼帖。状元郎也学县太尊提笔写字，不过没写"查明回报"，写了一首七绝："一肩行李上长安，风雪谁怜范叔寒？寄语山阳贤令尹，查明须向榜头看。"

何等才情，何等狂狷！即便是放在今日，也是会被说是不识好歹、不给人面子。毕竟从此大家同朝为官了，吃一个碗里的饭，难保日后谁不仰仗谁。能在官场上混的，谁没有一腔婉转细腻的心思，蔡启僔这般直爽且眼里揉不下沙子，纵然才情万丈，也保不得他在暗流汹涌的清代官场上不翻船。

蔡启僔（1619—1683 年），字昆旸，号石公，明末清初浙江湖州府德清县人。幼年去京，随任吏部侍郎、东阁大学士的父亲读书。清康熙九年（1670 年）进士，并钦点为状元。充任日讲官。十一年，为顺天（今北京）乡试主考官，号称知人。后历任右春坊、右赞善、翰林院检讨。因病卸职归乡。

可见，蔡启僔并非货真价实的寒门子弟，确切地说，出身书香门第、官宦人家——他的父亲是吏部侍郎、东阁大学士。但是他并没有卖弄自己的门第，而是以孤高傲骨的儒生的标准严格要求自己，山阳县令那类人竟然不知他的底细。尘世本污浊，怎容君出于污秽且不染纤尘。康熙十二年，即纳兰性德中顺天府乡试举人的第二年，蔡启僔就被卷入了廷内争斗中，因顺天乡试"副榜未取汉军卷"被弹劾。欲加之罪，何患无辞！蔡启僔因为在顺天乡试正式录取名额之外，没有按规定给汉军旗人一定的照顾，就被降级处分。蔡启僔何等风流爽朗人物，纵然让宏图壮志哽了喉，也不愿让尘世污秽脏了眼，飘然挂冠而去。

纳兰性德对老师又敬又爱，他知晓老师的为人，知道老师多年来对事业的付出和高远的志向。"问人生、头白京国，算来何事消得。"这人生在世，算来有什么事值得在京城里熬白了头发？纳兰细腻，善于体贴人意，开篇就是一句宽慰人的话语。蔡启僔五十中举，到受弹劾为止，为官不过三年。霜染满鬓，所染却并非京城霜雪。纵然蔡启僔为人洒脱，心中也少不了郁闷。纳兰宽慰他说，在这壮阔暗郁的京国，纵使熬白了头发又有什么意义？

蔡启僔的故乡，在风景如画的江南。纳兰用南朝张季鹰的典故劝慰老师。据说张季鹰见秋风渐起北雁南归，思恋起家乡莼菜羹碧绿爽滑，鲈鱼鲜嫩美味，便说道："人生贵得适意尔，何能羁宦数千里以要名爵？"官印一挂，潇洒还家。老师的故乡，有清溪、扁舟，鲈鱼、莼丝。当世界无法满足我们的期望，为什么不寄情于山水，做心灵的逸者？远比在愁苦又抑郁的困境中摸爬滚打要好得多。

世上事，几多期望，几多怅惘。得时便得，舍时便舍，人生洒脱，况味非常。江南的一枝杏花，未必比不上朝堂上一块笏板；天子的几句赞美，未必比得上乡野牧童的一段短箫。看那些在金銮殿上屹立不倒的兖兖诸公，他们确实得到了身外浮名，但是他们的生命都在权势的烤炙中丧失了活力，他们的心灵在官场的大酱缸里浸淫腐坏。老师啊，所谓人生，"有多少雄心"，就有"几番恶梦"，最后不过落得"泪点霜华织。"

挥手自兹去，萧萧班马鸣。今日的挥别，挥去的是一段陈腐无趣的岁月尘烟。

青衫湿遍 悼亡

（按此调《谱》《律》不载，疑亦自度曲。）

青衫湿遍，凭伊慰我，忍便相忘。半月前头扶病[1]，剪刀声、犹共银釭[2]。忆生来小胆怯空房。到而今独伴梨花影，冷冥冥、尽意凄凉。愿指魂兮识路，教寻梦也回廊。

咫尺玉钩斜路[3]，一般消受，蔓草残阳[4]。判把长眠滴醒，和清泪、搅入椒浆[5]。怕幽泉还我为神伤[6]。道书生薄命宜将息[7]，再休耽、怨粉愁香。料得重圆密誓，难禁寸裂柔肠[8]。

[注释]

①扶病：带病行动。②银釭：银白色的灯盏、烛台。③玉钩斜：古代著名游宴地。在江苏江都，相传为隋炀帝葬宫人处，后泛指葬宫人处。④蔓草：爬蔓的草。⑤清泪：

眼泪，宋曾巩《秋夜》诗："清泪昏我眼，沉忧回我肠。"椒浆：以椒浸制的酒浆，古代多用以祭神。《楚辞·九歌·东皇太一》："蕙肴蒸兮兰藉，奠桂酒兮椒浆。"⑥幽泉：指阴间地府，借指死者。⑦将息：调养休息，保养。⑧寸裂：碎裂。

[赏析]

在众多点评"纳兰词"的书籍中，普遍认为这首词是纳兰所有悼念亡妻之作的第一首，作于卢氏亡故半月之后，那么，这种观点是否正确呢？

首先来看词的第一句"青衫湿遍"，作者在一开篇就表明了自己的悲伤程度，眼泪已经湿透了所有的衣服，这种意境是何等凄凉。当年白居易无辜遭贬江州司马后，一直郁郁寡欢，有一次，他在浔阳江头偶遇一位来自京都、漂泊江湖的琵琶女，在听其弹奏时，白居易想到了自己在宦途所受到的打击，顿生强烈的天涯沦落之感，长久以来积蓄在心中的沉痛感受，让其流下痛苦的眼泪，甚至连衣服都被眼泪浸湿了，而此时纳兰的心境，与白居易当时的心情相比，恐怕是大同小异。

从"凭伊慰我"开始，到"尽意凄凉"结束，按照字面上的解释，纳兰确实是在悼念一个人，这几句大致意思是说："我需要你的安慰，你怎么可以忍心将我忘记呢！你走半月以来我拖着愁病之躯，像你在时那样西窗剪烛。我生来胆小，害怕一个人独守空房，到如今却只有梨树花影相伴，冷冷清清，受尽凄凉。"这几句体现了纳兰对这个人的挚爱以及对其浓烈的思念之情，而且从"半月前头扶病"这句中，我们似乎更能认定纳兰悼念的人正是卢氏，于是作者把自己满腔的愁怀，全部都寄托在梦幻之中，希望亡妻的魂魄能认识回家的路，到梦中与自己相聚。

下片一开篇，纳兰就化用了"玉钩斜"这个典故，而正是这个典故让我们产生了种种疑问，甚至可以推断出纳兰在词中悼念的并不是亡妻卢氏。

我们首先应该了解"玉钩斜"这个典故的来历。"玉钩斜"在江苏扬州，618年5月，隋炀帝杨广的右屯卫将军宇文化及在江都兵变，勒死了隋炀帝，隋朝至此灭亡。相传炀帝死后，肖皇后和宫人用床板做了口小棺材，将其草草埋葬，宫中的宫女大多数被乱军所杀，也有少数为隋炀帝殉情自杀，这些死亡的宫女就被草草埋葬在蜀冈的斜坡之上，当时的人们就把这里叫"宫人斜"。

到了唐宪宗元仁年间，李夷简奉旨镇守扬州，有一次在这里赏月，发现新月如玉钩，便在此建筑了一座为"玉钩"的亭子，此后，"宫人斜"便改称为"玉钩斜"。

在一些点评"纳兰词"的书籍中，把"玉钩斜"解释为卢氏墓穴所在地，但是据史料记载，卢氏去世后曾停柩在什刹海附近的龙华寺，直到一年后才被安葬在京西纳兰家的祖茔中，如果纳兰在这首词里悼亡的是卢氏，在这里用"玉钩斜"

的典故显然是有失水准的。

接着作者为我们描绘了一幅"一般消受，蔓草残阳"的凄凉景象，但是，纳兰的父亲乃是一代权相，他怎么可能让自己的儿媳与隋炀帝时代的那些宫女一样，忍受着"蔓草斜阳"的凄凉况味呢？由此我们能够知道，纳兰在这里悼念的并不是卢氏，而是一位与那些葬身"玉钩斜"的宫女有着相似之处的女子。而且纳兰说的是"咫尺玉钩斜路"，"玉钩斜"位于江苏扬州，与身处京城的纳兰并非"咫尺天涯"，所以作者在这里并不是在表达时空观念上的感受，而是心理上的感觉，而能够让纳兰产生这种感叹的，恐怕就只有那位少年时与纳兰相爱，最后被迫入宫，并且已经消逝在深宫的表妹了。

从这首词中，我们完全感受不到纳兰以往那种从容舒缓的节奏，有缘无分的昔日恋人如今天人相隔，纳兰那颗破碎的心也就开始飘忽游离在现实之中，从此没有了着落，也永远不会再安顿下来。

忆桃源慢

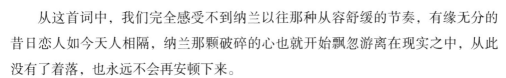

斜倚熏笼①，隔帘寒彻，彻夜寒如水。离魂何处②，一片月明千里。两地凄凉，多少恨，分付药炉烟细。近来情绪③，非关病酒，如何拥鼻长如醉④。转寻思不如睡也，看道夜深怎睡。

几年消息浮沉，把朱颜顿成憔悴⑤。纸窗渐沥⑥，寒到个人衾被。篆字香消灯地冷⑦，不算凄凉滋味。加餐千万，寄声珍重，而今始会当时意。早催人一更更漏⑧，残雪月华满地。

[注释]

①熏笼：一种覆盖于火炉上供熏香、烘物和取暖用的器物。②离魂：指远游他乡的旅人或游子的思绪。③情绪：心情，心境。④拥鼻：掩鼻吟的省称。《晋书·谢安传》："安本能为洛下书生咏，有鼻疾，故其声浊，名流爱其咏而弗能及，或手掩鼻以效之。"后以此指雅音曼声吟咏。⑤憔悴：黄瘦，瘦损。⑥纸窗：纸糊的窗户。⑦灯地：谓灯烛将熄，灯烛余烬。⑧更漏：古时夜间凭漏壶表示的时刻报更，所以漏壶又叫更漏。

[赏析]

这首词为塞上思亲、念友之作：斜倚在熏笼边上，寒气透过帘子袭进来，彻夜如冰水般寒冷。远游他乡的人身在何处，只在明月千里之外。天各一方，两地相思，都交付给了这药炉细烟。近来极坏的情绪不是由于饮酒太多，又怎能暗自吟咏，仿佛酒后沉醉呢！辗转寻思还不如早早睡去，否则到了深夜更无法入睡。

几年来你的消息断断续续，沉浮不定，把相思的人儿都折磨得形影消瘦了。窗外风雨声淅沥，屋内人单衾薄寒冷。篆字形的香都燃尽了，灯烛的余烬也变得凄冷了。千万要记得照顾好自己，寄去一声珍重，如今才能体会到你当时的心意。更漏一遍遍催人入睡，窗外此时已是月光遍地了。

"斜倚熏笼"，自己斜倚在暖炉上，暖炉传递来的热量传遍全身，此刻想到远方的你，是否能够与自己一样，也有暖流在身旁。如果你没有在屋内，那么外面寒风阵阵，你又是如何驱寒呢？

纳兰想着远在他方的人，内心不禁一阵纠结，"隔帘寒彻，彻夜寒如水"。此时隔着门帘望去，外面天寒地冻，这样的天气，想着离人孤身在外，夜里该在哪里过夜呢？夜晚的寒冷将会是白日的百倍，不知道离人如何安置自己。

叹息阵阵，纳兰虽然担忧，但他自己却是无能为力的，只能给予关心和问候，希望远方的人平安健康。想到这里，纳兰似乎安慰了些，虽然远隔千里，但毕竟是在一轮明月下，看到月光，此刻离人也能看到这月光，这样，他们似乎又没有离那么远了。

"离魂何处，一片月明千里。两地凄凉，多少恨，分付药炉烟细。"话虽如此，但两地分隔，还是多少会难过，长久的思念，终于成疾，在煎药的炉子上，冒起烟雾阵阵，看去，让人思绪缥缈，仿佛回到过去。

"近来情绪，非关病酒，如何拥鼻长如醉。转寻思不如睡也，看道夜深怎睡。"但在上片最后，纳兰却并不承认，自己的病是因为思念过度引起的，他说这病并非是思念而起，而这愁绪也并非是因为生病而起。但他骗得了别人，却骗不过自己，夜晚时候，大家都安然入睡，他却是辗转反侧，无法入眠。

上片悲苦，下片淡然，既然无法相聚，那就期望各自都过得好吧。"几年消息浮沉，把朱颜顿成憔悴。"长期的打探彼此的消息，结果只能是让各自憔悴，这又何必呢？"纸窗淅沥，寒到个人衾被。"窗外淅淅沥沥的雨声，带来阵阵寒意，这寒意仿佛穿透棉被，侵入骨髓，这是寂寞的寒。

"篆字香消灯烬冷，不算凄凉滋味。加餐千万，寄声珍重，而今始会当日意。"

檀香熄灭，烟尘落满一地，这比起自己内心的凄惶来说，不算什么凄凉的，此刻想到身在外地的人，只希望他能够珍重。

这首怀人的词在最后，也只是以祝福与哀伤融合结尾，"早催人一更更漏，残雪月华满地。"祝福外地的朋友，但想到自己，也只能独自一人待在家里，看到月光满地，愁绪再次涌上心头。

大酺 <small>寄梁汾</small>

怎一炉烟，一窗月，断送朱颜如许。韶光犹在眼，怪无端吹上，几分尘土。手捻残枝，沉吟往事，浑似前生无据①。鳞鸿凭谁寄②，想天涯只影，凄风苦雨。便研损吴绫③，啼沾蜀纸④，有谁同赋。

当时不是错，好花月、合受天公妒。准拟倩、春归燕子，说与从头，争教他、会人言语。万一离魂遇，偏梦被、冷香蒙住。刚听得、城头鼓⑤。相思何益？待把来生祝取。慧业相同一处。

[注释]

①无据：没有依据或证据。②鳞鸿：鱼雁，指书信。③研损：指反复书写，致使吴绫也被碾压得光亮。研，碾压。④蜀纸：犹蜀笺。叶葱奇注引《国史补》："纸则有蜀之麻面、屑末、滑石、金花、长麻、鱼子十色笺。"⑤城头鼓：战时城上传令的鼓声或报更的鼓声。

[赏析]

梁汾是顾贞观的号。今人知晓梁汾，多因他是纳兰的挚交。其实回到清初，他的名气未必比纳兰小。顾贞观是清初著名的诗人，才高八斗，也是一代俊秀人物，可惜他一生郁郁不得志，早年任秘书省典籍，受人排挤离职。李渔曾作诗对他的经历做过大概描述："镊髭未肯弃长安，羡尔芳容忽解官；名重自应离重任，才高那得至高官。"（《赠顾梁汾典籍》）可见他的才华，更可见他的憋屈。

顾贞观辞官后，再次上京，是经人介绍做了纳兰的老师。那时的纳兰，正是

弱冠年纪，顾贞观已是不惑之年。年龄并没有阻碍一对志趣相投者成为挚友，据顾贞观回忆："岁丙午，容若二十有二，乃一见即恨识余之晚。"

作为家庭教师，顾贞观与纳兰日日相伴书案，培养了深厚的感情。顾贞观母丧南归后，纳兰写下了这首词表达对这位老师及知己的思念：

每日孤独地面对炉中香烟、窗前明月度过无聊的时光，送走了美好的年华。美好的春光还在眼前，却无端被蒙上了几分尘埃。手捻着凋落的花枝，思怀往日交游之事，禁受这仿佛是前生注定的别离之苦。音书杳渺，想你在天涯之外形单影只，独自承受这凄风冷雨，就算是把绫纸写遍，泪洒相思，但又能与谁人共赋呢！在花好月圆的时候，你我共度，连老天爷也生出了妒忌。会人言语的燕子归来，这便更惹人生起对往日的怀念。梦中与你相遇，这美梦却偏偏又如此冷清寂寞。耳畔传来城头更鼓的声音，梦醒之后再难成眠。相思之情日益增加，于是祈祷来生还能够与你相逢相知，共在一处。

人一生来世上，便投身于熙熙攘攘的人群。有趣的是，与这么多人相处，却很少有人觉得感情充实，大半人无端生出孤独的惆怅。所以，人们如饥似渴地渴求"爱"。这爱，有情爱，有纯爱，有亲情之爱，有友情之爱……纷纷种种，不一而足。浅薄者多以为"爱"只有男女之爱，在孤独之心的驱动下去寻找两情相悦的男女。单纯些的，生出些怨女痴男的故事；放荡些的，四处寻芳猎艳，只可惜肉体的快乐，填不满心灵的空洞。

爱，更多的是种安慰，与肉体无关。漫漫人生路，纵使路边风景晴天碧染，花树横生，也需要一个人和你共同走走停停地赏玩，分享心中的赞叹与快乐。更何况，有几人的生命之路是在平原上一路伸展到远方呢？崎岖、陡峭、波折的山路，占去了人生的大半。纳兰是那个时代一等一的贵公子，依然内心凄苦，所以写下了那么多悲凉顽艳的诗篇。可世人偏偏以为，他什么都有了，什么都不缺少，没人相信他的心中装满了脆弱无奈伤感。某个日子，他出现在他的书斋，瞬间便将这位面若冠玉、谦恭有礼的少年读个通透——真是"金风玉露一相逢"，便知他"胜却人间无数"——请允许这样曲解这么经典的诗句，并原谅我用这么香艳的句子描述他们之间的相逢，他们之间的感情，只因如是。

有爱，便渴望生生世世。所以纳兰会祈祝来生"慧业相同一处"，在《金缕曲·赠梁汾》中亦有"一日心期千劫在，后身缘、恐结他生里。然诺重，君须记"的句子。我的朋友，今生与你共赏，更渴望永生与你共伴。

菩萨蛮

问君何事轻离别，一年能几团栾月。杨柳乍如丝，故园春尽时。
春归归不得，两桨松花隔①。旧事逐寒潮②，啼鹃恨未消③。

[注释]

①松花：指松花江，黑龙江最大支流。隔：阻隔。②旧事：以往的事。③啼鹃：子规鸟，又名杜鹃，身体黑灰色，尾巴有白色斑点，腹部有黑色横纹。初夏时常昼夜不停地叫。此鸟"规"字与"归"谐音，故后人以此鸟鸣作为思归之声，表达思归之意。

[赏析]

　　"问君何事轻别离，一年能几团栾月。"暮春时节，夜晚时分，词人一人独立松花江畔，夜晚微冷的凉风吹过，落花纷纷坠落，随流水荡漾着银色的月光向远处流去。词人仰望天空，只一轮弯月挂在寂寥的天空。在这异乡故地，词人怎能不想起六十年的往事？战场厮杀，鲜血淋漓，败退奔逃的场面，虽然自己也许未曾经历，但是在亲人的讲述中和自己的人生经历，想起曾祖父经历的那段壮烈又惨痛的往事，不禁感慨万分。睹物思人，一年中能有几次团圆之夜，而此伤感之时，偏偏不在月圆之夜。"杨柳乍如丝，故园春尽时。"这两句是这首词中的佳句，也是古时候常被人们经常书写的句子。例如沈约的《杂诗·春咏》："杨柳乱如丝，绮罗不自持。"温庭筠的《菩萨蛮》词："杨柳又如丝，驿桥春雨时。"这三句中属纳兰的句子最好，关键在一个"乍"字，胜过了"乱"和"又"。"乍"是会意字，做副词有"刚刚、开始、又、忽然"的意思，具有很强的时间观念，季节转眼之间迅速转换，刚刚冬季被冰冻凝固的枝条在春风的吹拂下，发出了翠绿的小叶，飘散如丝般柔软。下半句"故园春尽时"，不免有种暮春伤怀的基调。

　　下片就和怀念曾祖父这一主题比较贴近了。"春归归不得，两桨松花隔。"可以理解为词人把不能与曾祖父的再见移情于不可挽回的春季。"两桨松花隔"中的"两桨"曾在古乐府莫愁乐中出现过："莫愁在何处，莫愁石城西。艇子打两桨，

催送莫愁来。""松花"指的就是"松花江",发源于长白山,流经吉林、黑龙江两省。"旧事逐寒潮,啼鹃恨未消。"前半句的意象承接上一句,"两桨松花隔。"而后一句就是最容易引起质疑的地方了,因为当时的词人已经是在康熙手下做事,若再提前朝旧恨,而且付诸文字,估计有些不太现实。但意料之外的情况也不能排除。在这一主题下的此词的思想境界就被拔高了,时空被拉长扩大,与历史人生相连,情感显得更深刻。

若为第二种理解就是指与家人的离别之痛,身处他乡异地的孤独伤感之情,这样就有一个时空转换的存在。上片词人站在家人的立场,从家人的感情出发,以自己的口吻抒发他们内心的离别之情。"问君何事轻离别,一年能几团栾月。杨柳乍如丝,故园春尽时。"君经常在外,一年才能回几次家。在这杨柳乱飞、群花谢落的暮春时节引起家人对游子的思念之情。下片"春归归不得,两桨松花隔。旧事逐寒潮,啼鹃恨未消",又站在自己的立场,仿佛是对上片的一个回答,我想回家可是身不由己,我们就如这行船被两桨隔开的松花江的流水。想起我们在一起的日子,满心的忧恨不能消解。基于这样的理解,词的思想境界是有所降低了,但是比上一个的解释更加通顺合理。

纵观两种理解,似乎都不能舍弃,词人身处曾祖父曾经拼杀的战场,怎能不怀念往事?看到弯月映水,怎能不想起远离自己的家人?也许这两方面的感情都有所体现。只有将两种观点结合起来,才能不失偏颇。

菩萨蛮 为陈其年题照①

《乌丝》曲倩红儿谱②,萧然半壁惊秋雨③。曲罢鬓鬟偏,风姿真可怜④。

须髯浑似戟⑤,时作簪花剧⑥。背立诇卿卿⑦,知卿无那情⑧。

[注释]

①陈其年:陈维崧,字其年,号迦陵,江苏宜兴人。②《乌丝》:指陈其年的《乌丝词》。

清顺治十三年（1656年）至清康熙七年（1668年），陈维崧居京华时所填之词，结集为《乌丝词》，誉满天下，为人称赏。其作品虽不乏早期的"旖旎语"，但词风已转化，颇含湖海豪气。红儿：杜红儿，唐代名妓，《全唐诗·罗虬序》："广明中，罗虬为李孝恭从事。籍中有善歌者杜红儿，虬令之歌，赠以彩。孝恭以红儿为副戎所盼，不令受。虬怒，手刃红儿。既而追其冤，作《比红儿》诗百首为一卷。"亦用以泛称歌妓。③萧然：空寂，不蔽风日，形容空虚，四壁萧然，没有任何东西。徐乾学云：其年"所居在城北，市廛库陋，才容膝，蒲帘上铦，摊柱其中而观之""时时匮乏困仆而已"（《陈检讨维崧墓志铭》）。④风姿：风度姿态。⑤须髯浑似戟：胡须又长又硬，怒张如戟，形容外貌威武。据《清史稿》本传云："维崧清多髯，海内称陈髯。"又《南史·褚彦回传》："公须髯如戟，何无丈夫意？"须髯：络腮胡子。⑥簪花：谓插花于冠。⑦讶：讶然，惊诧。卿卿：男女间表示亲昵的称呼。⑧无那：无限，非常。

[赏析]

　　这首词是纳兰对友人陈其年画像的题咏。

　　陈其年，即陈维崧，字其年，号迦陵。出身于讲究气节的文学世家，祖父陈于廷是明末东林党的中坚人物，父亲陈贞慧是当时著名的反对"阉党"的"四公子"之一。

　　陈其年工诗词文赋，为清初阳羡词派之首，与朱彝尊齐名。少时作文敏捷，词采瑰玮，曾被名士吴伟业誉为"江左凤凰"。他的词风格豪迈奔放，兼有清婉雅致，现存《湖海楼词》。

　　陈其年长纳兰性德三十岁，两人虽然年龄相去甚远，却交情至深，乃至忘年。康熙十七年（1678年）戊午闰三月二十四日，陈维崧在扬州时，广东著名诗画僧大汕为他画了小像。秋天，陈维崧入京应博学鸿词科试，将画像带到京城，当时有三十余名才人名士为此图题咏。纳兰的这首词就是其中之一。

　　是时，陈其年所作词集《乌丝词》，誉满天下，为众人所赞赏，于是纳兰戏称，自从"《乌丝》曲倩红儿谱"后，即使陈其年居处"萧然半壁"，那份才华气概，依然是震惊天下的。

　　再来看这阕词，"《乌丝》曲倩红儿谱，萧然半壁惊秋雨"。"红儿"，指杜红儿，唐代名妓，《全唐诗·罗虬序》："广明中，罗虬为李孝恭从事。籍中有善歌者杜红儿，虬令之歌，赠以彩。孝恭以红儿为副戎所盼，不令受。虬怒，手刃红儿。既而追其冤，作《比红儿》诗百首为一卷。"此后用红儿泛指歌伎，纳兰戏用"杜红儿"为意象来匹配陈其年的词作，实则是用杜红儿本身气节来暗喻陈其年文风虽然旖旎，却也不乏湖海之气。

此处"萧然"是指陈其年素朴为人,家徒四壁。徐乾学《陈检讨维崧墓志铭》云:其年"所居在城北,市廛库陋,才容膝,蒲帘上锉,摊柱其中而观之"。亦可引申为震动、轰动之意。

是这样的啊,你陈兄的《乌丝》词作才叫那歌女谱唱出来,竟然就传到了天南地北,震动半壁江山,那份被万人相传唱的气势却不由得让人想到李贺的《李凭箜篌引》:"石破天惊逗秋雨"。你看看就连那将将歌罢的女子,都似被骤雨狂风所袭,钗发凌乱,形容憔悴,那般姿态绰约,倒叫人平白生出了怜惜之心呐。

这词的上片表面上看是纳兰用裙钗声华打趣陈其年的嗜好,实际上纳兰却正是以此来体现出陈其年的写作风格,以及影响之大。到底是兰心芳质的男子,文心所至较一般人总高一分,所谓剑走偏锋,纳兰明调趣暗褒扬,将陈其年生平所好,文章风格尽数道来,不矫揉造作,又不乏趣味,倒像两个相交多年的老友无所顾忌地畅谈彼此打趣,却处处直击"要害",又点到即止,一份知己之情暗河般缓缓流淌,撞击着人心最柔软的位置。

纳兰与陈其年交情乃至忘年,其情之深,本词可见一斑,而也可以看出纳兰是极其赞赏陈其年这位"老知己"的。可是这个令纳兰如此赞赏的陈其年又是怎样的人呢?

到了下片,纳兰继续随性之语,略微夸张却无造作地把陈其年的形象呈现在了读者眼前。

首先外貌威武雄浑,"须髯浑似戟",络腮胡子显出一派丈夫豪气,据《清史稿》本传云:"维崧清多髯,海内称陈髯。"可这男儿气又带了些柔情,是为"时作簪花剧",人人俱惊讶于你的此番模样,我却知道你此中的无限情怀。"知卿无那情"一语低回,将一片相知相惜的情怀婉转吐露。李煜《一斛珠》:"绣床斜凭娇无那,烂嚼红茸,笑向檀郎唾。"想来陈其年必也是刚柔相济的性情中人,才得纳兰如此赞赏。这样一个与纳兰内在极似之人,也就难怪两人能够跨越三十年的年龄之距,成为忘年之交了。

这首词很风趣别致,颇有玩笑打趣之意,表面看来是写陈其年不乏风流旖旎、声华裙屐之好,其实是赞赏陈其年的人格与创作的,上片写陈其年的词由歌儿舞女谱唱,红儿烈性衬托出陈其年文风慷慨中不乏柔媚,且能够震惊世人,轰动半壁河山,但下片一转"须髯浑似戟,时作簪花剧。"便道出了陈其年集豪迈与绮艳,刚柔并济的性格和作风。故此篇是借题照,借旗亭北里之景,品评、称赞了陈其年其人其作。

菩萨蛮 宿滦河①

玉绳斜转疑清晓②，凄凄白月渔阳道③。星影漾寒沙，微茫织浪花。

金笳鸣故垒④，唤起人难睡。无数紫鸳鸯，共嫌今夜凉。

[注释]

①滦河：即古濡水，俗名上都河，在今河北东北部。源于闪电河，自内蒙古多伦县南，折而东南流，入热河境，汇小滦河，始名滦河，在乐亭、昌黎之间入渤海。②玉绳：此处指北斗星。③白月：皎洁的月光。渔阳：地名，战国燕置渔阳郡，秦汉治所在渔阳（今北京密云西南）。④故垒：古代的堡垒。

[赏析]

这首词是纳兰性德写自己孤身在外，夜宿滦河的行役词。滦河即在今天的河北东北部，是从北京到山海关的所经之地。作者于清康熙二十一年（1682年）三月和八月两次去山海关，这首词描写得是秋冬景色。

上片主要写夜景，在孤独的夜晚，看到斗转星移，天空渐渐明亮，以为天已破晓。其实，那是凄凄的白月光照在了渔阳道上。夜色微茫，星光点点照射在寒沙上，如水上的浪花翻动，一派凄清。这四句把外部环境描写得恰到好处，为下片抒情埋下了伏笔。

下片，写作者的思乡的孤寂之情。金笳就是胡笳，是西北少数民族的典型乐器，声调高扬凄凉，有很强的穿透力，同时有相当强的表现力，所谓"刚柔待用，五音迭进"，在汉代传入中原，逐渐成为一种与胡文化有关的文化符号。金笳悲鸣，伴宿故垒，心中已经足够悲凉，难以入眠。连鸳鸯也怕冷，这里用了侧面描写的手法，从中可见外部环境的恶劣。

词人的情感寓于周围的景中，词人所写的景中又都暗含作者的情感。情景交融，艺术技巧十分巧妙。主要风格上看，用素描来写景。词中的北斗斜转，渔阳古道月微白，星影闪烁，河水微漾，等等，都以点染的方式呈现景。

这不由让读者想起元代散曲作家马致远所作的《天净沙·秋思》："枯藤老树昏鸦，小桥流水人家，古道西风瘦马。夕阳西下，断肠人在天涯。"因为二者都是以呈现状况给读者看，背后情感都是从作者营造的环境中产生的。纳兰的词中，他没有直写自己羁旅生活的心情是多么无奈，没有直写"枯藤、老树、昏鸦"之类的周遭景色是多么荒凉，也没有直写自己返乡期望是多么浓烈。而似乎是以一种凄美的景致衬托哀情，即使是很恶劣的环境也被词人写得如此之美。这分明是词人内心的一种想象。

"星影漾寒沙，微茫织浪花。"其实，外面的夜晚星星再美丽也比不过家乡的美；"无数紫鸳鸯，共嫌今夜凉。"就算家乡的夜晚再怎么冰凉，也比外面的夜晚温暖。也许从这里我们更能看出纳兰性德对于长期在外扈驾远行的厌倦与无奈之情吧。这也更能显出词人内心苦苦的挣扎，足见其此时此刻的心情。

菩萨蛮

荒鸡再咽天难晓①，星榆落尽秋将老②。毡幕绕牛羊③，敲冰饮酪浆④。

山程兼水宿，漏点清钲续⑤。正是梦回时，拥衾无限思⑥。

[注释]

①荒鸡：指三更前啼叫的鸡。旧以其鸣为恶声，主不祥，认为荒鸡叫则战事生。②星榆：白榆树。③毡幕：即毡帐。④酪浆：牛羊等动物的乳汁。这里指酒。⑤钲：古代行军或歌舞时用以指挥进退、动静的乐器。⑥拥衾：即拥被。

[赏析]

这是一首描绘边塞行役中的基本生活及思念家园的小词。大漠荒野里不辨天日，战事丛生的时节，即至三更天，鸡鸣再三渐已转向沉寂，天空却还是难以破晓，密布的天星在晚秋时节也摇落而尽。"荒鸡"指三更前啼叫的鸡。旧时以其鸣为恶声，主不祥，认为荒鸡叫则战事生。这里"孤帆远影碧空尽"，故人不在，人迹罕至的荒凉之地更加加深了纳兰对家人思念之情的缱绻。

我们可以想象：牧族的绒毡零星地分散立于天地间，牛羊围绕着幕布，自顾觅食，乳浆在这凄冷的晚秋已凝结成冰，颇有天苍野茫的味道。细读纳兰的词总能发现，豪放是其外放的风骨，然而忧伤是内敛的精魂，所以这样的边塞景致却是为他缱绻的感情做了宏大的背景铺垫。

纳兰是重情的，于是他把密密的闺情置于边塞词的核心。他深情，也任情。漫漫长夜，许是凡尘扰人，许是昏鸦叫嚣，尘世中总有夜阑不寐独醒清隽的人。纳兰什么都有了，优于寻常年轻人的出生和待遇，却偏偏就如其父明珠所叹："这孩子什么都有了，为何还是这么样的不快活？"他是不快活，有言道"爱江山更爱美人"，就算塞外风光奇绝，就算圣驾幸临也抵不住对故园的顾盼。

而顾盼的内容呢，想来也就是在家的妻子了。那零星的星辰亮如你的眼眸，那深邃的苍穹似你迷人的面庞，那牛羊的低吟牵连出我们曾经的耳鬓厮磨，那路途中充饥的面饼怎能和你软细双手做出的佳肴相比，那这漫天的风沙怎么能有你书桌旁香扇轻拂的细风温和呢。你可知，没有你在身边，我是这样思念你呵。

这一路上跋千山涉万水，长时间的行路与孤眠，晨昏不分，万籁俱寂，天地间只剩下漏壶滴下的水声与军中夜巡的击钲声交参连续，这样安寂的夜里不禁浮想联翩，眼前浮现出的是那动人女子不胜娇美的容姿，倚门迎接温婉的笑容。本应是午夜梦酣之时却蓦地惊醒，再也无法入睡。然而有梦可以回环的时光还很好打发，可以回味，可以聊想，可以弥补尘世的遗憾，可以安慰疲惫的心。

但是，最怕的便是梦不成了，忧愁伤感的心态更加使得凄凉哀怨的边塞之行增添了一层压抑之感。于是在这孤寂的夜半，只能抱着衾被，心中升腾起无限思量。那是你的妆容，你的身影，你的俏笑，你的轻语，你我的约定呵，时间蹂躏记忆，人往往身不由己，但是这一路无论多少风景，都比不过你在我心里的那般模样呵，于是这样温暖的归乡梦，怎么不令人倍加眷恋而刻骨铭心呢？

一路上风餐露宿，关山阻隔，那个时代的人太过弱小，离别因而显得重大。王国维曾表述纳兰"以自然之眼观物，以自然之舌言情"。这首词中的几个意象："荒鸡""毡幕""清钲"等散落随意地组合起来，不加雕饰，纯任性灵，使得不同于中原的异地风情更显真实，为词作增添了荡气回肠的气势，连带出的异地思亲之情也就更加彰显得缠绵悱恻。故蔡嵩说纳兰："尤工写塞外荒寒之景，殆扈从时所身历，故言之亲切如此。"

菩萨蛮

榛荆满眼山城路①，征鸿不为愁人住②。何处是长安，湿云吹雨寒③。

丝丝心欲碎，应是悲秋泪。泪向客中多，归时又奈何！

[注释]

①榛荆：犹荆棘，形容荒芜。山城：依山而筑的城市。②征鸿：即征雁。③湿云：谓湿度大的云。

[赏析]

此词乍看之下，便让人想起大数边塞之作。台湾著名学者李敖曾说，唐诗里有一半都是思乡的诗。想必，词从范仲淹《渔家傲》一出，苏辛开创豪放词风以来，表达羁旅行役之苦、怀远思乡之情的词作也是词题材中一个重要组成部分。

词的上片，开篇纳兰便展现出一派荒芜之境，"榛荆满眼山城路"说的是行役途中所见，榛荆，犹似荆棘，此处便是荒蛮之地了。料想当时应该为纳兰出行途中所作。

山城遥遥，满眼荒芜颓败之景，荆棘一样的植物在这城边的行军道上显得格外刺眼。忽然从远天传来断断续续的几声嘶哑的雁鸣，在丝丝雨声中，它们只顾前进，倏忽间就飞向远方去了，像那断雁前来，却不为愁人暂住片刻，那为何还有"鸿雁传书"的古语呢？想必不过是自己一厢愁情，更无处安放罢了。前路未知，雨还是丝丝缕缕，越加觉得寒冷，但归处何在？

纳兰发此感叹，极易让人想到清朝史事，当时清廷准备与罗刹（今俄罗斯）交战。军情机密一切需要人去打探，康熙于是派出八旗子弟中精明强干之人，远赴黑龙江了解情况，刺探对方军情。正是因为纳兰等人的辛苦侦察和联络，清廷得以在黑龙江边境各民族的支持下，顺利完成了反击俄罗斯侵略的各种战略部署。想必此词就是途中所作。而另一首同词牌的词作中，纳兰提到"明日近长安，客心愁未阑"，想来则是归途中所作了。

下片抒情，承转启合中纳兰表现出不凡的功力，把上片末句中"寒雨"与自己的心绪结合起来，自然道出"丝丝心欲碎，应是悲秋泪"的妙喻。俗话说："触景生情""睹物思人"。出门在外的行役之人、游客浪子，眼中所见、耳中所闻、心中所感都包含着由此触发的对遥远故乡的眺望，对温馨家庭的憧憬。李白《春夜洛城闻笛》中有："此夜曲中闻《折柳》，何人不起故园情！"说的便是诗人听到《折柳》曲，生发出思乡之情的佳句。纳兰此处也是如此，看到那断雁远征，奔赴远地而不知暂住。寒雨丝丝，想来自然成了悲秋之泪，凡所苦役沿途所遇景物，都被蒙上了一层浅浅诗意的惆怅。想到此处，不觉黯然泪下，发出"泪向客中多，归时又奈何"之叹。

纳兰一生虽然没有经历战乱之祸，但此期间边庭政治斗争却一直没有停息，由此纳兰作为御前一等侍卫，不免卷入宫廷的政治祸乱中，早是心生疲倦。

那塞上满眼荆棘顽强生存着，昭示着在人间，而自己却只剩一腔怅意结于胸中。呼之不出，是故郁郁。

菩萨蛮

黄云紫塞三千里①，女墙西畔啼乌起②。落日万山寒，萧萧猎马还③。

笳声听不得④，入夜空城黑。秋梦不归家，残灯落碎花⑤。

[注释]

①黄云：边塞之云，塞外沙漠地区黄沙飞扬，天空常呈黄色，故称。紫塞：指北方边塞。
②女墙：女儿墙在古时叫"女墙"，包含着窥视之义，是仿照女子"睥睨"之形态，在城墙上筑起的墙垛，后来便演变成一种建筑专用术语，特指房屋外墙高出屋面的矮墙。
③猎马：猎人所乘的马。④笳声：胡笳吹奏的曲调，亦指边地之声。⑤碎花：喻指灯花。

[赏析]

边塞狂飙横扫，黄沙漫天，这北方的大漠，千里无垠，一望无际，西边城墙上，一只孤独的乌鸦一声促啼响起，惊起我的无限感伤。夕阳渐渐落下，满目绵延的

山川渐生寒意，烈马萧萧长鸣，一骑独归来。

胡笳一声声传来，催人泪下，不忍卒听。黑色渐渐笼罩下来，边塞马上就要进入漫漫长夜。离乡千里之外，即便在秋梦中也不能回到家乡。孤灯已点上，灯花如泪，簌簌落下。

这是一首在边塞时写的词，词人身处边塞，离家千里，油然而生思乡之情。严羽《沧浪诗话》云："唐人好诗，多是征戍、迁谪、行旅、离别之作，往往能感动激发人意。"事实上历代边塞诗词都具有"感动激发人意"的作用，因为边塞诗词的创作在环境上比其他风格的诗词具有更为开阔的视野和感染力，在心理情感上则更显直白性与狂放感。这首词一方面继承了唐朝边塞诗的风格，无论在意象还是情感上。另一方面纳兰性德展示了他自己性格忧郁的特点。

从继承前人的风格上看，词中句子如"黄云紫塞三千里，女墙西畔啼乌起""落日万山寒，萧萧猎马还""笳声听不得，入夜空城黑"都是典型的边塞诗词中的句子。王国维在《人间词话》中说："'明月照积雪''大江流日夜'、'中天悬明日'，此种境界，可谓千古壮观。求之于词，唯纳兰容若塞上之作，如《长相思》之'夜深千帐灯'、《如梦令》之'万帐穹庐人醉，星影摇摇欲坠'，差进之。"这是指的继承的一方面，这也是主要的方面。唐人边塞诗中，如岑参的《塞上听吹笛》：

雪静胡天牧马还，月照羌笛戍楼间。

借问梅花何处落，风吹一夜满关山。

词中写边塞的并不是特别多，写得好的就更少了，因为宋朝时中国北方存在许多少数民族政权，他们长期控制着我们所谓的"边塞"，汉族作家很少又能够到达的，这直接导致词中有关边塞的很少，虽然如此，仍然有少量的佳作留世，也正是这些边塞词开辟了词写边塞的风气。比如范仲淹的《渔家傲·塞下秋来风景异》：

塞下秋来风景异，衡阳雁去无留意。

四面边声连角起。千嶂里，长烟落日孤城闭。

浊酒一杯家万里，燕然未勒归无计。

羌管悠悠霜满地。人不寐，将军白发征夫泪。

到了清朝，客观条件是具备的，因为清朝政治版图最北已经到西伯利亚，而且纳兰性德作为康熙皇帝的一等带刀护卫，经常扈从康熙皇帝。他写过很多这方面的词。如他的《长相思》：

山一程，水一程。身向榆关那畔行。夜深千帐灯。

风一更，雪一更，聒碎乡心梦不成。故园无此声。

这篇《长相思》与《菩萨蛮》主题都是一样的。纳兰性德的边塞词较之前人的边塞诗词，有个明显的特点，就在于情感上更加细腻委婉，曲折有致，这恐怕也是其独特的艺术特点吧。

菩萨蛮

萧萧几叶风兼雨，离人偏识长更苦①。欹枕数秋天，蟾蜍下早弦②。

夜寒惊被薄，泪与灯花落。无处不伤心，轻尘在玉琴③。

[注释]

①长更：长夜。②蟾蜍：指月亮，《后汉书·天文志上》"言其时星辰之变"，南朝梁刘昭注："羿请无死之药于西王母，娥窃之以奔月……娥遂托身于月，是为蟾。"后用为月亮的代称。③玉琴：玉饰的琴。亦为琴的美称。

[赏析]

风也萧萧，雨也萧萧，窗外秋叶凋零破碎，人却辗转反侧，久久难眠。异乡漂泊，经年不归，只因那难抑的孤独，故而独独品出了长夜漫漫的痛楚。辗转反侧，忽而望见深秋的月，半月当空，凄冷如水，正如此时的心境。

不知何时已昏昏睡去，也不知道醒来又是何时，只是忽然倍感夜里透骨的寒冷，灯烛摇晃明灭，灯花也随着脸颊上的泪滑落下来。此时此景，处处勾连起心中的伤感，尽付与琴声。

这首词写一位"独在异乡为异客"的离人，适逢深秋之夜，孤枕难眠的凄惶心境。

上片，先展开一幅凄凉萧条的秋夜图卷。"秋风秋雨愁煞人"，秋叶、秋风、秋雨、"秋天""蟾蜍"，营造萧索、凄凉的意境。"蟾蜍"代指月亮，"羿请无死之药于西王母，娥窃之以奔月……娥遂托身于月，是为蟾。"这个带着传奇色彩的典故也给月亮增

加了离别与相思的蕴意。在这个凄清的深秋之夜，"离人偏识长更苦"，只有处于某种境地的人才懂得特定事物的特定含义。"长更"就是"长夜"的意思，长夜何以"苦"呢？只因心中孤寂难耐，"欹枕"却久久难以无眠。这与范仲淹的"黯乡魂，追旅思，夜夜除非，好梦留人睡"颇有同感。一个"数"字反映词人百无聊赖，无所寄托，唯有无意识地遥望长空残月，更加耐人寻味。

从"数秋天"到下片"夜寒惊被薄"之间存在着一个时间的跳跃。这个空隙中所留下的是词人无意识地昏昏睡去和被夜寒突然惊醒的凄惶境地。设身处地想来，一个"惊"字形象地描绘出了这种半夜醒来、无所依托的孤苦心境。"寒"不仅仅是身体的寒冷，长年别离，孤身在外，心里也生出无尽的寒意。

下片对"情"的经营也是恰到好处。全词上下无一字半言着落在"孤""独"之类的字眼上，却透着一份刻骨的孤单之感。"泪与灯花落"一句，有着别样独特的含义。泪珠与灯花相对簌簌落下，营造出人与灯烛相对而泣的情景，人怜灯花，灯花却不知怜人。"泪眼问花花不语，乱红飞过秋千去。"因而生出无限的惆怅，一声悠长的叹息也暗含其中。因而觉出无限的伤心，付与瑶琴，然而，却无人听。一声琴音，一腔愁情，孤寂的色彩也显得更加浓厚。

词人的笔法流畅，仅仅据着眼前所见、心中所感，而一一道来，却在朴素中营造出凄美绝伦的意境。这一点丝毫不亚于李煜在《相见欢·无言独上西楼》中绘出的"寂寞梧桐深院锁清秋"，二者相通之处在于景中融情，上片与下片的连接和互通，情与景的交融也正是本词取胜的关键。

除此之外，本词中从景的描绘到情的抒发是有着一个渐入的过程的。起初词人只觉出长夜漫漫的寂寥，但被深秋之夜的寒冷惊醒后，心底的忧伤被"惊"动，无限伤心被莫名触动，独自对着灯花，泪水相伴而落，自而凄惶不堪，本词的情感在这里也就达到了高潮。继而写"玉琴"，赋予词更加悠长不绝的深刻意味。

有人说，"纳兰多情而不滥情，伤情而不绝情"，他一生有过不少的"悼亡之吟""知己之恨""家家争唱饮水词，纳兰心事几人知？"那些不幸的爱情经历为他的创作植入了影影绰绰的凄凉情怀。这首词就是表达心中寂寞之情、孤苦之意的一首代表作，字里行间，景中意外，都是纳兰性德无限孤寂、忧伤的情思。

菩萨蛮

为春憔悴留春住，那禁半霎催归雨①。深巷卖樱桃，雨余红更娇②。

黄昏清泪阁③，忍便花飘泊。消得一声莺④，东风三月情⑤。

[注释]

①半霎：极短的时间。②雨余：雨后。③阁：含着。④消得：禁得起。⑤三月情：暮春之伤情。

[赏析]

如人饮水，冷暖自知。人的一生在很多时候也正如所饮之水，或冷或暖。可是无关冷暖，快乐的依旧快乐，悲伤的依旧悲伤。人世不长，不过是一块石头投入水中，瞬间波澜，终将归于沉寂。世人不都是佛陀，可以笑对众生，超然物外。通俗说来就是不论如何仙风道骨的人，他的生活也还是永远逃不掉柴米油盐酱醋茶。只不过总有那么一点区别，而就是有的人将这一切当作了生活的全部，有的人不是。诗人，同样如此。

爱情在纳兰的诗中占了很大的篇幅。对于此词的注解，我查了许多，只说其中暗含着一段隐情，却无法明言那是一段怎样的往事，让我不得不疑心这也是一首关于爱情的词作，而又关系到他那不能明言的心事和爱人。

关于爱情的疑问有很多，我们无论多少次地问别人或是自己，答案万千，却无一可以让自己满意。其实爱情何尝不是那或冷或暖的水？至于是冷是暖，只能以身试之。瞬息浮生，薄命如斯。对于纳兰性德来说，太多的心气放在了爱情上，太多的感慨——她去得太早了……

"为春憔悴留春住，那禁半霎催归雨。"不正是爱情抵挡不住生命流逝的明证？是如此的千般万般留不住。爱情高于生命，生命却左右着爱情的结果。于是爱情终将不能跳脱生死，即使它可以做到无关生死。然而只要我们还身处人世，终有消亡之日，但这却不是生存的全部意义。人总是在心中永远存留着对现实，对生

的希望。这种期望支持着我们或者艰难或者欣喜的生活。所以，哪怕连一阵催归雨都不能抵挡，还是依旧要"为春憔悴留春住"。

深巷中摆弄的樱桃经过雨水的冲洗更显娇艳，充满了新鲜，那样的颗粒，那样饱满，可是现实呢？可是生活呢？是黄昏清泪，还是年复一年飘落凋零的不能长久的花？几声莺啼，只是生活依旧继续的讯号，东风一阵，天暖心寒。再温暖的春天，也终归是一番零落。情之所至，情之至深。"至情"是纳兰的天性，是他对人生的热爱，是他对生命的体悟，所以无法永年，所以早逝。

到了下片，"黄昏""清泪阁""花漂泊"三个意象将一幅凄婉零落的暮春图泼墨洒开。夜晚将近，是一天终要逝去的时候，而暮春已至，便是好春时节将逝之时，如此雨落花飞，亭台楼阁怀愁，对于纳兰，却只余下一个"忍"字。俗语云："忍字心头一把刀。"这刀伴着纳兰不为人知的深愁，缓缓从心尖滑过，氤氲出满身的哀伤。

便是在如此荒芜凄婉的心境下，才有"消得一声莺，东风三月情"的结句。所思所怅太多，凝于胸中，却难以吐露，此时一声莺啼，荡开浓雾，颇有种"却道天凉好个秋"的秋意情怀。而对于完美的苛求，对于命运的悲观，对于世事的洞烛，终是令纳兰虽在春暮，身上却聚满了秋气。

菩萨蛮

晶帘一片伤心白①，云鬟香雾成遥隔②。无语问添衣，桐阴月已西。

西风鸣络纬③，不许愁人睡。只是去年秋，如何泪欲流。

[注释]

①晶帘：水晶帘子。形容其华美透亮。②云鬟香雾：形容女子头发秀美。③络纬：虫名。即莎鸡，俗称络丝娘、纺织娘。夏秋夜间振羽作声，声如纺线，故名。

[赏析]

自卢氏死后，亡妻的影子总也不能从纳兰的生活中消失，而从这首词中的"伤心白"成遥隔""愁人""去年"这些词语中我们可以看出，这又是一首纳兰悼念亡妻之作。

中国文人，大多有伤春悲秋的情绪，而且秋天在古诗词中往往象征着死亡。在落叶缤纷、大地萧瑟的时节，触景生情，词人难免愁心满溢，恨不能收，追悼故人，涕泗横流，痛断肝肠。

"晶帘一片伤心白，云鬟香雾成遥隔。"水晶帘子寂寞地晃出一片凄白孤清之景，而思念的人已是生死两茫茫，香消玉殒，芳踪杳然。"云鬟香雾"化自杜甫《月夜》诗："香雾云鬟湿，清辉玉臂寒。"纳兰用此指代自己深深思念的妻子。结合杜诗意境，此词更添一番相思离别之痛。

纳兰遥想当年，玉兔西沉，夜语深深之时，妻子软语温柔，轻轻为自己披上温暖的衣袍，两人依在梧桐的阴影中相谈甚欢，如葡萄架下牛郎织女的私语。此情此景，是如此温馨闲适，"胜却人间无数"。而今独立寒露，听着纺织娘在瑟缩的西风中鸣得凄切，却没有了红袖添衣。"寻寻觅觅，冷冷清清，凄凄惨惨戚戚"，相思成灾，辗转难眠，往事历历，伊人独去，清泪在眼中翻滚欲出。直合易安《武陵春》："物是人非事事休，欲语泪先流。"此欲彼欲，都是无限惆怅哀恸缠绵心中，诉无可诉，只任柔肠百转，无限思量欲化成泪。

"只是去年秋，如何泪欲流。"风姿卓绝、多情温柔的纳兰，想着曾经美好的时光，终是泪流如雨。此处"只是""如何"二词形象地表达出世事难料、无可奈何之感。仅仅过了一年，却是天人永隔，让沉浸在幸福中的纳兰一时不能接受这残酷的现实，而周遭寒冷的空气，眼眶中晃荡的水汽，都在残忍地诉说着事实。纳兰只能被迫接受现实，而又心有不甘，只能伤痛地低语："只是去年秋啊……"

此词意境哀婉，字里行间灼灼真情天然流动，用极简之语平常地道眼前之景，直率地抒胸中之情。纳兰运笔如行云流水，毫不黏滞，任由真纯充沛的感情在笔端自然流露，出色地用自己的感受来感动读者，让人置身其中仿佛自己就是那个惆怅客，心间万种凄婉百转千回。

纳兰词就是如此动人，因为他的用情至深而又用情至真，如"清水出芙蓉，天然去雕饰"。纳兰词善用白描手法，鲁迅说白描法"有真意，去粉饰，少做作，勿卖弄"。此词就完美地用了白描，用语朴素，情真意切。

清代词人况周颐曾说纳兰词"一洗雕虫篆刻之讥""纯任性灵，纤尘不染"。纳兰真情得人如此推崇，并由此交得知己顾贞观、陈维崧，"自古文人相轻"这句话在此却是不适用了。由此也可见纳兰的不一般。

菩萨蛮

乌丝画作回文纸^①，香煤暗蚀藏头字^②。筝雁十三双^③，输他作一行^④。

相看仍似客，但道休相忆。索性不还家，落残红杏花。

[注释]

①回文：原指回文诗,此处指意含相思之句的诗。②香煤：古代妇女用以画眉的化妆品,或指香烟。暗蚀：暗中损伤,谓香烟渐渐散去。藏头字：将所言的事分别藏在诗句的头一字。③筝雁：筝柱。因筝柱斜列如雁行,故称。④输他：犹言让他。

[赏析]

这首《菩萨蛮》作于清康熙十六年（1677年）秋，距卢氏之死约三个月。

词的上片借物托比。"乌丝画作回文纸"，乌丝指的是乌丝栏,唐李肇《唐国史补》："宋毫间，有织成界道绢素，谓之乌丝栏、朱丝栏。"回文，原指回文诗，是诗歌体裁的一种，在这里代指相思兜转回旋的句子。

"香煤暗蚀藏头字"，香煤指略有香气的墨。宋张先《宴春台慢·东都春日李阁使席上》："金猊夜暖，罗衣暗香煤。"暗蚀即是墨迹渐渐地将诗句要义遮盖了去。明王彦泓（次回）有"袖香暗蚀字依微"之句，藏头字，指藏头诗，诗人会把所要言明的事凝成精简几字，分别藏于每句诗的头一字。宋吕渭老《水龙吟·寄竹西》："锦字藏头，织成机上，一时分付。"

两句写的是纳兰面前的信纸上相思之句犹然徘徊缱绻，那墨迹却将纸上诗句的几个字遮掩了去，仔细辨别才知那竟是诗句中最重要也是最无法触碰的几个字，这墨色有意无意地浸淫，瞬间便潮湿了心境，前尘往事瞬间便堆上心头。本欲移开视线，起身弹拨古筝将心绪转移，怎料抬眼望去那十三根筝柱前后排列形成整齐的一行，负手一叹，也罢，也罢，就让"筝雁十三双，输他作一行"，且由着它静静成行在侧吧。纳兰双眼轻闭，相思萦回，就此失了弹拨之心。

上片手法欲擒故纵，相思之句若隐若现，要看清却又被墨遮了一些，偏偏遮的那几字刚好又刻骨铭心,引起无边相思挥之不去;古筝之音将弹未弹,本欲弹拨以转移相思之难,起身却又失了兴致,就在这来回反复之间,将纳兰相思难挨、衷情难诉的寂寥形象刻画明朗起来。

到了下片,词意从夫妻分别时的旧景转到现在纳兰独处的新景。

先道"相看仍似客,但道休相忆",去年离别之时,还能够压制自己的心情,对彼此说着不要相惦记,莫要相思。只是怎么到了如今,却再也压抑不住自己奔涌的思潮,总是只因一个细节就惹起无尽哀思?夜深人独,凄然泪流,纳兰其心愈苦,其情愈深。

出了屋后,干脆就不回家了吧。为什么不回家呢?与既是爱妻又是知己的卢氏永离后,再回家面对满屋子载满卢氏身影,一触碰便牵扯出漫长且令人窒息的相思。可是独行在外,怎料秋日之下景色却是"落残红杏花",道是新景旧情,俱都逃脱不过这相思的纠缠呵。纳兰满腹凄苦欲诉还休。时卢氏虽然逝去仅三月,但纳兰此情深并不亚于苏东坡的"十年生死两茫茫"。

整首词是一幅适宜远观之画,屋内诗句微浸墨,古筝静默,词人青衫独立在外,落花轻扬,枯残杏花枝丫于秋色之中鲜明。词意低回婉曲,结尾处悠然不尽,将纳兰痛失爱妻、恨意难平、相思无解的复杂心绪婉婉道来。

菩萨蛮

春云吹散湘帘雨,絮粘蝴蝶飞还住。人在玉楼中[①],楼高四面风。

柳烟丝一把[②],暝色笼鸳瓦[③]。休近小阑干,夕阳无限山。

[注释]

①玉楼:指华丽的楼阁。②柳烟:柳树枝叶茂密似笼烟雾,故称。③暝色:暮色,夜色。

[赏析]

是暮色降临云收雨散时,湘妃竹做成的帘子被春风吹得噼啪响,仔细看去,

那春色颇有几分"落絮轻沾扑绣帘"的阑珊之色。到底还是起身登楼，想看看这雨后春景生成怎般模样，可是玉楼空阔，却只有四面的风，呼呼地从自己身旁刮过，无从抵挡。

到底那湘妃竹帘还印刻着娥皇女英思念夫君落下的血泪斑斑，如今春风揪扯着它就在耳畔噼啪作响，仿佛就是在提醒着自己，莫忘远方，莫忘尚有未归人在他乡，此时此刻，风中独立的自己，又怎能不被勾起相思之心！

于是到了下片，紧接着便是"柳烟丝一把，暝色笼鸳瓦"。看似描写杨柳若烟，暮色苍茫，实际上写的是这杨柳如烟心事如烟，如果当日我不是那么默默支持让你去远方，如果我坚持要你留下，你又是否会为了我，停下奔赴远方的脚步？那也许不至于如今看着那柳絮如丝，飘扬而起，便牵动我一腔的相思之情。

天色渐渐转青，鸳鸯瓦与这淡青色的天空相衬，显得格外静谧，你看，就连那房梁上的瓦，也是成双成对的呵，而我却只能领略到"鸳鸯瓦冷霜华重"的凄凉。

思妇的心内幽怨之情，由着这景色苍茫愈发深重，那么这泛滥的情怀该如何收拾？末了纳兰一句"休近小阑干，夕阳无限山"，顿时拓开了视野。

还是莫要再凭栏纵目了罢，那夕阳正缓缓落入无限山峦中，而那游子恐怕还要在无限山之外，别人尚可"过尽千帆皆不是"，我却只有这一成不变的山峦相眺望，唯一相同的是，那归人影子从未映入眼帘过。

到此，我们可以对比一下另一首有名的闺怨诗，王昌龄的《闺怨》：

闺中少妇不知愁，春日凝妆上翠楼。

忽见陌头杨柳色，悔教夫婿觅封侯。

这首诗写的是闺阁中少妇在春日独登翠楼远眺，无意间发现杨柳色转青绿，才恍然发现又是一年春来到，不由思及远去求取功名的夫婿，如今年年春色老，却悔当初希望郎君上进而使彼此离别，容颜独消磨，却辜负了好时光。

王诗从思妇赏春时的心理变化来写怨思，而纳兰则是通篇白描写景，然融情于景，那景色都是目之所见，却又凄迷生悲，读者看来，大可自行体味此中滋味，领略之后，便会顿觉心有戚戚焉。纳兰笔触可谓"不洗铅华，而自然淡雅"。谢章铤就曾在《赌棋山庄词话》卷七中如此写纳兰：

纳兰尝曰"花间之词如古玉器，贵重而不适用。宋词适用而少贵重。李后主兼有其美，更饶烟水迷离之致"，又曰"词虽苏辛并称，而辛实胜苏，苏诗伤学，词伤才"（《渌水亭杂识》），此真不随人道黑白者。

菩萨蛮 回文

　　客中愁损催寒夕①，夕寒催损愁中客。门掩月黄昏，昏黄月掩门。

　　翠衾孤拥醉②，醉拥孤衾翠。醒莫更多情，情多更莫醒。

[注释]

①愁损：忧伤，犹愁杀。②翠衾：即翠被。

[赏析]

　　关于这首词，盛冬铃在《纳兰性德词选》中是这样分析："这是一首回文词，每句都颠倒可诵，一句化为两句，两两成义有韵。回文作为诗词的一种别体，历来不乏作者，但要做到字句回旋往返，屈曲成文，并不是容易的事。有些人把这当作文字游戏，不免因词害义，以致文理凝涩，牵强难通，结果是欲显聪明，反而给人以捉襟见肘的感觉。纳兰此作虽然并无特别值得称颂之处，但清新流畅，运笔自如，在同类作品中自属佼佼者，故录之以备一格。"

　　回文为诗词中的一种修辞手法，其起源说法不一，有说源于南朝梁刘勰，其《文心雕龙·明诗》中云："回文所兴，则道原为始。联句共韵，则柏梁馀制。"有说起自前秦窦滔妻苏蕙的《璇玑图》诗。回文为杂诗的一种，除韵律之外还有一定的思想性、艺术性，历来深受人们喜爱。

　　纳兰这首词大约作于清康熙二十一年（1682 年）。当年康熙皇帝由北京出发到盛京告祭祖陵，纳兰以一等侍卫扈从。因而为"客中"，意为身在异乡。人在异乡随君主浩荡的排场漂泊，远离家乡，愁绪无边，独身的寂苦能把周遭的空气都冷却，提前唤来了寒夕，这寒夕的冰冷更让愁绪更显清冷。

　　说至"愁"字，纳兰《饮水词》中一共出现七十七次，郁结一生，也愁出了千古流传的作品。叔本华在《论天才》中说："所有的天才都是忧郁的。"天性的敏感容易让这类人无端陷入极端的情绪里，心情能被一切的因素左右。天才多寂寞，

内心细致思虑太深，却无处诉说，只得执笔与文字为伴，得以少许的解脱和倾吐。

夜晚降临，门中的执笔之客，看月色昏黄，顿觉触景伤情，赶紧掩门躲开这惹泪之景。"同来望月人何在？风景依稀似去年"（唐赵嘏《江楼感怀》），月色皎洁，却总叫人悲伤，还是将此良辰美景，关在门外叫那些相聚之人携手品赏这纯净的月光吧。门内人不忍目睹独悬之月，门外光线柔和、昏黄多情的月光洒在掩上的门框上，倍显落寞孤寂，清冷难耐。月光总让人遥想佳人，独在异乡思念之深便尤其惹人伤感。

关了门只剩灯光冷冷地映着苍白的面容，漫漫长夜，独自捂着翠被寻一场醉。酒入口中，醉意渐袭，怀中拥着翠被，如同拥着深爱之人，却也只能如此自慰。这撩人的月光，读来更是寂寥。

最后，叹说，清醒的时候啊，就不要再想着梦中之事徒增烦恼了。"多情自古空余恨"，感情上的事，情愈痴，苦愈深，多情之人，总会多些徒增的伤感落寞。所以多情之时，就不要让自己醒来了罢。已然是饮醉了吗？是梦着还是醒着，自己都已分不清。

愁苦难耐，只愿长醉不愿醒。

菩萨蛮 回文

研笺银粉残煤画①，画煤残粉银笺研。清夜一灯明，明灯一夜清。

片花惊宿燕，燕宿惊花片。亲自梦归人，人归梦自亲。

[注释]

①研笺：压印有图案的信笺。银粉：银色的粉末。煤：古代对墨的别称。

[赏析]

聂晋人曾评纳兰："笔花四照，一字动移不得。"纳兰之词，看似句句无意，实际字字泣血。回文体结构巧妙，正能体现其深厚的文字功力。

在压印有图案的信笺上写写画画，百无聊赖，夜色清澈，小灯一盏，一夜便打发过去。"煤"字即"墨"的别称。独自对着这夜里的幽清，无人相伴，竟成了这样一个踟蹰迷离的人，净做些打发时间的事情。清夜和明灯，这两个意象用得都倍感清寥，同明代的汤显祖《闰中秋》所写："多少离怀起清夜，人间重望一回圆。"离愁别绪，总易由清夜而起，加之明灯光线寂寥地亮着，陪着失意之人，还无聊地摆弄着银粉残煤，内心思念着什么，入了神，清夜就不知不觉地流逝。

百无聊赖的动作，放在回文的效果里，尤其衬景，好似能目睹灯下之人对着那印图的信笺眼神游离，反反复复地鼓捣银粉，添添水墨，字字都被附上了深夜里的灯光。不得不令人感叹，这人兴许生来就是为留他的纳兰词于此间世间。以景观物，目光所及的一切，都成为情感寄托。

更有下片，"片花惊宿燕，燕宿惊花片。"这话读来好像纳兰从未于此间出现，无我观物，写得神话唯美，仿佛只留那落花宿燕相互惊扰。素来被寄予了太多悲情的落花，和那檐上之燕，低声絮语便可。清幽之境中，只需"清夜一灯明，明灯一夜清"就已足够，不需要明月，不需要和风，只这么坐着，仔细听落花宿燕的动静，幽静典雅，颇有王维"月出惊山鸟，时鸣春涧中"的境界。

读起来这宿燕，也是意有所指。古代文人骚客用典，燕也是常有出现的意象，这是因燕为候鸟之故，随季节变化迁徙，春去秋来，常被引用借以惜叹时光流逝，匆匆过耳。史上感时伤事者不少，"燕"字也是常见。再是古时廊檐下常有燕巢，又见它们出双入对，故又常作寄托相思离愁之用。纳兰这词中，下片首句，燕与花一道出现，叫人想到晏殊的"无可奈何花落去，似曾相识燕归来"之意境。

晏殊之词中，借"花落去"这一自然现象，联想到朝夕之间，以表达哀婉之情。又因"燕归来"，叹道，又是一年春去秋来季节更替，红了樱桃，绿了芭蕉，流光仍旧把人抛。人类与自然相比，渺小无力，只得低吟"无可奈何"。花开花落，一朝一夕，春去秋来，年华似水。可见这里的"花"和"燕"，同是意象。花只开落，自是与那兴亡之事脱不了关系。燕子迁徙，喻年华更替，时光荏苒。

晏殊此句经典，相传也是有个故事。那上半句的"无可奈何花落去"，曾是他心心念念对不出下联的灵感，那下半句的"似曾相识燕归来"，则是出自他因大明寺壁上好诗结下的友人王琪。志趣相投，互相敬重，才有了这千古名句，也算是伟大友情的见证了。

不知纳兰写花、写燕之时，是否也有对故友之思呢？无奈叹，"亲自梦归人，人归梦自亲"，清夜之人，思念如潮，却为何仍是梦中之人！

菩萨蛮

　　飘蓬只逐惊飙转[①]，行人过尽烟光远。立马认河流，茂陵风雨秋[②]。

　　寂寥行殿锁[③]，梵呗琉璃火[④]。塞雁与宫鸦[⑤]，山深日易斜。

[注释]

①飘蓬：随风飘荡的飞蓬，比喻漂泊或漂泊的人。②茂陵：明宪宗朱见深的陵墓。在今北京昌平北天寿山。③行殿：可以移动的宫殿，犹行宫。皇帝出行在外时所居住的宫室。④梵呗：佛家语，佛教做法事时念诵经文的声音。⑤塞雁：塞鸿。宫鸦：栖息在宫苑中的乌鸦，唐王建《和胡将军寓直》："宫鸦栖定禁枪攒，楼殿深严月色寒。"

[赏析]

　　纳兰叹兴亡的词并不少见，这首写得尤其别致。

　　开头就是那随风飘荡的飞蓬，随着突发的狂风飘零，不知何处。实际说的是人生之不定向，人同飞蓬，漂泊天涯，不知道归处在哪儿，都是匆匆过客。相比于广袤的大自然，人类不过是渺小的苇草，寄蜉蝣于天地，渺沧海之一粟，丝毫无力掌控生命的方向。主宰的从来是如同"惊飙"的命运，何时急转，何时直下，何时消亡，何时弱化，都不能预知，只能顺从它的变化，跟从它的脚步。人生漫长，实际上却始终心似游子，漂泊沉浮。开头七个字，纳兰完全似旁观陈述之人，写景看似自然随意，却足以读出压抑沉郁，不免有些消极意味。

　　景色萧条，行人过尽，远方好似全然是烟光一片，看不清将去往哪里，写的是内心极度的无助和孤寂。因用情太深而倍感苦楚，因知己太远而无处倾吐郁结的苦水，纳兰也只得感叹，行人过尽。知己聚少，爱人不再，这软弱的身躯仿佛只是愣愣立于世界中心，看周遭一切，都是空旷漫长——这才停下马来，该要认河流，思思去向了。"茂陵风雨秋"已然出现在眼前。

　　上片构述巧妙，让茂陵的出现颇为合理，亦融进了萧瑟的风。可见纳兰来到此处，有所思，有所虑，有所郁结，像要寻些什么来慰藉自己。

茂陵即明十三陵宪宗朱见深的陵墓，这里应是代指整个十三陵，隐含咏那已逝的明朝。但用的是宪宗之典，又另有意味。宪宗其人，算是史上唯一因贵妃之死抑郁而亡的君主，他与万妃的感情，可谓孽缘一桩。哪怕是因万妃专横，险些断了后，这君主仍是对她死心塌地。虽算不上一代英明的皇帝，也算得上是一个痴心的男人。面对这样一代君主的陵墓，纳兰何思呢？同是痴心思念，身陷丧妻之痛的纳兰，大概是感受到共通的悲凉。

下片起写茂陵之景，"寂寥行殿锁，梵呗琉璃火"，白描写景，反复吟读，满是苍凉之感，纸间散发出全是悲苦的气息。行殿之锁，梵呗琉璃，都是历史沉淀的标志事物。历史浩瀚，时光流转，那些兴盛的朝代，早被铜锁锁于时空深宫之中，褪去当年屋瓦楼阁金碧辉煌的琉璃，只剩梵呗声声，琉璃灯微亮，诵着安详的经文，亮着高墙里的微火。最终，只留下塞雁与宫鸦仍旧盘旋，仿佛为找寻昔日之景而聒噪地牢骚满腹。

纳兰道"山深日易斜"，山谷愈深，日易沉落，悖论一语，却无比沉重，字字铿锵有力，直落到心底里去。过往再深远，日终究沉落。

点绛唇 寄南海梁药亭①

一帽征尘，留君不住从君去。片帆何处②？南浦沉香雨③。

回首风流，紫竹村边住。孤鸿语④。三生定许，可是梁鸿侣⑤。

[注释]

①梁药亭：梁佩兰，字芝五，号药亭，别号柴翁，晚更号郁洲。广东南海人。清顺治十四年（1657年）乡试第一，后屡试不第，即潜心治学，从事诗歌写作，名噪一时。清康熙四十二年（1703年）被召回翰林院供职，因不识满文而罢。次年返乡，与屈大均、陈恭尹并称为"岭南三家"，有《六莹堂诗集》。②片帆：孤舟，一只船。③南浦：南面的水边，后常用称送别之地。《楚辞·九歌·河伯》："子交手兮东行，送美人兮南浦。"沉香：即沉香浦，地名，在广州西郊的江滨。相传晋广州刺史吴隐之曾投沉香于其中，因而得名。④孤鸿：孤单的鸿雁。⑤梁鸿：指东汉梁鸿。东汉梁鸿家贫好学，不仕，与妻孟光隐居霸陵山中以耕织为业，后避祸去吴，居人庑下为人舂米，归家孟光为之

备食，举案齐眉。世人传为佳话。后以"梁鸿"喻指丈夫，亦喻贤夫。

[赏析]

纳兰送诗的这位梁药亭，正是岭南三家之首梁佩兰，广州白云山碑廊还曾有他书写的《行书七言联》。梁佩兰，字芝五，药亭正是年轻时候自号，晚年改号郁州。梁佩兰与岭南三家的另两位——屈大均、陈恭尹一样，都是前朝遗民，却属于完全不同的两类人。屈、陈有着强烈的民族思想，诗书满腹而终生不仕清廷。梁佩兰则倾半生之力热衷功名，其间历尽坎坷，终于在授翰林院庶吉士，当时他已年届六十。然而，梁佩兰在仕途道路上并不顺利，功名屡试不中，终于在花甲年考中进士，次年即告假归里。此后十五年，结兰湖诗社，遍历名山，与海内名士尽情唱和。这首送别诗写于梁佩兰青年时代考试不中返乡之际。

药亭的家乡远在岭南，即广东南海。现代人恐怕很难想象没有飞机火车的古代，由京城南下广东，一路上该是怎样的跋山涉水，可能要受尽与玄奘取经一般的颠沛之苦，因此纳兰感叹"一帽征尘"。不过到底是风华正茂，恰同学少年，书生意气，挥斥方遒。离别虽是依依不舍，却没有太多"断肠人在天涯"的忧思。"留君不住从君去"，一派好男儿志在千里的从容。不似柳三变，手执红板低吟，"执手相看泪眼，竟无语凝噎"。

古有李白叹"孤帆远影碧空尽"，而纳兰也难隐对朋友的关怀，"片帆何处"，自是药亭那有沉香之名的故乡。相传晋时岭南官员无不贪赃枉法，连号称"廉公"的周清廉也不例外。唯吴隐之派往岭南后，清正廉洁，造福一方，因此深得百姓爱戴。离去时，老百姓为了感激他纷纷致送礼品，而吴隐之一一婉拒，于元兴三年（404 年）两袖清风离开广东。传说归舟在珠江河上行走时，突然间风浪四起，吴隐之急忙查问，但并无收受礼物之人。忽然间，吴夫人想起来手上的沉香扇是百般推辞不下方才收下的一位父老所赠之物。听闻此言，吴隐之马上焚香向天祷告，把沉香扇投入江心，江面立刻风平浪静，江心浮现一座小岛，即现在的沉香浦。

药亭在老家时，曾经有一段悠居乡里的日子，是许多清雅之士求之而不得的，所谓"宁可食无肉，不可居无竹"，说的恐怕就是药亭进京前的这般风雅生活。西风不语，流年偷换，那年的药亭已不再如初到皇城时那般意气风发，尽管文字依旧激昂，却也掩不住屡试不中的怀疑和失落。"孤鸿语"三字，多多少少都会令人联想起东坡先生那首《卜算子》。不知在漏断人静时，药亭是不是也是孤鸿一般，为着阳春白雪的执着，为着曲高则和寡的必然，幽人独往来？应该是吧，否则药亭何必在几十年后高中进士仅为官一年便小隐于山林，尽享南山东篱？如此说来，怕是纳兰也没有想到，孤鸿影冥冥中竟是药亭躲不开的宿命，"拣尽寒枝不肯栖"的背后，挺立着古代之"士"毕生追求的精神脊梁。

或许是纳兰早已深刻地了解这位他乡故人，否则何出"三生定许，可是梁鸿侣"的溢美？说到梁鸿，世人熟悉的梁鸿，多半是因了"举案齐眉"这个古老的故事。传说梁鸿的妻子孟光有德却无容，甚至有好事者将孟光列入四大丑女。不同于以往的士人，梁鸿太学毕业后学而优但不仕，反而隐居山林，不臣天子，不事诸侯。也正是因为他的归隐，才保持了他对现实独立而客观的判断力，才在一片歌功颂德声中有了《五噫歌》这样大胆的讽世作品。当然，《五噫歌》带给梁鸿的却是无家可归的逃亡和流浪。

纳兰将梁鸿比梁佩兰，是比之出世归田，还是比之才华横溢，我们都不得而知。但有一点可以肯定，纳兰并不反对他的暂时淡出，甚至有淡淡的赞许和隐隐的羡慕——毕竟是要回归那一段风流岁月，不必再羁绊于纳兰成日面对的官场争斗中，不必处处留心、步步为营，终日提心吊胆、如履薄冰。尽管并不得志，或许满腹牢骚，然而还有什么比自由更可贵呢？

采桑子

那能寂寞芳菲节①，欲话生平。夜已三更。一阕悲歌泪暗零②。
须知秋叶春花促，点鬓星星③。遇酒须倾，莫问千秋万岁名。

[注释]

①芳菲节：花草香美的时节。②一阕：一度乐终，亦谓一曲。宋欧阳修《晚泊岳阳》诗："一阕声长听不尽，轻舟短楫去如飞。"悲歌：悲伤的歌曲。③星星：形容白发星星点点地生出。

[赏析]

这是一首写于春天的词。

春季本应是万物复苏的时节，词里却叹出"寂寞芳菲节"，花草香美，却倍感

无聊，因而与友人话起了生平。夜至三更，谈到有感而发，禁不住弹唱一阕。悲歌低吟浅唱，竟引得清泪暗零。

暮春之时，悲歌一曲，化作对时光流逝阵阵感叹。这个多情细腻的男子，一曲悲歌，就能够得泪轻弹，有人说，这是否太过女子？一个真性情的文人，并不晦饰压制内心情感，毕竟他那么浓的伤悲、用情至深的感情，叫他从来隐忍于心恐怕会郁结成疾。真是直率之人，才可泪轻弹，用情真。

泪为什么而流呢？春花秋叶，季节更替，年复一年地催促时光流转，人亦由少到老。恍惚间，见那鬓角，已增了白发。这"星星"二字，代指白发星星点点。谢灵运之诗"未厌青春好，已睹朱明移。戚戚感物叹，星星白发垂"也是同样的感慨。心有戚戚感叹事物变迁，星星白发已然暗生，年华蹉跎。物换星移，不胜今昔。人生如此无常，时光的流逝，比流水无情，比落花有声，转瞬即逝。

最后感慨，有酒须饮才是，何必要问那"千秋万岁"之名。功名再有为，仍旧是春梦一场，如今夜已三更，春梦也该散尽。难怪，这一阕悲歌，引得如此愁情满腹，不胜凄凉。

"遇酒须倾，莫问千秋万岁名"一句低吟，与李白《行路难》中的名句"且乐生前酒一杯，何须身后千载名"异曲同工，但纳兰的态度是否是及时行乐就有不同见解了。有人评论说这是及时行乐的夙愿，历经官场劳累，倏然发觉劳碌一生，年复一年跟着时光颠沛流离，至今除去白发暗生以外，一无所有。可叹可悲，追逐一生，到底得到了什么？既然功名利禄如此虚妄，时光流逝丝毫不会顾及它们的情面，又何必非要为此虚妄之物而奋斗终生，忙碌不堪？人生得意须尽欢，纳兰生在富贵，可安享荣华，便"莫使金樽空对月"罢了。

另有一家意解为这"遇酒须倾，莫问千秋万岁名"，念的是百般萧条的凄楚，是纳兰对这半辈子生活的反思。奋斗半生，两手空空，生活的还是禁锢的人生，身在皇城，身不由己，任由命运摆布，随风飘摇。直至鬓角已有白发，还未意识到时光流逝和生活浮躁。恍惚那时间，似是突然加快步伐，让人恐慌不已，怅然若失了。

两家之言，孰是孰非，并不要紧，重要的是纳兰"欲话"之"生平"，让人更觉他的难能可贵。男儿之身历来总要被功名束缚，碌碌一生，难得这本可安享荣华的贵公子，竟能看穿浮名，不重富贵，确是出水之莲，纵看当年，确实少有。

岁月匆匆，一阕悲歌恰巧击中这才子心内的柔软地，禁不住泪流，喟叹人世苦短，世事虚妄。

采桑子 九日①

深秋绝塞谁相忆②，木叶萧萧。乡路迢迢③。六曲屏山和梦遥④。

佳时倍惜风光别，不为登高。只觉魂销。南雁归时更寂寥。

[注释]

①九日：即农历九月九日重阳节。逢此日，古人要登高饮菊花酒，插茱萸，与亲人团聚。纳兰此时正使至塞外。②绝塞：极远的边塞。③乡路：指还乡之路。④六曲屏山：曲折的屏风。

[赏析]

所谓九日，即农历九月九日重阳佳节。这佳节之词，多是写离情的愁苦抑郁之词。

说到重阳佳节，脑中逃不过王维的《九月九日忆山东兄弟》：

独在异乡为异客，每逢佳节倍思亲。

遥知兄弟登高处，遍插茱萸少一人。

作这首诗时，王维正于长安谋取功名。帝都是繁华之地，时值佳节，一片欢愉之景，他却独自一个人流落在外地，人群越是熙攘，游子在外愈是觉得寂苦，因而更想念亲人。王维家乡在华山之东，所以题称"忆山东兄弟"。寥落孤独之中，想象此时家乡亲人旧友，定是登上了旧时时常同去之山，身带茱萸，轻叹"唯独却是少我一人"。

王维此诗影响甚广，自它感动世人起，登高、饮菊花酒、插茱萸、与亲人团聚已然不仅仅是习俗，进而演变成为一种思乡的情结。其后，文人常有重阳思亲友的感叹。

写这词时，纳兰也正是出塞离家，自然是佳节倍思亲。形单影只，内心孤苦寂寞，故为寄乡情而写下这首词。

上片由景入。深秋，边塞偏远之地，落叶萧萧，一片萧索肃杀之气，清冷寥

然。还乡之路迢迢，似是只能在梦里才能见到。这里的"六曲屏山"释义为曲折之屏风六曲，由李贺《屏风曲》："团回六曲抱膏兰"而来。因屏风曲折若重山叠嶂，称为"屏山"，这里指代为家园。

下片道"风光别"，谓逢此佳节，故园风光正好，却觉得与平时有别，不难理解纳兰此时的心情，杜甫有言："露从今夜白，月是故乡明"，异乡之景，再美不如家乡的田舍。亲友团聚之佳节，独自在外，今日心情，自是与平日有异。也难怪，再好的风光，也不能入眼，再美的景致，也不似故土。应了那王维的"每逢佳节倍思亲"。

只能叹道："不为登高。只觉魂销。"此言着实令人动容。寥寥数语，写尽内心彷徨凄苦。期盼团圆之日，它却迟迟不来，这本该其乐融融的日子，落为一人看风雨凄迷。魂销，魂销。

结句承之以景，借以雁南归来反衬出此刻的寂寥伤情的苦况。苍穹茫茫，归雁看着尤其动人，这平凡的景致也有别于平日。一片自然风景就是一种心境，纳兰之思，便是这大雁所指代。故人常以雁表达思乡怀人，有李清照《一剪梅》的"云中谁寄锦书来？雁字回时，月满西楼"，又有"乡书何处达，归雁洛阳边"，都是对故土的牵念。纳兰结句，思乡之切，离乡之愁，也就表达得十分鲜明。

这天涯羁客，飘零于此，只叹，何时才可再见到故土的熟悉欢愉啊！

采桑子

海天谁放冰轮满①，惆怅离情。莫说离情，但值凉宵总泪零②。只应碧落重相见③，那是今生。可奈今生④，刚作愁时又忆卿。

[注释]

①冰轮：月亮，圆月。②凉宵：景色美好的夜晚。③碧落：道教语。指青天、天空。④可奈：怎奈，可恨。

[赏析]

惆怅离情，莫说离情，那是今生，又可奈今生，细细吟诵这样一首词，已分不清身处良宵抑制不住愁思万千的是我还是他。纳兰啊，寥寥看似无意的几笔，就能让人卷入他缠绵的愁绪和恰到好处拿捏有度的情境里。夜空安宁静寂，圆月高悬，本应是如水的温柔景色，然后一派的美景安在，佳人却已远离人间，这尘世之景，又哪有心欣赏？月圆了，家却静了，鸟归了巢，她却再不回来与家人招手微笑。

满心满意都是爱人满眼的温柔，今生的体贴，难忘的惦念，共同生活扶持的日子，有她的笑影啊，身姿啊，和那溢了书页的余声啊，叫他今生如何忘记呢？这匆匆逝离的生命，该有多少的遗憾和来不及，念不完的唠叨，做不完的家事，看不完的书卷，喝不完的香茶，和那难分舍的情谊啊！对着月圆静夜，伫立窗前，每每念及，禁不住那涌动的愁绪，怎剪得断，不忍遂离的那不舍。

可否不再看那夜空，可否不再见那皓月，合窗罢了，不能再这样地痴迷于思念里。倘若是一直这么对着万物优雅，叫人如何克制得住那清泪涟涟。打湿了衣襟，拂手拭面，下一秒还是泪痕尚未干去又已泣不成声。你说这自然界的美好啊，该如何睁眼去看，你说这万千的动人啊，该如何去品拾，良宵再美，没有你在，意义为何？

但是又如何相见呢？只有去到那天空里，才得以再度执手携行吗？然而天又这样深远，愣是如此注视着，努力寻找入口，也无法看到，佳人身影一现。才明了，今生，恐是无缘再相见了。忍不住掩面垂首，难耐凄凉。

这痛失你的悲楚，因你而起，又在无边愁绪里，对你不可遏制地思念起来。

纳兰啊，你此情此景，念的是这般呓语般沉痛的思念啊！

卢氏是再也无法回到他的生活里了，良宵美景也都是赘余的了，眼里的水都是苦水，眼里的树都是枯树，对于他来说，那一起住的屋子是记忆，那泼茶的余香是缅怀，那共赏的花草是思念，周围的环境里，放置着太多太多曾经并肩行走、共同扶持的提示物了。离别无意，将那一切化为了勾起愁思的引子，思念无意，将生活的重心，迷失在了无边的惆怅里了。

挥笔头句就是无奈的质问：是谁在夜空里缀了那么个皎洁的圆月？匆匆一瞥就不禁要令人惆怅起来。美景如水，荡漾的是如烟的轻柔，倒映的是清晰的内心的模样。这惆怅离情，倏然浮起了。正像是东坡痛心念道："料得年年断肠处，明月夜，短松冈"，这明月夜，大概总有些伤情之景，月亮于是成为文人墨客最见不得又最想见的忧愁了。清冷的月亮，短短的山冈，痛断柔肠，也逃不出那思念成疾的时光。而对纳兰来说，这"莫说"又着实是真心么？思念愁苦，离别沉痛，只是倘若不说，他难道就能逃离了触景伤情，丝毫不会念及？这"莫说"二字，像是自言自语，想忘却难忘，想那愁绪停止又无力控制，无奈无奈，说什么才好啊，也只能自己对自己暗许，不再说了，不再说了，唯独思想不停息，无休无止地沦陷在暗

黑的沼泽。值良宵而泪零，又有什么办法呢。不思量，自难忘，只是恐怕你越是努力逃离那愁苦，越是将眼眸，停在过往的缠绵之中了。伤时悼亡，人同事物之间，同悲同喜，情也是更加深重了。

　　既然无力逃脱记忆的深渊，他也只能寻求一些希冀，今生最想实现的事情，不过是再见一面，再走一遭，却已是天上人间，纳兰明白，只应碧落，才有重见的可能，可今生，又如何去到那里啊！她依然消失人世，他只能遥望不舍。这希冀他大概是想了一千一万遍，却也没能想清吧！相思相忘却不相见，故人故情啊！纳兰啊，你怎么就这样执着于这无法实现的重聚呢？可奈可奈！因触景而伤了情，因伤了情，又再回忆了已亡人？这个无限循环的怪圈啊，就这样将一个人折磨得容颜憔悴。

　　这个多情的男子，该如何逃离那无边的寂苦，该如何逃离那悲楚的回忆。离别的时候，一个人烧纸成灰，离别以后，还要一个人吞咽苦水，对着美景，也是泪水不止。人生这件事，说长不长，说短不短，只怜惜这些多情重情的人，对于逝去的人事，无能为力，又百般苦痛。

　　生死之事无人可以毫无畏惧，分离之苦也道不清那苦涩的吞咽。亲密的人离世，如同身体里骤然被抽空了一个巨大的位置，空缺的那个影子，无人能够填补，也不知该如何愈合，只能静待时间，将痛失之苦，冲淡一些。

　　倘若她于碧落能够听见他的浅诵，大概她也会清泪涟涟，祈求时光的力量，能够让他不再那么苦痛吧。

采桑子

　　白衣裳凭朱阑立①，凉月趖西②。点鬓霜微，岁晏知君归不归③？

　　残更目断传书雁，尺素还稀。一味相思，准拟相看似旧时④。

[注释]

①朱阑：即朱栏，朱红色的围栏。宋王安石《金山寺》诗："摄身凌苍霞，同凭朱栏语。"②凉月：秋月。趖西：向西落去。③岁晏：一年将尽的时候。唐白居易《观刈麦》诗："吏禄三百石，岁晏有余粮。"④准拟：料想、希望。

[赏析]

秋日天已微凉，风愈渐萧瑟，人也变得踟蹰怀旧。

脑子里故人还身着那白色的衣衫依靠着朱红栏杆，秋月带着凉气洒着冷艳的光向西落去，思绪同那皓月也一并沉下来。思念渐深，纳兰眼看鬓角浮起点点的霜白，乱了心绪。年已至末，不知道故人归不归。一声声自问，湿了衣襟。更漏都已滴尽，他亦望穿天际，日日企盼传书的鸿雁，等的书信却迟迟未至。只能一味地思念，料想着，相见的时候故人依旧是迷人的旧时模样。

显然，这是阕岁末怀人之作。怀的是谁，却多猜测。是久思未见的初恋，还是亡故的妻子，抑或红颜知己沈宛，又或者是挚友贞观？读来是五味杂陈的思念，像着了过量的盐，尝来有了涩味。

细品这词，颇有意味，善于用典的纳兰，仍旧在短词之中，巧妙化用了前人的每句。词中上片的首句就是取自明代王彦泓的《寒词》十六之一，文曰：从来国色玉光寒，昼视常疑月下看。况复此宵兼雪月，白衣裳凭赤栏干。

下片借以大雁这一意象来抒发苦等书信的一味相思。大雁有典，取自《汉书·苏武传》。相传当年苏武出使匈奴，被扣留匈奴十九年，后汉使者对匈奴单于说，汉天子上林苑打猎时，打获大雁一只，其脚系有帛书，上写着苏武在匈奴何处，因而匈奴单于放苏武回到汉朝。大雁本是种候鸟，每年秋天要飞往南方过冬，古人掌握这个习性后，通信不发达的当时，人们也能够开始通过大雁来传送书信了。因而有了鸿雁传书一说，大雁这个意象也在诗歌中蔓延起来。文人写雁，用以表达思乡怀人的情思。

最后，末句引用宋时晏几道《采桑子》："秋来更觉销魂苦，小字还稀。坐想行思，怎得相看似旧时。"秋来销魂之苦，苦之深，思之切，叫人乱了心绪，坐想行思，怎也无法躲避开这纷乱的回忆，对故人的相思。怎得想看似旧时，怀念过去之人深切苦楚，可如何能回到旧时的时光，不再为这时光渐远而伤怀叹息？恐怕时光的脚步还是听不见他心底恰似痴狂的呐喊，无法让他如愿穿梭回到过去吧。

纳兰这词，清清婉婉，秋景静美处，读之如确实能见到纳兰身着秋衫伫立窗前，看月色西沉，盼雁回信至，读来痛心，也觉孤楚。天下苦情之人不少，如此日日夜夜，任世事洪流都冲不掉的思念痴心至此，凄婉之中，更欲垂泪。世事如风而过，故时旧人，穿越岁月洪荒，终究已不在眼前。只能凭空回忆——好似你还站在那里，朱栏依旧，人事依旧，再见你，朱颜不改，情谊仍在。

清平乐

麝烟深漾①，人拥缑笙氅②。新恨暗随新月长，不辨眉尖心上。
六花斜扑疏帘③，地衣红锦轻沾④。记取暖香如梦⑤，耐他一
晌寒岩⑥。

[注释]

①麝烟：焚麝香发出的烟。五代成彦雄《夕诗》："台榭沉沉禁漏初，麝烟红蜡透虾
须。"②缑笙氅：犹如仙衣道服式的大氅。用王子乔于缑山乘鹤成仙的典故。汉刘向《列
仙传·王子乔》："王子乔者，周灵王太子晋也。好吹笙，作凤凰鸣。游伊洛之间，道
士浮丘公接以上嵩高山。三十余年后，求之于山上，见桓良曰：'奉告我家，七月七日
待我于缑氏山岭。'至时，果乘白鹤驻山头，望之不得到，举手谢时人，数日而去。"
后因以为修道成仙之典。③六花：即雪花。雪花结晶六瓣，故名。④地衣：地毯。
⑤暖香：带有温暖气息的香味。⑥一晌：指短时间，南唐李煜《浪淘沙》词："梦里不
知身是客，一晌贪欢。"

[赏析]

这是一首富贵公子的叹息，与现代人相似，越长大越孤单，越繁华越寂寞。

富贵公子定处奢华之地。单看其穿衣用度，便可知不是寻常人家。深漾的麝
香，是取自于麝的高级动物香。其味芬芳宜人，香味持久，即使在工业化的现代
社会也是一种奢侈品。再看其穿着，"人拥缑笙氅"。氅是古时用于遮寒的外衣，
大约就是我们现在所说的披风。这"缑笙氅"可不同于晴雯为贾宝玉夜补的雀金裘，
而是源于天下"王"姓的鼻祖——王子乔。

传说王子乔是黄帝的四十二代后人。他本名唤作姬晋，字子乔，是春秋时期
周灵王的太子，人称太子晋。《列仙传》记载太子晋不仅善吹笙，"作凤凰鸣"，还
可卜生死，最后羽化成仙。有后人依约到缑山相见，但见白鹤，便是仙人王子乔。

由此说来，缑笙氅应是仙家之物，常人思之而不得见之。天寒地冻，难得有
闲时候，坐拥冬衣，一任思绪自由驰骋。自由，爱情，尘事难缠，来去无牵挂，

纳兰怀揣的这些向往在这红尘中也许并没有太大意义。身为皇亲贵胄，纳兰这一生许多事情都"不得已"而为之；而真正挂怀之人，却如身着缑笙氅的王子乔，令人"望之而不得到"。

"不辨眉尖心上"，显然是脱胎于"才下眉头，又上心头"。说到化用，李清照的《一剪梅》被世人传唱，但又有几人知道这千古绝唱也是化用而来？范仲淹《御街行》中有言，"都来此事，眉间心上，无计相回避。"情相似，而言未尽，这也是古往今来词句化用而佳作迭出的精妙所在。

才女李清照眉尖心上之思久久萦绕，那"一种相思，两处闲愁"伴着流水落花，似要到达心上人所处的他乡，一路蜿蜒不绝。这两处闲愁是思念，更是在期待，"云中谁寄锦书来"。比之李清照的坦然，纳兰的遗憾是刻骨铭心的，是剪不断理还乱的惆怅，是伊人远去后旧愁新恨在心底渐渐堆积成的感情三角洲。李清照感慨"花自飘零水自流"，纳兰却道"新恨暗随新月长"，是旧梦不再，是抱憾终生，是"一寸相思一寸灰"的断肠。

"六花"即雪花，因为古人有"草木之花多五出，度雪花六出"的说法，因此常以六花指代雪花。雪花在诗词当中还有一个动人的名字——未央花。未央取无穷无尽，汉有宫殿长乐未央，也是希望快乐无尽的意思。按现代人的说法，这未央花的花语便是"冰封的爱"，正如那些积年暗长的怅然已随那些回不来的记忆被永久冻结在心底。

红锦，是一样很闺阁的物什，同鸾镜、胭脂、衾凤枕鸳之类常出现在诗词中。词行此处，便也不难猜想这眉尖心上的新恨所为何人了。纳兰也曾有过相依相知以为可以长相守的爱人，也曾与爱人有过赌书泼茶的美满生活，这些不过残存那些零乱的记忆中。暖香入梦，梦中温香软玉，莺声燕语，是何等春光旖旎。这融融春意沉淀在心底，既不敢翻开来轻易触碰，又忍不住日日温习，望梅止渴一般，靠这一抹温存的旧忆聊以取暖。

纳兰与小山词风形神俱似，历来为世人称道，仿佛他二人心意横跨千年自有灵犀。小山曾作《长相思》，不知相思是何人，自问自答"若是问相思甚了期，除非相见时"；纳兰更是不敢奢望相见，凭旧日暖香耐一晌严寒。"梦难成，恨难平"，幽人亦难入梦。即使入梦后又如何呢？纳兰与妻子早已是生死两茫茫，多少年过去，也只道"纵使相逢应不识"。看新月渐长，月圆情难圆，离别苦多，"一生心事在书题"。

眼儿媚 咏红姑娘

骚屑西风弄晚寒，翠袖倚阑干。霞绡裹处①，樱唇微绽，靺鞨红殷。

故宫事往凭谁问？无恙是朱颜。玉墀争采②，玉钗争插，至正年间。

[注释]

①霞绡：美艳轻柔的丝织物，这里指红姑娘的花冠。②玉墀：宫殿前的石阶。

[赏析]

纳兰之心，细致到微小的野果亦能勾起忧虑重重。

红姑娘一物，指的是元代棕榈殿前曾种植的野果。《元故宫记》中有对其描述道："金殿前有野果，名红姑娘，外垂绛囊，中空有子，如丹珠，味酸甜可食，盈盈绕砌，与翠草同芳，亦自可爱。"西风瑟瑟惹得些微寒意，翠袖斜倚阑干，清清朗朗的，红姑娘好似少女般温婉可爱。花冠似有丝织之感，美艳轻柔，殷红之色视同红玛瑙，红姑娘形色甚是好看。首句"骚屑"，意为风声，汉时刘向《九议·思古》中有"风骚屑以摇木兮，雪吸吸以湫戾"。

行文至此皆是刻画红姑娘之态，读来惹人喜爱，可以想象一片葱郁之景，引得人心随它沉醉在一片风情之中。故前半部分基调积极，呈现的多是欢愉。

但至下片语意顿转，质问"故宫事往凭谁问"，霎时转为沉重的历史之思，洋溢的许是悲苦之意。朱颜无恙，过往何存？野果如今还依稀尚存，葱葱郁郁美好地保留着，点缀着这个世间，当年王朝却早已沦为陈迹。依稀只记得当年元代至正年间，宫殿前的红姑娘争相娇艳，宫中女子争相采摘插戴，一派活泼场面。而今只留萧条旧宫，美景依旧，对比之下更显得寥落。

至正年间用作背景，自有深意。至正即元惠宗顺帝第三个年号，故时值元末。顺帝昏庸，不谙权术，有一年元朝境内发生通货膨胀，加之为治水加重徭役，以致政治腐败，民不聊生，其后各地义军蜂拥而起。最终，元朝灭亡，政权为朱元璋所夺。故至正年间这一时代背景，读来总觉得隐藏些耐人寻味的意味。纳兰借用此典，表达的仅是今昔之叹，还是另有对时下的深深忧虑？

再细究“无恙是朱颜”，又要联想纳兰对后主词的偏爱。这朱颜一词，正是因李后主的绝笔《虞美人》而出名。

“雕栏玉砌应犹在，只是朱颜改。”每每轻诵此句，都是满怀的怅惘无奈。“欲语泪先流”的凄婉动人，都寄附于犹在的雕栏玉砌上，偏是为了那不再的朱颜。传达之意，是“物是人非事事休”的百般无奈，与纳兰的“故宫事往凭谁问？无恙是朱颜”一句，可谓异曲同工。纳兰迷后主之词，确实得其精髓而不失纳兰之风。

后主句中的“朱颜”单从释义上看，“朱颜，即红颜，少女的代称”，表义上看应指南唐旧日的宫女，当然后人也有理解其还应包括旧日南唐的青山、碧水、明月等一切美好的事物。当年李后主被押到东京，从一个尽享君主之乐的国君沦为亡国之俘，辛酸不已，每日以泪洗面，故感叹，当初“物是”，如今“人非”。

纳兰深得后主词义，物是人非的今昔之叹，叹得沉郁内敛，自有精魂。花草之趣，植株争艳之景，入处虽小，小中见大。历史遗恨，不用说尽往昔风华绝代，只需轻轻勾勒当下的细枝末节，就足够令怀史之人，流尽含恨之泪。

深感今昔之别，变迁之苦，而今之世，也不知能否安定。扼腕之痛，忧心之苦，郁结之人，轻轻问道：“故宫事往凭谁问？”就足够引人哀愁万分。

眼儿媚 中元夜有感

手写香台金字经[①]，惟愿结来生。莲花漏转，杨枝露滴，相鉴微诚。

欲知奉倩神伤极，凭诉与秋檠[②]。西风不管，一池萍水，几点荷灯。

[注释]

①香台：烧香之台，佛殿之别称。②秋檠：在秋日里拱手跪拜。

[赏析]

古人大多在中元节祭祀亡故的亲友。

纳兰作此词时卢氏刚亡故不久，又正值祭祀之日，近年陪伴之人，恍然竟成吊唁之人，怎能不泪零。伤怀处，亲手用金泥抄写金字经，即佛经，一遍一遍，虔诚写那经文，絮絮地祈求，唯愿来生，还能与其再续今生之缘，再结连理。要知自妻子卢氏亡故以后，纳兰对佛学的研究愈加痴迷。也难怪，困于情伤，痛于生死，自会萌生了净化、自慰之心。痴情无奈，苦困相思，只能反复苦写不停，企盼那来世之缘，精诚所至。但不禁揣摩，纳兰是真信了那来生之说吗？还是，仅仅聊以慰藉而已？

只想数着莲花漏的漏滴，扬枝的露水，表明我的心意，一分一厘，都是诚恳深情，真诚祈求。两个典故，取自佛家之说，深刻了心意实诚，让人感动不已。

莲花漏是古时计时器之一，一点一滴，日复一日，纳兰诚心的祈望，正似这漏滴点点，掷地有声的不是他的清泪，而是深情款款。

扬枝水喻指的则是能使万物复苏的甘露。《晋书》中流传下的典故说，石勒之子石斌暴病而终，石勒请来的高僧用扬枝蘸水滴在他儿子身上，这甘露竟真的使石斌生还。这里表达的是深切的愿望，即便是死生之遥，痴心不改。

欲说还休，对那佛堂之中的神明诉说：要知道我诚心供奉，伤痛之至，浮在秋水上的荷灯，自能证明我的痴情我的诚挚。——言语之中，好似有万千愁绪，不被理解，只能观景寻找依托之物。想象那场景，渺小的荷灯浮于苍茫的秋水上，微光寂寥，正似纳兰心中，此时百感交集，踌躇万千。这相思，这离愁，这回忆，又有何用呢？故人不再，天上人间，何似当年。

最后一句，更是让人悲恸万分。"不管"一词，读来备感西风无情。"一池萍水，几点荷灯"，又甚是孤寂。又让人想到"萍水相逢"，"萍"是水上漂浮不定的浮萍。看秋水为那一池"萍水"，纳兰又暗比自己是无根之萍，只得飘荡于这无边的惆怅中。爱人已故，自己唯似漂泊客。

无情的西风，和寂寥的池中荷灯，很是不协调，却总有些抑郁在心头。这收束之语，说得无限清冷，却自有冷语之妙，无情之风，反倒让荷灯秋水，带上了更悲恸的思念。

吾心有情，流光无情。

满宫花

盼天涯，芳讯绝①。莫是故情全歇②。朦胧寒月影微黄，情更薄于寒月。

麝烟销，兰烬灭③。多少怨眉愁睫。芙蓉莲子待分明④，莫向暗中磨折。

[注释]

①芳讯：嘉言，对亲友音信的美称。②故情：旧情。唐王昌龄《李四仓曹宅夜饮》诗："霜天留饮故情欢，银烛金炉夜不寒。"③兰烬：蜡烛的余烬，因状似兰心，故称。④芙蓉：即荷花。此句化用《乐府诗集·清商词一·子夜夏歌之八》有"乘月采芙蓉，夜夜得莲子"之句。

[赏析]

人间多是惆怅客，更有纳兰痴情人。满腹苦水，叫他如何排解忧愁，唱尽悲歌？

直道："盼天涯，芳讯绝"，令人联想那"独上高楼，望尽天涯路"之人，不知独倚高楼之景，是否也同纳兰一般苍茫；不知望断天涯路，是否也同纳兰只寻得"芳讯绝"。情意是有共通之处的，读来孤寂，都是悲苦之词。身旁空旷寥落，以为能在天涯那头找寻些什么。

可是想见之人不见面容，想闻之讯未得其踪。莫不是，故人旧情，全然已尽？这"故情"二字，出自唐代王昌龄之诗，曰："霜天留饮故情欢，银烛金炉夜不寒。"纳兰此问，可解为呓语之言。故情是否安在，他还不清楚吗？只是接受现实这样的事，对脆弱的词人，太显残酷，只能自我麻痹、自我安慰，问：她是否已经不在那里了？答案却是早已知晓，盘旋于心千遍万遍，还是不忍对自己说，她已然消逝在天涯。

于是心头寒意阵阵，看那朦胧的月色，都是寒冷萧条，昏暗微黄。情自凄婉，寒月再美，不过目及之物而已。世人所观之月，都是同样的月，偏偏纳兰眼中，怎就尤其寒冷凄清呢？所谓景语皆情语。心里是白雪皑皑，眼观之物，必不至于

五彩斑斓。

这才意识到，麝香烧尽的香烟已散去，燃尽呈兰花之态的烛心也熄灭，怨眉愁睫，该用什么解？自古烟、烛都是描绘朦胧唯美的景色，被赋予消逝之意，只因烟缕轻盈，还没能好好欣赏，风过便散，烛则有残烛烧尽、恰留烛心为证，好似提醒着它曾经的存在。徒留烛心如兰花之态，一切事物消逝之迅疾，非能够轻易掌控，于是更是加深了愁绪。眼前之景都是残破之景，散了轻烟灭了灯烛，还有什么是完好？

最后，"芙蓉莲子待分明"，从《乐府诗集·清商词一·子夜夏歌之八》来：

朝登凉台上，夕宿兰池里。

乘月采芙蓉，夜夜得莲子。

青荷盖渌水，芙蓉葩红鲜。

郎见欲采我，我心欲怀莲。

芙蓉大概取的是其谐音"夫容"，诗中描写情人幽会之景。愁情满腹的纳兰自然取的也是反意，写故人幽会的欢愉，更是自嘲自己的落寞孤楚，反衬得一地凄凉。所谓伊人，着实已"在水一方"，天地之遥，该如何跨越，才能让他不那样痛心？

莫问，莫问！"莫向暗中磨折"，似是自慰，却更多无可奈何。

鹧鸪天

谁道阴山行路难？风毛雨血万人欢[1]。松梢露点沾鹰绁，芦叶溪深没马鞍[2]。

依树歇，映林看。黄羊高宴簇金盘[3]。萧萧一夕霜风紧[4]，却拥貂裘怨早寒[5]。

[注释]

①风毛雨血：指狩猎时禽兽毛血纷飞的情状。②马鞍：一种用包着皮革的木框做成的

座位，内塞软物，形状做成适合骑者臀部，前后均凸起。③黄羊：因东汉阴识用黄羊祭祀灶神致富，后世即用以为典，表示祭灶的供品。高宴：盛大的宴会。④霜风：刺骨寒风。⑤貂裘：用貂的毛皮制作的衣服。

[赏析]

鹧鸪天，又名于中好，据说是来自"春游鸡鹿塞，家在鹧鸪天"的诗句中。上下两片，像极了两首七绝。只是在下片首句处，变作三字两句。这一变，似万绿丛中一点红，霎时满眼鲜艳起来，立刻减了诗的严肃，增了词的灵动。鹧鸪本是南国客，一啼一唱，如闻"行不得也哥哥"，虽不及子规啼血那般凄切，却如晚唐诗人郑谷说"游子乍闻征袖湿，佳人才唱翠眉低"。

这首词据说作于康熙二十二年，纳兰扈驾至五台山时所作。阴山东起大马群山，西至河套地区的狼山，为河套以北、大漠以南诸山的统称，古代北方的许多少数民族游牧生活于此。"天苍苍，野茫茫，风吹草低见牛羊"，天作穹庐地作席的辽阔场面使纳兰暂时忘却身后烦恼与种种执着，豪放之态顿生。

"谁道君王行路难，六龙西幸万人欢"，语出太白《上皇西巡南京歌》，一生不羁的谪仙在御前也不得不作逢迎之词，纳兰又怎能免俗？"风毛雨血"便是他随侍康熙帝狩猎时的情景。清朝马背上得天下，历朝君主都非常重视骑射本领。尽管入关后没有了随心驰骋的草原，皇帝每年秋天都会率臣子围猎，也是取不忘祖训之意。走出四四方方的京城，看山峦起伏，听松涛阵阵，鹰击长空也觉得渺小。

"几处早莺争暖树，谁家新燕啄春泥"，江南犹春风拂面，似解语花，美娇娘；"瀚海潮喷千浪白，天山风吼万林丹"方显阴山磅礴气象。白居易游西湖时正浅春时节，"乱花渐欲迷人眼，浅草才能没马蹄"；朔风一路吹过阴山，乱花浅草也添奇志，卸红妆，"芦叶溪深没马鞍"。

依树而歇，把酒言欢，"黄羊高宴"自不能少。这里的黄羊出于东汉阴识。《后汉书·阴识传》中有记载，汉宣帝时的阴识为人至孝至纯。腊月小年煮早饭时见到灶神元身，忙施礼下拜，并用家里的黄羊祭灶神。祭拜之后，阴识好运连连，一夜间成了当地巨富，三代繁昌。当然，从此以黄羊祭灶神的习俗也随着后汉书的一笔流传下来。

只是，君臣同歌咏能有何真心感慨呢？"皇恩降自天，品物感知春"的唱和而已吧。言不由衷却又不能诉衷情，高处不胜寒的日子，纳兰时时如履薄冰。"深思篱下西风醉，谁羡班超万里侯"，纳兰也曾有少年时的意气风发，但长期的侍卫生涯如牢笼一般将他束于一片金碧辉煌之中，那些建功立业的梦想早已磨灭在乾

清门外的台阶下。如今的他，早已不做功名之想，倒是南山五柳才似归去之所。

傍树而歇时，不知已淡泊尘世的纳兰想到了什么。醒时无聊，醉呢？阴山一直是多民族集聚之地，自古多战事。成吉思汗三川席卷收，"一代天骄"的美誉实至名归。"不教胡马度阴山"，世人只赞叹龙城飞将的成功，谁看到史书透光的背面那些血淋淋、白森森的万骨枯？多少征人戍边今生，多少将士魂归故里？"醉卧沙场君莫笑，古来征战几人回。"

阴山下，响着成王的欢歌，败寇的绝唱，然而几人听得到羌笛声声怨杨柳？月夜难寐，想来几家欢乐几愁，谁见将君白发征夫泪？

此地不见芭蕉，没有梧桐，纳兰那些思虑可以暂时隐在冷月背后的阴影中，在一片孤寂中聆听萧萧霜风。狂欢，是一群人的孤单；孤单，是一个人的狂欢。漫漫长夜，坐听穿林打叶声，起身踱步走走停停，只有此时纳兰才能得到少有的安宁吧。

夜色阑珊时，早寒已悄然来到。走出帐外，阴山的风寒是貂裘挡不住的，那一片豁达开朗的气派更让人神往。"怨早寒"，与其说是埋怨，不如说这是纳兰始料未及的惊异。不是温柔水乡，不是繁华京城，如此透彻的寒冷，如此酣畅的寒冷，或许只驻足于难得一见的辽远的阴山脚下。

鹧鸪天

小构园林寂不哗，疏篱曲径仿山家①。昼长吟罢《风流子》②，忽听楸枰响碧纱③。

添竹石④，伴烟霞。拟凭尊酒慰年华⑤。休嗟髀里今生肉⑥，努力春来自种花。

[注释]

①山家：山野人家。唐杜甫《从驿次草堂复至东屯茅屋》诗之二："山家蒸栗暖，野饭射麋新。"②《风流子》：原唐教坊曲名，后用为词牌。分单调、双调两体。单调三十四字，仄韵。③楸枰：棋盘，古时多用楸木制作，故名。唐温庭筠《观棋》诗："闲对楸枰倾一壶，黄华坪上几成卢。"④竹石：竹与石。⑤尊酒：犹杯酒。⑥髀里今生肉：因为长

久不骑马,大腿上的肉又长起来了。形容长久过着安逸舒适的生活,无所作为。语出《三国志·蜀志·先主传》裴松之注引晋司马彪《九州春秋》:"备曰:'吾长身不离鞍,髀肉皆消。今不复骑,髀里肉生。'"

[赏析]

纳兰心中向往的疏篱曲径在朱门富贵的府邸可有安身处?

不过一处面南草屋,檐后榆柳成荫,堂前桃李缭绕。没有纳兰常见的金碧辉煌,更不需要前呼后拥的排场,那明晃晃的色调、媚兮兮的表演不属于寻常百姓家,也不属于纳兰向往的寻常生活。不似北方的园林,初见朱门铜钉,再见宫馆复道,山拟昆仑,池比东海,不时提醒着,普天之下,莫非王土,处处洋溢天皇贵胄的自负和威严,那些都令人太压抑,天威前如临深渊的紧张气氛令人窒息。

疏篱山径,本是寻常人家。这人间再普通不过的场景却是被模仿之物。物以稀为贵呵,如大观园里的"杏帘在望","一畦春韭绿,十里稻花香"。权臣明珠府邸,山家之景不过是借景取意,雅俗同乐,不得作真。而于纳兰而言,那牢笼中的疏篱曲径似植于金丝笼边的野花,纵使不能翱翔长空,尽情歌唱,至少可以用以观天,用以记忆对自由的向往,用以维持对平淡生活的渴望。

昼长吟罢《风流子》,纳兰便是到了荒山村野也离不开一份诗意的栖居吧。风流子,如"鹧鸪天"一般也是词牌名,分单调、双调两体。纳兰也曾作《风流子》,约略作于个清康熙十四年(1675年),那时的他于一片枯草之上便作得"算功名何似"之语。九年后,纳兰自己怕是没有想到,自己那些功名之心早已被磨平,年轻时一句"沽酒西郊"老来竟成圆不了的冷梦。

楸枰响碧,应是清脆的金石之音。楸木纹理细腻微妙,质轻却不易翘曲,常用于制作围棋的棋盘常见的侧楸枰,楸片用于其纹路古朴典雅,棋盘表面用三百二十四块刮削得很薄而又均等的楸木片,根据楸木片自然纹纵横排列编织而成,自然形成十九格棋路,然后在棋盘四周雕刻有各种吉祥图案。"侧楸敲醒睡,片石夹吟诗",浑然天成的棋路,令人无限遐思。"烟雨湖山六朝梦,英雄儿女一枰棋",黑白子的围棋没有被现代人的游戏无情取代,而是裹挟着一个个过去的时代的黄沙,仍游走于世间。纳兰的生活中怎能没有棋呢?就在这一角楸枰中,纳兰悟得功名不过虚妄,悟得幽居山间的乡野之乐。

宁可食无肉,不可居无竹。竹以其空心谦虚飘逸耿直的形态,才百年来承载着文人们忧思天下的思索和精神叹息。有诗为证,文人对竹的情节可见一斑。

与太白斗酒诗百篇不同,纳兰杯中酒难解万古愁,尊酒一杯,聊寄年华。不

知纳兰是否想到苏东坡，想到李白，举杯消愁愁更愁。纳兰的精神家园显然不在错综复杂的井野，他需要一个单纯的地方来滋养诗情画意的灵魂。然而已入红尘的纳兰能否舍下这些繁华小隐于野呢？年华不再，壮志未酬，此时的纳兰已不再是那个一心考取功名的青涩少年了。十几年，纳兰经历人的生离，魂的死别，见惯了月的阴晴圆缺，人的悲欢离合。还有什么放不开的呢？

纳兰的心早已奔波疲倦，对于那些八千里路云与月，他没有力气回头观望。倦鸟尚知还，纳兰需要的是一方余田，倚着闲窗静静地品尝着这半生交加的苦忆。

花田下，一人执锄，行孤芳自赏。或学陶渊明，东皋临啸，清泉赋诗。花木成林时，等到百鸟争来，平添了几分情趣。昔唐伯虎躲进桃花坞自成一统，自号桃花庵主，"但愿老死花酒间，不愿鞠躬车马前"。才子如红颜，半生潦倒的生活早已将生死看淡，死生又何妨？不过是漂流在异乡。

别人笑我忒疯癫，我笑别人看不穿；

不见五陵豪杰墓，无花无酒锄做田。

纳兰此时应当也看穿了吧，却终究只是凡胎。"等闲变却故人心，却道故人心易变"，他可知不久后的未来有天赐慧心人的短暂相伴？自觉淡泊的他可知，不久之后面对离别，他依旧唱着对命运的哀怨？

鹊桥仙

月华如水，波纹似练，几簇淡烟衰柳。塞鸿一夜尽南飞①，谁与问倚楼人瘦？

韵拈风絮②，录成金石③，不是舞裙歌袖。从前负尽扫眉才④，又担阁镜囊重绣⑤。

[注释]

①塞鸿：有唐王仙客苍头塞鸿传情的故事，因常以"塞鸿"指代信使。②韵拈风絮：

指谢道韫咏雪之典。③金石：指《金石录》。宋赵明诚撰。赵明诚之妻李清照，号易安居士，宋代著名词人，对金石书画也有相当高的造诣，《金石录》一书，实际是夫妇二人的合著。④扫眉才：指有文学才能的女子。⑤担阁：耽搁，耽误。镜囊：盛镜子和其他梳妆用品的袋子。

[赏析]

《鹊桥仙》，最有名的应属秦少游之作：纤云弄巧，飞星传恨，银汉迢迢暗度。金风玉露一相逢，便胜却人间无数。柔情似水，佳期如梦，忍顾鹊桥归路。两情若是久长时，又岂在朝朝暮暮。

流传广泛的有"金风玉露一相逢，便胜却人间无数"和"两情若是久长时，又岂在朝朝暮暮"二句，颂的是牛郎织女七夕相会的伟大爱情，在那金风玉露中相逢，执手泪眼，足以胜却那无数终日厮守却貌合神离的人间夫妻。道是倘若两厢之情都长久坚贞，又何必非要每日厮守共处、亲密无间呢？纵使离多聚少，纵是离愁别恨，又怎样呢？一切的分离放在这坚贞的一对恋人面前，都显得如此微小。只需一年一次重逢日，便能把长久思量诉。

但纳兰此词，取其反意而作。

上片写的是月下美景。月影衰柳，淡烟波纹，景致如水，又是勾起纳兰心绪的氛围。纳兰写景，总是恰到好处。遥望天际，"塞鸿一夜尽南飞"，取自塞鸿传情的典故。塞鸿"尽"南飞，便是情断景荒芜。谁与问，那依靠阑干，因那相思深切而愈渐消瘦的可怜人。

"韵拈风絮，录成金石，不是舞裙歌袖"，连续用典，风絮代谢道韫，金石代李易安。有道韫之"未若柳絮因风起"，又有易安同明诚共撰之《金石录》。两人同是一代才女，不似爱慕虚华之人。纳兰写史上才女，意为追忆其妻。说她生平，自是如此的女子，能让他痴心、让他留恋，正有意趣相投之因。

最后一句，"扫眉才"一词，出自唐代王建《寄蜀中薛涛校书》："扫眉才子知多少，管领春风总不如"，指有才的女子。一词"负尽"，让人几欲落下泪来，纳兰他果真是负了卢氏吗？既是痴心至此，为何会有"负尽"一说？实际上字里行间都是他悔恨万千的苦楚。过去时光美好，妻子温婉有才，饱读诗书，尚能相伴之时，却没能长此相伴；已然人去楼空之时，却叹岁月无情。直怪责自己，辜负了那美好旧时光。生活安逸美满的时候，总觉月是圆的，殊不知它无时无刻不在变幻着样子，终有一天，会被黑夜吞噬。那时才知，见得到圆月之时，认为那是理所应当，都没能记住它的美满。回忆起来，总觉得遗憾。

人啊人，尚且能够拥有的时候，为何忘记回头便已是旧时。

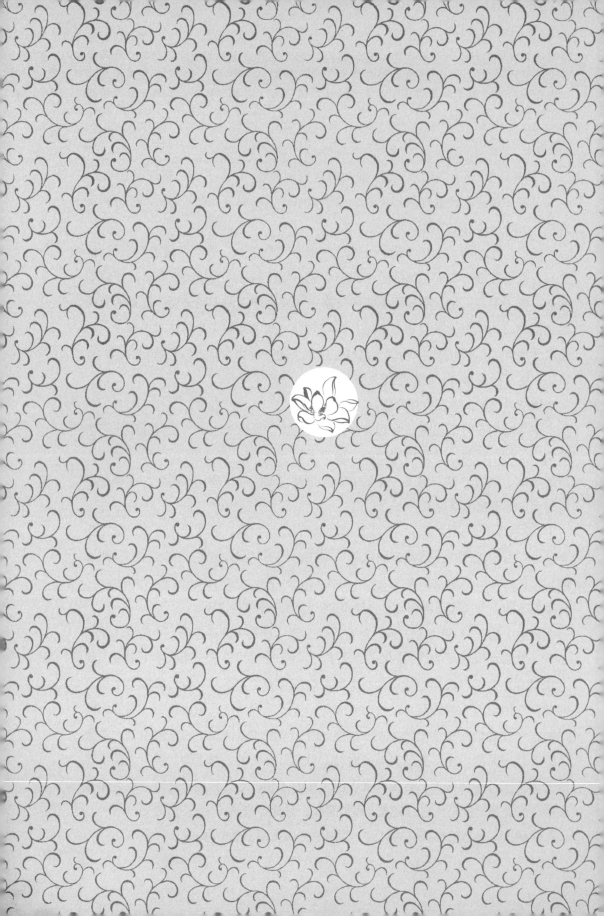